楚尘
文化
Chu Chen

北京楚尘文化传媒有限公司 出品

苔

周恺 著

中信出版集团｜北京

图书在版编目（CIP）数据

苔 / 周恺著. -- 北京：中信出版社，2019.5
ISBN 978-7-5086-9192-3

Ⅰ.①苔… Ⅱ.①周… Ⅲ.①长篇小说－中国－当代
Ⅳ.①I247.5

中国版本图书馆CIP数据核字(2018)第 147235 号

苔

著　者：周恺
出版发行：中信出版集团股份有限公司
　　　　　（北京市朝阳区惠新东街甲 4 号富盛大厦 2 座　邮编　100029）
承 印 者：北京画中画印刷有限公司

开　　本：880mm×1240mm　1/32　　印　张：16.375　　字　数：384 千字
版　　次：2019 年 5 月第 1 版　　　　印　次：2019 年 5 月第 1 次印刷
广告经营许可证：京朝工商广字第 8087 号
书　　号：ISBN 978-7-5086-9192-3
定　　价：68.00 元

版权所有·侵权必究
如有印刷、装订问题，本公司负责调换。
服务热线：400-600-8099
投稿邮箱：author@citicpub.com

方言之魅，职人之作

欧宁

首先要感谢楚尘2006年邀请我为王笛的著作《街头文化：成都公共空间、下层民众与地方政治，1870—1930》设计封面，阅读此书开启了我对四川地方历史和地方文化的兴趣。2010年访问美国时，我认识了当时在圣路易斯华盛顿大学读博士后的马钊，他和王笛曾是霍普金斯大学历史系教授罗威廉（William T.Rowe）的研究生，同属中国人民大学清史研究所主办的《新史学》学刊的同仁圈子。马钊又介绍我认识了纽约州立大学水牛城分校东亚系主任司昆仑（Kristin Stapleton），后者是《成都的文明化：中国城市改良，1895—1937》一书的作者，正是她为我打开了进入李劼人的文学世界的大门。如果没有对李劼人小说的热爱，我就不会在2012年编辑《天南》文学双月刊的"方言之魅"专题时，被一篇遭到其他刊物拒绝的自由来稿紧紧抓住眼球，当时作者周恺年仅22岁，来自四川乐山。

这篇题为《阴阳人甲乙卷》的短篇小说，写了民国时代乐山乡下一个年轻女子因为偷谈恋爱，闹出人命，后来寄人篱下，被死者之父鹊巢鸠占，最后身体性征变异，成为阴阳人的故事。这样的故事读来好似乡野奇谈，但作者却身姿端正，站在"逝者如斯夫"的时间之岸，试图以史家的目光，写出乱世中芸芸众生的"裸命"（bare life）状态和他们混乱交缠的情欲——"世事东去，万古江流，大渡河自上古开山，便奔着大海而去，流经郭落坝，不曾驻足，生民却在此耕作繁衍，圣人忘情，最下不及情，情之所钟，正在我辈。"在生动饱满的细节铺陈之下，他的叙事如幻似真，令人惊悚。其中那些仿如密码般需要破译的乐山方言、袍哥暗语、江湖歌谣、四川乡土生活的繁复仪轨，以及人神共处的诡异氛围，令我相信李劼人那被人遗忘的衣钵，已经传承到这个年轻人手里。

我毫不犹豫地决定在《天南》上刊用这篇小说，它成了周恺首次公开发表的处女作。它非常有力地支持了那期"方言之魅"的专题，同期发表的其他作品还有用上海话、广府白话、客家话、海丰话、闽南话、绍兴话、北京话、榆林话、张掖话、沈阳话和曲阜话写的。在这一期的推荐语里，我写道："方言对应着地方，对应着全球化力有不逮的边缘。回顾中文写作史，五四时代用白话文挑战文言文，新中国建立后用革命话语埋葬民国风雅，今天派用朦胧诗为汉语去意识形态化，作家们好像都遗忘了方言这一利器。它的自闭性所蕴含的力量也许要通过转译来打开，但谁又否定得了今日翻译文学的必要性呢。"及至2013年金宇澄的《繁花》出版，我才发现，不论是年轻的还是稍为年长的中国作家，他们用方言的魅惑去消解统一语言的单调的写作努力，已潜行多时，并集腋成裘。《繁花》是近年来本人在有限的阅读中最爱的长篇小说，不仅因它是用沪语写成，更因它活化了中国古典小说中的话本传统。

《天南》在第九期首发了周恺的《阴阳人甲乙卷》之后，又分别在第十期、第十二期发了他相似风格的《如她》和《牛象坤》,并在第十三期发了《阴阳人甲乙卷》的英文版。之后不久,他就开始了首部长篇《盲无正》的写作,《天南》在第十五期和第十六期分别发了它的第一章(同时配发英文版)和第二章。 这是一部超现实寓言,没有特定的时代和地方背景,故事发生在盲村,一个子虚乌有的蛮荒村庄,村民祖辈是盲人,经过演化的后代才能看见光明,他们陷入了周期性的没有太阳的黑暗困境,以各种离奇神秘的方法进行挣扎应对。这个故事褪去了所有文化的附着物,几乎是对原始初民的生存状态的还原。在这个意义上,我把它看成一部哲学小说,他的风格在这里开始出现了分叉。到他完成这部长篇的时候,《天南》已经停刊了。他不仅高产,而且尝试多种写法,我的阅读已追不上他的创作。

之所以这么大费笔墨地去回顾我遭逢周恺的曲折路径,是因为这一来路现在又折返回它的起点:《苔》将由楚尘出版,而且是一部回归《阴阳人甲乙卷》风格的作品,或者说是从他的起点再出发,在更大的框架和更广的空间下深耕的作品。这是一部30万字的"巨构",时间跨度从光绪九年(1883)到辛亥革命(1911),与李劼人的"大河三部曲"(《死水微澜》《暴风雨前》《大波》)几乎相同。《阴阳人甲乙卷》并不明说年代地点,读者只能根据小说中出现的"冯玉祥""铁牛门"等字眼来推断它的时空,而《苔》的故事发生地则明确锁定为嘉定(乐山旧称),周恺显然下定决心来写一部他家乡的断代史。隔着这么久远的距离却又要写出"临场感",这正是小说要迎接的挑战。它与历史研究之类的非虚构写作不同,不仅要求作者收集和研究原始素材的能力,更考验作者的想象力和重新组织叙事的能力。不像很多从个人经历出发的年轻作者，周恺一开始就偏向用第三人称讲述"他人"的故事，他没有被自己的肉身体验所限，而是依靠阅读和考证去拓展自己的眼界，到方志、族牒、传奇、掌故、旧闻中去开挖他的文学矿藏。我读到的《苔》，正是他的写作工坊初创"品牌"的"扩大再生产"。

这部长篇从一个回乡重整家业的地方缙绅李普福寻找新生儿承续家族香火写起，以桑农刘基业的两个儿子的不同命运为两条线索（李世景被抱入李家成为土豪继承人，最后资助革命党；刘太清则留在底层成为石匠，最后变成绿林山匪），中间穿插了甲午战争、义和团运动、新学的兴起、科举的终结、保路运动等历史事件，把大清政权的危机、反对派的滋长、秘密会社的活跃、地方秩序的迭代、大家族没落的故事，渐次编织在周恺的家乡地理的经纬网络上，把嘉定这个地方的二十多年的嬗变浓缩于一册书写。相对于王笛和司昆仑那些以真实和科学为准绳、聚焦于四川特定时期的微观史学著作，这样的文学书写能把读者更深入地带到更逼真的历史现场。随着叙事线索的展开和文学细节的放大，读者仿佛身临其境，目睹眼前发生的一切。这也是为什么美国史学的代表人物史景迁（Jonathan D. Spence）和孔飞力（Philip A. Kuhn）等时常也要收纳文学作品这种非信史材料，甚至汲取文学叙事的写法。周恺在这部小说中对哥老会和民间手工业行会的规条和切口、地方团练的层级和组织方式、农业生产和商业流通的各个环节、妓寨和烟馆的空间场景、蜀地民俗的细枝末节、清末学制和课程的设置等等的细致还原，已经达至学术研究和田野调查的精确要求。他在这方面下的苦功夫，夯实了他的虚构写作的历史背景，为故事的叙述铺设了清晰可见的时代底色。而对那个时代的乐山方言的进一步淬炼，更是加强了这部小说的"地方感"

(sense of place)。

《苔》对李劼人的"大河三部曲"的师承痕迹是非常明显的,但让周恺区别于李劼人的,正是他们各自写了不同的"地方":李劼人写的是成都地区,周恺写的是乐山地区,尽管共享了四川一省的历史和文化资源,但它们分属两人文学世界不同的"原乡"。每个"地方",大至一国、一省、一城,细至一个街区、一个村庄,都有各自的 DNA,它们之间的差别可以非常细微。通常辨识一个"地方"的依据是"地方知识",古希腊称之为"米提斯"(metis),它是指一个地方独有的无法被转译为通识的经验。例如方言、地方性的度量衡、未经规划自发形成的社区地理、历史记忆、邻里关系、身份认同、食物偏好、传统手工艺、以身体进行记忆的秘诀等等,它是匿名的,没有个人著作权的,它会根据日常生活的需要不断进行调适,但始终根植于一方水土,帮助形成地方风俗和地方性格。对这种地方知识的获得,来源于生于斯长于斯的生命经历以及后天继发的研究,它对人的长期濡化,进而会使人形成对家乡的"恋地情结"(topophilia),这个词由英国诗人约翰·贝杰曼(John Betjeman)首创,后来被美籍华裔地理学家段义孚普及,用来指称人与地方或环境的情感纽带。正是这种指向不同的"恋地情结",形成了李劼人和周恺文学世界的差异。

《苔》可以称得上是乐山"地方知识"的集大成者,而周恺对乐山的"恋地情结",则在当下中国的文学生态中发育生成了一个闭合自足的地景系统。如同《繁花》一样,它是对全球化无差别文学生产线的抵抗。从全世界的范围看来,中国当代文学是众多语种写作中的一个小的系统,而地方性题材的方言写作又是更小的系统。从国族差别的角度来说,不管是中国哪个地方的方言写作，都要从他们共享的中文传统文学资源中寻找养分，这样才可以形成与其他国家或语种不同的"中国性"，而不同国家或语种的流通，则要交给翻译来完成。从《苔》和《繁花》往前追溯，可以看见的是一条从李劼人的"大河三部曲"到曾朴的《孽海花》，到曹雪芹的《红楼梦》，再到明清话本的清晰的营养链，不同时期的文学风景扎根于不同的地理和历史，但它们血脉相通，共处于多元化的世界文学的同一生态位。诚然，地方性的写作会提高交流成本，一部30万字的中文小说可能不符合英语出版市场适当可控的字数标准，但作家不以市场为导向的写作以及他们作品中的地方印记，才是真正有机的世界文学图景的构成要素，它们是从不同的土壤中生长出来的千差万别的植物，而非工业流水线上的标准产品。

阅读《苔》如同欣赏一件职人手作，它以经年累月的劳动打磨而成，你不知道它的窍门在哪儿，但光滑的语感和复杂的故事肌理让你惊奇不已。又如同在市井街头茶馆听人摆龙门阵，只见七嘴八舌，人声鼎沸，但说法千头万绪，真假莫辨。它涉及的人物五花八门，都是动荡时代里如苔草般附土求存的生命，在方言和地方环境的包裹下，个个都带有川人的性格因子：从精明的富商李普福，到狡黠的蚁民刘基业；从懵懂成长的李世景，到沦为匪寇的刘太清；从道貌岸然的书院山长袁东山，到激进勇猛的革命党人税相臣；还有数不清的次要人物和众多的女性角色，但小说没有女主角，唯一着墨较多的是李普福的幺姨太，因与刘基业私通而被溺毙。如同徐皓峰的一部民国小说《大日坛城》一样，《苔》写的也基本上是一个以男性为主的世界，里面的女性人物在故事主线中没占多少篇幅，或者写到了，但人物欠缺主体性，这恐怕也要和徐皓峰一样遭到女性主义读者的诟病。幺姨太虽然敢于越轨，但并不像李劼人《死水微澜》里的邓幺姑那么火爆激烈。李劼人写邓幺姑，是自然主义的写法，并不是对流行的妇女解放观念的图解。读者大可不必执着于五四新文化运动以来妇女解放的政治正确，也不必用今天的性别理论去要求一个虚构的历史故事。自然主义是十九世纪下半叶法国产生的文学流派，主张超级真实，作家要隐藏自我，力求客观，按事物的本来面目来写作，不强加观点，不塑造典型人物，不追求戏剧性。这个在二十世纪已不是什么新手法，它甚至被引申为超级写实主义（Hyperrealism）绘画和雕塑，以及真实电影（Cinéma Vérité）的基本原则。

《苔》继承了李劼人的自然主义笔法，孜孜以求一个地方历史的真实。为了保持客观冷静，它甚至去掉了《阴阳人甲乙卷》中那种带有历史书写者口吻的评论和感慨。乐山和四川的读者应该感谢周恺，他为自己的家乡写作了一部充满地方风情和民间野趣的大传。《天南》曾经的作者阿乙和任晓雯最近出版的《早上九点叫醒我》和《好人宋没用》也是展开地方书写的长篇作品，前者聚焦江西瑞昌，后者聚焦上海，都是他们各自的出生地。这令我想起小时阅读的黄谷柳的《虾球传》，尽管带着我那时尚不能辨识的意识形态色彩，但它对珠江三角洲泛粤语地区的风土人情的描写却令我备感亲切。我们的生命被造物主投放在一个不能自择的地理上的小点，随着我们的成长，这个陌生的空间慢慢变得熟悉，慢慢变成承载记忆的一个地方，当我们离乡远行，它变成了我们不断思念的原乡。在全球化无远弗届、人与事激烈变迁的时代，我们需要这样的文学作品，来保存我们的地方知识，激活我们的地方记忆。

在认识周恺后，我特地到乐山去拜访他，去认识他笔下故事的发生地。这个岷江、青衣江、大渡河三江汇流的地方，水文未变，乡音无改，但人口数量和城市空间已经倍增，街道格局和建筑风貌已经难觅过去的影踪，幸好它周边的乡镇仍然保留了一点点蛛丝马迹，幸好它奔流不息的江河滋润养育了周恺这个当代说书人。在铁牛门前，"卧听江水拍岸，眼见人间无常"，搜索去日记忆，把档案馆里的故纸和人们口头的旧故事变成鲜活的文学新语言。在《天南》停刊后，我们仍保持紧密的联络，经常你来我往，成了"岂曰无衣，与子同袍"的朋友，他与我分享了许多他的文学经验和阅读资源，令我受益匪浅。《苔》是他第一部完整出版的长篇小说，只代表了他尝试的多种风格的其中一种，他的文学世界仍在不断构建之中，有待进一步浮出水面。我很荣幸为此书写下这篇序言，作他文学的见证。

2018 年 4 月 23 日，芝罘

楔子

1

　　李氏望族的辉煌是从李稽典的"万担宏愿"开始的。自乾隆末年起，李稽典四子先后考取功名，长子入罗思举戎幕，次子任秦州知府，三子入户部，四子为黎平同知。他借此结交官府，开办丝号吉人亨，许下"富甲一郡，良田万担"之愿。嘉庆年间，位于草堂寺的李氏宅邸仅厨房就有九间，另有大小天井四十八个、花厅八间、上下房九十间，还不算他为四个儿子建的小院落。此后，乱匪举事渐多，道光九年，逢李稽典古稀之寿，他捐出二千三百两银子整修城墙，雇丁勇百名，护卫宅邸，一场场血雨腥风后，私产并无太大损失。道光十二年，李稽典寿终，只留下一句："有田土九千七百担。"四子李怀易回来奔丧，听罢此言，立即在白庙乡购田三百担，并留下家眷家丁百余人。

　　在李稽典四个儿子的经营下，吉人亨产业渐渐扩大，凭着雄厚的底子，以低廉的丝价挤垮其他生丝户，一家独大后，再哄抬丝价，促使制绸成本增加，伺机并购绸庄。李氏在白庙、苏稽、水口等地的田土专事种桑养蚕，每年春分过后取丝，再将新丝运到城头隶属李氏的四家织局；熟练的织工两两合作，一天出半匹坯绸，最后送到练染坊。成品绸缎或生丝分别经水路、驿路销往成都省，返回时，吉人亨的车队和商船还会捎回些杂货，自用或者出售。

正春风得意时，不想顺天军在川滇起义。咸丰十年，李稽典出资修筑的城墙没有阻挡住李短鞑和蓝大顺，义军打进嘉定府，烧掉了李氏宅邸，空巢烧了两天两夜。待李稽典的子孙归来时，家业已被焚毁。再及同治五年，十名苦力捣毁嘉定府东、西、北门三个厘局，局绅失踪，举城商贾罢市，吉人亨旗下商行先后关门倒闭，只余本业绸庄丝号还苦苦维系着，嫡系孙辈纷纷外出谋官。

当初李怀易在白庙乡购买的三百担田落到了庶出的李普福手头。李普福是同治十二年的拔贡生，朝考后任澧州州判，光绪九年开缺回籍，从嫡兄弟手头打来田土，单另办起了福记丝号。彼时，宜昌已开埠，嘉定城渐兴洋纱洋布，本地土绸土缎没的销路，好在李普福在衙门任职时，认识不少两湖绸商，见本地绸庄办不起走，他便做起下江生意，与本地匹头铺合摊运费。船只下水载福记的生丝，上水载回匹头铺的纱布，不仅腾空了囤货，还与洋务官商搭上了线，每有新风头，他总是最先得知。

李普福回乡次年便着手迁宅，他们起先住白庙场场口的一栋旧宅，桑田与茧坊却在铜河畔的刘河坝，相距十几里地。雇用的桑农常趁监工不在，偷拿生丝，李普福便决定到刘河坝划一片宅地，搬过去。动土当天恰见一颗两丈长的扫把星，当季又遇大旱，场上的大户尽都劝阻他，可他并没有延缓迁宅进度，只是在完工后请了个风水先生调整布局。新宅原有正房五间，左右耳房各三间，东西厢房各五间，下厅房十余间，下书房两间，带前出廊；

调整后，一排右耳房或拆成菜园，或改作杂屋，大门歪斜，这样的格局招来了闲话，道李普福营的是歪门邪道。这话是乡绅传出去的，这么说，全因李普福派头盖过了他们，李普福归田时，裹走了州衙的一套行头，出门包锣开道，或坐竹编滑竿，或坐四抬官轿。关于李普福的闲言还很多，另一句更为歹毒，说李普福没的子嗣，万贯家财也无人继承。这话则是王棒客传出去的，他这么讲，并非刻意诋毁李普福，而是有别门心思。某日酒间，一桌子棒佬儿摆说李普福究竟存了好多银子在银庄头，尽都仿若亲眼见着，福记下人如何使六七乘板车，拉起银箱子朝钱庄去。到末了，王棒客幽幽道一句："哪个都莫打我姑爷的主意。"听者一愣，再大笑，打诨问："佳期定没有？"唯王棒客一副正儿八经的模样，说："麻料都送过了。"

入宅当日，李普福在刘河坝摆了八十桌大席，堂口大爷、达官显贵、平头百姓皆为座上宾，除实亲外，一律谢绝礼金。待菜上齐，李普福携六房妻妾，头杯酒敬桑农，道："圣贤书读了四十载，通通不作数，今后只认你们做先生。"第二杯敬绸商，道："千年未有之变局，你们打的是头阵，我不过送些粮草。"第三杯才敬乡绅，道："承蒙关照。"三杯饮尽，水烟司清了清嗓，代为宣布福记将捐资在汉河口开凿渡口，满堂起身齐贺。那王棒客等客伙散得差不多，才走到李普福侧边，先道了一番客套话，见李普福仍挂着笑脸，斗胆往下说："我屋头有个黄花女子，媒婆受托来说过五六回，都被我打发走了。"李普福问："先两天的拜帖是你送的？"王棒客点头。李普福凑到他耳边说："正将缺炷香火。"王棒客忙道："听闻了，听闻了，福爷挑个日子，我引她来，打个照面？"李普福光笑，不再搭他的白。

这王棒客是何人？

白庙场上有四大姓：宋、吕、杜、鲁。以埝沟为界，有"宋半场，吕半截，杜鲁两姓一个角"之说，场上有三座戏台子，新戏台归宋家，文武宫戏台归吕家，旧戏台归杜家。吕氏族长吕济平行二，屠宰出身，清水皮礼字旗，因堂口二爷是留给关圣人的，故改喊平三爷。那王棒客正是吃他的浑水饭，替他杀过人，放过火，顶过罪，平三爷待他亦不薄，在胆巴桥送了他一套院子。

　　隔了一月，逢张爷会，平三爷请戏，胆巴桥一头是王棒客的院落，另一头就是文武宫戏台。戏台下是一片敞地，白天是烟市，烟贩收摊后，戏班就开始布置，台子上扯了门帘耳帐，台子下摆了六排桌椅，桌上有茶水和糖果。李普福到场时，六排桌椅都坐齐了，平三爷招呼他到前头，让了个头排的位子出来，族长、保长都起身作揖。李普福与平三爷共一张几，刚落座，平三爷便招手喊来一旁的王棒客："开戏嘛。"又顺嘴问了句："找到没有？"王棒客向李普福哈了下腰："还在找。"李普福侧身问平三爷："找啥子？"平三爷说："他女子不见了，担怕是走落了。"王棒客去传了话，当家人便招呼戏子到后台点醒几句，锣师在侧边先一通打闹，鼓师领腔，净角先在上马门候场，帐内挑燃三星灯，捡场的吼了声："哎哟喂。"净角颠转身就朝外头跑，众人大笑，灯光渐渐铺满帐子，这才看清帐子后悬了个人。平三爷跨上台，牵开帐子，这具挂着的女尸正是王棒客的千金。

2

　　刘河坝是铜河故道，主航道西移，另有一条汊河东流，亮出中心坝，上游有明代修建的泊滩埝，埝渠将中心坝切成五块，刘河坝居中，因刘姓人家聚居而得名。河水由西南方流来，地势陡降，水流湍急，上游罗汉、嘉农一带的货物走水路居多，刘姓青壮汉子在铜河及汊河以拉纤为生，妇人老者则务农。李普福在此办丝业后，招了一批人做长工，另有一些人只在孵蚕时帮短工，别的时候仍干拉纤的活路，随着生意有了起色，整个中心坝都改种柞树、桑树。

福记蚕房在刘河坝西头，足有四五户农房大，蚕房分贮茧、贮桑、交尾、孵卵、小蚕、大蚕、上簇各域。前一季养蚕结束后，雇农肉眼挑出种茧，将雌雄种茧串挂起来。七八天后出蛾，自行交尾后，提出雌蛾，放在白布上产卵，再将白布存放起来，将母蛾焚烧深埋。次年惊蛰春分前后抱蚕蛋，在蚕卵上铺一层棉花，待蚕卵变黑，置于户外晾晒，再送回蚕房，陆续孵化，分大小蚕饲养，小蚕房有细火环绕。最闹热的就是这个时候，雇农分头采桑、切桑、喂桑和除沙，遍地都是咀嚼声；蚕熟后，由老桑农负责上簇采茧，将熟蚕装入草笼，分拣出死蚕；结茧后，再拣出烂茧和种茧，余下的便送入茧坊缫丝；出丝后再晾晒，最后打捆装船。

在李普福开凿渡口前，刘河坝只有泊小木船的散桩，生丝需要桑农使箩兜挑到上游的大埝溇装南河船，那大埝溇属白庙哥佬会礼字堂的码头。先开始，再随李普福如何威风，那码头狗腿子都不买账，送一趟，就要打点一趟。自戏台挂尸之事后，狗腿子些再不开腔再不着声了。

戏台子上的尸体是先被人勒死再挂上去的，黑衣人藏在戏台背靠的茶坊阁楼上，耳帐帘子一拉，底下看客便看不见台子上的景象。趁锣鼓师敲打，黑衣人带着尸体跃到台上，用备好的绳索将尸体悬挂起来，戏子被当家人叫去，他正好从下马门撤走。

帐子一牵开，王棒客便晓得是哪个干的，他虎凶凶跑回院子，拿了把土铳要出去毙人，平三爷一面稳场，一面派人去拦王棒客。李普福故作惊恐，先告了辞。官府当场没有捉到人，也没有找到证据，此事以上吊告了。平三爷虽劝住了王棒客，他仍不服气，放话说，此仇必报，这番话传到堂口弟兄耳中，反倒震慑住了他们。都约莫猜到，这事情多少跟李普福有干系，可没的人能猜到，那黑衣人正是李普福的新管事。

早在李普福回乡前，便让三房先行返乡盘算纳妾的事。一要相貌品行端正，二要屋头历来有生儿的传统，挑来选去，要么不入李普福的眼，要么不入长房的眼。后头，这事情又因迁宅耽搁了。

巧的是，大旱之后，刘河坝一户桑农出了一对双胞胎，两个都是男婴，户主刘基业到县城讨赈灾粮，与一众灾民闹衙门，打死了一名衙役，逃到外乡去了。李普福差人找到他，在正厅接待。吃饭时，李普福问他一年收入好多，婆娘有无恶疾，又说，逃得脱一时，逃不脱一世。刘基业当众把筷子一甩，说："李老爷，好酒好菜吃饱了，感谢咯。我刘三儿若干的是邋遢事，不消你劝，我自晓得投官，你也莫要打我婆娘的主意，你行势归行势，老子横顺一条命。"引得旁桌的女人伙些大笑不止，李普福也一面笑，一面扶正瓜皮帽。

李普福的幺房先开口："刘三哥，不是我谝嘴，老爷要纳妾，门口早都排长龙了。"又说："老爷问你的意思是，你刚抱了一双儿，吃穿都要钱，你留下个女人守屋算啥子，跑不是办法。"

刘基业消了气，向李普福赔了不是。

李普福问："你干过啥子活路？"

刘基业答:"扯过船,种过田,还当过堂倌,都是本分活路。"

李普福问:"在福记帮过工没有?"

刘基业答:"在茧坊帮过。"

李普福说:"你犯的事情,我帮你搁平。"不等刘基业发问,又问:"认得到卢管事不?"

刘基业忙答:"看到过。"

李普福说:"卢管事是我从澧州带来的文书,他老母亲病重,上个月回去了。"

长房添话:"空出个管事。"

李普福问:"这活路你肯干不?"

刘基业赶忙摆手说:"老爷莫逗起耍,我大字不识,咋个敢当。"

幺房打着芭蕉扇说:"要是觉得不合适,老爷就不得问你。"

李普福不再说话,四房扶他入寝休息。

正厅里只留下长房、幺房和几个下人,刘基业一副摸不到魂头的样儿。长房接到说:"不过,这管事不是随便当,你去年不是生了一对儿?我们想接一个过来养,一来是看娃娃可怜,二来么,又续了李家的香火。先叫限,这接过来的一个跟你再无关系,就当是幺妹生的,听凭老爷责成呼使。你觉得要得,我马上找人拟抱约。"

刘基业思虑半晌,说:"这事情,要跟婆娘商量下。"

当晚,李宅的大门便被叩响,下人开门不见人影,地上放了一只菜篮子,菜篮里装的是呱娃儿。下人遵循嘱咐,径直送到厢房,又去敲老爷的门,整个宅子灯火通亮,喧闹过后,突然响起一声长长的啼哭。

幺姨太用裹单包好，抱到李普福身前，李普福伸指头点他的额头，男婴木了一会儿，含糊地说了一句："吃奶奶。"逗得哄堂大笑。长夫人拿了一把瓢羹，放到男婴嘴里，刚出了几颗乳牙，吮得扎劲，见肚兜里塞了张纸条，长夫人取出来，递给李普福。

幺姨太白了她一眼，晃着男婴说："老爷，硬是体你得很哦。"

纸条上歪扭地写着：光绪十年腊月初九。李普福走到烛台旁，烧了纸条，丢到地上。

"别个问起，说是光绪十一年生的。"

幺姨太抢道："老爷说好久就是好久。"

李普福给这抱过来的幺儿取名叫李世景，以幺房体弱为由，免了喜宴，得子的消息很快在坝子上传开，继而传遍整个白庙场，说：

"找苏太医配的方子，天天跟幺房索房事，改我太家婆都怀得起。"

"从光绪十年元月就怀起，挨到光绪十一年四月才出来，稳婆扯出来吓一跳，张嘴一排齐整整的牙儿。"

"不见幺房肚皮大喃？"

"瘦筋腊骨的，不显怀。"

刘河坝的老老少少都晓得事情蹊跷得很。李普福先是召集家丁、雇农和长短工，立刘基业为新管事。同是乡亲，虽没有怨言，也少不了零碎几句，刘基业闹衙门，被官府捉拿，福记却请他来管钱粮，不晓得李普福演的哪一出。过了几天，又听闻李普福添子，便有人假模给刘基业贺喜，上门打探，刘基业的婆娘扯谎说，小的一个夭折了，拜访的人便猜到了缘由，心知肚明，但没有拿到外村摆。

头几天，刘基业在地头、茧坊和渡口间走动，像个监工，过去喊他刘三儿的人，改口喊他刘管事。他越听越像是在杵他，便跑去问师爷："管事到底管些啥子事？"师爷连脑壳都没抬就说："大小事。"他说："大小事归老爷管。"师爷说："老爷不管的你就管。"他正要走，师爷打趣他说："管事便是这屋头的三当家。"他问："二当家是哪个？"师爷朝厢房努嘴："小少爷。"他背到骂了一通先人板板，还是糊涂，决心要找老爷问个明白。

李普福抱着儿子在庭院逛耍，幺姨太说："世景面色好多了。"李普福吩咐："足岁前，都莫抱他出去走动。"

刘基业冒冒失失闯到庭院头，忙又退到庭门外，远远地道了声："老爷。"

幺姨太抱着儿子回了房。

刘基业朝李普福走去，眼睛还盯着他们的背影。

李普福先开腔："听师爷讲，你吃不消这门活路？"

刘基业心想，这师爷是只老狐狸，生怕哪个戳脱他的饭碗。

"一天到黑背起手，晃过去晃过来，咋个会吃不消，只是晃得我心焦，背后还要遭人挞嚯，老爷，你要觉得亏欠，不及如给我些银子，我单另找事情干，就当少爷是……"

李普福抹下脸，呵住他："鬼扯，啥子少爷？"

"我一个粗人，不会讲话。"刘基业赶忙掌嘴，欠身道，"说到底，还是不晓得该管哪档子事。"

"卢管事以前管粮管丝，还要出去结交顶子挑夫，一门门来。"

"可……"刘基业还想驳两句，又不知该咋个讲。

刘基业想打退堂鼓，李普福看出来了，便按计谋好的，将他引到了下耳房。屋头还没来得及安床，李普福先随口说："本来是给卢管事的，现在归你住，回去也好，住这里也好，由随你。"再把门关拢。

黑黢黢一片,刘基业啥子都看不清,只听到李普福问:"这家业是哪个的?"他规规矩矩答:"老爷你的。"

"我敢把钱粮过你的手不?"

"不敢。"

"那就要拿根小辫儿来逮到。"

张爷会头一宿,刘基业在胆巴桥旁的济水池守着,过了子时,路上清静下来,只剩下埝沟的流水声。巡夜的走远,刘基业骑到济水池的围墙上,瞄见那女子的闺房还没动静,又趖下去,半个时辰后,听到门吱了一声,然后是窣窣响,墙外的另一个夜行人走远。

刘基业翻出墙,跨过埝沟,扒着另一道矮墙翻进去,他来踩过好几回,晓得她住哪间房,晓得她几时会情郎。他把敷了鸩酒的布帕子托在手上,另一手刮纸窗户,门打开,女子探出脑壳找。刘基业一手捂住她的口鼻,一手握尖刀比到她的颈项,小声道:"要命就莫出声。"女子点头,巴望着他,退回房里,他的劲头却越使越大,女子想喊也喊不出,不再动弹,他才慢慢松手。

刘基业把她背回济水池的围墙里,靠墙歇了一阵,细细瞅她的面容,撩开她的衣裳,摸到腿腿冰冰凉,摸到胸脯也是冰冰凉,摸到脖颈还有微微颤,就从麻袋里掏出索索,紧紧地又勒了几下。他把尸体装进麻袋,担怕有气味,又拴了口,坐下来,回想一遍有没有留把柄。直到这刻时候,他才心虚起来,幽幽的池水里癞疙宝在叫唤,云间筛出一丝月儿光,他想,干了这一趟,就再也没的事情难得倒他刘三儿了。

他把麻袋扛在肩上,女子越来越重。他在茶坊做过堂倌,晓得那排木房的阁楼是通的。他扛起她,一直走到底,绳子系住麻袋口,人先爬上墙,再把麻袋扯上去,拖着麻袋,匍匐戏台子,一动不动缩在暗处,听到打更,听到叫卖,听到人头攒动,听到戏班子拉上帐帘子……

卷 一

第一章

1

铜河流域沙湾以上，洲岛罗列，水急滩险；罗汉以下，有汊河注入，河面渐阔，可供百担船停泊；再往下汇入岷江，方能见到三百担的货船，甚至五百担的盐船航行；至叙州，盐船取道金沙江再起卸至昭通，其余的白蜡、生丝、茶叶、山货船顺长江而下，直达重庆或宜昌。

李落渡开渡后，福记生丝在此装船，运抵叙州，每斤水脚两百文；叙州换船，至重庆再及宜昌，每斤水脚合九百文。本来是笔不小的开支，不过，开渡一月后，有不少外地货船停靠李落渡，近的有眉州的半头船，远的有滇黔的秋子船，厘金按值百抽一，由福记丝号代征，按年定额上缴水厘局，盈余部分均归福记。这样，盈余的厘金可抵销部分水脚。

光绪十六年，重庆开埠；隔两年，叙州一带始有千担船航行。按刘基业的说法，"世道要变了，宜昌以下，尽是洋船，不要纤夫，不要橹手，灌起桐油，上水下水一样快。宜昌往上，木船挂上洋旗，大摇大摆，厘金不消缴，棒佬儿也不敢劫"。李普福便起心下重庆逛一转，自刘基业上手之后，他就再也没跟过船，听刘基业摆得扎劲，他也想去看一下。另外，重庆开埠后，按理洋行些也该设办起来了，若是福记能跟重庆买办搭起线，成本高头又能节约一截。他本只喊刘基业和师爷随船同行，临行前，李世景又扭到要跟着去，李普福只好让么房引起一路。

他们要坐的是尾船，载重四百担，以桅杆为界，前面是货仓，后面是大舱房，桅杆两侧有两把桡，大舱房两侧又有两把。大舱房里铁锅、甄子、木桶、米柜和澄水缸杂乱摆放，扳桡、撑篙、掌舵十余人和劳工十余人，都在这里歇饭，晚上又打通铺困觉。船倌不讲究，衣衫破旧，干劳力活路时，都是光膀子，周身一股汗臭。李普福哪肯跟他们住一堆，便让船主将小舱房腾了出来。小舱房高头一层是舵手操纵间，底下一层收拾出来后，放了三把圈椅、四根条凳和两张茶几，还挂起了门帘。李普福只是白天坐歇，夜里靠了码头，他们再上岸打客栈。

众人在岸上拜了香，舵手引着李普福一行先上船，李世景好奇得很，在船板上跑来跑去。船倌些喊他小少爷，他也不怕生，学着扯船汉："咦啵吆儿啵嚯，嘿，咗。"惹得阵阵笑。么姨太怕他跶伤，唤刘基业牵住他。桡手在船头割了只鸡公，劳工解开桩上的缆绳，再上船收跳板，八条撑杆齐发力，船首船尾摆了出去，扳桡立帆，这便启程了。

两盏茶的工夫，便到了观音滩，亦是鬼门关，下水船要让出牵道，船头一斜，船舷被水流割得吱呀响，李世景吓得要哭，李普福搂着他教他念诗。

李普福念："不见故人十年余，不道故人无素书。"

外头的头纤吼："太阳出来。"众纤应："高万丈。"

李普福念："愿逢颜色关塞远，岂意出守江城居。"

外头的头纤吼:"晒得豪杰。"众纤应:"面皮黄。"

李普福的声音究竟敌不过号子,便把李世景递给幺姨太,挂杖走到舱外。

李世景问:"哪个在吼?"幺姨太说:"拉幺滩的。"李世景问:"为啥子要拉幺滩?"幺姨太说:"讨生活的嘛。"李世景往他小娘的怀里缩。

右岸是滩,滩上的纤夫裸身拴一条褡绷,纤藤一头绕在桅杆上,另一头扣在褡绷上,几乎是五体贴地朝前头爬。左岸是城墙,墙脚下的河石坝上有几个挑夫正望着他们。刘基业和师爷也在外头,李普福把手杖挂在船栏上,吃起烟。他戴着镶玉的瓜皮帽,眉毛胡子都已发白,身上是两开衩的深灰衫,束带上挂着金银牌,与乡绅不同的是,他叼的是洋烟斗,里头装的是淡巴菰,却仍坠着一口布烟包。风大,他盯着烟丝使劲嗒了两口。

刘基业和师爷走了过来,师爷说:"老爷,看受了寒。"

烟丝熄了,李普福取下烟斗,挂在腰间,船过水西门,他看着城门问刘基业:"头回是在犍为哪处遭断劫的?"

刘基业说:"还没到盐场就被跟上了。"

李普福说:"世风不古咯,以前岷江河的哥佬些都只劫外地船。"

师爷边比画边说:"四艘小船,一直跟了五六里水路,过滩时才放枪,船倌还想躲,那头又放了几枪,船已经遭他们挂到起了,几个蒙面人就喊,弯过来,舵手报了堂口,提大刀的人说,管你是哪个,不卸东西走不脱。"

刘基业说:"幸好不远就有渡口,只让了六包丝和两麻袋米。"

师爷说:"后头有条鸦片船,犟了几下,还是靠了滩,多半啥子不剩,兴许还要遭放翻几个。"

刘基业说："不像是哥佬会的，像是灶丁，那两天盐场的龟儿些正闹造反，官府非要砍两颗脑壳才有清净。"

李普福侧过头，用戏弄的口吻说："莫忘咯，你也是一条毯日的。"

师爷掩嘴笑。

过了会江门，船就要拐进岷江了，弥勒佛在正对面，李普福合十礼拜，再取手杖，走回舱房，刘基业和师爷也跟到走了回去。

李普福坐正上方眯起眼睛养神，幺姨太和李世景坐一侧，刘基业坐一侧。李世景眿鼓鼓瞪着刘基业，刘基业偷偷睒幺姨太，而师爷则站帘子旁，拨动手铞，在念阿弥陀佛。

船首逐渐右斜，舵手说："倒拐咯。"船佰们齐声声应："走嘛。"

马门梢手起头："船到江口。"

余下的梢手应："水路开。"

"大佛老爷。"

"要钱财。"

"你要钱财。"

"烧钱财。"

"保佑船儿。"

"过江来。"

这声音要比纤夫调低沉，仿佛是从船板下冒上来的。

2

当上管事的头两年，刘基业的月银是三两足纹，他兑半吊钱给婆娘，虽不阔绰，倒也够母子二人吃食。那时候，他三天两头就朝屋头跑,刘谭氏的肚皮又大过一次,吃草药汤打掉后,屙了一阵血,拜道会门拜好了。过后,刘基业便半年才落一回屋,那半吊钱也改成了一百文。

刘基业的儿子满两岁才取名字,是师爷给取的,叫刘太清。刘太清三岁时,母亲刘谭氏不得不又到茧坊做工贴补家用,她在茧坊头缲丝,使麻索把刘太清拴在门口的石柱上,这样既可照料到刘太清,又可挣点口粮钱。刘谭氏在那里见过一次李世景,幺姨太抱着他出来见世相,幺姨太认不得她,李世景更认不得她。幺姨太进了茧坊,喊缲工教世景认灶具,她赶紧车转身,背到他们。那时,她心头只想着,世景有没有见到门口的太清?

世景的模样是端端正正的,可太清却长出了陋相。刘太清的嘴巴歪了,是平白无故就歪的,那一阵,刘太清正学走路,成天围到石柱子绕圈圈。那天,刘谭氏瞄见刘太清跶了一扑爬,赶紧出去将他抽起来,刘太清两眼直直盯到她,然后斜起嘴巴笑;过了半晌,仍是那副相貌,从那以后,嘴巴便歪了。

隔旬,刘基业回来,见到刘太清长成了歪嘴,还憨崽崽冲他点脑壳,便对着刘谭氏一通唣,唣累了,又赶她到柴棚困觉。翌日,刘谭氏要起早摘柞叶。出去时,忽见得屋头大门敞着,唤太清,没答应,唤刘三儿,也没的答应。进去一看,才晓得那两爷子都走了,周围团团找高了都没有找到,心头一阵慌乱,头也不梳,鞋也不穿地就朝李宅去。走到大门口,不敢叩门,只得在门阶上坐着,盯着头顶的酸枣树发神。阍者出来倒痰盂,问她找哪个?她说找刘管事。那阍者是本邑人,认出了她,回身去帮喊。阍者一关门,不知何故,她忍不住哭出了声。不一会儿,幺姨太扯开门斥:"大清早,号啥子?"刘谭氏揩了眼淋子起身,仍止不住抽泣。三姨太后脚也跟了出来,阍者在侧旁道:"她找刘管事。"

三姨太细瞄她,问:"刘谭氏么?"刘谭氏点头。三姨太问:"刘管事不在?"阍者犹豫了下,答道:"不在。"三姨太跨出门槛,问:"你找他啥子事?"刘谭氏带着哭腔说:"他引起我的儿跑了。"幺姨太笑着返身回了宅子。三姨太也笑,笑过又安慰刘谭氏:"你先回去,我差两个下人帮你找。"

刘太清头天晚上的确是让刘基业带走了,他坐着刘基业的马马镫,穿过桑田,顺到河堋,下到河石坝,两爷子对坐着。河风冷飕飕的,挂的的小木船在晃荡。刘基业起身拾捡了一堆荒草,火镰子划燃火绒,送到搭好的荒草下,火光映照着刘基业的样子,他咯咯地笑着,全然是女人的声气。

刘基业就问:"你是王棒客的闺女?"

刘太清不开腔,不看刘基业,看着噼噼啪啪的荒草。

刘基业说:"怪也怪不到我身上。"

刘太清抬脑壳想说话,逢着刘基业凶神恶煞的样儿,又低下头。

刘基业说:"要怪,你去怪福爷。"

刘太清冷笑了两声。

刘基业猛一下撑起来,骂道:"你个狗日的。"提起刘太清就到水边,那时水雾正浓,身后的火光又远又暗。走到齐腰深的地方,刘基业将刘太清朝水里按,一连十来下,方才听到他的哭声。

刘谭氏离开李宅,又顺到铜河往下游找了一转,没见着人,只好回家去等着,还没进门,便听到了刘太清汪啊汪的哭声。刘太清周身胶湿地坐在篾条椅上,刘谭氏忙烧水给他抹澡,再替他换衣裳。这时,刘基业才怒冲冲回来,甩了一吊钱在灶台上,说：“这是福爷给的脉礼钱。"出门时又道一句：“莫再到李宅找老子。"

药也拣了，针也扎了，还是没的好转，刘谭氏便引他去看道首。道首先要了二十文，焚香烧纸，取幡念经；又要一百文，猛拍刘太清额头，洒了圣水，一手摇帝钟，一手持法剑，边舞边问生庚八字；再盘腿而坐，念经念咒。一炷香后，两个弟子撒镇煞符，扶起道首。道首瘫坐椅上，让徒弟装了一罐子香灰，再讨一百文，才说出缘由：“拿给冤鬼压到了。"

刘太清经道首抔饬后，才开始学话，学的头一句便是上水号子：“龙王老爷，快让开哟，冤家来咯，莫挡道哦。"听的人说："硬是拉幺滩的命哦。"刘谭氏再拴不住他了，刘太清爱往河埚跑。晌午饿了，要么跟纤夫清汤寡水吃一顿，要么找户人家喊添筷子添碗，个小娃娃吃得穷哪家人，别个也不计较。靠百家饭长到七岁，跟三邻五舍处得比跟他爹还亲。他爹走别处带回的糕点，车转身便分给婶婶嬢嬢些，婶婶嬢嬢些都说，除了嘴巴歪，啥子都好。

好在那歪嘴陋相，在七岁时也改转来了。

每年十月十三，白庙场都要办牯牛会，这年逢丰年，又轮正红火的平三爷坐庄，比往年都闹热。辰时就要开场，有道是："要看白庙十月会，梳妆打扮扑起睡。"头一宿，刘谭氏就给刘太清换了一身新，敲了警钟："明天人杂，逮好绳绳，莫要乱跑。"

天未亮，场口就站满男男女女。头头上是坝坝戏的乐师，待礼炮师拉响三门炮，铜锣开道，大号导行，箫笛、唢呐、碰铃尾随。乐队之后，依次是彩旗、龙棍、提炉、金爪、铁斧、銮驾、旱船、狮灯、牛灯、彩灯、五彩龙、草把龙、高装、平台。头一块平台坐三祭童，旧时坐的是活童子，现下以木刻代之；第二块平台坐的是土主请来的川主爷；第三块平台坐五皇爷；再后依次是：金兰、泊滩、廻龙神。平台均为四人抬，又各有四名壮汉持马刀开路。苏稽场的香片子在平台外围，着白草帽、白衣裳，腰围荷叶边战裙，脚踩青色圆口布鞋，唱的是《醉太平》《万年花》《吊六捶》，再后头跟的才是看客。巡游一圈后，至胆巴桥，已是午时，坝坝戏开唱，小贩在周边兜售糖果糕点、熟食凉食，刘谭氏给刘太清买了碗清汤豆腐脑，自己点了一笼素烧卖，边吃边看戏。

过了午时，川主爷坐戏台，两侧是各路仙班。香客向执事上油，再取香烛，再开始烧香叩拜，纸灰遮天蔽日。待贡礼官长吼一声：吉时到。牛角扎着纸花的数条水牛被牵到中央，由老者选出养得最好的一头，在脑门上拴上绣球，此即为状元牛。同时，在旗伞、神罩的护卫下，三名祭童被请上戏台，头童、二童、三童，依次被抛下。善男信女伸长手争夺，头童、二童交还执事，将供于庙中，保一方平安；得三童者，预兆来年将再添一丁。那三童竟落到了端坐的平三爷脚下，他捡起来，回身拱手作揖，众人哄笑。平三爷也不生气，转手拿给侧旁的王棒客，王棒客将童子举过头顶，说："沾平三爷的光。"刘太清忽一下站起来，喊了声"爹"。人群正嘈杂，在起哄声中，刘谭氏丢了绳子，踮起脚看，等她反应过来，绳子和刘太清都不见了。

刘谭氏心急火燎地从烟市找到米市，再又找拢场口，还是没有找到。她脸一白，这回，怕是真真拿给拐子引起走了。恰在此时，散场的人些三五成群走过来，摆谈着方才所见到的稀奇事："抛的是假童子，茶坊楼上现个真童子。"刘谭氏忙上前打听，问童子长啥子样，穿的啥子衣裳，那人也不过是听人讲的，道不出啥子名堂。刘谭氏速跑回戏台后的茶坊，问堂倌："阁楼是不是关了个娃娃?"那堂倌骂:"你的儿么?个挨毬的。"遂引她出去,喊她沿到铺子走到底。

刘谭氏赶到巷子当头,两个汉子正从墙头往下跳,刘太清正立在掌柜身旁吃麻糖杆,她连连弓腰道谢赔不是。掌柜慈眉善目,并未刁难责备,只道:"恁高的墙,他咋个翻得上去?"刘谭氏嚷了刘太清几句,将他抱在怀头,这才发觉他的嘴巴扯正了,欢喜得不得了,心想定是菩萨些显灵了,沿路走沿路念:"天之光,地之光,日月星之光。"刘太清攥紧了拳头,也跟着念:"天光,地光,日月光。"刘谭氏笑,他也笑。拢了屋,刘谭氏放他下来,他说:"在楼板上捡了枚铜钱。"松开手,上头写的是:大顺通宝。刘谭氏认不到,只当是护身符,给他挂在颈项上。

3

到石马关,船队就在亮眼的地方挂起刀弩,过了石板溪,河道渐开阔,船佬儿些才松了心,轮替到去吃了几口。侧黑时,才赶到犍为城,至犀江门,船头船尾各三根撑篙,桡手听艄公口令起落,将靠岸时,船首的两个船倌逮两根缆绳跃上岸拴桩。待泊稳后,李普福才在师爷和幺姨太的搀扶下上岸,刘基业抱着李世景跟上,走过堵水台,再拾阶而上,穿过门洞,六个提刀捕快追上来说:"几位站到。"将李普福一行挡到。

师爷问:"查印簿?找船倌要。"要绕过捕快往前走。

捕头堵到师爷,亮出小截刀锋,说:"封城了,若是下叙州的,烦请回船上歇夜。"

刘基业把李世景放地上,由幺姨太牵到,上前一掌拍回出鞘的刀,说:"看把娃娃吓到起。"

幺姨太贴李普福耳边道："莫惹事。"李普福解下腰牌，连并拜帖一起，由师爷递上。

捕头看后，恭敬托还，说："吉人亨的嵩爷已在府邸久候，得罪得罪。"言毕，招来街轿。李普福冷笑一声，躺一口酽痰，吐在了弓腰捕快的顶子上。

轿子咿呀呀朝前走，李普福掀开轿帘看，街上阒无一人，便问跟轿的摔手："出了啥子事？"

"逮灯花教。"

"不是早都剿净了么？"

摔手瞄了他一眼，说："我们轿佬儿不开腔为好。"

落轿处是吉人亨犍为分号理事李泰嵩的私邸。李普福亲自叩响门环，阍者收了拜帖，唤了个下人将一行人往厅堂引。这是间三合院，不及李普福宅邸的一半大，院子里有株百年皂角，李普福当年进京赴考的时候，就有这么高了，皂角树下长着蓖麻丛，不茂盛且凌乱。西厢房一排亮着灯，里头有谈话声，门紧闭着。

上厅摆了张四方桌，几个老妪正在备菜肴，不见主家，下人引手欠身道："几位先坐。"遂往西厢房去了。

刘基业与师爷在侧边站着，李普福发话让他们也坐到起。

西厢房门吱呀一声，有脚步走了过来，未见其人，先闻其声："哎呀，福伯伯，恰恰遂州来了一伙哥子，没有来接船，见谅见谅。"

李普福也客气一番，起身作揖道："打搅。"

李泰嵩要给李普福斟酒，李普福止住壶口说："明天还要赶路，这回就免了。"刘基业和师爷各斟了一杯。

李泰嵩招呼众人动筷子，又解释："内人和老太娘回乡了。"笑道："留我一人。"

尝了几口，李普福便晓得，一桌子的菜尽是反锅的陈菜，便让幺姨太和李世景先回房休息。

幺姨太和世景一走，刘基业便松懈了些，端起杯子啜了一口，问李泰嵩："犍为的买卖好做么？"

"接手就是一副烂摊子。"

"咋个喃？"

"先一任掌柜吊了颈，一清账，不但没的余银，还倒欠钱庄三千来两。大东家喊我来揩屁股，到了才晓得，遍街都是苏杭一带的分号，人家卖洋布洋纱，我们这土柞绸哪还卖得动。再说，这头喊我抹平外债，那头，大小官商客伙来了，又喊款待打点，你说我这买卖咋个做？"

李普福脸色颇难看。

师爷并未察觉李泰嵩话里有话，仍追到问："大东家不是路子广么？"

"广啥子广，虚的，洋人要征铺子作讲经堂，给大东家送信，让他同县衙言语两句，大东家复了四个字：给他便是。"

四人笑出声，气氛缓和了些。

西厢房传来牌九口令，李泰嵩借敬酒遮掩，骂道："管他娘的，今宵有酒今宵醉。"

李普福放下筷子，剥盐水毛豆吃，问："这灯花教又闹起来了？"

师爷补充道："过来时，见沿路都是关门闭户。"

李泰嵩又抿了一口，说道："福伯伯，你在澧州做过官，你说，这门教，那门教，历朝历代杀尽过么？"

师爷插嘴道："听说是因那灯花教同耶教结了梁子？"

李普福掏出烟斗，不开腔。

李泰嵩也从茶几取来烟包烟枪，给李普福填起烟丝，一边打火一边道："说来话长，先是江南的船佬儿传来的龙门阵，说他们那头的洋和尚盖育婴堂，专门收养女娃子，要挑没的姜疤的，要挑目明的，龟儿些搞啥子名堂？嘿，就有人假模跟到念洋经，到那洋庙子头想瞄个明白。"李泰嵩吞了口烟，"念着念着，就见一司铎从外头牵回个苦兮兮的女娃子，朝后院子走，这几个人就跟到去。"

进来个挽袖的汉子说："桐油要燃尽了。"本地口音。

李泰嵩嘱了个老妪送过去，问道："我摆拢哪儿了？"

"跟到后院了。"

"不想，遭那司铎发现了，拔枪要打人，这帮子人作鸟兽散，满街喊，洋和尚拐了个女娃子，哪家哪户有娃娃走落的，上洋庙子找。这下安逸，各色人等把洋庙子团团围住，大喊开门，那司铎过了半晌才出来，众人先擂打他一顿，再按到后院子去，你猜见到啥子？"李泰嵩仿若亲眼所见一般，两手比画着，"先是一条发辫，再是一捆骸骨，又找出一口提篮子，揭开一看，装了两屉血糕血酒。"

刘基业笑道："你这龙门阵扯得玄。"

李泰嵩梗起颈项说："湖广的船倌也证说，他们那头的洋和尚，也兴吃娃娃，有一回，他们趁洋人不备，启开了讲经堂的井板，底下一堆堆尸骨。就那么，各处来的船倌都摆一点，越传越真，甚而有人说，这犍为城的若瑟堂头也关得有娃娃，也埋得有白骨。这边的哥子些便去揪到若瑟堂的麦神甫责问，你发的丸丸药，是不是拿姑娘儿的眼珠子熬的？麦神甫咋个肯承认，几个人就扭打起来，那麦神甫打不过，掏出枪，朝天放了一火，车转身跑回了教堂。这下招了更多人，通通按到若瑟堂门口，衙役早都把到门了,放的话是,进去一个杀一个,这头也说,出来一个杀一个。"不紧不慢嗒两口烟,"就在这当口,一个老太婆,侧黑点时候,牵了个女子偷睃睃敲若瑟堂的大门,拿给蹲守的哥子见到了,当到衙役的面,把那女子夺了过来,老太婆装哑巴,再随咋个问都不开腔,见她七老八十,众人也没再追究。老太婆走后,女子才哭说,老太婆是她远房姑婆,下坝驿的人,先前信道,改信天主,洋名字叫伯多祢禄,她是那老太婆花两吊钱从她爹那里买的,老太婆诓她说,入了教堂,再不消干地头活路。有人猛一下就想起来,这老太婆先前还在孝姑场收过娃娃,说是引给富人家的,众人越说越鬼火冲,兴许当时就有灯花教在场,兴许是传到了灯花教耳朵头。"

师爷瞪着眼问:"把老太婆弄死了?"

"大前天,六条尸体齐齐整整摆在若瑟堂的大门口,正是那伯多祢禄屋头的六口人,老太婆脸上还刺了两行字:左一行,无生老母;右一行,真空家乡。"李泰嵩独笑,"昨天,麦神甫逃回了成都,县衙这边连夜就下令封城捉凶。"

几个下人上来收捡碗盘。

师爷和刘基业啧着嘴,李普福不开腔。

李泰嵩接到说:"依我看,是该拿点气魄出来了,免得等那洋人还真以为我大清臣民如猪狗一般好欺侮。"坐直身子,抬高了声调,"且莫说那药引子的龙门阵是真是假,你洋教圈地又征铺,骑到我们脑壳上屙屎屙尿,凭啥子?"

刘基业笑道:"这洋布比土布好卖,自然洋教也当比土教上流噻。"

李泰嵩不以为然,说:"外行话。神甫说的是,世界之穷末,万物烧尽,星宿坠落,日月失光。这灯花教说的是,旷大劫来,赤地千里，瘟疫遍地，五谷不收……"

李普福的烟斗又吸不动了，瞄了眼烟锅，打断李泰嵩，指着他手头的烟枪道："吃土烟，还是你那个好使。"

李泰嵩棱眼看着李普福，接到方才的话说："只许洋教水洒头，不许灯花饮法水？"没的人再敢吭声，李泰嵩吐出烟雾将自己隔绝开，弯下腰在椅腿上扣烟锅，"福伯伯，明早的轿夫已经叫好了。"起身去放了烟枪，作揖，"各位早点歇，我那头还有客伙，失陪了。"

李普福整理衣襟，站起来，师爷赶紧扶到他，刘基业取来手杖，道："福爷，我就先回房间了。"遂作揖，回东厢房。

师爷将李普福搀扶拢上房门口，留在门外候着。过了一会儿，幺姨太只披了件单衣，抱着李世景出来，师爷从她手头接过熟睡的李世景，也回了东厢房。

幺姨太回房舀水到盆子头，说："起先那捕快把世景吓得浑身打抖，早晓得，不引他出门了。"

李普福摘下帽子，解开束带，不言语。这边他在盥漱，那边幺姨太出去唤下人打了盆温水进来；盥漱毕，李普福坐到椅子上。幺姨太替他脱了靴子，夹袜沾了血，使温水泡了一阵，再替他抹药膏。这时李普福才没来由地道了一句："那刘三儿还真是条汉子。"

幺姨太迎合他："老爷的眼光没的拐。"拎水桶出去倒。

李普福靸起鞋，从包袱头取出件东西，放到了枕边。

幺姨太回来把水桶放归一，脱了单衣，细声说："这主家哪是做买卖的料，都这时辰了，还在西厢赌钱。"吹了灯，钻进雕栏床，"累安逸了？明天换了大船兴许要好点。"

"我成老朽朽咯？"

"你咋说得起这话。"

"脑壳侧过来。"

"轻点子。"

"火帕肚兜都解了。"

"松一天再……脱就是,脱就是,哎呀,这啥子?"

"木龟棱,三鹤楼买的扬州货,刘三儿去买的。"

"冰凉的。"

"热和没有?"

"热和了。"

"只当它是刘三儿。"

"老爷,莫胡说哟。"

"喊声刘三哥。"

喘急气,"要不得。"

"再朝里头剟?"

"剟嘛。"

"你喊嘛。"

"刘三哥。"

"蚊蚊子叫。"

"不敢大声,侧边有人。"哭腔,"要不得,要不得,刘三哥,刘三哥,刘三哥。"

头一宿落过雨,屋檐还在滴水,这水浸到了木头里,散出一股糟朽朽的气气。李世景在门廊尽头,见爹和小娘出来,道了早,又扭回头去,看墙角的刘基业,刘基业手头捂着烟丝盒,慢慢稀开一条缝,那灶鸡子蹦了出来,李世景跟到追。

幺姨太说:"当心点。"

刘基业车转身,一双手仍紧按到烟丝盒:"早,福爷,幺姨太。我看世景在船上不好耍,就想给他逮几只灶鸡子。"

幺姨太招呼说:"世景,过来吃早饭了。"没搭刘基业的白。

师爷从屋头走出来,说道:"老爷,幺姨太,早。"

李泰嵩闻声,也拉开门走了出来:"早哟,福伯伯,还飘起雨在,要撑子么?"

李普福道:"没的几步路。"眼睛睃着西厢头的动静。

李泰嵩边朝厅堂走边说:"轿夫在门口等到起了,先来把醪糟吃了。"

早饭时候,李泰嵩去给他们备了些干粮和果子,待李普福一行吃完,又送他们出宅子,本说还想送他们到码头,李普福说不必,李泰嵩也没有多言语,付了轿钱,互道保重。

仍旧是昨天的轿夫,李普福隔着轿帘子问:"这里常来客伙么?"

轿夫说:"隔三岔五就要来一拨,都是码头上过来的。"

李普福不再说话,到了城门口,李普福让幺姨太带着世景先上船,又让师爷和刘基业在原地等他,左右瞄了一眼,捋把胡子,拄着手杖朝捕快走去。

4

长夫人头一回怀疑刘基业,是怀疑他做假账。

长夫人十四岁便嫁给李普福,待他考取功名,又随他远赴湘西。彼时,李普福尚存修齐治平之志,直至光绪七年湘西暴发瘟疫,一家子险些丧命,又及光绪八年的饥荒,目睹朱门珍馐,饿殍遍地,李普福遂以病为由,递了辞呈。那些年间,无论是在湘西,还是在嘉定,她都将家务打理得有条有理,官场或生意上的事情，从不过问，与李普福先后纳的五房，亦相处和睦。

跟李普福一样，长夫人也好嗒两口，李普福好的是吕宋烟，长夫人只好本地烟，本地烟以林烧坊烟叶为佳。杨湾青衣江右岸有牛头堰，堰头五百亩的冲积坝叫牛头埝，土壤肥沃，咸丰年间便种植起烟草，施以牛粪或人粪为下等烟草，上等烟草以油菜枯和猪粪为肥料，牛头埝林烧坊的烟草可谓上上品。林烧坊本是酒坊，以酒糟饲养毛猪，又以醉猪粪浇灌烟地；每根烟茎长十皮烟叶，只取三皮，端阳采叶，挂于杉木架曝晒；干定后，反复揉搓，使其绒和，铺入垫有油菜杆的烟箱内；数日后，再用青竹篾扎捆。林烧坊叶烟吃起来清香爽口，烟灰白净，抽完后与初装在烟锅的叶烟形态一样，只是色泽不同，周年无须拿到市场售卖，大户人家均派人上门预订，亦有谋官者几大箱地买。当季的烟叶往往头一年便售罄，由于稀缺，便有烟友囤积烟叶，到冬季再拿出来转卖。

每年端阳前后，长夫人便遣一名丫鬟和一名劳力取烟，再预付来年订金。这年丫鬟取回了烟，却又退回了钱，说是来年的烟叶都订光了。长夫人问："哪户人家订的？"丫鬟说："就是这白庙的人。"长夫人问："平三爷？"丫鬟吞吞吐吐地说："怕不是，烟农说，是拿生丝换的。"

白庙只两家大桑户，一家是福记丝号，另一家是七星井的赵记，长夫人便托人问赵记当家，能不能让一箱烟草过来。人家回话，上上下下都不吃烟。这下，长夫人便起了疑心，喊丫鬟去问个清楚，又令账房核对近两年的账目。账房说不消查了，开年至今，少了六包丝，已禀告了福老爷和刘管事。长夫人问，刘管事说啥子？账房说，刘管事喊在他每月月银头扣，老爷说不必了，今后当心便是。那边丫鬟回来则说："我问烟农，是白庙刘河坝的人来订的么？烟农说掌柜不让讲。恰好我有个老表在酒坊做酒倌，给了他些铜板，他才肯说。"丫鬟顿了一下，"大订户就是我们丝号头的人。"

两头一对，长夫人码准是刘管事舞弊，叮嘱丫鬟不得走漏风声，趁刘管事出船，由三姨太引着亲自去拜访刘谭氏。

刘太清正在晒坝上耍木剑，见来了人，把木剑藏到身后，问："找哪个？"

三姨太问："你娘喃？"

刘太清说："在茧坊干活路。"

三姨太差下人去喊她回来。

刘太清搬出两把竹椅请她们坐，长夫人盯着他出了神，心头竟一软，差点落了眼淋子。刘太清见长夫人一直盯他，害臊躲到屋里去了。

远远地，刘谭氏挥起手说："贵客哟。"走近了，又不知该不该再往里头走，仿若不是她的屋，"长夫人、三姨太，邋遢得很，莫打脏鞋，有啥子事，唤我过去就了事。"

三姨太说："姐姐有事情要问你。"避到了外面。

刘谭氏进了屋，仍站着，长夫人喊她坐，她不肯。

长夫人问："照理，刘管事工钱拿不少啊。"

"嗯。"

"那你为啥子还在茧坊做工？"

"闲不住呀，做惯了活路。"

"他一月往屋头带好多？"

"先前是五百文。"

"先前？"

"我还是讲老实话，刘三儿好两年没有往屋头带钱了，也不常回来，不晓得是花到妓院还是赌馆了。"

"他赌钱么？"

"原先不赌。"

"吃大烟么？"

"也不吃的。"刘谭氏警觉起来，"咋个喃，长夫人？"见长夫人不开腔，又说："若是惹了祸，你们大人有大量。"

"没的啥子，我只想来看看，刘管事常跟船，十天半月都在水上跑，你莫多想，不过，不带钱回来，的确要不得，我私下跟他讲。"朝屋外喊："三妹，你来拿些碎银给他们。"

"长夫人。"刘谭氏摆手，"我们娘儿母子在屋头花不到啥子钱。"

三姨太从荷包里拿出几枚小圆锭，硬往刘谭氏手上塞，说："姐姐喊你拿到，你就拿到。"

刘谭氏接下后，眼淋浸浸地说："世景送到李宅，是他积了百辈子德哦。"

三姨太斥责她："乱讲乱讲。"

刘谭氏先怔地抬头，再一下下撞自己的辣耳。

长夫人止住她，说："世景天资好，在跟先生发蒙念书了。"又见刘太清拉开了一道门缝，长夫人冲他笑了一下。

从刘谭氏那里出来，三姨太问："姐姐到底卖啥子关子？这一趟又是劝慰又是赏钱的。"

长夫人说："让茧坊理事多拨些工钱给她，看到起怪可怜的。"

三姨太问："这刘三儿的钱都开销到哪儿去了？"

长夫人说："暂且莫跟老爷讲。"

那趟船归来，刘管事背个包袱进了趟城，去百味斋买了花生酥，红纸包好，手上拎起，绕路到了三鹤楼，进门前左右打望一番，不到一刻钟就出来了，吃过饭，转到赌馆，粘了几把蚂螂儿，赌得小，输了不到一贯钱，回白庙吃的夜饭，那花生酥是给幺姨太带的，幺姨太付了钱。长夫人安排的眼线告诉她，瞧不出刘管事有啥子异样。

三姨太虽不晓得长夫人脑壳头在想啥子，却也看出了点蹊跷，有回鲁副手有件小事没有办妥，刘基业在长夫人面前帮到鲁副手说话，三姨太便玩笑似的说了一句："你成天维向鲁副手，你两个穿一条裤儿，怪不得婆娘都不要了。"长夫人留了个心眼。

二趟船，老爷要带幺姨太和李世景一路去，鲁副手没再跟船，留在了屋头，长夫人想趁此拷问他。这天，她安排妹妹些去刚开坛的乌尤寺祈福，只留下亲信，作古正经地在太师椅上坐起，左右各站三名家丁。

鲁副手是从白庙烟馆的烟榻上被喊回来的，蔫儿郎当相，长夫人头一句就把他问清醒了："晓得落的六包丝是咋个回事么？"

这鲁副手竟扑通一下跪到地上磕头道："长夫人饶一命，长夫人饶一命。"

长夫人全明白了，吁了一口气，说："你先一五一十交代嘛。"

原来，鲁副手听人说，林烧坊的烟草到冬季要翻好几番，遂起歹心，思量过后，打起了挪借生丝的主意。福记丝号的账目归账房管，库存归库房管，两边半年对一次货，仓库有家丁把守，偷是偷不到，而账目这边每笔都要经三人之手，也没法作假。鲁副手是捡了出库入库的漏子，每次装船，先多点十来包，在码头核点后，再退回去，头几次该退好多就退好多，次数多了，库房监事晃一眼便进了库。渐渐地，鲁副手便每次扣下一包，集了六包便不敢再贪心了，心想，先拿去换了烟草，待年底对账前，他再将烟草卖成银子，到账房照时价将遗落的生丝款补齐，到时可随意扯个把子，比方说有买主在他这儿赊了账。哪承想，上半年有趟船遭了棒客，要给买主补货，账房与库房顺带就清点核对了一次。当时他就抓了慌，奈何烟草还未到手，一时半会儿又借不到银两，便故作镇定，终还是遭长夫人发觉了。

鲁副手说："长夫人，我没的脸再干了，我去把丝讨回来，再随你罚我好多，我都认。"

鲁副手跪地时，长夫人的气就消了，这会儿语气也和气了些，问道："你工钱好多？"

"一月一两足纹。"

"物价涨得凶？"

"绰绰有余。"

"若是工钱低，你当讲出来，背后伸三只手，亏负老爷信你那么多年。"

"我鬼迷心窍。"

长夫人沉默片响，又问："说起工钱，这刘管事的钱花哪儿去了？也不见他吃喝嫖赌的。"

鲁副手猛一下抬头，看看家丁，又看看长夫人，说："不晓得该讲不该讲。"

长夫人没有想到，这一问，竟问出更多的事情。她给家丁使了个眼色，令他们都撤出去，说："那些烟草就当我买的，生丝的事情，你不消再跟老爷交代了。"

鲁副手细声说："拿去买脂粉洋货了。"

在澧州时，幺姨太就欢喜收集洋货，只可惜回嘉定时全弄落了，想起那些玩意儿心头就痒。于是，每回刘基业下宜昌，幺姨太都要写一页清单给他，喊他帮带东西。有暹罗的象牙梳、英吉利的香水和镜匣子、缅甸的鼻烟壶和坠子，还有湖南的土特产。刘基业起先不晓得到哪里买，就喊副手领他去，每样都照六份买，拿回去后，只有幺姨太肯付给钱，又只有幺姨太有雅致，后头就只给幺姨太带，其他几位太太也没有弯酸；况且刘基业做事情把稳，幺姨太理的清单，都要先让老爷过目，没的人朝那方面想。

　　刘基业干粗活路出身，不懂风月，入李宅前，没有嫖过娼，只日过婆娘一个女人。但是，他初见幺姨太，她头一道喊他刘三哥，他就想，这女人不是人，是狐妖，本打算离开的，又转头回去，这才有了后头的事情。

　　他在路上打开过幺姨太的香水，光是香，搽到幺姨太身上，香气就成了梭镖，戳得他五脏六腑稀巴烂，再瞄别的女人，平淡得很。有个艳阳天，幺姨太的丫鬟在院角晾衣裳，他睃了一眼，丫鬟走后，又假巴意思往复多走几趟，这是他头一次看到那件荷花汗衣。他回去，把样式画给刘谭氏看，喊她也去敩件一模样的，天黑了灭了灯，手摸荷花绣，触到的就是幺姨太而不是臭婆娘。与婆娘欢快后，静静地躺在床上，不晓得为啥子，他明晰地预料到，那女人迟早要让他禽到的。后来，当他真的裸着湿漉漉的身子，在芦苇丛里，借着月儿光解开她的扣子，才晓得，那不是荷花是牡丹。想归想，见了幺姨太，他还是规矩得很，一双手背起，眼睛只盯到地下。

　　不光是他，船上见过幺姨太的船倌也想跟她瞌睡，这帮土佬儿一根肠儿通屁眼，靠了码头，啥子都拿出来摆。有人说见过幺姨太夜壶里倒出来的尿，黏稠得很；还有人说幺姨太刚生了李世景，胸口两颗湿点点，又黑又圆。刘基业听着水浪打手铳，打完手铳就疑惑，幺姨太是狐妖，老爷咋个扞得住狐妖。船倌说，用的是角先生。他那时不晓得啥子是角先生,也不好意思问。

　　白庙场有个落魄公子,鸦片瘾赌瘾极大,千金散尽,便做起了暗门鸡仔儿,都晓得他吃这碗饭,却没的人真真逮到过他。只要在烟馆赌馆碰到他,烟客赌友间便会互相嬉一番,道,某人三四,鸡仔儿这回开销的莫不是你的辛苦钱嘛。刘基业领了月银,也要去赌几把,他耍押宝,钱押到一到六的格子头,甩三枚色子,押中一枚翻一番,押中三枚翻三番,盘盘清,他只赌一贯钱,输完就走。有回正好跟那公子哥坐对家,怪得很,他押啥子,公子哥就跟到押啥子,不晓得是哪个带携哪个,上桌就输到底,只留一百文。他让开准备走,那公子哥仍想捞梢,咣当朝桌上扔了块怀表,说:"你们喊个价。"赌客急到要开下一盘,喊道:"有钱就押,没的钱让位。"刘基业说:"二两银子。"有赌客说:"哟,刘管事,你还缺这个?"公子哥认不到他,说:"十两银子换的,各让一步,对半开。"刘基业说:"那你再问下别个。"公子哥见无人开腔,就说:"二两就二两,拿起滚。"

　　走出赌馆,刘基业差点跩了一跤,方才还不敢打包票,拿到手上把细摸看,没的拐,必定是幺姨太的,必定是他帮她带的那只。这一路,他脑壳头乱七八糟,走拢刘河坝,没有回李宅,而是回了家,在婆娘身上泄了火,又告病歇了几日。这几个晚上,他把怀表压在枕头底下,听它嘀嗒响,就觉得是趴在幺姨太的心窝子上。

　　返工那天,他跟账房对了当月的工钱,走到院子,正好遇上幺姨太的丫鬟朝外头走,丫鬟问他:"进来的时候,看到幺姨太没有。"他说:"没有。"丫鬟说:"大半天没有看到人。"他把怀表掏出来,说:"正好,在门口捡的,想是幺姨太落的,你给她。"

　　连着几天,幺姨太魂不守舍,见了刘基业一副狐疑的神态。

刘基业倒轻松了，装作坦荡荡，叫声幺姨太，急急地走开。

直到风烛残年的吉人亨办百年庆典，他们才有机会把话说开。李世景因长了疔疗，幺姨太去不到，李普福只好携长夫人和三姨太前去赶个人情，且要在城里过一夜；又恰巧船帮开堂会，装好的船隔两天才出发，刘基业也还要歇两天。夜饭过后，刘基业在院里刨桃木，听到丫鬟说："二姨太拿了草药，喊把少爷抱到她屋头睡，晚上要起夜泡药汤。"幺姨太说："抱过去嘛。"刘基业手头刨子越使越快，划出血也没知觉。幺姨太走过来问："这刨的啥子？"刘基业说："给娃儿做柄木剑辟邪。"幺姨太低声问："怀表从哪儿捡回来的？"刘基业伸指头到嘴巴头，说："赌场的公子哥当给我的。"幺姨太问："哪个公子哥？"刘基业收起刨子，反问道："还会是哪个？"

正是五黄六月，刘基业回屋吃了两口寡酒，到门廊高声武气地喊师爷："师爷，要热死咯，下河洗澡喂。"师爷答："那么大的水，淹死你个狗日的。"几个丫鬟在屋头笑不停。刘基业走到河堋，脱了个精光，把衣裤放在显眼的位置，下到河坝，河水又急又脏，伸一只脚下水，还有点虚火。他又在石头上蹦跳两下，一步步走出去，河水过了肚脐眼，一头栽了出去，没几下，就遭水流掀个翻翘，呛了几口水，仰着身子推仰刨才浮起来。他看到月亮淌着水，打湿了云。

5

福记生丝至叙州后，转由叙府帮的大船装运，七天后，抵达重庆。彼岸的上水船解缆抛河，似离弦箭，射向江心，船头立一号工，专科喊号，先喊："喔儿，出。"桡片拍浪，声若雷鸣，一面与水力抗衡，一面偏转船头，号工喊的是："要不要命哦。"应的是："要哦。"过了川江江心，船头朝向此岸，才算捡稳了这条命，号工打开折扇，唱着："嘉陵江水，浪打浪。"愈来愈远。此岸先是三两渔船挂靠，再往下走，货船渐多渐密，仿若闯入一座水上城，同一船行的船使跳板串在一起，卖劳力的挑夫在其间往返装卸货物，各艘船舶具已搁得归归一一。闲下来的船倌一改山巴土僚装扮，脑壳上扣顶小帽，辫子梳得溜光，崭新的纱褂布鞋穿起；船首船尾有炊煮的、记账的、跟主顾交涉的、训骂挑夫的、打望的、搂娼妓的、围起赌钱的。与其呼应的是岸上的空中楼阁，木楼层层叠叠，悬空而建，半边贴崖，半边由吊脚支撑，旗旛在水雾中若隐若现。水上城与空中楼阁之间，是一条小道，船主在前头开路，中间是李普福一行，尾尾上是上岸逍遥的船倌，讨口子与货郎擦肩而过，这喧嚷与李普福全然无关，手杖击打在光森森的石板上，击打在长长的阶坡上，敲过当铺与酒馆，敲过银庄与客栈，敲过闹市，敲过瓮城，敲到古渝雄关，这悲凉的手杖声融入烟波与黄昏。

"李州判？"问的人着窄袖衫，腰上挂小犀牛漆烟杆和烟包，与李普福年纪相仿，从侧旁的饭铺走来。

"云松？"

"卑职云松，久违呀。"按官礼两拜作揖。

李普福拎杖答揖："你也出老相咯。"

"该老咯。"

"我就晓得，你定会来接。几时来的？"

"晏昼便到了，还想，再不见人就返去会馆等。"陈启兆的口音仍带一丝粤腔。

接船的人是昔日澧州府幕陈启兆，昨年才因廖星阶起事遭到罢免，本是番禺人，有个胞弟陈启亘在东兴洋行做跑楼，被罢官后，来此投靠胞弟，而李普福此行要见的人正是其胞弟。

幺姨太认得，便主动问了好，李普福这才想起逐一介绍，指说到李世景时，陈启兆一口粤腔道："呀，恭贺恭贺。小公子，累坏了。"

师爷要随船下宜昌，见陈启兆来接，不必再送到会馆，便道别，跟船主走了。刘基业本也想和师爷一并去，李普福让他和买办见个面，二趟再来，能省些事情，他也不好再说啥子，只觉得别扭。

一行人叫了四乘滑竿，幺姨太和李世景坐一乘，刘基业坐一乘，李普福和陈启兆的滑竿并行着。

陈启兆说："还是贤之兄好呀，全身而退，还能留得个好名声。"

"病来如山倒，差点性命都丢了。"

"你那是洁身自好，不像我，跻攀分寸难上，失势一落千丈。"

"莫说笑，如今我还要靠到你嘞。"李普福话锋一转，"这廖星阶犯的啥子事，咋个牵扯了那么多人？"

"还不是江湖的恩恩怨怨啰。"陈启兆摸出烟包烟杆，擦火镰子引燃，又将烟包递给李普福，"廖星阶要在周家冈开堂结盟。"侧身小声说："打的是反清旗号，让团首知晓，传话过去要查办，廖不守江湖规矩，当街杀了团首，众人逃去新州，又招兵买马，击退了前去缉捕的差勇，便以为……"

李普福也点燃了烟斗，冷笑道："以为清兵不过如此。"

"吃了豹子胆，一路打到了澧州城，遭生擒了。"

"跟你有干系？"

"朝廷怪府台，府台便以城防不力为由，罢了一批人。"

"也好，自在。"

"小舟从此逝，江海寄余生啰。"

"改不落的书生气。"

说话间，滑竿已到会馆门口，均由陈启兆付了钱。会馆坐北朝南，正对川江，屋顶为歇山式，正门有四人高，三人阔，两侧有文武狮镇馆。李世景落了地，便挣脱幺姨太的手，在前头跑，跨进殿门，里头庄重肃穆，倒乖乖子地等着幺姨太，刘基业一会儿把手抄起，一会儿背起，掉了十几步。再往里，正面是戏楼，廊房环绕，飞檐环楼均有木雕，镂有人物花鸟仙怪。放了行李，陈启兆引着转走一圈，再去食肆洗尘。

吃的是潮粤菜，幺姨太胃口大开，样样尝，又样样只尝一筷子，李世景只吃蜜汁叉烧，再夹扣肉到他碗头，直摆脑壳，招致众人一笑。席间，李普福与陈启兆对饮，刘基业起头陪了一口，杯中酒便一直留着。酒过三巡，往事聊尽。

李普福说："到这把年岁，生离死别已同吃饭饮酒般默然，今天是人，明天是鬼都不晓得。"

幺姨太说："吃了酒开黄腔。"

陈启兆笑道："千祈莫留幺姨太守空房。"说完又觉得晦气，"罚酒罚酒。"

李普福岔开话："贤弟帮洋行有十余年了吧。"

"滇案过后在江南那边，这里一开，就跟着过来了。"

"说起滇案，我听人讲，宜昌开埠前，中堂就意料到，洋人要的不是一两座城池，要的是整条川江。川江一旦打通，洋船便长驱直入，再南北扩散，将来有个洋总督怕也不稀奇。中堂一头拖起，另一头筹建水师，现而今，倒也敢驳他洋人两句了。"

"恐怕中堂还做不了主，再有，这北洋水师，购的不还是洋舰么？"

"依我说，洋人用得最顺手的，不是洋炮，是洋教。"

"兵马未动，耶稣先行。"

"贤弟当跑楼也信洋教？"

"信福音。"

李普福敬酒，说："佛陀还是斗不过耶稣。"

酒过喉咙，陈启兆说："嘶，耶稣也斗不过百姓。"

"此话怎讲？"

"官府打百姓，百姓打洋人，洋人打官府。"

"罚酒罚酒。"

陈启兆再自罚一杯，说："又让你诓入去了。"

幺姨太打岔："这洋纱洋布经使，又不怕浸水，洋人为啥子还稀奇土布土绸喃？"

陈启兆学着川腔："我啷个晓得？"

幺姨太又问："来路上，见到了船上挂的米字旗，不见洋人，都躲起来了？"

"朝天门的海关楼就有洋人，只是见不着，泊旗船的地方是龙门浩，明天我们过去，成街都是卷头发。"

"有西洋玩意儿么？"

"幺姨太钟意？"

"少见就觉得稀奇的嘛。"

陈启兆自言："可不是么，少见就觉得稀奇。"又对李普福说："贤之兄若不介意，明日我找个人陪幺姨太逛。"

不等李普福开口，幺姨太便答应："要得要得。"

李世景扯着幺姨太的袖口问："娘，啥子叫西洋？"

又是众笑，李普福说："远山远水的地方。"

刘基业冷不丁冒出一句:"听下游的人讲,这洋人有个匣子,闪道亮光,对坐的人就被勾了魂魄。"

陈启兆正要开口,李普福抢道:"吃酒吃酒。"

次日,一行人在会馆吃了早饭,坐轿子到望龙门渡口,从那里渡江到龙门浩。一上岸,四处都是四四方方的西洋建筑,挂了各色旗帜,有的仍在建,劳力推着鸡公车,驮着石料,又是推又是拉。到了东兴洋行门前,一个着旗装的华民出来,陈启兆道了早,让李普福在门外稍候,匆忙走进大门。大门两侧各有两根大理石柱,底楼有四扇关闭的圆弧窗,尽头又各有两扇门洞,二楼四根石柱支撑,围栏连着柱基,围栏内有三尺宽的挑廊。洋人与华民在二楼的五扇门里进进出出,再往上是天台,立了两根烟囱和一根旗杆,旗杆上挂的是墨朱黄三色旗。幺姨太勾腰朝里头瞅,厅堂顶上吊了一盏琉璃灯,左右两座裸女石雕,地下铺的是织花毯,李普福咳了两声,幺姨太赶点退回来。陈启兆带出一个通事,想来是他花钱雇的,那通事照西洋礼节,微微点了下头,便引着幺姨太和李世景走了。

陈启兆说:"贤之兄担待,洋人有个规矩,生意在外边谈。"

这时,从大门出来个着洋装却又戴瓜皮帽的男子,陈启兆伸手介绍:"福记丝号大掌柜李普福,福记丝号管事刘基业,愚弟陈启亘。"笑道:"呃,盖罗陈。"

陈启亘年少时便过继给伯父,南下槟榔屿,毕业于教会的华文学校;毕业后,在安南的洋行做学徒,后担任对华事务经理。《滇案条约》签订后,几个口岸同时开埠通商,精通多门语言的陈启亘返华赴温州,再及重庆开埠,又成为第一拨过来的买办。初到槟榔屿,陈启亘尚留着辫子,上学第一天晚上,让几个新嘉坡的惢翻娃给铰了,索性理着西洋发型,返华时弄了顶带假辫子的瓜皮帽，以免招惹是非。

陈启亘一侧身，李普福差点笑了出来，那黑亮的辫子，走起路纹丝不动。

他们去的是一家倒洋不土的茶坊，跑堂见是熟客，拾捡出里桌，一会儿又端上茶具，沏了头杯茶，再拿来算盘递给陈启兆。

陈启亘一口地道川腔说："既然是启兆故知，我便不客套了，福记一年卖予华商好多丝？"

刘基业看了李普福一眼，说："丰水年有八百担，枯水只有五百担。"

"卖价好多？"

李普福抢道："看行情，每担约两百两纹银。"

"到宜昌运费好多？"

刘基业说："每斤水脚一千一百文。"

陈启兆拨动算珠说："合每担百又十两。"

"到重庆运费又是多少？"

刘基业说："每斤水脚六百文。"

陈启兆空口报出："每担六十两，省下五十两，未计重庆到宜昌的厘金。"

刘基业也叫跑堂拿来算盘。

李普福说："省下的银两可抽出一半作抽成。"

陈启亘说："佣金暂且不算。先说卖价，足下的意思是百又七十五两？仅比照宜昌卖价，不大公平吧。"

李普福说："挣的是洋人的钱嘛。"

陈启亘取下帽子，说："可否再让步？"

刘基业说："除去各项成本，福记每担盈利不足五十两，还有天灾人祸风险。"

李普福盯着他的帽子，说："百又五十两。"

陈启亘说："照松江市价，每担三百两。足下卖百又五十两，我们使旗船运抵松江，还需百余两税款及运资。"

陈启兆说："盈利不足五十两，未计仓库费用。"

陈启亘问："这利润华商能接受，洋商能接受？"见李普福不说话，又道："跟洋商做生意，细水长流，足下与兄长曾是同僚故知，局势还看不明白么？"

李普福说："百又三十两。"

刘基业将算珠归位，说："福爷，要不……"

李普福摆手，说："我自会定夺。"

陈启亘不依不饶，说："佣金我吃洋人的盘，再让一步，我也有个赚头，百又二十两。"

刘基业道："让不得了。"

李普福静坐片刻，说："拟契。"

陈启兆取出文书，唤跑堂拿来笔墨。

陈启亘盖上帽子，将辫子拂到身后，说："川江上游的生意，东兴洋行也吃不准，李大人可兼并着两头，与华商的关系莫要丢，照跑宜昌。"

刘基业说："这不得行，分两头卖，宜昌的主顾必然要压价，而且水脚也省不下来。"

陈启亘没有接他的话，说："路子理顺后，我们再一齐揽过来。"

李普福以丝绢捂嘴，猛咳了几声，陈启兆住笔瞧了一眼。

"来年四月第一趟，先要三百担，丝质须优良且足秤，不得掺假。"

李普福收起丝绢，吞下一口浓痰，说："都说蓝眼毛子是滚龙，我算见识了。"

陈启亘问："啥子意思？"

契约拟好，章印已戳，陈启兆递给李普福。

刘基业解释说："精明。"

待李普福过目，陈启亘取出水烟袋，使火柴点燃，李普福瞥了一眼。陈启亘盯着烟壶说："先声明，过手时需有福记的人在场，若有出入，还烦请李大人亲自跑一趟。"

李普福画押，说："这个规矩不消讲，我们晓得。"送回一份，自留一份，"莫再叫李大人了。"

四人都站了起来，陈启亘要行握手礼，李普福作揖，然后掏出烟斗和火镰，陈启亘划燃一根火柴，隔着桌子替他点燃烟丝，再将整盒火柴递上，说："比火镰子轻便。"

陈启兆对陈启亘说："你先回，我在这里陪贤之等他太太。"

陈启亘道一句："失陪了。"扣紧帽子走了出去。

李普福侧身瞧了一眼，说："这千远万远地跑一趟，风风火火就画了押，连大门都不让进？"

陈启兆小声说："见谅啊，贤之兄，寄人篱下，我比你更委屈，如今比不得吃官饷的岁月。"

刘基业问："幺姨太晓得我们在这里么？"

陈启兆说："我跟通事说了，他们逛完就过来。"

茶水已凉，李普福从头到尾一口没喝，这会儿觉得那口老痰卡得难受，喊来跑堂加了一壶水，叹道："当初在那穷乡僻壤的地方，咋个想得到，天下说变就变。"

陈启兆说："一晃，我们认识了有……"

李普福说："快二十年咯。"

陈启兆说："呀，还记得你临走前，我们同游岳麓书院，走了没几步，你就没了踪影，还以为让王船山招去了。"

李普福呷口茶,说:"还想得起三闾大夫祠秦小岘题的联么?"

陈启兆伸出指头比画,张口就来:"何处招魂,香草还生三户地;当年呵壁,湘流应识九歌心。"

李普福吟诵:"楚虽三户,亡秦必楚。"

陈启兆叹气道:"只怕是,自喜河水清且漪,不闻汨罗投江人。"说完,随台上的调子哼起来。

台上摆了一张长桌,桌上有折扇、醒木和手帕,左右坐一双罗衫清倌人,各抱三弦和琵琶,唱的是《珍珠塔》,杂糅了川腔。陆续有盘发的华民和江南商人落座,一个长褂老者端木盘在座位间走动,不时有人打赏铜板,乐音渐弱,老者放回木盘,掀褂摆上台,一双清倌人谢场,那老者走到长桌后,重拍醒木,门外三声炮仗响。

"武大一病五日不起,更兼要汤不见,要水不见,每日叫那妇人又不应。只见他浓妆艳抹了出去,归来便脸红。小女迎儿又吃妇人禁住,不得向前,吓道:'小贱人,你不对我说,与了他水吃,都在你身上!'"

门外有匆忙脚步,刘基业起身出去,李普福与陈启兆仍端坐。

"那迎儿见妇人这等说,怎敢与武大一点汤水吃。武大几遍只是气得发昏,又没人来采问。一日,武大叫老婆过来,吩咐他道:'你做的勾当,我亲手捉着你奸,你倒挑拨奸夫踢了我心。至今求生不生,求死不死,你们却自去快活。我死自不妨,和你们争执不得了。我兄弟武二,你须知他性格,倘或早晚归来,他肯干休?你若肯可怜我,早早扶得我好了,他归来时,我都不提起。你若不看顾我时,待他归来……'"

方才的三声炮仗是洋人雇的巡丁放的枪。一个窃贼佯装沪商住进临山书寓,在屋中将值钱的东西用绳索吊下窗户,同伙佯装挑夫在后山土路接住，不巧被巡丁见到，先呵斥一声，书寓里的人束手就擒，底下的挑夫扭身沿梯坎跑，山上恰有公寓在建，一队二毛子堵住去路，那挑夫持挑棒击地威吓。

幺姨太正在看万花筒，李世景牵着她的衣裳，听到急步声，通事走到街口看闹热，李世景也跟着去，看到二毛子抬枪，挑夫转过身，正正盯着李世景，三声枪响，挑夫朝前扑倒，后脑豚炸出了一个坑。幺姨太追过来，抱起李世景，捂住他的眼睛，走过再松开，说："世景，莫怕，在唱大戏哈。"李世景紧紧攥住她的指头，见到刘基业，才呜咽起来。

李普福和陈启兆从里头走出来，台下正啧啧一片。

幺姨太说："败兴败兴，遇到逮撬杆了，还出了人命。"说完翻找篮子里的东西。

通事操北方腔调对陈启兆说："那些个挑夫，没一个手脚干净，今儿又捉到一个。"

李普福前去抚弄李世景的脸，说："吓安逸咯。"对刘基业说："放他下来，走，进去听书。"

陈启兆笑了两声，说："这书他可听不得。"

幺姨太猛地想起，说："哎呀，那万花筒付过钱，忘拿起走了。"回过头，两队差役走来，一队押着个五花大绑的人，另一队用木板抬着尸体，幺姨太牵着李世景避到里面去。

刘基业说："横顺我也听不懂，我去拿。"

李普福说："你咋个找得到，算了，进去再坐会儿。"

差役走过去，里头说的是："三光有影谁能待，万事无根只自生。雪隐鹭鸶飞始见，柳藏鹦鹉语方闻。"

听完书，又吃过了晌午饭，陈启兆送他们到黄葛渡，在渡口，陈启兆又说了一遍："对不住，下次再……"没说完，打住了，塞了几枚碎银到李世景手里，幺姨太道了谢，朝船上走。李普福与他纵有万般感慨，也不能像同僚为官时那样细说，只好说："就此别过，莫送了。"在刘基业的搀扶下也上了船，他把脑壳别到另一边，川江水汹涌，他也随木船摇晃。渡口的陈启兆仍站在那里，如当初，在夔州送别他们一家一样，彼时咋个都想不到会落得这般境况。

　　李普福一行在湖广会馆又住了一宿，第二天再坐匹头铺的洋纱船返回。

第二章

1

李普福自重庆回来后,害了一场风寒,不严重,以为只是吹了河风,挨一阵便好了,没有吃药,三姨太敲了一坛枇杷露,叮嘱他早晚喝一碗。

李普福每日仍要出去走动巡看一道,他特地点醒库房和蚕房,来年第一批生丝出不得岔子。趁农闲,蚕房做了一次清理和改动,草笼一律烧毁填埋,每间蚕房又修了四条烟道,来年可以硫黄熏烟防止僵病。库房那边,先搬出库存,在里头烧草柏枝,再往虫穴鼠穴灌调制的药浆和石灰水;同时,师爷回来后,同刘基业进城放消息说,福记打算清空库存,未几,好几家绸庄相继登门造访。那时候,李普福已经显出大病端倪,谈话时,有气无力,喉咙冒出咕咕的声音,是他强忍咳嗽憋出的声气,再后来憋也憋不住,见来客时,始终有个丫鬟在一旁守着,替他拎痰盂方便吐痰。好几次,来客说完话,等着他答话,他靠着椅背,半天不开腔,以为睡着了,再细看,还睁着眼,嘴巴微张着。三姨太见枇杷露不管用,而且越咳越凶,就喊了个医生来把脉开个方子,哪晓得李普福不肯，说临五旬寿辰，不吉利，给打发走了。

吉人亨二当家李在樵过来那天，李普福讲话都恼火，可又不好怠慢，勉强在厅堂安了一张卧榻，由长夫人陪着接待，李普福的烟虽戒了，躺在卧榻上仍咬空烟斗。

这李在樵比李普福年长，见到他一副病态，也把姿态放低，恭敬地过问："福老弟，你这是咋个了？"

长夫人说："年年都这样子，出了腊月就好了。"

"大烟要少吃。"

"哪敢让他吃，连叶烟都戒了。"

"之前也没听说，早晓得我弄服药丸带起来。"

"没的事，不费心。"

"世景喃？"

"硬不巧，五妹带起看戏去了。"

长夫人坐得端端直直，答话是极简要的，李普福则躺在卧榻上，一声不吭。这李在樵坐也不是，站也不是。家仆端来茶，李在樵推道："不用了，不用了，福老弟病起在，我的事情干脆缓一阵再来说。"迈腿朝外走，站定，又返转来，"哎，不好说嘞，再缓两天我就怕……"

"二当家见外，老爷晓得你要来，特地喊人把床抬出来，这两天，他声音咳嘶了，讲不到话，有啥子事情，你直说便是，他听到起在。"

"以前为起分铺面的事情，福老弟跟我们有隔阂，嘴巴上不讲，我心头晓得，今天来，先给你们诚心道个歉，当初是老辈子主持事务，我们也干涉不到。"

"二当家不说这些，塞翁失马，焉知祸福，当初若得了铺面，也不会想方设法四处跑买卖。"

李在樵遭杵来低到脑壳，又坐了回去，说："嘉定府巴掌大点地方，哪挣得到银子，还是福老弟有远见。"叹口气，"兴许你们也听到说了，吉人亨遇到劫难了。"

长夫人问："咹，咋个回事？"

"犍为分号遭官府端了。"

李普福趁起身子。

李在樵接到说："那李泰嵩窝藏灯花教反贼。"

长夫人说："怕不得哦，我也见过泰嵩，老打老实的。"

"遭逮了现成，不会有假。"

"哎呀，咋个闹得出这样子的事情来。"长夫人问，"捞不出来么？"

"鬼大爷捞那狗日的，这事情有洋人过问，早就提到道署去了。"李在樵端起茶碗，"他不要脑壳就算了，把我们尽都牵累到起了。"拂茶汤，吃了一口，又道："有海翅子作怪，说吉人亨本就是贼窝窝，放话要查封，大当家前前后后贡了几大千两白银，那头事情还没有搁得平，这头货主钱庄又来了，生怕吉人亨倒账，天天讨货讨债。"

长夫人假眉假眼道："二当家，你若再早个把月来，兴许还腾得出点闲银……"

李普福取下空烟斗，插嘴道："二哥，你是，无事……不登门哦。"䞍了两声，"为那批陈丝来的？"

李在樵起身拱手道："福老弟，救个急，那陈丝你卖啥子价，我们打好多的借据，过了这道坎，再照市息两番还。"

那李在樵前脚刚走，李普福就笑不停。长夫人问他葫芦头到底卖的啥子药？他勾手唤长夫人过去，还没讲出话，一口血就喷到了她的脸上。长夫人忙将他扶回房间，这时才真真着重起李普福的病情，将另五房召集拢一堆，嘱四姨太和五姨太轮流看护到老爷，幺姨太去请阴阳先生，三姨太暂时帮带到世景，再嘱二姨太回娘家去请她爹。

二姨太的父亲是观榜博方堂的太医，擅以小单方回春，观榜常有一边备棺木，一边请苏太医的传说。不过，他已年逾古稀，且几近失明，由其门徒代为坐堂，唯疑难绝症，方由他亲自把脉。二姨太回去，她爹先还不肯出诊，当初长夫人与二姨太一前一后嫁过去，李普福本答应立二姨太为对房，结果长夫人暗中作怪，李普福出尔反尔，尽管过去那么多年，苏太医仍心存芥蒂，二姨太好说歹说，才把父亲说动，带了两个弟子上李宅把脉。

苏太医进了房，长夫人让家仆先出去，添了两盏灯，又给老爷褪了衣。苏太医坐在离床三两丈远的椅子上，嘱一弟子先上去把脉，那弟子报："脉细而带数。"另一弟子再上前，让长夫人将李普福扶起，唤他张口伸舌，报："苔少质红少津。"苏太医这才走到床侧，手掌贴其胸口右侧，再以二指贴其喉，问及食欲、大小便，遂与弟子走出房间。苏太医闭眼念方子，弟子执笔写道："法半夏、麦冬各四钱，大枣、杏仁各五钱，粳米、石膏各八钱，甘草三钱，桑叶、枇杷叶各两皮，辅以阿胶三钱，人参两钱。"长夫人问："苏太医，普福害的啥子病？"苏太医说："心先损，而后肺伤。"长夫人问："有啥子忌口么？"苏太医答："忌女色。"

长夫人照苏太医开的方子拣了药，服了三日，仍时有咳嗽，但精气神好了许多，已能坐起来吃饮食了。长夫人仍不让他下床，事情都交代给刘基业和师爷去跑。

连服七日后，照苏太医的医嘱，长夫人喊二姨太再跑一趟，去取新方子。二姨太去了，当天晚上没有回来，长夫人想，许是留她住一宿，可第二日仍没有回来，这时长夫人有点冒火了，老爷病还没有痊愈，她倒回去耍开了。连夜找人做了块匾，刻"悬壶济世"四个字，差两家丁送去，顺道请二姨太回来。

这两家丁抬着匾去，只换了一张新方子回来，问他们，二姨太喃？回说，苏太医说没有见到人呀。长夫人找来送二姨太回去的轿夫询问，轿夫说，抬拢了，他们原地歇脚的工夫，二姨太还跟苏太医拌了一阵嘴，吵啥子没听清。没几日，苏太医的信便到了，信上解释说，苏淑芳原来是跑她堂妹家散心去了，人已找到，不过，她想过完年再回李宅。长夫人觉得吊诡：一是二姨太走的时候都是好端端的，这封信却道出个受虐待的意思；二是信里写的是本名苏淑芳，而不是李苏氏。长夫人心想，二妹怕是再不会回来了。果不其然，隔天，博方堂一学徒又送来了二姨太的信，信上没有署名，但长夫人从字迹猜到是二姨太，上头只一行：今世缘分已尽。长夫人将信烧了，不敢将实情告诉李普福，只说："哎，不晓得哪处犯了煞，二妹也病了，回娘家要住些时日。"

2

幺姨太心头悬吊吊的，从李普福让她在床上喊刘三哥时，她就猜疑，他看出了啥子。在船上，在重庆，她都有意地不搭刘基业的白。回来过后，在脑壳头回想，有没有被哪个看到过，思来想去，只有丫鬟一个人，惊出一身汗，要是这婢女跑到长夫人面前告状，不得了，不得了。暗中观察丫鬟，越看越像那么回事，但又不敢有啥子举动，万一多虑了呢？难熬得很，冷静下来，一件件捋，做了哪些对不起李普福的事情，哪些讲得，哪些讲不得，归根结底只一条：不守妇道。难不成一辈子靠角先生快活？再说，嫁给他李普福之前，连个照面都没打过，晓得是根病秧儿，打死也……哎，哪能反抗，阿爹答应的婚事哪能反抗？心想，还是寨子头的姊妹些好，去游方场牵个阿哥，平平顺顺过一辈子。

丫鬟哪晓得幺姨太的心思，幺姨太从重庆回来，带了好些洋玩意，她巴不得也拿来耍一下，可幺姨太对她的态度又不像以前那般亲热，只好等幺姨太出去了，再到她屋头。门拴上，她找出了匣子，瓮到铺盖头听，又估计幺姨太夜饭前都回不来，偷拿了她的铜壳表，一路跑起拿去给爹娘看。爹娘问她哪儿来的，她说是幺姨太送的，看过再收起来，慌脚忙爪地奔回去，刚到门口，就遇到了幺姨太。

幺姨太是受长夫人的托付，上半天去了炎帝庙，道了事由，阴阳先生要择日子才来，仅吃两口斋饭，便往回走。到渡口时，见刘基业在督到搬丝包，心口莫名地绞痛，脑壳头闪过一丝念头，没敢往下想，就这么心绪不宁地走到了大门口。那丫鬟先她一步进去，埋起脑壳，装作没看到她，她骂了句："没教养。"丫鬟才赶忙赔礼，似若想起啥子，又急急地转身出门。她睖了丫鬟两眼，径直走到上房，李普福睡着了，她跟长夫人转述了阴阳先生的话，长夫人只答应了一声："哦，晓得了。"幺姨太在那儿僵站了一会儿，遂走出房间，长夫人也跟了出来，她问："姐姐，还有啥子事么？"长夫人挨她很近，拨她的一绺鬓发，说："世景暂且等三妹带到，你也累安逸了。"幺姨太笑了一下，忙低下头，忍住眼淋子，车转背离开，走到自己屋门口才落了几珠。打开门，见乱糟糟一片，洋玩意些到处摆得是，再联想起方才丫鬟的神情，定是那婢女偷拿了她的东西，她便将一肚子的窝火撒到丫鬟身上，立差人去下房将丫鬟喊到了房间头，又将房门拴拢。

丫鬟贴着墙，懦懦然摊开一只手，手头是一只铜壳表。原来，这丫鬟方才在门口遇着幺姨太，一时不知该咋个办，只得躲回下人房,听候幺姨太发落。幺姨太瞄眼铜壳表,又瞄眼丫鬟,一记辣耳掴过去,骂道:"你也来欺负我。"丫鬟偏了两步,捂到口鼻,呜咽道:"我只想拿回去给爹娘看下,再还回来,没想偷。"幺姨太见着丫鬟鼻血直冒,也跟到哭了起来,丫鬟哭得更大声了,幺姨太忙让她莫出声,掏出手绢,替丫鬟揩干净脸上的血,问:"打痛没有?"丫鬟答:"没有,我活该。"幺姨太喊她望到脑壳,亲手去濯了张帕子过来,敷到丫鬟颈窝处,沉默半晌,才问:"你跟长夫人说过啥子没有?"丫鬟直摆脑壳,说:"幺姨太,我啥子都不晓得。"待止住血,幺姨太令丫鬟将洋玩意些通通装到麻袋头,丫鬟照做。"提起跟到我走。"二人一前一后走到了河塝,幺姨太说:"甩到河头去。"丫鬟不解:"咹?"幺姨太笃定道:"喊你甩你就甩,未必你还想拿回去?"丫鬟提起麻袋朝河头一抛,那一袋子令她眼羡的洋货,打了几个泡就不见了。幺姨太说:"洋人的东西,碰不得。"丫鬟问:"为啥子?"幺姨太把她留在身后,说:"你看下老爷就晓得了。"走了几步,再回头,丫鬟可怜兮兮的,立在原地,动都不敢动,幺姨太又有些后悔了,狠掐自己一爪,你个蛇蝎心肠,咋个会是丫鬟呢。

　　过了几日,幺姨太听说李普福好了点,想去探探口风,在上房门口被老嬷子拦着,长夫人闻声出来,说:"老爷伤了肺,苏太医叮嘱少见人为好。"她嘀咕了一句:"姐姐,我又不是外人。"世景不让她带,李普福也不让她经佑,闲下来,疑心更重。有天,长夫人出了门,是四姨太在李普福的屋头,她悄悄进去,李普福已经能靠到坐着了,她话里话外,埋怨道,上上下下都在忙,唯她光是心头焦,却又帮不上。李普福解释说,肺上的病担怕惹人,有长房在就行了,又说,开了年,世景要学修经义,让三房先规到起。

3

  李普福躺了半个月，事情挨递由刘基业和师爷处理得妥妥当当，先是打扫蚕房和库房，重新打制蚕具，然后长夫人又让把陈丝运到吉人亨练染坊，刘基业只顾到忙，没有琢磨别的事情。那天，他从渡口回去时，看到幺姨太在大门口发神，就原地站住，师爷和鲁副手走过去，她回过神，朝他瞟一眼，回了院子，他不晓得幺姨太咋个了，只以为她不想见他。

  到了十月底，又该淘李落渡的河道，也是刘基业去请的浚河船。两条船挂在淤滩处，中间放耙子下去，用滑车来回扫动清淤，收工的时候，一条浚船的碇子扯不起来，使篙杆捆镰刀伸下去割，耗了半晌，也割不断杂草，都说干脆斫了碇绳。刘基业脱了裤儿衣裳，操起镰刀就跳下去，水有一人半深，他顺到碇绳摸下去，一刀刀地割，碇绳噌啷摆动一下，刀口划过指头，血像丝线一样往上浮。他再看水草，水草便不是水草，而是幺姨太的脸，他一蹬腿，浮上去，拿衣裳擦干身体，岸上的枝丫光秃秃的，芦苇丛已变成一片灰烬，不晓得哪家娃儿秋收过后一把火给烧了，穿上衣裤，连打好几个喷嚏。侧边苦力说："哪个去跟老爷禀告下，就问，三哥干的活路值不值那点月银。"刘基业一声不吭，回去烧水烫了个澡，出来天已黑尽，去上房跟李普福报浚河的事，进去时，长夫人正跟李普福耳语，被训了一句："规矩都不讲。"正要退出去，长夫人说："进来嘛。"他说话的时候，李普福盯着他，说完还盯着他，最后道了一句："你这阵逍遥得很嘛，屋头婆娘娃儿都不要咯？"他猛一抬头，李普福板起脸，模样阴森森的。他想，老爷浑身都是心眼，猜得透一颗，猜不透另一颗，站在天坝头，远远地看了眼幺姨太的窗户，亮着，再看，看到影子印在纸窗上，那影子扩散，散成一张长满水草的脸。这天晚上，他哪还睡得着，闭上眼，便胡思乱想：一会儿，老爷的洋烟斗敲打他的脑壳，天旋地转；一会儿，他在往下沉，背上捆了石头，手脚动不到，鱼肚子拂过鼻尖，那团水草贴过来，从他的额头舔到他的脚，草巅巅托住他的卵米子，他吸不到气。

"这河水从哪儿流来？"

"高山上流来。"

"流到哪儿去？"

"流到岷江去。"

"岷江过后喃？"

"过后是川江。"

"川江过后喃？"

"过后是湖海。"

他的乱耙戳进去，凉悠悠，缠得梆梆紧。

"你引我走。"

"走得拢哪儿？"

"走拢哪儿是哪儿。"

"清福不享了？"

"不享了。"

"世景不要了？"

"不要了。"

"老爷呢？"

"也不要了。"

"谈黄话。"

"行李收拾好了，盘缠也攒够了。"

"你松开碇子。"

"松不开了。"

他拿着那把镰刀,一刀刀地割。

刘基业猛睁眼,干脆爬起来打盘腿,瞅鼓鼓盯到墙角,心头仍慌乱得很,扯开门,沿到田埂朝屋头走。

多年前,天不落雨,谷子尽是空壳䄻,求神求佛求官爷,终于求来了赈灾粮,可那粮食发拢茶山就不发了,郑明、廻龙、刘河、二郎一带的百姓,知县大人不再管了。人些就纠集起,沿路走,沿路喊,叫天不应,叫地不灵,天地不怜,自谋活路。他丢下一双吃奶的娃娃,跟到人群,按到县衙,衙役横握长棍,挡在衙门门口,衙役腰上挂着刀,有人就数,一把、两把、三把……数到后头,都悄默默了,他跳起来吼:"你那点刀棍,挡得住啥子哦。"一面把身前的人朝前头推,一面把钉子握到手头,那枚钉子隐蔽得很,当他拍到那衙役的脑壳上,哪个都没有发觉,他退出来,退到人潮的后面,衙役拔了刀,喝道:"都跕到,哪个敢跑。"有人笑,也有人哭,哪个都不晓得大刀砍上来是啥子滋味。

两旁的柞树像鬼魅一样望着他。那仿若是上辈子的事情了,如今的他,是福记的管事,月银是三两足纹,这刘河坝没的人赶得到,快拢屋时,他自言自语一句:"幺姨太,我不走,要走你个人走。"

"把门拉开。"

"哪个?"

"我,你刘三爷。"

刘谭氏拉闩开门,点燃油灯,怨了一句:"哟,稀客,你还舍得回来。"

"幺儿喃?"

"他家婆接去了。"

"明天去喊回来。"刘基业把手头的洋烟标放到桌上,"有酒没的?"

"还有点苞谷酒。"刘谭氏打开碗柜,取碗倒酒。

"拿去搁到。"刘基业给了她几枚碎银,再端起碗吃了一大口。

刘谭氏装进钱囊,说:"瞎风黑火跑回来,到底为起啥子事哦。"

"回来吃顿衣禄。"

"唉,你又犯事情了?"

"老子把福爷的婆娘日了。"

"鬼扯,鬼扯。"刘谭氏赶紧关门,细细声说,"你不要屄脸,是跟幺姨太?"

刘基业咕嘟嘟再灌一大口。

"遭逮到了?撵过来没有?你倒是开声腔啊。"

刘基业长吸一口气,说:"这回不跑咯,这条贱命福爷要要,给他就是。"

"你个狗日的。"刘谭氏狠拍了他脑门一巴掌,边哭边去发火。

木柴在灶门头烧,刘基业的脸时明时暗,锅里嗞啦响,灶台上有个缺口盘子,盘子里两根葱花、几片生姜、几粒花海椒和刚切的陈年腊肉,这场景,就跟七年前,刘基业跑路前一样。

4

服完第二道药,李普福的元气恢复了七八成,由长夫人和三姨太陪着,在院子里散步。一会儿,李世景也跑过来,长夫人顺嘴说:"该给世景单另物色个经义先生了。"李普福望到空地，说："右耳房当初拆得可惜，连间学馆的地盘都没的。"长夫人说："说拆是你，说可惜也是你。"三姨太在那儿逗世景，也插嘴道："要不送到成都教会念西学？"李普福跺了一下手杖，说："像啥子话。"一行人往下厅方向走，长夫人问："你不是认得到东岩书院的袁孝廉么？今年的举人赵尧生像是他教出来的。"李普福走进下厅，嘀咕了下："这儿倒是可以改出来。"又说："袁东山脾气怪，知县设宴都请不动，哪肯来教你这七龄童。"三姨太给世景揩鼻涕，说："你倒是把春妹忘得一干二净。"

李普福有三个女，长夫人没的生育，二姨太生了一个，嫁到了长沙府，五姨太也生过一个，只是早夭了，三姨太生的李春亭嫁回了嘉定，夫家经营有糕点铺百味斋，相公许佩箸是留美肄业生，归乡后屈任工房胥吏。袁东山是许佩箸的经学先生，又是百味斋的常客，三姨太说："先喊春妹引起世景去拜访下他。"

春妹精挑桑葚花生、百合饼和桃片糕各三两，又买了三两峨秀特曲和三两凌云佛眉，引弟弟世景去龙神祠见袁东山。

沿嘉定城东城墙到九龙山脚，再顺九龙巷而上，山顶便是龙神祠，供奉神勇大将军赵昱，书院设在祠堂内，旧称九龙书院，嘉庆七年改名东岩书院。入门后有砖墙环绕，静观亭、洗墨亭先后入眼，两翼长廊有讲堂学斋八间，北面为听风楼，楼下设茶室书房，楼上为山长、襄校、监院和住院生员寝室。监院带着李世景去学舍旁听，春妹就在茶室等候，歇了半晌，斋务长来说："今天怕是要等久了。"春妹问为啥子，斋务长认得春妹，便不忌讳，遮嘴道："下扬州了。"

嘉定城有明娼暗妓千余人，侧黑时，几道城门口，三步一个粉白黛绿女子搔首弄姿，招揽狎客，行至桂花巷，更是早早挂出灯笼，满巷莺莺燕燕。桂花巷有三绝：秋霞阁的梦，三鹤楼的灵，继兴永的肉。秋霞阁有烟室数间，狎客在烟室中吃着鸦片，云里雾里，鸨母看登徒子衣冠，叫来女子出应，若是熟客，则写条子指明叫人。可以放了烟枪，独享椒房，入了纱帐，烟云未褪，薰香缭绕，哪怕是半老徐娘，亦认作二八姑娘。也可以在八卦庐群欢群乐，丝巾蒙眼，姊妹些裸身在其间躲藏，捉住一个，上有烟枪，下有肉枪。弹神些有句切口："八卦炉里风烟搅，把一双眼熏红了。"如梦似幻，谓之秋霞阁的梦。三鹤楼有歌舞伶二十余人，琴箫师三人，说书一人，前堂布有木台子，底下打茶围。说的是《巫山艳史》《怡情阵》《空空幻》，吹弹的是《关雎》《酒狂》《秋水》，唱的是《双阁记》《菊花新》《懊侬歌》。楼下度曲行酒，楼上住局，鼻嗅香汗，嘴尝酥体，耳闻余音，更有消乏器具，缅铃、男根、木驴摇、美人椅，都照着那淫词艳书来，三鹤楼的伶亦是三鹤楼的灵。继兴永禁烟禁赌又禁酒，若有违者，龟公狎司棍棒伺候，有这三禁，女子自然比别的妓院养得好。鸨母自扬州请来三张红牌：一是硕乳燕燕，一是丰唇扬之水，一是肥臀绿衣。耍法亦有三种：葡萄蘸蜜、酒酿圆子、坐莲观音。此三人不接下九流，不拉铺，夜度资更令一众狎客望而却步，只道是：扬州女，天上肉。

有次，成都下来个秀才，到继兴永，只要绿衣伺候，绿衣又被揭了牌，便在前堂吃茶等候。天色将晚，他还要赶回去，等不及，趁鸨母不留神，溜进了绿衣的椒房，一老者正仰身枕到肥臀呼呼大睡。秀才说："你个老不死的，占到茅厮不屙屎。"老者惊醒，一看，竟是新来的主讲，这秀才一看，竟是袁山长。

袁东山一月逛两次继兴永，十余年皆如此，继兴永老鸨甚而向他请了首打油诗，挂在牌架旁：投我以元宝，报之以偕老。匪报也，永以为好也。投我以鹰洋，报之以行房。匪报也，质有优劣也。投我以铜板，报之以一看。匪报也，明日贬值也。在继兴永，袁东山有个雅号叫"黄鸟"，语出《秦风》，在姊妹些口头，这雅号实在不雅，道他是赏玩而不入巷，故称老黄鸟。那姊妹些只知他是文人，不知他是孝廉，只知他写得一手好字，不知他还是东岩书院山长。袁东山上继兴永是格外小心的，他只白天去，一怕遇上熟脸，二怕糟糠之妻发现。即便如此，书院头的理事教谕些也尽都晓得他的这癖好，倘若没见着他的身影，便趣称，袁山长又下扬州了。

下半天，袁东山才坐轿子回书院，在听风楼前，斋务长叫住他："许佩箬的夫人在茶室等你。"袁东山摆手说："不见了，不见了。"斋务长说："都等一天了。"袁东山站住，细声问："你说我去继兴永了？"斋务长点头，袁东山说："多嘴。"

春妹闻声，引着李世景从茶室走到厅堂，李世景照姐姐的吩咐，给袁东山行顿首礼，袁东山皱眉看他，春妹拿出糕点茶酒。

袁东山接过礼，却说道："东岩书院只收童生，许佩箬没有说？"

"先生，你收佩箬的时候，佩箬有好大？"

"那是他爹死缠烂打。"

"还不容易，我替愚弟再死缠烂打一回。"春妹玩弄着手腕的红绳，又道："再说，将将遇到师母，我问她，袁山长去哪儿了？"抬头瞧一眼袁东山，"她说，你吃茶去了。"

袁东山将礼递给跟班，说："你呀，鬼机灵。"扶起李世景问："好大了？"

李世景说："虚八岁。"

袁东山收回双手，说："八岁还虚，我堂堂孝廉按屹蟆儿哟。"

跟班也被逗笑了。

袁东山理衣冠，坐上交椅，问：“《三字经》《百家姓》《千字文》都会背了么？”

李世景摇头晃脑背起《三字经》。

没背完，袁东山闭目道："周有八士。"

李世景愣了一下，答："伯达、伯适、伯突、仲忽、叔夜、叔夏、季随、季骒。"

又问："君子有三戒。"

"少之时，血气未定，戒之在色。及其壮也，血气方刚，戒之在斗。及其老也，血气既衰，戒之在得。"

问："国有四维。"

"一曰礼，二曰义，三曰廉，四曰耻。"

袁东山自言："一维绝则倾，二维绝则危，三维绝则覆，四维绝则灭。倾可正也，危可安也，覆可起也，灭不可复错也。"睁眼再问："饿虎遇和尚，因臊气不食，遇秀才，因酸气不食，最后遇一老童生，亦不曾食。何以不食？"

"先生，背不得了。"

袁东山稀嘴道："怕咬伤了牙齿。"

李世景笑，露出漏风嘴。

春妹说："佩箬说你是老顽童，硬是名不虚传。"

跟班说："先生，你这是刁难人。"

袁东山起来，走前头，说："讲堂来。"

到了讲堂，袁东山让李世景坐到高凳子上，又在案上摆起墨条、方砚、清水和纸笔。春妹要去磨砚，被袁东山止住。李世景满袖子都染得是墨汁，写的是《幼学》，两行过后，袁东山换了一张小格纸，李世景也写得中规中矩。

- 064 -

袁东山问:"跟哪个发的蒙?"

春妹说:"乡下的先生。"浅笑,"饿虎不食的老童生。"

"乡下的先生?"摇头道,"不像。"

跟班抢话:"你忘了春亭父亲就是癸酉科拔贡李普福咯?"

袁东山说:"令尊不是调到湘西去了么?"

"回来好几年了。"

又看李世景,说:"这是贤之的?"

跟班说:"幺儿。"

袁东山两手一背,说:"让令尊改日亲自把束脩送来。"

春妹说:"那当然少不到,只是……"

"只是啥子?"

"家尊的意思是,请你到白庙开馆。"

袁东山俯身盯着李世景说:"哟,你面子大哦。"拂袖而去,"东山老矣。"把他们晾在那里。

听风楼一面向江,一面向城,与高标山相望。袁东山上楼回到寝室,透过后窗,即可隐约看到高标山上的孔庙,孔庙门前有泮池,泮池上有泮桥一座,桥当头立有圆顶石碑,上书"文武百官至此下马",过桥乃圣域、文域二道拱门。圣域只君上可过,文官武官、学子庶民只得绕泮池由文域而入,唯状元回乡祭祀,方可走泮桥,不过,隋唐开科取士以来,从无邑人有幸由泮桥入殿。

在城里住了几日,春妹带着李世景回了白庙。春妹好两年没有回过李宅了,这次回去本来打算住个几天。

刚到门口,长夫人送着两个道士出来,吓春妹一跳,她问:"大娘,这咋子了?"

长夫人笑着答:"看看风水,你先进去坐到耍。"

李世景一趟子跑进院子，长夫人叫身旁的下人帮她拎东西，随后又送道士去渡口。阍者高声吼了句："春小姐回来咯。"

三姨太先迎出来说："还说你们要过阵子才回来，到处都乱糟了。"

春妹边走边说："世景在城头待不住，干脆把他送回来。"

三姨太问："佩箬喃？"

春妹说："年底衙门头忙得很，让我带个好。"

四姨太也走到门廊说："春亭，回来咯。"

春妹跟她问了好，指着下人手里的礼物说："师傅新学的苏杭做法，我一样挑了点。"又问："我爹喃？"

三姨太说："怕你担忧，没有跟你讲，从重庆回来害了风寒，都卧个把月了。"

五姨太扶着李普福走到厅堂门口，学着李普福口气道："春姑娘，春姑娘，老爷天天都念叨嘞。"

李普福说："回来咯。"

春妹打恭唤："五姨娘，爹。"上去扶到李普福拄杖的手，说："大娘喊你不要下重庆，你偏要去。"

三姨太搭腔："好多咯，坐到摆，我去喊下人泡茶水。"

春妹扶李普福落座，问："二姨娘、幺姨娘喃？"

三姨太声音从门外传来："你二姨娘回娘屋了。"

五姨太去给李普福拿烟斗，说："幺妹也回娘屋了。"

春妹说："哎，回湘西了？我还给她带了花生酥。"

院子里的李世景突然冒出一句："你扑在那儿搞啥子？"四姨太走出去看了一眼，又回来。春妹和四姨太坐下，过了一会儿，三姨太和五姨太也过来坐着，下人端来茶和刚拆的糕点。

李普福嚼着空烟斗说："引世景去见过袁东山了？"

春妹说:"见过了。"

李普福问:"他肯来么?"

春妹说:"答应收世景。"

三姨太问:"不肯来?"

春妹说:"那老头子怪得很。"学着袁东山的神态和语气把话转述了一遍,惹得三姨太不住地笑。

长夫人也从外面回来,问:"啥子那么好笑?"

春妹说:"世景脑壳好使,问他《幼学》答《幼学》,问他《论语》答《论语》。最后袁东山就好奇,问是哪个先生教的?我说,不是先生教的,是他爹教的。"

三姨太对长夫人说:"袁先生不肯来,但是答应破例收世景。"

长夫人坐到李普福旁边,拿一片丝丝糕放到嘴里,说:"我想他也不肯来。"

李普福说:"我还想,把下厅改成私塾,喊刘河坝的娃娃些都来跟到读。"

春妹摇头,又道了一遍:"不肯来。"

长夫人掩嘴问:"佩箐那里住得下么?"

春妹说:"喊幺姨娘一起来也住得下。"

长夫人拭去嘴角的糕末,说:"幺妹就不去了。"端起茶碗,问三姨太:"要不,三妹你去,你要自在点,毕竟是亲闺女。"

三姨太说:"老爷还没答话嘞。"

几个女人齐笑,李普福取出烟斗,侧身对长夫人说:"从今往后,你才是老爷。"长夫人一口茶水差点喷出来。

夜饭过后,丫鬟来说屋子收拾出来了,正要帮把春妹的行李提过去,三姨太说:"春亭挨我睡,四妹,你帮带两天世景。"李世景道了一句:"我也要挨到姐姐睡。"长夫人嬉说:"你姐夫不打烂你屁股。"

春妹跟着笑笑，搭搭腔，一家子看上去闹热。有好几次，或是某姨娘，或是她大娘，道出半截话，又怯生生将话吞回去，沉默半晌，才生硬地添补另半截。春妹觉得，像是有啥子事情瞒着她，她起身说想出去走走，喊她娘陪她，三姨太看了眼李普福脸色，方才随她出去。两母女沿着小道走到河埧，水面有只灯笼船，篷里亮着灯火，有个穿蓑衣戴蓑帽的人坐在船头。春妹像是自言自语，又像是在问她娘："幺姨娘好端端咋个会跑回湘西？若真是念家了，在重庆时顺道回去，不是更近便点么？"三姨太说："不晓得。"二人打返身往回走，三姨太接到说："头一阵船佬儿送了封信来，你爹就喊她回去一趟。"春妹将信将疑，雾气罩着松树林，三姨太加快了步伐，又说："哎，你莫过问那么多，嫁出去的姑娘，泼出去的水。"春妹心头想着这句话，雾罩越来越浓，听到咯吱咯吱的脚步，回头，先是见着一双打湿的鞋，再见着绑了草索的腿，那人将帽子压得低，挨近了，春妹认出了他来，就招呼他。他粗笨地喘着气说："春小姐，路溜滑，当心哦。"春妹说："鲁师，你也慢点。"鲁副手走得快，一会儿便消失在雾罩中，待春妹隐约见着大门口的红灯笼时，雾变浅了，三姨太在后头喊："你走恁快咋子。"三姨太被她甩了十几步远，跟上来后，怨说："就见你埋起脑壳，莽起势走，撵都撵不上。"春妹正想问她，有没有碰到鲁副手，忽听到四姨太的声音："就那么大点地方，跑得来哪儿去嘛。"下人们提着灯在院子里走动，一打听，两人都慌了神，世景不晓得躲到哪儿去了。

三姨太疾步朝上房去，春妹跟着下人四处喊找。这时，刘基业正巧回来，下人将事情告诉了他，他问："不得是跑出去了嘛？"阍者说："吃了饭，只三姨太和春小姐出去过。"刘基业问:"院子头都找高了?"下人点头。刘基业遂朝西厢房走,春妹打着灯跟到他,下人些也想过去,但都不敢动。幺姨太的房间门掩拢着,门口撒了五谷,春妹不敢跨进去。刘基业从她手头接过灯,推开门,里头只剩一张床,地上铺了谷草,谷草分出了一条道,这条道伸到床底下,刘基业拎着灯,勾起腰杆说:"少爷,赶点出来。"

打春妹第一次见到幺姨娘时,她就料到这事情迟早要发生,可她仍旧很害怕,怕她亲娘也会落得这下场。临睡前,她紧紧抓着她娘的手,说:"开了年,你跟世景进城来住。"三姨太只得一遍又一遍安慰她:"莫乱猜疑,幺姨娘回湘西了。"

第三章

1

小神子的传说,丫鬟是从她娘那里听来的,她娘小的时候,屋头经常落东西,起先只是些箩兜篾条,后来是镰刀铜板之类,家人就留心了,窗户上钉了木框,换了粗门闩,还是没的用。一个月下来,横顺要落三两样东西,再看木框门闩,也没有被撬的痕迹,不是破窗破门,还能从哪儿进来?她家婆和家公就轮流在堂屋守起,有天晚上,听到声响,点亮灯,看到她娘闭到眼睛走动,她家婆喊醒她娘,她娘就回床瞌睡了。第二天说起,她娘想不起头晚上做了啥子,她家婆便挨到她娘睡。隔了十来天,她娘又夜半爬起来了,走到灶门间,拿了把火钳子扛肩膀上,再垫凳子拉开门,她家公家婆在后头跟到起,个把时辰,走到浑水沟一户人家屋门口。敲门,一个老太婆走出来,接过火钳,她家婆上去把她娘抱到,她家公举起锄头砍进去,砸开了门,那老太婆跪在地上求饶,把东西都还了回来。

她娘说:"那老太婆就是养了小神子。"

她问:"咋个养法?"

她娘说:"在兜兜坛里头装五谷、盐巴、茶叶子和铜钱,烧符纸撒进去,封起来,挂到堂屋横梁上。四十九日后,再取下来,放新米,念'千年的米,万年的粮,千年的盐,万年的茶,要好多,有好多,住里头,长生饱暖,不受饥寒',再供到坛位上。听到哪家有人走了,就让仙孃把坛子抱过去,盖方子前,割只鸡公,启开坛子,使鸡血顺到方子脚,淋到坛子头。仙孃拿剃刀在额头划道口子,将鲜血抹到坛侧,再封坛口,养上三年,就养出个坛神,可消灾消难保富贵。若引子是个饿痨死的汉子,满三年又二十七天后,请个正有月事的女子,照婚俗,摆九大碗,唱大戏,吹牛角号唤回坛神男儿之身。入了洞房,女子脱裤儿,屙两滴经血进去,再放回坛位,足十月后,若兜兜坛里有呱娃儿哭声,这小神子才算养出来了,可以观花照水,也可以走阴降神。"

　　丫鬟见着幺姨太的兜兜坛,便想起了娘亲的话。

　　那天,幺姨太吓唬丫鬟,说那些西洋玩意都是让人下了蛊的。丫鬟信了,不晓得咋个办,拿火烤,再用草木灰搓,一双手乌黑,皂角也洗不脱。别个问起来,她说是不小心遭烫了,到晚上,躺床上,手板心火辣辣痛,像是还有火苗子在燎,伸到嘴边吹气,一面吹,一面呜呜地抽泣,同住的老孃子训了一句:"三更半夜哭丧么?"她只好爬起来,到水缸舀一瓢水,伸进去冰,听到阍者问:"刘管事,那么晚走哪儿去?"答说:"回去,看婆娘。"鬼使神差地,她走出下房,望了一眼,然后沿着出廊朝西厢房去。灯笼打着廊柱,竹林摆动,不只这些声音,还有隐约约的,隐约约的女人的哭声,竖起耳朵,是幺姨太,幺姨太哭啥子?她轻脚走到窗边,跕下去,又一点点起身,从窗缝瞄进去,灯火很暗,不是灯火,是香烛。幺姨太握了三炷香,立在杂物柜前,柜台上有个香盆,香盆里立了两炷蜡,供的是,兜兜坛。

丫鬟回到床上，老嬷子说："躺不住么？"丫鬟翻来覆去睡不着，就问："孃孃，这小神子放出来，凡人看得见么？"老嬷子打起了鼾。鼾声、哭声、老爷的咳嗽声，似有似无，通宵没有闭过眼，翌日起床烧了水，给幺姨太端去，将脸盆放到盆架上，脑壳不抬一下，便要急急地退出去。幺姨太喊住她，令她摊开手，道："咋个烫那么狠？"她说："兴许脱层皮就好了。"幺姨太让她等到起，洗过脸，到杂物柜翻药膏，第一层是稀奇古怪的石头，第二层是银饰，第三层是布巾巾，第四层是小瓶的药酒和香炉香匣，兜兜坛在第五层，使谷草遮掩着。幺姨太让她把手洗干净，再细细地抹上药膏，幺姨太说："若在下人房住不惯，还是回这边住。"她说："住得惯，昨晚上老嬷子看我手痛，还帮我掺水倒水的。"幺姨太放下她的手，去取青盐，说："老爷回来得这场病，尽都怪我，我委屈得很，一委屈，就把火撒到你身上。"青盐浸到肉里，漤得痛，丫鬟甩动两只手，嘶嘶地呻唤。幺姨太说："忍到起，今天莫碰水。"丫鬟说："谢过幺姨太。"幺姨太说："还是埋怨姐姐？"丫鬟说："没有，没有，不敢。"幺姨太说："刚才说的话，莫对……"朝窗外努下巴。丫鬟连连点头。

　　都说怕啥子，来啥子。这天吃了响午，幺姨太提了口布袋子给丫鬟，令她拿到松树林埋了，丫鬟接到布袋子，伸手一摸，便晓得里头装的是兜兜坛，她虽不愿意，却又不敢不从，先去借了锹子，到松树林向阳的方位刨了土，再回来提布袋子过去，走得鬼鬼祟祟，恰让老嬷子遇见了，老嬷子擦身而过时，说了一句："又偷了啥子？"丫鬟说："装的一罐子死耗儿。"要扯开口子给她看，老嬷子捂住鼻子，骂咧着躲开，丫鬟走到松树林，犹豫着，想打开看看，一声獾叫，布袋子脱手，掉到坑里，只听陶片清脆一响，丫鬟赶忙蹲下去覆土，道："小神爷，不怪我，小神爷，不怪我。"

2

有人问:"是李信士的屋么?"

来者是炎帝庙的道士,一个着衲衣道巾,另一个着法衣黄冠,还有一个是着常服,挑担背枛袋的下手。长夫人亲自迎进三人,先将宅子通走一遍,李普福和五姨太在上厅等候,待道士走来,李普福再起身,行抱拳礼,五姨太取出九个大封奉上说:"一点薄礼,道长笑纳。"

下手收下封封,衲衣道师自报道号若谷真人,并说:"逢朔望祈福,又收新徒,耽搁了些日子。"法衣道师自报道号无尤真人,差遣下手净手设坛场。家丁已经搬出两张长案和数个蒲团,下手挪移方位,两位道师净手正衣冠,依次立幡,置法器、净水、香炉于案上,请黄纸朱书"纯阳吕祖师""阐教大宗师""张公执阳大师尊"牌位。若谷真人蘸水弹洒,下手摇三清铃,无尤真人执尘拂临坛,率众人三叩首,诵经礼忏,道"却病延年,献贡献斋"。

长夫人再奉上九个红封,摆方桌于坛前,桌上撒灰,燃符请乩,扣筲箕于桌面,插箸于筲箕。长夫人与李普福左右侍立,无尤真人三叩首,正坐圈椅,闭目静待,若谷真人长嚎:"祖师驾到。"

长夫人问:"病由何来?"

二人持箸推移,揭开筲箕,乩判"忧"字,赏李普福符汤一碗。

饮毕,李普福问:"阳寿几何?"

长夫人弃箸站开,说:"判不得。"

李普福笑道:"不判了。"

作罢,若谷真人送走祖师,请还无尤真人,下手收拾坛场,家丁帮忙，长夫人再送九个大封，道师赠明镜一面符纸数张，问："这宅子的风水是哪个看的？"

长夫人说："本乡本土的道长看的。"

无尤真人交代，将明镜悬于正房右檐，再焚符纸，将符灰撒在右耳房的位置，七天后，道师会再跑一趟。

幺姨太以为长夫人要趁这机会，整她的磕儿，整出道场，她都提心吊胆地，静默默地看着，直到老爷说，不判了，她才松心。

道士拾捡了坛场，厅堂已备好斋饭。席间，不知怎的，李普福问了一句："这刘基业又走哪儿去了？"侧旁服侍的下人答："回屋头去了。"幺姨太想起昨晚跟他说的那些话，定是吓坏了他。吃过斋饭，幺姨太主动要送道士出去，路上侧面问了宅子哪处扯了拐，道士说，右耳房拆过了头，不平不正，做过法事就好了。送上船，无尤真人说："居士，倒是你要留点心哦。"

这句话令她真真笃定了逃走的想法，她走回房间，立窗边，细细地回想近来长夫人的话和举动，越想越怕，长夫人必必要对她下手，有啥子比命还重要？刘三哥不走算了，她个人跑。遂打开杂物柜，翻找盘缠，将行李收拾归一，猛然回头见着杂物柜头的兜兜坛，赶紧使布袋子包起来，唤来丫鬟，令她拿出去埋了。又坐下来，细想还有啥子是必需的？她哪料想得到，她吐的丝正一圈圈将自己缠得梆梆紧。

好几朵乌云都被扯了过来，一片片压在刘河坝上头，要落雨了，落起雨来，可就不好跑了。她心头仍有些犹豫，有啥子舍不得？老爷？再去看他一眼吧，走到上房门口，五姨太挡到她，说："老爷睡着了，有啥子事么？"她听到了老爷的呼吸，呼噜呼噜的，她说："没的啥子，老爷醒了，跟他说声，我来看过他。"还有啥子舍不得？还能有啥子，好几日没见到世景了。刚抱来时，才十来寸长，现在要打齐腰杆咯，脑壳儿好使得很，文章咯，诗句咯，瞄一眼就会背，遂走到三姨太屋门前。里头问："哪个？"答："我，三姐。"问："没换衣裳嘞，啥子事嘛？"答："呃，世景在你屋头没有？"里头说："世景进城认先生了，怕要过一阵才回来。"幺姨太说："哦，晓得了，三姐，打搅了。"心想，哎呀，这痞娃儿，进啥子城嘛，哎呀，这痞娃儿，过两年还记得住我不？

　　从正厅出来，幺姨太只当跟他们都道过别了，便不再有啥子舍不得了，伸手招来家丁，令他去叫鲁副手。她深吸了几口气，以使声音不要颤抖，慢悠悠走到池水边，水面有波动，分不清是鱼在觅食，还是细雨。

　　鲁副手懒虾虾地从下房走来，问："幺姨太，你找我？"

　　"你帮我去备艘船。"

　　"要走哪儿去么？"

　　幺姨太刻意说得大声："想进趟城，到春妹那儿去，好些日子不见世景了，怪想他嘞。"

　　"老爷晓得么？"

　　"本来要跟他说，他正瞌睡，喊五姐留了话。"幺姨太朝西厢房走，"你过来，我把钱给你。"

　　"这天怕要落雨，要不明天再去吧？"

　　"不好找船？"

　　"船有的是，我到大埝溇喊他们打一条下来。"

　　幺姨太回房拿了一吊钱。

　　"幺姨太，哪用得着那么多。"

　　"你拿到起，搞紧点，天黑前替我把船喊到。"

　　"那你在屋头等到，我喊了船，就来敲你的门。"

　　幺姨太坐在屋里等，一步也不敢再走动，她将包袱又理了一道，把床铺又捋了一遍，捋得有棱有角，还觉得欠挂到哪个。

这时候，门响了。

"幺姨太，河上只一个船夫在跑，下周落坝了。"

"好久回来得到。"

"快的话，个把时辰。"鲁副手站在门外问："非得今天走？"

幺姨太愣住了，盯着他，泪汪汪，说："非得。"

鲁副手说："幺姨太，我是明眼人，我都晓得了。"

"我路上要留点钱，没的啥子给你。"幺姨太取下镯子，让他进来，"给刘三儿带个话，说，说，哎，就说梦里头见了我，多跟我说两句话。"

"幺姨太，东西我收到了，话我也会给你带拢，我到渡口守到起。"

幺姨太坐一阵，走动一阵，立一阵，再坐一阵，一个时辰过去了，又一个时辰过去了，雨还没有落下来，鲁副手还没有过来，天色暗下来。

三姨太在院坝头扯起喉咙喊："幺妹，吃饭咯。"

幺姨太答："三姐，我人不舒服，不吃了。"

听到三姨太走过来，赶点打散铺盖，钻到被窝头。

三姨太敲门，门没锁，进来问："咋个喃？"

幺姨太说："许是天气的缘故，闷得慌。"

三姨太走过来，摸摸她的额头，又握着她的手，看着她，不说话。若幺姨太这会儿看明白三姨太的意思，也就没有后头的事情了，三姨太说："你这副样子还进啥子城，再说，那么晚了，莫去了，明天我去把世景引回来。"三姨太松了手，掩门前又看了她一眼。

鲁副手不得是告状去了哦？她想，不得，不得。她晓得鲁副手的为人，等下就莫让鲁副手再引她过去了，莫把他害了，别个若问起，就说想去透透风。自己沿田埂去渡口，上船就让船夫快点子划，进了城，先找轿夫，往老霄顶那边走，今晚打间旅馆，明日换间旅馆，歇两日，再到水西门坐船，顺水一直漂，过了重庆是夔州，过了夔州就……门外一阵脚步声，再一会儿，便安静下来，她仿若听到了橹在拍水。

"幺姨太。"是鲁副手在唤门。

爬起来，头发梳归一。

"幺姨太，船佬儿在渡口等到了。"

拉开门道："谢了，鲁师，不给你惹麻烦，你莫跟我去了。"回去挎包袱，又把铺盖叠巴适。

"不怕得，幺姨太，蚕房那边说是垮了墙，打死人了，扯起皮在，这屋头的人都过去了。"

边往外间走边说："我说咋个到处都没的声音。"

"跟我走嘛，我把你送上船。"

院坝头没的人，下人房也没的人，到处都没的人，阍者在打瞌睡。幺姨太还在想着鲁副手的话，垮墙打死人，呀，大半天没见着丫鬟了。

幺姨太问："是哪个遭打死了？"

"一个长工。"

3

"布袋子头提的是坛子，她说，坛子头装的是死耗子，呵，鬼大爷相信。"

"码定是幺妹的丫鬟？"

"是，先几日她跟幺姨太闹毛了，不让她在厢房睡，跑过来挨我睡。昨天晚上还问我，这肉眼能看到小神子么？我装起困着了。"又说："幺姨太待她如亲姊妹，个寡情种，当面一套，背面一套。"

长夫人早就猜到了，这屋头有人在捣鬼，老嬷子一说，她就想，小婢女哪有那么胆大，说不准是山鸡婆和她连起耍的啥子阴谋。小婢女自然要审问一番，不过，先不要张扬。这头诓老爷，说要上白庙场买点东西，吩咐五妹好生照看。那头派人去打扫库房，再借口发岁粮，将婢女诓过去。

家丁来说发岁粮，喊丫鬟过去，丫鬟心头就在打鼓，院坝头那么多人，单单发她一人的？若是真真发岁粮，头一夜就传开了。再看家丁凶巴巴的神态，她就晓得，这趟怕要吃揍，多半为起幺姨太的事，但想不透是老爷还是长夫人问话，要问些啥子话，又该咋个答，是如实答，还是袒护到幺姨太？

一个家丁在前头带路，一个家丁在后头跟到，走到库房，老嬷子出门来迎。一见到老嬷子，丫鬟就不走了，后面的家丁扭住她的胳膊，两步带了进去。

丝包已被清空，库房头弥漫着一股霉味，亮瓦透下来的光落在地上，地上的灰尘浮到半空。库房两边各站了四个家丁，再走两步，才见端坐太师椅的长夫人，太师椅对面又有一张竹编椅，长夫人让她坐到，她胆怯地摇头，长夫人抹下脸说："喊你坐到，你就坐到。"

丫鬟两腿一软，跪到地上。

长夫人喊人撤了椅子。

老嬷子红眉绿眼地说："先几天，你抱了啥子东西出去甩？"

丫鬟只哭，不言语。

长夫人让老嬷子出去，老嬷子到门口，留了一句："长夫人，饶不得她哦。"

长夫人说："侬你哭，哭到啥子时候，我等你到啥子时候。"

丫鬟擤鼻涕，想闭住哭声，仍闭不住，两肩激烈地耸动。

"我为啥子喊你来？"

丫鬟说："将将他们说是发岁粮。"

有家丁偷笑。

长夫人说："你配领岁粮？"

"不配，为起兜兜坛的事。"

"坛子哪儿来的，你使它作啥子用？"

丫鬟哇一声哭出来，狠狠地磕头，一会儿额头就破了，家丁上前按住她。

"不说就蒙嘴巴咯。"

家丁拿来湿棉花，喊张嘴就张嘴，棉花堵进去，再拿布条子，绕嘴巴缠三圈。

丫鬟蒙到起了，她没见过长夫人这副面孔，脑壳头想的全是她嘘寒问暖的样儿。

"钉板抬过来。"

两个家丁抬上钉板，立起来，一人多高，钉尖向外，另两个家丁手持铲子，各站一方，又两个家丁架起丫鬟，扳向钉板。

丫鬟哭不出来，一阵抽搐，昏了过去，家丁提着她的头发，挨到钉板上，四肢叉开，面朝长夫人。

"先贴左手。"

一个家丁扬起铲子，另一个家丁抬住软弱的手臂，平拍过去，像锈刀宰骨头，突儿一声，钉尖扎进肉里。丫鬟额头上的青筋往外崩，仿若有嘶喊声从毛孔里筛出来。家丁再舞起榔头，喊一声："来咯。"这一下，钉尖穿过掌骨指骨，挂着肉屑，杀了出来。

家丁松开手，丫鬟两只脚打闪闪，强撑着，站住，站住，左手不敢动，右手伸过去，扶到，托住。

"再贴右手么？"

丫鬟摆脑壳，不敢摆大了，又不敢摆迟了。

"取下来。"

丫鬟皱眉望到家丁，家丁逮住她的左手手腕，一发势，肉钉分离，丫鬟扑到地上，护着左手，再拿肩膀撑住身子，跪起来。

"肯说了不？"

丫鬟点头。

家丁替她解开布条子，再掏出血棉花。

丫鬟抱着左手，想要再磕头，头不点地，疲乏地埋了三下。

"坛子是哪儿来的？"

"幺姨太。"

"作啥子用？"

"小神子。"

长夫人顿了一下，"害哪个？"

"老爷。"

长夫人猜到了，但是猜到和听到是两码事，她稳住呼吸，问："坛子在哪儿？"

"河儿头。"

门口把守的人走进来，看到钉板，看到地上的丫鬟，啧啧两声。

丫鬟把头埋低，不让他看到自己的脸。

"长夫人，鲁副手说找你有急事。"

"他在哪儿？"

"在门口，喊他进来？"

"我出去。"

长夫人撑着把手站起来，宽袖一甩，独自迈着小脚走出去。

鲁副手背向仓库，他从老嬷子那里打听到长夫人在这儿。

"你有啥子事么？"

鲁副手车转身，打个拱手说："长夫人，急事。"长夫人挨近他，鲁副手掩着嘴道："幺姨太要跑。"

"跑？"

"喊我备船，她要进城，我假巴意思走拢大埝漊，再转回去，我扯谎说，对不住，幺姨太，没的船，她眼淋浸浸说，非得今天走。"

"你咋个说？"

"我说船在对门子，要好一会儿才回得来，喊她在屋头等到起。"

"只她一个人？"

"就她一个人，让我给刘管事带话。"

"带啥子话？"

"说，说，喊他要念想她。"

长夫人咬牙说："这骚婆娘，刘三儿晓得醒悟，她不晓得。"

"长夫人，你说我咋个办？"

长夫人思忖片刻，说："照她说的办。"

"喊船？"

"喊船。"

"好久去敲她的门？"

"我引老爷到松树林守到，我引一家人到松树林守到，我还引刘三儿到松树林守到，看那骚婆娘还编啥子话。"长夫人对鲁副手说，"喊了船，先在渡口等到起，我让人带口信来。"

鲁副手答了句要得,转身离去。

鲁副手的话让长夫人铁了心,她对把守的家丁说:"你去刘管事家,让他来仓库见我。"又道:"他若问起,就说老爷……"轻声说:"说老爷要断气了。"

丫鬟听到了,听到长夫人要叫刘管事,她晓得,这下,不单单她小命不保,就连幺姨太的命也不保了,待长夫人走回来,她终于放声哭了出来,哀求道:"长夫人,我死了,莫跟我爹娘说。"

4

铜河的水退了,亮出覆着苔藓的石头,这苔藓不是绿油油的,是土黄的,亮出泥滩,这泥滩干裂,裂缝里,满是螺蛳壳和爬海壳。船佬儿坐在桩上吃烟,这桩子离河面有几十步远。雨水落几滴,又歇一阵,这季节的雨是落不大了,连地下都打不湿。草已萧条了;草萧条了,树子也跟着萧条;树萧条了,房子宅子跟着萧条;房子宅子萧条了,人也变得萧条。单单松树林还绿着,这绿也不是新鲜的绿,而是阴森森的绿,二十多条呼吸盘绕其间。

"来咯,来咯。"

"是幺妹么?"

"呀,硬是幺妹。"

李普福咋个都想不到,幺姨太会跟鲁副手跑。午睡起来,还没有出梦,长夫人急匆匆跑进他的房间,头一句便是:"幺房都要跑了,你还困得着。"她说,今夜就要跑,跑出了白庙,就是大海捞针。

他问:"跟哪个跑?"

她说："鲁副手。"

他想，跟刘三儿也不可能跟鲁副手，他问："咋个跟鲁副手勾搭起的？"

她说："是她的贴身丫鬟说的，早都好上了，亏你没有察觉，还有，你们下重庆的时候，这鲁副手偷仓库的丝出去卖，我以为是他一时手头紧，便没有对你讲，哪晓得是在攒银子，就为了这一天。"

他问："丫鬟喃？"

她说："早晨老嬷子见丫鬟拎坛儿出去，觉得不对劲，就说给我听，我抓她起来拷问，她说，坛儿是幺房的，里头装的是病瘟，照家规，丫鬟已经贴了门板。"

他问："你把幺房关起来了？"

她说："没有，听你安排。"

他说："我还要看是真是假。"

她问："若是真？"

他说："装笼沉河。"

她说："那就等她跑。"

他问："然后喃？"

她说："你我藏在林子头。"

他说："你把各房都喊到林子头。"

她问："然后喃？"

他说："倘若真如你所说，立令家丁断路，两个家丁在前头断，刘三儿在后头断。"

她问："那吃过夜饭就把下人支开？"

他说："扯个把子，莫让鲁二娃生疑。"

直到吃夜饭的时候，幺姨太没有上桌，李普福让三姨太去喊，三姨太回来摆脑壳,他仍怀疑,是长夫人耍的鬼把戏。直到长夫人派去渡口放哨的人跑回来说,船下来咯,他仍怀疑,是长夫人耍的鬼把戏。直到滑竿把他抬到林子头,剩最后一丝亮光,那两人的身影拐出来,三姨太和五姨太扶他起来,他勾起腰杆看,他才肯信,是幺房,是幺房要背弃他了。他大喝一声,逮到。

刘基业把刀子磨锋利了,磨锋利了他是打算往自己身上插,让老爷看着,让老爷看着刀尖尖咋个刺穿喉咙。吃了晌午,刘谭氏引回刘太清,刘太清见了他便问:"你在做啥子?"他说:"磨刀子。"刘谭氏问:"磨刀子干啥子?"他说:"管毬老子做啥子。"他把刀子别到裤儿带高头,对刘太清说:"喊我声爹。"刘太清不喊,他就搋他一辣耳,刘太清还不喊,又是一辣耳。刘谭氏盯到外头,唤:"来了,来了,你跑还是不跑?"他说:"不跑,我拿命抵。"刘谭氏又哭,她说:"你多穿件衣裳。"来者呼:"刘管事。"他迎出去,问:"啥子事?"刘谭氏抱着刘太清跟过去。来者说:"长夫人喊你回去一趟,有急事。"刘谭氏问:"啥子急事?"来者凑到刘基业耳边说:"老爷要断气了。"刘基业晓得这是扯的谎,他回身,道了一句:"走咯。"他随那家丁走了,任凭刘谭氏唤他,他都没有回过头。他们没有回宅子,而是朝库房去。他问:"老爷在库房头?"家丁说:"是长夫人。"他不问了,大摇大摆走进去。

墙边立了一扇门板,门板上钉了一具尸体。长夫人在暗处说:"坐。"他喊了声长夫人,坐到竹椅子上,瞥着门板。长夫人说:"钉的是幺妹的贴身丫鬟。"他问:"犯了啥子?"她说:"让她先走一步,到阴间再服侍幺妹。"他问:"幺姨太又犯了啥子?"她说:"通奸。"她将鲁副手和幺姨太的事情道了一遍。刘基业想看她的脸，看不清。她说："你把刀子别起，窝到沟坎，从后头断他们，这事情不准等别的下人晓得。"他答应了，但他仍怀疑，这是长夫人的鬼把戏。他先葬了丫鬟，葬到了丫鬟家后面的坟坝头，但他仍怀疑，这是长夫人的鬼把戏。直到窝在沟坎下的他，看到老爷一行急匆匆朝松树林去，看到鲁二娃着急忙慌地抄近路跑回宅子，再看到幺姨太跟在鲁二娃后面，走了出来。他满心疑惑，这幺姨太是啥子时候跟鲁二娃好上的？

幺姨太远远地看到林子里有个身影，就把步子放缓了。鲁副手说："赶点走哦，幺姨太。"她又走，看到两个身影，三个身影。她说："鲁师，你害我，你不叫话。"

李普福一喊逮到，两个家丁便冲出去，亮出刀子。幺姨太丢下包袱，转身跑。鲁副手站在原地，他想笑，笑你幺姨太咋个跑得脱。一刀子插进去了，插进去，鲁副手还不晓得咋回事，回过身，又是一刀子，连插四刀，鲁副手吊着家丁的肩膀，道了一句："日你的先人。"

都走出去了，只有三姨太不肯站出去，她还躲在林子里，站在一株树的后面，让树把自己挡得严严实实。四姨太在掐五姨太的手，五姨太挽着李普福的手，李普福的手在抖。李普福走向鲁副手的尸体，一口浓痰吐到他的狰狞的脸上，骂道："个狗杂种。"

家丁撵了几步，回头看长夫人，长夫人不开腔，就任她跑。

云走得很快，一会儿现出一弯月亮，一会儿又遮住。幺姨太跑在土路上，她想跑到云上去，跑到月亮上去，但她跑不动了，肠子绞成死结，她两手捂住肚皮，又走了几步，跩下去。

四姨太叹声："呀。"五姨太说："四姐，你都给我掐出血了。"李普福丢开她的手，朝前走。

长夫人说:"老爷,莫绊倒。"

哪个都不敢再说话,仿若跕着的不是幺姨太,而是自己。从宅子那边,走来一抹光,这抹光不紧不慢。

这幅水墨图,被幺姨太的一声长喊撕碎了,谁也听不清她喊了什么。她艰难地站起来,背对着他们,她在等着,等着家丁过来,蒙住她的眼睛,等着刀口划开她的喉咙。最难受的时候过去了,她向后仰去,看到刺眼的阳光和斑斓的雨水。

刘基业不晓得她是不是真的落了气,那一抹光照过来,照到她的脸上,刘基业看到,她仍睁着眼睛,不眨动,在今后的数年中,这双眼睛将像瘤子一样长到他身上。

李普福推开刘基业,让阍者把灯笼放低,低声说道:"啧,可惜了。"

雨水不像夏天那样有力,是斜的,飘的,落到尚未平静的河水里,落到河滩的裂缝里,顺着土路,穿过歪门,拂过红灯笼,落到阶沿上。

厅堂里点着灯,只坐了长夫人,偶尔传出咳嗽,偶尔又传出四姨太与五姨太的玩笑话。三个着蓑衣的人回来,在外头抖干身上的水。

"打整干净了?"

"打整干净了。"

"没的人看到么?"

"麻袋子笼起在,就是看到也不晓得里头装的啥子。"

卷二

第一章

1

光绪十九年春,白庙乡有三件大事,这三件事都跟武秀才龚占奇有关。一件是龚占奇被封白庙堂口义字辈大爷,二件是李普福大摆寿席,三件是白庙乡最好的石匠遭卸了指头。

龚占奇曾拜在武举人王志清门下做马弁,后考中秀才,接到红报后,由王孝廉举荐往资州开设武馆,这一去便是十余年。在资州堂口本已稳坐红旗管事,因他替门生打抱不平,得罪当地金带皮,遭到追杀,抛妻弃子,是年正月十五还乡。龚占奇还乡第二天,白庙乡义字旗的宋明奎和礼字旗的杜昌文,召集支头哥弟二十余桌,在旧戏台为龚占奇洗尘。这一趟酒席上有官府顶子,下有浑水皮的狗腿子,闹热归闹热,但缺了三个人,一个是舵把爷朱申顺,一个是礼字旗的吕济平,还有一个是仁字旗的李普福。吉人亨将城里的两间染坊抵给了李普福,他正忙着接手事宜,没有到场,但托人送了人情。朱大爷与平三爷既没有到场,也没有送人情,明里说是没有听闻龚占奇要摆酒席,暗里是不买他的面子。照闲五爷些的说法,兴仁公、永义公、礼让公都不来,这顿酒吃了等于没有吃。朱申顺做的是烟馆赌馆生意，掌义字堂口，有哥弟六百人；吕济平掌礼字堂口，有哥弟三百人。龚占奇初来乍到，若火并，自然要吃亏，便想依靠到李普福立足。他打听到，李普福生期是二月二，恰好又是龙抬头，便谋划要给李普福贺寿。

去年岁末，李家经历了几次动荡，先是李普福害病，再是幺姨太被沉水，又有二姨太的病故。当然这病故是苏太医的说辞，长夫人早就料到了，她没料到的是，苏太医会以那样的方式告知李普福的病因。过完小年，长夫人便差人上门接二姨太回来，空轿子去，空轿子回，接的人支支吾吾，长夫人要翻脸，才道出苏太医的原话："李苏氏西去了。"长夫人问，苏太医有没有说咋个死的？轿夫拿出信封，里头装了一页处方，处方上没有开药，只写了三个字：传尸痨。轿夫转苏太医的话，照之前的方子吃起走。长夫人重金打赏轿夫封口，让他们再取两件二妹的遗物来。和前两次一样，她也没有把纸条给李普福看，递上遗物，直截了当地说，二妹得病死了。李普福问及原因。她说，是苏太医说的。李普福怀疑有假。长夫人问，幺妹的事情还有人晓得么？李普福说，只有在场的人晓得，又说，哪有不透风的墙。长夫人说，定是传到苏太医那里了，不让二妹回来。李普福问咋个办？长夫人说，苏太医又亲手开了一张新处方，又问，若二妹也有过错，你敢装她到猪笼子么？李普福不开腔。先失幺姨太，又失二姨太，再加上绸布价格暴跌，吉人亨自知还不起债，开年以两间染坊抵了借款，染坊要单另办染具单另请工人，这事情抵事情的，李普福哪有心思办寿宴。

龚占奇洗尘那天，是刘基业去送的人情。正月底，龚占奇又找到刘基业，说想跟福爷共办春会，不想借那几爷子的戏台，他出钱，福爷只消出地盘，名声各人一半。刘基业把话转述给李普福，李普福将龚占奇请过来。龚占奇照袍哥礼仪拜见兴仁公。李普福先问他还乡的缘由，又问他春会的流程。龚占奇一一道来，最后才说："这白庙场的规矩兴得不好。"李普福问："该咋个兴法？"龚占奇说："在资州，头排必属仁字头，先是顶子，再是银子，最后才是砣子，嘉定县城头也是一样的兴法，到了白庙，搞颠倒了，贾卖客商耍枪的说了算，把绅夹皮架成了空交椅。"李普福笑道："堂口的事情我从来不过问。"龚占奇说："过问不过问是一码事，五伦八德要讲，不是我龚某人要来贴哪个，你兴仁公的生期，那些个跳滩匠坤起不理，这就是乱了规矩。"李普福爽快答应："这个情，我领了。"

二月初一，刘河坝拍了三亩地出来，搭了个临时戏台子，李宅又请来两帮厨班，提前准备次日的酥肉卤菜。侧黑时，从资州请来的鹿鸣社下榻下厅房，由师爷和刘管事接待，陆续有人叫门，是各路官商大爷来送的贺礼。李普福没有露面，均由长夫人和三姨太代收，夜饭过后，李宅更加喧闹，院子里有戏班排练，还有厨班通宵炊煮。三姨太对长夫人说："好多年没有这场景了。"正说着，四姨太回来，后面的几个丫鬟大包小包地抱着，这是她到场上裁的新衣裳，李家上上下下都围拢过去，一会儿赞美，一会儿取笑。嘈杂声中，春妹高声唤着世景，李世景正和刘太清打闹，刘太清在前头跑，李世景在后头追。正在厨班帮工的刘谭氏，一把扯住刘太清的领口，李世景上来往他背后捶了一拳，刘太清想还手，无奈被刘谭氏箍得结结实实，长夫人见状，笑着喊刘谭氏放手，"等他们撑。"这边一松手，刘太清甩腿就去撑李世景。

上厅堂坐着李普福和许佩筶，二人抽着烟喝着茶，李普福抱怨渐长的厘金和水脚。许佩筶说："老佛爷要过大寿，这厘金各地都在涨,据说连军费,都要扣下来,至于那水脚,多半是让船帮抬上去的。"许佩箬建议:"既然如此,何不买艘船?"李普福说:"买船相因,养人难,一年只跑两三趟生意,划不着。"许佩箬说:"你说的是木船,我是说买艘汽轮,重庆开埠了,川江流的不是水,是银子。拿重庆到宜昌来说,现在虽然仍以木船为主,难保几年过后,就要被汽轮替代。我的意思,买艘汽轮,不是拿来运丝,是拿来搞航业,你想……"许佩箬说得起劲,李普福望着门外,没听他絮絮叨叨,回过神,讥讽他:"你呀,书读迂了。"岔开话头,"县太爷、进士些都请好了么?"许佩箬说:"都请好了。"春妹走了进来,许佩箬又补充道:"老丈人交办的事情,哪一样,没有办到位。"三人同笑。

刘太清只顾埋头跑,撞到来客身上,和尚头顶到他的镰儿杆,来客嗷嗷呻唤。这人正是龚占奇,后头还跟了三个狗腿子,戏班子一下清净了,龚占奇直起腰杆,瞪着刘太清,骂道:"你个小筋豆儿。"刘太清站得笔直,不说话,也不赔礼。一个狗腿子撸袖要收拾他,让龚占奇拦到了,斥了一句:"他不醒事,你也不醒事么?"

许佩箬正和李普福摆着袁东山的逸事,春妹笑得发颤。龚占奇进来问好,说:"多远就听到笑声,在摆啥子?"李普福给他做了介绍,春妹还未起身回避,龚占奇便说道:"明天喊了六十个哥弟过来扎场,我看哪个敢跳颤。"许佩箬说:"有县太爷在,那伙人不要脑壳了么?"春妹问:"不是寿宴么?咋个惊动哥佬会了?"

借春会给兴仁公祝寿的事情传到了舵把爷朱申顺的耳朵里,他与李普福向来井水不犯河水,与龚占奇也没的啥子深仇大怨,若是和和气气,他必然要给龚占奇把交椅。只是龚占奇还没有来拜访他,便通过哥弟传话,自诩是走大码头下来的,不得听顺哪个,这话摆明了就是要跟朱申顺作对。这回的春会,说是祝寿,事实上是要攀着兴仁公爬到他永义公脑壳上去。朱申顺心想,反正跟李普福少有往来,要得罪就一起得罪。

正月底,朱申顺召中堂口哥佬在朱祠堂攒堂集会,礼让公吕济平主持,水义公宋明奎和承礼公杜昌文各派了红旗参加。先参关老爷,再由钱库执事公布去年清浑两道的油水,舵爷朱申顺挨递派发了红封,紧接着是吕济平发话挑明:"当年朱太爷在白庙开山立堂,三十来个哥弟有饭同吃,有难同当,现今本公口,仅义礼两堂就有哥弟两千多人,千里不要柴和米,万里不需点灯油。当年开山先辈,奉的是与子同袍,各堂口捆成一股索索,我白庙打个喷嚏,整个嘉定府都要抖几下。现而今,浑水混成清水,幺巴佬登上坐堂,就忘了本咯?龚占奇这杂皮,回来就想撬位子,不过团江,不交花叶子,某些人还跟他凑拢一堆。不怕他晓得,这回我们就是要脦下他的皮,堂口红旗回去也把话带到,既往不咎,这趟春会,再看到公口的人腾起闹,我平三爷亲手给你吹灯笼。"言毕,宋明奎和杜昌文的人马撤退,余下的人关门商议。

到了二月二这一天,两支队伍同时行进,一支由郑明往南走,另一支由高山泊滩往北走。往南走的是知县,锣鼓响器在前,金瓜、钺斧分列,六房执事骑马护卫,肃静、回避道牌高举,再是知县、进士官牌和明轿,以及殿后的衙役,这一行要先到廻龙庙去饮春酒。往北走的是出殡队,魂幡引路,买路钱先行,再是锣旗鼓伞,披麻者端灵随后,龙杆抬棺紧跟,棺木上盖红毡,棺头有公鸡压邪,棺后有戴孝章者送葬,一路哀哭,这支出殡队是朱申顺和吕济平安排的,孝子是假孝子,棺木里装的是马刀,他们已计算好了时辰闯到廻龙庙去。

龚占奇收到报信,听说要的是这门花招,便撤回中渡坎的哥子,放他们过来。刘基业率人从刘河坝出发,半途接到知县,献上竹篾编的春字风车,由六房执事手持,以及七尺见方的春牌,由衙役肩抬,再为明轿绑扎红绫绿绫,裱糊轿杆,刘基业一行并入队伍,加快步伐往南行。此时,出殡队已至中渡坎,排头就喊:"谨防到咯。"人手发一根孝杖,唢呐锣鼓响吹响打。朱吕二人没有想到的是,李普福请动了知县,出殡队也不晓得,这一趟他们冒的是杀头的风险。

廻龙庙人头攒动,一头听到迎春队的锣鼓,一头又听到出殡队的锣鼓,好事的人笑道:"这下有好戏看了。"春官和乡绅些都坐不住了,交头接耳,问:"是哪家人发丧?"

"发的哪个的丧?"龚占奇与十余哥子在廻龙庙后头的竹林地将出殡队断住。

执孝杖者涌到前面,端灵者答:"我幺叔。"又提劲道:"永义公朱大爷的表亲,要不要启开看下。"

"咋个死的?"

端灵者昂头答:"痨病。"披麻戴孝者竟都大笑起来。

龚占奇问:"不晓得廻龙庙要办春会?"

"道长喊走的这条道。"端灵者问:"黄泉路也要拦么?"又是哄笑。

"是朱申顺喊你们来臊堂子的?"

一名执杖者说:"干你毬事。"回头喊:"哥子些,要赶时辰哦。"龙杆刚上肩,唢呐刚贴拢嘴皮,廻龙庙正门口传来包包锣三响,贡礼官喊:"县太爷驾到。"

出殡队丢下魂幡锣鼓,抬起棺木开跑。龚占奇打一声响哨,高声道:"看把你幺叔磕到。"

六房执事先下马,手里的春字风车仍呼呼转动。看客见县老爷也来了,都围到明轿边,护卫拦出一条道,李普福与乡绅上前接轿。庙门口已设公案,公案上摆满酒肴。知县坐当中,李普福与进士胥吏分坐两侧,甫一坐下,知县就问许佩箸:"那头在闹啥子?"许佩箸说:"喊冤的。"

春会是闹给菩萨看的,知县免了官礼。狮灯直接从人群中蹿出,再是草龙,一番唱闹,四名汉子抬着春牛登场,这春牛是照着历书上的春牛图塑的,比真牛还大。县官乡绅举杯,百姓称奇,春牛落到公案前,再上尺方红漆木匣,内有百谷,置于牛头的木榻之上。最后是泥童子,这童子叫芒子,手握竹竿,竿梢吊等粗的蚕丝与麻丝,放在牛尾,做鞭打样。伶人打扮的人喊着"皇恩浩荡,庇佑苍生"亮相,这人就是春官,着赏赐的官帽、官服,四方来的百姓都伸长脖子,他们赶来,就是要看这一出卜测。春官打火镰,引燃蚕丝、麻丝,蚕丝燃尽,麻丝半截熄了火,兆示今年丝价比麻价贵,李普福起身敬酒。再卜百谷,开木匣,匣子里的谷种先前已经刮平,若是打了冒冒,则预示来年丰收,反之歉收,春官道:"黄豆、胡豆、麦子、谷子。"吃了定心符的庄稼汉应:"皇恩浩荡。"撤下红匣芒子,上绳鞭,春官举臂挥鞭,道:"一打春牛头,儿子儿孙做王侯。"看客唏嘘,相互打趣。"再打春牛中,嘉定全景好丰收。"县官乡绅共举杯。"三打春牛尾,县治百姓不劳累。"敬酒鸣炮。李普福说:"鄙处备有酒菜,诸位乡邑移步,好吃好喝。"

众人尾随明轿朝着刘河坝去,只有几个人留意到那炮仗像麻丝一样,只燃了半截,也只有几个人看到龚占奇率着十余哥子回到队伍。直到半年后，庄稼收割时节，铜河决堤，猛兽般的洪水吞没了良田，他们又像先知般跳出来说，是春会时的那支出殡队冒犯了菩萨。

出殡队狼狈地抬着棺材往回返，还没走拢场口，正遇到坐轿的朱舵爷和平三爷，后头跟着持棍持刀斧的人马过去支援。

见到出殡队归来，平三爷赶紧下轿问："咋个转来了？"

"舵爷、三爷，差点涨了水。"

朱舵爷也下轿问："有人点水么？"

"遇到县太爷咯。"

"县太爷？"

"兴许是兴仁公请的，幸得好没有进去，那龚杂皮在竹林坝挡了一脚，正要硬闯，就听到吼县太爷，我几哥子车转背勒趟儿跑。"

平三爷说："李普福有个女婿在衙门做官。"

朱舵爷问："棺木没有启开嘛？"

"哪还敢抄兵器，脑壳都差点要脱了。"

平三爷说："棺木没有启开就不怕。"

朱舵爷骂了句："日他娘的屄。"

平三爷劝慰道："我送点贺礼去，把事情搁平。"

2

都说养儿不学石匠，天晴落雨在山上，但刘谭氏觉得，历朝历代只有石匠饿不到肚皮，富人要打水缸门墩，穷人要做灶门食槽，寺庙有石狮，街上有石板，活起要过石桥，死了要立石碑，石头是天尊的恩赐，敲了石头换粮食，这就是无本买卖，就是地下捡钱。粗匠满山跑,细匠树下坐,刘谭氏打定主意,要学就学细匠,要跟就跟张石汉。

张石汉没的名字,都以为他生来就叫张石汉,以为他生来就在敲打石头。他讨过婆娘,那婆娘还给他生了个娃儿,这娃儿也跟到他抢锤。有回他走开歇气,娃儿还在凿,凿的那块崖石不稳,他看到了,没喊得赢,崖石松下来,盖在了娃儿身上,娃儿死了,婆娘也跑了。再后来,他跶了腰杆,就没再讨婆娘,自以为是鲁班爷让他干细匠,练就一手錾功,白庙场一半的碌碡都出自他的手。照穷苦人的说法,人不经用了,碌碡还好使得很。活路做得好,口也张得大,别的细匠要半斗米的活路,他要一斗米。如今,张石汉也老了,背篼背不动了,起先不说招徒弟,只说要找个人背家什磨家什,工钱二八开,这背背徒不是说当就当,要过他的三道关,听者讥笑:"还三道关,上辈子缺德的,这一世才去敲打石头。"

张石汉天到黑不落屋,刘谭氏打听到他要到龙口开石料,就引刘太清一路在龙口的崖腔腔守他。那时还是寒冬,两母子裹一件袄子,靠一团火取暖,天不亮,石匠些就过来了,有扛大锤铁钎的,有拿二锤楔子。刘谭氏认不到张石汉,高声问:"哪个是张石汉?"一阵下流笑道:"石汉哥,办事情咯。"这笑声是冲着背小背篼的人去的,刘谭氏走到他旁边,说:"这是我的儿,你看下他要得不?"张石汉瞄了一眼,答道:"回去捏泥巴耍。"

两母子不走,石匠燃香烛纸火敬山神,他们也鞠躬叩首,张石汉念:"手拿大锤来开山,铁楔一碰往里钻。玄女娘娘制墨线,老君先师制锤錾。打开顽石十八片,打得主家心喜欢。"刘太清有一句学一句。张石汉放了背篼,拎小桶子到河沟舀水,刘谭氏说:"你不答应,他就一直跟到你。"舀了水,再撮黄泥巴搭小灶,灶内丢麸炭，喊刘太清："走开点。"点燃炭火，那风箱对准灶口，拉了几下，再取出扁錾、尖錾数根，刘太清帮他理顺，火苗旺起来，将錾头放入火中，慢吞吞掏支叶烟，将就灶火引燃烟头，搬块四方石头作凳儿。刘谭氏推刘太清，说："帮师傅拉风。"刘太清就坐到小灶边，呼呼拉着风箱。张石汉不看刘太清，看着别处的粗匠，粗匠们两两为伴，或走到崖边，或站到垮下来的崖石上，一个掌钎，一个抡锤。錾头烧红了，张石汉从背篓里取出两把二锤，一把垫到地下，一把握手中，挑出一根扁錾，抵在垫锤上捶打。刘谭氏仍在说着，说的啥子张石汉听不见。

吭吭响，叮儿当啷应，粗匠们唱起来："嗨哟喂，山脚下的婆娘喂，伸起脑壳莫回缩哎，看我胯下的黑坨坨，哟嘿哟儿喂，若是身上落一坨喂，你就跟到我，嗨呀。"

初升的太阳翻过山顶，阳光冷冷地洒下来，刘谭氏把袄子披在身上，刘太清倒是越拉越发热。见锤打到位了，张石汉将扁錾伸到木桶里淬火，先是点蘸，嗞啦啦响，再浸下去，又取一根尖錾。

那边一对粗匠丢了大锤，将两杆铁钎插到石缝里，边合力撬边喊道："嘿咗嘿咗，嘿嘿咗，嘿咗嘿咗，嘿嘿咗，不怕夹得有好紧，铁钎一撬就松劲，哦嚯。"一片石料咚地落地。

刘太清边拉边看，边看边笑。张石汉拿起一套錾子手锤，走到落下的岩石边，刘太清也跟过去，先摸纹理硬度，然后划痕，顺着划痕用尖錾切，将扁錾卡在裂缝处，再敲再打，几十下过后，就切出了一块坯料，扁錾修光身周正，再走到下一块岩石。

一天时光敲打过去，太阳扯到了另一匹山，山歌唱了几十曲，一曲比一曲下流。两母子响午跟到石匠只吃了两块馍馍，肚皮早饿了。张石汉还凿得起劲，錾子一偏，锤子砸到指头，"哎哟"唤了一声，将工具一丢，朝粗匠喊："莫唱咯，挑出来的石料都迁下山。"山上有人应："石汉哥，今天你硬是心慌慌。"张石汉将家什收到背篓里，挂根木棍往山下走，刘谭氏牵着刘太清跟得紧紧的。

"张石汉，你莫看我儿小，劳力不比大人撇。"

"背篓背得动？"

"过两年就背得动，先帮你拉到风箱。"

"喊我养他两年白饭？"

"这两年我倒贴米粮。"

刘太清也跑到前面说："张石汉，你把手艺传给我，我养你的老。"

"呔，莫挡道。"

"太清，就立在那儿，不答应不准他走。"

刘太清伸开手，跟到说："不答应不准走。"

张石汉放了背篓，跕到边上吃烟，吃了两口，睒一眼山上的石匠，又睒一眼刘谭氏，杵灭烟头，吐一泡口水抹了指头上的伤口，问："你肯贴啥子？"

刘谭氏脱了袄子，甩到背篓头，答说："啥子都肯贴。"

刘太清看着张石汉引着他娘，跳到坎坎下，他伸脑壳过去，他娘就说："太清，帮师傅守到家什。"

石匠们将石料捆起来，破衫子挂到挑杆上，脱成光胴胴，有的黑黝黝，有的黄灿灿，两条挑杆四人抬，起来的时候喊的是"嘿咋"，走起来又喊"啰哼，啰嗬"，高个子走前头，其他人走后头，下了头道坎，就唱："太阳呀落土四山荒，磨房呀受苦李慧娘，白天挑水呀三百担，黑夜呀推磨到天亮，遭孽的不过李慧娘。"刘太清把背篓拖到道旁，让出山路。石匠们从他侧边过，像是问他，又像是在自顾自地唱和："李慧娘喃？""会装公子咯。""张石汉喃?""舞锤子嘞。"

刘谭氏和张石汉还没有回来,他想过去看一眼,又不敢,他像是晓得他们在做啥子,又像是不晓得,扯根野草,嚼在嘴巴头。夜晚是从山脚渐渐漫上来的,漫过刘太清的眼睛,他就只听得见歌声了,又远又嘶哑:"风不吹槐槐不动,妹不招郎郎不来。"

这些汉子永远都唱不够,面朝荒山磐石,唱的是男女,面对贫寒疾苦,唱的是更可怜的人。后来,当清军把刘太清和石匠们围困在山坳里,他们唱的仍是这些调子。

张石汉的三道关,头一道是看相,看手相骨相,不是看掌纹判寿命,不是看颧骨判贵贱,是看茧巴子能长好厚,看肩膀能担好多斤。第二道关是抓麸炭,徒手取出小灶里正烧着的麸炭,考眼疾手快,更考胆量,錾子要剖、削、镂、铲、磨,要不怕痛,也要晓得躲。第三道关是穿针,细针插地上,人趴下去,背右手,左手捏住线头,穿过针头,细匠的活路全在左手,说切直线切直线,说掏圆孔掏圆孔,要的是心细手稳。过了这三道关,刘谭氏再每月送一斗米,刘太清就算跟师傅了,张石汉不管上山还是进人家屋,都带着他。

3

在那日的宴席上,吕济平受了一肚子的窝囊气,他同杜昌文和宋明奎坐的一桌,那两人先是话里话外地奚落他,到李普福来敬酒时,又特地把龚占奇也叫了过来,指说是向义公。他嘀咕了一句,没有走香规,担怕有人要说是白皮哦。李普福便斥说,哪个敢?杜昌文和宋明奎二人随即喊"同扶汉室,造福必昌",一桌子人跟到喊,给向义公捊起,竟无一人维向到他说话。

在宴席上受了气，回去便到朱申顺那儿添油加醋地挑拨说："李普福外头的生意怕是做不下去了，一头靠女婿讨好官爷，一头想靠龚占奇在白庙场当土皇帝。你是没有看到那个劲仗，宴席摆几十桌，中午两轮，晚上又两轮，有礼赶礼，没的礼也管吃喝，寿宴就寿宴，春会就春会，他李普福是土地佬，还是菩萨？我在白庙场活了半辈子，没有见哪个这样办过寿。还有下午请的戏，是别处的班子，开戏前，喊底下不准喝倒彩。两哥子醉了酒，上台摸了戏子一把，被龚占奇逮到侧边，问哪根手杆摸的，摊出来，刀子插了个对穿对。我在白庙场活了半辈子，没有听过哪个人为了戏子得罪哥佬的。我说永义公啊，这才将将起了头，不消栽培，海皮来就封大爷，没的先例。照我说，要等李普福吃回烫，他才晓得安心做买卖，不问码头上的事，到时再收拾起龚占奇，那就是捏蚂蚁子。"

朱申顺听了吕济平的话，决定要硬碰硬。李普福寿礼次日，朱申顺就密派三个哥子到大埝溇与李落渡之间，佯装成酒贩闲逛，等渡口清净后，他们把苞谷酒挑到松树林，一处洒些，天黑后再点燃。

李家的下人发现起火时，三个纵火犯已经溜得无影踪，众人又是持树丫子拍打，又是担水扑。一会儿工夫，烈焰就爬到了树顶，火势不但没被控制住，还惹燃了临近的几窝柞树，再沿过去，桑林也要被惹燃了。这时候，连李普福也出来了，指令着下人拿锄头挖渠，将大火阻断。

那一晚，刘河坝没有睡着的人都看到天边的一团亮，起来才发现，茂盛的松林子烧成了光杈杈，雇农将光杈杈斫倒，再撮灰烬去肥田，整个坝子都像是矮了一截。当日碰巧留住在李宅的许佩箬，带了几个见过酒贩子的人回刑房。两天过后，三个纵火犯一个在茶坊被捕，两个在赌馆被捕，这三人都封过口，啥子都审不出来，终以挟仇放火，枷号三月并杖一百论罪。

衙门没有审出来，但李普福猜出来了，龚占奇也猜出来了。

"福爷，那三点青凥子必必是朱申顺派起来的，吕济平跟他都不是好胎胎，幸好这回只烧了松树林，你要防到点。"

"你讲起朱申顺，我一下想起，春会那天早晨，发丧的是他表亲？"

"呵，我喊人去踩过水了，棺木是真棺木，躺的是假人。"

"办丧酒没有？"

"装了下样子。"

"那就去补个人情？"

"咋个补法？"

"葬虽是假葬，墓碑要打块好的。"李普福看着龚占奇，"吕济平说你是白皮子，办完事情，我给你把言语拿顺。"

4

刘太清拜了张石汉的师，就搬过去跟张石汉一堆住，白天一起出工，黑了也一起睡。冬天天凉，张石汉的铺盖薄，刘太清就跑回去，跟刘谭氏吵冷。后一天，他们打了磨儿回来，铺盖就放在门口。张石汉问，是你娘送的么？刘太清说，是鲁班爷送的。当天晚上，张石汉睡不着，侧转身，向着刘太清，刘太清也瞪着眼，张石汉突然喊了声："牛儿哎。"刘太清没有摸到魂头，张石汉又捏他的脸喊："牛儿。"刘太清就答应，答应了张石汉又喊，又答应。张石汉问："你爹干啥子的？"刘太清说："当管事。"张石汉说:"呔,当管事弄你来学石匠?"刘太清问:"张石汉,你欢喜我娘么?"张石汉说:"你晓得啥子。"刘太清说:"你欢喜我娘就娶她过来。"张石汉说:"你爹不是当管事的么?我哪惹得起。"

张石汉把话听进去了,他惦着,敲石头的时候惦着,唱山歌的时候也惦着,二回刘太清回去看他娘时,他就喊刘太清传个话,喊他娘来一趟。刘谭氏来了,张石汉把屋头打扫得干干净净。刘谭氏问他啥子事?他说也没的啥子事。二人干坐着,一会儿,刘谭氏让刘太清出去耍,门掩拢了。张石汉问:"你看我咋个样?"刘谭氏不开腔。张石汉问:"你男人当管事的?"刘谭氏不开腔。张石汉把她压到石料上,手伸到她裤儿头,食指儿抠她,指头儿糙得很,像是砂纸在磨,问:"搅得你心慌不?"她偏开脑壳,他又给她扳回来,解她的裤儿带,问:"管事好还是我好?"刘谭氏不开腔。刘谭氏坐上头,这女人结实得很,落下来,他的腰杆就遭石料硌一下,这女人要能日一辈子,就是断了腰杆也舒坦。张石汉仍惦着刘太清的话,至死都惦着。

张石汉给刘太清打了套小家什,让他在边角余料上挖孔凿眼,个把月时间,刘太清不仅能帮张石汉搭灶拉风箱,还能帮他做些细微的雕刻活路。白庙场会刻碑的有三人,只他一人逆着笔画刻,若是顺笔刻,出来的字就有匠人的笨拙。刘太清想学,张石汉就让他跑坟山寺庙,看墓碑、功德碑。翻过年,龚占奇找到张石汉时,刘太清已经学得有模有样了。

石料已经开好,用的是上好的花岗岩,放在龚占奇屋头的灶门间,张石汉嫌光线暗,喊抬出去,龚占奇不准。字是龚占奇托人写好的,使朱笔写在石料上,张石汉和刘太清一人一头地刻,刘太清刻一会儿,瞧龚占奇一眼,龚占奇也觉得他面熟,但想不起在哪儿见过,就问张石汉:"这是你的儿么?"张石汉说:"收的学徒。"龚占奇又问:"几天打得好?"张石汉说:"少说要三天。"龚占奇说:"两天,工钱给你翻一番。"

外头来了两个人,龚占奇走出去。

"要讲究,就讲究圆润,头七晚上给他送过去。"

"送到屋头?"

"立到祠堂门口。"

"若被逮到咋办?"

"说兴仁公送的。"

龚占奇关上堂屋门,跟着那几人离开了,留下刘太清和张石汉。

刘太清心头想,这人是做啥子的,为啥子前些天在李家也看到过他,说不定跟他参刘管事还认识。张石汉粗凿,刘太清细修,春风吹进来,碎石渣乱飞。

"牛儿,打不得混哦。"

"张石汉,这敲打的啥子?"

"死人碑。"

"死人碑立哪儿?"

"死人碑当然立坟头啰。"

"那为啥子东家要说搁祠堂?"

"东家的事情不过问。"这是张石汉常挂在嘴边的话。

张石汉遭剁指头的那天,正巧是他儿子的祭日。

早上他和刘太清收了账,顺道去赶场,刘太清买了一包糖豆,张石汉称了一捆黄纸,在场上吃过晌午,张石汉就带着刘太清去烧纸,他背着空背篓,让刘太清坐在里头,边走边说:"牛儿哎,糖豆儿甜不甜？"刘太清就放一粒到他嘴巴头。张石汉说："牛儿哎，轿儿坐起巴适不？"刘太清说："巴适。"张石汉说："巴适，你就喊声爹。"刘太清："我爹是刘管事，福记丝号的刘管事。"张石汉说："看你梦得美哦。"一直走到中渡坎的河坝，张石汉才把刘太清放下来，点燃香蜡插到沙土头，说道："牛儿，牛儿，来拿钱了。"纸灰被河风吹到天上，又飘落到河面，"拿去买新衣裳，拿去吃饱饭，拿去捐大官，拿去坐轿儿，拿去讨婆娘，拿去，哦，都拿起走，爹清明又来看你。"

刘太清只以为张石汉是吃醉了，吃醉了才会对着河水喊话。他坐在背篓里，觉得走了冤枉路，就说："张石汉，走拐了。"张石汉说："白庙场的路，老子闭到眼睛都晓得。"明明直直的一条路，走着走着又绕回中渡坎，来来回回六七趟，刘太清让张石汉放他下来，他在前头走，张石汉跟在后头，快到家时，地上已经有月儿光了。出门时别好的门，大敞开，刘太清问："我娘来咯？"张石汉说："只怕是撬杆哦。"再迈两步，对刘太清说："你到洗衣板下头躲到起，我不喊你不出来。"

洗衣板在屋后头，刘太清坐在底下，他摸出最后一粒糖豆，抹了下嘴皮子，又放回去。他有点困了，就闭上眼睛，潮乎乎的，他想起他娘的样子，想起他娘坐在张石汉身上的样子。

张石汉看刘太清走远了，才大吼一声："哪位客伙？"没的人答应，他放了背篓，站在门口又问一遍："哪位客伙？"这才进屋点油灯。

灯没有点燃，横起一棍子扫在他的腰上，他趴到地上，没来得及呻唤，一只脚又踩住他的脑壳，灯亮了，但他看不见是哪个。

"哎哟喂，舵爷打拐人咯。"

"是张石匠嘛？"

"是。"

"碑是你刻的嘛？"

"啥子碑？"

"朱申顺朱大爷的碑。"

"我哪儿晓得刻的哪个的碑。"

"是龚占奇喊你刻的？"

"我哪儿晓得东家叫啥子。"

另一个声音说："翻过来。"

张石汉看到，一共是四颗脑壳。

独眼龙问："认得到我不？"

"哎哟，我个石匠，咋认得到舵爷。"

"现在认到没有？"

"认到了。"

独眼龙招呼道："石头搬过来。"

二人搬来块方石，搁到张石汉身前。

"家什在哪儿？"

张石汉迟疑了一下，说："床底下。"

独眼龙又招呼道："去拿出来。"

二锤、钢钎、楔子、扁錾、手锤都摆了出来。

独眼龙问："哪样刻的碑？"

"扁錾刻碑。"

独眼龙拿起扁錾和手锤，说："把手按到石头上。"

"哟喂，舵爷要不得。"

独眼龙说："盛到起，想活命就莫吼哈。"

第一下下去，张石汉呻唤了一声，第二下下去，他就咬住嘴皮子，哭起说："舵爷哎，留碗饭。"

独眼龙不听，接连干干脆脆地再敲八下，将錾子手锤一丢，说："是条汉子。我不是舵爷，你把我认到起，将来要拿梁子，找我就是。"

刘太清打了好几次眯盹，这张石汉在屋头会哪个，咋个还不喊我，不喊我，我就不出去，刘太清把糖豆又摸出来，丢到嘴巴头，蜜蜜甜。

"牛儿，牛儿哎，赶点子，我遭不住了哟。"

刘太清笑，遭不住了哟，那天喊的也是这句。

跨进门，家什丢了一地，张石汉睡在地上，手揣在胶儿窝，嘴皮上是血，衣裳上是血，地上是血，磨刀石上是十截断指。

5

五月十三这天，白庙场的单刀会在宋氏的戏台茶园举办，由龚占奇出钱出力，请了仁义礼三堂哥佬百余人，内堂有交椅十二把，东西分列，正中留出圣人位，李普福与朱申顺坐龙头之位，宋明奎主香，吕济平主盟证，杜昌文主护印。先是卖劳力的滚龙和捐钱的闲五爷走过场，最后才是一步登顶峰的龚占奇。

引兄是行九的鲁矮儿，鲁矮儿领着龚占奇到厅堂门口，行六的宋四指守门，二人走到宋四指面前，鲁矮儿作揖道："今有龚占奇，资州插柳，改拜白庙，瞧得起你我，愿在六哥名下学香规礼仪，请你哥子上覆。"宋四指将龚占奇打量一番，问："如有身家不清，己事不明喃？"鲁矮儿答："小弟承担。"宋四指点头，龚占奇拱手，鲁矮儿归位，由宋四指领龚占奇入厅堂，拜保兄杜昌文、承兄宋明奎，各磕三个响头，再领到李普福与朱申顺面前，宋四指作揖，道："今有龚占奇，看得惯瞧得起本公社，愿得两位舵爷栽培，鲁九娃引进，杜爷宋爷亲自承保，小弟上覆，如有身家不清，己事不明，由小弟承担，舵爷金口露银牙，答不答应？"

李普福看着朱申顺，朱申顺刁难道："资州插过柳？"

龚占奇答："今改拜码头。"

问："何为汉留？"

答："汉族遗留也。"

问："何为梁山？"

答："奕奕梁山，维禹甸之，非水浒梁山。"

问："穿城还是越城，想不想走弯路？"

答："想穿城，不想走弯路。"

问："上供好多？"

答："等大哥开口。"

李普福抢道："准了。"

朱申顺翘左右拇指，右手收胸前，左手伸出，斜身行丢子还礼。

龚占奇起身，上覆宋四指转身作长揖，向着外堂道："舵爷吩咐，授龚占奇新福，占义字，给向义公扎起。"举堂共行丢子，道："恭喜，恭喜。"

朱申顺说："赌咒嘛。"

请出关圣人圣位，龙头大爷起立并站，按座次进位，香长宋明奎上香，赞："信香三炷，奉视明堂。虔诚顶礼，万古馨香。"香长归位，盟证人吕济平炳烛，颂："烛腾宝焰，接起神明。祥光万丈，直达天庭。"盟证人归位，李普福与朱申顺率全堂哥弟，行三鞠躬，朱申顺领颂："恭迎圣驾，銮卫遥临，以妥以佑，鉴此微忱。"众哥弟行三跪九叩，李普福鞠躬，齐道："恭维圣帝，万世人杰。大义参天，于今为烈。"起身就座。护印杜昌文捧印上堂，进呈香案，启封道："有守有为，惟凭此印。当圣启封，祥云普荫。"恩允人李普福将公片递给朱申顺，朱申顺出席用印，香长宋明奎颂："赞印盖印，金玉满堂。在园哥弟，富贵吉祥。"再颂："用印已毕，例班归封。吉星高照，万事亨通。"就座。

盟证人吕济平捧《海底》立于圣位旁，龚占奇跪首排，后头是新入堂的海皮和闲五爷。吕济平念："重礼仪尊敬长上，笃人伦孝顺爹娘，敦手足兄宽弟让，和琴瑟夫妇相庄，睦乡邻守助相望，卫祖国誓保土疆，戒浮华闲游浪荡，禁起诉造孤喊黄，守盟誓崇拜兄长，爱哥弟怡怡一堂。"吕济平道："此十条永遵守，不虚诳；若违反，光棍自尝。"

众誓者应："不敢带线引水，不敢上笼扒灰，不敢调戏姊妹，不敢捏造是非，不敢跷脚挂腿，不敢以尊压卑，不敢造乱捣鬼，不敢指柳为梅，不敢妄言泾渭，不敢浪荡胡为。"龚占奇道："此十款若有违反，准拜兄把我的宝扎来追。"

众誓者退出内堂，留龚占奇，龚占奇起身，朱申顺捆香一把，走到圣位前，二人并立，朱申顺不说话，外堂嘈杂议论，李普福咳嗽道了一句："时候不早咯。"朱申顺面朝圣位，长吁一口气，道："二人同心，其利断金。江湖一把，功业千秋。"二人鞠躬，朱申顺再将香把交宋明奎，宋明奎道："一把青香，赐与新进，后来居上，则笃甚庆。"香把递给龚占奇，龚占奇拜香，向圣位四叩首。盟证人吕济平道："异姓同胞，当拜把子。万众一心，名标青史。"龚占奇插香道："入堂之后，遵守十条十款。如有口是心非，扰乱江湖，个人挖坑个人跳，谨誓。"吕济平颂："红尘扰攘，久渎圣听。虔诚欢送，请驾回宫。"

第二章

1

运给东兴洋行的第一趟丝是五月份发船,发船后,李普福的心一直悬着。尽管城里的染坊已经开业,但福记的命脉仍在生丝,他的背信弃义得罪了两湖的几家货主。倘若运到重庆的货,洋行说要不得,这批丝只能贱价卖掉,前前后后的损失不说,还会把福记置于进退两难的境地,这是一盘险棋。险棋又如何,菩萨不如耶稣,土货不如洋货,太医开的良方不如英美会的药丸子,还有那许佩箬,公然捞油水,县太爷腔都不敢开,为啥子,留过洋。他跟洋行的交道若是达成了,自然也会高人一等。李普福晓得,川江迟早要落到洋人手里,哪只是川江……李普福不敢想。

六月间,嘉定下了场暴雨,护城河的水漫上了街。有艘岷江的上水船想冒雨靠到萧公嘴,抛河时,桡手使不上劲,船只顺着急流直冲大佛脚下,拍在山壁上,人货倾入江水,只有一个水性好的船佬儿被救起,其余人连尸体都没有捞到。李普福听到后,忙差人去打听,确定船上载的是鸦片后,才放了心,可随即又想,那两人不得在那艘船上嘛?

这艘盐船是从犍为上来的，刘基业和师爷也确实是转乘的这艘船。不过，拉到杜家场，雨就落下来了，船上的乘客都说歇一脚再走，船主怕主顾克扣水脚，而且都望得到码头了，就说，这种天气遇到过千百回，没来头。师爷劳累了一路，打算到城头逍遥一下，心想不就是落雨嘛，既然艄公说没的事，还怕啥子喃，可刘基业笃定要上岸，师爷怕他先回刘河坝，到时候不好交代，只得随他。上了岸，刘基业就说，这船怕要吃走。师爷只当是说笑。他们在杜家场找了客栈，刘基业关门就瞌睡，师爷翻来覆去心头慌，起来去找暗娼。出门时，掌柜多了句嘴："你们是从船上下来的？"他说是。掌柜说："你们命大。"他问为啥子？掌柜说："那条船贴了对子。"师爷哪还有心情嫖娼，去敲刘基业的门，刘基业拉开门，师爷说："你龟儿盐酱口啊。"

第二天，这两人坐滑竿回了白庙。路上，不管师爷说啥子，问啥子，刘基业都只答是或不是，师爷以为他是淋了雨不舒服，干脆不再跟他说话，独自哼着小曲。还没进厅堂，师爷就喊开了："福爷，我们回来咯，给你摆件稀奇事。"

李普福正和库房监事吃茶，打算派他进城打理染坊，再提携一个人起来代理库房，见刘基业和师爷进来，心情一下舒展了，说："嗨呀，还满以为你两个祭大佛老爷了。"

师爷抆掌，道："正要说此事，想不到传得恁快，昨天我们硬就坐的那条船，到杜家场，刘管事非得要上岸，你猜他说啥子？"

李普福盯着刘基业，刘基业弓着背，看着地上。

"他说船要吃走。"

监事"喔哟"感叹一句。

"神了，神了，刘半仙。"

李普福道辛苦了，让他们落座，监事礼貌地告辞，监事走后，李普福问:"洋行那边咋个样?"

师爷看刘基业,刘基业没的反应,师爷就说:"福爷,福记的生意要更上一层楼了。"

李普福喊上茶,问:"咋个说?"

"现在的重庆比宜昌还繁华,装土货的,装猪鬃的,装棉纱白蜡的,统统靠重庆,洋人还开了家美啥子油行,说是要不到好久,小火轮就可以开拢……"

"早都说要通轮船,拿给沿途的船帮嗐回去了。"李普福打断他,吃口茶,"说洋行的事。"

师爷笑道:"洋行的事,都在刘管事那儿。"

刘管事木讷地从怀里取出信笺和契约,展平,放到茶几上。

契约是参照上一份拟的,陈启亘签署,有东兴洋行的章。信笺淋湿过,笔墨被泡胀,上面写道:

贤之兄尊鉴:

　　今日接贵号生丝,已检收。大锭托镖局转送,照约定还多出五十两,乃卑职祝兄知命之薄礼,笑纳。又附契约双份,洋行未料及需求剧增,再乞两百担,若应允,随船寄回契约一份即可。又及,去岁与君匆匆一见,别后惆悔多日,忆及当年,同好杜诗,只解其忧国之意,不解其愤懑之境。时下周身铜臭,颜回之乐渐远,竟要和兄台明算账。嗟乎,悔悔悔!再忆夔州送君,足下相劝,同往嘉定,再续刎颈之交。吾乃迂曲,杨朱泣歧,拙笔改杜诗一行:愿与贤翁相对饮,隔篱呼取尽余杯。

　　即颂大安

　　　　　　　　　　　　　　　　　弟陈云松 顿首

李普福叠信，呆坐良久，悠叹，又摇头苦笑。

师爷问："福爷，库房头有两百担么？"

刘基业说："差五十担。"

李普福说："到别处买点。"又说："当真，我喊库房监事接手城头的染坊，这边看提携哪个合适？"

师爷说："要好生考量下。"

刘基业突然说："福爷，要不我去看库房。"

李普福像是没听清。

"不晓得咋个了，这趟下重庆，就觉得身体吃不消，尽是师爷在跑动，库房过筋过脉的地方，只我最明白。"

2

张石汉一心想死。他做了两晚一模样的梦，梦见那天下午他咋个都走不拢屋，醒来就扒指头儿看，见到嫩骨儿，他想，听牛儿的话就好咯。

刘太清把他那十截断指埋了，又去邻家讨了糖鸡屎，说，跟牙儿一样，敷点糖鸡屎才生得出来。他说，指头不比牙儿，断了就断了，咋个都生不出来，石汉命苦，你莫跟我了，回去找你娘。刘太清说，你使不得錾子，你教我使，我挣的钱都给你。张石汉哀叹一句，不想活咯，用淌着血的手撑起身子，再用淌着血的手把刘太清抱到门外，拴上门。刘太清在外头边拍门边喊，张石汉，你以前要啥子，我娘就拿啥子，你不活了，我跟哪个学手艺？任随他咋个说，咋个拍，张石汉都不打开门。

刘太清喊了一阵，没反应，他就跑回去叫刘谭氏。沿途的树子在冒新芽，他心想，草在长，树在长，河水在长，歪嘴也在长，就是张石汉的指头儿不长。他不晓得人死了是啥子景象，但他晓得张石汉死了，就困到泥巴头了，就没的人挨他睡了，他拼命地跑，麦蚊子飞到眼睛里也不肯歇。到茧坊，已经是正午了，他累得说不出话来，刘谭氏给他舀水喝，刘太清一抹嘴，张石汉要寻死。

刘太清前脚走，张石汉后脚就找出绳子，挂到梁上，口手并用地打结，踩到凳子上，试到试到把脑壳伸进去。这到了阴间，是独身一人么，还是人海茫茫？还能寻到牛儿么？牛儿不得又投胎咯？他试到试到踮脚，悬出一条腿，绳疙瘩卡住喉咙，他提不上气，腿缩回来，再悬出去，往复十多次。他想死，但又怕死，他闹不明白，怕的是啥子。他从凳子上下来，坐到地上，盯着摇晃晃的绳疙瘩，仿佛又听到錾子的叮当当，牛儿死的一刻时候怕比切指头儿还要痛。

刘谭氏喊："张石汉，把门打开。"

不答应。

她眯着眼睛朝门缝里睃，睃见了凳子，睃见了梁上挂的绳子。退后两步，连撞三下，扑进去，正好扑倒在张石汉的脚边，刘谭氏一拍腿，来迟了，再摸呼吸，还在，指头儿仍冒着血。她一手扶着他的手，一手狠掐他的人中，忽发觉张石汉仍睁着眼睛，满脸都是眼淋子。刘谭氏拍打他的脸，一巴掌又一巴掌，张石汉躺在她怀里哭，敲了一辈子的石头，到头来，拿给錾子剁了手。刘太清立门口看着，看着看着笑了起来。

刘谭氏天不亮就去扯草草药，然后到茧坊帮工。做完工，换一身衣裳，拎着草草药去给张石汉敷，连敷了三天，拆开布，血止住了，肉也合拢了。再过两日，断指脱了一层皮，长出的新皮白酥酥。刘谭氏托起他的手，摸那坨肉，说，浑身给你抹起，还给你抹成个书生嘞。张石汉不笑，说，把你儿引回去，莫跟到我受苦。刘谭氏一皱眉,还没有出师嘞,我按月送口粮来,我儿醒事,啥子都干得来,留他在你侧边,有个照应。张石汉说,你舍得,他爹舍得?刘谭氏挨拢他耳朵,细声说,若是见得到他爹,还要你爬我身上来?

3

　　茧坊的帮工对刘谭氏说,刘管事被师爷夺了风头,遭贬来看库房,二趟船下重庆,老爷只让师爷个人去。

　　师爷说,不是我夺了他的风头,是他遭夺了魂。

　　都说得对,又都说得不对。刘基业没有对人讲他的经历,他想,他们最好是当他疯癫了。

　　幺姨太是他亲手杀的,又是他亲手装到笼子里沉河的,那笼子似乎没有困得住幺姨太,他仍见得到她,听得到她。在她屋子的窗户上,他经常看到她望着外头,有时候苦闷,有时候愉悦。河边的芦苇丛又生长起来了,那场大火过后,长得更茂盛了,风一吹,哗啦啦响,响过之后,又听到芦苇丛里呼唤,唤他刘三哥,说现在没的人看得到她了,只有他看得到,没的人听得到她说话了,只有他听得到。

　　下重庆的船,头一夜靠在犍为,他们和船佬儿挤在大舱房睡,到了半夜,他听见幺姨太的笑,他翻过来覆过去地听,听这声音是从哪儿传过来的,当把耳朵贴到地板上时,这声音变得更清晰了。他站起来,朝外头走,把师爷吵醒了,师爷问他深更半夜去哪儿?他说,热得很,外头凉快点。那声音愈来愈大,愈来愈放荡,他靠着围栏,伸出头去,水面薄薄一层月光,底下是隐约约的赤裸的女人。师爷跟了出来,拍他的肩膀,问他看啥子?他说,水里头躺了个女人。师爷也伸脑壳看,啥子都没有看到,师爷捞他胯下一把,当心拿给水鬼给你含起走了。师爷回去后,那女人又在唤他刘三哥,那唤声搅得他心窝子痛。天天晚上,他都到水边陪着她,水流越来越浑浊,她也在渐渐下沉,快到重庆时,她只剩发丝般细,他忽然想到,她要游走了,游回湘西去了,他就问,是幺姨太么?一个浪子覆过去,连发丝也不剩。

到了重庆,他们先和陈氏兄弟见面,清点了货物。陈启亘问福记还有无存货?师爷站出来拍板,让他们又拟了一份契,交接完后,陈启兆让他们带三份礼物回去,两份给老爷和少爷,还有一份是给幺姨太的,刘基业都装到了包袱里。回到朝天门,师爷问他咋个怅然若失的样子?他不搭白。师爷说,走走走,吃两口。他们进了一间吊脚楼,楼下是当铺,师爷让他把给幺姨太的翡翠簪子取出来,师爷说,这东西带回去老爷要冒火,刘管事,你说咋个处置?

簪子当了五两银子,师爷拿着五两银子朝楼上走,刘基业跟在后头,转角供了一幅孔圣先师,熏香和烟雾交织,再往上,仿若登了天庭。不大的屋子安了两张长榻和三张双人榻,角落里还窝了几杆烟枪。小二端着烟盘问他们抽啥子?师爷说,大土二两。小二问,要烟花间么?刘基业说,就要双人榻。小二引他们上了烟榻,师爷给了三银子,过了一会儿,小二端了烟盘上来,点燃烟灯,找补了半串铜板,问,要服侍么?刘基业说,忙你的。烟盘里有四块烟土、长短烟签、长方玉和一杆烟枪。师爷先挑一小块烟土到灯上烧,烧熟后放到方玉上搓成小丸,穿到烟签上,插到烟锅里,再将烟枪递给刘基业,让他先吃。师爷掌烟枪到灯上,刘基业长吸一口,烟子都闭在胸口,他感到,她钻到了他的身体里,他平白无故地笑起来,烟客们举的不是烟枪,是笙箫,花轿子抬过来，走出个青纱红巾，他去揭，咋个都揭不开。师爷说，换我尝一口。交替四五轮后，她在他身体里，把他折腾得瘫软了，他不想动了，只想趴在她身上，或者让她趴在他身上，任蚂蟥叮咬，任芦苇把后背割出血，他贴着她的脸，闻她的香膏，闻她的洋香水。师爷问，吃不动咯？他说，吃不动了。师爷说，那我找人服侍咯？师爷把烟盘端进了阁间，留他一人睡烟榻上，就是从这一刻开始，他觉得一切都不新鲜了，正在发生的事情好像早已经发生过。

　　小二将他叫醒，让他到茶间吃茶，腾出位子，他说不用了，去敲阁间的门，师爷唤他进去，阁间里有一张洋床，烟盘放在床上，师爷搂着个浓妆艳抹的女人，那女人抽着水烟，还有个老太婆在烧烟膏。他问，师爷，回船上住么？女人呛了一口烟。师爷说，歇啥子船上，歇会馆，你先回，指着烟枪说，我拿给它揪住了。他问，账咋个记？师爷说，楼下不是当铺么？刘基业就独自下了楼，将老爷和少爷的礼物也当掉了，又问，刚才当的簪子赎回来要还好多银子？掌柜说七两。他没有赎，出门喊了个轿夫，往会馆去，轿子颠颠晃晃，有一阵，他不晓得身处何地，只听见轿杆咯吱响，落轿，轿夫说，官爷，到了。他出轿付了铜板，走进馆，会馆里有天南地北的口音，比去年更嘈杂，他告诉柜台，要两间房，柜台说，只剩一间稍房了，怕师爷找不到他，他还是硬起头皮住下，亮了路引，再给柜台描述了师爷的模样，由跑堂引他进了客房。房间里只有雕栏床、灯台和盆架，他枕着包袱，汗腻腻地躺在床上，形形色色的死亡像鸦片的烟雾一样缠绕着他，先是福爷，之后是平三爷，是长夫人，是歪嘴，最后他看到自己，看到自己的手捧着头颅，游荡在嘉定城的街上，街上都是长毛蓝眼。师爷一脚踹醒他，问他，你抱起包袱哭啥子？他定了下神，坐起来，看到师爷睡另一头，问，你啥子时候回来的，咋个开的门？师爷翻个身，装疯迷窍么，是你亲手开的门。

只有大烟能抑制他的臆想，回来时，每停靠一个码头，他和师爷都要上岸去吃几口，为了节省，他们不再抽大土小土，而是抽云土，最后抽川土。他也学会了如何分辨烟膏优劣，到犍为，当来的银子便花光了，师爷不想掏钱，他就请他吃，又请他住客栈。第二天跑到码头时，原本乘坐的船已经走了，他们便坐上了那艘倒霉的盐船，于是就有了后来的事情。

长工依然喊他刘管事，而不是刘监事，喊顺了口，改不过来，李宅的那间屋子依然留给他住，是长夫人吩咐的，长夫人说反正空起也是空起，多个人，还闹热点。

换到了库房，更清闲了，库房申时清点库存，没的差错，再到账房上账，一天的事情就煞角了。收工后，刘基业时常背着包袱朝芦苇丛跑，他是躲着人去的。白庙只两家烟馆，一家在场上，另一家在泊滩，都要渡河，渡口收船早，这就麻烦。刘基业若是到烟馆去，回来时，必定是没有船的，只能在场上歇，第二日一早再赶回来。久了，不消说老爷，就是长工些都会起疑心。刘基业就买了烟枪烟签，隔几日上场买烟土，待收工后，将烟土和烟具装在包袱里，过去用石灶烤，个人悄悄享受。

等仓库里的丝都装船运走后，他的事情就更少了，烟杆一咬，百毒不侵，他想，要是这世上没的大烟，他刘三儿就一头撞死在鹅卵石上。

4

那场暴雨过后，白庙场旱了好一阵。

场上请了两次法会，一次是和尚，一次是道士，都不管用。有个庄稼汉，眼看着青苗变黄，就扛起锄头，将堰渠堵了，让水只流进自家田。第二天，再去看，水是灌进去了，田土被人挖了底朝天，两脚一软，扑了下去，拿给淤泥闭死了。高山有个疯婆娘，热得遭不住，拿一碗白米饭，把邻家的男娃子哄到屋头来，一刀割了生殖器，接了一碗血，洒到黄葛树。然后沿到土埂子，一路跑，一路吼，雨来咯，凉快咯。狗儿些都朝她屋头跑，一只咬条手膀子，一只咬只脚腿腿，一只咬根肠儿。这疯婆娘最终让官府捉住，砍了脑壳。

老孃子说，天老爷不降雨，是人命祭得不够。

四姨太听到就笑，年年五黄六月都在摆这些龙门阵，哪年又不是安安生生地过来了。

李宅一天洒六趟水，一盆水泼下去，嗞啦一下就没了。老孃子说那些话之前，四姨太还不觉得，老孃子说了那些话，四姨太就觉得这一年比往年都热，连那蒲扇打出来的风都烫人得很，脱得光光子，睡在凉席上，还是凉快不下来。可她看老爷，看长夫人，都好端端的模样，别个越是好端端，她越是心焦。

有天吃饭，她和五姨太一桌，李普福和长夫人一桌，先是吃得安安静静，李普福突然咳起来，五姨太去给他拿了药丸子，喂他服下，才镇静下来。五姨太多了句嘴："我在竹林乘凉时听人吹牛日白，磨儿山冒了股新泉，既止咳，又消暑。"

长夫人白了她一眼，说："晓得是日白，还有啥子说头。"

长夫人没听进去，四姨太听进去了，那泉水是老孃子给她打回来的，装了满满一罐，老孃子说，硬是打拥堂过抢，家家户户汲回去喝，跟圣水一样，我吃了一口，汗水都不出了。

玄得很，当天喝了一碗，困瞌睡的时候，还感觉冷，盖起了铺盖。隔天起来又喝了三碗，吃过早饭，肚皮叫唤，她跑了几趟茅厮，身上越来越冷，就去问老嬷子，是不是也跟她一样。老嬷子说，一口泉水只顶得到一夜，让她再打赏几口。她咬咬牙忍住，舍不得倒给老嬷子。到傍晚，开始翻江倒海地吐，吃进去的都吐出来了，没的东西可吐了，就吐清口水，五姨太给她盖了两床铺盖，她还吵冷。李普福说，不得是遭了痢疾嘛？长夫人赶紧让下人去找医生，医生过来给她把了脉，看了舌苔，问她吃过啥子？她说啥子都没吃过。提着痰盂回来的老嬷子道了一句，四姨太喝过磨儿山的泉水，是她喊我打的。五姨太哎呀一声就哭起来，道，姐姐，你咋么那么愚笨哦。李普福跺手杖道，造了啥子孽。老嬷子丢了痰盂，扑通一下跪下去，怪不得我呀，是四姨太非喊我去打。五姨太说，姐姐若有三长两短，你这老怪物跑不脱。医生开的药方，长夫人当晚就喊人去拣，拣回来，又连夜熬，她吃一道吐一道。服侍她的人直冒汗水，她还吵着冷，铺盖盖了四五床，后半夜终于不喊了。下人心想，是不是睡着了？怕把她热坏了，去给她揭床铺盖。一揭，见她眿鼓鼓瞪着眼，脸上雪青。再找老嬷子时，老嬷子早都跑了。

　　四姨太下葬当天，天上的云已经一朵朵聚了过来。在她的棺材里，放了衣裳和首饰，其余的位置塞满了棉花。李普福派出去的人打听回来，怪哉，同喝一股泉眼的水，别个无事无灾，独她一人丢了性命。去年死了二房，跑了幺房，今年又死四房，难免有人闲话，要么是说李家被幺毒的幺房下了蛊，要么是说李宅的构造。李普福从大门进进出出时，也不自觉地抬头瞧一眼，是这歪大门惹的么？

　　人人都恨不得刮层皮下来，伸手都能摸到云了，可天老爷还吝啬着。老人讲，莫慌，要落雨咯，也该落雨咯。他们望着天，望到七月初二的傍晚,狂风吹得茅草乱飞,人们从屋里走到屋外,拿着铁器捶打地面,一边捶打,一边呼号。一道亮闪打下来,大雨倾盆,任雨水打湿头顶,打湿辫子,打湿衣裳裤儿。除了五姨太,没有人还记得四姨太的死,五姨太说,这雨是姐姐拿命换来的。

这场雨也差点要了刘基业的命。

雨是从上游落下来的,在白庙落雨以前,铜河的水先涨起来了,虽是一点点涨的,刘基业却没有察觉到。他在芦苇丛吃了烟,将烟具放到侧边,不晓得是鸦片的缘故,还是天气的缘故,芦苇丛里啥子都听不见,像是被捂了耳朵。他靠着鹅卵石睡起大觉,梦见跟别个闹架,别个朝他泼水,他说凉快,再来,稀里糊涂地醒过来,硬是被水环绕着,仅剩一张脸还没被淹。芦苇吹得东倒西歪,啥子烟瘾困意都没的了,爬起来就朝堤上走,又想起烟枪烟膏还没有拿,再回去找,水已经过了膝盖,哪还找得着。等他再爬上堤岸时,一个浪子打过来,水长了有半丈高。

之前庆贺天老爷开恩的人不晓得,天老爷这是要一发势把欠了的雨债都补上,这场雨一连落了几天,不光是白庙场落雨,整个嘉定都在落雨,铜河、青衣江、符汶河,诸河并涨。

首先决堤的是上游的罗汉场,冲垮了十几口塘、一道堰、几百节田坎,沿河庄稼付之东流。然后是水口,数十沙洲尽遭淹没,坝上的人跑到高处,架木为巢,白庙就在水口的对面,朱申顺和龚占奇组织哥弟,装沙包,不断地垒高加固河堤,并派人昼夜值守观察,一有动静,就敲锣打鼓传起走。到第六天,雨水变小,李普福带着一家人搬到了场上的老宅,正好也是在那天晚上,挨近刘河坝的二郎决堤了。守河的人以及站河堤上看大水的人被冲走，随后决口越来越大，洪波迅速洗劫船筏房屋，溺毙数十人和上百头牲口，沿铜河的刘河、郑明均断烟火三日。

这场大水冲走了二郎庙镇水的石牛，有人说，那石牛落了水便活了，哞哞地叫了两声才被冲走。比这更神的场面是李落渡的群鱼，这是刘河坝没有撤走的乡民亲眼所见，成百上千条鲤鱼鲢鱼围拢在李落渡的湾湾头，钻下去，又浮起来，若是有人站到鱼背上怕都沉不下去。有人想撒网去捞，被呵止住了，后来是一个和尚来，在岸上敲了半天木鱼，它们才陆陆续续游开。都以为平静了，都以为没的看头了，一条红色的鱼鳍露出水面，一闪而过，看到的人确切地说，光是鱼鳍就六尺长。

大水退了，大水带来的灾患还在延续，先是病患，然后是米价飙涨。知县决定开仓放粮，并由户房拨铜元一万五千吊，赈济罗汉水口一带的灾民，白庙起先没有被划进赈灾范围。李普福遂联络各路乡绅商号捐杂粮千余担，由各堂口发放，按户每日施助杂粮两斤，同时在白庙场设铺，由刘基业照管，向病患提供暑药。许佩箐将李普福的义举呈报知县，知县又令户房，按白庙去岁粮田产量的六成，对白庙场的灾农进行补助。李普福又在老宅多住了三个月，一面趁头赈灾，一面雇了四拨工匠，赴刘河坝修缮自家宅邸及所有被毁坏的房屋。

是年年底，李普福一家坐着轿子回到刘河坝，乡民们沿途作揖跪拜感恩，当他跨出轿子，看到的是一展方正的大门。

第三章

1

许家在御史巷买了套宅子，临街有个门面，作百味斋的分铺，铺子里摆了桌椅，可供食客坐歇。门面往里，是一套四合天井的院子，厢房搁货和供长工住，正房原是三间，又使隔板将西间隔成了两间寝室。李世景入学，许佩箸和春妹就搬了过去，他们还没的儿女，正房宽敞，却也空荡。而且春妹一面要经营门面的生意，一面又要经佑李世景，有点忙不过来，过了端阳，就把三姨太喊进了城。

春妹安排三姨太和世景住大间，她和许佩箸住小间，她说，许佩箸有时住官舍，她个人住不了那么大的屋。三姨太说，要不得，再咋个说，这百味斋也是许家的，你在小间多安张床，过两年，世景就该单睡了。春妹由她，让人把房间收拾了出来。三姨太心想，这春妹跟佩箸咋还不生娃儿，没有问出口。

东岩书院设有童生门槛，生员多在十四岁以上，分经、史、算、掌故、舆地、辞章六门。经学、史学为一斋，算学为一斋，掌故学、舆地学为一斋，辞章学为一斋。以经史斋为重，生员最多，授经、史、文、诗，及《圣谕广训》《大清律例》，以应对常科。李世景入学时，在经史斋旁听，不记考勤，不参加官课堂课。到第二学年，才学作八股，本来找了个书童，可不到一个月，这书童就被袁东山撵走了，三姨太只好每天接送。经史斋入门就是《左传》《礼记》《公羊传》《穀梁传》一类经学和《纲鉴正史约》《清国史略》一类史学。下午是《古文辞类纂》《诗选》，以及其他课程。李世景听得云里雾里，袁东山便只让他修上午的经史课程，下午安排职事生员给他补讲《四书》或誊录抄写《韩非》《国策小品》。

这职事生员叫税相臣，比李世景大七岁，荣县人，十二岁时参加嘉定府官课，位列二甲，录为东岩书院经史斋住院生。东岩书院每年有十次堂课，由山长主持，考策、论、表、判、八股，各分三等，可传者为甲等，合式者为乙等，平常者为丙等，作生员升降及膏火资凭据。头一年，税相臣就有九篇策论被刻印行世，袁东山破格聘其为职事。

春妹问得，给世景辨疑析难的生员姓税，又是荣县人，就想到了许佩箬嫁到荣县的姐姐，夫家也姓税，说不定还沾亲。那天，三姨太去接李世景，春妹就让她把税相臣也引回来请顿饭。

一见面，税相臣喊她舅母，把她喊愣了，端详一番，才拍脑壳，这正是许佩箬姐姐的亲侄儿。有年她回来省亲，还带他来过，那时候，只好齐世景那么大。

三姨太道："哟，天下还有那么巧的事。"

税相臣有点害羞，说："刚才看到百味斋，我也吃了一惊。"

春妹说："来嘉定念书，你伯娘咋不来找我们喃？"

税相臣说："伯伯、伯娘一家都不在荣县住了，我还以为佩箬舅舅也迁起出去了。"

春妹笑说："朝哪儿迁？"

税相臣说："出去当大官啊。"

三姨太去把李世景的裆裆放了，说："这仙童硬是机灵，待在这儿，可不是屈么？"

菜已经摆好了，李世景和税相臣坐到了一条凳子上，问："那你该喊我啥子喃？"

三姨太叩他一下，说："你是鬼机灵。"

税相臣问春妹："世景是舅母的……？"

春妹说："幺弟。"

税相臣抠脑壳，恍然道："哟喂，那比我还长一辈咯？"

李世景夹菜先吃，嘴里包着饭说："喊我老辈子。"故意把"子"音拖长。

春妹说："莫听他的，按岁数，该喊啥子喊啥子。"招呼他不客气，拿起筷子又说："你住在……？"

李世景说："都跟你讲过咯，住书院，袁山长侧边。"

税相臣坐得笔直，跟到说："嗯，听风楼。"

春妹边吃边说："莫住书院了，搬过来，跟我们住。"

税相臣忙道："要不得，要不得。"

春妹说："我去跟山长、监院讲，你过来住，吃住都方便点。"

三姨太补充道："还可以帮督到世景。"

这一晚，税相臣回书院就找到斋务长，说想到亲戚家寄居。斋务长说："若是别个问，我就可以做主，但你税相臣，只有袁山长开口，我才敢放你走。"税相臣又去敲袁东山的门，袁东山没有开门，问："啥子事？"税相臣把方才的话又说了一遍。袁东山问："哪门亲戚？"税相臣说："我也是见了才晓得，世景的姐姐是我远房舅母。"袁东山不再答话,税相臣悻悻地回了寝室。第二天散学后,春妹来找到袁东山,袁东山不等她问,便摆手道:"不得行。"春妹问:"相臣跟你说过了?"袁东山说:"哪个来说都不得行。"春妹说:"学业你放心,我看相臣自觉得很,再说,还有佩箬的嘛。"袁东山说:"怕的就是许佩箬。"春妹说:"要么先去住一月,若下回堂课不合格,我二话不说,喊他回来住。"春妹这样一讲,袁东山就晓得她不会善罢甘休,姑且答应,待他们离开时,又警告:"许佩箬要是把相臣拐去留洋,我要了他的命。"

　　税相臣的房间是最小的一间,挨着大间,是他自己挑的,一是出于礼貌,二是不向天井,清净,里面有书案一张,是春妹喊人从大间抬过去的,方便他书写。他搬过去的当晚,许佩箬刚好回来,那时候三姨太和世景已经睡了,他听到厅堂里有人说话,就放了书本,走出去,看到许佩箬坐在太师椅上,春妹在给他搓脚。

　　春妹已经跟许佩箬介绍过了,税相臣喊他舅舅,他说:"相臣,都长那么大了。"税相臣说:"打搅舅舅了,明年回去,我让爹娘给你们打米来。"许佩箬问起姐姐许苑琳的事,税相臣说:"伯伯他们到成都开商号了。"许佩箬不晓得还该说啥子,让他早睡,税相臣一掩门,便听到许佩箬说了一句:"都变成鸭公嗓了。"春妹笑。

　　二趟再回来,许佩箬给他带了四卷本的《万国公法》,瞟见万国两字,春妹说,袁山长不让读西学。许佩箬指着书说,东洋人借了去,如今也趾高气扬,袁东山是故步自封。税相臣不敢多言。夜里,抄了几页《汉书》,他便捧出《万国公法》,卷首有东半球与西半球地图两页,上头写着:"地之为物也,体圆如球,直径约三万里,周围九万里有奇。其运行也,旋转如轮,一转为一昼夜,环日一周即为一年。内分东西两半球,其陆地分五大洲。"找到许佩箸说的大东洋,找到日本,离亚细亚只有一寸,这时的税相臣还不晓得,这一寸究竟有好远。税相臣索性丢了《汉书》,将四卷《万国公法》一齐放在案头,随意读起来:"若民主之国,则公举首领,官长均由自主,一循国法,他国亦不得行权势于其间也……"掩卷,掐了灯,他不是读懂了这段话的含义,而是听到墙那头有响动,这墙是木墙,他把耳朵贴上去,听到了春妹咝咝地出气,别开脑壳喘口气,再听,只剩绵绵的春雨。

　　第二天,一早起床,春妹已经在铺子上忙开了。桌面有三碗稀饭和一叠油酥花生,他喝了一碗,就跑到铺子上,先跟春妹和长工道了早,然后帮着摆糕点。一个长工说:"秀才还会干粗活哦?"他说:"我在屋头还耖过田嘞。"说完悄悄看春妹,春妹笑,他去接过她手头的绿豆糕,问:"舅舅在衙门做啥子?"春妹说:"工房做个小胥吏。"又问:"舅舅留的是哪儿的洋?"春妹说:"米粒尖。"正在搬门板的长工问:"米粒尖在哪儿,秀才晓得不?"税相臣说:"在北亚美利加,昨晚刚看过。"春妹问:"昨晚读闲书了?"税相臣才发觉说错了话,随即说:"誊完功课才随便翻翻。"春妹说:"今后莫睡太晚。"三姨太和世景也吃完稀饭走了出来,跟春妹道了别,三个人就朝书院去了。昨晚的雨落在石板上,没有干,三个人都走得很小心,税相臣让世景背小李杜,一首又一首,背到"残宵犹得梦依稀",便走到了书院。

　　上午的经史由山长讲授,主要是评点上次堂课的文章,税相臣又拿了甲等,袁东山说的话,他一句也没听进去,脑壳头想的尽是那两页地图。下午,税相臣让李世景抄写《韩非》,自己跑到掌故舆地斋旁听,教谕讲的尽是方志,底下坐的又尽是老童生,实在无趣,听了一半又溜出来了,正见袁东山要出去,袁东山说:"好个甩手闲客嘛。"税相臣忙解释:"不敢,是读书难倒了,想去偷学问。"袁东山问:"啥子书把你难倒了?"税相臣说:"丁韪良的《万国公法》,里头说民主之国,公举首领,何谓民主?何谓公举?"袁东山问:"是许佩箬给你的?"税相臣一下想起来袁东山的交代,扯谎说:"是在藏书阁找的。"袁东山说:"由民主之,即为民主之国,国无上下,有违纲常,讼棍之书,不必细究。"再敲其额,"《万国公法》乃惠顿所著,非丁韪良。"

下午天气放了晴,李世景抄着抄着,就找周公去了。税相臣回听风楼,叫醒他,轻打了几戒尺,问他:"晓得你姐夫的书搁在哪儿么?"李世景说:"在厢房。"税相臣说:"进得去么?"李世景说:"上了锁。"放了笔,"钥匙在门口的扣碗底下。"

这天回去,税相臣就逛到厢房,几个长工也住那里,他看到了上锁的房门,也看到了门下的扣碗。之后的几天,他每天都找个借口逛过去看看,有天散学早,长工们仍在铺子上忙,他走到厢房,再把房门关上,他蹲下去,掀开扣碗,拿起钥匙,一双手抖得很,不敢插到锁孔里,只得将钥匙又放了回去。这时,厢房的房门被揎开了,李世景吼:"咍,找啥子?"税相臣赶紧推着李世景走出厢房,问:"你三姨娘喃?"李世景说:"铺子上。"税相臣拉他到自己的房间,凑到他耳边说:"我想取书看。"李世景说:"猜到咯。"税相臣请求道:"要么你去帮我拿。"李世景伸出小指说:"先拉钩,今后的功课只背不誊。"税相臣说:"莫让你三姨娘和姐姐晓得了。"

在税相臣的日记中,他如此描述这个春夏之交:偏居西南一隅,浑然不知国之将亡,挑灯读禁书,贴墙听房事。

李世景给他偷来的书,先压在枕头下,待临完法帖背完文章,便从枕头下拿出来,有时是传奇演义,有时是西学新学,从春天读到夏天，税相臣越读越怕，又越读越快，三天一册到两天一册，再到一天一册，读完让李世景放回去，换本新的。因为底子好，书院的课业倒也没有落下，只是对科举再无兴致。

许佩箸成了他又怕又盼的人。有回吃了饭在厅堂闲坐，许佩箸问起春妹："有下人进过书房么？"春妹说："下人咋个会进书房？"许佩箸睃了税相臣一眼，说："有套兵书少了一册，衙门的同僚想借。"春妹说："兴许是搬家的时候弄落了。"这套兵书是《爆药纪要》，第二卷正藏在税相臣的枕头下，许佩箸没再追问。晚上，税相臣早早地灭了灯，他不敢拿书出来，生怕许佩箸闯进来，躺在床上，留意着隔壁。许佩箸和春妹正说着话，说得小声。税相臣要不要就扯一下辫子，抵抗困意，很快眼皮就往下耷，铺盖啊，枕头啊，棉絮啊，《爆药纪要》啊，案子啊，笔墨啊，都往下沉。不是这些东西往下沉，是他在朝天上飞，一扯辫子，又扯回来。下床，赤脚踩在地上，木隔板溢过来一丝光，他走过去，顺着光，找到那条缝，啥子圣贤书都不晓得了。他只想逮住这一丝光，还没趴下去，光就熄了，他的耳朵紧紧地挨着木墙，但啥子都没有听到。

税相臣的十六岁裂开了两条缝隙，从一条缝隙里，他窥见了外夷的船炮和政教，从另一条缝隙里他窥见了女性的裸体，这裸体来自他的远房舅母。

入夏后的一天傍晚，春妹对完账本，就让长工烧了一锅汤，又让下人把浴盆抬到了房间里。税相臣搁下毛笔，轻手轻脚地把房门别上。

春妹的房门也关上了，三姨太拉出屏风，隔挡窗户，将马凳放到浴盆里，毛巾搭在架子上，在木桶里勾好水。春妹背朝着隔墙，解了头发，脱掉衫衣，再解肚兜。税相臣张着嘴，让自己的呼吸不会太大声，一口口地吃进朽木散发的气味。三姨太拿瓜瓢舀水，往春妹身上淋，从脖子到后背，春妹拿着肥皂团在身上抹，一对乳房若隐若现。

这是税相臣第一次看到舅母在房间里冲洗，也是最后一次。这个场景逐渐与幻想混杂在一起，帮舅母搓澡的人有时变成了他自己，有时又变成了许佩箬，有时他认为他看到了舅母的阴部，有时他又认为，在春妹转身之前，他已经挪开了眼睛。后来，他甚至恬不知耻地对日本的同学说，也许，她晓得我在后面看着她呢。

李世景问："何处是世间真乐地？"

税相臣说啥子，李世景都摆脑壳，李世景说："算来算去，还数房中。"

李世景不光偷书给税相臣看，也偷来自己看，也正是他，替税相臣挡了一箭。

东岩书院上中下旬各休一天，在下旬休息的这天，三姨太清早就带着李世景回了白庙。上午，税相臣帮着在铺子上打杂，下午，生意清淡了点，春妹让他回房看书，准备即将到来的秋闱。税相臣走到天井，朝厢房看了一眼，长工下人们都在铺子上。他走了进去，又一次掀开扣碗，拿出钥匙，插到锁孔里，嗒的一声，锁开了，取下锁，推开门，里头排着四展多宝格。格子上分类全放着书，格子下面是柜子，只有一扇挂了锁，但没锁上，他把那扇拉开，里头是两堆巾箱本和手抄本的书。他从中间抽了一本，再将柜子关上，上锁，然后走出书房，关上门。这本薄薄的册子，在这个诡异的下午，像利刃一样剖开了他的胸膛。两百余年前的亡灵们走出文字，在书案上，或昂首，或下跪，或战栗，或哀哭，或咆哮，或静默，他们以各种姿态迎接砍上来的屠刀，再埋葬到书页里，翻到最后，只留下一张纸条，五个坍塌的小字：严夷夏之别。他认得，这字迹和另外几本书的旁批一样，是许佩筶写下的，在这间幽暗的房间里，在一场巨大的震荡后，他似乎看到了另一双眼睛。多年后，他把这本册子还给已是同知的许佩筶，并且在封面写上了书名——扬州十日记，他说："舅舅，鞑子不除，吾辈不休。"

"三孃，回来咯？"

"回来了。"

税相臣胡乱捧起一本《诗选》。

三姨太说："耍了一天，轿子上就眯着了。"

春妹说："莫去打搅相臣，抱他到床上睡会儿。"

三姨太把李世景抱上了床，春妹又跟过去说："娘，你出来，跟你讲个事情。"春妹把房门掩拢，引三姨太到她的房间。

"啥子事情，神秘兮兮的，非要避开世景讲？"

"你的乖幺儿，"春妹拿出一本书递给三姨太，"不学无术。"

"这啥子书嘛？"

"啥子书？淫书。"

"不得哦，你莫冤枉世景。"

"从他褡裢头翻出来的还有假？"

三姨太噘着嘴，将书丢到案子上，问："他哪儿来的这种书？"

"还能是哪儿，定是悄悄在佩筶的书房头拿的。"

税相臣后背发凉，他想起，他忘记将钥匙放还原了，它还挂在锁上。

"个狗东西。"三姨太说着，就要去把李世景揪起来。

春妹拉住三姨太说："你没的轻重，等他睡醒了，我问他的话。"

外头的长工在喊:"老板娘,有客伙哦。"两人的脚步走远。

税相臣坐立不安,将那本薄薄的手抄本连同纸条,卡在裤带上,装作伸懒腰的样子,在天井里闲站了一会儿,找准时机,几步跨到厢房里,书房的门挂着锁,但是锁上没有钥匙,扣碗里也没有。

是舅母把钥匙藏起来了?舅母方才说的话,不是说给三姨太听的,是说给他听的?去跟舅母讲,说书是他喊世景去拿的,世景忘记放回去而已,他不仅拿了淫书,还拿了能让舅舅掉脑壳的书。舅母会咋个看他,当他是贼娃子,是道貌岸然的伪君子?

他站在三姨太房间的窗户外面,吹着口哨,想把李世景吵醒。

"秀才,不读书,在那儿杵起发啥子神喃?"

"坐累了,出来站站。"

春妹伸脑壳看了他一眼,问:"相臣,世景醒没有?"

"像还没有。"

他走回去,打开箱子,拿出一件长衫,把书裹住,放到箱底,再关拢箱子,放还原,想了想,又把衣物都收拾归一,统统放进箱子,就算李世景供出他,也决不承认,大不了不在这儿住了,他和衣上床,牵铺盖盖住脸。

"三姨娘,姐姐,我醒咯,还不吃饭么?"

春妹解了围腰,把铺面交给三姨太,说:"把你劳什口袋拿到我屋头来。"

李世景背着手,不肯动。

春妹先去拿了褡裢,又拉着李世景进了屋,关上门,问:"清一下,少东西没有?"

"没有。"

"扯谎么，再说一遍，少没有？"

李世景哭着说："少了本书。"

"啥子书？"

李世景指着案子说："那本。"

"是袁山长让你们读的么？"

李世景摇头。

"哪儿来的？"

税相臣紧紧攥着铺盖一角，脸蛋儿涨得通红。

"姐夫书房头拿的。"

"咋个进去的？"

"用碗底下的钥匙。"

"哪只手拿的？"

李世景又把一双手背到背后，说："姐姐，我不敢了，你饶我一回。"

春妹拿出针，说："伸出来。"

李世景大哭，伸出右手，还没蜇上去，便嘶嘶地喊痛。

"是你姐夫喊你拿来看的么？"

李世景摇头。

"是相臣么？"

税相臣绷紧身体，听到李世景说不是，松一口气。

"我个人拿的。"

春妹没有下手，说："说给你爹听么？"

"莫说莫说。"

"那就到外头跪到，夜饭不要吃了。"

李世景抽泣着站到了外面，税相臣羞愧得很，连个九岁的娃娃都不如，他把自己捂得周身是汗，感到快要憋死时，才揭开铺盖。

饭菜做好了，春妹敲他的门，说："相臣，吃饭咯。"

他装作睡着了，没听见。

春妹又敲。

他去打开门。

春妹问："睡着了？"

他说："天气燥热，眼皮都抬不起。"又问："世景喃？"

三姨太搭腔道："莫管他，面壁思过嘞。"

税相臣坐下，春妹和三姨太都没有动筷子。他夹了点菜，端起饭碗走了出去。李世景跪在阴影下，叽里咕噜地背着啥子，税相臣戳他一下，他转过头来，对着税相臣默笑。

春妹说："都进来嘛。"

2

过去，张石汉留到留到地教刘太清，教他力道大小和錾子角度，不教咋个看石料纹路。看不来纹路，錾子是錾子，石头是石头，看得来纹路，石头才心甘情愿拿给錾子凿。张石汉断了指头，试过再拿錾子和手锤，不是砸到手，就是一块石头被凿得七疮八孔。他明白了，錾子再也握不稳了，手锤也使不动了，手艺再留，就只有留到坟头了。他教刘太清，凿石头，要跟摸女人一样，要晓得摸她哪处她欢喜，她欢喜才不费力。过了一年，刘太清把錾子使顺了，个头也长高了，跟张石汉说："你莫上山了，背篓我背得动，你在屋头把老太爷当。"

白庙乡南面有座山，山峰似官帽，故名官帽山。官帽山上有座观音庵，那观音不是泥塑的，是崖壁上凿的，是张石汉凿的。张石汉不晓得观音该是啥子样，就照着他梦到过的，照着他在别的寺庙里见过的模样儿凿，凿出来既不像杨枝观音，也不像圆光观音，倒像观音庵里的尼姑。这尼姑就自称是观音托身，替人卜生辰八字。尼姑不晓得张石汉残废了，她下山来是想让张石汉再帮她凿一块石牌，字是还愿的香客写的，石料已经找粗匠挑上去了，就等张石汉去凿出来。有了石牌，她的观音庵就更像一座庵了。

这尼姑下山来见到张石汉，问：“张石汉，还记得我么？”

张石汉说：“化缘去富贵人家化。”

尼姑说：“哎呀，崖壁上的观世音。”

张石汉看她一眼，说："活菩萨？"

尼姑说：“就是，就是，想喊你再去凿块石牌。”

张石汉说：“凿不来了。”

尼姑说：“给菩萨做事，积德。”

张石汉说：“我把菩萨凿出来，菩萨咋没有说保佑我嘞。”

尼姑说：“你开个价钱。”

张石汉就把长衫袖撩开，亮出一双手。

尼姑念阿弥陀佛，问：“这白庙场还有哪个凿得来字？”

张石汉说：“牛儿。”

尼姑问：“牛儿是哪个？”

张石汉说：“我徒弟。”

尼姑问：“跟你凿得一样好？”

张石汉说：“比赶我凿得还要好，就是要慢点，只收半斗米。”让尼姑先回去等着。

三天过后，刘太清干完手头的活路，就背起背篓，朝官帽山去。他不识路，沿路走沿路问，沿路问又沿路看，看哪处好采石料。他走到观音庵的山脚下，山脚停了一架轿子，几个轿夫在路旁歇脚，上山是一条独路，通到山腰有一片坪，坪上栽了竹子，没的人家，也看不到庵。他取了把锤子握在手头，走了一会儿，看到山上下来一男一女，男的在前，女的在后。走拢了，他就问："观音庵在上头么？"男的说是，女的侧身而过时说："这不是刘歪嘴么？"

刘太清一看，喊："三孃。"

"你上去干啥子？"

"帮尼姑刻石牌子。"

"哟，刘管事咋个拿娃儿学石匠哦。"

刘太清继续往上走，心头想，这李三孃上来做啥子？又回头对他们喊："三孃莫声张哦。"声音在坳坳里回响，走到坪上，再穿过竹林，地上有块石料，再往里是一截不高的崖壁，壁上的菩萨长满了青苔，壁前立了瓦檐，瓦檐旁有张桌子，桌上有签筒。他放了背篓，先走到瓦檐下，跪到蒲团上，磕了三个响头。

"是张石汉的徒弟么？"

他转过头，路上立了个女娃子，只齐他的肩膀高，他站起来问："活菩萨喃？"

女娃子指着高处的山洞说："放粮食。"

"你也是尼姑么？"

"不是。"女娃子一瘸一拐地走过来。

他从背篓里拿馍馍出来，撕了一半给她，他坐下，她也坐下，他问："那你咋在这儿？"

见尼姑从洞里走出来，女娃子一口咽下馍馍，说："婆婆，牛儿来咯。"

尼姑手上拿了一叠宣纸，说："哟，那么小点娃娃，你凿得好么？"

"张石汉凿成啥子样,我就能凿成啥子样。"刘太清也咽下馍馍,从背篓里取出砚台、朱锭递给女娃子,让女娃子帮他磨着墨。他接过宣纸,铺到石料上,"观音庵"三个字正好占满石料,再将宣纸放到一旁,用尖錾和铁尺取方位,扁錾打剖平整。

朱墨磨好了,他用细笔蘸着墨水,在纸背描空心字。

女娃子问:"你会写字么?"

"写不来,照着人家摹一道。"

尼姑说:"寒露,有香客来,你就喊香客坐到等,我下山掏点菜。"说完,朝山下走去。

"你叫寒露?"

"嗯。"

"你爹娘取的?"

"婆婆取的,她说我是寒露那天抱来的。"

刘太清不再问了。描完字,他就把空心朱字的一面覆到石料上,用卵石砑磨,牵开后,"观音庵"就印了上去。然后,刘太清拿出扁錾和手锤,趴在石料上开始凿刻,碎石渣乱飞,突然冒了句:"我爹也不要我。"

女娃子像是没有听见,也像是不肯接话。

刘太清唱着学来的调子:"郎在高山学鸟叫,妹在园中把手招。爹娘问她招啥子,风吹头发用手撩。"

尼姑回来了,叫女娃子去生火炊煮。

女娃子问:"牛儿在这儿吃饭么?"

尼姑说:"活路一天哪做得完,他今晚就歇这儿。"

坳坳里钻进一阵风,钻进来就跑不出去,刮得满山的树叶子响。"音"字还没有刻完,他就闻到了饭菜香,尼姑喊:"牛儿,歇饭咯。"

见刘太清没有停下来，女娃子跑过去说："婆婆说，喊你过来一起吃。"

"吃你们的，我带了馍馍。"

尼姑说："馍馍哪儿吃得饱。"

刘太清放了錾子、手锤，女娃子到石缸给他舀了一碗水洗手，问："你的手咋个了？"

"划到了。"刘太清接过土碗，把剩下的水喝了。

女娃子跑开了。

刘太清走到土灶旁，土灶不高，坐在石头上就能够到，锅里是清水煮的野菜，灶台上放了一口小甑。刘太清盛了一碗，见甑里没的好多饭，又倒了一点回去。

女娃子走回来，嘴巴头包了草叶子，让刘太清把手伸出来，将嚼过的草叶子抹到他的伤口上，刘太清觉得凉悠悠的。

尼姑说："出家人吃的是清汤寡水，牛儿莫笑。"问他："你是哪儿的人喃？"

"刘河坝的。"

"呀，今晌午才有个刘河坝的大户人来拜香。"

"我上来的时候碰到了，是福记丝号的李三孃。"

"你刘河坝的人，咋个拜得到张石汉那儿去？"

"我娘引我去的。"

"当石匠苦哦。"

刘太清不说话。

尼姑又问："张石汉的手咋个了？"

"石头打烂了。"

"哎呀，哎呀，阿弥陀佛。"

刘太清问："活菩萨，这坳坳里咋个没的人住？"

"以前有人住，垮了土，一家人全遭埋了。"

刘太清往四周看。

尼姑跺脚说："就这坪底下。"

刘太清舀水来涮了锅，女娃子把他的背篓背到洞里，刘太清喊住她，说："我就睡外头。"

女娃子说："外头有豺狗。"

太阳沉下去，月亮升起来，晕晕亮，刘太清坐在瓦檐下，不肯到洞里去。

女娃子走下来说："我引你上山去耍。"

他们一人拄根棍子，沿着土路往上走，路越走越窄，穿过树林子，脚踩在厚厚的树叶子上，咯吱响。

女娃子不走了，无路可走了，说："这就是帽儿顶。"

山背是断崖，山下是一片阔地，点缀了几珠灯火。

女娃子说："西边是蔡金，东边是冠英。"

"不是白庙的地盘？"

"不是。"

刘太清坐下来，问："你去过？"

女娃子坐他对面，答道："没有，是婆婆跟我讲的，我连白庙场都没有赶过。"又问："刘河坝在哪一方？"

"我也分不清是哪一方，要过好几趟河。"刘太清问："你见过河么？"

女娃子点头，又摆头。

"河上有大船跑，一路要打拢重庆、宜昌，说是几百几千里嘞。"

女娃子看着他，他也看着女娃子，女娃子问："明天就做完活路咯？"

"明天就做完。"

"做完就下山咯？"

"做完就回去了。"

"二天还来不喃？"

"来做啥子？"

女娃子想了一会儿，说："来拜香呀。"

"你个小女娃子懂啥子，这观音庵是给大人求子的。"

"晓得晓得。"女娃子低头小声说，"你二天也要长成大人嘛，长成大人就要娶媳妇子，娶了媳妇子就要来拜香。"

刘太清笑着说："还早得很嘞。"站起来。

女娃子也说："嗯，还早得很嘞。"跟着站起来。

刘太清走前头，女娃子走后头，女娃子的脚步，一声重，一声轻。

听到女娃子和刘太清回来，尼姑又去点燃了灯，洞壁搭了柴禾，拐一道角才是寝室，有张铺了谷草的石床，一头一尾放了粮食和两大捆香烛，地上有一张草席。

刘太清把草席卷起来，背起自己的背篓，说："我到外头睡。"

尼姑说："你这娃娃还害羞么？"

女娃子说："外头有豺狗。"

刘太清说："我才不怕豺狗。"他拿着席子，走到瓦檐下，把席子铺开，再把背篓放到靠崖壁的一侧，脱了衣裳垫在脑壳底下。山洞里的灯灭了，几只飞耗子叫唤起来，他想起了尼姑的话，想起坪下还埋着一家人。

翌日又是个红朗朗天。

尼姑和女娃子出来时，席子已经放在了洞口。刘太清借她们的土灶炼了錾子，又扑到石料上凿开了。尼姑带着女娃子先给菩萨上香磕头，然后去熬了一锅稀饭，稀饭熬好后，女娃子给刘太清端过来，放在他旁边，说："牛儿，歇一下，吃稀饭。"

刘太清坐起来，端着碗，咕嘟嘟一口气喝完。

女娃子东走走，西走走，一会儿又绕回来，看刘太清刻完"音"字，又刻完"庵"字，女娃子说："你慢点子刻。"见他脚上有根红绳子，红绳子上系了枚铜钱，又问："你脚上拴的啥子？"刘太清不搭她的白，她就去拨弄。刘太清一脚踩到她身上，她一个跟跄倒在地上，刘太清朝她吼："莫碰它。"女娃子想哭，忍住不哭，爬起来走开。

都刻完了，就剩细修，刘太清去换了把錾子，瞧了眼女娃子，女娃子坐在灶台边，嘟着嘴。正好上来个妇人，刘太清就说："来香客了，去喊活菩萨出来。"女娃子朝山洞走去。

最后一錾子下去，刘太清吹干净石料，又去舀水冲洗一遍，把家什收捡好，坐旁边等尼姑给妇人说签。他看着山洞，女娃子没再出来。

"凿好咯？"

"凿好了，你看下。"

"不愧是张石汉的徒弟，像模像样。"

"那米我背不动，过两天，你把米给立石牌的粗匠，让他们帮担下来。"说完，刘太清就背起背篓朝山下走，走着走着，像是又听到了一声重、一声轻的脚步。

3

刘基业从管事降成了库房监事，月银也从三两降成了二两，但开销更大了，城里头的土栈一两云土卖到了九百文，白庙场的烟馆一两云土更是卖一千文。他先是吃老本，老本吃完了，就跟烟馆赊账。付现钱吃烟，他吃一口，省一口，赊账吃烟，便没的拘束，不过是掌柜蘸两珠墨水，次月领了钱，转手拿去还了，只当是替烟馆当长工，窟窿越来越大，补不齐了，就以烂为烂，更加没的拘束。

　　这月，他又拿了银子去勾账，掌柜把银子收了，却不赊了，问为啥子？掌柜说，从今往后，每人限赊十两银子，你账本上欠了十二两。他说，烟不吃了，让掌柜把银子还他。掌柜说，这是朱大爷的堂子哈。见跑堂过来，刘基业只得耐着烟瘾走出烟馆，走了没几步，就觉察到有人在后头跟着，那人打着折扇。走出烟市，刘基业停下来，转身几步跨过去，揪住那人的胸口，问："你跟到我搞啥子？"一下认出来了，这就是上次当怀表给他的公子哥。公子哥叠起折扇，拱手说："哥哥莫误会，我看哥哥穿得周吴郑王的，不像吃烂烟的人，就想给哥哥指条路子。"刘基业一搡，公子哥摔到地上，说："用得着你鸡仔儿可怜我？"公子哥爬起来，和刘基业并排着走，问："哥哥认得我？"刘基业说："雀儿毛贴脸高头，哪个认不到？"公子哥说："哥哥莫瞧不起我，该瞧不起女人伙，我明跟哥哥讲，这白庙场一半的屄我都日过。上到贵太太，下到立了牌坊的寡妇，脸上守身如玉，底下又臭又脏，女人伙就是牲口，跟猪一样，是牲口，就都该拉到市场上卖。"公子哥上气不接下气地说："哥哥，你说，是女人好，还是大烟好？拿次的换好的，这买卖亏不亏？哥哥，你让嫂子做暗门子，我来牵线，拿十抽三，保狎客不乱讲，保……"刘基业摸出刀子，骂道："滚。"公子哥一捏鼻子，甩开折扇，还不甘心，边走边说："我要么在烟馆，要么在赌馆，哥哥想通了来找我就是。"

　　出了白庙场，太阳照得他发软，他走到一片果林的围墙边，靠着墙坐下来,地上的叶子晒得起了卷,抬轿子的和挑担子的从他身前走过,日子咋个就过成了这样子。想着想着,眼睛就湿了,那鸡仔儿当女人是牲口,你也当女人是牲口?他把衣裳脱下来,盖住脑壳,鸡仔儿那油腻腻的脸又钻了进来,说怀表是幺姨太给他的,说白庙场最好的屄还属福记丝号幺姨太的。他拿手堵住一双耳朵,哭起来。

他抽了自己两耳光,将衣裳搭在肩膀上,站起来,路旁的谷子已经在抽穗,走过石拱桥,谷田起了一层层浪,这谷田去年还颗粒无收。有个庄稼汉喊他刘管事,庄稼汉说,给福爷带个好,不得力他,日子就翻不过来了。他想,人家的日子翻过来了,他的日子咋个就翻不过去。河风吹过来,携着水腥气,去年涨水,小铜河改了道,以前是良田的地方成了渡口,以前是渡口的地方只冒出一尖坎坎。艄公拴了船,在岸上耍骰子,朝他喊:"刘管事,今天回去得早哦。"他走上一艘木船,艄公过来取篙一戳,木船顺着江水打出去,艄公在船头撑着篙,刘基业捧了一把水洗脸,艄公问:"刘管事,咋没有跟船出川?"刘基业没有回答,只盯着急湍的江水。上了岸,刘基业把身上的铜板都给了他,艄公问:"刘管事,我在这头等你么?"刘基业说,不用了。上了河堤,看到三姨太和李世景坐着滑竿过来,他拿衣裳把脸揩了,然后穿上。李世景先喊:"刘三叔,刘三叔,你的脸咋花儿五爪的哦。"他傻兮兮地笑,滑竿放下来,三姨太付了钱,他问了好,又说:"好久没有看到少爷咯。"三姨太说:"在念书了嘛。"又问:"你这是走哪儿去来?"刘基业说:"赶白庙场。"返身给艄公打响哨,艄公听见了,又把船撑了回来。李世景问:"歪嘴喃?"刘基业说:"在屋头。"三姨太说:"呀,不说没有想起,起头我还碰到你儿,说是上官帽山打石头,你弄他学石匠去咯?"刘基业说:"三姨

- 143 -

太不得是认拐咯。"三姨太说:"我喊他,他还答应我,咋个认得拐。"刘基业说:"哎呀,肯定是婆娘干的事。"三姨太指着他说:"你呀。"说完,引着李世景朝河坝去,李世景回头说:"三叔,走咯。"刘基业说:"少爷,三姨太,你们慢点。"他撩起衣裳又擦一把脸,看着他们渡到对岸才离开,步子越走越快,鸦片烟瘾也全没的了。

刘谭氏正在门口做缝补,有刘太清的衣裳,也有张石汉的衣裳,看到刘基业回来,先是一喜,又是一惊,他怒冲冲的,走得飞快,埋头又接着缝补,想着咋个应付法。

刘谭氏停下针线,说:"回来咯。"

"太清在屋头没有?"

"走他家婆那边去了。"

"老子次次回来都不见娃儿,你莫扯拐。"

刘谭氏不说话,看着他。

"三姨太说,你送太清学石匠了?"

刘谭氏不说话。

"你个臭婆娘。"一巴掌将她打翻在地。

刘谭氏抹了嘴角说:"学石匠咋个了?学石匠不饿肚皮。"

"你去把娃儿喊回来。"

"喊不回来了,太清个人情愿的。"

"你个黑心婆娘。"又是一巴掌。

"你打,你打,你在外头活得逍遥,我两母子的死活你好久管过?"

刘基业看到椅子上的衣裳,问:"这哪个的衣裳?"

刘谭氏一下子木到起了,说:"太清的。"

"太清穿得?"

"太清他师傅的。"

刘基业想起了鸡仔儿的话，骂道："看你那副夹乩耙相，你偷人偷到石匠身上去咯？"扯住领口一撕，撕成两截，扭住刘谭氏又要打。

"你打死我，打死当睡着，但你莫冤枉人。"

刘基业呸一口吐她脸上，说："老子不打你。"翻箱倒柜地找了一百文铜钱，扬长而去。

刘谭氏爬起来，去漱了个口，又把衣裳捡起来，握针，握不稳，手颤得凶，就放了衣裳，别了门，回屋里困觉。她想，或许当初不该把世景抱出去，又想，不抱出去哪养得活。困到昏天暗地，听到有人砸门，她问："哪个？"

"我。"刘基业答道。

她起来，才觉得腿脚酸痛，拉开门，刘基业走进来，还带了个老者，那老者说："点亮灯，我看下样儿。"

刘基业就去把灯点亮。

刘谭氏问："你是哪个？"

刘基业说："你莫管哪个。"

老者说："硬是相因没好货。"

刘基业："进来嘛。"

刘谭氏说："刘三儿，你天打五雷轰。"

老者问："是头一趟？"

刘基业说："头一趟。"

4

嘉定县有九支团练，城内有东西南北四团，城外有童家场、白马场、白庙场、土主场和板桥溪五团。各团有练丁一百二十人，配备刀矛、土铳，设团正、监正各一人，团正又听命于九团团总，团总由官府指派。城外头的团练均为门户练，只在戡乱剿匪时，才集中由官府支配，平日与乡丁维护乡邑治安。团正可代收稳捐，照铺面摊派或照每只猪抽收一百文，照百斤酒油抽收十二文，稳捐对半开，一半上缴厘局，一半留作团练经费。

　　白庙场的团练由礼字堂掌控，王棒客出任团正，平三爷坐幕后任监正。白庙团的团费向来不清不明，练丁到平三爷那里诉苦，说口粮不公，且经费银两从不清算。平三爷三言两语就打发走，有时还倒转头将告状者训斥一顿。王棒客吃的钱，最终都是落到平三爷的腰包，久而久之，练丁也晓得了这里头的利害，敢怒不敢言。不仅练丁，商户与农户也有不满，商户觉得，稳捐当照人头算，他们缴好多，农户就该缴好多。农户则认为，团练防匪患，而贼匪劫富不劫贫，哪个怕，哪个缴，甚至有人编了顺口："惟愿匪来，大家发财。"

　　在处理平日乡民纠纷上头，白庙团练亦是稀里糊涂。过去曾有人到衙门告状，那人经营的米店连遭撬杆，只得雇人守夜。某日，撬杆被守夜人捉住，米店老板想讨回财物，没有敲警锣，扭他回去。到了家门口，撬杆说，偷来的东西都藏在粮仓，米店老板去粮仓找，没找到。撬杆在那头一把火点燃了柴房，撬杆说，看哪个谝得赢哪个，二人遂投团理，各执一词。王棒客判定撬杆笞杖三十，米店老板赔偿二千五百文，米店老板不服。王棒客说，不服就各回各家，为了让撬杆挨打受罚，米店老板委屈掏钱。哪晓得，第二日，这撬杆上米店嬉问，二千五百文花得冤不冤？说完又摇又拽地离开。米店老板一纸禀状告到了衙门，告王棒客勾结贼匪，上头令监正平三爷调查，事情到了平三爷这里，自然也就没有了下文。

不少对团练有怨言的人来请李普福出山,说福爷一有功名,二有威望,当由他去主持团练。李普福不稀奇那点稳捐,他之所以想扳倒吕济平和王棒客,一是因众人的抬举,二是因这两人常给他使绊子。就拿光绪十九年的洪涝来说,他倒贴钱粮,贴补灾民损失,吕济平却在背后嚼舌,说官府送来的赈灾粮,遭李普福克扣了一半。甚而,还喊王棒客借团练的名头来查赈灾账目,好在一来账目没的问题,二来没的几人真真听信吕济平的话。李普福叫来龚占奇商讨,正好龚占奇也觊觎着团正的位子,明里斗,有失威严,不如借民心,倒逼吕济平让出团练。

龚占奇首先鼓动商户罢缴稳捐,这一招并没有奏效,稳捐是以厘局的名义征的,王棒客率着练丁上门一吓唬,商户便服了软。随后,龚占奇收买了十几个练丁,以农忙为由,不参加齐团训练,王棒客便扣减这些人的口粮。到了八月,灯花教频频起事,巡检司传话将于八月底来白庙团部凭团册点卯,具体哪一日没有明说。王棒客以为像往次一样,不过是巡检司借机敛财,到时上供点夫马费便应付过去。巡检八月二十三来点验时,一百二十人的团只到了七八十人。巡检大怒,拒了夫马费,令团正整饬团规,择期复查。王棒客召齐练丁重申,训练期间,不得缺席。到了九月初三,下来的是巡检司通判,再点,仍缺了三人,通判训斥团正,涣散不尊,设遇匪徒,呼应不灵,必拿他问罪。王棒客遂决意重惩缺席的三人,将他们从地头拖到团部杖责,其中一人杖下暴毙。

王棒客和吕济平都不晓得,这是李普福设下的圈套。李普福让三姨太拿回了一份天主教教民名单,再与团册对照,圈点出这三人,由龚占奇唆使利诱他们抵抗点验。得知有人被杖毙,李普福遣被责罚的另两人知会神甫,龚占奇劝暴毙者亲友在团部外摆设灵堂，王棒客下令驱逐，竟无人听令。另一边，众稳捐摊派者自发联名上书，禀告王棒客和吕济平劣迹。

受吕济平指令，王棒客带着十几个喽啰先将联名上书者的店铺砸毁，然后提着一杆火枪风风火火地朝龚占奇屋头按。还没有走拢，王棒客先朝天抠了一枪，大吼着："龚杂种，出来。"

龚占奇打开门，独自一人走到王棒客身前。

王棒客举枪顶到他的脑壳，问道："想当团正么？"

龚占奇看了眼他身后的十几个喽啰，个个拿着开山刀，反问道："你们这架势是要造反么？"

"我是奉令来捉灯花匪的。"

"奉哪个的令？捉哪个灯花匪？"

"奉巡检司的令，捉你个灯花匪。"

龚占奇大喝："王棒客，你干的邋遢事还少么？"

李普福和吕济平从大门走出。

王棒客喊："平三爷。"

龚占奇趁其不备，弯腰擒住枪杆，将枪口对到地下，砰一声枪响，再用手道拐猛顶王棒客的腋下，夺下火枪，王棒客目下的十几个喽啰吓得一动不动。

此时，坡下埋伏好的七八十个练丁，由百长、什长领着拥上来，喽啰纷纷丢了手头的刀，跪地。

王棒客看吕济平眼色，护着手膀子单膝下跪。

吕济平问："你勾结匪徒，欺压乡民，认不认？"

"认。"

"你吃拿饷银，克扣团费，认不认？"

"认。"

"借点卯杖责教民，你认不认？"

王棒客惊慌道:"平三爷,这罪我盛不起哦。"

"盛不起也要盛。"

"平三爷。"王棒客不解地看着吕济平。

龚占奇将火枪拉好膛递给吕济平。

吕济平说:"这回平三爷也保不住你了。"

枪响,王棒客应声倒地。百长拿袋子套住他的脑壳,练丁将他抬到板车上,再押送着五花大绑的喽啰,铜锣敲起,虎牌竖起,往场上去。

王棒客的尸体被运到场栅,十几个喽啰跪成一排。栅夫敲响梆锣,练丁持棍围出一个圈,诸乡绅陆续赶到。吕济平站出来说,王泰顺身为团正,本该防匪平纠纷,却暗地与痞匪为朋,恃众欺压百姓。有教民陈氏三人,不满其做派,务农避之,竟被棒打,一人暴毙,街坊善意规劝,遭其报复。今早,王泰顺更是率执刀棒客,闯龚秀才私邸。鄙人尽监正之责,调集练丁,前往阻拦捉拿,遭其侮辱反抗,遂就地正法。现曝尸示众三日,其余人等送县衙发落。

就在前一天上午,王棒客还问过吕济平,要不要出去避一阵子?吕济平拍胸脯说,有我在,没的哪个敢动你。彼时,吕济平还只晓得商户联名上书,尚不知神甫已将教民的冤情汇报给了叙府教区主教。中午的时候,礼字堂的鹰爪送信来,说打死练丁的事情闹到县台那儿了,县台责令追究。王棒客又问,跑不跑?吕济平宽慰他,打死个练丁算啥子。王棒客吃了定心丸,回团部训诫封口。王棒客刚走,吕济平就叫轿子去拜会李普福。到李宅门口,吕济平和龚占奇一进一出,他向龚占奇作揖,龚占奇说,礼让公还有心情来吃闲茶么?他如梦方醒。阍者收了礼,引他进去,快到厅堂时，高声道了一句："老爷，平三爷来咯。"

长夫人从厅堂迎出来说："哎呀，稀客稀客。"厅堂里又出来了几个人，甩袖昂首离开，吕济平认得这几个人，都是场上的商铺老板。

见到李普福，吕济平说："福爷，你这儿闹热哦。"

长夫人说："今早听到客鹊叫，就晓得有客伙来，没想到来了一拨又一拨。"让两个家丁站到太师椅两侧。

吕济平问："李夫人，还要防到我么？"

李普福手一挥，说："用不着，都出去，平三爷有要事谈。"

长夫人不情愿地又带着两个家丁出去。

吕济平拱手道："兴仁公，我过去有啥子不懂水的地方，你多海涵，打内心头说，我是敬重兴仁公的。"

"咋个说起客气话了。"

吕济平看了眼门外，说："兴仁公若觉得，今后还用得住我，这一趟还望搭把手。"

李普福问："是为团练出人命的事情么？"

吕济平说："王棒客也是被通判训急了，才干出傻事，我想他发心是好的，操练都不像样，反贼闹起来，咋个保一方太平。"

"也不该往死里打啊。"

"我日噘过他了，我今天来，就是想跟兴仁公讨教，要么撤他下来，兴仁公指点个人当团正，要么让他把私宅抵给死者家眷，哪样更合适？"

"冒昧讲一句，团正有过，监正怕也脱不到爪爪。这回闹好大，礼让兄晓得么？"

"正想问，咋个传得到县台耳朵里？"

"打死的是哪个？"

"不过是个丘二。"

"杖毙者是天主教教民,三个受杖者都是教民。"

吕济平蒙到了。

"叙府主教问知县,白庙团针对教民么?知县都吓得直打抖,呵,亏你监正还想着息事宁人。"

吕济平起身再拱手弓腰道:"兴仁公,我的确不晓得那三个人都是教民,不仅我不晓得,王团正也不晓得。"

"还护着那王棒客?"

"兴仁公,你当过父母官,这摊浑水我该咋个蹚?"

"杀王棒客,平民愤,给洋教个交代。"

王棒客正法后,吕济平也引咎让出监正。既有功名,又服众的李普福和龚占奇,被公举为监正和团正。李普福改稳捐厘金为募银,由人丁三十人以上的大户按年出资六十两白银作团费大头。又在集场设官秤,比较银两猪肉,过秤抽成,如此仍有欠缺,由福记丝号补漏。龚占奇则立下团规、场规:如遇贼匪入场,鸣锣放炮,合场铺户,每户一人,务齐集关栅,围捉送究。倘有观望不到,凭团公罚。戒轻讼,户婚、田土、债务等事,必先凭团族理剖。有不息者任其据实控告,倘有地棍,构讼不止,指命禀究。滥赌者荡产倾家,流娼勾引良家,伤风败俗,设遇此等,互相稽查,指禀送究。三五成群,聚闹生非,查获禀究。

5

春妹受冷遇,三姨太想,还不是因为没有给许家传宗接嗣。三姨太探到,百味斋在御史巷的这间分铺,是许佩箬管他父亲要的，他是想和春妹搬出许宅，单独住，啥子原因，春妹不说，三姨太也猜到了七八分。

那天，许佩筶的二孃，也是百味斋总铺的账房主管，来御史巷分铺上账。她见到三姨太就奚落说："春亭硬是孝顺，把亲娘也接进城了。"三姨太不晓得说啥子好。春妹解释说："世景在城里念书，我娘来经佑弟弟，也顺道帮下铺子的生意。"又补充了一句："都是跟佩筶商量过的。"三姨太道："也住不到好久，世景再大点，我就回白庙去。"许二孃说："亲家母，莫误会，我这人不会讲话。"说完，嘱咐几个账房的伙计去取账本对账，又朝内院走去，春妹和三姨太陪着，领她去看了库房和作坊，然后在堂屋落座吃茶。

许二孃说："这宅子还不小嘞。"

三姨太心想，亏你说得出来。

春妹迎合着。

许二孃又问："四间正屋？"

春妹说是。

"住了哪些人？"

春妹扯谎说，一间住她和佩筶，一间住她娘和世景，另两间上锁的空起在。

许二孃说："空起好，空起好。"

三人静坐了一阵，天井里有几只麻雀儿叫唤，三姨太走出去把它们轰走。

许二孃问："亲家母是哪年嫁给亲家的？"

三姨太说："就怀春妹那年。"

"那时候岁数也不大啊，咋没有说再要一个？"

三姨太看着春妹说："就这一个都差点要了我的命。"又笑着说:"走鬼门关回来,我是说啥子都不肯再怀了。"

许二孃也笑着说:"世景是几房的?"

"幺房。"

许二孃呷了一口茶,说:"我头一胎生的是女子,第二胎又是女子,我就跟他姨爹说,这罪我不受了,你单另纳一房。"瞧着春妹说:"还是佩箸他娘熬得起,生了四胎女,第五胎才出的佩箸。"

三姨太的笑僵住了。

外头的伙计喊说,账上好了。

许二孃让春妹先出去,春妹走后,她跟三姨太说:"那号事情,男人不好开口,尤其像佩箸这种性格。亲家母是过来人,你跟春亭说下,劝佩箸再纳一房,给他爹也有个交代,不要整来一家人都气鼓气胀的。"

三姨太的脸通红,迎合着说:"许二姐说的是,我跟春妹讲了不止三两回,她说是佩箸不肯。"

"佩箸这娃儿脑壳不开窍,你是不晓得,他跟屋头闹成啥子样了,他爹就差把他扫地出门了。若真到了那地步,对春亭也不好。"两人站起来朝外头走,"春亭比佩箸懂世相,你跟他们住一起,多磨两句。"

三姨太口头答着是,将他们送走,回到铺子,看到春妹在角角头揩眼淋子,她走过去过问,春妹捂着脸跑回了院子。

三姨太跟过去说:"要是过不下去了,你跟我回去,老爷连我们两母女都养不起么?"

春妹说:"你莫跟我爹说。"

三姨太去搂着她,叹气道:"可怜我闺女。"

这天晚上,三姨太在床上辗转反侧。她想起,生完春妹第二年,长夫人就让她跟老爷再生一个,同房了半年,肚皮仍没的反应。那时候，她身子虚，还在熬药吃，长夫人在背地里拿药说事，说不是三姨太怀不起，是不想怀，她气得将补药都扔了。后来，春妹长大了点，二姨太的女儿嫁出去了，四姨太和五姨太也始终没有怀上，长夫人便拿春妹出气，说她是扫把星，来不来就骂她罚她，三姨太只得狠下心，把春妹送回了嘉定。春妹吃过的苦，她也吃过，春妹如今的处境，她也经历过。

  第二天，书院休息，她天不亮就带着世景回了白庙，将世景放在李宅，带了个下人又匆匆往官帽山去。这个菩萨是下人介绍给她的，下人说了菩萨许多神迹，她就让下人带她去见识见识。轿子坐了约莫两三个时辰，来到了观音庵，是个女娃子在那里守着。下人说，来拜香求签，女娃子才去把老尼喊了出来。先给菩萨跪拜上了香，三姨太在心头默念了求的事情和春妹与许佩箬的生辰八字，得的是中签卯宫："宛如仙鹤出樊笼，脱却羁縻处处通。南北东西无障碍，任君直上九霄云。"三姨太递给老尼解签。老尼问她，所求何事？三姨太说，替女儿女婿求孕求子。老尼让三姨太在红纸上写下生辰八字，再掐指计算，然后焚了红纸，说，苦无子息，令人叹兮，好孕已到，所求如意。三姨太赶紧问，是说已经怀上了？老尼说，再过些时日就晓得了。下人送上粮食，三姨太又奉了十几枚铜板，与老尼闲聊了几句。他们下山前，老尼又说，你女婿遭盖子压着，来年遇了贵人，就该升迁咯。三姨太乐坏了，真能如愿，明年定送重礼还愿。

  回到城里，三姨太本想问春妹，上回跟许佩箬行房是好久？没等她问出来，春妹就引她到屋头，甩出一本房中术，说是从世景的袋子头清出来的。见春妹正在气头上，三姨太的这个问题便一直憋着。隔了两天，趁铺子不忙，三姨太把春妹拉到一旁问，那些房中术，真是许佩箬的？春妹笑说，娘，你一把年纪的人了，还想着……三姨太轻拍她一巴掌，嘿，还拿你娘说笑了。又问，你上回跟他行房是好久？春妹害羞着说，咋问起这个，你莫多想，要怀早怀起了。见到有客人来，春妹招呼着，迎过去了。三姨太站在旁边，看着春妹走动弯腰的样子，心想，这哪像好孕已到，啥子菩萨，点都不灵。一连又观察了几日，春妹还跟平时一样，吃食体形都没的变化，三姨太也几乎死心了。

那些日子，衙门事情多，许佩箬好不容易回来一趟，又尽说八矛子远的战事。饭后，三姨太让税相臣带着世景到外头消食，当着许佩箬和春妹的面，把话说开了。她说："佩箬，你二孃那天来过，说是来上账，我估计是你爹让她来传个话，她想让你再纳一房，春妹也听到了。你和春妹那么多年，一直没有要得起，其实我早就该过问，春妹也吃了不少草药，不见效。你是独苗苗，没的子嗣，怪也只能怪到春妹脑壳上。"春妹想打断她，三姨太摆手说："你莫打断我，我是春妹的娘，我替她做主。佩箬，你点个头，我明天就问媒婆有没的合适的，对你，对春妹都好。"春妹说："娘，你看你，我们还没有着急，你倒着急起来了。"三姨太说："我是怕你受欺负。"许佩箬笑说："哪个敢欺负她。"春妹说："这事情你莫操心，要张罗婚事，也是我帮他张罗。"话说到这个份上，三姨太也不好再劝。晚上，世景困了瞌睡，三姨太又爬起来听房，听了半天，这两人都在谈天说地。三姨太正要回房，看到税相臣的房间亮着灯，赌气似的敲了两下，说，相臣，夜深莫看书咯。

令三姨太喜出望外的是，没过两天，春妹就有了孕兆。有时候，在那里忙着忙着，就捂着嘴，朝茅厮跑。三姨太问咋个了？春妹紧锁着眉头说，兴许是凉了胃。不光是打呕，春妹还成天唉声叹气，问愁啥子，又不肯说。有天，见下人拣了两服药回来，三姨太问，哪个的药？春妹说，我的，是调养身体的。三姨太说，药哪能乱吃，等帮工都不在时，才问，是不是月事没来？春妹说，你咋个晓得？三姨太笑。春妹低头看肚皮，说，不得哦。当天下午，三姨太便陪着春妹去了趟药铺，坐堂把完脉，又问春妹近来的身体状况，三姨太在一旁等着，等着坐堂说结果，坐堂问三姨太，是你的女么？三姨太说是。坐堂问，嫁人了么？三姨太说，嫁了嫁了。坐堂说，那就恭喜了，是喜脉。

第四章

1

光绪二十年六月二十三，驻朝鲜日军在丰岛突袭了清军兵船"济远号""广乙号"，击沉"高升号"。当年七月初一，双方正式宣战。陆战方面，清廷援军与先期驻朝清军在平壤会合，以平壤为大本营。李中堂下令：先定守局，再图进取。日军迅速形成包围之势，于八月十六，从大同江南岸、玄武门、城西南发起围攻。清军分兵抗拒，于大同江南岸、玄武门击退并重创来犯日军，城西南战场则与日军胶着至晌午。午后，听闻玄武门战场，高州镇总兵左宝贵阵亡，诸军总统叶志超竟下令全军撤退，清军狂奔六日，退守鸭绿江北岸。九月二十六日，日军兵分两路。一路直逼鸭绿江防线，三天即将其击溃；另一路在舰队掩护下，登陆岫岩州花园口。十月初十，攻入大连。十月底，攻陷旅顺并屠城。又于光绪二十年末和二十一年初，接连占领凤凰城、岫岩、海城。海战方面，光绪二十年八月，运送清兵入朝的北洋水师在返航途中，遭遇日舰伏击。双方激战后，残损的北洋舰队退回威海港，作防御态势。光绪二十一年正月，陆路日军攻占威海港，北洋舰队官兵或投降或拒降自尽。威海营务处提调牛昶昞与日军签署降约，威海港内船舰，归日军所有。这场发生在甲午年的战事，以清廷高调出兵开场，一败涂地收尾。

也是在甲午年的秋闱中，税相臣名落孙山。放榜之后，他决定回荣县老家歇半年，在乡下，他白天在私塾授课，晚上学习西文。所用的教材是他从许佩箬的各类西学书上摘录的，一页是西国哲学，翻一页是西药词汇，再翻一页又成了博物，门门晓皮毛，又门门瘟。次年打了春，他遵照约定，背了米油来嘉定。

这一天，御史巷百味斋的生意格外好。铺子上换了一拨帮工，认不到他，问他找哪个？他说找舅舅许佩箬。那帮工正准备进去叫人，三姨太走了出来，说："呀，税秀才的嘛。"叫了个下人接过他的背篼。三姨太带着他朝里走，一边走，一边说："又长高咯。"进了内院，他看到一个臃肿的女人，顶着大肚皮，躺在藤椅上晒太阳，那女人喊他相臣，他才认出是舅母。三姨太看到他诧异的样子，打趣说："半年不见，认不到了么？"春妹说："晓得你这两天要来，屋头已经打扫过了。"他跟春妹道了贺，朝屋里去，家具的摆放和他离开时一样。他放下行李，扭动手脚，环视屋子，目光落在木墙上，那道细小的裂缝，诡异地又合拢了，就像是从未裂开过一样。他站起来，听到一截骨头嗒地一响。他走出，路过藤椅，又叫了一声舅母。春妹睡着了，他偷偷看了她片晌，然后走到铺子上，帮着招揽生意。三姨太说，相臣，莫喊了，声音都喊嘶了，帮工们都笑起来。日后到了日本，他与同学提起舅母，别人问他，你舅母长啥子样？他努力地回想着，最终浮现出来的是暖阳下的臃肿的脸，记忆像那截骨头一样，断在了那个阳光明媚的晌午。

一条裂缝合拢了，另一条裂缝却越撕越开。

那天，他正在屋里教李世景判词的格式，李世景心不在焉地写了几行，放下笔说："我又找到钥匙了。"

他问："啥子钥匙？"

李世景说："你装神么？"

门突然开了，进来的是许佩箬，许佩箬盯到他们笑。李世景低下头，税相臣慌张地喊舅舅。

许佩箬问："见过洋人么？"

税相臣说没见过。

"想见么？"

税相臣说想。

春妹扶着腰站在门口，说："世景去不得。"

"你也信那些？"许佩箬问李世景："世景想去么？"

李世景点头，看春妹一眼，又摇头。

许佩箬笑着朝外面走，税相臣也跟了出去，春妹在后头说："早点回来。"

他们要去见的是叮咚街的赫叶士，赫叶士第一次来中国是同治五年，他先在江南一带传教传医。光绪十三年，初到嘉定，逢疟疾肆虐，喝生水染病，两年不见好转。光绪十五年，返回美利加调养。两年后，他以医学传教士的身份，乘坐英美会的船再到中国。这一趟，赫叶士最主要的目的是来川创办一家印字馆。此前，教会书籍多走水路运入四川，路途遥远，常有遗失，他用筹集来的钱购买了两台印字机，又从上海购买了汉字字模，由汽轮运到宜昌后，转成平底船入川，最终落脚嘉定。光绪二十年，在总督和知县的关照下，印字馆终于在叮咚街开张，书籍将从这里由水路或陆路运到成都，再发往全川。

眼前的这间宅子是知县出面征用的，与旁边的民宿没的啥子不同，只是在木门上方挂了一块匾，上书：教文馆。许佩箬敲门，街上的人都住了脚，看着他们。开门的是赫叶士的仆人，许佩箬问："赫大夫在么？"仆人看眼税相臣，说："在，官爷里头请。"进门有一方草地，被打整得干干净净，左侧有一厢房子，门关着，从廊道路过时，税相臣闻到一股浓浓的墨香。赫叶士从正房走出来，他留着又厚又长的唇须，戴一架圆眼镜，梳着背头，玩笑似的招呼许佩箬为老典。许佩箬只打齐他的嘴，恭敬地和他握手。

赫叶士问："这位是？"

许佩箬说："外甥。"

赫叶士伸出手，税相臣喊了声赫大夫，不敢看他，赫叶士只好摸了摸他的脑壳。

厅堂背墙有三张圣像，圣像下摆了一张桌子，桌上有一台洋钟，桌旁有两把太师椅，两侧又各有两把圈椅。许佩箬和赫叶士坐上方位，税相臣坐客座，坐定后，仆人端来了盖碗茶。

许佩箬从怀里拿出一枚翡翠牌，说："暹罗的，赫大夫笑纳。"

赫叶士道谢，将翡翠牌放到了衣兜里，笑道："整个嘉定城，就你敢来这里耍。"

那仆人放了茶壶，又坐到大门口去了，要不要转头看他们一眼。

许佩箬说："愚古啊，连衙门头都有不少人传，说哪处又逮到哪个教民，专拿迷药拐娃娃，传来传去，故事一模样，无非就是变个地方，变个名字。"

赫叶士从桌上拿起一个药瓶，问税相臣："有人说，这是拿童子骨熬成的，你信么？"

税相臣摆头说："这是西药。"

赫叶士笑着放回药瓶，说："难得。"

许佩箬说:"他在我那儿念了不少西学书。"

赫叶士说:"哟,念过些啥子?"

税相臣答:"只读过《万国公法》。"然后别开脑壳,见到仆人打开大门出去。

赫叶士说:"还是伪西学。"

许佩箬说:"我引他来,就是想等他在赫大夫这儿讨个脸熟。"

赫叶士说:"来,常来,我这儿啥子都缺,唯独不缺书。"

许佩箬问:"印字馆今天没有开门喃?"

赫叶士说:"印工到成都送书取字模了。"又说:"还得再请个人。"

那仆人出去遛了一圈,又回来了,关上了大门。

许佩箬问:"你这里有报纸么?"

赫叶士拿嘴努着外面,说:"仆人拿去发火了。"

许佩箬一手靠在桌上,身子倾向赫叶士,问:"战事如何了?"

"你在衙门都不晓得?"

"只听到风声说,连连败退。"

赫叶士说:"可不是么!东洋人在旅顺屠城,老佛爷在宫中摆大宴,这仗能不输么?"又说:"今年年初,东洋人走陆路包抄了威海港,整支北洋舰队都遭没收了。"

"北洋水师全军覆没?"

"全军覆没。"赫叶士说,"这时候,李中堂恐怕已经到日本讨论赔款的事了。"

"盐税又要涨咯。"

税相臣转过头,瞭瞭地看着他们。

许佩箬坐正,叹道:"哎呀,成也北洋,败也北洋。"

"跟北洋没的关系,跟李中堂没的关系,跟老佛爷也没的关系。"

许佩箬也看了眼门口的仆人,说:"赫大夫莫往下说了,你敢说,我可不敢听。"

二人大笑。

"东洋人不比以前咯。"赫叶士指着许佩箬说,"像你这样的人在日本,哪能只给个老典当。"

许佩箬说:"还望赫大夫回成都多美言几句。"

话音刚落,房顶一声响,税相臣手里正端着茶碗,手一抖,摔到了地上,接着又是好几声。

税相臣站起来,望着屋顶。

许佩箬骂道:"狗日的。"朝外面走。石头像雨点一样扔进院子,落在草地上。许佩箬又躲了回来。

赫叶士走到外面的廊道上,大吼一声:"放枪了哈。"

外面叫骂着:"长毛狗。"

税相臣看到仆人坐在门口,一动不动地盯着他们,那眼神令他汗毛倒竖。

赫叶士回来说:"已经散了,你们走后门。"

许佩箬跟赫叶士告了辞,匆匆从后门走出去。许佩箬让税相臣记到路,二天可以来找赫叶士借书。税相臣默默地走着,老觉得有人跟着他们。

赫大夫说,大清屡吃败仗,跟北洋没的关系,也跟李中堂和老佛爷没的关系。赫大夫说,东洋不比以前,要是舅舅在东洋,必定要做大官。赫叶士白天说的话,又在税相臣脑壳里回现了一遍,书上的方块字像是一个也不认识。他去吹灭了灯,一会儿便入了眠。前半夜,他梦见他们在一艘大船的底舱,有他和李世景,

- 162 -

也有舅舅和舅母。船身猛烈地晃动了一下，上头的人喊磕到了，底舱开始浸水，刚开始只有小指大的孔，后来变成拳头大。舅舅让他和世景去堵，舅母正哭着，嘶喊着，可是他们堵了一处，另一处又在漏水，来回跑了几十趟。舅母不哭了也不喊了，只留下哗啦啦的水声。税相臣醒过来，身上冒了一层冷汗，他听到舅母在说话，舅舅用鼾声回应，舅母在跟哪个说话？后半夜，他梦到的是赫大夫那间上锁的黑屋子。在梦里，他从门缝往里看，字模齐整地摆在架子上。印工取出十几个，排到木框里，覆上一层纸，拿刷子一扫，字就印了上去。印工把纸牵起来，他瞪大了眼睛去认纸上的字，一个也看不清，纸开始流血，然后架子上的字模开始哭，再瞪大眼睛去看，哪是啥子字模，是一排排的娃娃脑壳。

接下去的好几天，税相臣觉得街上的氛围怪得很。走几步，就有一堆人围拢在摆龙门阵，有的在谈厘金上涨的事情，也有的在谈洋人征铺子的事。这些龙门阵在以往可不敢拿到街上摆，现在是大张旗鼓的，巴不得路人围过去，谈得最多的，还是育婴堂拐童子童女。

讲的人穿的是粗布衣裳，辫子绕在颈项上，他说那男娃娃是九峰的人，屋头的独子，他娘引他朝炎帝庙，男娃娃不敢进庙堂，他娘就放他在外头，再出来，娃儿不见了。他娘找了半天没有找到人，坐船回去的时候，在船上想不通，又不敢回屋，就一头栽到河里。认得到的人回去报了信，他爹找了十几个人，点起火把，进城找了一宿。找拢白塔街，一个老者说，昨天晚上是看到一个八九岁的娃娃，跟到个大人走，那大人走好快，那娃娃就走好快，更稀奇的是，那娃娃还闭到眼睛嘞。不止老者一个人，整条白塔街的人都见着了，东问一句，西问一句。他爹找到了高西门旁的一间茅草房，他爹在外头喊男娃娃的名字，不听见答应，但听见了哭声，破门进去，男娃娃正睡在床上，鼻子底下黑漆漆的。他参取水来给他洗，洗干净。男娃娃道，我娘喃，我在哪儿？茅草房的主人正巧回来，一见到娃娃屋头的人寻上门，扭头就跑。四五个汉子把人贩子按到，先吊打一顿，再送官。官府严训，这龟儿才承认是拜上帝教的，拐来的娃娃准备送到育婴堂去换鹰洋。

底下啧啧一片，一个女人被揎了出去，你讲，你讲你在洋诊所看到啥子。那女人起先不肯讲，遭揉搡了两下，才怯怯地说，年前我男人背上长了一块疮，太医看了，仙孃也看了，就是治不好。听人说，赫大夫的药丸子灵，我们就问到赫大夫的铺子，赫大夫看了我男人的疮，说是要把疮划开挤脓。他就把我们引进小屋，里头摆了一张床和三个柜子，我男人扑在床上，赫大夫先给他抹药，我走到柜子前，上头摆了三排透明的酒罐子。我说，赫大夫，你早说你好这口，我给你打点来。我想看下他泡的啥子，越看越不对劲，越看越心虚，一口罐子像耳朵，一口罐子像鼻子，还有一口罐子装的像胎娃。我回过头，看到赫大夫手头拿了剪子和刀子。我说，赫大夫，赫大夫，这病不治了。我拉起男人就朝外头跑，赫大夫在后头喊，不开刀，也要拿点药去吃。听的人笑成一片，这女人说完也笑。

粗布衣裳说，五爷来讲两句。这五爷着的是长衫子，缓缓走出去，洋人在察院街设公信堂，在嘉乐门、铁门坎设讲经堂，洋人也来找过我，要征较场坝的铺子。我说，你拿好多银子来都不管用，除非喊耶稣从我五爷的尸体上跨过去。底下叫好。五爷继续说，有信洋教的么？我看有，我就问你一句，是耶稣大，还是当今的圣上大？五爷举拳领着高呼，教民反贼，赶走洋人。

三姨太紧攥着李世景的手，走出人群。就是从这次围观之后，三姨太关起了李世景的禁闭。早上，税相臣独自去书院，下午，又独自回来。书院里议论着清廷的赔款,议论着省城的局势,也议论着洋人的罪行,仿佛每个人都是见证人,说得绘声绘色。在税相臣的梦境中,那间印字馆一次又一次地出现。有时候,架子上摆的是尸骸,有时候摆的是白花花的银两,那些字就刻在尸骸和银两上。印字工取下来,用刷子刷到纸上,再装订成册。

古怪的氛围延续到了四月底。一天,学堂里的同窗拿来了一份告示:洋人迷拐幼孩,现今拿着实据,军民无得惊慌,获案绝不宽待。落款是四川通省保甲局。下午,税相臣没有直接回家,而是走到叮咚街,走到赫叶士的宅子前。他左右看了看,没的人,敲了几下,仆人出来开门。他问,赫大夫在么?仆人问,找赫大夫搞啥子?他说,借书。仆人说,不在。咚地将门关上了。再敲,仆人就不搭理他了。回去的路上,沿街都贴上了保甲局的告示,告示前围了很多人。让税相臣不解的是,街上站了很多兵丁,却无人出来干预民众的言论,他们宣讲的内容也不再仅限于洋人霸占商铺、拐骗娃娃,甚至喊出知县包庇洋人,官府包揽词讼、助纣为虐等口号。

反洋教的人既有士绅大爷,也有平头百姓,甚至混入了不少心狠手辣的灯花教教徒。日后,税相臣时常与同学谈起,他在土桥街见到的那个女教民。那女人脑壳上包着布巾,在讲经堂门口徘徊了许久,她或许是在犹豫,或许是在等待时机。终于,她解下了头巾,走过去敲门,街上的人开始起哄,用歹毒的词语辱骂那女人。神甫开门,女人画了个十字,镇定地走了进去,门又关上了。税相臣不晓得那女人经历了啥子,会在这样的境况下向神甫祷告,人越围越多。税相臣希望讲经堂也有道后门,希望女人此时已经离开了讲经堂。没有,大门打开了,神甫把女人送出来,女人又掏出布巾,包在脑壳上。一个男人阻挡了她的去路,神甫在大声呵斥他，那个男人突然将女人扛到了肩膀上，在一伙人的掩护下，朝龙头山的方向跑。那女人在男人的肩膀上挣扎着，叫喊着，只有一阵阵的笑声回应，神甫追了出来，被拦住，转头去叫兵丁，兵丁驱散了围观者，而女人已经不见了踪影。

到了五月，传教和传医的洋人陆续撤回成都。教堂门口贴上了不知真假的教民名册，有几个名字被涂了红，或许是被戕害，或许是被逼改了信。官吏对这类暴行都睁只眼闭只眼，而施暴者也在一点点试探底线。整座嘉定城都像是漂浮在半空，哪个都不晓得这场风暴会把它吹向何处。自朝廷至官府，自官府至平民，都在试图摧毁一切，摧毁他人和自我，乙未年注定成为一条分水岭，根基和传统被动摇。税相臣在日记中写道：天可变，道亦可变。

端午节，成都省先闹起来了。每年端午，成都人都要聚集到东较场打李子，讨得好兆头，成百上千人买来李子，互相对掷。洋教士启尔德也携妻带子到东较场看闹热，担怕怀里的儿子被李子砸伤，启尔德便将他包裹起来。不料，突然有人大吼一句，洋人偷娃娃咯。启尔德一家在手拿洋枪的司蒂文孙的护卫下，躲到了四圣祠福音堂，众人堵住，朝里头高呼放人。司蒂文孙对天放了一枪，暴怒的人群打跑了教堂外的差役，涌到门内。司蒂文孙和启尔德一家已经越墙逃走，福音堂连同侧边的医馆和宿舍很快就成了一片火海。华阳知县黄道荣闻讯赶来，半道被截住，人群喊着杀狗官，将黄道荣斥退。人群手中的李子换成了石子，朝镇压的兵丁投去，还有一些人，奔走相告，口口相传，要将成都省的教堂烧尽，要将成都省的洋人攆出去。反教的大火迅速烧到了陕西街、玉沙街、古佛庵街，拳头更是直接砸向了洋人。法国天主教川西北教区主教杜昂，乘轿往成都将军恭寿的衙门躲避，行至衙门附近，被人认出，轿子被打烂，杜昂和随同也被拖出，饱以老拳，恭寿慌忙带兵营救。到第二天晚上，成都大小教堂、医馆，以及洋人寓所尽毁，洋人只得躲到衙门寻求庇护。

五月初六的下午，东岩书院袁山长召集所有生员，声明休课三日，并禁止生员参与打教。街上已经不再有妇孺老者，清一色的汉子在晃荡，寻找契机，也有三五成群的人聚在一起，不是高声言论，而是低声商讨啥子阴谋。税相臣不敢逗留，快步往御史巷走，铺门已经关上了。税相臣敲门，过了一会儿，三姨太在里头问："哪个？"税相臣说："三婆婆，是我。"进了院子，大包小包的东西摆在外头，李世景立在厅堂门口，见到税相臣，就问："相臣跟我们走不嘛？"三姨太没有回答。走进厅堂，税相臣听到了许佩箬的声音，他在房间里劝春妹："再不走就怕走不脱咯。"税相臣知趣地回了房间。春妹似乎被劝动了，她走出房间，蹒跚地走到税相臣的门口，说："相臣，我们要回去住两天，你个人在屋头，这几天莫开门，哪个敲门都莫开。"

他们都走了，回许宅了，留税相臣独自一人在御史巷。税相臣意识到，绷了一个多月的弦就要断了，他又去翻出那本册子：

初四日，天晴。烈日蒸熏，尸气熏人。前后左右，处处焚烧，烟结如雾，腥闻数十里。是日，予烧棉及人骨成灰，以疗兄疮；垂泪领之，不能出声。

初五日，幽僻之人，便稍出来；相逢各泪下，不能出一语。予等五人虽获稍苏，终不敢居宅内。晨起早食，即出处野畔；其妆饰一如前日。盖往来打粮者日不下数十辈，虽不摻戈而各制槌，恐吓诈人财物，每有毙于杖下者；一遇妇女，仍肆掳劫，初不知为清兵、为镇兵、为乱民也。是日，伯兄因伤重，刀疮迸裂而死。伤哉……

第二天醒来时，书盖在脸上，他听到外头在叫喊，打死洋狗，杀死大鼻儿。他睁开眼，愣了一阵，爬起来，搬来桌子，垫着攀上围墙，再跳出去，循着声音，跟上了叫喊的一群人。这些人手持木棍，还推了几辆鸡公车，装满石头。税相臣跑到了他们的前面，他飞奔着，朝叮咚街去，朝印字馆去，他找了个拐角躲起来。门口站了十来个兵丁，叫喊的人群渐近，兵丁们交头接耳起来，人群停在了印字馆门口。走出来一个赤膊的人，他问兵丁："你们奉的哪个的命？"兵丁说："洪知县的命。"那赤膊的人就回头对人群说："洪祖年也被洋人收买了。"兵丁说："知县有令，只准啫，不准打砸。"一个石头飞过去，兵丁问："哪个甩的？"又一个石头飞过去，兵丁虚火了，一边敲锣，一边逃走。赤膊者吹了一声响哨，税相臣看到，印字馆的大门开了，仆人东睃一眼，西睃一眼，将他们放了进去。税相臣像是明白了，明白了石头扔进宅子时，仆人为啥子会一动不动地坐在门口。那伙人在里头一通乱敲乱打，税相臣走过去，跨进门，草地上有两台被砸毁的机器，印字馆的门被撬开了。那些人正在把字模和纸张往外搬，赤膊者不知从哪里抱来了一捆引燃的草把子，税相臣看着那团火引燃纸张，又引燃字模，撤离的人撞到他，才让他回过神。他听到锣声越来越近，赶紧转身往外跑，他是最后一个撤走的。跨出门，他又见到了仆人，那仆人满头鲜血地立在门口，阴森森地盯着他。赶来的援兵只是做做样子，人群又分成两路，一路往铁门坎去，另一路往察院街去。街上大门都紧闭着，但税相臣晓得，此时正有无数双眼睛从门缝里打探。还没来得及喘口气，税相臣就听到报信的人说，虾蟆口活捉了一个内地会的传道员。这传道员本来是要从虾蟆口坐船走,被船佬儿认出,大呼,来人哦,逮二毛子咯。传道员逃回水西门,正巧遇到撵上去的人群。税相臣从层层看客间挤了进去,那传道员已经吓瘫了,脑壳低着,十指交叉紧握,闭着眼,嘴里念念有词。络儿胡喊,矮到。传道员没有听见,木棍一扫,他面朝城门跪地。络儿胡问,五爷,咋个发落?五爷没有露面,道了一句,对穿对。不晓得哪个甩出一根溜尖的木棍,络儿胡捡起来,掂着木棍在传道员身前绕了一圈,走到背后,高举木棍,喊一声,日你的圣母玛利亚。人们屏住呼吸,生怕错过最精彩的细节,尖头走后颈窝杀进去,从喉咙穿出来,传道员倒在地上,抽搐着,鲜血直飙,双手仍交叉握着。看客赞叹,络儿胡得意地抱拳回应着欢呼,再弯腰盯着传道员的面目,直到他闭上眼睛。这是税相臣第一次见到杀人的场面,他对暴力的最初印象就是,空气中久久不散的汗臭以及地上迅速凝固的血液。税相臣目送着人潮远去,传道员睡在原地,像一个熟睡的醉汉。他走回御史巷,翻墙跳进院子,吃了些糕点填肚子,然后从厨房取了把宰刀,守着铺门。这个漫长的下午,他紧握着宰刀,连眼睛都不敢眨一下。他想,他们烧到铁门坎了,烧到嘉乐门了,烧到土桥街了,烧到察院街了,他们把教堂和衙门都烧了,把洋人和官吏都杀了,他们就该算到许舅舅头上了。许舅舅也是二毛子呀,他的结局该和水西门的二毛子结局一样。到黄昏时,税相臣突然听到门外有响声,他擦了擦手上的汗,往外头睃,挎着腰刀的八个衙役一路小跑过去,紧接着是拿刀拿棍拿矛的十多个兵丁,御史巷两头都敲响了铜锣。税相臣壮起胆子稀开一块门板,望出去,一伙半身赤裸的汉子被关住了,他们仿佛刚经历了一场打斗,有的赤手空拳,有的拿了半截木棍,进退两难。一个典吏穿着的人朝天放了一枪,前后的衙役、兵丁向他们迫近,这伙人丢了木棍,双手背到，跪在地上。衙役将他们捆了起来，老典一通拳打脚踢，骂道："闯大祸了，晓得不？"

那天晚上，嘉定城终于清静下来，只留下兵丁巡查的脚步，四处都是焦煳煳的气味。税相臣周身疲软得很，他打水冲了个凉水澡，煮了碗清水菜，又找到一瓶帮工的苞谷酒。吃着吃着，一道亮闪劈下来，天就漏了雨，雨打在瓦上，噼啪响。

这一场席卷全川的反教风波以朝廷重处告结，杀死传道员的络儿胡和火烧印字馆的暴徒在大码头分别被施以枭首和杖刑，较场坝的大户五爷被处戴枷流放，并罚没寓所、商铺以作赔偿。全川就地正法者、军流枷杖者不计其数。在多国干涉下，圣上又降旨，因护教不力，革四川总督刘秉璋等职，永不叙用，华阳县兼成都县候补知县黄道荣、嘉定知县洪祖年、嘉定汛千总黄承烈等交吏部议处，后参撤。

税相臣后来在日记中补写：新任知县沈秉堃半月后才到任，那半个月间，舅母产下一女婴，女婴又不知何故失踪了。舅舅许佩箬未有哀痛，或看起来如此。他或已收到赫叶士风声，沈氏到任后，他于侧旁酒肆摆了一桌宴席，衙门一大半官吏到场。未几，沈氏便拔他为县丞，令他与洋人商讨赔偿事宜。舅舅一脸春风得意，舅母仿佛不曾怀过胎，那女婴仿佛不曾来过人世。

2

刘谭氏数不清有好多男人爬上过她的床，送走一个男人，刘基业就给她十五文，一百个男人就是一千五百文。凑足五百文，她就给张石汉和刘太清送过去，她给他们送了……她不敢算了。刘基业还嫌不够多嘞，他要晚上带一个来，白天又带一个来。她不肯，她说，你要敢白天引人来，我就拴根索索吊死。月黑头，啥子都看不见，看不见就当他们是刘基业，当他们是张石汉。天不亮，这些男人要还赖在床上不肯走，她就躲起来，躲到米仓，躲到柴房，她从没看清过这些男人的脸，可他们却认得她。那回，她到场上卖笋子，侧边是画糖龙的老朽朽，那老朽朽一面画龙，一面睨她。散场了，她的笋子还没有卖完，老朽朽也收摊了，她背着背篼走前头，老朽朽背着匣子走后头，越走越近。她说，你莫跟到我。老朽朽盯到她笑，笑了半天，骂了一句，娼妇。骂得不大声，只有她听得见。当天晚上，这老朽朽就爬上了她的床，那根黏嗒嗒的舌头在她嘴巴头搅，搅完还问她，甜不甜？她跟刘基业说，你就不怕别个戳你的脊梁骨？刘基业说，要怕就不得搭这门生意。刘基业才不怕嘞，只要有口大烟抽，他啥子做不出来？有时候，她也想，要不然一走了之，她舍不得，他是太清的爹，他曾为了他们，提起脑壳去讨粮。这一世的缘分，拿火烧不断，拿刀斫不断。尽他抽，尽他抽，抽得厌了烦了，抽不动了，他就要念起她的好，念起她卖屄养他。

公子哥给刘基业结账，顺带问了他一句，刘河坝有没的没人要的娃娃？

他说，是哪家大户要收养么？

公子哥说，是城头的三育堂要收，长得乖巧的能卖百把两百文。要是有，一路引过去，照旧三七分成。

刘基业答应留意到。

他才不肯让公子哥提走三成，土桥街他找得到，三育堂他也找得到。若有女娃子，他自己不晓得抱过去？一个娃娃两百文，十个娃娃两千文,刘河坝怕有好几百个娃娃,这几百个娃娃都拉到三育堂去,哪还愁烟钱?远的不说,茧坊门口不就成天拴了个女娃子么?若丢了个男娃子,他爹或许还要寻一阵,丢了个女娃子,不过哭一场,伤心三两天罢了。

刘基业回去就照公子哥的话说给刘谭氏听,百把两百文改成了六七十文。刘谭氏说,那不成了人贩儿咯。刘基业说,三育堂给的是劳务费,又不是买卖钱。刘谭氏问,三育堂是哪个善人开的?他说,是洋人开的。她问,是洋庙子?他说,是礼拜堂。她说,呔,那不是把娃娃往屠宰场送么?他说,人家礼拜堂是做礼拜的,娃娃送过去,跟到洋人,比跟到贫苦人好。她说,你不是想把太清送起去嘛,她趁起来,你卖了婆娘,又想卖娃儿?他说,尽讲些不入耳的话,暗门子挣来的钱,又不是没有分给你。再说,太清那么大的人,送过去,人家都未必要。要引就引养不活的,不肯养的,茧坊门口不就拴了个女娃子嘛,那女娃子是哪户人的?她说,女娃子爹娘都在丝号头,她爹是拣工窦志平,她娘是烧火工窦王氏。

那天,对完账,刘基业就到茧坊找那女娃子。他问,你好大了?女娃子看着他,不吭声。他问,吃糖糖么?女娃子看着他,不吭声。旁边的帮工见到了,就笑说,刘管事,你莫逗她,她讲出了话,石头也能讲话。窦王氏闻声跑出来,刘谭氏也走出来,他看了她们一眼,道,老爷喊我来晃一圈。

刘基业提了一瓮烧酒去蚕房找窦志平,窦志平满脑壳灰扑扑地跟他出来。他递烧酒给他,窦志平不敢接,刘管事,有啥子事么?有啥子事,你吩咐就是。他说,你先拿到。窦志平接了酒,他才问,茧坊门口的是你的女么?窦志平说是。刘基业又问,你有几双子女?窦志平说,一儿一女。刘基业问,肯把闺女抱给别个么？窦志平说，刘管事嬉我们么？那女是……没有说出来，抱给哪户人？刘基业说，人家不让讲。窦志平说，必必是拿去给憨儿当童养媳，又问，有抚育费么？刘基业愣了一下，你先开个价，我也做不到主。窦志平说，三五两要拿嘛。

刘基业说，硬以为生的是格格，个哑巴他开口要三五两。

刘谭氏心想，哑巴也是身上掉下的肉。

刘基业说，那女娃子在他屋头也是活受罪。

刘谭氏心想，受罪也是受的爹娘的罪。

刘基业说，还不及如送到三育堂。

刘谭氏说，使不得，那不成人贩儿咯。

刘基业说，有啥子使不得，三五两是卖，三五十文也是卖。

茧坊是二人灶，一口锅配一乘车，将蚕茧投入锅中，煮来膨开后，理出丝绪，穿入钱眼，通过锁星、添梯，绕到丝軒上。一人负责索绪摇丝軒，一人就负责烧火投茧。这天，刘谭氏的手切了一道口，碰不得缫汤，让窦王氏摇丝軒，她来烧火，再把工钱贴给窦王氏。刘谭氏密密地投茧，窦王氏忙不过来，说，谭大姐，你慢点子，我生手理不赢。刘谭氏就一边烧火，一边跟她摆龙门阵，她们摆哪户女人跟哪户男人有一腿，摆福记丝号一年挣好多银子，又开销好多银子，摆刘河坝的神神鬼鬼。窦王氏说，谭大姐，你帮我扫眼我闺女。刘谭氏走出去，又走回来，说，在嘞，在嘞。窦王氏说，谭大姐，你的歪嘴有十来岁咯。刘谭氏说，十岁冒出头。窦王氏说，那时候也是拴在那根石柱子上，天到黑还要得憨扎劲。刘谭氏问，你这闺女没有找人抟饬过？窦王氏说，咋没有，杵过香，吃过纸灰，还喝过仙汤，啥子都使高了，叹道，不晓得上辈子造的啥子孽。刘谭氏不说话了。窦王氏接到说，她爹想拿去送人,说有大户人要拿去做童养媳,小声说,是个憨儿,不晓得谈得成谈不成,还等到回话。刘谭氏问,你甘心么?窦王氏说,不甘心有啥子办法?刘谭氏想,刘基业抱着那闺女跑拢哪儿咯,这时候去喊得回来不哦,刘基业给窦志平说的是送大户人家做童养媳,给她说的是送城头的三育堂,到底哪句是真,哪句是假?窦王氏说,谭大姐,该添火了。刘谭氏添了火,又去取了一筛茧。窦王氏把蚕茧搅匀,说,还是你们运气好……还捞了个管事当,她只说了半截子话。刘谭氏说,莫说那挨刀的。窦王氏说,呀,谭大姐,你知足,要是摊上我屋头的男人……窦志平闯进来,问窦王氏,哑巴喃?跑出去,外头的人都说,刚才还见过哑巴,咋个就没的了。窦王氏窝囊地坐到门口,只晓得哭。窦志平脚头碇子打上去。刘谭氏解了围腰,让人接替她的活路,说,莫急,我去帮到你们找。

刘基业是从李落渡坐顺风船进的城,船佃问他,背上背的哪个?

他说,背的刘太清,进城看医生。

船佃说,哟,害了病莫裹那么严实。

他说,脸上长了疹子。

这艘船要到萧公嘴上货,刘基业正好在安澜门下船。进了城门,较场坝的人扎堆堆,刘基业过去问,出了啥子事?那人说,保甲局贴了告示,要查教民拐娃娃的事情。那人瞧了眼哑女,刘基业说,该查,洋人猖狂得很,哄着哑女走开了。过了较场坝,刘基业解开背单,放哑女下来,哑女看看周遭,又看看刘基业。刘基业问,吃麻秆么?哑女点了点头。刘基业去给她称了二两麻秆,哑女一边吃,一边跟在刘基业后头,吃完了麻秆,哑女不走

- 174 -

了，咿咿呀呀地唤刘基业。刘基业把她抱到怀里，说，爬山豆，藤藤长，沿山沿水去看娘，娘又远，路又长，哑巴是个黑心肠，不认爹，不认娘，二天嫁给黄鼠狼。哑女笑得咯咯咯。

　　土桥街的人比较场坝还多，逢闹热，刘基业就驻足看，还没走到三育堂，他就想，这一趟怕是竹篮子打水。三育堂有六七个兵丁把守，老嬷嬷正巧要进去，海皮子冲她吼，放娃娃，一个兵丁走上去护到她，那海皮子才规矩了点。刘基业看了一会儿，估计人些散不到，又不甘心，带着哑女去察院街的福音堂，人虽然少了，但大门紧闭，也有兵丁守卫。他不敢去敲门，站了一会儿，走到旁边的饭棚，点了一盘卤猪尾、一叠油酥花生和一碗桂花酒，哑女眼睩睩看着他吃。他问，饿了么？哑女点头。他叫跑堂又端来一碗素面，顺带问，这伙子人闹好久了？跑堂说，乡坝头来的么？闹了都小半月咯。侧旁的人说，有种闹到成都省，去把总督府端了。有人接话，成都省闹得更凶，提督都按不住。又有人说，怕是哪位大爷想当皇帝咯。众人笑。刘基业呛了一口酒。侧旁的人问他，哪儿来的？刘基业说，白马场，带娃娃来看病。那人打量哑女一番。刘基业说，哑巴。哑女听到了，把筷子一丢，埋起脑壳。那人说，照看好，这两天乱得很。刘基业吃一口酒，夹了两粒花生米，问，这洋人都躲哪儿去了？那人说，洋人，洋人该撤的撤，该躲衙门的躲衙门，到头来，还不是逮两个教民出气。街上喧闹了一阵，原来是千总来了，他让大家回去静候，总督已经在逐一逮洋人问话了。侧旁的人冒了一句，腾起闹。刘基业突然低声问他，你信教么？那人左右看看，说，乱讲不得。刘基业直直地盯着他，三育堂还收娃娃么？他看眼哑女，又看眼刘基业，不讲话，留了铜板在桌上，起身离开。刘基业喊跑堂拿来油纸，把吃剩的猪尾巴包起来，抱着哑女撵上那人。他说，养不活了，想送三育堂。哑女啃着猪尾巴，全然不知他们在谈论啥子。那人摆手道，莫跟到我，问三育堂的嬷嬷。

刘基业抱着哑女到丽正门的石梯坎坐着，他想，哑巴她爹娘怕正在找她，得不得猜到我身上？若是猜到我身上了，定要到库房找我，我倒是跟长工打过招呼了，说我到吉人亨了，可有那么巧么？哑巴落了，刘管事也不在。又想，只要刘谭氏咬死不承认，窦志平怀疑到我身上又能咋个？

刘基业问哑女，哑巴，想你爹娘没有？

哑女只是笑。

他想，若窦志平不纠缠，过一阵子，我再托别个放消息给他，说哑女在三育堂当尼姑，那时候，他就只以为是洋人拐走的哑女。

哑女坐不住，看一艘大船过去，就立起来，呀一声，跑出门洞打望，嘿哧嘿哧跑了几转，不跑了，走到刘基业身边，扯他的衫袖。

刘基业问，咋个，想回屋咯？

哑女点头。

刘基业说，你爹你娘都不肯要你了，还回去干啥子？

哑女眼睛就湿了。

刘基业把她牵过来，说，刘三叔单另给你找户人家，等你不受冻不受饿。他把背单铺在石梯上，让哑女垫着睡，他抚着她的脑壳，一会儿，自己也睡着了。

"哥佬倌，让一步。"

他睁开眼，天色已暗，回头，四五个挑夫站在城门口，他抱起哑女，让开。挑的是洋式家具，他这才留意到，三育堂的老嬷嬷就站在他身旁，他偷偷瞄她，这老嬷嬷眼睛鼻子像华人，头发像洋人。挑夫把家具搬上了船，老嬷嬷付了钱，转身回土桥街。

- 176 -

刘基业跟着她，已是夜饭时分，各家各户冒着炊烟，土桥街聚集的人都散了，街边上还有些闲坐的人。老嬷嬷走得慢，怕旁人起疑心，刘基业又掉开一段距离，遇到差役，他就停下来，眼睛还望着老嬷嬷。驴车驶来，赶车的人唤哜噜噜，老嬷嬷停下来，等驴车驶过，走到街对面，进了一条巷子，巷子很窄，两侧是土砖墙。刘基业尾随她，老嬷嬷越走越慢，刘基业喊，嬷嬷。喊完回头瞄了眼巷口。老嬷嬷回身。刘基业走上去，走到她面前，把哑女抱给她看，说，我闺女，凑近她说，养不活了。老嬷嬷伸出手，拉开背单，看了看哑女的面容，又摸了摸她的脸，叹一声气，摇摇头离开。刘基业喊，嬷嬷，嬷嬷。老嬷嬷倒了拐，巷子里只剩下他和哑女，以及探出墙的枝丫。

刘谭氏从茧坊出来，径直朝李落渡去，边走边回头，看窦志平有没有跟过来，心口咚咚地跳。李落渡的船佬儿说，下水船已经打起走了，要么等明天，要么包一趟船走。刘谭氏问价钱。船佬儿说，打下去，还要找人扯上来，就收你一百五十文。

刘谭氏哪舍得，她不敢久留，沿着河堤走，心里想着，慢一步，说不定刘基业就把哑巴卖咯，再丑的儿女也是爹娘的种，哪能干这种伤天害理的事。这么一想，恨不得搋自己两耳光，明晃晃的太阳晒着，走到郑明，满身是汗，捧把河水洗脸，又咕嘟嘟喝了一大口，再坐小木船过小铜河。

船夫戴顶草帽子在后头摇橹，船橹打着水。

船夫问她，是刘河坝的人么？

她说是。

船夫问，下杜家场么？

她说要进城。

船夫问，这个时辰进城干啥子？

她说找娃娃。

船靠岸，她从钱囊里掏出两文钱。船夫拴了桩，说，不收你的钱，一双乌黑的手朝她脸上摸，说，我认得你，将她揽过去。

刘谭氏心头一紧，挣开，从地上捡块石头，要朝他脑壳上拍。

船夫吓得直退步，道，婊子也想立牌坊。

刘谭氏气得直抖，走了很远才丢了手上的石头。上茶山，下茶山，走到大佛坝已经是黄昏，横渡口有几个花花哨哨的城里太太，见了她就挪开身子。船到了，她等太太些先上船，船倌将她拦下，让她先掏钱。她在身上找，找着找着，哇一声哭出来，钱囊不见了，定是郑明的船佬儿给她摸起走了。船倌说，莫找了，看你二不挂五的样子就晓得是来吃期头的。只剩这一艘船了，刘谭氏不肯下去，她说，船老爷，行行好，我娃娃让人拐进城了，我是寻娃娃的。船倌拔起撑篙斥她，我可怜你，哪个又来可怜我，撑头朝着刘谭氏一舞，道，下去。刘谭氏下船，船倌一戳，船便退了出去。夕阳照在河面上，惊起的水鸭子扑棱棱贴着水面飞，船退了三五丈远，一个太太喊，慢到。船又撑了回来，那太太替她付了船钱。刘谭氏上船就要给太太下跪，那太太扶到她，说，大姐，你咋晓得你娃娃是让人拐到城里了？刘谭氏说，遭拐到三育堂了。太太说，呀，是你的娃娃呀，城里正为这事情闹嘞，上午我们过来的时候，听到说人贩儿捉到了。刘谭氏吓一跳，捉到哪儿了？太太说，你到衙门问问。刘谭氏的心更悬了，她想到刘基业趴在地上被杖笞的样子，想到这消息传回刘河坝，他们哪还立得住脚。船身斜着，切过河面。另一个太太问了句，大姐，你的是男娃子还是女娃子？刘谭氏犹豫了一下说，男娃子。太太说，那就是，你安心，上衙门准能找着。刘谭氏舒口气说，菩萨保佑。

抵了岸，太太些让她先下去，她道了谢，进了城门，问三育堂在哪个方向，路人给她指。走出没多远，几个太太在后头喊，大姐，走拐了，衙门在这头，她装作没听见，疾步朝前走。刘基业一早就进了城，都这个点了，三育堂门口哪还找得着人，又想，就是找不着人，也要到三育堂把娃娃讨回来，搜搜身上，铜板也没的，今晚该歇哪儿哦。

三育堂门口的兵丁撤走了。刘基业坐在斜对面，哑女坐他旁边，哑女攥着他的衫袖，他站起来，去敲三育堂的门，哑女也跟在他屁股后头，敲了四五次，里头都没的回应。他看看哑女，道一句，怪不得我咯，抱起她朝西湖塘走。

哑女伏在他的肩膀上，要不要抽动一下。他问哑女，冷不冷？哑女摆头。走到婆嫣街的路口，看到个女人正急急地走过来，走近了，那女人就试探地喊，刘三儿。刘基业定睛一看，说，你咋个跑来了？刘谭氏说，硬是你们，给我找安逸了，瞄哑巴一眼，又说，幸好哑巴还没卖出去。有人从阁楼窗户伸出脑壳来看。刘谭氏说，我一路从郑明、茶山走过来，到大佛坝的横渡口才发觉钱囊忘记带，是个城里的太太给我付了钱，她说，今上午城里捉了个人贩儿，我心想，不得是你嘛。刘基业没有理她，继续朝前走，刘谭氏在后面劝，还是给人家送回去，她爹她娘慌死了。到了西湖塘，躲开巡夜的兵勇，走到柳树畔，柳条伸出去，垂到湖面，风刮过来，摇摇晃晃，刘基业横抱着哑女，哑女揉眼睛，不肯哭出声。刘基业说，哑巴，都没有等你吃顿饱饭，刘三叔一开始没的这个心，这是没的办法了，二世投户好人家。刘谭氏一看不对劲，道，刘三儿，你莫干黄事哦，一步跨上去，从他手里夺娃娃，刘基业不松手，刘谭氏狠咬他手臂一口。刘基业嘶嘶呻唤两声，一脚踢到刘谭氏的肚皮上，哑女和刘谭氏一并摔到了地上。刘谭氏赶紧上去，用身子压住哑女，道，你饶她一条命，她又讲不来话，我回去跟她爹娘交代。刘基业往刘谭氏身上又踢一脚，刘谭氏轻抚哑女，道，不怕，明天就送你回去。刘谭氏一边哄哑女，一边跟上刘基业的步伐，走到一间铺面外，刘基业拿背单作枕头，横躺在阶沿上，刘谭氏紧抱着哑女，坐在旁边。不远处就是铜河和岷江的汇流口，水声野得很。

第二天，在城门口吃过稀饭，他们搭了一艘上水船，回李落渡。上了岸，哑女在前头驾势跑，不晓得是不是前一天没有歇好，刘谭氏的眼皮子密密地跳，脚也腻兮兮，没的劲。她跟刘基业说，不管窦志平说啥子，莫还嘴。刘基业说，他道谢还来不赢嘞。哪晓得没几步，就让几个挑夫挡住。一人说，嘚，刘管事，硬是你把人拐起走咯？刘基业怒瞪着他道，让开。那人抽出挑棒对另一人说，去喊窦志平。哑女见状也不跑了，走了回来。刘基业说，老子引哑巴进城耍来。那人说，耍起这个时候？刘谭氏赶紧站到中间，是刘三儿的过，没有跟她爹娘讲。刘基业要走，那人将挑棒一横，不准走。刘基业将他的棒子掀开，说，刘河坝还没的哪个敢挡我。几个人又上去围到他，不讲清楚就告到福爷那儿去。刘基业一拳挥向说话的人，再从身上摸出刀子。刘谭氏赶紧将哑女揽过来，刘三儿，你干啥子，把话说清楚就是。两边正僵持着，就听见有人喊，窦志平来咯。窦志平跑过来，后面跟着窦王氏。刘谭氏松手，哑女走回她娘身边，窦王氏抹了眼泪，拍打哑女，不听话，乱跑。见窦志平过来，刘基业将刀子收了起来。窦志平说，刘管事，不落轿哦，你给我说，有户人要抱养哑巴，就是这个抱养法么？刘基业冷笑道，哑巴给你还回来了，你报官好，告福爷好，我奉陪。窦志平讽刺道，你是福爷身边的红人，我哪敢告你，招呼哑女过去，抱起哑女说，闺女，给爹讲，是不是刘管事引你去教堂，教堂嫌你是哑巴没有要？窦志平拿耳朵贴着哑女的嘴，作听状，哑女本来是好端端的，这下又哭兮兮了。刘基业揎开他，道，阴阳怪气，早晓得，真该把哑巴溺死。

3

李世景始终认为，那女婴不是夭折了，而是种到了院子里，覆土的位置，翌年就长出了一窝冬青。

照他的回忆，那女婴出生的日期大约是五月十一或者五月十三，总之是在他们搬回御史巷的后三天，街上还有咸鸭蛋卖。那时，官府刚刚重惩了打教匪徒，仍有些不安分的人，朝讲经堂的大门泼墨，更有人放话，要再杀四十九个教民，替被流放的五爷报仇。几道城门口重兵把守，进出的菜贩均须搜身查验。李世景获准在家继续歇息，他也不晓得惶惶的假期啥子时候才结束。

搬回御史巷，李世景就开始单住一间房了，三姨太一是觉得他年岁不小了，二是要腾出位置摆放摇篮子。李世景巴宁不得，他早都厌烦了三姨太的管教。不过，住到新房间的头一宿，他就没有睡得着，侧黑点的时候，税相臣跟他讲了那几日嘉定城发生的事情，还跟他讲了溜尖的木棍子咋个穿过传道员的喉咙。李世景一闭眼睛，传道员的模样就浮现出来，李世景小声骂，狗日的税相臣，狗日的税相臣。怕归怕，第二天，李世景又去扭到税相臣，让他接到讲，税相臣端起了，不肯讲，说晦气得很。李世景回到房间，还是睡不着，又不好意思去三姨娘的房间，就跑去挨到税相臣睡，他听到姐姐那边在说话。

他轻声问："她在跟哪个说话？"

税相臣说："跟肚皮里的娃娃。"

他静了一会儿，又问："你说，这肚皮头的娃娃是走哪儿出来的？"

税相臣说："走屁股出来的。"

他摸了下屁眼说："恁小的地方，钻得出来？"税相臣不搭白。他翻过身，摇税相臣，说："我们打个赌，我输了，给你十文钱，你输了，引我去九龙山下吃软扯面。"

税相臣问："赌啥子？"

他说："赌春亭姐姐肚里的娃娃是男是女。"

税相臣说："肚皮大腰杆粗，必必是男娃子。"

他说："那我就赌女娃子。"

第三天，大晴天，内院里挂满了小儿衣裳和尿布。老孃孃提了一篮鸡蛋出来涂红，李世景帮她调朱砂，偷偷瞄厅堂里坐着的春妹，见她半眯着眼，一双手搭在肚皮上。李世景问："红蛋拿来干啥子？"老孃孃笑说："跟岳家换祝米。"他瞄见春妹也在笑，招他过去。他放了朱砂碗，走到她身前。

春妹指着肚皮说："你听。"

李世景揩干脸上的汗，耳朵挨拢她肚皮，听到里头啵啵响。

"听到没有？"

"听到了。"他觉得稀奇，又挨上去。

"像男娃子，还是女娃子？"

"听不出来。"又说："像男娃子。"

"嘴巴子硬是甜。"

李世景睒她的肚皮，问："这娃娃是走哪儿出来？"

春妹笑起说："二天你就晓得了。"

响午过后，天阴了一阵，挂着的衣裳尿布都收了。李世景去冲了个凉水澡，他把脑壳埋到水桶里，吐气，也是啵啵响。心想，娘胎里未必都是水么？擦了身体，光叉叉地爬上床，清风徐徐吹，好多问题都想不透。在白日梦里，一会儿是一排排的屁股，有肥嘟嘟的，有瘦筋筋的，有白酥酥的，有黢墨黑的。他喊娘哎，没的人答应，一会儿他又困在一口水缸里，水泡一串串往上冒，他喊娘哎，没的人答应。

"娘哎，娘哎。"不是李世景，是春妹在喊，"见红了，要生咯。"

李世景被闹醒，穿起火帕儿，抓起裤儿就朝外头跑，边跑边吼："春亭姐姐要生咯，春亭姐姐要生咯。"

丫鬟飞快地跑去请稳婆，下人去给许佩箬报信，帮工们打发走客人，关了铺子，留一道小门。耳房里搬出四口炉子，坐上水壶砂罐，烧水的烧水，熬汤的熬汤。三姨太进屋看了一眼，将盆桶、索索、圆凳、布巾和剪刀拿进去，老孃孃则在角落点了一炉香烛，又插了一枚冲天炮，先叩拜起来。

丫鬟引来了两个稳婆，一个问："澡盆、净桶都备好了嘛？"

三姨太在里头说："都备好了。"

丫鬟提了两壶滚水进去，又将厅堂的门拉拢。

李世景朝窗户里望，屏风挡住了，啥子都望不见，他拿起芭蕉扇，帮到扇炉火。春妹在里头干嘶嘶地叫唤，一会儿又传出拍打声。老孃孃跪在香炉前，两手合十，嘴上念着经。

春妹问："出来没有？"

稳婆道："妹儿，再使劲哦。"

春妹叹："哎哟，遭罪哦。"

稳婆说："吊住索索，气往底下坠。"又是拍打。

李世景忍不住咯咯地笑起来，他想，那屁股既不是白的，也不是黑的，是又青又红的。

稳婆问："定心汤熬好没有？"

帮工去取了只土碗，算了头碗汤，敲厅堂的门，丫鬟拉开一道缝，端了汤，又掩拢门。

春妹的声音越来越弱，三姨太安慰着："要出来了，要出来了。"

稳婆喊："点炮仗。"

老孃孃拿了根供香，引燃冲天炮，咻的一声，飞到天上炸开。

李世景不敢笑了，他凝神听着里头的响动。

一个稳婆说："嫖剪子。"另一个稳婆说："咬到帕子。"

婴儿的第一声啼哭传出，老孃孃又在香炉前磕了三记响头。帮工将水壶里的水掺到木盆里，端到门口，敲门。丫鬟将厅堂的门半拉开，提出一桶草纸和血水，帮工说："听这声气肯定是男娃子。"丫鬟嘘一声，将热水端进去，老孃孃也随她进去。又过了一会儿，厅堂的门才敞开，三姨太送着两个稳婆出来，稳婆连道贺喜，三姨太给她们封了赏钱，一个稳婆问："要奶娘么？"三姨太说："等姑爷回来再说。"

稳婆走后，李世景赶紧丢了芭蕉扇，去洗了手洗了脸，问："三姨娘，我进来得不？"

三姨太说："你个男娃子，进来咋子。"

李世景失望地坐到阶沿上，炉子上的水壶和药罐噗噗地冒着热气。

铺门外落了一架轿子，走进来的是许佩箬，李世景喊了声："姐夫。"

三姨太迎出来。

"生了？"

"母女平安。"

许佩筶往里头走,三姨太没有跟进去,盯着仍燃着的香烛出神。

李世景心想,呀,硬是个女娃子,那税相臣没有猜准,还说啥子腰杆粗肚皮大。

丫鬟和老孃孃一副凝重的神态出来,像是犯了啥子错。丫鬟又去箅了一道汤,汤还没有箅完,就听到许佩筶道一句:"这咋个跟屋头交代?"三姨太冷笑一下,摇摇头。里头细语一阵,不到一刻钟,许佩筶走出来,对三姨太说:"还是跟我爹报个喜。"理了理冠带,"说是个千金。"许佩筶走之前,瞟了眼李世景,李世景才反应过来,他仍光着上身。

那场打赌,李世景赢了,但他一点也高兴不起来。他朦朦胧胧地意识到,赌资不止十枚铜板或者一碗软扯面,也不止他和税相臣参与,他在院子里又站了一会儿,三姨太在房间里待着,丫鬟在熬粥炖汤,下人在炊煮,都静默默的,没的人搭理他。他孤零零地到铺面门槛上坐着,青石板上的阴影越拉越长,菜贩挑着空箩兜走过,对门子的干货店老板娘在收摊,这些人都变得陌生了,一只水鹞子从城墙外飞过来,盘旋了一阵,又飞走了。

那顿夜饭比以往要丰盛,也比以往要迟要冷清。老孃孃逮了只母鸡回来,没有说许家人要来,也没有说不来,只说许家老爷回了三个字,晓得了。三姨太便一直等,天黑尽了,也不点灯,像木头一样望着一桌子的冷菜,李世景饿瘪了,问:"还不开饭么?"三姨太自言自语道:"再咋个也该来看一眼啊。"

满桌子的菜肴只李世景和税相臣两人吃,三姨太坐太师椅上唉声叹气,隔了一会儿,朝春妹屋里去。

李世景给税相臣使口型:"女娃子。"

春妹在屋头抽泣起来，税相臣瞧李世景一眼，埋头马马虎虎刨了两口便下桌，李世景也丢了碗筷跟他进屋。

两人都把耳朵贴拢木墙。

"女娃子又咋个了，世上若尽是男娃子，他们跟哪个困瞌睡哟。"

李世景笑，税相臣捂住他的嘴。

春妹不说话。

"要么我引她回刘河坝。"

"回去也不受待见，何况爹身体也不好。"

"也不晓得是受了哪门诅咒，李家的女人伙都……"三姨太突然止住不说。

"醒没有？"

"睡得正香嘞。"三姨太说，"莫气了，二年跟佩箬再生一个。"

"再生一个，怕真要了我的命。"

"这佩箬为啥子不肯再娶一房？等别个都还以为是你不愿意。"

"他想啥子，哪个都猜不透。"沉默一阵，又接着说："早先他爹催得紧的时候，我就劝过他……"叹口气，没再往下说。

"噫，皱巴巴的，跟你小时候一模样。"摇篮子咯叽响，"明天还是找个奶娘，没的人过问，家婆过问。"

"娘，你去歇，我没的事了。"

"我喊人把摇篮子抬过去。"

"等她困这儿，也莫喊丫鬟过来了，都累，我个人晒到她。"

"若是哭闹，你唤我就是。"三姨太走出春妹的房间，在厅堂住了脚，又朝税相臣的房间走来。

税相臣和李世景胡乱捡了本书，装模作样地念起来，门响了，三姨太问："相臣，世景在你屋头么？"

"在，三婆婆，在背书。"

李世景高声读了两句。

"世景，回去瞌睡了，相臣明天还要念书嘞。"

李世景在税相臣耳边道了一声，软扯面，然后回了自己的房间。白日的好些问题还没有想透，又有个新问题，女娃子皱巴巴的，皱巴巴是啥子样儿？像衣裳么，像书页么，还是像老孃孃？晌午睡狠了，到这时候又困不着，他把铺盖掀开，裸身晾在外头，侧耳挨着床铺，像白天挨着姐姐的肚皮一样，啵啵啵的水泡声在耳畔回荡。

翌日，他醒过来时，浑身是汗水，爬起来，税相臣已经出门了，他去舀了一盆水，光溜溜站在院子里抹澡。

丫鬟走出来说："李少爷，将将起床就擦凉水澡嗦。"往春妹的房间去，敲门。

李世景把帕子揪干，端起盆子，从胸口往下淋。

丫鬟惊声一叫。

李世景手一抖，木盆子摔地上。

三姨太闻声，套了件外衣也往春妹屋里跑。

李世景不晓得该不该过去，将帕子搭身上，朝里头睒，三姨太从丫鬟手里接过女婴，春妹撑起来，招呼丫鬟将门合上。帮工下人们也出来了，里头说啥子听不清，只听见三姨太哎呀呀叹个不停，李世景打了个喷嚏，拿帕子擦干身体，捡起盆子，又去舀了一盆水，他把脑壳埋进去，啵啵啵，他像是明白了啥子，又像是啥子都不明白。

那女婴不是夭折了，而是种到了院子里，覆土的位置，翌年就长出了一窝冬青，在李世景的记忆里，姐姐春亭常常修剪那窝冬青，那神态，还真像给闺女编辫子。

第五章

1

李普福吃的药丸子是许佩箬找赫叶士开的。有阵子，赫叶士回了成都，李普福的药断了，咳喘得不行，就让人去博方堂拣中药，长夫人也粗心大意，忘记给这人打招呼。药拣回来，下人说漏了嘴，他说，开药的时候，有个女人给坐堂端饭来，那女人转过正面来，吓我一跳，跟二姨太长得一模样，这女人看到我，还连忙车开脸躲。长夫人赶紧圆说，兴许是淑芳的堂姊妹喃？下人瞧见长夫人的眼色，也迎合说，长夫人说的是，我撵出去喊住她，像是像，不过，眉心多了一点痣。李普福当时啥子都没有说，过后才轻描淡写地问长夫人，当初你只说李苏氏得的是惹人的病，到底是啥子病？长夫人答，记不得了，人肯定是死了，在观榜烧葬的时候，还特意喊人去看过，坟堆堆就在他们的地头。李普福口头不再追问，悄悄让龚占奇去查，查博方堂有没的个叫苏淑芳的女子，还嘱咐，无论有没的，都不得声张。

观榜由白庙团练代管，龚占奇便以团正的名义，去观榜查阅十家牌。博方堂的户主原来是苏耀宗，也就是苏太医，苏太医去年去世，现在的户主变更为杜翼权。牌长讲，杜翼权是苏太医的爱徒，娶了苏太医的三闺女，就倒插门过来了。龚占奇问，苏太医的三闺女叫啥子名字？牌长支支吾吾，说不晓得本名。龚占奇将他带到一旁，直接问，是叫苏淑芳么？牌长也看出来了，团正说是查丁口，却只奔博方堂来，定是为了苏淑芳诈死的事情，便尽他所知，通通道了出来。龚占奇令他看住博方堂的人，若有纰漏，拿他是问。

龚占奇回去，一五一十转告给李普福。早先李普福便怀疑李苏氏没有死，只想，是不是苏太医对他仍心存芥蒂，扣住李苏氏，鉴于苏太医德高望重，睁只眼闭只眼装糊涂。龚占奇一说，他便恼红了脸，哪是苏太医作梗，是那女人负了他，若是传开了，他的老脸往哪儿搁。李普福忍着气，没有责怪长夫人，也没有跟她透露李苏氏另嫁的事。

到七月半这天，龚占奇先带了十多个练丁步行到观榜，假装巡逻。李普福跟长夫人说，要去看看上游航道，由刘基业陪着，坐船到了观榜渡口。一下船，便有滑竿和阴阳先生等着，到苏家的田地正好过了午时，李普福走到坟前，苦笑道，哄鬼么？扶杖跪下，照样点香烛，照样烧纸钱。

刘基业那边独自往博方堂去，到了门口，他朝里头问："苏太医在不在？"

等候的人侧目道："还找苏太医，苏太医都归西咯。"

杜翼权操一口外地口音道："是来看病的么？"

刘基业走进去，问："你是新坐堂？"

杜翼权道："要看病到旁边候着。"

刘基业低声说："福爷来给他二房迁坟，哪个做得到主的，去一趟。"说完，转身便走。

杜翼权扯谎说有远客到，请患者改日再来，然后匆忙关了门面，带上几个学徒赶到坟地，看到坟头蹲着李普福，背后还站了阴阳先生和刘基业，他走过去，作揖，问："你是苏先生的姑爷？"

李普福站起来，还礼道："福记丝号的李普福。"

杜翼权问："来烧纸？"

李普福两手拄着手杖说："来迁坟。"

杜翼权慌忙道："迁不得。"

李普福说："我带了阴阳先生过来。"

阴阳先生说："时辰方位都看过了，不破风水。"

"不是风水的故，她染的是疠风。"

"不是烧过了么？"李普福一阵咳，拿手帕揩了嘴，继续说，"我老了，也快入土了，到时候，我还想再跟她住一堆。"回头望着坟包，"就是只剩焦骨头，我也要起走。"

刘基业挥锄头开挖。

学徒们上去拦着，杜翼权盯着李普福道："苏先生去世前交代过，哪个来都不准起李苏氏的坟。"

李普福冷笑道："你还晓得喊李苏氏啊。"

"到底是起不得，还是不敢起？"龚占奇领着十多个练丁和牌长过来，拱手自报："白庙团正龚占奇。"

牌长道："杜郎中，对不住，有违户律，这罪问下来，我担不起。"

刘基业将锄头丢到一旁。几个学徒被练丁围住。

李普福问："李苏氏真在坟里头？"

杜翼权直直地跪下去，说："福掌柜开恩，弟子事师，敬同于父，苏先生这样安排，我不敢违背。"那些学徒也纷纷跪下。

龚占奇一脚踢到杜翼权腰上,文弱的杜翼权便扑在了李普福手杖下。

"跪啥子跪,都站起来。"杜翼权的师兄带着苏淑芳赶来,她上前扶杜翼权,"老爷,我是一错再错,如今只能将错就错。"

李普福的脑壳摆动着,说:"我该咋个喊你?"

"我同杜翼权已立下婚书。"

杜翼权甩开她的手,说:"那婚书作不到数,牌长晓得,是她篡改名字立的。"

龚占奇道:"那就是通奸咯。"

地头已经围了些人。

苏淑芳斥道:"轮不到你说话。"又对李普福说:"来龙去脉,我想单独跟你讲。"她说话还是那个语气,仿佛仍是李氏二姨太的身份。

苏淑芳在前面走,刘基业和李普福跟着,博方堂的门被撬开了,里头的案子、条凳、药柜都被掀翻砸坏。

苏淑芳说:"刘管事,你就在外头等到起。"她上去扶着李普福的手,将他引到内堂落座,站在一旁说:"老爷,我说的话,你还肯信么?"

李普福虚起眼睛盯到她。

"你下重庆回来,染了风寒,请我爹去看病,先开了一道方子,过后要取新方子,大姐喊我来取,我一回来,我爹就把我关起来了,他不许我再回李宅,我想方设法带了封信给大姐派来的人,兴许她没有给你。翻过年,我爹就派人给你报丧,说我得惹人的病死了,这样就不用见尸,他给我改了名字,还不准我出门露面。"苏淑芳深吸两口气,又接着讲,"后来发大水,博方堂出来施医散药,我背到我爹,跟他弟子些到刘河坝,上了李落渡,我就缠起帕子,只要站门口,瞄你们两眼便心满意足,离宅子越近,我越怕,我怕看到你和大姐,结果你们都不在,大门被拆了,我走进去,只有几个匠人在修补,我问司工,问你们走哪儿去了?他说你们搬起走了,问我有啥子事?我说没的啥子事,我说我是远亲,过来看一眼。退出去我就哭,我想,我是李家的二姨太,咋就成了远亲?"苏淑芳掏出手绢,擦了眼泪鼻涕,"去年年尾,我爹倒了床,他把我和杜翼权喊到床边。他问我,今后有啥子打算?我说,等他走了,我就回去接到当二姨太,他骂我忤逆不孝,我说,我成了活死人,还能咋个打算?他说,他包办不到我一辈子。杜翼权让我爹安心,他来照顾我。我爹就说,杜翼权跟了他二十几年,德行他了解,他要把博方堂交给他。我问我爹,是不是早都商量好的?杜翼权不开腔。我爹让人拿出立好的婚书,喊我两个按指拇印,我按了,杜翼权也按了。没过好久,我爹便全寿走了,给他下了葬,我又去看我的坟,看我的碑,我就想,我不是苏淑芳了,不是李苏氏了,跟李家也没的关系了。"苏淑芳平息了一下,"那天,我来博方堂送饭,走的时候看到以前李宅的伙夫刘老八,他也在看我,我心头惊了一下,赶点就躲了出去。躲出去,我又想,刘老八来给哪个拿药?是不是来给老爷你拣药的?我就站在原地,刘老八跟出来,问我是不是二姨太?我说不是。他要走,我喊住他,问他是不是李家的下人,我又问他,是给福爷拣药?他说,福爷吃了洋人的药,病松得多了,这阵子,洋人回了成都省,福爷又咳,才过来拣两服药。听语气我就晓得,他认出了我,我还让他带个好。打那天开始,我就在屋头等,等你找上门。"

"呵,振振有词,稀奇,手脚长在你身上,你爹喊你不准回来,你就不回来?你爹喊你立婚书,你就立婚书?"

苏淑芳正眼看着李普福，道："我爹说，你得的是传尸痨。"她没见过李普福那般可怜，眼神像个讨口子，她也憋不住了，哭腔说："老爷，你得啥子病我都不怕，你就是惹了我，我也不怕，但是，我爹说，我回去，他逢人就讲，就等白庙场都晓得你的病。"

李普福不问了，也不看苏淑芳了，他盯着有亮光的地方，长久地盯着，胸口呼呼地响，拿出手帕，捂着口鼻，闭住气，不等它咳出来。过了许久，他咽下嘴里的痰，缓缓地说："苏淑芳，跟你当家的讲，这铺子，还有你们的宅子，团练买了，明天就送钱来，你们明天也搬起走，博方堂，博方堂到别处开。"说完拄着手杖走出去，苏淑芳去搀他，被他甩开了。

练丁们将杜翼权和学徒都押了过来，站在门外等着李普福，龚占奇正在轰走看客。

坐在门口的刘基业听到他们出来，偏偏歪歪地站起来，问："福爷，要不要再喊一乘轿儿？"

苏淑芳抢道："刘管事，不必了，你经佑好福爷。"

龚占奇问："福爷，咋个处置？"

杜翼权说："福掌柜……"

李普福打住他："你住嘴。"对龚占奇说："打他二十杖，他若盛得起，这一摊事情就算了了。"看着苏淑芳，"盛不起，你就当个寡妇。"

练丁们将其他人都放了，龚占奇拖曳着杜翼权往里头走，持刑杖的练丁也跟了进去，一会儿便听到了杖打声和杜翼权的告饶声。

刘基业把滑竿喊了过来，问："福爷，走么？"

李普福走过去，苏淑芳突然跪到地上说："老爷，你保重。"

滑竿叽咕叽咕响，好几处坟茔还在烧着纸，纸钱被风卷上天，飘在半空，坟头的人说，生人嘛，越望越近，死人嘛，越望越远。他撑着竿子，回头瞄她一眼，模模糊糊的，她似乎仍跪着。

"坐稳哦，官爷。"

2

那场打教风波，无论是士绅，还是官府，都没有讨到半点便宜，反倒遭敲了一记重重的警钟。在察院街、较场坝赔偿民宅不说，官府更是承担起保护教民的责任，但凡沾个洋字，都得敬他让他忍他，管他是假洋还是真洋。

同时，甲午年溃败的影响也在逐渐扩散，除了"洋"字，对"新"字，官府也是又憎又怕，憎是憎它扰乱秩序，怕是因为吃不准，吃不准总督的态度，吃不准圣上的态度。新知县沈秉堃到任后，向知府提议，撤换了九华书院、平川书院山长，东岩书院也传言要来个新山长，还说府台已经亲自上成都送了聘书。听罢这些，袁东山只是一笑而过，他说，等到起看嘛，嘉定城还没的哪个敢解聘他，除非他不想当了。第二年，布告出来，果然，东岩书院来的不是山长，而是监院。新监院叫廖汝平，原来在成都尊经书院做襄校，东岩书院有个成都来的教谕，一听是廖襄校，便先跟生员吹起他的逸事来：当年丙子科科试，正场题解"狂"字，廖汝平以"狾犬"之义析之；复试，题"不以文害辞"，注云"文"作《说文》之"文"解，多数人摸不到魂头，唯廖汝平解"文"以"依类象形，形声相益"。原来，廖汝平正巧翻过《说文》残帙，蒙彼时的四川学政张之洞矜赏，牌调尊经书院。光绪十五年，赴京应礼部春闱，朝考三等，钦点为知县，却以高堂亲老,不欲远出为由,请改教职,任射洪县训导、安岳县教谕、绥定府教授后,返回尊经书院做了襄校。

廖汝平是清明到任的,他从府河坐船下嘉定,上岸后改坐四抬轿,享六品待遇,前有包锣开道,后有兵丁护轿。到九龙山时,山脚已有数十人等候,一些是私塾先生,一些是别的书院跑过来的书生,还有一些就是平头百姓,尽都想一睹张香帅爱徒的风采,也沾沾文气。落了轿,廖汝平不急着出轿,先把派头拿足,等学官掀轿帘才走出来,着的是长袍马褂,个头不高,留一撮山羊胡。然而,比他派头还足的是袁东山,围观者不少,唯独没的东岩书院的教谕生员,只有个斋务长前来迎候,廖汝平张望一番,斋务长只得红着脸道:"袁山长在授课。"

原来,这规规矩矩、一心向学的廖汝平,在袁东山眼里却是另一副面孔:廖汝平入尊经书院,正因其科试时偶用《说文》,获主张训诂学的张香帅赏识。后来,张香帅离川,主张治经的王壬秋主持尊经书院,廖汝平遂视训诂为经学之枝叶糟粕,弃博览考据,改求微言大义,进而笃信今学,又因言《春秋》以《穀梁》,与公羊学派的王壬秋起分歧。王壬秋谓其深思而不好学,成为进士后,廖汝平作文,驳斥汉儒——孔子受命作《春秋》,为汉世立法——之说,认为孔子为生知,为素王,受天命立万世之法,非某朝某姓之法,又认为所谓古文经学,始于刘歆,甚而推论古文经书乃刘歆篡改作伪。袁东山不屑地说,若真如廖氏所言,还考啥子科试,看似尊孔,实乃别有用心之徒。

袁东山主持东岩书院的十余年间,监院向来是虚设,他以为这回也是如此,何况廖汝平仍兼着尊经书院的襄校,两头跑,怕是两头都顾不到。哪知廖汝平一来,首先查起账簿,将以前的糊涂账一笔笔清算,袁东山还心想,这查来查去,是不是要参他一本，廖汝平没有提以前的漏账，反而提请户房增补赐币，回了一趟成都后，拿来一份尊经书院生员廪饩明细，与东岩书院膏火资差距不是一点半点。

袁东山说，嘉定城哪能跟成都省比？

廖汝平答复，会向知府再讨十亩学田。另外，东岩书院可取消童生门槛，童生以上，统统免除束脩；另按一二三等补助食廪饩，未取得童生者，作附课生，按月向书院捐资一千二百文。

袁东山说，只怕纨绔子弟扰乱条规。

廖汝平解释，增收士绅子弟，只为开源，进入书院，仍照条规章程奖惩，顽固不改者，再逐出书院。

袁东山问，教谕不足，生员底子不一，如何授课？

廖汝平提议，照湖湘书院，改经史、算学、掌故舆地及辞章四斋为小学堂和中学堂。童生以上，入读中学堂，小学堂只需增加蒙学先生即可。按廖汝平的提法，小学授以音训，继而晓古义，足矣。及至中学堂，不可陷于考据之囹圄，当求经书大义，以求通经致用，辅以西学，以使学子既明事理，又晓天地。

这下，袁东山才看清廖汝平的野心，在他主持下，东岩书院的课程是为科举取士而设，而廖汝平则是要在东岩书院弘今文学派，便不再与其争论，转而上书知府，只五个字：监院不正统。知府复信，只九个字：院中庶务，皆统于监院。袁东山明白过来，府台大人请来廖汝平，是要架空他，便一纸辞呈递了上去。

袁东山才舍不得书院，这头写了辞呈，那头又在山长课上同生员道别，一副去意已决的样儿，甚至给赵尧生去信诉苦，演了一出递上辞呈，门生罢课，府台挽留的戏码。廖汝平暂且做出让步，膏火资略有增加，不再单设辞章学斋，经史斋新设西学和西文启蒙课程，聘洋教谕一名，习否听便。

之所以是暂且做出让步，廖汝平比袁东山更高一筹。

廖汝平来东岩书院不到半年，便拉拢了税相臣，具体咋个拉拢法，是私下给予官课堂课花红费，还是讲授经义？袁东山不晓得，只是时常见到税相臣朝廖汝平寝室跑。他虽然与廖氏治学观念不同，却自省不当存门户之见，便任由税相臣与廖汝平往来，何况税相臣是他的爱徒，他也不曾有戒备之心。

在袁东山眼里，继兴永与东岩书院一般重要，舍不得书院，也舍不得继兴永。只是那账簿明晰了，没法再挪钱，俸禄又要交到妻子手头，一月去两趟继兴永，也减成了一月一趟。袁东山自嘲，以前只有婆娘管，现在多了个监院管。那天，袁东山趁廖汝平回成都时，溜了出去，哼着曲下山，没有留意到身后多了个小跟班。

李世景出院门时，被看司拦了下来，他说是去书局订经籍，看司不放行，他便拿出监院手谕。出了院门，袁山长已经走到山下，他急忙忙飞奔下去，下了山，正见到袁山长在招轿夫，赶紧靠墙躲着，袁山长一上轿，他就步步跟到起轿子。

这袁东山警惕得很，走土桥街、洙泗塘、草堂寺背了一大圈，才从过街楼钻进桂花巷。李世景躲在巷口，伸脑壳出去睃，睃见袁山长下了轿，睃见袁山长给赏银，睃见袁山长在女人伙的簇拥下进了继兴永。

李世景畏畏缩缩地走过去，走过秋霞阁，走到三鹤楼门前，个着旗袍的女人挡住他。这女人盘着头发，抹了厚厚的脂粉，叼一根玉烟嘴，手上还拿了张帕帕儿，李世景朝里头望一眼。

玉烟嘴说，小痦娃，你找哪个？

李世景指着继兴永的旗旛问，这家铺子是卖啥子的？

玉烟嘴捂肚皮直笑，咋个，你毛都没有长齐，也想去快活？

李世景的脸涨得通红，一下就明白了继兴永是啥子，这女人又是啥子。

玉烟嘴见巷子里没的人，便想捉弄李世景一番，走到他身前，把着他的手，伸到开衩里头，道，卖啥子，就是卖这个。

李世景吓得缩回手，背到身后。

玉烟嘴取了烟嘴，在他额上留了个唇印子，道，欢喜不，欢喜二天长大了来。

李世景觉得，像是有根鹅毛在挠他的耳心子。

一个许是吃了鸦片的狎客，从三鹤楼的梯步下来，没有走稳，一个趔趄摔到地上。玉烟嘴含起烟嘴，歪起嘴巴笑，李世景见她笑也跟着笑。那狎客爬起来，骂道，狗崽儿，一脚头跺到李世景身上，举起碇握儿还要擂他。李世景一弯腰，躲过碇子，拔腿就跑，跑过过街楼，回头看了一眼，狎客没有撵上来，才放缓步子。一边走，一边瞄手板心，想起方才那一幕，那女人的腿腿儿又滑又凉，跟水里头的石头一模样，走了很远，他才察觉到旁边人在取笑他，赶紧牵袖子把额上的唇印揩干净，那一抹红就揩到了袖口上。路人渐多，他瞄那些女人，瞄那些还穿着开衩裙的姨太太，想她们的开衩往上是啥子地方。想来想去，就想到了那些湿答答的话本和绘图，那里头的女人和玉烟嘴不一样，那里头的女人是文字拼起来的，是生硬的线条，是墨香，玉烟嘴是扎扎实实的肉，是又滑又凉的。走回九龙山，爬上去，累得气喘吁吁。

看司道，去趟书局，去了恁久？

他没有搭白，回到书斋坐到起，周身软扒扒的。

教谕在上头念："民间非为之事，渐渍成风，或游手好闲，博弈饮酒，或结纳匪类，放辟邪侈。"他哪儿还听得进去，伏在桌上，闻袖子上的丁香气味，想着把那女人也吸到了鼻子里，闭起眼睛，这四周便是花花绿绿的。

教谕喊他，他没有听到，教谕又喊，他才站起来。教谕问："久之心地淳良，行止端重，然后喃？"

他不晓得，税相臣给他递话，他答："可以寡过而保家，可以进德而成材。"

教谕翻开簿册，摇头，在上头划了一笔。

响午放堂后，税相臣把他喊到亭子里，问："袁山长走哪儿去了？"

他笑说："十年一觉扬州梦。"

税相臣故作震惊："真的么？"

他压低声音说："桂花巷的继兴永，我看到他进去的。"过了一会儿，李世景又说："这袁山长恁大年纪了，还逍遥得很嘞。"

这天下午是写策论，税相臣写完一篇，又替李世景写了一篇。李世景只说照到抄，抄着抄着，就听见看司在跟袁山长问好，袁山长从廊道过，他偏脑壳睃了一眼，正碰着袁山长的目光，又赶紧将税相臣写好的文章压到底下，埋头若有所思。袁山长走过去，他冲税相臣咳声嗽，然后掩嘴笑，税相臣严肃得很，冷冰冰地回看他一眼。他提起笔，蘸墨水，接到抄，心里头想的全是袁山长驾着玉烟嘴的模样，身上汗毛都直了，手腕也在抖，握不稳笔，字就抄得歪歪斜斜。玉烟嘴跟多少男人好过哟？那些男人咋个待她哟？她有好大岁数咯？就这些问题，在他脑壳头打转，好不容易抄完，袖子一拂，字又花了。香漏响，先生喊时辰到，搁笔，拿了褡裢，同税相臣往外头走。

李世景说："袁山长硬是会挑日子，恰恰挑在廖监院回成都这天。"

税相臣没有说话，李世景看着他的背影，突然想到，税相臣让他跟踪袁山长，给了他一封监院的手谕出门，也不晓得是真手谕还是伪造的，前后联想起来，有些蹊跷。

　　第二天，李世景越发觉得不对劲，上午，廖监院回来，税相臣随到就去了听风楼，到晌午时才回学斋。李世景问他："你不得是告状去了嘛？"税相臣说："告啥子状？"李世景说："告袁山长的状。"税相臣问："袁山长咋个了？"倒把李世景问诧了，他说："你装神么？"税相臣诡异地笑了下。这一笑就让李世景码的确了，监院跟山长处不拢一堆，税相臣这是要告发山长，讨好监院。

　　李世景整日都在想着，想着这出阴谋会咋个收场，以至于他那篇鬼画桃符的策论得了二等，他也高兴不起来，以至于散学后，见着袁山长，他紧张得手都不晓得往哪儿放，倒是税相臣藏得深，仍毕恭毕敬的样子。袁东山赞扬了李世景一番，说李世景后来居上，文章比好些正课生还做得好，只是字迹还不够工整，问了一句："不是相臣替你做的嘛？"李世景连说不是。税相臣的文章又被选出来，岁末刻印，说完，袁东山取钱囊，一人赏了枚碎银。袁东山走出几步，税相臣像是想到啥子，让李世景把碎银给他，追上去，与袁东山并行，说："袁山长，花红钱领袖那边要拨，我和世景食住都在屋头，用不着啥子钱。"把碎银塞回给袁东山。袁东山止步说："咋个，嫌少？"税相臣摇头。袁东山将碎银放回钱囊，说："给钱都不要，硬是迂夫子。"

　　李世景看到，税相臣手头攥了个牌子，等袁东山走远，税相臣转过身来，将牌子插进裤腰，这时，李世景才看清，是袁山长的腰牌，问："你偷它做啥子？"

　　税相臣又挂出一副诡异的笑容，答道："是我捡来的。"

　　"看到你从山长身上扯的。"

税相臣也不辩解了，问李世景："那天是我喊你去跟到袁山长的么？"

"是。"

"不是，是廖监院。"

"廖监院要参袁山长？"

"廖监院要革新东岩书院的风气。"

李世景哪会明白廖监院的主张，不明白廖监院的主张，也就不明白廖监院与袁山长究竟为啥子起分歧，不明白为啥子起分歧，更不会明白廖监院要革的是哪门子新。

第三天，该来的事情终于来了，早晨，袁东山驼起背在廊道里走来走去。有一阵，李世景很想去跟他坦承，说廖监院要害他，说他的腰牌遭税相臣摸起走了，但这些话该咋个起头，说来说去，还不是要怪他把袁山长的行踪告诉了税相臣。袁东山终于跨进了学斋，教谕停下来问："山长，有啥子事么？"袁东山将生员逐个打量一遍，问："有没的人捡到过我的腰牌？"没人开腔。袁东山抠着光森森的脑壳，又退出去。税相臣的位子空着，李世景晓得，他找廖监院去了。

晌午，在食堂，李世景小声说："我看你还是把山长的腰牌还回去，今早你不在，袁山长找到学斋里来了，特意瞄了两眼你的位子，多半猜到是你拿的了。"税相臣啃一口馍，喝一口粥，咽下去，道："腰牌不在我这儿。"李世景问："那在哪儿？"税相臣说："自然有人会还给他。"

下午，突然有人高声武气地同看司吵了起来，那人想要闯进来，让看司拦了下来。杂役匆匆忙忙跑到门口，争吵声越来越大，洋教谕也跑出去看，底下的生员坐不住了，都涌了过去。那人一副粗人打扮,正指着杂役骂,少管闲事,见人多了起来,更是直呼山长大名,说要找袁善尘,生员些都忍不住笑起来,那人就更扎劲,说袁善尘见了他,感激还来不赢。

"围到起搞啥子？"

生员些回头,是廖监院,站到两侧,让出一条道。

看司说："这人是来扰乱的。"

廖监院走到那人面前。

"你就是袁善尘么？"

"我是监院,有啥子事？"

"我是继兴永的跑堂。"

生员们又笑,遭廖监院睃了一眼。

"袁善尘落了块腰牌在我们那儿,我是来归还的。"那人从怀里取出腰牌,挂在指头上。

呀,亏税相臣想得出来,亏廖监院做得出来,李世景倒吸一口凉气,找税相臣,哪找得着。此时,税相臣正独坐在学斋里,听着外头的一举一动。

廖监院接过腰牌,冲洋教谕说："把生童都领回去。"

有人问："继兴永是啥子地方？"

"啥子地方,吃花酒的地方。"

众笑。

李世景望向听风楼,楼下站着斋务长、礼房理事和书办。楼上,袁山长的窗户稀开一条缝,又迅疾关上,飞檐上的铜铃铛晃了几下,又直直地垂着。

几日后,袁东山因有伤风化,被知府贬为经理经籍的齐长。他猜到这是廖汝平设下的陷阱,他怀疑过被扶为新山长的斋务长,也怀疑过理事和书办，但他从未怀疑到税相臣身上。即便一年后，廖汝平被安排到安岳主持考务，临行前，廖氏帮税相臣调到了尊经书院，他仍对税相臣抱以厚望。至于廖汝平，袁东山也明白，廖氏并不是专门来夺他的山长之位的，廖氏之辈要对抗的也不只是一两个袁东山，他们是要搅乱考据训诂之学风，是要撼动科举之根基。他老了，他斗不过廖汝平。彼时，受廖氏影响的康广厦已经作出《新学伪经考》，并一次次上书朝廷，谋求变法。而京沪一带的强学会，在张香帅的暗中帮助下，办得风生水起。廖康之辈，才不是要争论啥子今文古文，才不是要争论孔圣人是汉世的圣人还是万世的圣人，他们是要打着素王的旗号，反无上王权，他们是要假托圣人之名，施西洋之法。他老了，他看不懂了，天理变了么？世道变了么？朝廷咋个会重用这党子人？

3

下半年，刘谭氏帮人编农具，拿竹条或者荆条编些兜兜篓篓。一个晴天，跑来只灰猫，趴在刘谭氏脚边，眠起瞌睡。这猫许是地主屋头看的，肥嘟嘟的，刘谭氏没有撵它，心想，它睡醒了自然会走。刘谭氏把编好的筛子给别个送上门，回来见到那只灰猫还趴在那儿，睁着一双绿眼睛，她就去找了根索索给它拴住。这猫不挑食，有剩菜吃剩菜，有虾鱼吃虾鱼。后来，刘谭氏把索索解了，白天，灰猫四处晃走，黑了就跑回米仓，困在谷草堆头。刘谭氏不敢说这猫是别处跑来的，"猪来穷，狗来富，猫儿来，扯孝布"。她若说是跑来的，刘基业必必抱出去甩了，她说屋头一抹多耗儿，她找别个讨的猫。但这灰猫许是被惯坏了，跟耗儿相安无事，耗儿走它面前过，它连瞟都不瞟一眼。怪的是，养了不多久,这猫连剩菜都不吃了,一天到晚还活得优哉游哉的,也不晓得到何处觅的食。到年关时,刘太清回来,刘谭氏正愁没的油荤,那灰猫不言语,出去一趟,叼回两截猪皮瓤的香肠。怪哉!刘谭氏心想,这灰猫猜得透人的心思么?这灰猫至少猜得透她的心思。有一回,刘基业引来个滥酒的狎客,办完事情,那狎客赖起不走。正在扯皮的时候,醉醺醺的狎客突然瞥见暗处一对眸子发亮,大呼有鬼,裤裆吊半截,狼狈逃走,是灰猫在角落里吓他嘞。

闲下来,刘谭氏就去同它说话,讲她的苦衷,讲人世的艰难。有时,灰猫还喵两声,仿佛是在安慰她,仿佛又是在诉做猫的苦,刘谭氏不再当它是猫,而是当这屋头的住客,当同患难的姊妹。翻过年,灰猫不单偷吃食,还弄了些棉絮将自己的窝打扮得精精致致,身上的毛也舔得归归一一。刘谭氏偷偷瞄它,瞄它又叼回些啥子,贪心地想,你若认得金银首饰就好咯,拿出铜串、银锭、钱袋子挨递教它认,灰猫一样都没有偷回来,打了春,倒是把肚皮偷大了,刘谭氏又气又笑。

那天,刘谭氏收工回去,灶台上放了一小捆野菜。刘谭氏满以为又是灰猫叼回来的,拿水汩一道,拌起下了一盅烧酒。涮了碗,做了一阵针线活,手不听使唤地抖起来,浑身发冷,她丢下衣裳,赶点爬上床,裹在铺盖头。她想,这酒劲有那么大么?一会儿又磨起牙齿,翻江倒海地吐,吐又吐不出啥子名堂,尽是白沫。她怕这一趟过不去,就强撑着,起来漱了个口,把地下打扫干净,再躺下,灰猫叫唤起来。太清和世景出生时的场景,真真的,仿佛就在眼前。她叉开一双腿,稳婆掏出一个,喊莫忙嗒,还有一个,两个呱娃儿摆在她面前,哪个是世景,哪个是太清?呀,那时候,世景还不叫世景,太清也不叫太清嘞。世景啥子时候叫世景?那天晚上,刘三儿夜半才回来。她说,你咋回来了,不怕官府来人么？他说是福记丝号的老爷喊他回来，还说李宅拿了好菜招待他。她不肯信，只当他吃了野酒，说的糊涂话。他急了，说福爷要请他去当管事。她瞄他不像讲诳话。他又说，那管事当与不当都听你的。她说，咋个扯到我身上来了？他凑到她耳边说，福爷想抱养一个娃娃。她犹豫没有？像没有。她走到摇篮子前，抱起体弱的一个，将生庚年月塞到他罩衣头，用竹篮子装起，让刘三儿当晚就送起过去。哪有啥子好犹豫的，抱走的这个是要给李家当少爷，是要去过富贵日子。就从那时候起，世景就叫世景了。灰猫又在叫唤。好久不见世景了，也不晓得他在城头过得好不好？那年子，幺姨太引他出来逛，遇到她了，幺姨太没有避开，抱着他，让他唤她孃孃。世景还吐不清话嘞，不晓得唤的是娘还是孃。她欢喜呀，她真想让他再喊两声，她没有，她是下人，她跟幺姨太问好，跟少爷问好，问了好，车身就走了，走了好远，捂起嘴巴子不住地笑。她后悔过么？不后悔。世景二天当大官好，做大买卖好，都是刘三儿的种，流的是她和刘三儿的血。刘谭氏觉得好些了，只是脑壳仍一阵阵地胀痛，天要亮咯，灰猫咋个不呻唤了？

　　头一宿，刘基业守着账房扎了账，早晨想回去讨点零碎钱，拿到赌馆翻梢。走拢屋，屋门从里头反别了，敲喊好一会儿，刘谭氏才拉开门，一股臭气扑出来。
　　刘基业捂到口鼻骂："偷人么，半天不开门。"
　　刘谭氏一张脸苍白，手拍打着额头。
　　刘基业瞄她一眼，进屋走了一圈，问："这啥子气味？"
　　刘谭氏说："昨晚上吃了一捆野菜一盅烧酒，吃伤了。"
　　刘基业吐了一口唾沫，问："还有钱没的？"

刘谭氏坐到凳上，仍在拍打脑壳，嘀咕了一句："不是刚发了月银么？"

刘基业在枕头里翻出半吊钱，一齐揣到了怀里，往外头走。

刘谭氏喊住他："刘三儿，你拿了钱就走么？"

刘基业没有回头。

刘谭氏又说："你不瞄娃娃一眼么？"

刘基业止步，返身走回去，问："瞄哪个一眼？"

刘谭氏搓了一把脸，重复道："你的两个娃娃。"

刘基业瞪着眼问："你把世景引回来了？"

刘谭氏立起来，朝门外睃一眼，将门带拢。

刘基业骂："你个丧门星，在哪儿？"

刘谭氏嘘一声，去点了一盏松油灯。

刘基业骂着，随刘谭氏走到米仓。

刘谭氏说："你轻点声，两个娃娃正困觉。"说完伸松油灯进去，照见地上一团谷草窝，谷草窝里头是两只还没有长毛的猫崽儿，刘谭氏说："侧起的一个是太清，扑起的一个是世景。"

刘基业一掌掴到她脸上，骂道："瓜婆娘。"

刘谭氏手头的松油灯落在地上，两只猫崽儿咪咪叫唤。她拿起扫把将火拍灭，自言自语："太清莫怕，世景莫怕。"

刘谭氏疯了，一会儿说世景是幺姨太给抱过来的，一会儿说是圣母娘娘送回来的，说着说着，又按到脑壳吵痛。刘基业扶她睡上床，又给她搭了一条湿帕子，刘基业问她，头天晚上的烧酒和野菜是哪儿来的？刘谭氏说，烧酒是屋头的，野菜是搁在灶台上的。刘基业问，哪个搁在灶台上的？刘谭氏说不上来。刘基业到灶门间找，找到择剩的菜叶子，哪是啥子野菜，那是闹羊草。

刘基业头一个想到的便是窦志平，问，你把窦王氏请到屋头来

- 206 -

过？刘谭氏问，哪个窦王氏？刘基业不问了，别起刀子，往蚕房去，在大小蚕房寻了两转，里头雾腾腾的，啥子都看不清，切桑工问，刘管事，你要找哪个么？刘基业说，我找窦志平。切桑工说，好几天没有来咯，听说还找长夫人借了五吊钱，兴许是屋头出了啥子事情。刘基业到茧坊也没有寻着窦王氏，心想，必必是那两口子干的，火冲冲地按到他们住的地方，那茅草棚已经没的人了，该带走的东西也都带走了。刘基业跕在门口，吃了支叶子烟，将烟头子往草棚顶一丢。

沿路的花开得正艳。烟瘾使刘基业钝木了，刘谭氏是他婆娘，是他娃儿的娘，她疯癫了，可他心头计算的却是每月少入好多铜板，这些铜板又能顶几钱烟土。刘基业在跟烟瘾打斗，他想让自己念起对刘谭氏的亏欠。

刘谭氏又爬起来了，头上缠了一块布，在灶门间熬稀饭。他到地里拔了窝青菜，切碎撒到锅头，恍若回到了十多年前。刘谭氏盛了一小碗稀汤汤，去喂猫崽儿。刘基业从坛子里取了两颗皮蛋，拌起豆油、红油和甜子，灰猫走进来，巴望着他，他一跺脚，又闪开了。刘谭氏拿起空碗回来，嘻嘻地笑着说："吧嗒吧嗒的，吃得欢哟。"刘基业不吭声，拈一筷子拌皮蛋，喝下一大口。刘谭氏也盛了满晃晃一碗，坐灶烘前吃起来。刘基业问她："脑壳还痛么？"刘谭氏揉了揉，摆头说："一阵阵的。"刘基业说："暂且莫去茧坊了，松天我去拣两服药，好了再说。"刘谭氏说："吃啥子药，坐月子都是这样子嘞。"刘基业不吭声，放了筷子，刘基业让刘谭氏回屋头歇到起，涮了锅碗，摸了摸怀里的半吊钱，走到房间头，说："婆娘，我刘三儿不是个东西，你计较罢，不计较也罢，从今往后，我绝不再从你身上讨钱花。"刘谭氏装起困着了，眼淋子默默地流。刘基业掏出半吊钱，放到床边，退出去。那只灰猫又在他身后瞄他，他拿叉头扫把撵走它，看它跑远了，走到米仓，弯下腰杆，听得见两条细细的呼吸。刘基业回去将刘谭氏的房门掩拢，走到猫窝旁，一脚下去踩死一只，又抬一脚踩死另一只，两只猫崽儿都没来得及唤一声。他用谷草将血淋淋的肉团团裹起来，抱着，走了出去。

4

　　教西文的洋教谕就是印字馆的赫叶士，税相臣认出了他，头一堂课，赫叶士谈及美利坚地缘，讲到推举之法，问有没的人晓得？底下昏沉沉一片，只有税相臣答，二十七部酉分东西二路，而公举一大酋总摄之。赫叶士像也认出了税相臣，点头赞许，问，我们是不是在哪里见过？税相臣说，舅舅引我来拜访过你，见赫叶士仍疑惑，又说，在印字馆。赫叶士猛然想起，说，我说咋个那么面熟。

　　税相臣同赫叶士渐渐熟识起来，他给赫叶士介绍地方掌故，绘嘉定城图。赫叶士则带新印制的书籍给他，开始都是些根据教史教义改编的故事，以及各个版本的《圣经》，后头才有些西洋地图和兵书。从赫叶士赠书的多少，以及纸墨的品质，税相臣就可推断，打教并没有使洋教却步，印字馆的生意也没有中断。

　　的确，彼时，嘉定城走动的洋人更多了，有西洋人，也有东洋人。有一回，税相臣上叮咚街找赫叶士，在赫叶士的宅邸就遇到个留瓦片头的男子。那人一身云游僧人打扮，讲一口流利川话，摆谈了半天，他说起日本民宅，税相臣才晓得是个东洋的买卖人。税相臣向他打听起日本的政俗，问及中日一战，大清何以手无缚鸡之力而一败涂地？那瓦片头先说德川幕府治下，日本如何民不聊生，诸藩如何争夺势力，再说将军、大名之奢靡和中下武士之疾苦。这些状况如同暗涌，将日本推向不变则乱的境地，西南四藩相继举旗倒幕，迫使德川庆喜还权于明治天皇，变官制，举西学，进而振兴兵农工商。税相臣兴致勃勃地听着，心头想，这东洋与大清何其相似，一边是幕府摄政，一边是垂帘听政，听闻当今圣上亦想效仿日本，为何迟迟没的动静？便问，日本翻过了那一页，大清朝的这一页要好久才翻得过去，难道永生永世都是这受人挞伐的模样？赫叶士一笑。瓦片头正经听，又正经说，要么等，要么流一摊血。税相臣问，等啥子？瓦片头说，等老的走，后生坐正。税相臣问，流哪个的血？瓦片头一个字一个字地吐，武士的血。税相臣听罢，不再问下去。赫叶士同瓦片头又聊了几句闲话，然后对税相臣说，时候不早咯，相臣，该回去了，莫等你舅母担心。赫叶士这是下了逐客令，税相臣站起来，分别同赫叶士和瓦片头道别。瓦片头说，既然你对日本有兴趣，何不学下东文，亲眼过去看看。税相臣拱手说，谢谢先生指点，转身往外走，走到草地上，突然想起人们在这里砸毁机器、焚烧字模的场景，回头又瞄赫叶士和瓦片头，这两人也正神情严肃地望着他。税相臣问了一句，赫伯伯，先前那个仆人去哪儿了？赫叶士的嘴巴在动，但他啥子都听不清，或许是流放了，或许是被砍了脑壳。

这赫叶士是来传教兼带着传医的，东岩书院聘请他做洋教谕，他仍不脱本职，借课堂宣讲福音派学说。他说，他所讲的一切，是受上帝指引而讲，《圣经》是认知世界的基础，西学入门，必自《圣经》始。税相臣深知，欧洲列国之厉害，不光是船坚炮利、声光化电，更在其政教相依，敬天命，方有太平。但他也存有疑虑，《圣经》是从洋文译过来的，耶稣是卷发大鼻头的模样，说西学始自《圣经》，还能勉强说得通，说万物皆为上帝所造，那就武断了。要令百姓去拜个洋祖宗，成何体统？你福音劝善，佛教、袄教也劝善，耶和华讲的众生平等，佛陀也讲，究竟该奉哪一门？

这个问题问到廖汝平那里，回答自然是都不合适，自然要搬出他那一套立孔教为国教的学说来。照廖汝平之说，至圣先师空言垂教，并无成事，是为立天人之学，诸子学派皆出于六经，儒法详人事，道法详天理，天理统于《诗》《易》，道法又推佛法，天方、耶稣、天主为释教之支流，合观方知孔学之真象，故孔子为中外有一无二之至圣，时下书院虽标尊孔宗旨，非广大精深，毫无罅隙，如何能强人崇信，首先当立经教为国教，继而推行至列国，直至世界皆奉孔子为教主。

税相臣已意识到，大清朝到了要改变的时候了。只是，咋个变，不晓得，变成啥子样，也不晓得。寄望于瓦片头所说的明君么？康南海等人后来的维新失败，证明是行不通的，慈禧不比德川庆喜，光绪也不比明治，这大清朝要比东洋更复杂。寄望于赫叶士所说的耶稣么？岂不是改姓易宗？而廖监院的学说，虽是蒙昧的，是杂糅的，是奴性学说，但令他有了初步的信念——托天理限皇权。当时，他以为，这是唯一一条路子，尚不知还可以有别的路子可走。

自打袁东山被贬为齐长后，税相臣与他的往来越来越少。一来是税相臣自知有愧于他；二来，税相臣循廖汝平痴迷于今文派，再加上读了些西学启蒙，就更加觉得袁东山迂腐了。袁东山仍住在听风楼的寝室，藏书阁也在听风楼，每日只需从楼上走到楼下，或者从楼下回到楼上。他也同那木楼一样，在渐渐朽掉。税相臣常去藏书阁借《万国公报》，发现一些激进言论遭墨水涂抹，他拿去问袁东山，袁东山低着头说，妖言惑众，有啥子读头。他朝袁东山冷笑，直到袁东山丢下手上的笔，抬起脑壳愣愣地望他。他凑近袁东山说，书上的字，你抹了，心头的字，你抹得到么？袁东山是迂腐的，也是可怜的。有一回，他看到藏书阁的案子上压了一本册子，袁东山不在，他瞟了一眼，是去岁生员的策论集，翻开的一页正是他写的那篇，上头有朱笔圈注。他听见地板响，赶紧挪开目光，袁东山进来，他转身出去，擦身而过。袁东山拖着戏子的腔调，道了一句，可惜了。税相臣师从袁东山近十年，晓得袁东山寄予他的厚望，只是如今的税相臣不再是当初那个从荣县来的乡下小子，尽管他仍能熟练地背诵经史章句，仍能照着科举格式做出一篇好文章，但他已经从许佩箬、赫叶士、廖汝平这些人那里看到了更广袤的风景。在他眼里，袁东山就真真只是个看门人，是散发着霉臭的藏书阁的看门人，是旧书旧传统的看门人。

光绪二十三年，如袁东山担忧的那样，税相臣留不住了。是年春，生员间便传出，廖监院遭人诬诋，不但东岩书院的监院、尊经书院的襄校之职保不住，恐怕还要受牢狱之灾。廖汝平的确因托古改制、尊今抑古，受到不少官员排挤，过去有张香帅担保，而今张香帅与他的关系也越来越僵。廖汝平刊文揭素王改制之义，张香帅读到后，生怕遭连坐，便斥其骇人听闻，又私下请人转告廖汝平："风疾马良，去道愈远，解铃系铃，惟在自悟。"税相臣听闻后，到廖汝平那里核实，廖汝平无奈地拿出一封书信，吓得税相臣目瞪口呆，上头有两行字：如不自改，必将用兵。落款为张香涛。廖汝平说："沦为阶下囚倒不至于，张香帅吃不准，朝廷也吃不准，但恐怕再不准我教授经学了。"税相臣心想，你走了，这东岩书院还有啥子待头，没有说出来。到了六月间，文书下来，没的预想的那么糟，廖汝平被调到安岳主持县学，不等税相臣开腔，廖汝平便到成都走动，帮税相臣谋了个尊经书院的附课生。廖汝平告知他时，税相臣连连给廖汝平鞠躬道谢，想翌日便启程，廖汝平说:"再咋个,你都该去跟袁善尘道个别。"

李世景是头一个晓得税相臣要走的。李世景问,放到优等生不当,去当附课生?税相臣拍胸脯说,待下回官课,照样拿尊经书院的优等。李世景晓得劝不转来了,问,去了成都就不返来了?税相臣说,还返来做啥子?李世景不问了,下午跟先生请了假,回去帮到他收拾行李。三姨太和春妹听到后,都替他高兴,三姨太塞盘缠给他,说:"当了大官,莫忘了我们哟。"春妹则去找了件许佩箬的长衫子,比在他身上,恰恰合身,春妹挨他近,他看到她脸上也开始起皱了,心头不是滋味,收下长衫,说:"舅母,我想给袁……袁山长拿点糕点去。"春妹说:"是哦,你是该好好道谢下袁山长。"一样挑点,拼配了箱什锦,还觉得不够,又让李世景再去打了一壶烤酒。税相臣问:"要么喊世景跟我一起去?"春妹说:"他去咋子,你跟袁山长多摆谈下,下次回来都不晓得是何年何月了。"

同袁东山还有啥子可摆谈的?税相臣一手提着烤酒,一手提着什锦糕点,走在路上,心头想着咋个跟袁东山讲,走到九龙山下,碰上别的生员散学,都嬉他:"嘢,又给廖监院送礼么?"他没有理会,这段石梯步,他走了好几百趟,多少还是有些不舍,细细想来,这不舍又与东岩书院无关,也与袁东山无关,不舍的只是那种日复一日的生活。他穿过院落,走上听风楼,敲门,里头没的回应。楼板响,回头看,是袁东山的妻子打了水上来,他问:"师娘,袁……袁齐长不在屋头?"袁东山的妻子放了水桶,又腰喘气,说:"改口改得顺哦。"她取锁开门,又提起水桶进去,没的接待税相臣的意思。税相臣识趣地下了楼梯,烤酒、什锦各放一侧,在听风楼前坐到起,两排学斋越看越简陋。想想,坐里头流了好多汗水,费了好多墨水,写了好多文章,第一次来这里，是啥子场景？只模糊记得，当时的斋务长给他安排了寝室，他放了行李，不敢走动，生怕地板咯吱响，吵到别个。晚上，袁东山来看了他一眼，门都没有进，问："税相臣？"他说是。袁东山只说了一句，文章做得不错，便背起手离开了。洗墨亭依然精致，在那里立了几十年，只脱了点漆，也染上了几分读书人的气貌，在杂草的衬托下，显得孤傲又悲凉。斜阳下，影子投到地上，他盯着那一抹影子，一会儿就犯了困。袁东山在他面前站了好久，他不晓得，他一睁眼，先看到一双木屐屐，猛抬头，袁东山正瞧着他，他站起来，一时不晓得该说啥子，该做啥子。倒是袁东山先开口："等哪个喃？"他一双手贴在身侧，怯怯地说："等你，袁……袁山长。"袁东山指着糕点和烤酒说："给我带的？"税相臣说是。袁东山问："为哪般？"税相臣把糕点和烤酒提起来，恭恭敬敬地递过去，说："袁山长，我要走了。"袁东山说："要走了？去哪儿？"税相臣说："去成都。"袁东山仿若明白了，答应了声"哦"，接过糕点和烤酒，问："好久走？"税相臣说："明天就走。"袁东山的嘴角抽动了下，说："上去坐下嘛。"税相臣说："不了，舅母他们还等到我吃饭。"税相臣拱手给袁东山鞠了个躬，从他身旁走了过去，走了几步，回看一眼，袁东山还杵在那儿。这一别过，便不再见过面。

第六章

1

自从查出吉人亨犍为分号与灯花教有染，吉人亨每年投入官场的银子如流水般，土布土绸更是卖不动。之所以尚未倒闭，只因舍不得那些铺面和家什。心想，等洋布兴过了，人些又会回来照顾生意，便硬起头皮熬，跟钱庄借债，跟别的商号借债，到岁尾年初，要么拿实物抵，要么拆了东墙补西墙，越陷越深，哪里还翻得过身。当初去跟李普福借过生丝的二当家李在樵，见重庆到叙州往来的船只越来越多，水脚又在年年涨，便想干脆买几艘大船跑水运，大当家李在淞原本是不愿意的，可李在樵已经跟城头另几家商号商量过了，都愿意合伙干，李在淞也不好再说啥子。

船还没有办好，单子已经陆续来了，牛羊皮、猪鬃、麝香和边地来的鸦片各接了一船，新船下水那天，风光得很，四艘木船都是八百担的，请了戏班去吹打，见人就封红，来者都巴结说，吉人亨要重整旗鼓了。这里头还混进了几个上河帮的人，打听船是哪个的，当家的是哪个，住哪儿。这头的货还没有装完，那头上河帮的舵爷就从泸州赶起过来，找上李公馆，报了名号，大当家李在淞出来会客。上河帮舵爷问水脚好多？李在淞不说。问接的哪个的货？李在淞不说。问送到哪儿？李在淞也不说。两边都气鼓鼓的，那舵爷放了句莽话，叙州匪患多，你们要把稳点。李在淞不吃这套，说，我李家弟兄，有在京城做法部主事的，也有给提督当文案师爷的，用不着跟哪个裹团。那舵爷连口茶水都没有喝，就被送起走了。

吉人亨的船是在纳溪被断到的，劫船的是蒙面匪，射火箭逼到四艘船靠了岸，船佬儿被砍翻了两个，其余的被逮来跪在河石坝头，眼睁睁看着匪徒拿铁钎扎漏，看着木船连带到货物下沉。沉船的消息还没有传拢嘉定，二当家坐起轿儿去吃茶，光天化日下，遭一伙人围堵，轿夫逃走了，轿帘子掀开，进来个汉子，拿匕首比到起，问，李在樵？他点脑壳，汉子拿出烟壶，抵到他的鼻子，喊他吸气，他一吸气，就不再晓得世相，再醒过来时，手筋脚筋都遭挑断了，睡在轿子头，轿子停在李公馆门口。这下，经营了百年的吉人亨就彻底倒闭了，李在淞变卖家产，赔款给合伙人和债主，带起一家人，投奔在广东做藩台的堂哥。

吉人亨旗下有间瓷器铺，李在淞走之前把陶陶罐罐廉价卖了，将铺子打给了李普福。铺子在洙泗塘巷尾，一向生意都不咋个好，李普福接下来后，叫人改成了住家屋，没的院落，进了门，一间厅堂，高头有层假阁楼，开了一方天窗，厅堂两侧有四间房，三间改成寝室，一间堆杂物。改好后，简单办了几件家具，三姨太和李世景就从百味斋搬了过去。

税相臣走后，李世景在百味斋也待不住了，春妹见不惯他吊儿郎当的样子，天天嚷他，他也早被说皮了，见了春妹爱搭不理的，搬到新住所，虽然不及御史巷闹热，但也自在了些，三姨太哪斥得住他，春妹先还每日打了烊就过来督到他写功课，后头懒得跑了，隔三岔五才过来。

从洙泗塘到东岩书院，走路走刻把钟，三姨太仍担心累到李世景，给他喊了两个滑竿师傅接他往返。春妹说，莫惯坏了。三姨太说，一心念书就好了，也不缺这点子钱。李世景早晨去了书院，要傍晚才回来，三姨太个人在屋头闷得慌，偶尔去趟百味斋，偶尔出去逛两转，人也变得阴郁起来，好在李普福说，过些日子，五姨太会进城住。三姨太心头还疑惑，五妹若是进城来了，那白庙不是就只剩大姐和老爷了？李普福说过后，三姨太就留心些摆件，五姨太喜欢珠珠宝宝的，她置了珠鞋、玉菩萨，又买了白玉枕，在五姨太的房间头搁到起。

十月间，五姨太来过一转，是个丫鬟陪她来的，见到屋子是铺子改的，又黑黢黢的，说，这地方看上去不像住人的呀，可进了备给她的房间，又欢喜得不得了，像个小女娃子一样，摸摸这里，摸摸那里，夸三姐有心。三姨太说，你赶点搬过来，我也有个伴。五姨太打呕，三姨太担忧地问咋个回事？五姨太像是习惯了似的，一味说没的事。当天五姨太就要返回去，三姨太送她出了巷子，想一路送她到渡口，可她叫了乘轿子，说，三姐，留步，说不定，我下月就来了，给世景带个好。三姨太后头想起悔得很，她没想到五妹已经病得那么凶，也不晓得五妹本来是打算来城头养病的，否则她那天咋个都要留她歇一宿。没来得及搬进城，五姨太就走了，走当天没有告知三姨太，到头七，李普福才传话喊她、世景和春妹回去烧包。

五姨太葬在河心的周落坝上，他们一家人是赶船过去的。在船上，三姨太就问，埋在沙石坝，要是涨水了咋个办？没的人答她的话。坟包瘦瘦小小一堆，若不是魂幡，哪晓得是个坟包。李世景跟春妹先烧，过后，长夫人就喊他们两姐弟走远点，坟头就只有李普福、长夫人、三姨太和一个家丁。李普福有气无力地站在侧边看着，时而扯两撮荒草，时而喊家丁添一抔土，长夫人和三姨太烧着钱纸，啥子话都没有讲。

坐船回去时，静默默的，李世景突然冒出一句："我小娘是不是也死了？"这一问，把三姨太吓到起了，装作没有听见，盯到水面的一只鱼老鸹。长夫人则侧过脑壳，看着三姨太。李普福说："乱讲。"船佬儿吹了声响哨，鱼老鸹扑打翅膀飞起跑了。

回到李宅，该枯的草木都枯了，几片落叶洒在地上，池水泛黄，风吹过，有几丝涟漪，廊道走过了几张生面孔，厅堂更整洁了，似乎也比往日更宽敞。李世景心不在焉的样子，坐在春妹旁边发神，三姨太仍坐她的老位子，李普福和长夫人仍坐上方位，有好一会儿，都不说话，只听见李普福一声声地咳，三姨太皱起眉头注视到他。

终于，长夫人先开口："世景，你功课咋个样了？"

春妹拣好的说："拔成正课生了，比以前规矩懂事。"

长夫人招他过去，要赏银子，说："这下子，单另搬出去住，莫调皮惹你三姨娘冒火哦。"

李世景接了银子，作揖道："晓得，谢谢大娘。"

李普福打量着站起来的李世景，说："嘞，在抽条儿啦。"

李世景摸脑壳问："啥子为叫抽条儿？"

众人笑，三姨太解释说："说你长高咯。"

长夫人说："春妹，你引世景出去逛下，都好久没回来了。"

春妹答着要的，跟李世景一前一后地出去，两姐弟边走还边议论着啥子。

三姨太突然觉得不自在起来。

李普福叹了声气，说："只你两个在，我也不忌讳，近一年，我的病越来越恼火，担怕也要先走一步。"

三姨太道："老爷，看你说的啥子话。"

李普福继续说："命不由人，这丝号，这家业，迟早要交给世景。"又咳起来。

三姨太眼淋浸浸。

"在书院多待两年，再学点道理，也不是啥子坏事情，等我哪天走了，你两个再把世景喊回来，一样样地教给他。"李普福吃了口茶，接到说："我是庶出，当初在屋头拿不起话，好不容易才争来这乡下的田土，如今，吉人亨先垮了，我福记丝号还红火得很，其间的冷暖，你们跟我一路过来，再清楚不过，过去的凶险，是关起门，弟兄间的争权夺利，如今的凶险，是乱世的凶险，更要谨慎，要告诫世景，莫乱结交人，踏错一步，便是万丈深渊。陈启兆那头的生意做起走，别的生意也莫要丢，二天风头不对，还有条退路。该打点哪些人，打点好多，佩箐晓得，这些银子是必须要花的，莫舍不得。本乡本土有磕磕碰碰的，先忍让忍让，若遇到地痞无赖，找龚占奇摆平，他是讲义气的。"李普福突然盯着某处，急急地喘气，缓过来，还要交代哪些事情，像是想不起来了，又细声说："我晓得，春妹方才是袒护世景，读了好几年，才拔成正课生，他不是读书的料子，可惜他还小，回来也还拿不起威信。"

长夫人说："你少操心，好好养病，到了要世景当家那天，你亲自教他。"

李普福一跺手杖，睐到长夫人，却又讲不出话。

三姨太看着长夫人和老爷，觉得自己像个外人了，她猜到了五妹是咋个死的，也明白老爷当天下午为啥子要说那番话，她想说，要么我回来，叫个下人到城头经佑世景。她一咬牙，狠心憋到起没有讲。临走时，长夫人说："有空多回来看看。"她也只是答应着。坐上船，春妹问了句："爹的病是不是变狠了？"她说："一向都是那样。"她从船尾，走到了船头，独自在那里立着。

三姨太回去就做噩梦，梦到长夫人在耍一只茶盏，她瞄着条条纹纹的稀奇，也想摸弄一下，长夫人递给她，没有接稳，落到地下摔碎了。她扑通跪到起，连声赔不是。长夫人说，不就是只茶盏嘛，重新买一只便是。她起身离开，老觉得长夫人在背后盯到她。到吃饭时，她坐长夫人侧边，丫鬟给她盛了饭过来，吃第一口，就咬到一块瓷碴子，长夫人清了下喉咙，她看长夫人一眼，又看手里的碗一眼，便明白过来了，端起碗不晓得该咋个办。长夫人问她，是米不好么，还是菜不好？她说，都好，一口口刨饭，咽下去。她也梦到了老爷，她梦到她和老爷在澧水畔走着，老爷的步伐还很矫健，在前头走得快，她跟不上，河风吹起过来，她看老爷越来越淡。她喊老爷，等到我，老爷回头，似笑非笑地看了她一眼，不应，再一搓眼睛，就看不到老爷了，她跪下去哭，哭醒了。前一个噩梦，她做了二十多年，后一个噩梦，她后来反复做。

李世景问三姨太："我小娘去哪儿了？"

三姨太说："死了。"

"埋在哪儿？"

"河里头。"

李世景早就猜到了，娘若还活着，咋个舍得丢下他。那天散学后，他喊滑竿师傅走河边上，到庙儿拐，去白事铺买了一捆黄纸，喊滑竿师傅等着他。然后从会江门走了下去，在泥沙上插上香烛,已入了冬,借来火镰子,打了半天才引燃,一边烧,一边喊娘,一边跟娘说话,侧边的挑脚汉都议论,这哪家的娃娃,可怜哦。他也不顾他们的眼光,跪得笔直的,烧完过后,将纸灰和香烛都投到河水里,在那儿站了半晌才回去。那天,回去给五姨娘上坟,他又想起了她,他气愤,为啥子肯给五姨娘立,都不肯给他小娘立,他没有问出口,他晓得爹的脾气,问出口必必要遭打骂一通。

三姨太问他:"你怕你爹么?"

李世景点头。

又问:"怕你大娘么?"

李世景也点头。

再问:"我喃?"

李世景晃头说:"不怕。"

三姨太便说:"不听话,就把你送回白庙,送回刘河坝。"

三姨太这么一说,让他对白庙的念想一点也不剩,宁可在书院头,受先生管教,也不愿回到刘河坝的宅子,甚而连带到他爹,也不愿见了。

廖汝平被调到安岳后,斋务长被扶正成了山长,东岩书院仍沿袭了廖汝平那一套。光绪二十三年末,流言漫天飞,而且愈来愈放肆,有说太后要归政的,有说太后要废帝的,有说新学党人要当宰相,要学日本裁汰八旗的,也有说新学党人想造反的。生员们不再跟过去一样,闭起门来读圣贤书,也跟着街上的人惶惶不安起来。到光绪二十四年初,某些流言就逐渐坐实了,在南城墙一段,每日都有新的告示贴出来,均是有关德人强占胶州,诸国妄想瓜分中国的内容,这类告示先是贴一张,撕一张,后头只要没的反朝廷的言论，便不撕了。天气暖和了，去江边走动的人也多起来，南城墙成了众人了解时局的一扇窗口，人们看到，朝廷的口子越开越大，过去，妄议朝政的人是要问罪的，如今，不但没有获罪，一些人还被请进了殿堂。

成都成立蜀学会后，廖汝平的友人宋育仁创办了《蜀学报》，嘉定城也跟到成立了学会分支，分发报纸，宣扬西学或鼓吹变法。这类新学报刊在东岩书院的藏书阁也有，不过，袁东山决不允许生员借阅，他变得更为固执了。一人之力哪能阻挡洪流，很快，新学学会就吸纳了不少书院教谕，东岩书院有个泸州教谕便是其中之一。这个泸州教谕是廖汝平请来的，廖汝平走后，他仍留在了这儿，他不但在课堂上与生员探讨国事，还书写保国、保种、保教一类抗议，让生员拿出去张贴。袁东山听说后，当众去臊他的课堂，骂说："没的师德，要贴自己去贴，莫害了娃娃些。"那泸州教谕也不是好惹的，回骂道："老古董，晓得哪个才没的师德。"袁东山正要开口与他议论一番，底下便有几个好事的生员，嘲讽他："继兴永，继兴永。"袁东山目光扫过去，那几个生员丝毫没有收敛，念道："投我以鹰洋，报之以行房。"袁东山便低下头，恢恢地离开。

四月间，圣上颁布《明定国是》上谕，过去半遮半掩的变法，终于光明正大了。说来也怪，这上谕的内容跟南城墙的布告差不到好远，看布告的时候，人们总是附和着，期盼着，当这一天真来了，又无所适从了。学官来书院宣读圣谕，令废除八股取士，改试时务策论，又读《通饬各府厅州县变通书院章程札》，令四川各书院改课时务策论，不得再教授时文和试帖诗，无论童生还是秀才都一片哗然，稀稀落落有些哭声。

到了五月，上至朝廷命官，下及平头百姓，无不谈"变"，官制兵制，厘金饷糈，似乎哪一样不变，便有违圣旨，书院也要变，生员们惊讶地发现，圣上的旨意竟然同廖汝平料想的一样：将各省府厅州县现有之大小书院，一律改为兼习中学西用之学校。至于学校阶级，自应以省会之大书院为高等学，郡城之书院为中等学，州县之书院为小学，皆颁给京师大学堂章程，令其仿照分理。九峰书院和凤山书院山长，先后来东岩书院抄走廖汝平拟下的章程，生员们一面称赞廖汝平，一面贬损袁东山，损他不识时务。

袁东山每日仍看守着藏书阁，有新的书籍送来，一律要通读一道，能涂抹的涂抹，不能涂抹的，要么束之高阁，要么送敬字亭焚毁。有生员见不惯他，说他阻挠新法。袁东山便问，先帝入关，及今好多年？答曰，两百余年。又问，变法好多天？答曰，四月二十三始，已两月有余。问，诏令下了好多道？答，六十余道，道道有理有据。袁东山一捋胡须，撤旧衙门，设新衙门，裁汰绿营，编新军，凭的是啥子理啥子据？答，以东洋为师，变官制兵制。问，东洋变法，为的是啥子？答，倒幕府，还权于天皇。再问，那你们要倒哪个，还权给哪个？便没的人再敢答下去了。袁东山继续说，一帮小儿，谗言献媚，意在沛公，朝廷明事理之人，罢得尽么？太后肯坐视不理么？生员说不过，到新山长那里状告他违谕，新山长掉转头训生员一通，这种话哪能乱讲。

诏令仍旧一日一道地颁布，八股废了，哪一日说不定连科举也一并废了，过去这样讲，别人定会嘲笑这人是痴人说梦。可如今，谭嗣同、刘光第、杨锐、林旭等维新党人以四品卿衔在军机章京上行走，保不准哪一夜醒来，圣旨便传下来了。有几个老童生，课也不上了，每日都到南城墙守到起看布告，生员心头没的谱，教谕心头也没的谱，书斋里的人愈来愈少，山长索性暂时停了斋课，只让生员抄写经书史书。

李世景没有像别的生员一样，嘲讽贬损袁东山，他的处境比袁东山好不到哪儿去，跟袁东山一样，是个受冷落的人。税相臣在时，有税相臣护到他，税相臣走后，就没的人待见他了，别个都说他是凭着家世进来混日子的，不是来念书考功名的，他当然就没的资格加入他们，商议国是。如若把戊戌年的事情看成一出戏，他是坐底下看的人，不是在台上演的人。

李世景在学斋里坐不住，见管得松了，便趁先生不备，跟到焦躁的老童生溜起出去。他才不想去读那些无趣的布告，上午到安澜门码头压骰子蛐蛐儿，晌午找家饭铺填饱肚皮，再去婆嫣街看野班子耍刀弄棍，时候差不多了，就走回东岩书院，在门口等到滑竿师傅过来。李普福从乡下来了一封信，问书院的状况，说要不然让三姨太引他回去。三姨太问李世景咋个想，李世景扯谎说，书院作息照常，没的啥子变动，书念得好好的，才不肯回去。

这样的好日子只维持了十几天，八月初十这天，李世景在安澜门码头见到了两张熟面孔。一伙官爷从城门洞走起出来，走在前头的就是许佩筶，李世景赶紧把脑壳埋低，不时从人缝中瞄他们一眼。许佩筶送他们到堵水台，李世景瞧见七品冠带身后站了个婀娜的官太太，许佩筶同官爷些摆谈不休，那太太吐着烟雾，定睛一看，哪是啥子官太太，是三鹤楼的玉烟嘴呀，着的仍是那条开衩裙。侧边人拍他，喊，下注了，他看也不看，将铜板丢到盘面。玉烟嘴随七品冠带上了船，许佩筶也转身离开。李世景听到身边人有的在叫好，有的在叹气。他站起来，那船解了缆绳，撑了出去。他起身，侧边人冲他说，铜板不要了么？他说，不要咯。阳光刺眼，他虚起眼睛，望着那艘船打到河心，划桡立起风帆，拐到岷江，一会儿就消失了。他摸了摸腰上的钱囊，一路小跑，跑回安澜门，喊了乘轿儿。轿夫问他去哪儿？他坐上轿儿说，桂花巷。

一路上，他都想着方才那个七品冠带咋个摸玉烟嘴白酥酥的腿，落了轿，付铜板给轿夫，轿夫杵他，小公子，吃得酽哦。他在巷口踱过去，又踱回来，来来回回好几转，几个女校书摇着小折扇，看也不看他，走得满脑壳是汗，终于有个着紫衫的留意到他，问说，耍一趟哇？李世景走过去，闻到她们身上的香气，另几个女校书突然尖声笑起来。李世景停住，白她们一眼，朝巷子里走去，身后的笑声更大了。秋霞阁大门紧闭着，只一个老嬢嬢在外头看守，再往前，听到琵琶曲。李世景立在三鹤楼门前，内堂里摆着茶围，一个女子抱琵琶，另一个女子拨琴，合声唱："画船摇鼓催君去，高楼把酒留君住。去住若为情，西江潮欲平。江潮容易得，只是人南北。今日此樽空，知君何日同。"唱罢，起身屈膝行礼，李世景取出碎银，在手头攥到，还没走上阶梯，一阵齐整的脚步声传来，巷子那头过来二十多个差役，两列站定，捕头大吼，老鸨出来。

三鹤楼里的狎客些纷纷到门口打望，一个龟头挤了出来，将李世景揎开，卑躬走到捕头身前，继兴永与秋霞阁的老鸨也一口一个官爷，前后脚过去。李世景默默往巷口走，走两步，又回头望他们一眼，巷口已经有好些看闹热的人，方才的几个女校书也站在那里，女校书说，赵嬢不是才缴了花捐么，咋个又来找磕儿？一个汉子凑到她侧边说，借到逮乱党，捞油水。女校书问，啥子乱党？那汉子说，维新党。

应了袁东山所言。八月初六，太后就传下懿旨，宣布临朝训政，当时只说圣上因病，不能理万机。随后，又下令缉拿康氏弟兄，罪名是结党营私，莠言乱政。八月初九，再下令，张荫桓、徐致靖、杨深秀、杨锐、林旭、谭嗣同、刘光第先行革职，交步军统领衙门，拿解刑部治罪。到八月初十，圣上所下的百余道诏令已悉数作废，太后密令搜捕维新党。

南城墙聚集的人更多了，京城秘闻经往来商人之口，也传到了这里，说维新党吃了豹子胆，想勾结定武军夺权，要先杀荣禄，再围西太后，不料遭告了密，太后面斥圣上，将圣上押到瀛台软禁。传言者道，早就猜到有这一天，掉脑壳也是活该。李世景听得扎劲，哪想得到，十年后，他竟会阴差阳错地去接续维新党未完成的志愿。

八月十一，街上巡逻的兵勇增加了不少，在南城墙一带，有兵勇持棍冲路人叫嚷，不得驻足，书院也恢复了旧状。上山时，生员些还谈论着头两天发生的事情，走到书院门口便闭了嘴，山长立在门口，两侧有杂役各三人，进去一个，便在生员簿上勾一个名字，并挨递打好招呼，若官府来问话，脑壳放聪明点。头一堂课便是泸州教谕的，李世景还担忧他来不到，梆锣响，生员们交头接耳的，泸州教谕迟到了一刻钟。进来后，匆匆行礼致歉，看上去有些疲倦，他讲的是正史，平日里，生员最佩服他的背功，不消翻书本，滔滔不绝一堂课就下来了，不但没的差错，还讲得生龙活虎，借古讽今。而这一天，书童抱来了讲义，他翻开某页，逐字逐句地照到念，听得人昏昏欲睡。袁东山从门外的廊道走过去，泸州教谕抬脑壳看他一眼，再埋头，又找不着方才念到了哪儿，他盯到底下的生员，半晌讲不出话，前排的人给他递话，他也没有听见，随意找了一处接到念。李世景记得，当时那泸州教谕讲话的声音都是颤抖的，他粗略分得清哪些人是维新的，哪些人是守旧的，可究竟维啥子新，守啥子旧，就不晓得了，更不晓得他们是啥子关系，那泸州教谕怕的是啥子。他单坐在角角头打混，提笔在纸页上画着玉烟嘴的模样，那七品冠带把她带走了么？到哪儿去了？脑壳里蹿出她侍奉官爷的场景，落下的泪珠把纸页都打湿了。散学过后，他喊滑竿师傅走过街楼回去，两个师傅嫌包了路，不肯，他又添了价钱，还让他们莫跟三姨太讲。路过桂花巷巷口时，他睃了一眼，冷清了许多，但三鹤楼里头仍传出乐曲声。到家，春妹正好提了月饼来，问了他功课上的事情。末了，他问春妹："姐夫近来在忙啥子事？"春妹警觉地说："你莫不是闯了祸嘛？"他说："闯啥子祸，我规矩得很，只是听他们说起外头的动荡，也想打听下时局。"春妹说："关心书本就是，时局哪用得着你操心。"他见三姨太不在，借口书院摊派钱银，问春妹要二两银子。春妹说："刚给山长、齐长送了糕点去，咋个没有听到他们说？"李世景说："散学前才说起的。"春妹瞪他一眼，也还是背到三姨太给了他。往后的三天，滑竿每日都走过街楼往返，滑竿师傅拿了赏钱，跟李世景开起玩笑来，少爷是不是看中了哪位姑娘？李世景只是笑，不搭白，桂花巷的生意又一天天好起来了。

中秋这天早晨，李世景吃了两块莲蓉饼，兴许是油气重了，兴许是没有喝水，坐上滑竿就觉得不舒服，一路都在抹着胸口，到九龙山脚下了滑竿，跟在几个生员后头走上去。一个平素不咋开腔的老童生比画起说，审都没有审，那六个人就拉到京城菜市口砍了。李世景跟上去，同他们并排走。那老童生呼呼地喘气说："硬中了那些人的口，罪名是谋围颐和园。"另一个生员不肯信，说："你日高白，前些天还说的是结党营私，莠言乱政。"那老童生面露不悦，指着手掌道："城门口都巴出来了，乘变法之际，隐行乱法之谋，谋围颐和园，劫制皇太后及朕躬之事，幸经觉察，立破奸谋。"说完冷笑两声，"杀了头头，这回要收拾余孽了，听说那《蜀学报》都遭……"李世景扯了个嗝顿。那老童生睨他一眼，不再说了，另几个人还要问话的，也住了口。

泸州教谕按时进了学斋，神态比前两天好了一些，将讲义搁到一旁，背起手，讲起了万历年间的东林党乱政，讲着讲着，把维新党也套了进来，甚至将维新党比作东林党，数落起新法的种种不是，与先前书写抗议的他，判若两人。约莫一个时辰后，泸州教谕突然停下来，生员们不明所以，再竖耳朵一听，隐约能听到外头有人在念府台手令，李世景憋着气，可还是忍不住又扯了一个嗝。泸州教谕不讲了，将讲义交给前排生员，让他帮忙还回藏书阁，再给孔圣人牌位行大礼。行完礼，四个捕快已经站到了学斋门外，那泸州教谕冲他们作揖，随后就被押起走了，日后没有再回来过。生员些想出去看，被山长哄了回来，山长念了一遍东岩书院章程条规，待经义先生来，才离开。

李世景大半天都在跟嗝顿较劲，歇了晌午，跑到洗墨亭吹叶子。这是他娘教他的，猛吸一口气，去吹树上的叶子，叶子吹落了，嗝顿就不得扯了，试了四五回，气顺畅了。见到袁东山哼着曲往外头走，李世景心想，早上的事情，他晓得么？肯定是晓得了，要不然咋个那么欢喜。

看司问："袁齐长，出去哦？"

袁东山说："去百味斋买点月饼。"

李世景抹着胸口走回学斋，坐回方位，盯到孔圣人的牌位发神，泸州教谕恐怕正在吃板子哟，替他张贴抗议的几个生员，正规规矩矩地扑在课桌上眠觉，早晨遇到的那个老童生走起进来，理了理帽儿，道了一句，这下清净了。是呀，这下清净了，李世景也把脑壳抵到桌沿，柔和的光线铺到了脚边，秋蝉鸣了两声，李世景哼着："今日此樽空，知君何日同。"呀，姐姐不是送过月饼了么？袁山长还跑百味斋买啥子？脚底板像是有水拂过，摸一把钱袋子，抬起头，先生还没有来，将褡裢塞到衣衫头，走出去。那老童生瞄他一眼，他也瞄老童生一眼，不管咯，沿着廊道走到围墙边，手在抖，两只脚也在抖。看司或许睡着了，先把褡裢抛到墙外，跳起来，够到墙顶，再把身子撑上去，骑在墙上，他突然笑起来。

2

光绪二十三年，李普福不过才五十五岁，看上去，已七老八十般，周身都是毛病，咳嗽不消说，腿脚更为不便了，夜里撕了膏药，和尚头如有蚂蚁子啃噬。第二日醒过来，一双腿都动不到，要等五姨太来，拿热帕子擦个一两刻钟，才有知觉。照他自己的说法，成了一口药罐子，啥子药都吃，洋教士开的西药、白庙场太医搓的丸药、仙孃配的纸灰汤和草草药，专门有个下人，天到晚都守在炉子前熬汤，那药汤气味弥漫在李宅的每个角落。来造访的客伙头一句也总是问，福爷的病好些没有？李普福答，好些了，好些了。他不愿讲出来，其实心里晓得，半只脚已经踩到了泥巴头。见过二姨太后，李普福心头更添了一块荫翳，那天从观榜回去，他就让长夫人搬到厢房去住，长夫人听出他的意思了，说："你若走了，我还有啥子活头？"

偏偏不怕死的长夫人没有被惹，五姨太倒先被惹了。

许是她每日给老爷擦完身子，顺手倒痰盂的缘故，那痨病早都在她身体里埋伏好了。八月间就有了发病的迹象，觉得疲乏无力，跟抽了筋似的，饭也吃不进。长夫人怕是打谷黄，就喊医生来看，把脉没有把出啥子名堂，医生说是气血不足，开了三服补药，仍是病殃殃的样子，却又没的别的症状。五姨太自己也以为是月事要来了，可等了好几天都不见红。

九月的头天晚上，她兑了碗红糖水，又吃了两粒枣，便上床歇息。醒过来时，不晓得时辰，外头下着细绵绵的秋雨，她爬起来，想去找毯子来盖，看到纸窗户上映着红光，心头一惊，莫不是失火了？将窗户支开，仍是黑压压一片。合拢，又见红光。怪哉，拿手指蘸了口水，戳个眼眼，瞄出去，瞄见右耳房的位置，男男女女点起火把在埂子上嬉戏。她晓得，这是阴间的景象，可她一点也不怕，看着看着，也跟到他们欢喜起来，待他们消失后，才回床上接到瞌睡。

第二天起床，右耳房仍是一片干干净净的空地，她去给老爷擦了身子出来，下人们见了她，夸她气色好了许多。她问下人，昨夜有没有听见落雨？下人自嘲说，瞌睡都困不够，哪有雅兴听落雨。她心想，这世上只有她见到过他们嬉闹吧。回到房间，丫鬟拿着糨糊和纸在补窗子，还说，看起像是指头戳的，可哪个敢来戳五姨太的窗子呢？五姨太没有解释，喊把糨糊放那儿，她自己补。晌午后，她睡了一觉，侧黑点，又睡一觉，入了夜，就没的瞌睡了。侧身躺床上，安静地等着，约莫到丑时，听到嗒嗒有节奏的声响，凑到窗户瞄，地头有四个汉子在打谷子，田边有三个女子在捆谷草把。汉子唱："东云起来西云开，拆开南云太阳来。东云归位是月亮，西云归位是太阳。"女子应："太阳出来似火烧，姣在后檐晒花椒，花椒晒得大张口，晒到我郎好心焦。"汉子又唱："太阳晒起真难熬，唯愿老天起朵云，心想天上乌云起，上遮太阳下遮人。"谷草打得嗒嗒响，四个汉子，全无一丝疲态，三个女子，一个赛一个声音亮，四个汉子三个女子，落单了一个。

正想着，掩嘴笑着，便有个汉子睃见了她，赶紧回床上躺到起，想，他看到我了？

第三天，她问老长工："这宅地以前是哪户的？"老长工说："打道光年起，这地就是李家的。"五姨太问："再以前喃？"老长工说："那就不晓得咯。"夜里，仍是那个时候，仍是一片红光，她看到地头在燃谷草，只一个汉子在田边吃烟，周身黑亮亮的，身旁放着锄头和撮箕，火光渐渐暗下去，他走过去，撮了谷草灰，撒到地头，撒着撒着，目光就睃了过来。

第四天一早，五姨太用糨糊把纸窗补起了，在院子里来来回回，要不要朝右耳房的空地瞧上一眼，只有几窝要死不活的萝卜菜。第四天和第五天夜里，她都没有困的着，窗外彻夜唱着情歌，她没再走到窗边，但听得真真切切，那歌声定是前两天睃她的汉子的。

第六天，丫鬟说："五姨太，你这两天看人，眼睛咋个是直直的？"她强扭到自己不去想。到了午夜，到了歌声响起的时候，无论他说啥子情话，无论他唱得好动人，她都把自己裹得严严的，声音哑下去了，越哑，就离她越近。最后，如同贴着窗户在唱，如同耳语：生要缠来死要缠，哪怕烈雷打身上，雷公要打一齐打，阳间打死阴间缠。她掀开铺盖，赤着脚，去戳开刚糊的纸窗，啥子都没的，沉寂的夜。回到床上，手指头顺到肚脐，摸到胯底下，去摸那道口子，去摸那粒小豆子，伸进去，抽出来，身体一颤，伸进去，抽出来，湿黏黏的。心里想着，那光膀子的汉子走了进来，爬上了她的床，把她压在底下，伸进去，再抽出来，外头细绵绵的雨又落了下来。天亮了，丫鬟来敲门："五姨太，起床咯。"她穿好衣服，唤丫鬟进来。丫鬟将脸盆放到架子上，道："那窗子咋个又破了？"五姨太一边洗脸，一边说："多半是虫儿撞破的，你把它补起便是。"这天，她抬了把椅子到廊道坐起，睐睐地盯到那一方空地，想着头一晚发生的事。已至深秋，她又忧伤地叹起气来，像是有别的女人，附到了她的身体上，仿若初作人妇般，仿若仍念着她的恋人。

有时候，她仍会在半夜醒过来，只是再也见不到纸窗上的光亮，再也听不见汉子的歌声了，就当是一场梦吧。咋个会只是一场梦呢？九月中旬，月事还没有来，她想到了老人讲的那些怪谈，果就打起呕来，一天吐四五趟，人更消瘦了，甚而觉得扁平平的肚皮头，有东西在踢撞。她喊丫鬟摸，丫鬟啥子都没有摸到，问她咋个了？她说，吃坏了肚子，老是咕噜噜叫。她心想，出去避一阵，兴许会好转来，正巧老爷在城头购了房子，三姨太和世景已经搬过去了，便趁着吃饭的时候诉苦说，身体一日比一日糟，想找个地方好生养下病。长夫人当时没有说啥子，吃过饭，兴许是找老爷商量了一下，到五姨太房间头，嘘寒问暖过后，跟她说："要么你去城头看看，那房子不大，若觉得住得惯，就搬进城去待半年，等身子养好了再回来。"

不久，五姨太便在丫鬟的陪同下，进了趟城，那房子的确小，且又没的下人使唤，可三姨太布置得用心，一跨进去，就觉得心头舒缓了，这日子才是她想过的。便跟三姨太说，很快就会搬过来，三姨太要留她住，她不肯，只想着早点回去收拾。到城门口落轿时，一个云游道人凑过来，跟她兜售辟邪法器，她看他衣衫不整的，想必是个假道人，没有搭白，可走出城门，突然停下来，拿了半吊钱给丫鬟，让去请桃木棒。丫鬟把桃木棒塞到包袱头，忧心忡忡的样子，上了船，贴在五姨太身边，问："好久进城喃？"又问："进了城，又好久回来喃？"五姨太说："咋个，还舍不得么？"丫鬟说："你走了，我就只能干劳力活路了。"五姨太摸了摸她的脸。船到李落渡，阴雨又下起来了，她们没有带伞，丫鬟让五姨太到乌篷船躲躲雨，她回去拿了伞来接她。五姨太看雨势不大，说不用了，包袱顶在脑壳上，快步走了回去。也不晓得是淋了雨的缘故，还是太累的缘故，这天夜里，躺下过后，五姨太就觉得头晕，后来肚皮也痛起来。她把手放上去，感觉里头有个娃娃在哭，她下床到包袱头取出桃木棒，再窝回被窝，用桃木棒在肚皮上擀，忽听得里头咔嚓咔嚓响了几声。点灯，坐到尿壶上，过了会儿，站起来一看，屙出了一摊血水。这鬼胎到底是护她的，还是害她的？说不准。隔天她就开始发烧咳嗽，给老爷擦身子时，还要忍到起，生怕老爷以为是在学他，当到长夫人的面，也要忍到起，生怕惹到她。胸口呼噜噜的，愈忍愈恼火，好不容易避开，猛咳一阵，骨头架都要咳散似的。

　　某日放了晴，她让丫鬟陪着上白庙场看医生。去得早，药铺头只她一人，把完脉，坐堂边开处方边问她："你独自来的么？"五姨太说："有一个丫鬟陪着。"坐堂问："住哪儿？"五姨太说："住刘河坝。"丫鬟傲起脑壳说："刘河坝李宅。"坐堂说："晓得了。"处方开完，交给学徒去抓药，五姨太问："有啥子忌口么？"坐堂笑说："没的啥子忌口。"又站起来说："有几味药，还要去别的药铺拿，要么你们先回，配好后，我让人把药送到府上。"从药铺出来，丫鬟就骂了一句，这啥子歪郎中，咳成这样子，还说不用忌口。

　　五姨太和丫鬟走后，坐堂医生把铺面关了，让学徒用药酒洒一道地，拿起刚拣的药，急匆匆去报团正。练丁正在操练，他把龚占奇喊到一旁，小声说："今早福爷的夫人来看病，发烧又咳喘，脉象像是痨病，药已经拣好了，我想，还是你去说好点。"龚

- 232 -

占奇一惊,问:"夫人还是姨太太?"那坐堂说:"相貌像是姨太太。"龚占奇接过药,边掏钱边说:"我送过去,不准跟别个讲。"坐堂医生说:"不敢跟别个讲。"又说:"药钱已经付过了。"

龚占奇吃了晌午才送药过去,李普福正在休息,他就坐厅堂里等。长夫人问,找老爷啥子事?若是急事,我去叫醒他。龚占奇随便找了个幌子,说是堂口的事情,不要紧,不影响福爷休息。等了半个时辰,李普福才从房间头出来,由长夫人陪着,同龚占奇在厅堂吃茶,龚占奇说着团练近来的状况,譬如收入、支出、食粮等等琐碎的事,长夫人听着无趣,就走了。李普福说:"今后团练的事情,你做主便是,不消跟我汇报。"龚占奇就从兜兜头取出茶叶和药,说:"茶叶是给福爷的,药是五姨太的。"李普福问:"五姨太的啥子药?"龚占奇将茶叶和药放到上方位的茶几上,说:"白庙场的郑郎中喊我送来的,说五姨太今早去看病,药不齐,配齐后,他就让我顺道带来。"李普福拿起一包药看,龚占奇假笑道:"五姨太也是,白庙场那么多药铺,偏偏要找郑郎中,去年,有个妇人有喜,拿给他看成是胃寒。按我说,这药吃得吃不得,还要谨慎点,今早他拿药给我,说五姨太的脉象像是痨病,又码不的确,我当时就踩了他一脚头,哪个郎中会讲这样的话?"龚占奇提起兜兜,又说:"福爷,团练上还有事,我就先告辞了。"李普福问:"还有哪个晓得?"龚占奇面向着门说:"除了福爷,哪个都不晓得。"

头一道药汤是李普福亲自给五姨太端进去的,他敲门喊:"起来吃药了。"

五姨太撑着坐起来问:"老爷,你咋进来了?"

李普福走过去说:"得了病,还悄悄默的。"

五姨太手掩着嘴干咳两声,想要下床。

李普福按到她，从丫鬟的茶盘里端过药，喂她喝，喝完又端清水给她漱口，替她揩汗水。

五姨太说："也不晓得是得罪了哪门神仙，平白无故的呀。"

李普福扶她躺下，给她牵好铺盖，说："老爷跟你是同病相怜。"

李普福只跟长夫人说，五姨太病了，是啥子病并没有对她讲。长夫人看也看出来了，可老爷不说，有他不说的道理，也就没有多加过问，每日让厨房单做一份清淡菜，由丫鬟给她送过去，吃完的饭碗又嘱使开水烫一道。

李普福认为，那西药丸能让他活到现在，也能让五姨太活下去，他就让下人再进城拿药时，多开一服。头些日子，他每天都要走五姨太的房间一趟，看她一眼，跟她说些宽心的话。五姨太咳得更凶了，瘦成了一根藤藤，像个活死人似的。过去，李普福的妻妾中，只有五姨太和幺姨太最讲究，都喜欢首饰，喜欢打扮；可如今，一跨进五姨太的房间，就闻到股腐烂的气味。五姨太跟李普福说："老爷，你莫再来了，我这样子难看得很，屋头也脏，有丫鬟服侍我就好了。"李普福看得心疼，后来就不进她的屋了，惦记她时，就走窗子边问她两句。

五姨太先是吃郑郎中开的中药，又中药配到西药吃，仍是那副样子，她想，这病恐怕好不到了。

这天，她让丫鬟扶她去洗个澡，丫鬟起先不肯，说："五姨太，等松点再洗。"

五姨太说："松不到咯。"

丫鬟含起泪扶她起来，一揭开铺盖便吓愣了，床单上尽是血，那气味就是从这儿来的。丫鬟去给她抹洗，又让长工把铺盖床单撤换了。五姨太洗完澡，躺到床上，让丫鬟把她的匣子抱过来，挑出一把翡翠步摇，递给丫鬟，丫鬟不敢接，她说："你拿到，我的病若是好了，你再还我，若……你就拿去当了，不枉服侍我一阵。"丫鬟跪到给五姨太叩了三记响头。五姨太将匣子盖拢，交代丫鬟，这匣子要随她陪葬。丫鬟牵着她的手道："五姨太心善，天老爷会开恩的。"五姨太说："你去请下长夫人，说我想跟她说说话，她肯来就来，不肯来……"盯着某处，叹口气，"不肯来，就算了。"

长夫人二话都没有说，就去了，丫鬟抬了把椅子跟着，将椅子放在门口，长夫人让她放到床边去。

五姨太睁开眼，浅笑着喊："大姐。"

长夫人说："五妹，前些天没有来看你，因为老爷不让。"

五姨太摇头说："姐姐，没的事。"又让丫鬟退出去，把门带拢。

丫鬟在门口候着，里头说话都是悄悄声的，听也听不见，她就摸着袖口里的步摇，想着这步摇能当好多钱。脚站麻了，长夫人还没有出来，里头哭了起来，先是五姨太哭，后头长夫人也跟到哭，丫鬟把耳朵贴到门上。

长夫人说："使不得。"

五姨太说："姐姐，我从没有求过你啥子事，只想落个干净身子。"

过了一阵，椅子响，窸窸窣窣响，五姨太的哭声愈来愈小，长夫人的哭声愈来愈大。丫鬟不敢听了，她瞪着木门，一双手颤抖着抄到袖子头，退出厢房，快步往下房走，回房间，将步摇藏好，便听见传话："五姨太归天了，五姨太归天了。"如了五姨太的愿，床铺是刚换的，地下也打扫了，她走得干净安详，至少看上去是干净安详的。亮瓦透下来的微光落在她身上，除了脸上搭了一块手绢，她就跟得病前睡着一样，不再听见咳声了。

五姨太走后，没有摆灵堂，也没有制棺木，只请了一个道士，将焚尸的时辰选在了翌日清早，将坟地选在了周落坝。

长夫人怕李普福累着，喊他不消去了，可李普福第二日仍早早起了床，手臂戴了黑纱，在厅堂候着。道士说："时候到，走咯。"刘基业在前头撒买路钱，随后是抬着五姨太的下人和抱着她常用东西的丫鬟，李普福与长夫人走最后。师爷已在渡口招好了三艘船，刘基业与下人抬着五姨太上头一艘船。丫鬟们坐二艘船，船到河心，她们唤着五姨太，将她用过的东西，一件件抛到河里头，只留下一个匣子。三艘船坐的是李普福和长夫人，冬日水浅，竹篙插下去，听得到石头滚动，长夫人挨紧李普福，握着他的手。

李普福说："只剩我们两个咯？"

长夫人说："还有三妹、世景的嘛。"

船头切开雾气和水面，李普福问："她走的时候，有没有说啥子？"

长夫人说："喊我经佑好老爷。"

上了周落坝，道士念经文，一拨下人挖坟穴，另一拨下人搭柴架子，将五姨太用草席裹起，放到上头。道士撒了五谷，师爷去泼上酒，炮仗一响，刘基业便将手中的火把丢到上头，一会儿，整个架子都烧起来了，下人和丫鬟们围在四周，独五姨太的贴身丫鬟跪着。

李普福和长夫人站在远处，用手绢捂着口鼻，那团火噼啪响，五姨太化作黑烟子，冒到了麻麻亮的天上。长夫人不让李普福来，可他仍旧来了，他是想来看看，自己走的时候，是啥子场景。

待柴木烧尽,五姨太的贴身丫鬟去捡起烧焦的骨头,放入骨瓮,下人们使撮箕撮木灰,垫到坟穴穴底,洒过雄黄酒,撒过铜钱币,贴身丫鬟将骨瓮安放进去,再放那口首饰匣,道:"五姨太,走好。"垒土成坟,太阳已斜挂在东边了。

3

白庙烟馆每日流水约有五六十两银子,吃烟的人多是付铜钱,这铜钱不便存放,烟馆也兼做起银钱兑换的生意,图个方便,装碎银的匣子就摆在柜台上。掌柜在时,连锁都不上,按理说,难免有人会起贼心,可这白庙烟馆的大东家可是朱申顺呀,哪个贼娃子不晓得朱大爷的名号呢,莫说这是放在柜台上,就是放到大街上,怕也没的人敢动。白庙烟馆自开业起,从没有落过钱。可偏偏这些日子,有人起了贼心,又因为个女人壮了贼胆。

这一天,刘基业大中午便来到烟馆,将前阵子的账勾了,掌柜跟他开起玩笑:"刘管事这是发了啥子横财?"

刘基业说:"莫说笑喂,穷得卵子打凳响,这刚领的月银,就送到你这儿来了。"扫了眼四周,问:"还有位子没的?"

掌柜问跑堂,说:"内堂还有一个。"

刘基业说:"要五钱云土。"

掌柜添上新账,随口奉承了一句:"刘管事是福爷的心腹,那福记丝号迟早有你一个角。"刘基业不听他打哈哈,往里头去,掌柜见他手头拎了一壶酒,说:"哎,榻高头吃不得酒哦。"

内堂由一堵木墙隔断,掀珠帘子进去,里头摆着烟榻,在内堂吃烟要贵二十文的服侍钱,睡的均是些有家底子的老爷、公子或者不用养家的鞓神,那些做苦力活路的,通常是在外头坐到或跕到吃。刘基业走到挂角的位子，旁边是一个老朽朽，已经吃得迷瞪迷瞪的了，替他烤烟的小堂倌也瞌睡兮兮的样子。刚躺下，跑堂便端来了烟盘，将烟具逐一摆出来，小堂倌揉下眼睛，拿起烟签穿膏土。刘基业扯开酒壶，喝了一口，将酒壶搁在榻几上。堂倌没有开腔，膏土烤熟后，刘基业个人掌起烟枪，嗒几口，又歇一会儿，旁边的老朽朽竟扯起了噗鼾。

这五钱膏土，吃了约莫三四钱，剩一丢丢，刘基业让小堂倌统统插到烟锅头，掌到烟灯上，狠吃了两口，瘫睡下去，烟枪横起一扫，将酒壶打翻。小堂倌赶紧将酒壶抽正，酒沿着榻几往榻上地上流，另几张榻上的人都看了过来，刘基业喊小堂倌去拿帕子来揩干，自言自语道："一口烟儿一口酒，劲仗硬是大。"起身，将烟灯搽翻，刘基业愣到起，那火苗子立时顺到酒，将榻几草席引燃，将老朽朽的衣裳也引燃。老朽朽爬起来，在地上打滚，里头的人跌跌撞撞地朝外头窜，喊着："起火咯，起火咯。"外头的掌柜跑堂往里头涌，整间烟馆顿时乱了起来，刘基业出去拿了把麻搭，在太平缸蘸了水，又冲进去，跟跑堂些一起拍打，好在火势没有蔓延，一会儿就打熄了，只是烧焦了一张榻几和两床草席，老朽朽还抱起烟枪缩在角角头盯到他们。

掌柜问："堂倌是哪个？"

小堂倌哆哆嗦嗦站出来，掌柜一个耳光搧过去，喊站正，又一记耳光。

刘基业过去，道："我惹的祸，我认账。"

掌柜唤跑堂拿账簿来，过去查看烧毁的东西，说："这烟榻要重新漆一道，墙板也要换，要么你请匠人，再赔五两银子，要么拢共赔十两银子。"

方才出去的烟客又走了回来，防火班也跑起进来，见火已经灭了,就在侧边看着。

刘基业说:"我懒得请人,拢共赔你七两银子,合适我明天就找福爷借。"

侧边人议论说:"这趟烟吃毬得贵。"

掌柜还没有点头,外头的跑堂慌慌张张进来,跟掌柜耳语,掌柜立马变了脸色,打量一圈周围的人,目光落在刘基业身上,说:"嘚,刘三儿,伙起人来抬老子的轿儿哇,钱匣子咋个抱起走的,咋个给老子抱回来。"

刘基业手摸到背后的刀,说:"你莫血口喷人哈。"

此时,钱匣子正在落魄公子哥的包袱头,刘基业进烟馆时,他就在外头的坎坎上坐起了,里头着了火,他还帮到递湿帕子,等众人都扑火时,他就将钱匣子笼到麻袋头,搭到肩上,飞跑着往场口的杨三妹家去。

杨三妹的男人过去是个游走剃头匠,杨三妹是他买来的,小时候替他打下手,满了十五岁就嫁给了他,越长越水灵。当时,不少人当到剃头匠夸他有福气,阴到又妄想勾兑杨三妹,可杨三妹任随别个送啥子讲啥子,都不为所动,一门心思跟到剃头匠。去年岁末,剃头匠得病死了,三七过后,陆续有媒婆去说亲,有老鸨去牵线,都吃了闭门羹,都说这杨三妹是想要立牌坊么?有人便跟公子哥打赌,他若能拿到杨三妹的火帕儿,便请他到城头随吃随喝,公子哥一反常态,跟那人翻了脸,道,哪个敢打杨三妹的主意,我头一个报官。

剃头匠在生的时候,公子哥也想去撬墙脚,杨三妹拿剪子比到喉咙,把他吓起跑了,越是吃不到,就越是惦记杨三妹,心想杨三妹跟别的女子不一样,底下必必是香甜的。每每见到杨三妹,不敢上去搭话，只敢望她一眼，久了，竟动了真情，连那点下流念想也没的了，只想能天天跟杨三妹贴着就好。

剃头匠过世，他没有着急，等风头过了，等众人都以为杨三妹要守一辈子的贞洁时，公子哥才动手。他翻到杨三妹的屋头，往她甑子里的陈饭撒春散，然后躲进她的闺房，等着她进来，等着她褪衣，等着床幔里的嗔唤。

那人跟他打赌时，他已经铁了心要引杨三妹走了。

公子哥有了这心思后，就筹谋着咋个捞笔大财喜。商号银库均有丁勇把守，凭他的身板，还扳不翻，而小商铺丁点银子，又上了锁，三两下是撬不开的。于是，他就盯上了烟馆的钱匣子，烟馆仗到是朱舵爷的产业，防范松懈。他想好了，拿了银子，便跟杨三妹坐船跑，出了嘉定，那朱舵爷就是有天大的本事，也捉不到他。

至于刘基业为啥子要在烟馆放火，又为啥子要拖延住掌柜，完全是因上了公子哥的当。公子哥许久不见刘基业了，再碰到，就问他，你婆娘不接客了么？刘基业说，我婆娘染花柳病死了，正要找你讨丧葬费。公子哥顺到他说，那你今后大烟要省到点抽哦。刘基业说，要么你给我介绍姨太太，我来接客。公子哥瞄他的神态，不像讲诳话，便真以为他婆娘死了，不再给他介绍生意。当公子哥跟杨三妹好上过后，当他萌生起要捞财喜的念头时，他头一个想到的就是刘基业，他跟刘基业说，这回事成之后，我们对半开，并且叫限，无论刘基业失手烧了房子，还是他被逮到，都绝不供出对方。

公子哥当然不会跟刘基业平分这些银子，他到了杨三妹屋头，把满匣子的银子倒出来，道："这够剃头匠剃一辈子的脑壳了。"杨三妹从未见过那么多银子，蹲下去，一个个翻看，嘴里还说着:"你把那大烟戒了,我们出去置间铺子,过安分日子。"公子哥去把行箧拎了出来,说:"戒,我都好几天没有吃了。"将银子捡到劳什口袋头,再装进行箧。杨三妹仍不安地说:"现在跑,得不得正巧遇到烟馆的人哦。"公子哥说:"夜长梦多,难保刘基业不把我供出来。"杨三妹问:"就不管刘基业了?"公子哥说:"你我赶路要紧。"

此时,刘基业正在烟馆头,同掌柜相持,他矢口否认与贼娃子勾结,这把掌柜也唬到了,若真与他没的干系,还耽搁了捉贼的时间……想此,便吩咐一路跑堂,沿街询问,有没有见到过抱钱匣子的贼,又吩咐另一路跑堂去禀告朱舵爷。

刘基业见他们有松动,就想离开,掌柜仍不放,说:"刘管事,那贼娃子跟你是不是一伙,我们搁到一半边不说,等捉住了,若问出来不是,我们晓得赔礼,可现在,你还走不脱,还有笔账要算。"

刘基业说:"不是讲好拢共赔七两银子么?"

掌柜说:"可这头客人的损失还没有算的嘛。"

众烟客一听,也纷纷帮腔:"就是,就是,我那六钱土才吃了两口。"

掌柜指着榻几上的烟,道:"尽是泥水浆,喊别个咋个接到吃?"

刘基业心头一算计,那一匣子银子满打满算,有个七八十两,分他头上,只有三四十两,若这头再赔个十来两,还剩好多点。又想,到时候,喊公子哥把这赔的银子,先抽出来,余下的再平分,他这头还可以多谎报几两,便跟众烟客拱手说:"哥佬倌些,今天是我刘三儿的不是,这账我也认。"对掌柜说:"不过,烟馆这边多少也要赔点，要么这样子，我再添三两银子，他们进来时点了好多，你再给他们上好多。"

烟客些道："要得，要得。"

地上的老朽朽仍嗒着空烟枪，冷不防冒了一句："我这衣裳，怕是穿不得咯。"

刘基业将身上的铜板都搜了出来，丢给他，问掌柜："这下可以走了嘛？"

这时，寻街的一个跑堂回来了，说："问出来了，是鸡仔儿干的。"公子哥从店里头抱走匣子时，的确没的人看到，可他着白褂子扛起麻袋在街上走，就不免招人家多瞟他两眼，一个卖煤的老汉说，那麻袋头还叮叮当当响。

一个堂倌插嘴："我想起了，这鸡仔儿在门口坐了好些时候。"

掌柜咬牙道："个烂乩耙，传话给各码头哥子，见鸡仔儿就挡下来。"

刘基业慌了神，要往外头走。

掌柜喊住他："刘管事，莫忙哒。"

刘基业不听，已经走到了门口，一个高大堂倌堵在他面前。

掌柜使个眼色，侧边的跑堂去取棍子。

刘基业说："账也划了，贼娃子也问到是哪个了，还想咋子？惹毛了，老子一文钱都不给，喊朱舵爷来刘河坝取。"

那高大堂倌仍不让路。

刘基业将身后的刀子一抽，抵到堂倌肚皮上，厉声说："白刀子进，红刀子出，答下不嘛？"

堂倌这才让开。

刘基业听到后头有动静，瞟见棍子扫了过来，他弯腰躲得及时，正转身，堂倌便架住了他的颈项，他将手上的刀子掉转头，

- 242 -

往堂倌腿上插，插进去，堂倌呻唤一声，骂着娘，反而把他架得更紧了，那边的棍子正正打到他持刀的手上，只听哐当一声，刀子落地。

公子哥挑着行箧走前头，隔他百来步，杨三妹空起手跟到。公子哥跟她交代好了，若见他被人断到，就车转身回去，继续过她的日子。路上并没有遇到意外，二人顺利到了中渡坎，公子哥先下去跟船佬儿谈价钱，他们要走杜家场，再改坐大船离开嘉定。

杨三妹在河坎上站着，四处张望，一会儿，公子哥朝她挥手，她从河坎走下去，刚走下石梯，便看见公子哥丢下行箧往上游跑，再回头，几个哥佬会的鹰爪从河坎跳了下去，分头去撵公子哥。杨三妹吓腾了，赶紧转身，没走几步，就听到公子哥在喊："大爷饶命，大爷饶命。"

杨三妹头一次把身子给公子哥，并非尽是春散的作用，她也并非全然迷糊，她晓得那男人在干啥子，也晓得那男人不是剃头匠，她挣了几下，就没了力气。识尽女人的公子哥晓得女人身子的巧妙，只几下工夫，弄得杨三妹周身酥软，半推半就，继而投怀送抱。

杨三妹自十三岁时晓得男女之事，便只同剃头匠享过春欢，剃头匠哪懂风月，杨三妹还未兴起，他就草草了事，杨三妹便以为春欢不过尔尔，没的也不会碍到啥子。可那一宿，公子哥如品尝美酒般品尝她，舌头从她的额头舔到她的脚趾，然后钻进她的身体。她一双脚不自觉地㐱开，公子哥停下来，她满脸绯红地睁开眼看他，看到白酥酥的脸凑过来，舌头搅进了她的嘴，她把手搭到他身上，让他挨她近一点。

那一宿过后，她走在街上，就留心起那些睃她的人，留心他们是不是那个男子,一个都不像。她把松脂灯通宵点着,就是为了等翻墙进来的人晓得她还没有睡,几天后,她的门终于被叩响了。若起先只是图个欢愉,那后来便由欢愉生了情,过去,她没有听闻过公子哥的恶名,是公子哥自己告诉她的。公子哥说,他七岁时死了爹,爹一死,家就散了,他和他娘到烟市收租,那些人不但不缴租,还把铺子占了去。某天醒来,他娘也跑了,他独自一人去报乡绅,乡绅喊拿契约,他翻遍了屋子都找不到,乡绅说没的契约,他们也管不到。他就当他们是一伙的,白庙场的人都是一伙的,来欺负他。家财一点点刨尽,他就开始干起缺德事,他啥子都干过,蹲过书房,也遭过毒打,世人愈是唾弃他,他愈是要捉弄世人。白天在赌馆输了钱,夜里就到他们屋头取,到他们夫人姨太太那里取。他渐渐相信,既然白庙场的人都是一伙的,那他生来就是要与他们作对的,生来就是要为非作歹的,可他独独不想在她身上使坏,若是有别的法子使她晓得,他想同她好,他是断不会用春散,断不会靠挑逗,博她欢心。公子哥不晓得为啥子,独独不想在杨三妹身上使坏,杨三妹也不晓得为啥子,世人都当他是恶人,独独她当他是赤子。当公子哥跟杨三妹提起,想引她走时,她立马就答应了,并且满脑壳都在想着将来的生活。

　　目下,公子哥正被人按在河坝头,嘴上喊着"饶命",杨三妹咋个丢得下他,立了片刻,走下石梯,一双小脚踩在溜滑的鹅卵石上。不晓得是哪个看出名堂的船佬儿唱起了《寡妇曲》,那《寡妇曲》原本唱的是:大事来了无人做,小事来了没商量,再等三年孝守满,提起香篮进庙堂。到了船佬儿口中,末一句唱成了:不进庙堂入洞房。别的船佬儿也都打望过来,杨三妹脚下一滑,崴到了,仍一跛一跛地走过去。

　　公子哥道:"三妹,莫过来。"脑壳密密地往石头上磕。

杨三妹走拢他们身前，跪到，低起脑壳说："银子在行箧头，求各位大爷放我们一马。"

一个哥佬嬉笑道："哟喂，逮到一双苦鸳鸯。"

另一个哥佬直起腰杆说："妹妹，放与不放，我们说了还不作数。"

刘基业遭反手捆起，蒙了脑壳，由驴车拉到朱祠堂，在外堂绑了个把时辰，又被押进了茶室，只听见上头说："给刘管事松绑。"

扯开麻袋一看，坐的正是朱申顺。

刘基业甩了下手腕，行过拱手礼，说："永义公，你那烟馆桓侯硬一色凶残，我失手打翻一盏烟灯，非喊赔十两银子。"

身后的哥佬插嘴："哪是打翻一盏烟灯，他差点把烟馆都烧了。"

刘基业说："我认，是我干的我就认，可那桓侯见我让步，就觉得好欺负，非把落钱匣子的事也扣我脑壳上，这口气我咽不下去。朱大爷，我跟到福爷办事那么多年，手头的银子几百两几百两地过，要是有那门子想法，看毬得起你那点碎银？"

朱申顺唤幺巴佬给刘基业上茶，和气道："刘管事，掌柜是暴脾气，得罪之处，海涵。"

"刘管事咋个肯伙起鸡仔儿干偷鸡摸狗的事，他看毬得起那点碎银子？"平三爷一进来，先给刘管事行拜，"刘管事，对不住。"

刘基业赶紧站起，止住平三爷说："礼让公，受不起。只是丝号上还有事情要忙，我这边耽搁了，福爷若是问起来，该咋个答复？"

平三爷到朱申顺旁边坐下，摇起折扇说："就说看戏去了。"

唤外堂:"把奸夫淫妇逮进来。"

公子哥和杨三妹双双被持马刀的哥佬推进来,在朱申顺、平三爷面前矮到。

刘基业见了马刀,又坐回椅子,茫茫然地盯到公子哥。

朱申顺说:"一五一十交代,不得讲半句假话。"

平三爷问:"钱匣子是你拿的?"

公子哥说:"是我拿的。"

平三爷问:"啥子时候拿的?"

公子哥说:"趁到烟馆起火时候拿的。"

刘基业端起茶碗。

平三爷问:"拿了钱匣子,咋个跑的,想躲哪儿去?"

公子哥说:"使麻袋笼起,走三妹屋头腾出来,装到行箧头,想坐船走。"

听到此言,刘基业皱起眉头,放了茶碗,瞪到公子哥,那怒态被平三爷瞟见了,平三爷笑起说:"刘管事,我们在中渡坎断到他们,晚一步,这两人就跑脱了。"

刘基业说:"我闲话一句,这鸡仔儿本就不是啥子好人,按我说,就该一刀下去,替白庙除害。"

平三爷对公子哥说:"听到没有,刘管事喊除掉你。"

公子哥说:"他是怕我抖他出来。"

刘基业从凳子上站起来说:"你死到临头,还想拉老子垫背么?"

公子哥说:"我同刘基业商量好的,他牵开掌柜,我拿匣子,事成过后,五五开。"

刘基业冷笑道:"你都跑拢中渡坎了,还跟我五五开?"

一直没有说话的朱申顺站起来,走到刘基业身前,将刘基业按回位子，说："刘管事，你急啥子，鸡仔儿的话，可信不可信，我晓得判别。"

刘基业这才意识到，兴许就在他被蒙到脑壳的时候，公子哥已经交代过了，这朱大爷和平三爷还要演啥子戏？

平三爷问杨三妹："你事先晓得么？"

杨三妹答："晓得。"

公子哥突然抬起脑壳望到她。

平三爷问："他许了你啥子，你肯丢了名声跟他跑。"

杨三妹说："他说拿了银子，就带我到别处过安稳日子。"

平三爷问："你想过安稳日子么？"

杨三妹点头。

朱申顺从哥佬手头接过马刀，拿刀尖托起公子哥下巴，说："就鸡仔儿这德行，哪过得到安稳日子。"

公子哥战栗着说："永义公，我可啥子都说了。"

朱申顺问刘基业："刘管事，你说咋个处置？"

刘基业不开腔。

朱申顺收起马刀，唤幺巴佬进来上刑。

四个哥佬将公子哥抬了起来，任随公子哥咋个挣扎都不起用，另一个哥佬当着杨三妹的面把公子哥脱了个精光，再拿出一根两头带锁扣的木棍，横在两腿之间，锁扣一上，亮出硕大的下体，公子哥呼爹喊娘地呻唤，却又无法动弹。

杨三妹去抱到朱申顺的腿，哀求着，朱申顺挨到她耳边说："卵米子割了，他就老实了。"大笑，让人按到杨三妹，朝外堂喊："剑匠请进来。"

刘基业瞪着一双眼，紧紧地捏着椅把手。

剑匠腰上拴了几条绳索、几把刀和一只酒壶，进来先给朱申

- 247 -

顺和平三爷丢了个歪子，又瞄杨三妹一眼，杨三妹已经哭不出声了。劁匠问："只剔丸，不割势？"

朱申顺说："问刘管事。"

劁匠盯向刘基业，刘基业瞪着眼睛，不说话。

劁匠便取下副刀，低下身子，在公子哥脚下铺一块黑布，拿刀片拨开龟头。此时，公子哥一脸涨得通红，吃力地喊了声："慢到。"劁匠直起腰，公子哥动唇，没有出声，劁匠把耳朵贴过去，公子哥说："三两银子，留一颗。"劁匠笑道："骟不干净，那是要倒饭碗的。"将绳索取下，套住阴囊，拉紧，用手掂了掂，再灌一口酒，往副刀上喷，道一句："闭到气，莫乱动，这要是割歪了，只有茬把儿一齐刷咯。"劁匠先在公子哥腿上划了一刀，公子哥哎哟一声，两个架着他的哥佬喷着嘴，把脑壳侧到了一边。第二刀迅速剜到了阴囊上，刀尖一挑，只落下来一颗，劁匠熟练地伸手一挤，另一颗也落了下来，解开绳索，再掏出草纸，先抹净副刀，再巴到他的阴囊上。公子哥已经痛昏过去，杨三妹虽睁着眼，可嘴里叽里咕噜不晓得说着啥子。劁匠插回副刀，使黑布将卵米子包起来，装到口袋头，给朱申顺拱手。

朱申顺道："敷了膏药，送他们上船。"又说："打赏点盘缠。"

几个哥佬架着公子哥和杨三妹，随劁匠出去了。

刘基业直直地盯着地上的血，这时候，外堂才响起了公子哥的号叫，不像人，像一头猪，那声音悬在半空，又断掉了，兴许是遭堵住了嘴巴。

朱申顺说："刘管事，我先走一步，礼让公跟你再摆谈两句。"

刘基业默默地站起来作揖。

朱申顺一走，茶室只剩刘基业、平三爷，以及两个哥佬。平三爷端起茶碗，呷了一口，不知所措的刘基业顺势跪下。

平三爷说:"刘管事,你这是折我的寿么?"

刘基业不开腔。

平三爷放下茶碗,说:"你信哪个,都不该信一个鸡仔儿啊。"站起来,去扶刘基业,"好在那些银子原原本本追回来了,既然追回来了,就当啥子都没有发生。"与刘基业并排坐下,"我晓得,你也有你的苦衷,我听掌柜说,你烟瘾不小,可每月月银只有三五两。"

刘基业抬起头看平三爷,平三爷虚着眼,脸上的褶子比福爷还深。

平三爷说:"像你说的,手头银子成百上千过,却只拿零头,你甘心么?"

刘基业恍然明白,平三爷是要要挟他,使他当棋子。

果然,平三爷吩咐两个哥佬出去,拔出烟斗,灌烟丝,接到说:"这回算是不打不相识,不瞒你说,永义公早都喊我启发你两句,刘管事好口大烟,大烟嘛,永义公又多得是,只要你放得下身段,肯放点油水给我们,今后不但烟膏子给你管了,还倒转付劳务费给你。"

刘基业问:"刘三儿愚笨,放啥子油水,咋个放法?"

平三爷将烟锅按踏实,划燃洋火,点燃烟,将烟嘴塞到了刘基业嘴巴头,说:"这烟丝是顺河场的,可抽起来,跟吕宋烟没的差别。"

4

嘉定城数十门行当,行行有行会,如厨佾师的詹王会、裁缝的轩辕会、铁匠的老君会、木匠的鲁班会,各行会公推会首一人,或为手艺高妙的匠人，或为德高望重的士绅，会首趁头制定行约，筹募会金。行会按理是扮演公道人的角色，比方有匠人低价抢生意，则可投行约，由会首主持公道，或匠人与东家扯皮纠纷，也可报到行会，由行会出面协调。可匠人哪有那么空闲，有时候走一趟过场，不及如多接两趟活路，更何况匠人多散居各处，若真为了点扯皮闹架的事，就进城找会首，那判得的钱恐怕还不抵路费。因此，行会平日都较为松散，诸多匠人一年也就见会首一面，便是在每年始祖诞辰之日。这一天，各行会都要办一顿团圆饭，匠人些也会歇一天工，坐拢一堆，相互打个照面，那会金的开销，也主要在这上头。

各行圣会宴席有大有小，所需会金也是或多或少。会金来源就要看会首咋个运筹了，比方詹王会是轮流做东，今年甲乡打头，明年轮乙乡，而像轩辕会这样的，便不愁钱，几家大商号各摊派一点，绰绰有余，另有一些大行会，水就深了，按人头按年缴纳会金，少则几十文，多则上百文。这些行会的会首都是由衙门头的人担纲，事实上就是借主持行会捞油水。譬如鲁班会，过去只有木匠，到光绪年，又加入了泥匠、石匠、解匠等，内分小五行，即泥、木、石、解、漆。于是，行会便被工房揽了过去，会首由工房老典兼任，定下规矩，均奉巧圣先师，一年举行两次祀典。一次是行业会期，泥石匠会期是三月初八，木器匠会期是五月初七；另一次是腊月二十的奉祀，下设五行均须参加。这样一来，一年吃两顿，会金当然不会低。鲁班会会金按人头按年两百文，这可够匠人推好几百下刨子，挥好几百下大锤了。既然如此，那有没的匠人不入行会，单干的嘛？别的行当兴许有，但鲁班会决不允许，冠冕堂皇地说，事关营造大事，断不可乱了规矩。这鲁班会的规矩便是：不纳会金，不入行会者，一经发现，收缴工具，不得在嘉定行艺。字面上看，似乎全凭匠人自觉，若不肯入行会，不声张，会首也不晓得。鲁班会自有一套办法，鲁班会在册匠人合有七百余人，除会首外，各乡及内五行又设小头目，小头目在每年会期前，会将该乡或该行的匠人名册上报给行会，两份名册交叉统计，合成一份大名录。到会期这一天，执事就照着名录，收取会金，并颁刻有"嘉定巧圣"的会牌。这会牌便是匠人的门脸，会期结束，执事再核对名录，凡是有登记了名字却没有来签单的人，先拿小头目是问。若只是因事耽搁，补缴上来便是；若声称改了行，便要探视一番，没收会牌工具。当然，即便这样，也仍可能有漏网之鱼，鲁班会还有条不成文的规定：如若东家请到了游散匠人，报到行会，即可免收工钱。便有些喜欢吃期头的东家，故意找游散匠人做活路，待到了结工钱时，将行会的人请来，不但工钱免了，那匠人还会吃一通痛打。

两百文的会金，对木器匠人来说，贵是贵点，可还抽得出来；对石匠来说，就有点恼火，东家往往是拿粮油来抵工钱，到了会期，石匠也只好拿粮油去抵会金；更苦寒的粗匠，只得打欠条。白庙场鲁班会的牵头人是解匠赵麻子，他也是看着石匠工钱少，一直没有把他们的名字报上去。可这年的三月中，有东家偷偷告了状，工房老典问起下来，喊赵麻子把张石汉一伙人的会金补上去。言下之意便是，若收不齐，赵麻子就要个人垫，他哪肯垫，只好厚起脸皮去找张石汉。

白庙场的石匠班，过去是张石汉当家，底下有五个粗匠和两个细匠，由他接揽活路，再照出力多少，照手艺高低，分工钱粮油。后来，张石汉断了指头，刘太清继承了他的手艺，刘太清就成了当家人，莫看刘太清岁数不大，谈起价钱来，寸步不让，或许也正因此得罪了哪户人。

赵麻子去找张石汉，显然是找拐了人。张石汉摊开手说，你看我这样子，还咋个錾石头？赵麻子没有讨到会金，也不肯走，就在张石汉屋头等到起。侧黑点，刘太清回来，赵麻子把前因后果，以及鲁班会的章程，拣好听的道了一遍，又讲明自己的为难之处。刘太清见他和和气气的，便说要跟其他人商量一下，隔了两日，刘太清四处凑足一千六百文，给赵麻子送了过去，还让赵麻子二天再吃团圆饭时，记到通知他们。赵麻子把钱原封交了上去，不但没有受赏，还受嚷了一顿。老典说，白庙场有九个石匠，却只交了一千六百文，还有一人的会金遭你吃了么？赵麻子解释，有一人残废了，做不得活路。老典说，有工具就要缴会金。赵麻子夹在中间，将老典的话和张石汉的话传来传去。张石汉说，天下哪有这样的道理，他老典立在我面前，我也不得掏一文。老典说，那就喊人收他的家什。

老典不是说莽话吓唬张石汉，四月初，硬就由赵麻子引来了两个马弁，在张石汉屋头没有寻到人，又问到了崖腔头。两个粗匠在开石料，刘太清趴到在做打剖，而张石汉则担起两个小水桶，一摇一晃地走过来。赵麻子跟两个马弁说，喏，那就是张石汉。胖马弁便奚落道，不是残废了么，咋个还担得起水？张石汉说，闲不住，出来打下手，看清楚是赵麻子，又说，我说赵麻子，你硬天天撵到我，若要是你遭雹子打了，莫说两百文，两千文我都掏，可若又是老典来托话，还是那句，没的。胖马弁说，不交就把工具收了。张石汉扶腰走过来，问，这两客伙是？赵麻子说，城头来的。张石汉就晓得了，是老典派来的人，摆出说理的架势，道，白庙场以前是八个石匠，现如今……没有讲完，胖马弁一巴掌拍到张石汉脑门心。张石汉捂到脑壳跕了下去。

刘太清停下来，握手锤錾子走了过来，两个粗匠也提起大锤铁钎从远处走来。刘太清只齐胖马弁肩膀高，赵麻子忙站到中间相劝，说，莫为起区区两百文，把事情闹大。刘太清揎开他问，哪个打的？瘦马弁取下腰间扁棍，胖马弁道，老子打的。刘太清道，你脾气才大嘞。话音未落，趁他未起势，一手锤擂到他脸上，那胖马弁脸上瞬时血汩淋漓的，直直地仰翻在地。瘦马弁舞起扁棍上来，刘太清肋巴骨吃了一棍子，忙往后退，背上又吃了一棍子。两个粗匠见打起来了，也加快步伐，吼着，耍涨了，按到崖上来打人。瘦马弁一看阵仗不占上风，颠转回来，同赵麻子扶起胖马弁开跑。临走前，甩了句话给张石汉，要是你这一伙子人，在白庙还讨得到活路，把老子的名字倒起改。粗匠赶过来，他们刚走出不远，要撵也是撵得上的。不过，张石汉把他们劝住了，说，赵麻子夹在中间，打伤打死，他都要受牵连。刘太清摸着肋巴骨说，就是赵麻子引他们来的，呵，你还帮到他说话。

到了这一步，就不是两百文能了事的了。赵麻子那边，先引胖马弁去敷了药，又付了二人车马费，这便是好几十文。思来想去，干脆又托人带了两百文给老典，权说是张石汉交的会金。过了两日，那钱被退了回来。老典说，把我巧圣会当啥子地方，这种人，莫说两百文，就是抱两百两银子来，也不准入会，工具非缴不可。而张石汉这边，倒也不是非得为了那两百文，斗个鱼死网破，说到底，还是顺不下这口气。张石汉想，要么出去躲一阵，他个残废的光棍汉，没的啥子好担心的，他是怕刘太清干出啥子黄事情。张石汉这么跟刘太清一说，刘太清不以为然，认为那一党子人是欺软怕硬，看那两马弁落跑时的窝囊样，谅他们也不敢再来。张石汉晓得，鲁班会跟衙门有勾连，他想，他们才不会善罢甘休，但他没有说出来。

老典再传话过来，是四月底，说过两天要派人坐船下来，喊赵麻子帮到接应引路。赵麻子这回是神不敢得罪，鬼也不敢得罪，那头有权有势，这头本乡本土。只得扯把子回说，对不住，当天要出工。赵麻子本不想再插手这事情，可又觉得心有不安，就去给张石汉漏了点风声，说，这几天要留神点，他们实在要收你的工具，你就给他们，二天单另再打一套就是。

到了那一天，张石汉没有跟到刘太清上山，他把那些使了几十年的工具都清出来，这里头有他当粗匠时用过的铁钎，也有他给牛儿制的錾子，还有他当细匠用的第一把手锤。一件件拿出来，抹洗干净，又放进背篼，将背篼摆到鲁班爷的牌位前，上了一炷香。没想到，回回开石料前，都要敬一道先师，可先师竟为了两百文，来收缴他的工具，苦笑一番，坐到门口去。这天早晨，他跟刘太清说身体不大舒服，就不随他们出工了。事实上，他是要在家等着鲁班会的人来。

这次来了六个差役，由前些天的两个马弁引着，径直往张石汉屋头去。到了屋门口，见到张石汉窝在墙角眠瞌睡，鼻青脸肿的胖马弁上去，冲他的脸就是一脚头，道，就是这老杂种。张石汉一边在身上揩鼻血，一边看向来者，每人手头都拿着棍棒，不由分说，撞开门，进屋就是吭吭哐哐一通砸打。张石汉忙起身，亮背篼给他们看，官爷些，莫翻找咯，工具在这儿。一个差役飞起一脚，将背篼踢翻，那些抹洗干净的锤子錾子都倾在地上，张石汉去捡，胖马弁挥起棍子，重重地打在他断掌上，痛得张石汉直叫唤。胖马弁又上去跷他的手，张石汉眼淋子流。胖马弁问，头回打老子的人呢？张石汉说，都到蔡金场了，不在白庙，又说，官爷，你们要工具我缴工具，要会金我交会金。胖马弁松开脚，凑到他脸前，会金，这下你晓得交会金了，老子脸上那一锤子白挨了？地上捡了把二锤，抡起，照到他的脑壳捶了下去。这一锤子下去，张石汉的脑壳开了个囟，鲜血热喷喷地冒。胖马弁拂他一下，不动弹，差役们也停了手。瘦马弁跕下去，将他翻过来，站起来，道一句，手头重了。

刘太清这天就在白庙，在大龙滩凿碾子，吃了晌午便觉得心神不宁，握錾子也握不稳，便让另一个细匠将轮廓打好，他过两天来接到干。临近端午，沿路的饭铺酒肆都在卖粽子，刘太清买了六个生粽子，又称了些苞谷糖，打了斤白干。他打算端午那天去把他娘接过来，张石汉年前就念到刘谭氏，说刘谭氏好久没有来了，张石汉还不晓得，刘谭氏已经疯了。刘太清想，端午把母亲接过来，就让她跟他们一起住，反正刘管事也不管她死活了。他在外头做工，养他们二人的食粮，就当张石汉是他的生父。可他娘见了张石汉，还认得到他么？此时认不得又如何，日子久了就认得了。张石汉晓得他娘疯了，还肯跟她过么？哪有不肯的。想着想着，刘太清自顾自地笑起来。

个七岁童跕在王元村口的石头上，见刘太清回来，便跳下来喊，牛儿，牛儿。刘太清抓了把苞谷糖给他，那七岁童将糖一把塞到嘴里，同刘太清并排走，待一嘴的糖嚼尽，才说，你咋个才回来，鲁班会的人都跑了。刘太清看到他。七岁童说，你师傅遭他们打死了。

刘太清跑拢屋，乡邻们已将张石汉抬到了草席上，又用帕子将他的脸盖住。刘太清上前去，乡邻们让开，他将帕子揭开，方才的幻想都化为了泡影。张石汉瞪着眼睛，稀着嘴，露出紧咬着的牙齿，脸上和脑壳上糊了厚厚一层血浆。刘太清抹上他的双眼，皮肤已如蜡一般。一乡邻说，张石汉从堂屋爬到了门口，许是为了等路人瞄见他。刘太清顺到他爬过的血迹,往里头走,看到遍地的工具,二锤上还沾着脑浆,刘太清把它们拾捡到背篼头。乡邻说,一共来了七八个差役,打完人就跑了。又问,报官么?刘太清愣愣地说,官府派人打的,报官起啥子用?

刘太清没有走丧葬的礼仪,既没有给张石汉摆道场办丧酒,也没有替他打方子,只是同七个石匠一起,将寝室改成了灵堂。当天晚上,刘太清去把刘谭氏从家婆屋头接起来,让她在盖了铺盖的尸首前,磕了三记头。刘谭氏不晓得里头盖的是啥子,磕完头,去掀开,捂到脸便哭起来,说,刘三儿哎,你咋就成了这副样子。刘太清同另七个石匠,也到张石汉尸首前行了大拜,站起来,弯腰跟张石汉说,这就算给你讲究过了,你安心找牛儿去,阳间的梁子,我替你拿。

刘太清和刘谭氏穿上麻衣,拴起麻缕,在前头撒纸钱;四个石匠用现搭的架子抬起张石汉走中间;三个石匠抱着五谷坛,背着家什背篼,提着粽子烧酒殿后。已过子夜,这支简陋的发丧队穿过静悄悄的场镇,刘谭氏的哭声是极细弱的,只有几条未睡着的老狗发觉了,唤上几声,又归于沉寂。

他们走到中渡坎,刘太清将香烛插在泥沙头,同刘谭氏向到张石汉的尸首再叩首,随后将五谷坛、背篼和粽子烧酒都丢到河头。四个抬丧的石匠将架子也放下水,往外头猛一推,道,张石汉,来世投户好人家。那架子推出去几丈远,渐渐沉了下去。刘谭氏仍重复说着,刘三儿哎,咋就走咯。

天上的星光落在河面,零零碎碎几点亮。

刘太清说:"师兄师叔都有好手艺,去别处也能讨到活路。若要走,现在走,我不得挡你。若上了山,就没的回头路了。"

"你不怕,我也不怕。"

"崖山上流血流汗,挣得的这点口粮,还要遭狗官刮油。今日服了软,担怕二年交不起会金,跟张石汉一样的结局。"

"横顺只一条命,有人要取,老子还要挣两下。"

"吃尽了苦,也想过他娘几天吃穿不愁的日子。"

"砍头就砍头,虚个毬。"

"就是,虚个毬。"

"歪嘴,照你白天说的办。"

那六个差役和两个马弁将张石汉打死后,当天便逃回了嘉定城,在老典面前扯谎说,夺张石汉的工具时,张石汉不从,拿起大锤要搏命,他们一失手,便把人打死了。老典信了他们的话,让这八人躲到顶岗山避风头,又到刑房走动,让书吏若见到张石汉的案卷,单抽出来。他心想,一帮石匠也闹不出啥子名堂,便也没有多在意,照常筹备着五月初七的木器行圣会。

这次圣会,赵麻子是躲不过的,请柬还没有发下来,他就照着名册挨递通知到了,匠人些仍买他的账,却不免有人话里话外替张石汉道不平,又埋怨自打老典做了会首,鲁班会再不像以前的样子。这些话,赵麻子也想说,可他不敢附和。张石汉的死,是王元村的人讲出来的,赵麻子听说了,按礼节,他是该去走一趟。他装作不晓得,鲁班会的人是他引起来的,尽管出事那天他不在场,可他晓得,刘太清见了他,也会怪罪到他头上。他想好了,这次圣会,他就跟老典讲明,白庙的趁头人他当不了,让老典另请高明。

五月初六,赵麻子没有出工,他在屋头把木匠、解匠和漆匠的名册分列又誊了一道。夜饭时候,有几个赴不了会的匠人,上门把会金给他。赵麻子将这些铜钱用红布包起,同名册一起装到包袱头,一切做妥当,才端起饭碗,仅刨几口,早早地困觉。他婆娘收拾归一后,别好门,灭了灯,也跟到上床。没一会儿,又听到门响,赵麻子睡得扯鼾,他婆娘不想理,就没有应声。敲门的声音越来越大,赵麻子醒了,唤他婆娘去看一下,说怕是明天去不到,来交会金的。他婆娘边穿衣裳边抱怨,白天搞啥子去了,都好一夜咯,趿起鞋去开门,门吱呀一响,他婆娘尖声叫唤,带着哭腔一步步退回寝室。赵麻子趁起来,虚起眼睛一瞄,个蒙面人拿了把尖錾比到他婆娘的喉咙。

刘太清解开黑布,说:"赵解匠,晓得我为啥子来找你么?"

"歪嘴,你先把錾子放到,你师傅的死跟我没的干系,当天我出活路去了,老典背到我派的人下来。"

"你是老典的耳目,还说跟你没的干系?"

"张石汉的境况,我都跟老典讲了,那天走崖上回来,我还替他把两百文会金交了上去,老典给我退了下来。我估计要出事情,本想托个口信给你,让你们谨防点,没搞得赢,那帮狗日的就打上门了。"赵麻子想下床。

"你莫动。"

"我若讲了半句假,天打五雷轰。"

"赵麻子,今晚我把你跟你婆娘弄死了,没的人晓得是我干的,但我不想取你们的命。"松开錾子,将女人推到床上,呵斥道:"莫出声。"

赵麻子护到婆娘,说:"歪嘴,这屋头的钱都是木匠些的会金,拿不得,你要钱财,我给你打张借据。"

"钱财我也不要。明天巧圣祠要办祀典,我也要去签个单。"

"歪嘴，不敢胡来，老典大小也是官。"

刘太清不听他劝，说："今宵莫睡了，把行囊备好，天亮，我师叔先把你婆娘送上下叙府的船，你引我到巧圣祠，指给我看银两铜钱在哪儿，哪个是老典，然后你去码头坐船走。"将錾子插到裤腰，"你明天要敢跟老典报信，我死了，还有师叔师兄替我报仇。"

翌日，水井冲整条巷子摆了四十张桌。卯时，钱粮执事便在巧圣祠外坐到，收来的铜钱都丢到大箱子头，箱子两侧有差役守卫。各乡来的木器匠人打涌堂签单，领了香，便往巧圣祠里头走。祖殿前安了张案几，打杂的正往上头摆三牲和醴果时馐。

辰时未到，摆布就绪。老典携众主事净手，伫立于殿前，候着祭师就位。辰时，擂鼓鸣号，祭师头戴方寸帽，一手执掸尘，一手执红布。颂：恭请至巧先师公输子。众人和：祭师入殿。掸尘拂鲁班像，遂挂红，行大礼，念经文请圣，取祭文，出殿，立于案几侧旁。众人住声，祭师整衣冠，恭颂祭文。颂毕，三敲钟磬，将祭文放回香案。差役挑着三口钱粮箱子进来，开箱，置于殿前案几上。先老典与主事入殿顶礼焚香，遂由各乡各行趁头人率匠人逐次入殿祭拜，并从老典和主事手中接过会牌，直至各路乡绅礼毕，鸣铳九响，燃鞭炮九挂。祭师焚祭文，颂：先师归位，百业受佑。众人和。老典念帖，道谢众人，置《鲁班经》和工具于案上，又念：绳墨诚陈，不可欺以曲直。规矩诚设，不可欺以方圆。是知规矩绳墨，固造物之所不能无也。再由书吏讲读行规，学徒行出师礼。

整趟下来，已至未时，祭师续香，差役将钱粮箱子抬到寮房，众匠人出巧圣祠，依木匠、解匠、漆匠及辈分次序入席就座。此时，酒肴已摆上桌，待众人坐定，老典领酒，头一碗敬巧圣先师，二碗敬来客，三碗敬同门。随后由趁头人领着该乡匠人打转酒，结识彼此。按往年的场面，这顿酒要从晌午吃到侧黑。不过，申时就陆续有人离桌，一拨是约起去护国寺看酬神戏的，戏班是鲁班会请的，会在护国寺唱到宵夜，另一拨要去祖殿商议来年行会事项。尽管只是一次走过场的会商，但仍要设坛上香，以示一秉大公，讲究完礼节，在祖殿两侧安放案子，摆上瓜果，趁头人先入座。待老典和主事清理完名单，将会当众依会金献金多少，公布奖惩，并逐次念出缺席匠人，盘问趁头人缘由，最后还要商讨来年工价和行规。

这一天，各乡趁头人已在殿堂里等候多时，仍不见老典和主事进来。他们不来，桌上的瓜果也不敢动，众人或摆谈龙门阵，或你看我我看你，香炉里的香又续了一炷，便有个颤翎子，起身说要去斋堂打探一下，恰恰走到门口，遇上了钱粮执事。执事问，会首来过祖殿没有？那人答，不是该在斋堂，同你们清理名单么？执事说，名册都拟好了，只等会首过目，探头进去晃了一眼，又摆头自言自语，好半天都不见人影了。众人议论，既不在祖殿，也不在斋堂，那是去哪儿了？颤翎子嬉了一句，不得是吃醉咯。众笑。执事叹气道，赶点四处找下。凌云乡的趁头人偷偷吐出一粒枣胡，丢到地上，懦懦然起身道，起先我去解手的时候，看到会首同赵麻子往嘉乐门方向去了。执事问，跟哪个？那趁头人说，白庙解匠赵麻子。执事也忆起来了，吃饭时，的确是赵解匠把会首喊到了一旁，他瞟了一眼，二人在护国寺外摆谈，他以为是说差役打死人的事情，就没有跟过去，过了一会儿，酬神戏开唱，人些往那边涌，会首兴许就是那个时候走的。当时，他跟另几个主事要理新名录，便先行去了斋堂。可赵麻子喊会首去干啥子？这么一回想，执事猛拍腿一叫，遭咯，唤上几个匠人，急急往寮房去。

只在办圣会时，那间寮房才上锁，且只有钱粮执事和会首才有钥匙。白天，箱子会放在里头，待这头会商结束，执事才进去照单核对，次日将铜钱挑到钱库兑成银子，除却圣会各项开支，会首抽七成，其余主事抽两成，余下一成留在鲁班会账上。这次圣会来了四百余人，献金献粮合成银子，该有近两百两。钱粮执事冒着虚汗，他想，若真如匠人所说，会首醉了酒，让人哄到别处，遭取了钥匙将钱财盗走，依会首作风，必定会把责任推到他头上，到时候，咋个都辩不清。他把钥匙拿在手上，边走边念叨着啥子，走到寮房门口，瞄见锁仍挂着，连连抹胸口舒气，揩了汗水，道，我就说那赵解匠还没的那么大胆子。

这寮房在巧圣祠的西南侧，出寮房沿廊道走到尽头，便是护国寺的隔墙，隔墙开了道拱门，拱门门口和寮房门口本都有差役把守，可差役这会儿都伙起到外头吃酒了。执事一面开锁，一面让人去把差役喊回来，取锁，跨进房门，几个匠人伸脑壳进来看，执事又将房门掩拢。寮房里的三口箱子都完好地摆在原处，执事去打开第一口，里头装着粮食，打开第二口，是士绅送来的白蜡和松脂，再开第三口，惊慌高呼，来人。

第三口箱子里的铜钱不见了，里头是蜷缩着的老典，老典脑壳顶插了把三寸深的錾子。

那伙人是咋个把老典抬进去的，又咋个将铜钱挪走？有人说，亲眼见到老典满脸通红地从巧圣祠的正门进去，侧旁像是有两人伴着，但他回想不起那两人的模样，只记得一个高，一个矮。有人说，在护国寺见到过老典，许是从侧门回的巧圣祠。众说纷纭，只一点相似，老典脑壳上的錾子，定是在寮房才插进去的，这也同仵作的说法一致，也就是说，那伙人杀了老典，再留下记号，等别个晓得他们的身份。

至于如何将铜钱挪走？更是越说越离谱，有说使背篼的，有说使百衲袋的，可无论从侧门走，还是从正门走，那一箱子铜钱，都会引人注目，便有人说，是使巫术挪走的。偏偏没的人想到，那铜钱就用布匹包着，分三处埋在巧圣祠竹林地的泥巴头。

老典的确是自觉从正门走回巧圣祠，又自觉将寮房打开，他不敢言语，也不敢显出异常，刘太清和另一个粗匠隔他只有尺把远，上前一步，便能夺了他的性命。他还以为，这两人只是来劫财的。进了寮房，粗匠捂到他的鼻嘴，再掰住脑壳一扭，手劲之大，只一下，老典便软塌塌地倒在了地上。粗匠拿尖錾比到他的百会穴，往里杀了三寸。此时，响了一声口哨，刘太清和粗匠握着刀子，站到了门口，廊道有三人的谈话声，那三人并没有停下来，而是从侧门过护国寺去了。刘太清拉开门，一挥手，又过来两个石匠，迅速将铜钱包裹到布匹头，往返几趟抱到竹林地埋好，用竹壳子掩住，刘太清则将老典放到空箱子里，然后再锁上寮房，走出侧门时，戏班子正好敲打起来。

一切都照预想的进行，在捕快和仵作到来时，在众人议论时，仍有两个石匠留在巧圣祠。他们扮作看客，观察着众人的言语举动，而刘太清和另三个石匠已从嘉乐门坐船离开，往白庙和蔡金交界的官帽山去。那里，刘谭氏和留守的同伙已经安顿下来，他们会等着官府下白庙捉人，又空手而归，等着巧圣祠恢复往日的清寂，再在某个深夜，回到巧圣祠，将铜钱运走。

会有很长一段日子，白庙场的石具找不到人打，崖山上的歌声也会消失很久，可总会有新匠人出现，或许是外乡人，或许是出师的学徒。而那八个消失的石匠和赵麻子,在白庙场的龙门阵中,成了绿林好汉式的人物。在他们看来,一命抵一命是天道,别的匠人,受益于石匠们的义举,不消再为会金发愁。兴许有人在五月初七当天,见到过逃回白庙的刘太清,兴许还有人晓得他们藏身何处,可官府问话时,他们只说,犯了王法,傻儿都不得再回来。

第七章

李普福愈发强烈地感受到寿数将尽,不只是身体的虚弱,他常常盯着某处出神,那一处一点点塌陷,再看另一处,也跟着塌陷。就这么,泥土、青草、树、屋顶和云搅作一团,赤橙黄绿搅作一团,再如涟漪般散开,越来越淡,余下空空荡荡的天地,余下他和他的呼吸,渐渐地,呼吸似乎也不剩了。

他想,这人终了,或许真是白茫茫一片干净。

他背到长夫人,去炎帝庙问过寿,老道解卦,只说了四个字:巴山夜雨。打那之后,若雨下到戌时还未住,李普福就要将长夫人叫到厅堂,嘱托一番后事。起初,长夫人不愿意听他谈那些,哎呀呀地躲开;后来,也当成了日常,任他讲通透,自己坐一旁不开腔便是。

有一宿,他躺下床,轰隆隆一串雷声,胸口如同压着一块石头。待四下安静,他瞪着帐子,像往次一样,景象混沌,听见若有若无的苍老的声音,像是在念着一些名字。他开始寻找这声音的源头,突然发觉是从自己嘴里发出的,他听到,那是一个个还健在或者已经过世的人的名字,是他熟识的或者只有一面之缘的人的名字。他想,待这些名字念完,他或许就过去了,他由张皇变得惆怅，由惆怅变得镇静，这些名字如同一双双手，在抚慰着他。他开始回想，顶着这些名字的人，是啥子模样，曾在何时出现？可那一夜的雨没有落得下来，曙光映到纸窗上，屋里又闷热起来。下人进来倒痰盂时，问了一声，老爷，那么早就醒咯？他又苟活了下来。

就是从这时开始，他意识到，该喊李世景回来了。让染坊掌柜带信到城里，第一封信，他委婉地提到自己身体每况愈下，又问及世景的近况和学业。李世景许是没有体悟出他的用意，复道，刚过了童试，二回再考秀才。二封信，又说些独善其身，乱世不为官的话。三姨太回来了一趟，劝李普福等世景考完乡试再做定夺，说若中个秀才，甚至中个举人，将来回白庙接手家业，路子要顺畅些，底气也要足些。李普福弯酸道，是世景不想回来，还是你不想回来？堵得三姨太半晌讲不出话，假眉假眼地说，城里头住起，这不好那也不好，这就收拾东西回白庙。说是那样说，回去后，三姨太仍赖在城里，仍说，待世景考完辛丑科再搬回来。

李普福没有再催促，他的心思被别的事情牵扯走了。

光绪二十五年，两趟下重庆的船归来，师爷都带了陈启亘的话，说丝质越来越差。若只有陈启亘这么说，或许李普福还不以为然，嘉定的几家匹头铺，也是福记的小买主，他们也都旁敲侧击地跟李普福埋怨，送过去的丝有三成用不得，要么生霉，要么一络就断。李普福找来老长工问，是哪环出了漏？老长工说，蚕房把关严苛，上簇后，要挑拣三道。一道挑死茧，二道挑病茧、空茧，三道再分优次。优茧是送洋行的，次茧是送匹头铺的，即便次茧，也比别的丝号要好，从别处收来的茧也会一个个过手分类。至于茧坊和库房，他不敢打包票，茧坊仍用的是两人灶，忙起来，若火候不稳，出来的丝就不经使；而出丝又逢雨季，送入库房，贮存不善，就会受潮招虫。

趁着下半年的农闲，按老长工的建议，李普福将两人灶改成五人灶，新灶有一口锅、两具釜和两乘缫车。这样将煮汤和缫丝分开，由一人专事煮汤，供釜盆之水，两人在釜中打好丝头，送到盆中，盆上各有一乘缫车，余下的两人只说操纵缫车。那旧缫车也用不得了，拆掉后，李普福请叙府师傅来打制，来年开春前便能制好。库房那边，李普福遣人又换新瓦，用椒泥抹四墙，待来年出丝后，再在地面铺两层谷糠干草。

这一忙就忙到了岁末，那老道的话早忘到一旁去了。算来，李普福患痨病已近十年，咳咳喘喘不停，却也没的哪个得这门病的人有他活得久。腊月二十四，他上白庙场吃了吕济平的丧酒。白庙报喜不报丧，是个帮工当龙门阵摆出来的，那帮工是吕济平的远亲，李普福仍不肯信，隔天又让下人去打听，下人回来的确说，是走了，酒席还摆起在。李普福当日便要带着长夫人去吊唁，长夫人让他在家里歇着，她去把礼赶到就是。李普福笑说，做对头做了那么多年，人都走了，还不该去送一下啊。

夫妇二人由下人陪着，上场现扯了幛布，到吕宅才听说，灵柩已经停了两日，翌日卯时便要下葬了。李普福要进灵堂，长夫人牵住他，他丢开她的手，独自走了进去。水烟师高呼，福爷到，一众守灵的哥佬倌也纷纷唤福爷。进到灵堂，吕济平的家眷正披麻站在灵柩两侧，欠身行礼，李普福去取了一沓袱纸，将手杖挂在案子上，屋里四处都点着熏香，可仍能闻到一股尸臭。吕济平的长子忙过来搀扶他到瓦盆前跪下，李普福一面烧，一面望着方子，望着方子上的寿字，一句话都没有讲，站起来，叹口气。吕济平的长子替他拴红绳，他老觉得有人在盯着他，可灵堂里的人都低着头，瞄灵牌一眼，再向那长子作揖劝节哀，往外走。走到

- 266 -

门口，再回头，睃见案子后坐着的人面熟，他虚起眼睛，那人似笑非笑地冲他微微点头，走出几步，才反应过来，是朱申顺。

丧席摆在烟市上，几个大户招呼他过去一桌坐。席间，他才从他们口中得知了吕济平的死因。吕济平每年靠田土抽粮，就能赚得不少银子，他许久都没有做别的买卖了，可今年秋分前后，不晓得从哪儿搞来一批货，每次都夜半三更地装船，昼夜颠倒，弄得疲惫不堪。逢那晚上落了雨，在码头上跐一跟斗，还满以为只是伤了筋动了骨，不承想卧床一月，不但下不到地，人还瘦得皮包骨，像落了魂一样的，天到晚说着，值不得，值不得。腊月十八那天，朱大爷还来看过他，同他摆谈了半天。入了夜，他夫人听他连呼三声，赶忙掀帐看，他已经讲不出话了，一脸铁青，只见嘴皮子翻动。他夫人给他熬还阳汤，盼着他能翻过年，可他啥子都吃不进，腊月二十二便过世了。李普福随口问了一句，他做啥子买卖，非要夜半装船？众人都答不晓得。李普福没再细问，一桌子人又谈起吕济平的子女些争财产的事情，李普福表面上也跟到谈笑，可心头却想着朱申顺方才的模样，想着朱申顺跟吕济平的死是不是有关联？长夫人那头下了桌，去喊了两乘滑竿过来，李普福告辞众人，坐上滑竿，两架滑竿并排，下人随到走。

路上，两人沉默了一阵，长夫人问起吕济平的死因，李普福将桌上听来的话复述了一遍。

长夫人说："阎王要你三更死，不得留你到五更。"

李普福笑了笑。

长夫人觉得那话说得不恰当，住了嘴。

下了滑竿，下人去喊船倌，李普福冒了一句："我去问过卦。"

长夫人问："问啥子卦？"

李普福说："问寿。"

下人挥手，船倌在解绳索，长夫人不睬视李普福，朝船上走。

　　李普福也跟过去，上了船，坐定，贴到长夫人耳朵边说："道士说，苏太医把拐了脉，阳寿还长着嘞。"

　　听完，长夫人不动声色，李普福就盯着她。一会儿，长夫人憋不住了，扑哧一笑，跟个娇羞的姑娘一样，拍打李普福一下，船身一晃。

　　李普福的确是那样想的，只有苏太医给他把过脉，可苏太医一辈子就没有误诊过么？与其战战兢兢，不如当他是误诊了。

　　上了岸，长夫人亲自去扶着李普福，让下人先回去，从李落渡到李宅，长夫人走几步，就咯咯笑两声。

　　李普福问她笑啥子？

　　她说："说起误诊，想起刚到澧州，一连吐了好几天，你引我去药铺，那坐堂还是个白胡子，把完脉，道喜说，都有二两了。你连脉资都没有付，便把我攥起走，骂人家是庸医。当年我还信了他的话，成天就望到肚皮，还真觉得鼓起来了，真觉得娃娃在踢我，可惜没几日，月事便来了，再请医生来看，才晓得是水土不服。"刚好走到门口，李普福还没跨进去，长夫人喊，等到。上前去将他手臂上的红绳解下来，一边解一边说："听说苏稽有个太医，善医喘喝病，改天我把他请过来，再看看。"

　　李普福摆手说："不看，不看，再看出啥子毛病，吓都吓垮咯。"

　　长夫人将红绳拴到门环上，说："你这是讳医忌疾。"

　　李普福纠正道："讳疾忌医。"一手拄杖，另一手去拨弄红绳，冲他笑了笑，说："惶惶过了那么多年，没想到，我比你还活得久。"

年关将近，却仍不见三姨太和李世景回来。腊月二十七，长夫人派了个丫鬟进城去接，他们一拢屋，长夫人就码起一张脸，说："不叫话，不来喊，是不是年都不回来过了？"丫鬟打圆场，说是在半道上接到三姨太和少爷的。三姨太将年货交给丫鬟，也顺到说："这到年底，百味斋忙不过来，我去帮了两天，正巧打算今天回来，在城门口就遇到丫鬟了。"李普福说："回来就好，回来就好。"三姨太忙推李世景去请安，李世景过去，只作了个拱手礼。长夫人说："念了几年书，反倒连规矩都不懂咯？"李世景回头看三姨太，三姨太皮笑肉不笑，李世景扭捏地跪下去。长夫人这才取钱囊，赏了银子，李普福也从袖口里拿出碎银，递给李世景时，细瞄他一眼，说："嘚，长胡子了。"捎了捎自己的唇须，"体你老者。"厅堂里紧绷绷的气氛才松弛下来，三姨太落座，李世景正要去坐到她下方，长夫人一努下巴，唤他到另一侧。下人们摆着夜饭，李普福试探道："你龚伯伯讲，朝廷有意向要废武科。"李世景说："也听说了，许是要改，许是要废，舞刀弄棍一套哪敌得过洋枪洋炮。"长夫人问："那些武童咋个办喃？"李世景说："另谋生路。"过了片刻，又说："也有风声说，可以保荐去读武学堂。"长夫人说："这年头，一天一个变，若把科举一并都废了，我也觉得不稀奇。"李世景说："我也担忧过。"三姨太趁机抢过话头："又跟头两年的维新一样，啥子都是新的好。先一阵，佩箬那外甥从成都来信说，尊经书院要拔优派三名生员去东洋留学，再回来时，这些个贤才就往京城走咯。"下人喊，饭菜都备好了。李世景犹犹豫豫地说："爹，相臣说，尊经书院有个讲习也是癸酉科拔贡，要么，你帮……"话没说完，长夫人起身说："断了这个念想。"李普福安慰道："先把乡试考了。"

饭菜摆了两桌，李世景跟到三姨太往矮桌子走，三姨太给他使个眼色,让他挨到李普福和长夫人坐,李世景就僵站在中间。李普福见状,让下人将饭菜摆到一桌来,四人都坐到了高桌子上。三姨太和李世景方才受长夫人嚷了两句,这会儿都不开腔了,静默默地吃。李普福端起酒杯,啐了一口,咂嘴的声音把李世景的目光引了去,李普福脸都皱拢了一堆,李世景笑。李普福说:"你小的时候,我吃酒,你就眼睽睽地盯到,我还说,这娃娃二天必必是个酒鬼;有回磕绊到了,你小娘咋个哄劝,都哭不停,我去蘸了点酒,你一闻就欢喜。"又端起酒杯,"掺一杯么?"李世景看看长夫人和三姨太。长夫人说:"世景,莫听你爹的,还不到吃酒的岁数。"又跟李普福说:"你也少吃两口。"李普福拿起一只筷子,僵了一下,颠转筷子,使粗的一头在酒杯里蘸了一珠。李世景嬉皮笑脸地嗒一口,说:"不及城里头谢酒坊的烤酒,哪天我给你打点回来。"长夫人使了个白眼。李普福笑说:"乖幺儿。"

　　吃了饭,四人只在厅堂稍坐了会儿,三姨太便回东厢房睡觉了。李世景见三姨太走了,坐得不自在,呵嗨连篇。李普福掏怀表看,道:"回房歇息嘛,明天你跟我去查看下茧坊的木工活路。"李世景作揖,下人取了灯,过来引李世景走。李普福盯着他的背影,直到他进门。长夫人也起身,扶李普福回房间,李普福说:"世景变生分了。"长夫人说:"吃饭的时候,不还有说有笑的嘛。"下人点了灯,退出去。长夫人替李普福把手杖挂好,又替他褪衣,说:"我看,是三妹生分了,刚才在饭桌子上,世景说一句,就睃三妹一眼,那些话怕都是她教好的。"李普福躺下,长夫人坐到床侧,"早我都看出来了,不是世景不想回来,是三妹不想回,等到嘛,辛丑秋闱,若考不中,她还会扯把子,再挨三年。"李普福长吁一口气,翻身向里说:"要挨,她个人在城头挨。"长夫人将痰盂放到踏板上,将床帘拉下,掐灭灯,走了出去。李普福说李世景生分，不是说他方才的言谈举止，而是说他看他时的眼神和他走路的模样，不像李家的少爷，像个客伙，也像个下人。

腊月二十八，福记结了长工和帮工些的工钱，佃农们也来交了粮。腊月二十九，账房将一年来的各项账簿理了出来，在下厅同师爷一起扎账。往年，李普福只看师爷报去的总数，这天，李普福却带着李世景一起，一笔笔过目；后来，干脆让李世景去拨算盘，账房只消念。头一道只算丝号这头，盈利就比上一年折了不少，城里头的染坊又亏了本；第二道两头的账目一合拢，盈利就只剩上一年的一半。账房照着账本说："一来是改种的三十担桑树，本钱要明年才收得回来；二来丝质不良，遵老爷吩咐，退还了买主三成丝资；三来……"这时，刘基业在外头喊："福爷。"李普福答："进来嘛。"刘基业进来，先环视了一圈，说："少爷回来咯？"李世景喊了声："三叔。"刘基业向着李普福，欠身道："库房的新瓦盖好了，墙还差一堵，工匠出了元月再过来。"李普福点头，问："你在哪儿过年？"刘基业说："想回去歇到初九。"李普福说："等下去粮仓挑五斗米。"刘基业道谢，仍不走，拱手说："福爷，我还想借三两银子。"李普福说："昨天才结了月银红酬，你就花光了？"刘基业瞄了瞄师爷和账房，又低下头说："给山上的祸祟了。"师爷盯着刘基业，笑说："山上哪有祸祟，烟馆头才有祸祟。"刘基业偏过头说："师爷，你阴阳怪气的，啥子意思？"李普福打住他，说："我再信你一回。"没有走福记的账，而是从自己身上搜出几枚碎银，说："不消你还。"刘基业上去接到，嘴上说着："要还的，要还的。"李普福指着他说："要是再逮到吃大烟，休怪我不留情面。"刘基业哈腰说："不敢。"出去时，又看李世景一眼，说："少爷长变咯。"李世景说："三叔慢走。"李普福余光瞟着李世景，还没有回过神，账房嘀咕了一句："鬼想财,挨令牌。"账房翻开账簿某页,接到刘基业进来前的半截话说:"今年四月初八,库房落了两包丝,五月二十一,又落了一包。刘监事说,到年底,他照市价一堆赔,我就没跟福爷讲,可到现在,债还没有补上来,依福记的规矩……"李普福说:"不依规矩,依世景。"师爷和账房都看向李世景,李世景一下慌了神,说:"再有二回,坚决不饶。"从下厅出来,师爷和账房各自收拾东西去了。李世景随李普福的步子走,李普福黑起一张脸,走着走着,一拳捶到李世景背上,说:"把腰背挺起,比我这老朽还驼。"

上次刘基业吃烟,差点惹燃库房,李普福本就想将他辞退。当时,刘基业也不晓得咋个想的,说不干就不干,收拾了东西,回去歇了一宿,第二天一早又到李宅门口跪到起。下人跟李普福报,李普福不理他。到傍晚时,下人说,刘基业还没有走,李普福这才将他喊进门。刘基业在厅堂一见到李普福和长夫人,也不顾侧旁还有丫鬟家丁,伏地哭起说,娃儿婆娘都跑了,若福爷也不要他,他干脆跳铜河算毬。长夫人心软,劝李普福将他留下。刘基业虽不敢再在库房吃烟,可那鸦片烟瘾哪有松松活活就戒脱的,不少人在李普福面前戳过刘基业的漏子,说白庙场数他的烟瘾最大,不得是拿生丝换烟膏子哟。那时候,李普福只想着老道的话,鲜少打理福记事务,而长夫人偏偏最是信任刘基业,以为他对老爷是巴心巴肝的,那些闲话,她都当耳畔风。

这次,福记的盈利折损一半,碰巧账房说库房落了三包丝,这三包丝当然不是盈利折损的根由。可李普福正在气头上,心想,若真真是刘基业偷拿的,必然是个后患。于是,又起了辞退刘基业的心,找来长夫人商量。长夫人却说,每年库房头的货都有些出入,或是报账时报错了,或是装船时落的,不定是哪处出的岔子。李普福说："不光光是货物有出入。"长夫人问："还为起啥子？"李普福说："世景。"长夫人问："世景帮到刘三儿说话？"李普福说："这倒没有，世景这趟回来，我就觉得他的背影熟悉，可想不起像哪个。在下厅扎账的时候，刘基业走起进来，我睒一眼刘基业，又睒一眼世景，神态一模一样。"又说："这丝号早迟是世景的，刘基业跟以前一样，老打老实还好，若硬是起了啥子歪心思，将来，这丝号姓李么还是姓刘？"李普福的这句话把长夫人也惊到了，沉思片刻，说："对刘三儿，我们也是尽了仁义，他婆娘娃儿跑了，若要辞退他，给亩把地便是。可这当口，找哪个来填监事的缺？随意找个人，还不及如让刘三儿再干两年。待世景考完乡试，莫管考得中考不中，都把他叫回来，先从库房做起。"若非长夫人的这番话，兴许李普福就下定决心撵刘基业走了，他们都不晓得，彼时，刘基业不单单只是偷拿几包生丝，满足烟瘾，他已经沦为了朱申顺的一枚棋子，也正是他们的宽容，使得刘基业的胆子越来越大，越来越放肆，酿成日后的大祸。

李世景晓得，刘基业亲热他，但也止于此，在他眼中，三叔只是福记的下人。

那天扎完账，他把李普福送回厅堂歇息，先在位子上陪坐，想起刚才吃的那一拳，坐得端端正正。李普福问袁东山近况，他如实答，一会儿便没的话了，他也坐累了，扯个把子出去逛耍，正巧就遇上了背起包袱的刘基业。刘基业四处看看，见没的人，才走到李世景身边，小声跟他说："三叔没有吃鸦片，莫听他们鬼扯。"李世景没有说话。刘基业从怀里取出还没有揣热和的碎银，拿出一枚强塞给李世景作压岁钱。李世景也不觉得有啥子不妥，过去，刘基业就常给他钱，或多或少。接过钱，刘基业又问他：

"少爷好久走喃？"他说："年初八。"这话脱口而出，他满以为刘基业只是随便问问。

按三姨太的安排，书院出了十五开学，他们要住到十四才走，可李世景在乡下拘束得很，况且他还有别的心思，早就盘算好了。春妹初七回来，歇一夜，初八他便随她一路走。初七这天，春妹拢屋，茶都还没有吃一口，李世景就找她到一处，说先生布置的功课没有背诵，帖也还没有抄，想第二天就跟到她回城。尽管将信将疑，吃过团圆饭，春妹也还是照他的话转述给了李普福，李普福问了李世景一通，春妹在一旁帮到说好话，又说会督到他。李普福这才同意，让春妹去把三姨太也叫来。也不晓得为啥子，春妹一去就是一刻钟，那一刻钟，厅堂里只剩下李世景和李普福，长夫人不在，仅留的两个下人也在灶房收拾。李世景都不敢正眼看他爹，盯到脚上的靴子。穿堂风吹进来，烛光抖动几下，李世景听着他爹均匀的呼吸，像是睡着了，一会儿，呼吸渐渐急促，直到猛地咳出声。李世景望过去，他爹拿手帕捂着嘴，揭开帕子，他看到他在笑，两爷子都笑起来。

春妹带着三姨太进来，或许她方才已经把话告诉三姨太了，三姨太还未坐定便说："世景若要回去，他自己先回去，我在乡下再住些日子，等世景先到春妹那边去。"李世景要起身回房收拾行李，李普福说："慌啥子，多坐会儿。"李世景只得又坐了回去，不一会儿，长夫人带来个四十岁上下的妇人，那妇人堆着一脸的笑，进来便热情地问候，眼睛东瞧瞧西看看。长夫人让世景立起来，李世景站起来后，那妇人将他打量一番，看得他汗毛倒竖。李普福说："明天春亭先引世景回去。"又道了缘由。长夫人问："三妹喃？"三姨太忙说："我不走。"长夫人让春妹去帮到世景收拾行李，李世景有些莫名其妙，一会儿让他坐，一会儿又支他走。

回到房间，春妹才悄悄嬉笑着跟他说："多半是找来给你说媒的。"待春妹走后，李世景便站在门边，听着厅堂里的动静，可他只能听到嗡嗡的声音。到末了，才清晰地听到妇人在告辞，他既有窃喜也有不安，窃喜也到了要成亲的年纪，不安自然是因为心头已经有了牵挂。

临睡前，长夫人敲门进来，问他东西理好没有？从钱囊里拿出两锭银子给他，再嘱咐他莫跟到别的生员鬼混，安生读书之类的话。沉甸甸的白银攥在手里头，李世景的脑壳密点，他看着长夫人，而长夫人的眼神却又落在别处，使得他觉得，长夫人虽面对面地跟他说着话，仍像隔着帘子似的。在李世景的印象中，大娘对任何人，任何事情，都是淡漠的，这使得她生出一种威严，有时比他爹还令他害怕。他不晓得大娘说到哪里了，都一一答应着。她突然伸出手，往他肩膀上拍了拍，她还想讲什么，又叹口气，没有讲，只留下一句："早点睡，明早就不送你们了。"李世景躺下床，闭上眼睛，回想这趟回来所见的人和事，觉得怪怪的。

翌日早晨，春亭的随行来叫醒李世景。从房间出来，他爹已经在位子上迷瞪瞪地坐起了，他跟他道了早。下人已经煮好荷包蛋，吃完后，姐弟俩跟爹道别。李普福问李世景："下回回来是好久？"李世景说："端午又回来。"事实上，这年的端午，他没有回来，而是在三鹤楼逍遥，这便是最后的告别，李普福兴许目送着他们走出去，兴许又闭上眼睛打他的盹。外面有浅浅的一层雾罩，随行提着行箧走前面，他和春亭跟着，廊道里只有他们三人的脚步。他第一次觉得，李宅是如此凄凉。船夫已经在渡口候着了，三人坐上船，船夫取篙往外撑。寒风刮过，李世景将手抄到袖口里，岸边枯黄的芦苇丛摇摆着，那芦苇丛里头分明站了个穿灰衣裳的人，李世景盯着那一处，船驶过去，他看清了他的脸，是刘三叔,刘三叔突然往后退,退到深处。李世景看不见他了,李世景说了一句:"这三叔不是初九才上工么?"春亭没有听明白他的话。

因为是下水,船夫借来川剧的唱词,调子比上水时要平缓许多:"催马加鞭到柳林,只见娃娃跪埃尘。马上擒爷擒不住,诓爷下马万不能。"

打己亥年年末起,清廷同列国的关系又紧张起来,起因便是那打出"杀尽洋鬼子,助大清靖江山"旗号的义和团。尽管刚刚走马上任的山东巡抚力主镇压,将义和团赶到直隶一带,可清廷对义和团仍是暧昧不清的,一头派兵镇压,另一头又有一干将臣,希冀借义和团之力,给洋人一些惩戒。何况义和团喊的是"扶清灭洋",同以往妄想复明的叛贼又有些许不同,这便有了一边剿杀,一边纵容的局面,甚而一些对洋人怒不可遏的清丁易帜成了拳民。义和团的师兄弟些念着咒语真言,以刀枪不入之身,在直鲁一带杀洋人、毁教堂、拆铁路,再度掀起举国反洋的风潮。见清廷镇压不力,庚子年年初,列国提出将代清廷剿除义和团,清廷与各国公使斡旋着,颁布上谕,要求各地解散义和团,持平办理教民词讼。拳会势力并未因此削弱,反而渐及京师,屡次交涉后,列国于五月初一知会清廷,以保护使馆为由,将调兵入京。清廷慌忙连下两道谕旨,令地方督抚严拿拳匪首要。五月初四,列国组建四百余人的联军,由天津卫登陆,乘坐火车,进驻东交民巷;同时,二十余艘军舰在大沽口外聚集。朝廷忙派直隶提督聂士成率部往天津卫防备,并沿京津铁路剿捕拳匪。五月十五,又一支两千余人的列国联军由天津卫坐上火车,计划进犯京城。

朝廷分为两派,一派以慈禧为首的后党主战,另一派以光绪为首的帝党主和，后党依然占了上风。沿路退守的聂士成接旨，阻击进犯联军，招抚义和团，以其仇教之心，用作果敢之气。义和团捣毁铁路，将联军困在廊坊一带，遂与聂部联合。就这样，先锋拳民以肉身为盾，协助殿后的武卫军，将联军赶回天津租界。五月二十日到五月二十四日，慈禧召集六部九卿，连开四次御前会议，商讨招安义和团事宜。先前，阻击进犯联军的英勇拳民受到犒赏，而聂部分文未得。五月二十四日，直隶总督裕禄正式接到旨令，招募义勇，自此，京畿一带昔日的拳匪摇身成了奉旨义和团。五月二十五日，宣战谕旨下达内阁，将对列国联军大张挞伐，一决雌雄。军机处遂将上谕下发诸省督抚：现在中外正开战衅，直隶天津地方义和团，会同官军助战获胜，业经降旨嘉奖。此等义民，所在皆有，各督抚如能招集成团，借御外侮，必能得力。

次日，着户部放粮两百石，放银十万两，予奉旨义和团抗洋。清廷并未将招抚义和团的消息透露给列国公使，也未曾将宣战书送达列国。既暗中支持奉旨义和团，又将烧教堂使馆杀洋人的罪名推诿给义和团。致谕各使节，请求深谅，并假惺惺地表示，照前保护使馆，抚循避难教士。如此，地方不晓得朝廷立场，对洋人的态度亦不敢孟浪，处境最尴尬的，还是那正奉命收复津沽的聂士成。他仍将义和团视作匪患，所率领的武卫军一面要同联军作战，一面又要镇压拳匪。怎料，聂士成遭陷害通夷，朝廷以旬日无战绩为名，处其革职留任，武卫军士气大挫。而此时，列国援军正渡洋而来。

福记庚子年的第一批生丝抵渝之时，正逢洋人重兵压境，隔三岔五，李普福便遣人去许佩箸处取《申报》，一览时局。每次阅毕，都要到李落渡打望一阵，若有船只回来，又要去船倌处问问下游状况。那些船倌都说路上碰到过福记的船，好端端的，让他莫担心。

早在四月间，李普福便闻讯，朝廷有意借拳匪刁难洋人。那时，他心头就在打鼓，若洋人真被撵起走了，得不得给他定个勾结洋人的罪，便拖延起没有装船，尽力去找买主下家。哪有那么容易，布号也好，匹头铺也好，头一年便把货订好了，即便要，也只要三五十担，且把价格压得极低。陈启兆许是料到李普福在犹豫，托船带来一封信，照例先叙一番旧情，又把货催。福记的仓库愈来愈满，若再卖不出去，盈利必定又要折损，恐怕连本钱都保不住。李普福只得再卖给洋行，可船刚发出去几天，许佩箸便带来消息，说老佛爷担心洋人灭义和团是幌子，实意是想逼她退隐，扶正圣上，已决心要跟洋人干一仗了。

每天，李普福心头都打着鼓，今天传京城贴出悬赏杀洋人，明天传董军聂军就要打到天津租界了，朝廷将召回出使各国的大臣。李普福怕船未到重庆，洋行已撤走，又怕半道遭拳匪劫了货，还怕清兵将货扣押。

事实上，东兴洋行从未收到过列国与清廷交战的信息，列国舰队司令发布的公告是：列国仅对义和拳及反对派遣部队前往京城救援本国同胞之人进行战斗，保持和平之责任须由清廷官员承担。至少表面上，列国与清廷是站在一方的，针对的是大清内患，而重庆的拳匪也只是散兵游勇，这便有了仗照打、洋行生意照做的局面。

这边，师爷迟迟没有返来，并不是像李普福所担心的那样，而是由于他在跟陈氏弟兄扯皮。六月中，师爷终于坐船归来，一见到李普福，便跪下请罪，李普福一颗心落地，另一颗心又悬起。原来，陈启亘收验货物后，又借到生丝质量的由头，要想每担压五两银子。这趟运了两百多担过去，合计就是千余两银子，师爷寸步不让，两头僵了三两日。陈启兆说，不是陈启亘为难，而是大买办那边过不到关，他从中调和，每担生丝仍须扣下五两银子，待二趟货查讫，若九成以上为上乘丝，则将两趟丝款一并结清。师爷考虑，无论是将货原路运回，还是在重庆贱价出售，损失恐怕都不止千余两银子，只得替福爷答应下来，并让对方立下字据为凭。

李普福问师爷："查验时，你在旁边没有？"

师爷答："在。"

李普福问："硬是有差错？"

师爷答："以防他们耍花招，拢重庆后，我守在洋行仓库，等陈启亘来，他是当到我查验的，一共开了六十包……"师爷打住话头，看着李普福。

李普福说："照实说。"

师爷说："有二十来包，要么色泽泛黄，要么尽是半截头。"说完，师爷磕头，任福爷责罚。

李普福摆手说："咋个能怪你。"又说："缫车是刚制的，库房也复修过……"

师爷接了一句："莫不是刘三儿在搞鬼嘛。"

李普福说："我怀疑过他，但我问了库房看守，从无生人进过库房，更莫说将生丝调换。"

即便到这时，李普福仍只以为是缫丝的过，抑或是运送途中受潮。二批出茧，由长夫人督到筛选，再派师爷下叙州请来昔日吉人亨的老师傅，来茧坊监工，守到缫工操作，守到晾晒捆扎。装包入库时，李普福更是亲自到库房把关，而别处送来的丝，福记不惜抬高本金，只挑优等。七月初，凑足三百担，在库房存放数日，托许佩筹，购置了三张拼接的厚帆布，装船后，先铺船主的篷布，再铺三层厚帆布，再大的雨水也淋不透。思来想去，李普福又书信一封：

云松老弟惠鉴：

　　丝资契约已收悉，师爷亦将字据带到。余抱恙未愈，商号诸事皆由拙荆打理。去岁，老弟来信，指摘丝品不佳，余寝食难安，托匠人打制新灶，补修库房，哪料仍蹈覆辙。贵行扣下千两丝款，实为千又八十两，理所当然。余撤换缫工，扶病督视，是趟送抵贵行之生丝，皆已查验一道，均为上品，相较往年，有过之无不及。如若仍有怨言，世间恐难有生丝入贵行之眼。容兄多言，丝质如何，尽由贵行评判，公允否？另，福记与贵行之买卖，自壬辰年始，迨今已八年有余，生丝市价一涨再涨，福记仍依原价售予贵行，皆因念及左右难处。近来已有本邑布号出百又四十两每担，余暂且谢绝，若老弟有另找卖家之打算，还望回书告知。附香茗两斤、乌头绫一匹，及宋笔一套。

　　顺候近佳

　　　　　　　　　　　　　　　　　　　　兄贤之 手草

写好后，又将信中"云松"改为"启兆"，"贤之"改为"普福"，将"百又四十两"改为"百又五十两"，再誊抄一遍，同伴礼一道，交到了师爷手上。

船启程后，先几日，李普福跟丢了魂一样。他晓得，这封信送到陈启兆手上，他俩恐怕再无友情。长夫人说："那陈启兆若还当你是兄长，就不得扣下千多两银子，摆明了就是仗到有洋人撑腰,欺侮我们。"是呀,这千余两银子,不单单是他李普福的,里头还有别家作坊的账,而且福记还有那么多雇工雇农要张口吃饭,他也顾不得那么多了。只是,跟陈启兆撕破了脸,二年与洋行的生意也再难接续。长夫人说:"还吃不准朝廷与洋人的这一仗究竟是个啥子结果。"是呀,大不了,再厚起脸皮,颠转去同湘商做买卖。只是,这趟船再容不得有半点闪失。李普福变得格外迷信,让长夫人去青衣庙拜嫘祖,又去关帝庙拜关公。

国事那头,武卫军攻打天津租界十余次,死伤无数。聂士成却被诋毁通夷,只叹"上不谅于朝廷,下见逼于拳匪,非一死无以自明"。每战,聂士成必亲自陷阵,哪知义和团在背后打他偷偷拳,将他的老母妻女掳走。聂士成闻讯,率部下急追,麾下一营见聂士成调转枪口,大呼其造反。武卫军乱作一团,自相残杀,身中数枪的聂士成一路将义和团撵到八里台,腹背受敌,自知回天乏术,只期一死,手刃拳民若干,终因中弹裂肠而亡。与义和团有勾连的兵丁将其尸体交与拳民,拳民欲戮其尸,后有洋兵追上,聂士成才幸免死后再遭侮辱。三天后,津沽彻底沦陷。事后,直隶总督裕禄在朝议时,力排众议,请求赐恤。朝廷下诏,称聂士成误国丧身,实堪痛恨,姑念前功,准予恤典。京师那边,清廷含糊宣战,先令列国使节离京,又张贴悬赏布告,杀一洋人赏五十两,洋妇四十两,洋孩三十两。德意志公使克林德乘轿往总理衙门交涉,途中遇神机营霆字队巡逻,遭章京恩海拦下,并开枪打死。德皇知晓后,知会列国,组成三万联合大军,由德意志伯爵瓦德西统率,渡洋远征。事实上,瓦德西徒有统帅虚名,这支联合大军赶至时,战局已结束。津沽失守后,在帝党及各督抚劝诫下,后党主导的清廷虽下令照前保护使馆,并挽留慰问驻京各使，却仍对义和团所为睁只眼闭只眼。拳民在东交民巷和西什库一带继续攻打使馆，焚烧教堂，屠戮教民。列国联军意识到进军刻不容缓，在天津稍作整顿后，便于七月中旬浩浩荡荡往京师踏进，一路拔旗，于七月十九日攻至京师城下。

联军进犯京师前后，义和团集中火力攻打西什库教堂，一拨拳民在外诵咒，一拨拳民挟煤油柴草焚烧，教堂护卫开枪自卫，几无伤损。拳民云："此处与别处不同，堂内墙壁，俱以人皮粘贴，人血涂抹。又有无数妇人赤身露体，手执秽物立于墙头，又以孕妇剖腹钉于墙上。故团民请神上体，行至楼前，被邪秽所冲，神即下法，不能前进，是以难以焚烧。"拳民又请金刀圣母、梨山老母发疏，仍不可破。耳闻联军正赶来，清兵也加入义和团。一头以枪支大炮围攻西什库教堂，尤以七月十六日、十七日两天威慑最大，往堂中发射炮弹百余发，所谓炮弹不过锅片、铁钉、碎石等物。堂内人仍惊出一身汗，道："若起首一如近日之厉害，此堂早破十数矣。"另一头又举枪逼令拳民，冒着枪林弹雨冲入西什库，在各处挖沟埋藏火药，再引爆，甚而波及北角孤儿院，炸死婴童数十，伤亡尤以联军攻入京师前日为甚。当天，西什库正在做弥撒，拳民在仁慈堂引爆火药，数十间房屋震塌，五名洋兵、八十余名教民被埋入废墟，另有数名负责引爆的拳民死伤。使馆教堂几不支时，京师城下的英军率先攻破广渠门，随后，各城门接连失守。七月二十日，这支七国组成的万余人大军，长驱直入，直抵东交民巷与西什库教堂，击溃孱弱的清兵和拳民，解救使节洋人及教民，并于城内肆意屠戮报复。七月二十一日，曾下诏宣战的慈禧，乔装西行狩猎，携光绪及一众皇亲大臣，仓皇弃城而逃，宫中仅瑜妃、瑨妃留守。

李普福送出去的那封信，收也收不回来了。他跟长夫人说，要么等师爷转来,他再下一趟湖南。长夫人说:"忘记你的病是咋个染上的么?"又说:"洋人打到京城,太后、圣上连江山都不要了,若嘉定也跟到乱起来,未必你还为点田土,为点银子,跟他硬么?颈项再硬,终比不过刀刃子。如今,福记再咋个亏损,家财也够我们一家子过安稳日子,二年莫再把摊子铺么大,成日提心吊胆。"先前,嘉定城的绸庄布号确有几家来问过价,不过都只肯出百来两银子入手,被李普福打发起走了。眼下,福记正处在进不能进退不能退的地步,仓库头还余四五十担丝。李普福心想,要么将余下的丝廉价先卖给这几家绸商布号,待买卖做顺了,待他们觉得福记的丝好使,再把价格往高头抬,便差人去请几位东家来看货。

屋漏偏逢连夜雨,下家还没的着落,上家又找上门了。依陈规,福记从别的小丝号小茧坊收来的丝茧,一律到岁末才结账。可这年,福记遭洋人扣了银子的消息传开,那些惴惴不安的掌柜联起找上门,在厅堂头大闹,让李普福当下就把账结清。福记的银子哪周转得过来,病殃殃的李普福遭吓得关在屋头,终是长夫人站起出来应对,嚷众人是白眼狼,得了好处从不道谢,这下福记有了些许麻烦,又来拆桥。那些掌柜当然是各诉各的苦,不肯离开,长夫人私下遣人去喊龚占奇来,又同账房一起假模假样地打着欠条拖延。众人不要欠条,非得拿了银子才肯走。个把时辰后,龚占奇带着三四十个练丁,按起进来,可这伙子人不吃吓,躺到地上,喊龚占奇将他们通通打死,打死了,债才抹得清。虎头虎脑的龚占奇抄起棍子,硬就要动手,李普福这时从屋头走起出来,将龚占奇和练丁斥走,向众人赔礼,唤账房去取地契。

李稽典去世时,李怀易是照六十两每担的价钱置了这三百担田土,而今田土照亩算,每亩仅五两银子,每担合仅三十余两。

且不说价钱跌下半打半，这三百担田土毕竟是祖上留下的。自吉人亨垮掉后，福记便是昔日李氏望族的最后一扇门户，这最后一扇门户竟也要割老本了，李普福哪有不心痛的。他再心痛，也要咬牙关忍到，若今日不把众人的怒火压下去，明日闲龙门阵传出去，哪个还信得过福记？

李普福照市价八成，即每亩四两银子，抵了二郎庙的五百余亩上田出去，签的是活契，待二天手头宽裕，还可再赎回来。在最后一份契约上戳完印，已是亥时，那最后一位掌柜给他作了个揖，走了出去。账房将笔墨收捡归一，长叹一声气，也退下了。李普福仍盯到门外，门外只有个家丁在清扫，长夫人从灶房端来碗补汤，说："老爷，吃点东西。"李普福悃悃然望向长夫人，问："还余好多田土？"长夫人说："还有两百多担。"李普福没有接过碗，也没有答话，捋顺胡须，站起来，步履蹒跚地走回房间。这天晚上，长夫人进到李普福的房间，在床侧的椅子坐下。灯已灭了，在黑暗中，往事依次浮现出来，她打十四岁跟到他，这年正好是四十个年头。李普福的咳喘声渐弱，她头一回意识到，他会比她先走，她不敢想，没的李普福，日子该咋个过？她褪了衣裳，平躺挨到他侧边，李普福的身子僵了一下，把铺盖往她那边牵，一双疙疙瘩瘩的手攥到她的手。

第二日是个大晴天，先前去请绸庄布号的下人说，这天有人要来看货。清早，长夫人先起床喝了碗稀饭，又叫来刘基业，让他把库房打整收拾一下。刘基业问："好久来看？"长夫人说："下午。"刘基业正要走，长夫人叫住他，细声道："刘三儿，去年落的三包丝，我给你抹了，今年看紧点，再落不得了。"刘基业道谢，并无异样。

一会儿，李普福也起来了，梳洗过后，伴着稀饭吃焦粑。昨天厅堂留下的痰痕污泥已经打扫干净,长夫人也不再提田土的事情。先说,前两天逮到有下人在屋头赌钱,问到还犟说没的事情干,兴许真用不着那么多下人了,月底就打发几个走。李普福吧唧着嘴,没有开腔。长夫人又提醒说,下午先把价钱咬紧点,实在不行才松口。李普福端起碗喝净稀饭,拿帕子揩了嘴,说,把滑竿备起,走二郎庙去晃一眼。

到二郎庙时,正当晒,账房见他们来,迎了过去。李普福问:"扯皮没有?"账房说:"有练丁守到在,他们不敢。"李普福让账房忙他的去,与长夫人走到了地头。昨日在李宅待到很晚的几个掌柜,这时已经在指使佃农划地界了,一些人拿着丈杆量来量去,一些人为起分把地争执,都各忙各的,没的人转过头来同他打招呼,就这样干巴巴地站了一会儿。长夫人受不住,拿手遮在额头前,跟李普福说,到阴凉处去。李普福回过神,强笑着说:"明早晨起来,兴许大清都不叫大清了,留到还有啥子用?"说完,便与长夫人往滑竿走去。若无意外,再有三两日,师爷就该回来了。滑竿落在李宅门口,李普福让长夫人先回去,他到渡口打听打听,长夫人叫了个家丁陪着他。

院子头,三三两两的下人聚拢一堆,长夫人讥道:"你们倒比老爷还闲。"

还没有走到厅堂,贴身丫鬟追上来说:"长夫人,长夫人。"长夫人住步,丫鬟埋到脑壳说:"起先有两个下人,想去库房帮到打扫,库房的门上了锁,没的人看守,就想找刘监事拿钥匙,找高了都没有找到人,他们喊我来跟你说一声。"

那几个下人也在瞭她,长夫人脸煞白,往刘基业房间去,房间的窗户已经捅了几个洞。

丫鬟说:"瞄过了,东西都在。"

长夫人战栗着问:"库房喃?"

丫鬟这才说:"也撬开看过了,货都原复原样。"

长夫人吁口气,侥幸地想,或许只是个误会,正想到库房看看,原本陪老爷的家丁跑回来,在门口就大呼开:"出事了,赶点抄棍子,到大埝溇断人。"

原来,李普福的滑竿刚拢李落渡,就有个挑夫凑上前问:"福爷,将才见到刘管事带起人往上游去,许是去喊船,是不是又要装货咯?"李普福不解,问:"喊啥子船?"挑夫说:"晓不得,我猜的,问他,他没说。"李普福再问:"带起哪个?"挑夫说:"库房的几个看守。"片刻后,李普福才全明白过来,又问挑夫:"码的确是库房看守?"挑夫说:"年年我都帮福记挑货……"不等他说完,李普福就骂:"挨毬的。"唤家丁回去喊人,自己先往大埝溇去了。

哪还断得到,李普福与李宅的下人们前后脚赶到,一面四处寻,一面问码头上的船倌挑夫,船倌挑夫些都一个说法,没看到过。只有个候船的人模模糊糊地说,一个时辰前,大埝溇发走一艘下嘉定的船,他要过对河,就没有赶。那船正要解索索的时候,河塥上有四五个人喊等到,他瞄了一眼,像有个就是刘三儿。船倌挑夫些说闲话:"众人没有看到,就你看到?"李普福再问,船是啥子样的船,那几个人穿啥子衣裳,高矮胖瘦?他就都不说了。李普福立时遣四个家丁下嘉定去找,又吩咐一人去报团练,另几个人分头继续在坝子上搜。

长夫人就站在不远处,李普福从她身旁过,她胆怯地唤了声老爷,可李普福没有理她,快步往回走。

李普福的脑壳像一团糨糊,他要一件件地理清,去年逮到刘三儿在库房吃鸦片,走他房间头还搜到一大盒烟膏,他那点银子哪养得起，落的三包丝不是他干的，还能是哪个？又想，打去年起，每趟生丝都要扯拐，查茧坊，茧坊换灶换缲车，查库房，库房抹墙补漏，哪晓得今年又扯拐，还让洋行扣下银子，把祖宗的田土都抵了出去。那天师爷问，莫不是刘三儿搞鬼？糊涂呀，可不就是他嘛！光是问看守，就没有想过，看守也跟刘三儿裹到一伙了，肠儿肚儿都悔青咯。装船前，就没有想说拆开再验一道，个刘三儿，亏老子还当他是心腹，亏长房还信得过他，千刀万剐都不解恨，天老爷保佑，关老爷保佑，嫘祖娘娘保佑，这趟船千经再扯不得拐。

越是这么想，李普福越是心虚，唤上三个帮工，再唤上那老长工，往库房去。库房的锁已经撬开了，货码得整整齐齐，拿刀子划开外头一包，老长工拨开面子，又是摸又是闻，点头说，是上等丝。天老爷保佑，关老爷保佑，嫘祖娘娘保佑。帮工架梯子，搬里头一包出来，再拿刀子划开，老长工拨开面子，只瞄一眼，便说："老爷，这哪是福记的丝呀。"

刘基业使的是偷梁换柱，勾结外头的人，以劣等丝换福记的上等丝，换并非全部换，留下外头几包打幌子，即便李普福起疑，也未必发现得到。

现在李普福醒悟过来，为时已晚。这会儿，刘基业兴许在嘉定城躲着，兴许已经坐船到下游了。派出去的四个家丁哪里还找得着，就算找着人，那些银子都不晓得抛撒到哪阁前了，李普福的手杖重重地击打地面。

只听得，长夫人在后头哇地哭出来，这哭声又不像是她的声音，而像个少女的，不像是从嘴里发出的，而像是从房顶垂下的，从地下升起的。

众人回头，长夫人一双手正掐住喉咙，脑壳点地，跪着。

老长工走上前，欠身连声喊长夫人。

长夫人不答应。

老长工大呼，拿扫把。帮工忙递过叉头扫把，老长工举起，猛往她头顶拍，边拍打边念，"前有黄神，后有越章"。

长夫人才一点点清醒过来，瘫软扑在地上。

李普福唤下人背起长夫人回去，下人刚碰到她，就听她呻唤周身痛，下人扭头看李普福，李普福冷面重复道："背起走。"

老长工边走边诵经，李普福疾步跟着，心头想，怨她么？有一刻时候，忆起前两日长夫人袒护刘基业的话，是有些怨恨的。转念又想，他才是福记的当家人，福记红火，功劳在他，出了漏子，咋个能推到女人身上？让下人将长夫人送回房间，吩咐丫鬟悉心照料。整个李宅方寸大乱，长工伙夫些站在院子头，往厅堂里睃。李普福斥一声，天塌了么？这一吼，将才发生的一切仿佛又并不要紧似的，做饭的又去做饭，洗衣的又去洗衣了。李普福闭目推想，洋人退货咋个办，那千余两银子要不回来又咋个办？外头蟟蟟子漫天叫，地下跟洒了火似的，却有一股寒气，自脚底漫上来。虚汗湿透了衣衫，提不上气，忙搥打胸口，将浓痰搥打出来，将瘀血搥打出来，吐到痰盂里，再擦干净嘴角，漱口抹脸，事情还要一件件办。

龚占奇赶到李宅时，李普福已在同账房商量对策，他一走进厅堂，还没有拜会李普福，便高声武气地骂："刘三儿那尖嘴猴腮的面相，老子一看就不是好胎胎。"

账房杵道："就你龚团正英明。"

龚占奇这才正经作揖，又说："福爷，你放心，就是把嘉定城翻个底朝天，也要逮到刘三儿。"

当下，李普福已经冷静下来，不单单只是一门心思要捉刘基业，他与账房设想了几种结果，最好的便是摸清生丝的下落，这样兴许还能讨回些损失，他与账房方才都想到了某个人，可他没有直接点出来，而是又把事情前前后后的经过说了一遍。

龚占奇问："福爷的意思是，刘三儿卖得的银子，都花到烟馆去了？"

李普福说："若真真只是这样，买来的烟膏子能从白庙场铺拢刘河坝，他刘三儿当饭吃都吃不完。"

龚占奇又问："他把白锭藏起来了？"

账房说："他屋头只搜出了几串破铜钱。"见龚占奇领悟不到，账房又说："一两百担生丝断然不会是白天运起走的。"

龚占奇接话："必定是晚上？"

账房说："还必定是晚上走的大埫溇。"

龚占奇问："可大埫溇晚上哪来的船？"

李普福说："除非提前招呼过。"

龚占奇问："哪个招呼？"

李普福问："哪个招呼？"

龚占奇猜测到说："朱……"

李普福追问："哪个？"

龚占奇拍手道："朱申顺定晓得这事情。"

账房说："担怕不只是晓得那么简单。"

龚占奇说："呀，刘三儿好口鸦片，那烟馆又恰巧是朱申顺的堂子。"

李普福问："你的意思是，永义公逮到刘三儿的鸦片瘾，唆使他干下这勾当？"

龚占奇说："白庙场哪个还有这胆子？"

- 289 -

李普福瞄账房一眼，账房清嗓子向李普福拱手道："若龚团正能将福记落的丝找回来，恳请福爷能抽出两成作酬劳。"

龚占奇打住他，说："我龚某人给福爷办事不谈那些。"问李普福："福爷，要硬是朱申顺，咋个办？"

李普福说："报官。"

龚占奇再问："刘三儿跟那几个看守还找不找？"

李普福说："找。"

龚占奇问："找到又该咋个办？"

李普福说："照香规办。"

李普福虚占仁字，并不过问江湖事，底下也没的敢打敢杀的人物，朱申顺才是白庙场舵把爷。白庙场义、礼两堂仅在册哥弟便有九百余号，合上支头哥弟少说千多号人。他龚占奇名说是义字堂行一新福，堂口也有个百来号人马，但这些人马终究还是只认朱大爷，团练倒是由他一人说了算，练丁们同他日日相处，又都还信服他，可团练哪是哥佬会的敌手？

这事情莽撞不得，若办好了，指不定总舵位子就由他来坐，那账房先生还许诺要抽两成酬劳，可谓一举两得。若办不好，不晓得要搭好多人命进去。这事情也耽搁不得，如若果真是朱申顺哄起刘三儿干的，刘三儿这头一跑，朱申顺也必必会尽快找下家，一旦生丝脱手，即便晓得他是幕后指使，也于事无补。细细将一道，当务之急是要找到个知情者，既然是走大埝溇装的船，挑夫必然晓得，绑个挑夫倒是容易，可大埝溇白天四处都是耳目，不好下手。龚占奇便想到将挑夫引到团练来，再拷问，当即就让个什长下黄荆坝买点砖瓦，过大埝溇时，找三个挑夫挑回来。

这什长一路紧赶，买好砖瓦，到大埝溇，已是侧黑。挑夫一听是去团练，都说天色已晚，什长加了挑脚钱，才找到三人。路上，这三人只问了一句，咋个不走魏落渡？那头近得多。什长说，坐拐了船。这三人便没再生疑，到团练栅门外，已黑尽，什长说挑进去再付钱，三个挑夫揩干汗水，又担起往里头走，甫一进门，三杆矛就抵到他们的后背。什长喊不准出声，关了栅门，便押起三人往兵器库走。兵器库灯火通亮，龚占奇正坐圈椅，两侧各站四个持刀练丁，三个挑夫进来，先喊冤枉，随即便被上绑封嘴。

龚占奇说："我是帮打听福记的事情，有知情的就点脑壳。"

三人鼓到眼睛，汗水直冒。

龚占奇从腰间取下两把曲刃，练丁按稳头一人，那人浑身打战，没有点头。龚占奇两手挥起曲刃，刃身狠狠地插进那人的背胛，握住刃柄一提，活生生将他提了起来，额头抵额头，面目狰狞地问："知情不知情？"

那人猛点头。

龚占奇抽出曲刃。

练丁解开那人嘴上的封布，他呻唤几声，跪起道："我只听说福记落了丝，许是从大埝溇运起走的。"

问："啥子时候运的，运到了哪儿？"

答："不晓得。"

皱眉问："你帮挑过没有。"

叩首答："团正老爷，我做完地头的活路才出来当挑脚，从没有帮挑过生丝。"

龚占奇这时有些把不准了，心想若这三人都不知情，该咋个办？瞟另两人，都紧闭着眼睛，龚占奇冲练丁递下巴，练丁将告饶者的嘴又封住。那人还满以为龚占奇会放过他，不想练丁扯住他的辫子，使他望起脑壳，龚占奇再上前，使曲刃勾住他的喉包，一挑，喷了龚占奇一手的血。

那人蜷到地上，抽搐着。

龚占奇将手上的血揩到第二人身上，刀尖在他脸上走，在他耳畔说："你是帮挑过的？"

这人睁开眼，密点头，练丁解开布条，他腾都不打一下，一口气道："是刘三儿喊起晚上到福记库房搬的，搬到大埝漤装船，扯到小铜河，顺水下中渡坎，起了货，一些随到改装下江船，一些挑到平三爷屋头。"

问："还牵扯平三爷？"

答："平三爷在的时候是平三爷过问，平三爷走后是他大少爷过问。"

问："平三爷屋头还有货么？"

答："这真真不晓得。"

问："朱大爷晓得这事情么？"

这人瞄另一人，点头道："挑脚钱就是从朱大爷那儿领的。"

龚占奇揩干净曲刃，别回到腰间，问："你这告了密，朱大爷会咋个收拾你？"

这人伏地哭道："求龚团正收留。"另一人也伏地不起。

龚占奇离开李宅不久，来看货的绸商就找上了门。李普福绷起一张笑脸，烟茶相待，只字不提福记遭遇了啥子，将近日的《申报》递予绸商，先谈些国事之类的大话，又把话锋扯回来，说，他同洋人做了十来年生意，可洋人竟用赚得的钱来欺辱大清，他再不肯同洋人做生意了，又贬洋人不识货不懂织造，生丝运出去也是被他们糟蹋了。那绸商光是笑，尽李普福说够，才问，是不是该去看看货了？李普福又与账房唱起双簧，一头问，还余好多货？另一头翻账簿，说，头两天某某人刚订走了，不过，月底还要出一批，约有四五十担。李普福假模假样说，这批生丝定给绸商留着，再问绸商肯出好多价？绸商说，货都没有见到，咋个报价？将绸商送出门，李普福说："待生丝出来，再派人来请你。"那绸商不快地说："这趟就是你们喊我来的。"临走前又挖苦一句："搁以前，福记的货哪轮得着我们。"

这一句话把李普福杵愣了，一张老脸臊得通红，走回厅堂，便怒冲冲让下人将《申报》都拿去烧了。长夫人在屋头虚弱地唤："老爷，老爷。"他不答应。里头的丫鬟出来，他令她莫开腔。那丫鬟又回去了。他默不作声地坐到椅子上，打开折扇，扇着细风，回想近两日发生的事情，回想这些事情在哪时候就有了苗头？十余年的苦心经营，或许让个毬没名堂的刘三儿就搅黄了。长夫人在里头抽泣，呜呜咽咽的声气惹得他更为心烦，高声嚷一句："只晓得哭，哭得转来么？"房间头静一阵，然后传出了第一声咳嗽。自此，直到李普福走出家门，这咳嗽声都没有断过。

独自一人吃过夜饭，李普福由下人搀扶着去擦了澡，清清凉凉走出来。天上挂着一轮明月，他在厅堂外站住，使唤下人去给他取火柴和烟斗，下人拿了来，并没有递给他，问道："老爷，是要吃烟么？"

李普福从他手中夺了过来，烟斗仍是那杆洋烟斗，仍坠着那口土烟包，在手头摸弄一下，唤下人又从茶几取来淡巴菰，下人替他灌好烟，点燃火，刚嗒了两口便觉得气短，问这下人："来李宅好久了？"

下人答："不满两年。"这时，长夫人的丫鬟端着碗走了出来，瞄他一眼，又埋头走了。

李普福还想再嗒一口，烟丝已熄，让下人磕了烟末，重又把这杆已落漆的烟斗拴在腰上，走进厅堂，住步紧紧地盯着那扇半掩着的门，里头几声干咳，他没有走进去，回了自己的房间。

龚占奇通夜都在思量着，咋个把那朱申顺引起出来，仅两个挑夫的话，怕还不足为凭，只有人赃俱获，到衙门才有对证，也才能令各堂口哥弟信服。天亮，龚占奇决定走一步险棋。

他在资州时，替门生打抱不平，得罪金带皮，才逃回嘉定。当年那门生也随到来了嘉定，改海清水皮，在牙行做了多年牙保，各行都懂得一些，又是生面孔，讲一口外地话。龚占奇找来他，要他去跟朱申顺做买卖。这牙保也是个念恩情的人，虽久无结交，龚占奇一说，便放到手头的事情，爽快答应。龚占奇叮嘱他，当成真买卖做。牙保也不再多问，捯饬一番，挎上包袱，便往吕府去。

吕府开门的是个下人，问："有何贵干？"

他说："来买生丝。"

下人说："私人宅邸，不做买卖。"便将门关拢了。

牙保并没有离开，隔了会儿，又叩门，这回开门的是另一个人。牙保一看着装，便猜到是龚占奇所说的吕家大少爷，拱手说："在下乃资州裕隆庄经纪，听闻贵府生丝价廉物美，特登门拜访。"

大少爷打望门外，问："听哪个说的？"

答："从上河帮打听的。"

大少爷回揖礼，将他请进上厅，下人端上茶水。这时，大少爷将下人喊到了旁边，同他耳语。牙保把脑壳别开，隔了会儿，下人又匆匆走出去。大少爷坐到牙保对侧，上方位空着，牙保晓得，那下人是去喊朱申顺了。大少爷并没有谈买卖的事，只跟牙保讲些应酬话，牙保也不急，一面答话，一面观察着大少爷的神态。

约有一炷香的功夫,吕府大门又开了,那大少爷丢下话头,赶紧站了起来,牙保也跟到站起来。走来三个人,走两侧的头绑布条,走中间的头戴凉帽,敞起马褂,手头提着水烟袋,进来先将水烟袋递给随行,行歪歪揎。

大少爷介绍说:"这是当家人。"

牙保拱手回应。

对方将牙保上下打量,问:"有占无占?"

牙保猜到,这人就是朱申顺,答:"不才,只是个经纪,没的堂口肯收留。"

朱申顺大笑,坐到上方位,问:"贵姓?"

牙保答:"免贵姓孙。"

随行将水烟递回,朱申顺一手扶烟锅,一手握烟嘴,斜着眼问:"孙掌柜是专程来的么?"

牙保答:"实话讲,是去九峰买丝,装船时听船佬儿说,贵地有生丝,正寻买主,便顺道过来看看。"

朱申顺问:"你听来的价钱是好多?"

牙保说:"船佬儿不晓得。"

朱申顺再问:"你们给别家出价好多?"

牙保说:"有约在先,不便讲。"

朱申顺猛吸两口,将水烟搁到茶几上,坐正说:"看你是诚心,我也明说,我这买卖没有走厘局,厘绅已经察觉了。近来买主倒不缺,都只肯收三二十担,我是想一堆卖了,好收手。倾身问,九十六担,你做得到主么?"

牙保一笑,要先看下货。

朱申顺坐回身子,靠住椅背,看向大少爷。

大少爷便站起来说:"走嘛。"牙保起身,随大少爷从太师壁侧门穿出,见一座后院,沿步径走到后罩房门前。大少爷去檐廊角落取钥匙,牙保回头看院坝,利利落落,并无杂乱脚印。后罩房打开,热浪扑起出来,走进去,整间后罩房都打通了,一半垒放着麻袋,另一半空着。牙保遮住口鼻,啧嘴道:"就不怕受潮招虫么?"大少爷笑说:"暂时放在这儿。"牙保走上前,拍打麻袋说:"搬两包出来。"大少爷走出去叫人。他又说:"再拿个火镰子。"趁着这时候,他在房间里四处看,背墙新开了一扇门,外头许是巷子。一会儿,大少爷带进来四个人,有两个就是厅堂里的哥佬,牙保指了两包丝,让他们搬到院坝里,大少爷也撸起袖子帮忙,两包拆开,各割一段丝,牙保点燃,又搓又嗅,拍净手,说:"谈价钱嘛。"那四人将丝包搬回去,大少爷领着他走回厅堂。

朱申顺咕噜噜吹着烟,见他们回来,说:"不撇噻。"

牙保落座,说:"如价钱合适,九十六担都收了。"

朱申顺说:"孙掌柜是耿直人,我卖别个是八十两每担,让你三两。"

如若买卖是真的,牙保当即就拍板发横财了。可他仍冷静地把戏演足,说:"不走厘局,裕隆也担风险。"

朱申顺说:"顶多再让你一两。"

牙保让大少爷拿算盘来,拨算一番,再将算珠归位,起身拱手哈腰道:"抹了零头,足七千两,我不问来路。"

朱申顺瞥大少爷。

大少爷慌了神,忙澄清:"我没有讲过。"

朱申顺跟牙保说:"七千两,我找船,水脚归你。"

牙保说:"水脚你占三,我占七。"

朱申顺端着烟袋,吐一口烟,说:"要照纹银算哦。"

牙保说："纹银，货到结一半，八月底结清。"转头问大少爷："有笔墨没的？"

大少爷看朱申顺，朱申顺点头，大少爷将笔墨纸砚和印泥都端了上来，研好墨，牙保正要落笔，朱申顺又打住，说："不拟契约，拟借据。"

牙保苦笑，说："懂水。"问："写哪个的名字？"

大少爷在白纸上写下"朱申顺"三字递给他。两份借据拟好，大少爷又将印泥推到他面前。

牙保没有取印，起身再拱手道："两位海涵，印要到装船时再戳。"

朱申顺盯着他说："谅你也不敢耍花招。"

牙保这才拿起一份借据给朱申顺过目，朱申顺看都不看，说："后天丑时，中渡坎装船，印章不要落了哦。"

牙保同他们告辞，从吕府出来，他没有去团练找龚占奇，而是走进了客栈。

就在牙保跟朱申顺周旋的这个下午，福记的师爷回来了。师爷回来前，李普福最坏的设想是，洋行像上次一样，扣下千来两银子，加上头一趟，顶多两千多两。倘若龚占奇那头，多少讨回些生丝，兴许就能够扯平。

师爷一双眼睛哭通红，上阶沿时，脚下一软，跌在地上，几乎是扑爬到了李普福面前，说："福爷，出事情了。"脑壳磕得咚咚响。

师爷也算一条经历过大风大浪的汉子，这模样把李普福也惊到了，木愣愣地盯着他。

师爷一双手撑着地，头埋着，道："洋行欺人太甚。"

这趟载到重庆的货，满船都由上等桑蚕丝换成了劣等柞蚕丝，船到龙门浩，陈氏弟兄就带了个人过来查验，师爷心虚地看着他们拆开一包又一包。陈启亘问，是福记的丝？师爷说，是我从嘉定一路押送起过来的呀，咋个就成了这样子。那两弟兄站一旁商量了一阵，说要去禀报大班，由大班决定咋个办。师爷便跟着他们到洋行门口候着，等了个把时辰，陈启亘独一人走了出来，说先起货。师爷忙递上李普福的信，陈启亘拿在手上没有看。师爷先奉承他一通，又问他，上一趟的银子是不是该一并付清？他没有搭白，喊好挑夫，便走回了洋行，将师爷又晾在门口。这一等，就等到了傍晚，师爷不敢走开，连饭也不敢去吃，洋人们陆续出来，师爷一一作揖。陈氏弟兄是最后出来的，陈启兆在锁门，陈启亘走到了他面前，一脸鄙薄地说，你咋还赖在这儿？师爷问，明天来拿收据凭券？陈启亘甩下一句，你那些苴斗货，我们一包都不要。陈启兆锁好门，两弟兄往后山去。师爷下贱地追着说，可货都搬进库房了呀。陈启亘说，库房已由衙役把守，让李普福过来取。师爷缠着他们，一路诉苦，说，回去没法交代，到山脚下，二毛子将他拦了下来，那两弟兄往山上的宿舍去了。晚上，师爷就睡在洋行门口。第二日见到陈启亘，师爷已经没了底气，让洋行要么照六成付款，要么将货退还给他。陈启亘仍是那一番话，要李普福亲自来取。师爷晓得，是大班在刁难，可他仍不甘心，继续守在洋行门口，陈启亘出来吃响午，他又一路跟到饭铺，啥子话都说尽，就差下跪了。陈启亘没有理他，在饭铺门口，师爷威胁道，拿不回货，我只有拴根索索，在洋行门口吊死。陈启亘突然从腰间掏出洋枪，比到师爷的脑门心，说，现在就一枪打死你。师爷愣了一下，狠狠地拍打嘴巴，拍得满嘴是血，道，我讲的糊涂话，买办老爷莫当真，我这就回去喊福爷来。

师爷说完，扑在地上，像个婆娘一样地哭。

李普福问："信送到没有？"

师爷说："送到了。"

李普福问："他没有说啥子？"

师爷答："只第一天见到他，之后就再没有见过。"

李普福唤人扶师爷去休息，独坐厅堂，看着日光一寸寸地退出去，没有吃夜饭，便回了房间。一会儿，丫鬟扶着长夫人进来，长夫人侧身坐到床帮子上。李普福看到她皱眉，看到她嘴巴动，看到她掉眼淋子，看到她捶打胸口，她究竟在说啥子，李普福听不到，她或许正问着啥子，李普福没有答，长夫人长久地凝视着他，然后拖着病躯，落寞地退了出去。这是李普福头一回如此对待长夫人，或许只是想以这种方式在她身上发泄怒火，或许只是想让她跟他一样难受。

长夫人前脚一走，李普福便叫来师爷，镇静地让他收拾行囊，翌日一早出发。

李普福想了一通夜，想该以啥子姿态跟洋行交涉，想陈启兆还肯不肯帮到他说话，想那三百担柞蚕丝咋个处理？唯独没有想到，龚占奇已经在吕府找到了福记的货。天尚麻麻亮，李普福已梳洗毕，特意将那杆洋烟斗也挂在了腰上，师爷已拿好行箧在候着了，李普福走到长夫人的房门前，想推门进去告个别，摆头一叹气，作罢。

他将和师爷一起，从李落渡上船，到会江门改搭下重庆的商船，回来时，或先坐到叙州，或一趟坐到嘉定，照往常，不出三十天便可往返。

朱申顺没有说装船当晚他会不会去码头，但牙保看出来了，那大少爷就是个窝囊废,从头至尾都不过是个傀儡,而他写的那份借据还没有戳印,又是张生脸,朱申顺怕他使诈,当晚定不放心大少爷,会带不少哥弟去码头。在客栈的房间里,牙保将这些猜想同装船的地点时辰写在纸上,去敲侧边门,门打开,将信递到一个商人打扮的人手上。

是龚占奇让牙保住到客栈里的。的确,从吕府出来,朱申顺的两个鹰爪就跟上了牙保,牙保住店,两人便在楼下坐下吃酒,但并没有留意有人从楼上下来,又走了出去。这人绕白庙场一大圈,绕到了团练,将信交给龚占奇。

阅毕,龚占奇思量片刻,就让他写了一封回信,连同一把子母刀一起送回去。这时,龚占奇还犹豫过,要不要去告知李普福,他想,若是告知了李普福,李普福许会让他直接抄吕府了事,可他下了狠心要置朱申顺于死地,便打算将朱拿获后,再去报信。

子时未到,牙保背起包袱动身往中渡坎。出了场口,就遇到几个挑夫,他随他们一同到了码头。码头上靠了几艘小船和一艘百担船,岸上零散站着些哥佬,牙保走上前,那哥佬竟认出了他,将他带到百担船上。他四处看了看,问哥佬:"你们掌柜几时来?"

那哥佬警惕地瞄了他一眼,问:"印章带了嘛?"

牙保说:"带了。"

哥佬说:"再等会儿。"

牙保到舱房坐下,抱起包袱,闭目养神,待货上得差不多了,听到外头招呼朱大爷,牙保站起来。朱申顺手头捏着核桃,带着四个哥佬和吕家大少爷走进来。

牙保作揖。

朱申顺回礼,道:"孙掌柜果然守信。"

大少爷取出借据，摊到榻子上，又放上一方印泥。

朱申顺与牙保相对而坐，作歪歪揖，说："孙掌柜，该戳印了。"

牙保从包袱里取出土布包裹的方匣，解开土布，将方匣放到榻子上，启开匣子。刹那间，他抓起刀子，扎向朱申顺胸口，由刀柄抽出子刀，比到朱申顺喉咙。四个哥佬这才反应过来，也从身后抽出刀子。

大少爷吓得退到舱房外头。

牙保大喝一声："哪个敢动。"逼到朱申顺站起来，退步背靠舱板。

朱申顺埋头看胸口，那把母刀扎扎实实地插了进去，问："哥子，你到底是哪个，为起银子么，还是梁子？此时，舱房门口已经堵了十余个哥佬。

牙保大呼，涨水咯。

梆锣响应，二十来个练丁从另一艘小船冲出，举虎牌的、拿刀的、持矛的，一起高喊："奉宪明文，严拿匪徒，如敢拒捕，格杀勿论。"喊声回荡，岸上冲过来更多的练丁，一齐按到船上，哥佬些见势丢了刀，跳水逃跑，大少爷不会水，就地跪下。练丁进到舱房，将朱申顺和牙保围住。

朱申顺道："粮草归库干戈静，马放南山青草坪。"

龚占奇提着马刀走进来，说："不仁不义，越礼犯法。永义公，依香规，当咋个罚？"

众练丁让道，牙保松手。

朱申顺看向龚占奇，伸手要拔出胸口的刀子。

龚占奇问："晓得为起啥子不？"

朱申顺站不稳了，跪到地上，仍尽力撑起一只脚，说："放条生路，我让出舵把爷"。

龚占奇道："晚咯。"舞起马刀，一声，走好，人头落地。

秋日的川江，风大水野，这艘船一路畅行，只八天便到达大渡口，商船要在这里下一批货。下完货，已入夜，船倌没有急到赶路，李普福与师爷只好在船上将就一宿。第二日天不亮，船靠到了储奇门，两人迷瞪瞪被叫醒。上岸时，还没的啥子人走动，他俩便先去会馆将行箧搁下，又到食肆填了肚皮，再出门时，街上的人才多起来。天边闷雷响，师爷又返回房间拿上两把伞。

两人步行往望龙门去，下到江畔，两岸景象与八年前无异，依旧是商船云布。往龙门浩的横渡还没有开渡，已有不少货郎在等候着，船倌一来，货郎些便挑起担子往船上涌。李普福和师爷没有挤得上去。师爷说："没来头，这时候过去，洋行还没有开门嘞。"

水面有薄薄一层水雾，朦朦胧胧能望到江对岸有艘大船，与别的船不一样，它更像一座新修的码头。李普福问师爷："那船是装啥子的？"

师爷笑："那是英吉利的炮舰。"

二趟船巳时才过来，已不再有货郎，尽是些戴瓜皮帽的士绅，三三两两交流打听来的逸闻，言语均是向着洋人的。说何处捉到个拳匪，活活剥了皮；又说朝中大臣，因与洋人为敌，某某遭革了职，某某遭枭了首；更有个买办模样的人摆说，联军撤出京师前，统领还跑到金銮殿坐了一盘龙椅。

李普福是不愿听这样的忤逆话的，只得避到船头去，又见着了那艘炮舰，离它愈近，愈是能感受到它的冷峻。炮舰有两层，底下一层有十来间舱室，上头一层立了一根烟囱、一根桅杆般的高架，以及一根挂着英旗的旗杆和一门炮台，整艘船长二三十丈，横广四五丈，仅甲板就有两分地宽阔。木船桡手费尽力气，使船身往码头去。从它前面驶过，见炮嘴下有个洋水兵正在抹擦，再望炮嘴，那炮嘴正正对着李普福，他周身一颤。

上了岸，李普福先将脚下的泥巴在坎坎上刮干净，过来几个洋太太，又高又白净，李普福打直背，只齐她们的肩膀。师爷夹着伞上来扶李普福，李普福不让他扶，取下烟斗咬在嘴巴头，挂杖独自走。岸上的建筑更密了，一些挂着别国国旗，一些没有挂，立门口的有洋兵，也有包脑壳怪模样的大胡子。许是连日乘船，李普福神情有些恍惚，半点没有来跟人较量的姿态，更像过来逛耍。

师爷与李普福并排，说："福爷，等会儿见了陈启亘，莫轻易翻脸冒火，这些子人是不落礼教的……"

李普福没有听他讲，正行至一道巷口，李普福住脚，问师爷："上回幺房跟世景是走这里头买的洋货么？"

师爷吞下半截话，说是。

李普福边走边笑，像是跟师爷说，也像是自言自语："那年子，他们在里头碰到逮撬杆，把世景吓得直哭。"

师爷说："福爷记性好，这里头现今住的是洋水师。"

李普福没有接他的话，回头望了眼来路。

东兴洋行大门是个二毛子在守着，师爷认得到，上去跟他言语了几句。二毛子睒李普福，李普福这才摆出了一副威严架子，将一把胡须，再双手撑到手杖。那二毛子上了楼，沿挑廊走到末尾一扇门前，敲门，陈启亘出来，二毛子冲楼下一指，陈启亘又返回去，叫了个跟班走下来。师爷跑回来，细声又把方才让他莫动气的话说了一遍。李普福说："我晓得分寸。"将烟斗挂回腰间。

陈启亘同上回一样，也是冷冰冰的面目，打扮倒是更洋气了，头戴着圆毡帽，鼻子上架一副圆眼镜，身上着的是洋衫子，衣兜头还夹了块怀表。

李普福作揖问好。

陈启亘取帽回礼。

李普福问："云松不在么？"

陈启亘说："他回番禺了。"

李普福问："我头回给他的信和礼，不晓得他收到没有？"

陈启亘说："我给他了。"似乎并不愿与李普福寒暄。

师爷插了一句："要么找个地方坐到谈？"

陈启亘睨师爷，竟冷笑一声，没有说去啥子地方，只顾在前头带路。

这时的李普福还算泰然，并没有计较，倒是师爷遭他那一睨，有些畏畏缩缩了。沿路都有人跟陈启亘作揖，看得出来，他的地位是比八年前高了。李普福看一眼他身旁的跟班，又看一眼他，就觉得哪处不一样，不是衣着打扮，也不是气派，看了半天，才看出，原来陈启亘那根假辫子没了。

茶坊仍是八年前的那间茶坊，只是不再有戏台子，也不再有清倌人和说书人。还不到吃茶的时候，堂内只坐了三两桌，跑堂懒虾虾地过来。陈启亘喊了四碗茶水，师爷同李普福坐一侧，那跟班同陈启亘坐一侧。

李普福说："这龙门浩变化硬是大，若我个人走起来，怕还打不到三四。"

师爷迎合他，道："可不是嘛，先这一团还只见得到英吉利人跟印度人，后头又来了法兰西人、德意志人、东洋人，一年比一年闹热。"见无人开腔，又自己往下说："这各国人的长相，只东洋人跟印度人好认，听人讲，留络儿胡的是法兰西的，留一字胡的是英吉利的，既有络儿胡，又有一字胡便是德意志的。"

那跟班笑起来，陈启亘不言语。

李普福弯酸道："可转来转去呀，最多的还是我华人。"将辫子拨到身后，侧头望见茶坊的几根木柱上都贴着惩办拳匪的告示，李普福倾身问陈启亘："看样子，拳匪也闹到这边来了？"

跟班插话，一口北方口音道："头一阵传得厉害，七月底八月初就消停了。"

李普福问："也有打教的？"

跟班说："打教倒没有，毕竟有水师镇着。只是各家洋行都遭贴过符，就在传，这边藏了不少拳匪，搜又没搜出来，独一个被捉的，还是这茶馆儿里的说书人。那人把拳匪咋残害洋人的事情编成了话本，当场就给拿下送官了。"

李普福一笑，说："跟白莲教一样，耍些烧符念咒的招数，成不到气候。"

跑堂端上茶水，将茶碗摆放好，陈启亘付了铜板，那跑堂许是听见了方才的谈话，招呼了一句："官爷些，鄙店吃茶，摆啥子都可以，只是莫摆拳匪。"

跑堂走后，陈启亘取下毡帽，现出短浅浅的头发，说："贤之兄的意思，是盼着他们成气候啰？"

听到他嘴里吐出"贤之"二字，李普福周身都起了层鸡皮疙瘩，说："闲谈两句罢了。"

陈启亘同跟班说："这样，你同二位远客慢慢摆谈，我还有别的事情忙。"假作起身状。

师爷忙伸手说："陈买办，这川人在茶馆头，都是想到啥子，摆啥子，你莫计较。"望着李普福，"这就说正事，这就说正事。"

李普福码起一张脸，刮着茶，没有顺到师爷的话说。

师爷只得个人接到讲："陈买办，你先前说，那三百担丝非要喊福爷过来取，人我是请过来了，你看咋个交涉法？"

陈启亘对李普福说："有些话当面才讲得清。"同跟班使个眼色，那跟班才想起自己是来干啥子的，赶紧从褡裢头取出一叠簿册。

李普福搁回茶碗盖，冷笑道："有啥子讲得清讲不清的，要么贵行照契约付款，要么我们把货又拉起回去。"

陈启亘端茶啜了一口，并没有理会李普福的话，自顾自说："东兴洋行同福记合作八年整，头六年都顺顺当当，洋行不曾拖欠丝款，福记亦无差池，只是……"放到手头的茶碗，"从去年开始，福记便弄起了手脚，在桑蚕丝中掺杂劣等柞蚕丝。"见李普福想张口，打住他说："你且莫忙辩解，查验货物时，师爷是在场的，我有没有说假，他心头最清楚。"师爷没有反驳，陈启亘指到簿册说："这账簿照理是不准给外人看的，既然你千里万里过来了，我们也不再避讳啥子。"

跟班将簿册翻到某页，念道："去年，贵号共运来生丝五百二十担，洋行以约定的百又二十两支付，仅择选出三百又十担离埠，以每担两百又十两时价售出，除去课税运资，实盈万又四千七百两。"指头蘸过口水，翻一页，"余下两百又十担，以每担八十两贱价脱手，账面亏八千四百两，课厘四千二百两，实亏万又二千六百两。"瞄眼李普福，又念："去年的五百二十担生丝，洋行合盈二千一百两。"再翻一页，"今年，贵号头趟船运来生丝两百担，离埠九十三担，除去课税运资，盈四千三百二十两，余下百又七担，仅以每担七十四两脱手，账面亏四千九百二十二两，课厘二千一百四十两，实亏七千又六十二两。这两百担生丝，洋行合亏二千四百四十二两。"跟班清了清嗓，"所念账目，均按纹银取整，另，未计入库房人力。"

陈启亘说："贤之兄，这三趟，洋行反倒亏了三百四十二两银子，冒昧请你粗算一下，若再计入库房人力，又亏好多？这些白花花的银子该算到哪个头上？"

李普福摆出一副老者姿态，说："上至商贾，下及贩夫，但凡买卖，必是有赚有亏。"

陈启亘挑眉，倚着桌子说："洋行从不做亏本买卖。"

李普福的气势像是被他压了点下去，说："那既然去年就出了岔子，你大可照约办事，将生丝退返，凭啥子上一趟扣我千多两银子，这趟又扣我三百担丝。"

师爷帮腔："对头，契约上也没的这一款呀。"

陈启亘退回身子，靠着椅背说："家兄可不像你一样无耻。"

李普福没料到他说出这样一句，瞪大了一双眼睛，师爷也有些慌乱，撑在桌上的手缩了回去。

陈启亘接到说："去年家兄一面去信点醒，一面又在大班身前美言，说兴许只是大意。呵呵，一趟是大意，二趟是大意，三四趟还是大意吗？你问我，家兄咋个没有来，就是因这事情，他被大班解雇回老家了。"他又恶狠狠冒出一句："你还有脸问，咋个先前不退还你的生丝。"

李普福一拳捶到桌面，师爷忙搭住他的肩膀。李普福说："论年纪，老子好歹是你兄长，你话语放尊重点，将才就忍了又忍，啥子叫弄手脚，要弄手脚，还等你发现？"李普福喉咙呼呼作响，师爷递过茶碗，他拨开茶碗，接到说："福记遇到了啥子坎，我不必跟你细讲。"

陈启亘把帽子盖到脑壳上，半起身说："我也不想听你细讲。"

李普福说:"等到,事情都没有理清,你走啥子走。"又说:"那千多两银子只当是给陈启兆的,可上一趟的三百担丝,莫管是桑蚕丝还是柞蚕丝,你都该退还给我。"李普福的口气是愈来愈弱,这末尾的一句竟有些乞求的意思。

　　陈启亘哪是吃素的,说:"不瞒你说,上一趟的三百担丝,只十余担可离埠。"凑近李普福,"其余的已卖掉了,银子生丝你都讨不到,作、追、赔。"说完起身就走。

　　李普福拿起手杖一拦,师爷也站起来了。

　　陈启亘学着川腔语调:"咋子,老杂皮,在洋人的地盘耍横么?"

　　李普福盯到他,一口老酽痰吐到了陈启亘的嘴鼻间,骂道:"个狗杂种。"

　　陈启亘慌忙掏出手帕,又抹又看,大骂了句洋文,逮到手杖一扯,连人带椅将李普福扯翻在地。那跟班看一眼陈启亘,又看一眼李普福,挽起袖子要挥拳。

　　师爷猛一步跨上去,跕到李普福身前挡到,高呼:"跑楼打人咯,跑楼打人咯。"

　　堂内的几个人都侧脑壳来看,门口也有些人驻足。

　　陈启亘拦下跟班,似乎仍不解气,将帕子甩到李普福身上,狠狠地说:"看你猖得到几时。"扶到帽儿,往外头走,跟班学嘴骂了句:"老杂皮。"也跟到走出去。

　　师爷回转身,唤着:"哎哟,福爷,跶到没有?"悠到悠到将他扶来坐起。

　　李普福佣到师爷,铁青着脸,喘了一阵气,再捡过手杖,揎开师爷的手,个人撑到站起来。

　　师爷仍哎哟地唤着,帮李普福掸净身上的尘土。有几个堂倌看着他们，没有吭声。

李普福深吸一口气，理正衣冠，不疾不徐地走了出去，师爷拿上伞，跟在他身后。刚走出茶坊，遇见一队洋兵，洋兵没有停下来，懒懒散散地从他们身前走过。师爷攥到李普福的手道拐，给李普福递眼色，李普福顺到看过去，看到那跟班站在不远处注视着他们，师爷小声说："福爷，人生地不熟，莫再招惹他们。"李普福使劲一顿手杖，随师爷绕道走江堤。

天阴沉沉的，江畔没的啥子人，只几个钓鱼佬正起身穿蓑衣戴斗笠，李普福走上几步，便要歇一会儿。师爷则不住地回头瞄，师爷晓得，李普福没有受过这等屈辱，不敢再多说啥子，二人静默默地走，那呼啦啦的风更为大声了。

走到码头，李普福让师爷在原地等他，个人朝柳林去。走到柳树下，待四处无人，他才干呕几声，吐出一口老血，拿帕子揩干净嘴巴，从柳条间看出去，便是那艘冷峻的炮舰，方才抹擦的洋水兵，此时正在收甲板上挂着的衣裳。

师爷喊："福爷，上船咯。"

李普福望过去，望见师爷招手，又望见来的江堤上，有两人快步过来。

这是一艘稍大的乌篷船，船尾有一个橹手和一个桡手，船首有一个使撑子的船倌。两间乌篷里坐了有十来个人，船倌挨递收了船钱，点过人头，便去解开麻索，抽起撑子。岸上有人唤，船家等到，这人上船坐到了李普福对面。船身退出去，岸上有几个妇人在挥手，李普福望到她们，船夫一篙子，船头摆了出去，那几个妇人也见不到了。摇摇晃晃摆出回水沱，船身借着水力朝对岸打，稳当下来，船上的人也松弛了些。

李普福打量起对排的人，坐头头上的是个货郎，许是看天色不好,早早收了摊子,这时正串着铜钱。之后是女人伙,摆起了家长里短。再侧边是个老者,一双手仍将条凳抓得梆梆紧。坐李普福对面的,就是最后一个上船的人,踩一双草鞋,着黑裤白衣裳,脑壳上包着布帕。李普福睃他时,他也正睃着李普福,李普福便把眼睛闭上,脑壳头止不住地回想起在茶坊里的一幕幕,回想起陈启亘傲慢的语气,回想起陈启亘将他扯到地上,回想起个小跟班也要挥拳打他。刘三儿的模样竟也浮现了出来,坐他旁边的若不是师爷,而是刘三儿,他断不会受这等侮辱,拿手杖的手越捏越紧。

乌篷突然鼓点子般响起来,他睁开眼,那老者拿出手钏子,叽叽咕咕念起经来。头头上的货郎将担子往里头揎,屁股往女人伙挪。女人伙正摆得扎劲,没有留神他。船首的船倌没有来得及穿蓑衣,干脆脱了衣裳,裸着半截身子盘腿独坐船头,外头是茫茫一片,这船仿若要朝天上漂去。许是桡手,许是橹手,使船夫调唱起了《秋江》:"雨打船篷风又来,顺风摆浪把船开。问声潘郎今何在,离情别绪系心怀。"看不到岸,也看不到江面,这歌声无人应和,那桡手或是橹手便愈唱愈低沉了。

不知不觉间,船已抵岸,船倌套好麻索,搭稳跳板,唤:"客官些,到岸咯。"那货郎挑起担子,冒雨走出去,女人伙撑开花花绿绿的伞,嘴上仍说个不停,踮着步子,挨到出去。李普福侧身,将裤腿扎起,走在戴斗笠的老者后头,外面雨点子仍密。师爷替李普福打着伞,走下跳板,才把伞柄递给李普福,自己又撑开一把,这两把伞的伞面都有个墨色的"福"字。

走上梯步,走到城门口,四下都没的轿夫,这里离会馆不太远,走回去也就一刻钟的时间。李普福望了眼江畔的商船,跟师爷说:"要么我先回会馆,你去问下明天有没的上水船,免得慢点又出来一趟。"

师爷犹豫一阵，依了李普福，说："福爷，那你走路当心点哦。"

李普福独自走到了东水门门洞里，几个避雨的挑夫在耍牌九，守城的丁勇在旁边看着。李普福收了伞，将伞和手杖靠在墙上，挽起衫袖，手拐子擦破了皮，这时才觉得和尚头也有些生痛，侕到墙揉搓。一双草鞋走过来，李普福一看，正是方才坐他对面的汉子，那汉子没有撑伞，浑身淋了个胶湿，叹道："这天跟漏了一样。"李普福放下衫袖，拿起手杖和伞，一跛一跛地走到丁勇旁，问："湖广会馆在哪一方？"丁勇指了路。

撑开伞，走出去，雨水顺到屋檐流，珠帘子般。李普福把细盯到脚下，避开大大小小的水凼，忽听到有人踩着水上来，离他愈近，步子愈慢，停在他身后，拍他后背。他一回头，见一双草鞋从他侧旁飞跑过去，再抬伞，看见那人丢出条长梭梭的东西。李普福缓缓走上去，那人已跑出四五十丈远，勾起腰杆睃，是条辫子，拿手杖一拨，是条拴了红辫穗的辫子，这红辫穗是长房走洛都寺给他求来的。

师爷一直走到朝天门底下，才找到艘上叙府的船，问好发船的时间和价钱，便往回走。路过吊脚楼的烟馆，心头痒酥酥的，可还是耐住了，李普福正在气头上，若他半天没回去，必是要冒火的。心想，待回去禀告了福爷，再偷偷出来吃两口。脚步便越走越急，到了会馆，到了李普福房间外，连连敲门，没的人应，心想，未必还没有走得回来么？到柜台问堂倌，堂倌说："进进出出只三四个人，都在我眼皮底下，没见到过挂手杖的。"他便到门槛坐到起，张望着，一盏茶后，拿起伞，顺到路找过去，走到东水门，仍不见人。问丁勇，丁勇先说不晓得，后头又听他描述，才说像是有个拄杖的人跟他问过路，往会馆方向去了。

师爷来来回回走了十多趟，走得两脚发软，尽管有些心焦，但他仍以为，李普福只是迷了路，兴许一会儿就问起回来了，饭也不敢去吃，在会馆门口，站一阵，坐一阵，就这么等到打落更。堂倌同另一人交接好，问师爷："还没有回来么，莫是碰到拳匪咯？"堂倌一说，师爷心头才怕起来，是呀，就算福爷走了冤枉路，也早该回来了，伞也不撑，又往东水门走。路上鬼花花都不见一个，越走越虚火，可拳匪不是只打洋人教民么？而且这城墙里头，哪有拳匪呀，脑海里忽然冒出陈启亘，冒出陈启亘的小跟班。脚下一滑，跶下去，师爷猛搋自己几耳光，爬起来，顾不得周身稀泥巴，沿路走沿路哭，跟个叫花子似的。到东水门，城门已经关上了，师爷独个儿立在街中央，两头望，哀呼："福爷哎，你走哪儿去了哟？"

卷 三

第一章

1

　　三鹤楼的女子分两类：一类是只度曲的清倌人，坐台子上，与琴师说书人唱和，茶客只可远观，不可非礼。清倌人唱弹一出，拿一出的钱，多则百文，少则十来文。另一类是行酒度夜的红倌人，在茶围走动，遇到个眼睛放光的狎客，便凑上去谑浪卖俏，引他到老鸨处翻牌子，翻过牌子，说陪酒就陪酒，要度夜就度夜，尽他欢心。红倌人走夜度资抽成，或几十文，或上千文不等，除开夜度资，红倌人还能从狎客身上得些缠头。按行约，这缠头是要过老鸨的手的，可待龟公来搜身时，红倌人早都把它藏起了。运气好，遇上个手头散的狎客，光缠头就好几枚碎银，甚而遇上个官老爷或喝高的败家子，扔出枚大白锭，能顶清倌人唱弹一年。以当下收入多寡而论，红倌人确比清倌人高一筹，若论姿色，则是颠倒过来，或说，在登徒子心头，那清倌人比红倌人更吊胃口。究其原因：红倌人多为半老徐娘，虽远看风韵犹存，挨近了则是颜老珠黄；而清倌人则状貌少艾，浅施粉黛，一副良家模样。登徒子好的可不就是这口么？可纵使你使尽千方百计，递眼色好，丢赏钱好，清倌人仍不得多瞄你一眼，这是老鸨立下的规矩，清倌人是不准私自出门的，也不准擅自同茶客搭话。若有轻薄茶客，当众戏弄清倌人，甚而暗地勾兑清倌人，夺了她清白。老鸨发觉，必报到衙门，讼他个奸污罪名。在开苞之前，清倌人只出素局，叫局人必先送来局票，老鸨审度后，由龟公肩负前往，只得弹唱念打，或陪坐侍酒，不得动手动脚，更不得入房。这般当心，全为了在清倌人身上捞一笔大财，这清倌人的牌子不是翻不得，而是多数狎客翻不起。开苞的讲究同民间嫁女子一样，先下帖子，再送聘礼，择吉日，在三鹤楼请戏摆数台花酒，最后才由老鸨引他入椒房。清倌人已梳妆归一，坐床头静候。是夜过后，清倌人便成了红倌人，那辫子要挽成髻鬟，谓之梳拢。倘使清倌人同红倌人是一个价，想必，狎客十有八九会挑清倌人。只李世景是瞧不出清倌人的好的，他总觉清倌人身上欠一丝韵味，究竟是啥子韵味，他也道不明，即便日后，他真真花重金赎走了个清倌人，竟也未与其有肌肤之亲。

目下，李世景在三鹤楼只喜跟个叫九岁红的红倌人好。

九岁红是从江浙过来的，过来有些年生了，学了一口夹声夹调的川腔，在三鹤楼做过头牌。那时，九岁红出入均有婢女随从，一副达官姨太太做派，后来偷偷接活路，让老鸨逮到，关了一阵禁闭，吃了一顿皮鞭，夜度资才降下来。即便如此，九岁红之阔绰也是别的妓女赶不到的，且不说那身上穿的手上戴的，仅每日的烟钱都是好几贯，她既吃洋烟也吃鸦片烟，那洋烟是使铜烟杆吃的。

李世景头一回上三鹤楼，便相中了九岁红。那天，九岁红头上插着珐琅发簪，额上拴根镶翡翠眉勒，耳朵上坠着银链，着的是大红绸缎旗袍，旗袍上口开了两道扣，现出肚兜带子，一手端铜烟杆，另一手拿绢扇，跷脚坐在台下，向着茶围。他一见她，便想起了玉烟嘴，不光光是她端着铜烟杆，吃烟的模样同玉烟嘴有几分相似，更在于她们着旗袍的体态是一模样的。别的女子瘦筋腊骨，旗袍穿得松松垮垮，而玉烟嘴和九岁红则不然，周身都有肉，那旗袍便显得紧绷绷的，摇绢扇时，仿若能听到绸缎绷裂的声音。茶围间不时有女子走动，可李世景的目光只落在她身上，巴不得九岁红也瞄他一眼。九岁红哪个都不看，眼睛要么闭着，要么远望着门外头，台上的清倌人弹到她熟悉的曲子，也跟着晃晃脑壳，哼唱两句。彼时，李世景还不知咋个递条子，也不知九岁红的名字，当然，更不好意思去同她搭话。枯坐许久，才鼓起胆，照别的狎客一样，招手唤狎司，正指点时，另一个狎司已在同九岁红低语。九岁红起身走到楼梯口，狎客过去，一把揽住她的腰，二人一同上了楼。台上的说书人正讲到铁玉香流落风尘，李世景越坐越难受，干脆走人。

摸清门路，第二趟上三鹤楼，李世景坐下便四处张望，可望了半天也没有望见九岁红，便到狎司处询问，他也报不出九岁红的名字，只说是端根铜烟杆的。那狎司又问老鸨，老鸨喊来两个姑娘，都不是。老鸨这才晓得他想点的是九岁红，说，九岁红晚上要赴局，当天不接客，让他松天再来。于是乎，这头两趟李世景都只吃了素茶。

隔天，李世景坐起滑竿到书院，连大门都没有进，就跑到桂花巷去了。三鹤楼还没有开张，他在檐下坐着，等到巳时左右，出外条子的女子回来，三鹤楼才开门，里头又走出些度夜的狎客，蔫皮搭垮的样儿。李世景站起来，往里头走，被龟公挡下来，问他干啥子的？他说来吃茶。龟公说："过了晌午再来。"好在扎账的老鸨看到他了，又认出了他，说："你硬痴心得很哦。"李世景问:"九岁红起来没有?"老鸨丢了账簿,到楼道口唤:"九岁红。"楼上答应:"赵孃,就来,啥子事情?"九岁红着粉白相间的对襟襦裙走起下来,打扮比头次见到时,要素雅些,但仍能见到胸口两片肥肉。李世景在门口站得笔笔直,老鸨跟九岁红递眼色,说:"喏,清早八晨便等着了。"九岁红瞄过来,李世景浑身一颤,两手抓紧裤儿,耸着肩膀。九岁红笑,只露出上排牙齿。李世景这时才见着,她唇角有一点痣。九岁红走上来,离李世景只一两尺,近到李世景能看清她脸上的胭脂末,能嗅着她身上的热汗。他同九岁红一般高,九岁红将他细瞅一番,说:"哟,还是个小巴腊子。"说完又笑,李世景屏气,盯着她那粒跳动的痣。九岁红手打绢扇,说:"你这不讲话,姐姐咋个晓得你是啥子意思?"那头的老鸨也在笑,唤:"小少爷,先过来把钱押起。"李世景摸钱囊,跑到老鸨处。老鸨问:"新客伙么?"李世景点头。老鸨说:"茶钱二十文,酒钱一盏五十文,吃好多,付好多,不足两盏照两盏算。侍酒一百文,白天住店按香时算,九岁红一炷香一贯钱,不足一炷香照一炷香算,你先押五两银子在这儿。"李世景递上银子,龟公说:"走嘛。"九岁红喊:"莫忙嗒。"走过来,"姐姐饭都没有吃,哪有力气接活路。"老鸨又做起手头的事情,说:"灶房有馒头稀饭。"九岁红牵起李世景的手说:"我们出去吃。"李世景随她往外头走,别的女子弯酸道:"红姐命才好哦,倒转来帮恩客开苞。"

九岁红牵起李世景在街上走,李世景心头既欢喜,又害怕。欢喜是欢喜跟九岁红手贴着手,肉挨到肉,欢喜别个投来艳羡的眼光。怕是怕遇到三姨娘,他们正往洙泗塘方向去,要是三姨娘这时候也出门,遇到了可就邋遢了。

李世景问:"九岁红,这是要朝哪儿去?"

九岁红说："去草堂寺吃刷把头。"

草堂寺就在洙泗塘侧边，九岁红所说的刷把头，是草堂寺祥泰天的烧卖。她常去这家，因祥泰天精选食料，面粉、猪羊肉都选用上等，烹制考究，一屉上来十二个，个个不粘连，个个皮薄肉满，晶莹剔透；再有，这祥泰天的掌案也是江浙来的，还是九岁红的熟客。一进祥泰天，跑堂便招呼开："红姑娘来咯。"抹出一张桌子，问："要几屉？"

九岁红说："两屉。"

李世景说："一屉，我吃过了。"

跑堂问："到底几屉？"

九岁红说："两屉，正是吃长饭的时候。"

跑堂抹净桌子，嬉起脸问："是弟儿么？"

九岁红说："嘿，你咋晓得嘛。"

李世景坐到向门的一方，面红耳赤的。

九岁红也坐下，一手托到下巴，直勾勾盯到李世景，问道："你长得像我么？"

李世景假作搓额头，遮到脸，说："像。"偷瞄九岁红，瞄见她又笑起来，李世景问："你认得到玉烟嘴么？"

九岁红说："啥子玉烟嘴？"

李世景这才想到，玉烟嘴不过是他给起的绰号，就说："听人说，是三鹤楼的花魁。"

九岁红说："鬼扯，三鹤楼花魁，以前……以前是我，现在是赛杨妃，让人包到当野太太了。"

李世景浑身的血都冒到了脑壳顶。

"两屉刷把头。"是掌案亲手端上来的，将蒸笼儿搁到桌上，叉腰盯到九岁红说："哟，红妹，这身卖相老好呃。"

九岁红使绢扇扇他一下，说："好久不见你来吃酒了。"

掌案一手灰面揪到九岁红肥嘟嘟的脸上，说："屎痒了么？"

九岁红取手绢抹脸，骂道："你个作孽的。"

掌案睨一眼李世景，没有搭理他，往厨房走。

李世景冲他的背影耸鼻子。

九岁红偏起脸问李世景："还有没的灰面？"李世景点头。九岁红递手绢给他，喊他帮抹，李世景先还有些打战，连抹好几下，越抹越使劲。九岁红拍他的手说："脂粉都给我抹落了。"擦掉唇脂，将手绢收起来，抽筷子，说："吃。"别家的烧卖，要么稀，要么干。祥泰天的是恰到好处，入口面皮有嚼劲，肉馅不肥腻。李世景连吃好几坨，九岁红说："慢点，看你那吃相。"跑堂送来两碗骨头汤，说："拢共四十文。"李世景拿出钱囊，点给跑堂。

九岁红瞄着他的钱囊，问："你是哪家的少爷？说不定我还认得到你屋头老者。"

李世景胡诌了个名字。

九岁红没听过，她面前的一屉烧卖只吃了五六个，放下筷子，端起汤，盯着李世景，冷不丁问了一句："说过亲没有？"

李世景摆脑壳。

九岁红一脸正经地说："你把姐姐娶回去。"

李世景差点哽到起了。

九岁红笑说："姐姐说起耍的。"

这会儿，李世景觉得九岁红不像头次见到时那般孤傲，便也放松了些，问她："你来嘉定好久了？"

九岁红望起脑壳想了下，说："七年了。"

李世景问："七年都在三鹤楼？"

九岁红说："不是……"

李世景突然埋到了桌子底下,他见到他三姨娘正挎起菜篮子走门口过。

九岁红问:"你搞啥子?"

李世景不开腔。

九岁红回过头看门外。

李世景趁了起来。

九岁红问:"你在躲哪个么?"

李世景亮出手头的玉佩,说:"捡东西。"

九岁红问:"吃好没有?"

李世景将剩下的两坨夹到了嘴巴头,从祥泰天出来。李世景见到龟公在门口蹲着,九岁红装作没见到,在前头走。李世景追上去问:"个狗龟奴咋个也跟出来了。"九岁红没有说话,李世景挨着她,过了过街楼,壮起胆子,一把揽过她的腰,动作仍有些僵硬,一摸到九岁红腰上的肉,下体就胀起来。九岁红也不躲,说:"手还生得很。"

三鹤楼里头茶围已经摆起了,琴师在试琴,舞伶在踩台。九岁红跟老鸨说:"回来了。"老鸨取下牌子,燃了一炉香漏。两人往楼上走,李世景的手越揽越紧,到了椒房门口,九岁红说:"你这样子,我咋个开门法?"李世景才松手,开门,九岁红先跨进去,喊李世景:"进来嘛。"李世景遭门槛绊了一扑爬,九岁红笑说:"急啥子?"

房间由一道屏风隔挡,外间有条案、酒桌、琴和木盆子。九岁红依次点燃香炉和烛台,再把李世景引到里间。里间三面墙:一面摆床,挂的是白纱帘和红绸帐;一面摆美人榻,榻上有杆长烟枪,余些烟脚子;还有一面摆着一张梳妆台和一把春椅。九岁红掀开床帘子,让李世景先脱衣裳,李世景僵到不动。九岁红坐到梳妆台前抿红，说："硬还是个童子么？"

李世景摇头，又点头。

九岁红起身说："那你今后可要记得姐姐哦。"退到屏风外。

李世景慌忙脱掉衣裳靴子，只剩条火帕子，钻到香喷喷的被窝头。李世景在脑壳头一遍遍地想，想书上是咋个写的，咋个画的，让自己平静下来，显得老练一些。

地板响，李世景深吸一口气，侧过脑壳，望见只穿着薄罗裙的九岁红走到床前，隐约约能见到一对黑乳头。她把发髻解开，簪子插到床帐上，把头发拂到身后，李世景赶忙往里头让，九岁红躺下去，向着他。李世景吸着她呼出的气，唇贴上她的唇，一手揉她的奶子，另一手往裙底下去。

九岁红平躺身体，张开腿，问："走哪儿学来的？"

李世景挨到她耳朵说："我爹教的。"李世景刚触到她的阴户，手往后缩了一下，再伸过去磨搓。一会儿，便弄得九岁红湿答答的，呻吟起来，李世景又贴到她的唇上，舔她的唇脂。

九岁红伸手扯下他的火帕子，托住他的阳具说："姐姐周身都酥麻了。"

李世景钻到她的裙下，又瞄又拨弄一阵，坐起身，架住她的腿，可咋个都戳不进去。

九岁红就笑，愈笑，李世景愈慌乱，弄出一身汗，九岁红干脆说："你来睡到。"

李世景睡在底下，九岁红坐他身上，抓着他已脱壳的龟头往里头塞，一开始有些干撕撕的痛，龟头渐渐被汁水包裹。九岁红一边坐，一边抠他的卵米子，李世景盯着她那对晃动的奶子，问："九岁红，屄还痒不痒？"

九岁红说："你人小乇毑大，快把姐姐捅穿了。"

九岁红将抠过卵米子的指头，伸到他嘴巴头，李世景嗅到一股腥味，尝到一股咸味，九岁红说："把那玉佩作姐姐的缠头。"

李世景问："啥子玉佩？"

九岁红说："起头你捡的那块。"

李世景说："那是我爹给我的。"

九岁红说："可姐姐就是想要。"

李世景说："给你便是，给你便是。"

九岁红越坐越狠，越坐越快。

李世景唤："不得行了，要屙尿了。"

九岁红忙起身。

李世景只觉一股热流涌出，整个身子都交了出去，颤抖几下，便瘫软了。

九岁红伏到他身上，像一堆肥肉摊在柴爿高，忽然笑起来。

李世景问她："你笑啥子？"

九岁红说："我头一回吃童子鸡。"

李世景也笑，他觉得九岁红的身子是滚烫的，他被她烫化了。

九岁红说："你说把玉佩给姐姐，作数么？"

李世景说："作数。"把手搭到她屁股上，摸到黏糊糊的东西。

自打这头一回做了男人，尝到了男女之欢的味道，李世景便三天两头朝三鹤楼跑，又只往九岁红被窝头钻，书上的姿势使了个遍，同九岁红也日渐亲密，每次云雨后，李世景都要同九岁红摆谈好一阵。先开始是九岁红独自说，说她咋个被养父母卖给妓院，咋个从妓院头跑出来，又咋个流落到嘉定，为啥子重操旧业，听着听着，也好似跟到她经历了那一番遭遇般，好似已认识她许久。后头李世景也同她讲起了自己的身世，除却是某丝号的独苗子，别的都是他胡编的，一会儿说自己也是被抱养的，一会儿又说他娘被他爹害死之类的。当然，也不光光谈这些悲凉事，李世景还跟九岁红讲书院头的事情，说那些老童生如何迂腐，说他咋个跟到袁东山找到桂花巷。九岁红说他也晓得那老头子，继而又同他说起她遇到过的各色狎客，衙门头的某某某在床上如何下流，圣水街的某某某底下只有两寸长。李世景不喜欢听这些，听得他难受。后来，李世景见了九岁红，头一句就问："不在的时候，你接过客没有？"九岁红若讲实话，李世景便甩起脸子，九岁红只得诳他："好好好，除了你，姐姐哪个都不接。"

个烟花女子，哪能够专侍一人？不过，时间久了，在九岁红心头，李世景同别的恩客是不一样的，他干干净净，她把一切都剥开摊给他看，不怕他耻笑，也不怕他嫌弃。而在李世景心头，也从不把那欢愉和情意视作是金钱买来的，他当她是寻常女子，只肯同她好。可即便到了这地步，仍有些话是谈不到的，譬如寻常日子里的柴米油盐，譬如对将来的打算，倘若谈到打算，两人便只有陷入沉默。

到了庚子年，书院头的讲谕生员都变得忧心忡忡，有议论说佞臣当道，朝廷竟寄望于卜鬼神的拳民，又有说洋人攻破天津卫，洋兵舰都开到叙府了。李世景才不打听这些，更不会挂在心上，只要三鹤楼不垮，九岁红仍在，就是洋人做了皇帝，都跟他没的干系。

李世景成日流连于妓院，学业自然也一日日荒废了，官课斋课考勤一塌糊涂。三姨太并不咋个过问，春妹虽过问，毕竟隔了一层，李世景三两句便敷衍过去，而山长那边，拿了李家的礼，也装糊涂。

学业好蒙混，可银子没法蒙混，李世景的开销大增，酒资春资自不可少，每回多少还要给九岁红些缠头，一月下来，少说也是十几二十两。而三姨太遵照李普福的嘱咐，每月只给李世景十贯钱，春妹又再给他添了五贯钱，合一起也就十五贯钱。到后来，李世景几乎每日都往三鹤楼跑，这十五贯钱远远不够，他便偷偷拿三姨太的首饰去当，拿屋头的摆件去当，李世景没有想过，可当的东西当完了咋个办？三姨太发觉了又该咋个办？照他日后的话说，那些日子，他只顾当下，不顾将来，只顾眼前，不顾周遭。

这年六月的某天，李世景与九岁红快活后，躺在榻上，九岁红吃着烟，又问李世景："你是真真想跟姐姐好么？"

李世景说："想夜里也跟你困一堆。"

九岁红一边嗒着烟，一边给李世景算账，说："你这一月在我身上花十五两银子，一年下来就有近两百两，三鹤楼的赎金是百两银子加些布料首饰，那两百两银子都够赎我两回了。"

李世景替她把烟膏烤好，插到烟锅里，说："可我上哪儿一堆凑齐赎金？"

九岁红吐一口烟，说："你屋头不是开丝号的么？管你参要啊。"

李世景说："我爹不把我打死。"

九岁红放了烟枪，叹声气，又凑近李世景，小声说："若我偷偷跟你跑喃？"

李世景问："偷偷跑？"

九岁红说："不等赵孃晓得。"

李世景摇头说："怕也不得行，我屋头讲究明媒正娶。"

九岁红学着他的腔调："明……媒……正……娶。"又端起烟枪，"当姐姐啥子都没有讲。"

李世景连忙赔礼："我没的看不起你的意思。"又说："再等上几年，等我爹死了，等我继承了家业，便赎你回去。"

九岁红把烟枪含起,说:"待那时候,你都厌倦姐姐了。"

李世景说着"不得不得",忽听到敲门声,九岁红皱眉,正闭着烟子。

李世景高声问:"哪个?"

门外应:"我。"是赵孃的声气。

九岁红呛住了,搁到烟枪,脸上有些错愕。

李世景去开了门。

老鸨立门口喊:"红妹,你出来一下。"

九岁红不开腔。

老鸨又喊。

李世景走回到屏风旁,九岁红瞪着眼,泪汪汪地望着他。

老鸨说:"红妹,是四能堂的马老爷送帖子来,要请你看戏。"

九岁红揩了眼淋子,说:"来了,赵孃。"裹脚,穿鞋。

老鸨在门外说:"李少爷,只有委屈你一下了,今天给你少算一炷香。"

李世景愣了神,站一旁的龟公说:"走嘛,李少爷。"李世景随他往外走,走几步,又回头,看见老鸨领着九岁红往挑廊另一头去。楼下正好演完一出,一些人在叫好,另一些人喊再来一曲。李世景虽觉得九岁红的神情有些怪,但他并不晓得九岁红为啥子哭,他还真以为有个马老爷请她看戏。从三鹤楼出来,他等了她一会儿,没见她出来,便回去了。

第二天,李世景再到三鹤楼,三鹤楼正巧在摆花酒,莺莺燕燕欢笑着把一个盖着红盖头的女子送下楼,李世景心头一惊,问狎司。狎司说,正办喜事,不接客。李世景问,哪个的喜事?狎司说是赛杨妃的。李世景才松心,立那儿看了半晌,没有见着九岁红的身影。第三天,三鹤楼又恢复了日常,可柜台并没有挂出九岁红的牌子，老鸨说，她出局去了，问李世景要不要别的女子服侍？他说，不必了。第四天，见着了九岁红的牌子，但仍没见着她的人，李世景一去就将银子递上，说点九岁红。老鸨让他先泡碗茶，又让狎司上楼问问。李世景觉得奇怪。老鸨说，青楼买卖，讲究你情我愿。可往回并没有这样呀，不得已，李世景只得到茶围坐到，望着狎司上楼，望着狎司敲九岁红的门，走进去，又独个儿出来。一曲正好弹罢，狎司过来说，个臭婊子，咋个劝都不肯再见你，李世景气耸耸地付了茶钱走人。第五天和第六天仍是一样的答复，李世景想，兴许是那天他的那番话把她得罪了，可他不是赔了礼嘛，她硬铁得下心哇。

李世景过着半人半鬼的日子，白天，坐在学斋头，听不进讲谕的话，也不搭理别的生员，独自坐着发神。晚上，窝在铺盖头，更是难熬，满脑壳都是九岁红着旗袍的样子，满脑壳都是九岁红晃动的奶子，便靠打手铳消乏，可每每到泄洪的一刹，趴在九岁红身上的，不是他，而成了另一张陌生的脸。他鼓起一双眼睛，想，今宵她跟哪个睡一堆，是不是一样的欢快？

愈这样想，愈要赌气。近两个月，李世景没有上过三鹤楼。

到了八月间，长夫人得了病，而李普福下重庆又还没有转来，只得由三姨太回去暂时帮到打理事务。三姨太走之前，找了个老嬷子给李世景做饭，那老嬷子就住在洙泗塘，每日吃完饭就回去了。某天，冲完澡，李世景早早地上床，如往日一样，摩挲了一阵，突然爬起来，穿戴巴适，拿上银子，往桂花巷去。

整条桂花巷都混杂着酒香和污物的臭气，三鹤楼外的灯笼亮着，立门口的一个女子认出了李世景，娇嗲嗲地唤李少爷，挽着他引他进去。堂内比白天闹热许多，有喊着酒令的，有押大小的，台子上仍在弹着唱着,听者寥寥,李世景找了个位子坐下来。那女子问:"李少爷,吃酒么,还是度夜?"李世景没有说话,那女子厚起脸皮去给他端了茶来,又在他旁边坐到,李世景一桌桌地瞄,女子问:"你是找九岁红么?"见李世景仍不开腔,便说:"莫找了,红姐在陪酒。"

女子从茶围走出去,走到戏台子一侧的圆桌旁,那圆桌上有四个官爷在划拳,四个官爷身后又各站了个侍女。李世景认出来了,那着粉罗衫的就是九岁红,正背对着他,女子拍九岁红一下,指向李世景。九岁红看他一眼,对女子摆脑壳,她身前的官爷端着酒杯侧过头来,九岁红接过杯子,倾到了嘴里,将杯子放回桌上,使手绢捂到嘴巴,那官爷望到九岁红,一手抚着她的屁股,似乎在说着啥子。

女子走了回来,挡住李世景的视线,说:"李少爷,你回回吃一门菜,吃不腻么?红姐会的活路,我也会。"李世景揎开她,九岁红正看着这头。女子说:"个小瘩娃,老娘还瞧不起你嘞。"李世景一把扯到要走的女子,站起来,揽住她的腰,唤狎司去翻牌,搂着女子朝楼高头走,不再去瞥九岁红。

这女子是下等货色,否则怎么会站到门口去揽客,一入椒房,先问有没的缠头,一副要按价论质的精明相。李世景丢给她枚碎银,她便欢欢喜喜地替李世景脱衣裳,从他的耳根舔到下体,又将自己剥个精光,拉李世景到床上。李世景闭到眼睛,不去看她周身的疮斑,不去看她狰狞的脸。他想,坐他身上的不是这女子,而是九岁红。

过了有两三刻钟,女子也疲了,从他身上起来,走下床。李世景侧过身去,见她裸着身子,到烛台引燃纸煤,再将茶几上的水烟点燃,坐椅子上咕噜噜地吸。李世景也裸身走过去,坐到另一张椅子上,女子将水烟袋递给他,李世景吃了两口。女子盯到他说:"李少爷,你晓得红姐为啥子不肯见你么?"

李世景把水烟袋放回茶几,说:"三鹤楼独她一个娼妓么?"

女子一笑,说:"那天,她在房间头跟你说的话,遭门口的龟奴听到了。"女子拿过水烟袋,"又挨了顿鞭子。"吹纸煤重新引燃烟草,"这青楼呀,是进来容易,出去难。"

三鹤楼过去有不少先例,某个恩客长久只点一个姑娘,到最后,两人生了情,恩客裹起姑娘跑了,没有付一文钱的赎金,还扰乱了风气。老鸨在这上头把细得很,如若瞧出有啥子名堂,便要先找女儿来敲警钟,又暗中安排龟公盯梢。懂事的,今后便晓得避开同一个热客,不懂事的,仍我行我素,甚而真真私奔遭捉回来,轻则吃板子鞭子,重则使麸炭燎金沟,一辈子再尝不得男女之欢。九岁红先前就因偷偷接活路,挨过一回打,这次是二犯。那天,老鸨引她从另一道楼梯下到灶房,龟公押她来跪到起,老鸨一面训斥她,一面生炉子,还不准她哭出声。她只得一个劲地赌毒誓,说再不接李世景了,说再不敢乱章法了,说要一辈子孝顺赵孃。好在那几日遇到赛杨妃要出嫁,而且九岁红也只是嘴上说说,老鸨才没有施重刑,打了几鞭子了事。

这女子把这番内情告予李世景,李世景便下定决心要攒钱赎九岁红。到时候,他要摆跟赛杨妃一样排场的花酒,请桂花巷所有的姑娘都来吃,等她们都晓得,九岁红风风光光地嫁给了他。

只可惜,他跟九岁红缘分已尽。

2

三姨太回去了十来天,愈来愈担忧,倒不是担忧长夫人的病情，而是担忧长夫人在李普福回来前，便归了西，该咋个跟他交代，他得不得怀疑是她害死长夫人？另外，账房已经来催问过好几回了，问龚占奇送还的九十担生丝到底咋个处理？有绸商肯以八十两每担收购，这价格相比以往是要低许多。可账房说，到了下半年，丝价只会一天比一天更低，而且外债也正利滚利地翻着，若是再拖，今年怕连本都保不住。三姨太仍不敢做定夺，无论卖或者不卖，都怕老爷怪罪。

焦头烂额时，她便想到，把李世景喊回来。一来，他是这屋头的少爷，于情于理，都该陪到他大娘。二来，丝号上的事情，李世景来做定夺才是最合适的。三来，也是她最担忧的，如若长夫人没等到李普福便落了气，李世景可以给她做个证，证明长夫人是真真害病死的。

八月底，三姨太便派了下人去给李世景请假，并接他回白庙。那下人头天去，第二天两人才回来，一拢屋，李世景便冲三姨太冒了一通火，说她耽误他学业。三姨太回斥他，不晓得轻重缓急，引他到长夫人屋头去。丫鬟牵开帐子，长夫人只露出一张苍白的脸，像个活死人。从房间出来，李世景规规矩矩地去放了行李。那九十担生丝，李世景最终决定卖掉，一番往来过后，绸商还每担添了五百文钱，账房在三姨太面前夸说，少爷是块做生意的料子。

九月初三，绸商过来拉货，李世景换了身粗布衣裳，到库房对接，老长工一面帮到查验，一面教李世景咋个辨识丝质。李世景一本正经地学着，三姨太在一旁看，心头想，李世景真有副当家人的模样了。过了晌午，三姨太没有出去，在厅堂泡了壶茶歇息，她坐的仍是老位子。这时候，下人们都在渡口帮忙，整个李宅只有长夫人偶尔传出的咳嗽声。听着这一阵阵的咳嗽声，三姨太突然想起了李普福，他和师爷是七月底走的，按说差不多该回来了，往李普福的房间瞄，门锁着。回过头来，她盯到两张上方位发神，站起来，在厅堂走动，眼睛望到院子头，空空荡荡。她突然走到长夫人坐的位子旁，犹豫一阵，坐了上去，又换到李普福的位子，往外看，能一直看到下厅。有那么一刻时候，她有种错觉，这李宅上下，只剩下她和李世景……可不敢那样想，又坐回自己的位子，眯起瞌睡。

"三姨太，三姨太。"是丫鬟吵醒了她，"长夫人在屋头又哭又喊的，你进去看看。"

三姨太忙往她房间头走，长夫人一双手竖起打得笔直，咿咿呀呀的，三姨太让丫鬟去取帕子，唤："姐姐，莫怕，我在这儿。"

丫鬟拿来帕子，搭在她额头上，三姨太把她的一双手抚下去。

平静了一阵，长夫人又一声声唤着老爷。

三姨太只得说："姐姐，老爷在侧边，有啥子话，你跟他说嘛。"

长夫人就喊："老爷莫怪罪。"

三姨太仍抚着她的身子，说："老爷没有怪你。"

长夫人说："老爷你莫不搭我的白。"

三姨太说："老爷正跟你说话嘞。"

长夫人骂刘三儿不得好死。

这时，李世景走了进来，仍穿着那粗布衣裳，浑身是汗，三姨太让开，喊李世景坐过去。李世景去握到长夫人的手，问："大娘，你咋个了？"

三姨太说："姐姐，你好生点，世景看到你在。"

长夫人一点点平和下来，问："世景么？"

李世景说："大娘，是我。"

长夫人微微睁开眼,突然又喘起粗气,掐到李世景的手。

李世景哎哟哎哟地唤。

长夫人越掐越使劲,指甲子挖进了李世景的手背。

三姨太有些急了,去拉她的手,说:"姐姐,你莫丢人现眼的。"

长夫人咬牙喊了出来:"刘三儿,你个吊眼狼。"

李世景掰她的手,咋个都掰不开。

三姨太斥道:"姐姐,你是不是要装怪?"

长夫人仍一口一个刘三儿地骂着。

三姨太一辣耳搧她脸上,这一辣耳才把她搧回了神。

李世景忙缩回手。

长夫人愣愣地望到三姨太,说:"三妹,你打我?"

三姨太盯到她说:"是,这是还给你的。"

三姨太记不得挨过长夫人好多打,那时候,老爷的心思全在四房身上,长夫人当到他的面训她打她,老爷都不管。她只能把委屈往肚皮头吞,有几次,要不是念到春妹,她都差点投了井,的确,她仍记恨着。可这一辣耳并非是报复长夫人,她没有想过要报复长夫人,她认为她受的那些委屈是活该的,是命。她打长夫人,是怕长夫人再说出啥子来,而那句堵话,也只是在气头上说的,说过便后悔,可说出来,也收不回去了。

李世景似乎遭他大娘吓到起了,那天晚上没有讲一句话。第二天,就再不敢跨进长夫人的房间,没的事时,他便往渡口跑,去打听李普福的消息。有时,三姨太站在长夫人的房门口,很想进去跟她道个歉,每次临推门,又退回来,她怕一个临死之人再诅咒她啥子。

不知是从哪天起,长夫人就不再进食,饭菜端进去,又原模样地端出来,每日只靠米汤维持着。三姨太问长夫人的状况,丫鬟说，长夫人吃不进东西了，三姨太忽又希望老爷晚点子回来。就这样，一天天地挨着。李世景那头说，没的船夫见过他爹和师爷，也不晓得他们坐的哪艘船。丫鬟这头说，长夫人渐渐消瘦，渐渐沉默，后来，只张着大口，攥着呼吸。

长夫人活不长久了，三姨太心头矛盾着。一方面，长夫人成了这副模样，她多少还是有些怜悯的。另一方面，这长夫人一走，屋头除开老爷，数她辈分最大，过去，她等了大半辈子，可不就盼到这一天嘛。她还真就堂堂正正地坐到了上方位，起先还不咋个自在，下人些见了她，也有些异样的神情，可没几天，便都习惯了。

就是在这种吊诡的氛围中，长夫人终于落了气。

这天下午，阴雨绵绵，三姨太吃了饭，便回房间困觉，李世景则在下厅理账。丫鬟跑来砸三姨太的门，三姨太迷瞪瞪问："啥子事？"丫鬟哭说："长夫人要走了。"三姨太爬起来，往长夫人的房间去，见她噗噗地吐气，不见吸气。三姨太让丫鬟去喊李世景，丫鬟出去，房间头只剩她和长夫人，她揭开长夫人的铺盖，床单上流了一泡尿。她反复跟长夫人说着："姐姐，你再等会儿，老爷过来了。"丫鬟引着李世景进来，三姨太把他推到床侧，李世景喘着粗气，长夫人的嘴一张一合。李世景把耳朵贴上去，贴到她嘴边，三姨太看到她像是在笑，笑着笑着，紧攥的手便松了。

长夫人是照寿终办的丧事，在屋头停短三天，长工将堂屋布置成灵堂，再给长夫人换上孝衣，搬到灵床高，捆起草索，脸上盖着她生前用过的帕子，灵床前牵上竹帘子。长夫人跟娘家舅家早都断了联系，头一宿，只李世景和赶回来的春妹守灵，不免惨淡。第二天，三姨太让龚占奇带了人马来，跟到披麻戴孝，磕头化纸。依道士看的时辰，第二宿入殓。入殓时，三姨太在一旁看着，道士揭开长夫人脸上的帕子，三姨太吓一跳，那面相还跟生前一模一样。三姨太赶紧退到竹帘子外，道士整饬尸相后，由李世景同另几个人，将她抬到了方子里，留了道龙口。这一宿，三姨太是到下厅房睡的觉，她梦见她和老爷行房，门是虚掩着的，她睃见门缝有双眼睛，那眼睛直勾勾地盯到他们。翌日辰时封棺，长工们在龙口抹上坏灰，再钉棺钉，可那棺钉如何也打不进去，道士放上镇尺也不管用。三姨太去拿了件李普福的旧衣裳来，下人将衣裳铺到长夫人身上，才把龙口合上。最后一枚馆钉打进去，三姨太松一口气，才觉得长夫人是真真回转不来了。申时一到，李世景举灵牌，同道士走前头，再是举幛子的帮工长工和乐器吹打，龚占奇的人马拉灵跟到，后头才是十二个长工帮工抬着方子。方子后，是三姨太、春妹，以及下人、丫鬟和乡邑，他们一人拿着一件长夫人生前用过的东西，见水就丢，一路到大龙滩。墓地是先前李普福挑好的，两方地连着，一方是长夫人的，另一方是李普福的。覆土后，众人各走各。李世景和春妹在墓前又化了三包纸，三姨太在不远处盯着坟包。

这天是九月十九，李普福出去近两个月了。他走时，长夫人刚倒床，等他再回来，就只能见着一块灵牌，就只剩三姨太一个女人了。三姨太心想，按说，老爷也该回来了。

3

先前，李世景跟九岁红许诺，等他继承了家业，便赎她回去。他没料到，前半句，很快便成了真。

打李世景卖掉那九十担生丝起，他就起了个不敢跟外人讲的心思。

- 334 -

照账房的算法，这九十担生丝，若按八十两每担售出，与拉到重庆，按百又二十两售出，净利润相差无几。不同的是，洋行需求大，且收购量稳定，而绸商这头不敢提前拟定契约。李世景晓得，绸商这时节来买生丝，且又连跑好几趟，定是头年订的货不够，抓了慌，才找过来，李世景大可傲起，每担让他添个一二两银子，但若是这样，绸商今年亏了本，便只有一回子买卖。福记真正的难处，还不是咋个处理这九十担生丝，而是要给二年的生丝找到着落，李世景是想把绸商拴死。

既然绸商不肯拟纸面契约，李世景便抛个诱饵把他勾到起，李世景让绸商每担添五百文上去，二年若是绸商还在福记拿货，再照时价，每担扣减五百文。事实上，就是让绸商压了几十两的定金在这儿，那绸商犹豫一阵，终还是答应了下来。交接当天，绸商便送来了第一笔千又四百两白锭，均是使大箱子装着。账房抽出一千两，还清部分外债，又抽出一百两，给龚占奇送去，余下的三百两存到了白庙银库头。李世景问账房，放这地方稳当不稳当？账房说，丁勇只认福记的印章。那还是在九月初，李世景只敢在梦里头想，他提起一百两银子，往桂花巷三鹤楼跑。

这天之后，李世景便常到李落渡去打听他爹的消息，江水眼见到一天天退，百担以上的船越来越少，可仍旧啥子消息都没有打听到。有个船佬儿半开玩笑地说，你爹莫不是遭洋人扣到起咯。这时，李世景才预感到，他爹或许再也不会回来了，这个念头涌上来时，他竟然没有一丝悲伤，而是有些窃喜，但迅速又为此感到自责。

矛盾的不止他一人。有天，他从渡口回去，见三姨娘坐在厅堂里睡着了，坐的是大娘的位子，而当时，大娘还在屋头躺着，还没有落气。他喊，三姨娘。她醒过来，慌忙站起来，定了定神，又坐回去。发过几次狂后，他大娘就不再进食了，三姨娘让丫鬟把药也一并停掉。每天吃过夜饭，李世景同她在厅堂坐着，互相不说话，若是有一阵没听见咳嗽声，她便把丫鬟叫出来，问，走没有？丫鬟摆头。她又静默地坐回位子。有时，李世景撞见了她的目光，她一笑，李世景也笑，仿若两人有啥子阴谋。

庚子年的年尾，李世景心头好似横了一杆秤。一头坠着他爹和他大娘，另一头坠着九岁红；一头坠着所谓的道德，另一头坠的是他本真的想法。这杆秤摇晃着。

九月十七日，大娘终于归了西，这是他头一回亲眼见着一个人咋个落气，他把耳朵贴到大娘的嘴边，大娘呼出的气打在他的耳根子上，他啥子都听不清，那气息渐渐弱了。他趁起来，拿手指去触大娘的人中，已经断了气，可她仍张着嘴，要说的话仿若只说了一半。这时，他才有些感伤，先前四姨娘、五姨娘走的时候，他都不在屋头，她们的死对他而言，无非就是凭空消失，而大娘则让他晓得，一个人的死是何等缓慢、痛苦和孤寂，但这感伤也绝没有到痛哭的地步，整出丧事，他没有落一珠眼泪。他晓得，三姨娘也没有哭，哭的是那些请来的孝子贤孙，他与三姨娘如事外人一般，不过是惋惜一个活生生的人，变成了一件又冷又硬的物件。

等待并没有随着大娘的去世而结束。

三姨太让李世景再待一阵，她说："你若不在屋头，你爹回来，三姨娘咋个都扯不清。"尽管李世景思念着九岁红，可他晓得，现在跑到三鹤楼去，老鸨未必会让九岁红见他，倒不及如听他三姨娘的，再待一阵子。可究竟待到啥子时候，待到那时候，他又能不能赎得到九岁红，他心头也没的底。已是九月末，渡口只剩下下嘉定和打横渡的船。当然，他爹和师爷也可能没有坐到船,走驿路回来,路程要背一些,这样的话,兴许他们仍在途中。

三姨太那头一面坐等,一面又托龚占奇派了两个练丁下重庆找人。李世景也没有闲到起,他先以福记少爷的名义,给嘉定城大小商号又带去一封信函,并附上一份薄礼,望他们二年能够从福记拿丝。然后又跟本邑的茧坊商量,修改契约,由福记代为销售其生丝,并抽取佣金,而非像往年一样,直接由福记收购。

也许正是从茧坊掌柜这里传出去的,说福记如今的当家已是少爷李世景,就连水义公宋明奎都听信了讹传,是年轮到宋氏办牿牛会,送来的帖子上写的是"李世景"。李世景拿起帖子问他三姨娘,他三姨娘说:"以往老爷是出银子,没有出人,既然今年人家写的是你的名字,你就去露个面。"李世景让账房取了三十两银子,又买了四把桶伞和香烛数捆。他想,如若牿牛会前他爹回来了,签单时便签他爹的名字,如若没有回来,就签自己的名字。

到了十月十二,他爹仍旧杳无音信,李世景便让下人先把财礼和拜帖送到了宋府。这一宿,他心神不宁,彻夜未眠,寅时便爬起来,给他大娘上了一炷香,然后坐到起等天亮。一股股寒风吹进来,在厅堂里呼呼地叫,他瞄着他爹的房间,走过去,取下锁,推门进去,厅堂里的光透进来,房间的布置摆设仍是他爹走之前的样子。他使掸子把蜘蛛网扫净,掀开床帐子,嗅到一股浅浅的气味,这气味是他爹身上的气味。铺盖叠到了里侧,床铺有些塌陷,那塌陷的部分是他爹睡过的印子。瓷枕旁有一块佛牌,他捡起来看了看,又放回原处。床侧有张椅子,过去是他大娘坐的,或是伺候他爹的下人坐的,他搬过来,向着床坐到起,这房间再没有不住的咳嗽声。

"老爷,老爷你回来咯。"

李世景醒过来，偏过头去看，说："我。"

"哎呀，我还满以为老爷回来了。"

是伙夫把他认成了李普福，他走出去，喊老嬷子把这房间清扫一道。

辰时，李世景吃了早饭，带上家丁往场上去。

这是李世景头一回赶牯牛会，这年的气氛要比往年淡，因吕府被抄了家，朱申顺被砍了脑壳。吕氏、朱氏这年都没有捐资，而且还裹挟农户，不准他们参加。龚占奇这边刚坐上白庙香堂总舵爷，想收买人心，放话赶一头牛来，就赏钱两百文，挑选出来的牛状元，除按规矩赏食粮外，额外再赏户主十两银子。即便如此，这年也只十来头牛参会，好在牛华溪一带的盐井灶户，是使耕牛汲卤煮盐，宋明奎拉了他们过来充数。到了白庙场，李世景先去新戏台签了单，然后到宋明奎的茶园坐歇。一进去，执事便吼："福记少爷来咯。"众面孔侧过来，一些人李世景见过但喊不出名字，另一些人是生面孔，他广作揖后，跟龚占奇坐到了一桌。同桌的人都停下摆谈，问他："福记现今是不是你在当家？"李世景瞄龚占奇，龚占奇不开腔，他回说："晚生是代家父打理。"又闲聊了几句，不到午时，厨班将就茶桌摆上了菜，均是素食，也没的酒水，时不时有人以茶代酒过来敬他。不论年纪长幼，同他说话时，都是一副恭敬姿态，他从未这样被人抬举过，脸上羞得通红，心头却是乐滋滋的。

吃完饭，外头的社戏也唱完，诸神游完街，到新戏台坐到起，受善男信女膜拜。李世景同众人一起出去，这年的主神是团龙庙的团龙菩萨，两侧又有泊滩、昆山、华光、金华等诸神神像，李世景依次上香上油上钱。一会儿，驮挂着纸钱的一串牯牛也牵起过来，众人将它们围住，几个牛倌逐一摸看，看客也在议论。李世景同家丁走散了,他扫望一转,望见了一张熟脸,那人正同身旁的人嬉笑,但他码不的确,想从人缝间挤过去。忽听得有人喊:"拳匪来咯,拳匪来咯。"众人瞬间乱成一锅粥,摆饮食的摊子被撞翻,踩得稀烂。

李世景见到那张熟脸,拿了根竹签子,往头牛屁股上插,那头牛长啸一声,挣脱牛倌的缰绳,扯起后面一串牛,见人就撞。龚占奇提起梆锣敲打,却是越敲越乱,就在这当口,白庙烟馆又失火了。这次是真真的失火,烟市那一团房子都遭惹燃,冒起了浓烟。龚占奇大骂:"哪个龟儿干的?"带起练丁往那一方去。救火的救火,逃窜的逃窜,新戏台周围只剩十来个人,仙嬢在慌脚忙爪地装供钱,贩夫在拾捡地下的烂摊子。李世景没有跑,他认出来了,那熟脸就是刘太清。他大喊:"歪嘴。"刘太清正在包袱头找啥子,他身旁的人在撒纸条条。李世景满以为他也是来凑热闹的,走过去问:"歪嘴,你爹躲哪儿去了?"刘太清愣了一下,回过神来说:"我还问你嘞。"从包袱头拿出一柄开山斧,说:"让开。"只见刘太清提起斧头,跨到戏台子上,团龙庙的仙嬢抱起钱就开跑,一边跑一边说:"要不得,要挨天遣。"刘太清掀翻供桌,挥起斧头,攒劲骂:"日你,先人板板。"往团龙菩萨颈项砍,几斧头下去,菩萨脑壳滚落,李世景吓蒙了。从烟市那方跑来三个蒙面人,各抱一个匣子,喊:"走咯,走咯。"刘太清抱起菩萨脑壳,递到另一人手上,也把布巾蒙起,收起斧头,跳下戏台子,随到另几个人朝西场口逃去。

片刻后,百长领起十来个持棍练丁撵过来,问李世景:"李少爷,他们往哪一方跑的?"李世景朝东场口指,百长便顺到他指的方向去。李世景才发现边边上还站了好几个人,都正把他盯到,个和尚穿着的人捡起张纸条条,念道:"无生老母捎书信,特来请你大归家，铁钎会，呸，狗屁不通。"李世景瞄一眼满地的纸条条，又瞄一眼缺了脑壳的团龙菩萨，仍不敢相信方才发生的这一幕，更不敢相信是刘歪嘴干的。

家丁一跛一跛跑起过来，他衣裳敞起，脸上遭熏得黢黑，喘着气说："少爷，没有伤到你嘛。"李世景皱眉问："你咋个这副样子？"家丁支支吾吾的，李世景猜到他是吃烟去了，哪晓得遇到大火。不过，见他没的大碍，也没有责备，带他去埝渠洗净脸，没有再颠转看闹热，而是直接回刘河坝。

家丁沉默了一阵，终还是没忍住，讲起了方才的遭遇，那火是从假阁楼烧起来的，将将起火，就有人喊他们快点跑。他在里头帮到扑火，可假阁楼许是铺了谷草，一会儿，满屋子都呛得遭不住，他才跑到了外头。掌柜和堂倌些被火势困住了，仍有三个不怕死的，蒙起脸，冲进去，将掌柜和堂倌一个个救起出来，他们还满以为是防火班的，结果这三人最后一趟出来时，一人手头抱了个匣子。家丁说："都说这三人是灯花教的，不怕烧。"家丁又是比画又是说。李世景仍心有余悸，那可是菩萨呀，这刘歪嘴咋就敢使斧头砍上去。

回到李宅，李世景快步往里头走，两进院子都没的人影，人些不晓得跑哪儿去了，远远地望见三姨太坐在上方位，他高声说："三姨娘，你猜我看到哪个了？"

三姨太木瞪瞪地不说话，又见厅堂两侧站满了下人丫鬟，走进去，地上放着一双行箧。

4

蔡金场有一绅粮，有田土四十余亩，均租给佃农在种，某年逢天灾，每亩只收了两三斗粮，佃租却照收不误。一佃农缴不起，绅粮便让他抵女子作通房，这女子上门没几天，便上了吊。佃农去收尸，见女子挂在细丫丫上，嘴巴鼻子头塞满了泥浆浆，周身都是瘀青，怀疑是遭人害死的。可绅粮收买了稳婆，稳婆清洗女子嘴鼻，将瘀青写作血坠，以上吊定案。佃农不服，使板车拉起女子，进城申冤，到城门口被拦下来，守城兵勇不准其入城。佃农强闯，遭扭送到衙门吃了二十记板子，女子尸体亦被草草埋葬。佃农仍不服气，托人引他上山投铁钎会。不几天，绅粮二房便被掳走，绅粮猜到是那佃农所为，却寻不到人。又两日，门口放了一个篮子及字条两张，一张写着女子遭毒打害死的经过，由二房署名；另一张写着赎金二十两，并让其放入篮内，绅粮照办。当天晚上，篮子被提走，次日，二房被套着脑壳，送还回去。

　　冠英场有洪氏五弟兄，因穷困，各自成亲后，仍住同一屋檐下。是年，高头下令严防拳匪，各乡均须扩充乡丁，保长邓缺牙借机敛财，挨家挨户抓，不肯充丁者，便索财索物。洪氏五弟兄商议，由洪老幺服役。邓缺牙却说，五弟兄已各自成家，依役法，各家有适龄男子，都要参与抽签。不巧，五弟兄都中了签，若不肯去，一个人头缴两贯钱，他找个顶替。洪老大跟他理论，扯到扯到扯毛了，洪老大打了邓缺牙一拳，邓缺牙回去带了人来，将五弟兄的屋打烂，并带走洪老大、洪老三和洪老幺。洪老二和洪老四到老虎堂求情，说愿缴壮丁钱，求邓缺牙放了三弟兄。邓缺牙竟说，起初是一人两贯钱，这会儿要一人四贯钱，不缴就把那三人送到匪患猖獗的双龙庵。这两弟兄心想，你要老子防匪，不及如老子投匪。两弟兄丢下屋头的婆娘伙，找到铁钎会。几日没有收到壮丁钱，邓缺牙带起乡丁，拉着一车刀棍，押洪氏三弟兄往双龙庵去，刚进了山口，便被一行持札刀的蒙面人堵了去路。

洪老二站在前头说："邓缺牙，你不是要剿匪嘛，老子把土匪给你带来了。"乡丁将马刀架到洪氏三弟兄颈项上，邓缺牙说着："你歪。"带着乡丁往后退。两边山上又冲下来二十来人，将他们团团围住，邓缺牙见进退不得，将洪老大推出去，说："我身为保长，秉公征丁，跟你几弟兄没的私怨，你们既然不肯，我强扭到，迟早也要跑，我先放一个，待我们回了冠英场，再放另两个。"个赤手蒙面人步步往前，直走到排头的乡丁面前，大喝："把刀丢了。"那乡丁已吓得发抖，丢了马刀，后头的乡丁也纷纷照做，洪老幺见状，一拐子甩到邓缺牙脸上，又打落他一颗牙齿，邓缺牙捂到嘴，不敢吭声。两个蒙面人上前，将地上的马刀连同一车兵器拉走。赤手蒙面人说："哪个回去敢引兵勇来，老子连你祖坟一起锹了。"又喝一声："滚。"邓缺牙与一众乡丁踹踹跌跌逃走。

在白庙、蔡金、冠英三地，此类传闻，不胜枚举，有道是："报官不如上山。"这所谓的上山，便是上官帽山投铁钎会。

铁钎会尊奉谭三姑为西王母转世，下有以刘太清为首的八大金刚护法。入会者须先自报家门，道何故上山，再经扶乩问仙。入夜，八大金刚摆阵，入会者立其中，西王母念灵咒降符，入会者盘腿而坐，西王母手持神灯，入会者久视，待见得诸神现身，五体投地，西王母持神灯以金光罩其身。八大金刚颂：真空家乡，无生老母。即授皇胎子。

这铁钎会借的是灯花教教义教礼，道世间已是末世苦界，西王母托谭三姑之身，助众人归圣。有吹得悬的说，某愣头青上山数日，不见神迹。一日酒后，口出狂言，说这铁钎会与别的棒匪无异，都是些凡夫俗子罢了。话到谭三姑耳中，遂招来众人，摆阵作法，请一道急急如律令，口念金身咒，往刘太清身上淋洒圣水，再将令符引燃，置于刘太清之首。只见他瞬息燃成一团火，盘腿而坐，一盏茶后，火燃尽，刘太清安然无恙，愣头青再不敢胡言。不过，也有传言说，起初铁钎会并不奉教，刘太清等八人原是白庙场石匠，因犯了王法，躲到官帽山。本只想避一阵子，不料被人透露了行踪，遭清兵围剿，八人及时逃脱，又到鸭口山一带躲藏。待风头过去，回到官帽山当起了山匪，为壮大声势，才搬来三阳教教徒谭三姑坐镇，自立门庭。上山入会者以弟兄互称，每次劫得财物，不论入会早迟，座次高地，年纪长幼，均按人头平分。又以无生老母之名，杀不平人，除不平事。有关铁钎会的传言虚虚实实，总的来说，赞誉居多。不久，名声就传遍了白庙、蔡金、冠英，甚至杨家、观榜等地，不少赤贫者、蒙冤受屈者、无权无势者上山投靠。两年不到，铁钎会便有百余号弟兄，另又占了一座山头，作拳棚和兵器库，供日常操练。官帽山老窝则装扮成神坛，各山洞供有菩萨、天尊一类佛像神像，也供有桓侯鞭、镇江斧、伏虎圈一类神器，均是从别的庙宇搬来的。最为人称奇的是，有一口洞窟供了一尊肉身菩萨，只几人进去过，说是洞壁画满了佛像，肉身菩萨端坐在尽头，仅尺把高。

　　刘太清和师叔师兄杀死鲁班会会首后，留下了两个人在巧圣祠巡风放哨。他和另三个石匠当日便从嘉定城逃回白庙，过白庙场时，见还没有收场，官府也没的那么快撵上来，便去逛了一转，买了一背的吃食，才往官帽山赶。到山脚，天已黑尽，点起火把，一人挂根棍棍，探到往高头走，走拢观音庵，没有打搅老尼姑，将就在瓦檐下歇了一宿。

　　第二日，老尼姑起来拜早香，把躺到的三个石匠喊醒，却没有见到刘太清，三人都惊出一身汗，唤："牛儿，牛儿。"

　　这一唤，刘谭氏也醒了，縱縱按起出来，问："我的儿没有回来么？"

一个石匠说："昨晚上一起回来的呀。"

这头焦急地四处唤找，那头刘太清慢悠悠从山上下来。

瓦檐下的石匠说："哎呀，吓死人嘛不偿命。"

老尼姑问："你上去搞啥子？"

刘太清说："看下还有没的下山的路。"

老尼姑拆开手头的一把香，说："沿到帽儿顶倒右手，走三五里路还有一条，下去是冠英的地界，就是草深得很。"

刘谭氏仍在问："太清没有回来么？"

一个石匠正把背篼头的吃食拿出来，指到刘太清说："那不是你的儿哦。"

刘太清走刘谭氏身前过，唤了一声："娘。"

刘谭氏把细看他，哭哭啼啼道："还以为你落崖底下去了。"

众人都笑起来。

老尼姑点燃香，念诵了几句，拜三拜，插到了香炉头。

先前就安顿好的两个石匠，这时才闻声从山洞头出来问："回来咯，办妥没有？"

刘太清望到他们说："办妥了，东家喊过几天去拿钱。"

几个石匠一起，将吃食往山洞头搬。

老尼姑看着他们问："你们要歇好久？"老尼姑只知张石汉被鲁班会害死，他们上来躲鲁班会，不知他们也犯下了命案。

一个石匠说："好久？起码小半年。"另一个石匠将东西扛到肩膀上，说："老尼，米粮我们管了，就是借个歇夜的榻榻。"

老尼姑嘀咕了一句："硬以为这观音庵是客栈么？"跟石匠说："撮把米来。"往灶炉去。

刘太清目光四处寻着。

女娃子藏在洞口的柴禾边，只露出半张脸，瞄见刘太清在睃她，赶紧躲了回去。

观音庵侧边只两口山洞，一口是老尼姑和女娃子住的，后头刘谭氏也住了进去。另一口原先住过猎户，已经荒废了多年，两个先到的石匠清扫了出来，那洞子不大，顶多容得下三个人。吃了早饭，刘太清和石匠些便一面探路，一面找野洞子。他们穿过一片灌木林，见一方不高的瓦崖，崖脚正好有两口相邻的洞子，洞口挂满了飞耗儿，他们点起竹筒筒往里头走。这两口洞子都是崖墓，尽头各放了一口棺木，棺木已经朽烂，剩些碎瓷片和铜钱，没的尸体或白骨，许是被豺狼叼起跑了。石匠些又找了一阵，别的洞子要么太小，要么是水洞子，只好回来，冲洞子跪拜后，将枯木同朽烂的棺木搭成一堆，引燃。一会儿，飞耗儿叽叽叽地飞走，再使镰刀除净坪上的杂草藤蔓，搭好灶炉，已是正午，刘太清让另五个石匠回去吃晌午，他留下来守到。歇坐片刻，他想再去扯几窝艾草回来熏，便进山洞踩熄火星子，顺到路找去了，等他再回来时，地上放了尖斗斗一碗饭，没有望到人影。

下午起风，洞里的烟子很快散尽，几个石匠将就里头的石头，吭吭哐哐凿起来。刘太清问："晌午饭是我娘端过来的么？"一个石匠说："是那小女娃子端来的。"刘太清没再问。三两个时辰后，两张石床便凿好了，再打整一下，去跟老尼姑要谷草铺起，又借来锅碗，这就成了两口住家洞。

那五个石匠不肯再回去吃清汤寡水的饭菜，刘太清晓得，他们定是打了野味，便自己回观音庵了。走出灌木林，刘太清见到了女娃子，她在灶炉前扇火，锅头噗噗地开，让刘太清吃惊的是，女娃子仍像当初一样高矮。

女娃子起初没有发现刘太清，等刘太清靠近她，吓她一跳，捂到脸，一瘸一瘸地往山洞跑。

老尼姑端了一筲箕青菜过来，说："头两天还是好好儿的，今天就成了个羞女子。"

刘太清坐下来，帮到爨火，说："尼姑婆婆，下不到那么多菜，他们不过来。"

老尼姑望了眼灌木丛那头，板起脸说："菩萨眼前，杀不得生哦。"

刘太清扯拐说："他们掏了野菜。"

饭菜煮好，老尼姑去喊女娃子，女娃子仍不肯出来，老尼姑只得给她舀了一碗进去。刘谭氏吃得愁眉苦脸，抱怨说："这日子比蹲牢房还恼火。"刘太清却一边刨饭一边笑，老尼姑问他笑啥子，他不说。

吃完饭，坐了一会儿，星星现出来，石匠在那边唱起了歌，唱的也是各式各样的女子咋个好，这边却静悄悄的。老尼姑听不下去，摇头叹气回了山洞，刘谭氏自言自语一阵，也回去了。刘太清独自坐石头上，他在那里等了许久，女娃子果然走了出来，唤了声牛儿。刘太清只看得见一对发亮的眸子，他一拍旁边的石头，让她也坐到起。就这样，两个人并排着，啥子话都没有讲，直到老尼姑招女娃子回去，刘太清也朝灌木丛那头的歌声去了。

许是前一夜唱到很晚，又许是连日的紧张和劳累，刘太清和五个石匠睡起大中午。女娃子在外头喊："婆婆摊了馍馍，喊你们过去吃。"六个人才穿好衣裳出来，女娃子仍等着，一见到刘太清就笑，石匠些讥讽他："嘚，你娃儿四海哟，这尼姑庵都有熟人。"女娃子一下收起了笑，埋到脑壳理盘扣。五个石匠在前头走，留下刘太清和女娃子走后头，女娃子喊："牛儿，你慢点子，我跟不上你。"刘太清默默地笑，放慢了脚步。

五个石匠看出了老尼姑的不满，就想给她打一尊石菩萨，一来是讨好她，二来也可以养到手艺。老尼姑这才变了脸色，跟他们讲，要挑啥子样的石头，打成啥子样。下午，五个石匠便背起家什找料子去了。刘谭氏这天颇安静，在那儿坐到编箩兜，刘太清帮她划了一阵篾条，女娃子背了一背衣裳出来，喊刘太清跟她一路去山河子。老尼姑说，也好，让他顺道去担两桶水回来。刘太清挑起木桶，随女娃子往山下走。

　　女娃子问："牛儿，你们这趟来，硬要住小半年么？"

　　刘太清说："嗯。"

　　女娃子问："小半年过后喃？"

　　刘太清说："兴许回白庙，兴许去别榻。"

　　女娃子问："还是当石匠？"

　　刘太清说："还是当石匠。"

　　女娃子说："当石匠苦，还不及如就在这山上做和尚。"

　　刘太清说："你个小女娃子懂啥子，这尼姑庵是……"

　　女娃子说："我说笑的。"又说："我才不是小女娃子，我叫寒露。"

　　刘太清说："这名字不好记，也不好听。"

　　女娃子问："你叫啥子喃？"

　　刘太清说："就叫牛儿。"

　　女娃子说："才不是。"又笑说："我听到你娘喊你太清。"

　　下了山，他们往蔡金方向走。

　　女娃子喊："太清。"

　　刘太清答应。

　　女娃子说："你喊我声寒露。"

　　刘太清喊："寒露。"

女娃子说:"除了婆婆,还没的人这样子喊我。"又问:"太清,你们到山上来避啥子?"

刘太清说:"不讲,讲出来怕吓到你。"

女娃子也不再多问。

走了一里地,进另一道山口,便见到了山河子,顺到山河子又继续往高头走,水流愈来愈急,水声愈来愈大。河沟头遍布着山上垮下来的巨石,拐过两道弯,忽又安静下来,现出一湾活水潭,潭水青幽幽的。女娃子和刘太清下到河谷,惊飞了几只长尾鸟。女娃子放下背篼,坐到一块石头上,取出衣裳打湿,再裹起皂角,使棒槌敲打起来。刘太清脱下鞋儿,挽起裤脚,蹚水到深处,灌满两桶,挑到岸上,问女娃子:"这水有好深?"女娃子瞄他一眼,说:"你落不透。"刘太清站到望了一阵,说:"你洗到衣裳,我走高头去耍。"

刘太清沿着山谷往上水走,走一段,又回头看女娃子,看不见她了,便盘起辫子,脱下衣裳裤儿,将裤儿灌进风,裤脚和裤腰拴死,光溜溜下水,先搓洗身子,再扒到鼓胀的裤儿凫出去。阳光落在水面上,沉下去,虾鱼在石头和沉木间觅食,那水底又是另一番天地。刘太清漂到河湾处,拖着声气唤:"女娃子——"女娃子望过来,刘太清回转身,迅疾打水游起跑了,一面游,一面自顾自地笑。凫了半响,他走上岸,把裤儿搭在石头上晾起,光叉叉躺着,女娃子的打衣声和山上的鸟声交错,听着听着,便入了眠。

迷迷糊糊听到女娃子在喊:"牛儿,走咯。"

他睁开眼,裤儿没有干透,将就穿起。走过去时,女娃子盯到他出神,等他走近,说了一句:"这水冰沁人,你莫冻害咯。"说完,害臊地埋下脑壳,背起背篼。刘太清担起水,两人都没再说话，只听见扁担咯吱响。

这天黄昏，天边有晚霞，几片山都染成了赤色，刘太清也被染成了赤色，心头身上都烧得很，早早就回山洞困觉。他梦见了白天的光景，梦见他躺在石头上，女娃子喊他，不是在远处喊他，是在耳边喊他，他不敢睁开眼，怕睁开眼，就瞄见女娃子的脸。

石匠们打着那尊菩萨像，可少了刘太清，再咋个雕，再咋个凿，都只有个轮廓。刘太清不肯再使錾子，他成天只想跟女娃子粘在一起。老尼姑让他去砍柴，女娃子便跟着；老尼姑让女娃子去掏野菜摘野果子，刘太清也跟着。刘谭氏则每日跟到老尼姑烧香念经，有香客来时，她就在一旁学着，学到咋个卜卦解卦，除开饭前饭后会胡言乱语几句，别的时候，看不出有啥子疯癫相。

山上的日子是平静的，若非偶尔念起嘉定城还有两个同伙，念起巧圣祠还埋得有铜钱，刘太清和五个石匠恐怕都已忘记犯下的事情，仿若他们将永远过着这样与世隔绝的日子。

十多天后的一个傍晚，留在嘉定城巡风的石匠找来了。刘太清正巧同女娃子在劈柴，见到他们，便跟女娃子说，他要去商量事情，让女娃子莫跟到他。他带着他们去找另五个石匠，巡风的两人说，捕快已经从巧圣祠撤走，他们到竹林地看过，铜钱还在那儿。不过，近几日，城门口兵勇查得紧，官府已经描出了刘太清的画像。八人合议了一宿，决定由没有露过脸的两人以及在嘉定城巡风的两人，佯装成菜贩子，去把那些铜钱挑回来。

翌日，天未亮，那四人便出发，先到白庙场买了四双箩兜，装起洋芋，又一人买了顶草帽子，盖在脑壳上。赶在落更前，他们进了城门，再到无人处，将洋芋倾一半到河沟头，挑起剩下的一半，去了水井冲的护国寺，要了柴房的四张铺。到半夜，四人爬起来，从侧门往巧圣祠的竹林地去，两人徒手挖铜钱，两人各站一头放哨。箩兜底下垫一层洋芋，中间放铜钱，铜钱使备好的土布包好，面上再覆一层洋芋，走动的时候，就不会发出叮叮当当的声音。装好后，四人继续回去睡到五更，然后挑起箩兜，从护国寺正门出去，走到虾蟆口，等城门一开，混在众多的商贩中出去。

刘太清本是想跟到一路去，可别的石匠不准，说官府已经晓得他的模样了，他若跟到去，只会平添风险。那四人出发后，刘太清就坐立不安的，下午，他担起水，跟女娃子到山脚洇地，一面洇，一面望到山路。那四人哪会这么快就回来，这会儿，恐怕都还没有走拢嘉定城。他是放不下心，他总觉得他们要出岔子，他怕他们在城门口就遭拦下来，怕捕快从巧圣祠撤走，只是为了引他们上钩。若那四人被逮到了，得不得供出他们躲在官帽山，兵勇得不得按起过来？

女娃子说："太清，你莫再浇了，菜都遭你洇死完了。"

刘太清丢了粪勺，找块石头坐到起。

女娃子问："昨天来的两人是哪个？"

刘太清说："石匠。"

女娃子问："他们今早走了？"

刘太清说："你莫问那么多。"

女娃子小声说了一句："我晓得他们去了嘉定城。"

刘太清侧过头盯到她。

女娃子翻弄地上的石子，说："我还晓得他们去搞啥子。"

刘太清吓一跳，赶忙说："你可乱讲不得。"

"我不得跟别个说。"女娃子望到他说，"我还以为那两个生人是来引你们走的。"

刘太清说："我们不得走。"刘太清猜到，昨天她定是在洞口偷听到了，又说一道："你莫对别个讲，要砍脑壳的。"

女娃子说："打死我也不得说。"沉默一阵，"太清，你娘没有给你说过媳妇子？"

刘太清这时才放松了些，笑起来说："还小嘞，再说，哪有女子肯嫁给我们石匠。"

女娃子有些急，说："天下女子那么多，你咋个晓得没的？"脸上突然起了一团红，"我是说，女子的心思，你们猜不透的。"可愈解释，愈慌乱。

刘太清低声哼："东边下雨西边晴，子规只歇大树林。鲭鱼吃的是铜河水，妹儿么只爱富家弟。"

女娃子说："瞎唱。"

刘太清问她："哎，你婆婆咋个没有给你剃度？"

女娃子说："本来说，今年四月初八剃的，我不肯。"

刘太清问："你不肯当尼姑？"

女娃子说："不甘心在这山上待一辈子。"

刘太清不开腔。

女娃子嘴一撇，说："可不做尼姑，我还做得来啥子？"

刘太清说："吃佛家饭好，体面，又受菩萨护佑。"

女娃子的眼泪水顺到脸蛋儿流。

刘太清见到，赶忙说："女娃子，我打胡乱说的，你莫哭。"

女娃子站起来，默默地朝山上走，刘太清挑起担子，跟着。

这天夜里，刘太清没有睡觉，他爬到高处坐着，时不时站起来，朝山下望一眼，望一眼山下，又望一眼观音庵，望一眼老尼姑她们睡的那口洞。他想，女娃子这时候是不是也睡不着？身上一层层冒着细汗，哎呀，女娃子那副要哭要哭的样儿，真是揪得他心窝子痛。偶有一两声獾子叫，个女娃子呀，你咋个不肯把话说透嘞,可他不是也不敢把话说透么?清风吹来,山上的树林子在响,他欢喜女娃子,他晓得,女娃子也必必是欢喜他的,这便是石匠些唱的情爱哟,这便是说不清道不明的情爱哟。

那四个石匠从嘉定城出来,没有走白庙场,而是坐船到杨家,在杨家场买了粮油酒菜,再过麦子坳,沿鸭口山山塥回官帽山。这条路要比走白庙多费点船钱,也要更快当点,到山脚下时,天还没有黑,刘太清与另三个石匠正等着他们。两个石匠先将洋芋和粮油、酒菜挑上山,其余的人抽出六十吊钱,再把大头使土布包起,埋到了对面的山坡上,插上树丫子作记号。

将铜钱埋到了泥巴头,刘太清的心才算落了地,这几箩兜铜钱够他们过一阵阔绰日子了,至于花完了咋个办,刘太清想不到那么远。他们好几日没有沾过油荤,这会儿,只想大吃大喝一顿。他叫上刘谭氏,同石匠们一起,走到帽儿顶,将白宰鸡、油烫鸭、卤蹄花和几坛子烧酒摆出来,点起一团篝火,围到坐。石匠们个个都脱成了光膀子,抱起坛子,大口喝,烧酒顺到嘴角,流到胸膛,流过黑黝黝的皮肤。

一个石匠说:"打一个碌碡,连石料一起,才挣三百文,只怕把嘉定城的碌碡都打完,还挣毬不到恁呃多钱。"

一个石匠说:"日他的娘,那鲁班会会首,可年年都有恁多钱儿收。"

一个石匠吼:"该杀。"

一个石匠说:"除了鲁班会,还有卖匹头的三黄会,裁衣裳的轩辕会,打铁的老君会,卖膏药的药王会……"

一个石匠说:"数不尽哟。"

一个石匠吼:"都该杀。"

刘谭氏说:"吃酒。"

一个石匠说:"晚上老子就挨到这酒坛子睡。"

一个石匠说:"噫,像条毯,要挨就挨到钱串子睡。"

一个石匠说:"噫,像条毯,要挨就挨到牛儿他娘睡。"

一个石匠说:"呔,烂眉日眼物,你就配挨到老尼姑睡。"

刘谭氏说:"吃酒。"

一个石匠说:"牛儿,牛儿,你讲句公道话,你娘想挨到哪个睡。"

刘太清站起来说:"乱耙痒戳獾子屎去,莫拿我娘过嘴瘾。"

刘谭氏喊:"吃酒。"

刘太清跳下坎,解开裤儿带,屙了一泡热尿,石匠些又唱起歌来。刘太清浑身一颤,他没有走回帽儿顶,而是往底下走,走回他们搁东西的山洞,取了五吊钱出来,又扛上一袋苞谷,往观音庵去。到老尼姑和女娃子歇的山洞外,里头还亮着灯在,他喊:"尼姑婆婆。"没有答应。又喊:"尼姑婆婆,我给你拿了点粮食来。"

女娃子一面扣扣子,一面走出来说:"婆婆不在屋头。"

刘太清走到了洞口,放下苞谷,又递铜钱给女娃子,说:"把这铜钱给尼姑婆婆,就说是香火钱。"

女娃子将铜钱拿进屋去。

刘太清站在洞口没有走。

女娃子放好钱,又出来,望到刘太清。

刘太清揩脑门上的汗水,问道:"你婆婆走哪儿去了?咋个还没有回来?"

女娃子说:"她说她要去打会儿坐。"

刘太清问:"去哪儿打坐?"

女娃子说:"不晓得。"

刘太清问："几时回来？"

女娃子说："不晓得。"

刘太清突然跕下去，解下脚踝上的铜钱，说："给你。"

女娃子背到手说："不要。"

刘太清丢到地上，走出洞口。

女娃子去灭了灯，冲他背影喊："太清，等到我。"

女娃子在前头走，刘太清点着火把跟到起，他们钻进灌木林，再往下山方向去，石匠们的歌声变得近了，又远了。女娃子认着拴在树上的麻索，竟找到了一条石梯路，这石梯路走到尽头，眼前是一口被柴禾遮掩的洞窟。刘太清去搬开柴禾，随女娃子走进去，洞子不深，里头啥子都没的。女娃子让刘太清照着洞壁，刘太清这才看到，洞壁刻绘了各式佛像，洞顶是一座城池图，高头有河流，也有木船。

女娃子问："你说，这是哪个刻的？"

刘太清喷着嘴："神仙才刻得出来。"

女娃子说："你把火把子插外头去。"

刘太清照做，走回洞里，和女娃子并排盘腿坐到，微弱的火光映进来。

女娃子说："眼睛闭到。"

刘太清照做。

女娃子问："听得见佛祖么？"

刘太清说："听得见。"

女娃子问："听得见菩萨么？"

刘太清说："听得见。"

女娃子问："听得见河水么？"

刘太清说："听得见。"

女娃子问:"听得见大船么?"

刘太清说:"听得见。"

女娃子问:"还听得见啥子?"

刘太清说:"还听到城门开,听到男男女女涌进城,有卖瓜果的,有卖粮食的,听到街上开得有典当行,开得有洋货铺,听到巷子头娃娃哭,狗叫唤。"

女娃子说:"好闹热哦。"

刘太清说:"是呀,好闹热。"

女娃子问:"城里头是这样子么?"

刘太清说:"这比嘉定城还闹热。"

女娃子说:"只有我晓得这口洞,连婆婆都不晓得。"又说:"你也晓得了。"

刘太清突然按到女娃子的手,女娃子想缩回去,刘太清死死地按到说:"我还听到……"

女娃子问:"还听到啥子?"

刘太清说:"听到个叫寒露的女娃子,在街上寻我嘞。"

女娃子浑身抽动了一下。

刘太清说:"女娃子,我想娶你当媳妇子。"

女娃子笑。

刘太清向到她,说:"莫光是笑,你答应不答应?"

女娃子把手缩回去,说:"我答应了不作数,还要婆婆答应。"站起来,走出去。

刘太清趁起来,一步蹦到洞外头,回头说:"明天,我就跟尼姑婆婆讲。"抽出火把,随到女娃子往回走,他嗅到一股焦煳煳的气味,像是火把散发出来的,也像是地下升起来的,更像是自己身体头的。刘太清把女娃子送到洞口,还想跟女娃子再说些啥子,女娃子冲他嘘一声,一步深一步浅地回了山洞。

女娃子答应了,女娃子答应要做他媳妇子了。刘太清一面走一面笑,他想,将才若不是女娃子把手缩了回去,他就扑到她身上。扑到她身上又该咋个办?石匠说,你就伸手到她胯底下,找她身上那道缝,女娃子身上是条缝,男娃子身上是条肉虫虫,就握到肉虫虫朝那缝里头钻,刘太清吸不赢气了。又想,有啥子好慌的,女娃子做了他媳妇子,就跟他睡一堆,想咋个攒耍,就咋个攒耍。

走出灌木林,山顶上的石匠还在唱着歌,歌声变得慵懒拖沓了。山洞里亮着灯,许是哪个人喝高了,回来困觉了。他把火把杵熄,朝里头走,刚进去两步,刘谭氏的声音传出来,刘谭氏喘着气,在喊:"吃酒,吃酒。"刘太清退起出来,在洞口坐了一会儿,走到了另一口洞里。

一宿的纵情吃喝后,石匠们东倒西歪地躺在各处。刘太清起来,到另一口洞瞄了一眼,满地都是呕吐的污物,刘谭氏没有在里头。他去舀了一瓜瓢水,洗了脸,又把衣裳扯抻,朝观音庵去。女娃子也起了个大早,正坐在竹椅上绾头发,灶炉上已经熬好了一锅粥。

女娃子说:"刚想给你们端稀饭过来。"

刘太清说:"他们还在睡嘞。"

女娃子问:"你们耍起好一夜么?"

刘太清没有答,问:"我娘回来没有?"

女娃子说:"回来了,也还睡着嘞。"

刘太清往洞里头看,问:"尼姑婆婆喃?"

女娃子绾好头发,系上红绳,说:"婆婆今早回来了一趟,说要去白庙场买几盏油灯,喊我跟到她一路去。"回去提了水壶出来。

刘太清问："你咋个没有去？"

水壶盛满水，女娃子嘟嘴，小声说了一句："我哪儿走得拢白庙。"

刘太清帮到把那一锅粥端到侧边，又提水壶坐到炉子上，说："你跟尼姑婆婆说没有？"

女娃子取来两个碗，问："说啥子？"

刘太清倒是直白，说："我们两个的事情。"

女娃子羞红了脸，递碗给刘太清，说："你自己跟她讲。"

两人坐在灶炉边，呼呼地喝着稀饭。刘太清时不时睃女娃子，睃见女娃子把那枚铜钱币挂在了颈项上。女娃子则低着头，不敢正眼看刘太清。

石匠些起床后，刘太清让他们把先前打的菩萨像坯子抬到观音庵来。菩萨身身已经打磨出来了，就差细工。一个石匠替他淬炼錾子，他在观音庵的瓦檐下，照到崖石上的菩萨像，凿刻起来，许久没有碰过錾子，但刘太清的手并没有生。上午，他便把菩萨顶髻粗凿出来，别的石匠也没有闲到，他们将就洞口的一方石头，打着一口石缸。

响午，女娃子煮了苞谷，众人三两下吃完，又各忙各的了。没的香客来，女娃子找不到事情干，在那儿看刘太清凿了一阵，拉风箱的石匠拿她说笑，说她看牛儿的眼神，就跟要把他吃了一样。女娃子白他一眼，挎起篮子下山去。

漫山的蔷薇刚刚开罢，山脚的十姊妹和棠棣又冒了出来。女娃子沿到山塙掏，装满一篮子，又割了两根藤藤，坐到编花环。先编一串花环戴脑壳上，到溪水边，细瞄水里头的自己，再编另一串，编好搁在石头上。站远了看，还觉得少了啥子，再掏些六月菊点缀，这下称心了，将两串花环放到篮子头，将篮子放侧边。

女娃子坐下来，右手托下巴，左手放在和尚头，盯到起发神。昨夜太清按到她这只手，她就周身发紧，他们可挨得真近啊，她都能听到他胸口咚咚咚地响，她都能闻到他身上酸乎乎的气味。女娃子笑，她要给太清当媳妇子了，只等婆婆答应。太清会咋个跟婆婆讲嘞？女娃子又是一脸通红。婆婆定会问她，寒露，你肯不肯？她就当到太清的面，使劲地点头。女娃子笑出了声，可婆婆咋个还没有回来哦？

女娃子爬到对面山坡上，望到路。

刘太清在山上唱："郎打哨子跳过沟，娇妹妹站在灶烘后。"

山路上来了一队人，有十个、二十个、三十个……

"娇妹听得郎打哨呀，瓢儿刷把一起丢。"

呀，点不清咯，是下蔡金场的么？

"娘问女儿你冒啥子火？"

有举牌子的，有拿长棍弯刀的，越走越快，越走越快，转过了山弯弯。

"这湿柴不燃，烟子煍。"

女娃子扯起喉咙喊："太清，快点跑哟，官府来人了，太清，快点跑哟，官府来人咯。"

刚凿好菩萨的一只耳垂，刘太清就听到了喊声，连忙丢了手头的工具，拉拽起老娘，与另七个石匠一起，沿到老尼姑先前说的那条路下山。这条路已被暴雨冲毁，只得拉到藤藤，一点点往底下趓，趓一段，又将藤条砍断，以防兵勇跟下来。下到山脚，他们没有顺到古道走，而是翻过官斗，朝杨家去，直走到鸭口山才停下来。若不出意料，兵勇定会以为他们是走古道，往南面逃，多半已撵到冠英场去了。

是哪个把兵勇引来的？

推断来，推断去，最终都怀疑到老尼姑身上。

可老尼姑又咋个猜到他们背了命案？

有人说，定是那天把铜钱挑回来时，遭老尼姑看到了。

也有人说，定是那夜他们在帽儿顶吃酒，老尼姑听到了他们的酒话。

七个石匠在议论时，刘太清没有开腔，他想，只有女娃子晓得他们的事情，该不会是女娃子跟老尼姑说了啥子嘛？又想，绝不会是女娃子，要不是女娃子在山下报信，他们哪逃得脱。

一个石匠说，那几箩兜铜钱，只怕都被挖起走咯。

刘太清想，女娃子那一吼，兵勇定会以为她跟他们是一伙的，只怕女娃子已被兵勇逮起走咯。

三天过后，刘太清决定和两个石匠回去打探一下。他已想好，若没有看到女娃子，就独自去团练自首，澄清她跟他们没的干系，让官府放了她。三人打扮成樵夫，从鸭口山白庙一边下山，过隘口，再走古道，往官帽山去。一路上只一队送白蜡的挑夫问路，并无兵勇和练丁巡查。走到官帽山脚，两个石匠到山坡上找铜钱，刘太清则抄了根棍子，快步上观音庵。

山路上满是脚印子，随处撒着米粮和香烛。快到山坪时，刘太清放慢了步子，喊一声女娃子，又喊一声寒露，都没有答应。石牌边，凿到一半的菩萨断成了两截，绕过石牌，刘太清见到了女娃子。女娃子被剥光了衣裳，吊在瓦檐下，她伸直了双脚，试图去踩底下的竹椅子，她哪踩得够，这不过是兵勇的一场戏弄。

第二章

1

庚子年战败后,李中堂和庆亲王出面同列国议和。西逃的慈禧则以光绪之名,发布上谕,重提变法。谕旨仍称康梁之辈为逆党,其保皇保种之妖言,是为离间宫廷之计,潜谋不轨,皇太后剪除乱逆,并非不许更新。又言中国之弱,在习气太深,文法太密,庸吏太多。过往习西法,止于语言文字、制造器械,此乃皮毛。西人富强之始基,乃居上宽,临下简,言必信,行必果,亦是吾国往圣之遗训。遂着令军机大臣、大学士、六部九卿,及各省督抚,就当前之情形,参酌中西政要,朝章国故、吏治民生、学校科举、军政财政,当因当革,当省当并,如何而国势始兴,如何而人才始出,如何而度支始裕,如何而武备始修,各举所知,各抒所见。通限两个月,详悉条议以闻。

光绪二十七年三月,清廷组建督办政务处,总揽一切新政事宜,制订新政措施,掌管各地官吏奏章,官制、吏治、科举等革新变通自此开始。颇为讽刺的是,上谕仍斥康梁为逆党,又说中法西法同源。然而在跟到实施的诸多新政中,一些是拾维新党之牙慧，而另一些则是迫于列国之淫威。在官制方面，撤销总理衙门，改设外务部，并着手裁汰冗衙，废除陋规。在军制方面，着手筹备新军。在律法方面，修正《大清律例》，逐步废除酷刑，并着手编纂新法典。在科举方面，正式废除武举，取消八股，改试策论，改书院为学堂，官费选派留学生员，学成归来，分别赏给进士、举人等头衔。

光绪二十八年，税相臣在尊经书院教谕的举荐下，成了四川第三批留日官费生之一。他先入东京宏文学院预科，后入读东京高等师范学校理化科，他也是尊经书院选派出去的最后一批生员。是年年底，四川总督奎俊奉诏，合并四川中西学堂与尊经书院，组建四川通省大学堂。彼时，清廷大刀阔斧地施行实政，削减六部势力，大有仿行宪政之苗头，令流亡海外的康梁一派重又看到虚君立宪的希望。而税相臣赴日留学亦受惠于此间颁布的《广派游学谕》，不过他并不像康梁一般乐观。戊戌年，维新党仅仅提出还权于光绪，慈禧便不惜冒到天下大乱的风险，罢黜帝党，架空圣上。而当下，清廷之变通，亦是迫于列国淫威，做做样子，只怕时局一过，又跟先前一样，清算起"新"字辈。另外，税相臣又不认同《中国日报》一派，并非如康有为一样，担忧革命导致流血盈野，死人如麻。他晓得，举凡变革，改良也好，革命也好，都是不破不立，牺牲在所难免，关键还在革命之目的是啥子？《中国日报》一派将革命指引到排满兴汉的路子，这与历朝更迭并无二致，无非就是该哪个来坐江山。

到东京头一年，税相臣与同乡鲜少往来。当别的生员正疾呼俄祸日急，组建拒俄义勇队时，当别的生员正痛陈英法坐索川汉铁路，募资认购川汉铁路公司股份时，税相臣一概没有参加。据同在宏文学院的官费生回忆，当时留日生员分为两派，官绅主张宪政，少年主张革命，各自有各自的刊物，各自有各自的社会，或相互利用，或相互诋毁。独税相臣是没的主张的，岂止没的主张，他简直是一副要做日本人的派头，成天把辫儿盘脑壳顶，使帽儿遮住，说只说日语，写只写日文，所言之事亦是东洋国事。

正因此，到东京的第二年，税相臣转至高等师范学校时，已能通读日文报刊书籍，并结识了不少日本友人，一个哲学科的同学向他推荐了一篇署名蚊学士的文章——《论无政府主义》。读罢，他又借来东京专门学校讲授烟山专太郎的《近世无政府主义》。这两部著作详细介绍了欧美无政府主义的主旨、发端，及其流变。在两书的前言或序言里，作者都谈到了无政府党之暴行极其惨烈，其凶乱狞猛为天人所共疾视，并斥其为妄者、狂热者，辩称著述仅为学术研究，望读者诸君将学说与实行分开看待。尽管如此，税相臣仍被无政府党的自由平等主张所深深吸引，并认为无政府主义乃儒释道三家学说之杂糅——所谓平等即为荀子所说，凡同类同情者，其天官之意物也同，即为孟子所说，圣人与我同类；所谓自由即为道家之道法自然；两者又与释教内涵相通。自此，税相臣方才同成城学校与振武学堂军事预科的革命党靠近，革命党仍提倡排满，这与他所期许的平等相悖。不过，税相臣认识到，欲达大同社会，必先推翻君统，而君统属于满人，故而满人地位高于汉人，革命党口中的排满，在他这里亦可表述为削除满人之特权，实现满汉平等。

光绪三十一年六月，兴中会会首孙文来到东京，联合华兴会会首黄兴，筹备组建同盟会。七月，同盟会正式宣告成立。在成立大会上，孙文被推举为总理，黄兴担任执行部庶务，起草通过了《同盟会宣言》，拟定了"驱除鞑虏，恢复中华，创立民国，平均地权"纲领。此时，已有十余川籍学生入盟，是年八月，经同乡但懋辛介绍，税相臣也加入了同盟会。虽然宣了誓，但他只赞同孙文暴力推翻清廷的观点，孙文口中的民国，在他看来，只是一个过渡。按他日记中的说法：无政府主义革命不只针对清廷，若人治一日不颠覆，暗杀暴动便也一日不会停息。

同盟会成立之后，偏向革命的各地同乡会纷纷创办报刊，与改良派展开笔战，一时间，各类思潮涌现。税相臣先以吴虚之名，在梁启超的《新民丛报》刊发《欧美列国刺客传》，介绍近来各国刺杀行动及其影响，呼吁立宪派用匕首或炸弹对付阻碍立宪的后党，又以佐藤三郎之名，在四川同乡会的《啼鹃》刊发《呜呼！幸德君》。当时，幸德秋水与堺利彦通过平民社与《平民新闻》，在日本传播麦客士的社会主义思想，抨击日本主战派及政府的专制作风。最终，幸德秋水因《呜呼！增税》等文被捕入狱，出狱后远走美利坚，而平民社亦随之解散。当初，《平民新闻》创刊时，幸德秋水曾声明，言其所可言，行其所可行。税相臣便揪到这点，假借平民社同僚口吻，奚落幸德秋水的迂腐与懦弱，思何可言，终无可言，思何可行，终无可行。社会主义也罢，三民主义也罢，虚无主义也罢，在旧有秩序之下，均是妖魔邪说，当务之急，乃采用各种手段，打破约束，方有探讨之地。

税相臣鼓吹暴力暗杀的言论引起了执行部庶务黄兴的注意，再加上他又是理化科学生，九月，便被安排到横滨山下町，同黄复生、熊克武等同乡一道，试制炸弹。这恰合税相臣之意，不过仅一个月后，在一次引爆时，因药量有误，税相臣被迸裂的碎石击伤，昏迷三天才醒来。躺在床上的税相臣愈想愈怕，他怕自己就这么不明不白地死在异国他乡，他头一次萌生了回国的念头，此后的两场风波让他打定了主意。

第一场风波是由科举的废除引发的。早在八月初，朝廷便发布了谕令，自丙午科为始，所有乡、会试一律停止，各省岁科考试亦即停止。消息刚传到日本，并未引起税相臣多大震动。一因，他本就不必参加科举，废与不废与他无干。二因，光绪二十九年，《奏定学堂章程》颁布后，关于裁停科考的传闻就没有断过，而在这年的六七月间，就已经传出袁世凯、赵尔巽等人联名请奏即停科举。他甚至记不得具体是哪天，在报纸上读到了清廷诏准的消息。正式宣布废除科举后，一拨又一拨家底不错的童生秀才只得转而留学，留日私费生激增。让税相臣没有想到的是，这些人比他更为悲愤，一踏上日本国土，便打听加入同盟会，这时，税相臣才看到了机遇。千余年来，科举是寒门学子入仕的唯一途径，如今，清廷主动将这条路堵上了。留学者、从军者相对数以万计的学子而言毕竟只是少数，那些苦读十余年甚而数十年圣贤书的人何以谋生，何业可托？他们必定已是哀号一片，对清廷必定也是怨愤至极，因而，恰可灌输以革命思想，为革命利用。

　　紧接而来的第二场风波则是由一项针对清国留学生的管理规程引发的。十月初二，日本文部省徇清廷要求，颁布了《关于准许清国学生入学之公私立学校之规程》。一方面，《规程》中诸如入读、转校、退学均需通过清国公使馆同意等条款，这的确增强了清廷对留学生的管控，引起了部分留学生的不满。另一方面，日本报刊在刊载此《规程》时，将标题改作了《清国留学生取缔规则》，"取缔"二字在日文中是"监督、管理"的意思，而一些日文不精的学生却将其理解为汉语的"取缔"，并添油加醋地传告。《新民丛报》也刊发意见：此规则之名清国留学生取缔规则也，故无论内容奈何，吾辈义不可忍受。随后，文部省多次出面澄清，此《规程》意在整饬，并无侵犯之意，留学生迅疾分成了两派：一派以秋瑾、韩汝庚为首，煽动同学联合罢课，并匿名投书于使馆，扬言将置公使于死地；另一派是以汪兆铭为首，因担怕学生回国遭清算，规劝他们回归课堂。两派针锋相对，甚而到了以匕首相见的地步。就在这风口浪尖之时，法政大学的陈天华，或因忧心国事，或因羞愤于同胞内讧，蹈海自杀，留下了一封《绝命辞》，其中提到，慎毋误会其意，谓鄙人为取缔规则问题而死。秋瑾一派却仍故意曲解陈天华蹈海之意，谓其为勉励同人，非进到取消取缔规则目的，决勿留东。在浙江同乡会上，秋瑾抽出短刃，掷案示众，放话，如有不回国者，必诛之，并组成纠察队，梭巡各校，以刀刃胁迫众留学生画押。仅十余天时间，便有两千多学生退学。

当时，经同盟会日籍会友宫崎滔天介绍，税相臣正同喻培伦等人在小室氏私立兵工厂研习枪药之术，学业荒废已久，当他听闻有大量学生在此次风波中退学，便决意提前归国。他认为革命时机已到，原因有二：其一，国内万千青年正因科举废除，无处谋生而对前景备感绝望，只要稍加煽动，便可将其纳入革命行列。其二，归国学生皆以为《取缔规则》是清廷与文部省密谋商定，表面上是不满《取缔规则》，实则是公开叫板清廷。改良派也罢，革命派也罢，此时皆处于亢奋之中，只要一处有枪声，一处有爆炸，别处也会跟到响应。

光绪三十二年年初，税相臣只带着一个皮箱就离开了东京，皮箱头装的既不是衣裳，也不是书籍，而是小室友次郎捐赠给同盟会的枪支。他先乘船经神户到长崎，再由长崎坐商船回到上海。彼时，同盟会江苏分会与上海分会刚刚合并为江苏分会，税相臣到宁康里找到担任江苏分会主盟人的黄兴，将枪支交到他手里，并拿到路费及一笔举事助饷。他只在上海歇了两天，便又沿到长江继续西行回嘉定。

2

  会馆那头说，李普福的行箧在他们那儿放了两个多月了。李世景在心头一遍遍点醒自己，爹兴许走落了，兴许是死了，总之再也回不来了。可他咋个都哀伤不起来，那种本该有的哀伤，在一日日的等待中已消失殆尽。

  三姨太似乎也是如此，她焦愁的，是该咋个跟底下人和外人讲，无论老爷是被师爷所害，还是被洋人所害，都是不光彩的，都会被人取笑。三姨太只得假装寻人，巴出赏帖，劳驾乡邑下重庆时帮忙找人。但私底下，她也认定李普福回不来了，行箧拿回来的第三天，便让人将李普福穿过的衣裳和用过的东西使方子装起，半夜抬到大龙滩立了一座衣冠冢。即便如此，有关李普福的传闻仍漫天飞，并且愈来愈离谱。这些传闻均指到了三姨太身上，有说三姨太跟龚占奇勾结的，有说三姨太跟师爷勾结的，也有说三姨太跟某某地某某人勾结，害死了李普福和长夫人的。这甚至招来了刑房差役，三姨太自然是身正不怕影子歪，将李普福和师爷走失以及长夫人病逝的经过如实述说一道，又让许佩箬出面，令差役以诬陷为名捉了几个杂嘴。不晓得是听信了那些谣言，还是看到福记一年不如一年，是年年尾，染坊、茧坊理事，以及账房先生拿了红酬后，相继请辞。三姨太一句挽留话都没有讲，任随他们走，走好多人，又聘请好多人。

  李世景满心以为，这下他真真是福记的新当家了，做了当家人，银库头的银子，便可任由他支取，他恨不得马上就去找九岁红。可他还是沉住了气，没有离开白庙，毕竟福记先后遭遇了几次重创，他这新当家，若是在这当口干出啥子荒唐事，贻人口实不说，也对不住尸骨未寒的爹和大娘。

他预想的是，待事情一件件理顺，待年底清了债和工钱，再从余下的赚得的银子中，悄悄提出一百两，替九岁红赎身。先让她在城头住到起，翻了年，假巴意思找个媒人，做场戏，把九岁红娶进门。

哪晓得，苗头越来越不对劲，莫说娶九岁红，就连新当家的位子也渐渐没的谱了。

之前，几家小丝号来讨债，李普福签活契，抵了五百余亩田土出去。这年冬月，黄荆坝两家丝号的掌柜找到中间人拿起契约又找上门，说他们手头的七十亩田土不要了，让福记按每亩六两收回去。当时，绸商刚刚付了第二笔银子，恰好可以挪过来赎回田土，既然是他们主动找来的，李世景便想按抵出去时的四两银子付，再让给他们半年的佃租。

你来我往一阵，两个掌柜终于松了口，正要交换契约时，三姨太闻讯走起来，冷脸说："你们也有手紧的时候么？"夺过赎契，"这田土回不回赎，由我们卖家说了算。"

一个掌柜说："是你们说了算，这位少爷已经答应了呀。"

三姨太使墨水将契约一抹，说："我说了才作数。"

另一个掌柜说："那你又说咋个算法？"

三姨太说："咋个算法？我就算给你听下，这田土抵给你们是照四两每亩算，比时价轻浅，老爷走的时候跟我讲过，要喊你们一亩再找补三两银子，讼师我已经请了，择日就呈到衙门去，这活契呀，你们收捡巴适，免得到时候扯不清。"

就这样，两个掌柜悻悻地离开。

三姨太让账房把印章拿到她房间头去，甩脑壳就走了。

李世景和账房僵坐在那儿,盯到被涂毁的契约,过了许久,账房将印章包好,苦笑说:"还是你三姨娘得行。"

就从这天起,原本诸事不过问的三姨太渐渐将福记的事务都揽了过去,大到账目出入,小到家具添置,下人些也不再征求李世景的意见,转而去问三姨太。李世景争不过三姨太,也没的人买他的账,只得吞下委屈,当三姨太是怕他少不更事,败了家业,事事依到起她。

即便如此,她待他再不像过往那样。以前,三姨太待他都同亲生的一般,小时候,他爹嚷他,三姨太总要站出来护到他。后头,他去书院念书,时常闯祸,三姨太都压下来,回来跟他爹汇报时,光拣好的讲,他的月银花光了,管三姨太要,三姨太虽会责备他两句,但只要他开口,都是三五两地给。自打确知他爹在重庆走失过后,三姨太就跟换了个人一样,若有外人在场时,还会跟他笑谈几句,嘘寒问暖一番,可他察觉得出来,那是假亲热,没的外人在场,他在那儿说道半天,她车转背就走了。有天晚上,李世景做了个梦,他梦见三姨太把他叫到厅堂头,当到众人训斥他。他说,三姨娘,我错了。三姨太没有听见,仍在说着,生生给他吓醒了。他回想梦里的场景,就哭了,三姨太是把他当成长工在训。

三姨太对李世景爱答不理,他知趣,就少有再跟她谈话,多数时候,都个人闷在屋头,愈是郁积,愈是想九岁红。可这家已是三姨太在当,那账目看得更紧了,莫说一百两银子,就是有一两吊钱没有入账,她都要叫账房去问半天,他更不敢同三姨太讨要,没法再按原来的设想办了,他又该咋个筹这一百两的赎银?有时候,他心一横,反正也不愿在这屋头待了,干脆偷两样东西去当了,再把洙泗塘的房子连家当带地契一并卖了,带起九岁红私奔。当然,这毕竟只是下下策,脑壳头想想罢了。

到了岁尾,李宅突然多了好几张生面孔,住在下厅房,穿着打扮又都不像是下人,李世景打听才晓得,原来三姨太将福记的理事抖趟换了一道。这让李世景很是疑虑,三姨太这样做图啥子?某天吃饭,李世景问起三姨太。三姨太先说,是那几个理事自己请辞的。李世景问,染坊理事也走了?三姨太说,染坊那头等翻过年再找人。过了一会儿,李世景放下筷子说:"三姨娘,要么,我不去书院了,我去帮到打理染坊。"三姨太瞄着他,当时没有说好,也没有说不。

翻过年,过完年初八,李世景便离开白庙回嘉定城,先到洙泗塘放了东西,又径直往承宣桥的染坊去。福记染坊用的仍是吉人亨的场地,外头是一间铺子,看起破败得很,大先生见到李世景,出来迎接,带着他四处看看,往里头走是个大院坝,院坝头的几口染缸和晾架倒是新的。几个染工正巧也是这天上工,正在捣拌染料,经大先生介绍,才起身作揖,李世景走了一转,又回到铺子上,喊大先生拿账簿来,大先生照办。李世景翻着账,大先生在一旁解释说:"这染坊做的是折本赚吃喝的买卖,先前福爷立下的规矩,只接布行的生意,十丈布只收半吊钱,还送一尺,刨开厘捐,恰恰只够抵染布成本,工钱都是由丝号那头来贴补。"李普福当初打下这染坊,就没有想过要盈利,为的是笼络嘉定城的布行,好使他们在福记拿丝。李世景接手的就是这么一个烂摊子,厚厚一沓账簿,账面拢共只余四十来两银子。

李世景将账簿合上,还给大先生,说:"那么大一间铺子,只剩这点银子了?"

大先生说:"只剩这点了,还要拿来作这头一季的土靛开支。"

李世景叹气,问:"别家染坊价格是好多?"

大先生抱怨说:"铜钱天天贬,几家好的染坊已按纹银算了,二十丈起染,收一两二钱银,小染坊虽仍照铜钱算,但十丈起码也要收七八百文。"

李世景瞟一眼院坝头挂着的布,又问:"交了定钱的布还有好多?"

大先生说:"染坊不收定钱,送布来收一半,出布时再收一半。"

李世景沉思片刻,说:"那就从今天起,每十丈布先涨一百文。"

大先生面带难色,问:"要不再问下三姨太?"

李世景站起来,走出柜台,说:"不消问了,染坊今后我来打理。"

大先生送他出去,李世景走了几步,大先生犹豫一下,喊住他说:"少爷,有笔百又三十两的银票没有记在账上。"又皱着眉头说:"那是福爷当初给染坊救急用的,到现在都没有动过。"

李世景盯他半晌,说:"晓得了。"

李世景长舒一口气,出了承宣桥,忙叫了一乘轿子,往过街楼,一路上都乐得合不拢嘴。他心头想,还是他爹有远见,下轿后,一个轿夫添了十文钱,疾步穿进桂花巷。这才年初八,狎客些还在走人户,巷子头清清静静的,秋霞阁只几个烟民进出,三鹤楼的大门则关着。李世景去敲了几下,没的回应,便退了下来。继兴永外头倒是有几个女子,正晒着太阳,李世景走近,也没有招呼他。这时,继兴永的老鸨送起人出来,甩着帕帕儿喊:"慢走哟。"那人穿着又厚又邋遢的袄子,驼着背,拄根歪棍棍,颤颤巍巍的。李世景心头一诧,这不是袁东山么?只半年不见,咋个老成这样了?待袁东山走到他侧边,他唤了声:"袁山长。"袁东山住步,抬起脑壳虚眼打量他,像是没有认出他来,点了下头,又走了。等袁东山走远,李世景问那几个晒太阳的女子:"这三鹤楼哪天开门？"一个女子眯起眼睛说："怕是要等元宵过后咯，来这边先耍下不嘛？"李世景回头望了眼袁东山的背影，摆脑壳，说："改天来。"冬天的暖阳照得李世景睁不开眼，走着走着，他笑了起来，袁东山那皱巴巴的东西浮现在他脑海，他才不要去戳袁东山日过的屄。

　　福记染坊涨价过后，过去的几家老主顾并没有因此离开，毕竟即便十丈布收六百文，在嘉定城也算是相因。过去，李普福规定，染坊只有见了丝号的契约才接布，李世景也给改了，在丝号拿过丝的，十丈让两尺，没有拿过丝的，则没的让头。过了初十，别家染坊也相继开门，李世景佯装成匹头铺掌柜，去探人家是咋个经营法，打听才晓得，有两家使的是洋靛，卖价虽然高，生意却是最好的。他回去便让大先生也先借点洋靛回来试答，试了几缸，许是配比没有调好，上色不均匀。待下午快要关门的时候，李世景干脆到别家染坊门口守到起，看到有染工出来，上前将碎银一亮，让他去帮到教一下。这样，染出四五匹样布，喊大先生裁出来，附上新价目，挨家送起去。隔天就有好几家新老主顾送来这年的头一批布，还真就有染洋靛的，李世景赶忙让人采购原料，单另划一口染缸出来捣拌洋靛，大先生又挖了两个懂行的老师傅过来。

　　正月十四打烊后，李世景去百味斋提了些什锦糕点，分给底下人，喊他们元宵歇一天，众人道谢。李世景留住大先生，先让他将这几天上门的主顾按铺面大小分列记归一，二天可凭此，将染价区别开，说到价格，又跟大先生讨论起他的一个设想。这布行匹头铺的买卖都是上半年兴旺，下半年冷淡，他想，待生意稳下来后，福记染坊也可一年分成两季价，上半年再抬个五十文，下半年仍照六百文算，但抛到抛到计布长。大先生夸说，硬是龙生龙，凤生凤，这李家的少爷真就是做生意的料。大先生是诚心夸的，仅这几天时间，染坊入账就比去岁整个正月还多。当李世景问到那百又三十两银票搁在哪儿时，大先生一点疑心都没有起，立马开匣子取出来，李世景拉下脸说："咋个能随随便便搁铺子上？"

承宣桥挨到江，侧黑点的风跟刀子一样，李世景将衣襟扯拢，抱到手，缩了缩颈项，快步拐到兴发街去。在天一家，他点了几份小菜，要了一盅酒，几口下肚，身上便暖和了，也有些上头，不敢再贪嘴，吃了两碗米饭，结账走人。从馆子出来，他牵开衣裳，伸手摸了摸银票，一百两作赎金，三十两拿出来摆花酒，他爹备的银票，可不就是给他娶九岁红的么？到洙泗塘屋门口，迎面走起来一双姊妹，正说说笑笑，睄了他一眼。他认出来了，这一双姊妹是三鹤楼的，她们从他身后走过去。他拿到钥匙，手颤抖着，插不进锁孔，瞄那两姊妹的背影，把钥匙收起来，朝桂花巷去。

灯笼儿又挂了出来，满巷子都是一股浓浓的脂粉气，刚进巷口，便听到琵琶声，这琵琶声是三鹤楼传出来的，李世景浑身都酥软了。继兴永的女子上来挽他的手，他没有住步，直走到三鹤楼门外，望到里头，女子些穿的仍是轻薄衣裳。

龟公认出了他，说："呀，李少爷的嘛，好久没来耍咯，里头请。"

李世景打赏他几枚铜板，迈步进去。

老鸨迎过来，颇为热情地说："哎哟，李少爷，啧啧，越长越俊朗咯。"唤狎司泡茶，将李世景引到柜台，"新牵来了个柿子园的红牌，今天头天开张，还没有接过客……"

李世景打断她说："九岁红在不在？"

老鸨愣了一下，又堆起一脸的笑，说："李少爷来晚一步，红妹年前从了良。"

第三章

1

光绪三十二年腊月十六，嘉定荣县一户吴姓大户杀了年猪，在自家经营的同春楼办宴席，摆了十余桌酒菜，分晌午夜饭两顿吃。晌午一顿，请的是邻邑亲友，由吴家老大招呼款待；夜饭一顿，则是吴家四子吴顺义请的同学些。科举废除后，私塾解散，吴顺义改到杏子林刚刚开办的税氏私立预备学校念书，学校教的是西学和日文入门，先生只一人，便是刚从日本留学归来的税相臣。

席间，税相臣没有露面，吴顺义带起同学，去敬他哥的酒，求他哥资助学校些钱财，好让学校二年继续办。他哥始终没有松口答应，几轮过后，他哥怕醉了酒胡乱许下诺言，便跟一帮年轻人告辞，喊他们莫耍太晚。待他哥走后，吴顺义叫跑堂把残羹剩饭收拾了，又说等下税先生也要来，让他们把门敞起，随后便跟同学到楼上接到耍牌。

约莫半个时辰后，税相臣带着另两人赶到同春楼，跑堂遵嘱咐，引他们上二楼。众人跟税相臣问好，把牌具撤下，腾出三个位子，待跑堂下了楼，税相臣才起身跟众人介绍同行的两人。

面目白净的一个是熊克武，也是荣县人，在场的学生只一两个认得到他，别的都只听过他的传言。税相臣在日本时，曾与熊克武一道在横滨山下町试制炸药，后头，熊克武先回国，在上海办公学。这年年中，孙文化名高野，由日本经上海赴南洋募资，海舶停靠吴淞口期间，熊克武登船会晤孙文，孙文令熊克武回川发展盟友，并借机起事。立刀眉的一个是佘英，泸州人，在衙门做过堂勇管带，海袍哥占义字辈，跟熊克武是旧知，也是受熊所邀，赴日本见了孙文，并加入同盟会。孙文知其是川南哥佬会人物，封其为西南大都督，托他联络川滇黔三地帮会，支援革命。

税相臣介绍后，熊克武、佘英二人起身抱拳道："幸会。"众学生遂回抱拳礼。这场聚会的目的在于成立荣县分会，税相臣逐一引荐学生，由熊克武领着宣誓入盟。誓毕，税相臣宣读自己起草的章程，再由佘英介绍西南当下局势，以及举事所需做的筹备，税相臣做评议，并将在场的学生依家世，分拨安排筹集经费、策反新军、发展盟友、购置兵器等。众学生虽仅二十岁上下，但均出身有头有脸的人家，此夜过后，便按照税相臣的安排各司其事。熊克武与佘英在税相臣的学校歇了两日，便继续南下，往泸州成立泸州分会。

光绪三十三年春，税氏私立预备学校仍如期开学，不过教员是由税相臣庶弟税相民担任。此时的税相臣，已带着学生吴顺义离开荣县，二人先分头到各处筹款，再以吴顺义的名义，到犍为罗城铁山办了间鞭炮坊，将购买的焰硝、硫黄等原料运了过去。他们的真正意图是要造一批炸药，送到成都省。熊克武已从线人处获知，是年十月初九，总督以下大吏将于会府朝贺慈禧寿诞，同盟会四川分会计划于这天，给老佛爷献上一份大礼，将在场清吏一举歼灭，并于江安、叙府两地同时发难。

税相臣到铁山时，离慈禧寿辰已不足三个月，光靠他和吴顺义两人不可能完成熊克武委派的任务。税相臣只得冒险在当地招了十来个铁匠，将他们哄到密林头，让吴顺义提枪在外头守到，若有人跑出去，便开枪打死。

税相臣先行拱手礼，头一句便说："先给诸位师傅道个不是，鄙人是泸州佘竟成的拜把子弟兄，他大爷活腻了，不想再当顺民，要把满鞑儿赶出四川，鄙人是奉他的命，来此制炸药，以谋……造……反。"

铁匠互相看，互相议论，有两三人似乎听说过佘竟成。

税相臣又说："莫诧异，按满人律例，在下脑壳早该砍了。事先坦明，是不想强人所难，若想走，尽走，若想邀赏，我随你去县衙，若信得过梭大爷，信得过我，就劳驾搭把手。将来事成一天，我再返来找各位，要银两给银两，要官位给官位。"

出乎税相臣所料，十来个铁匠腾都没有打一下，有人说："早都想投匪了，只愁找不到地方收留。"

另一人说："投啥子匪，梭大爷是要当皇帝。"

一人起头呼："梭大爷万岁。"其余人和。

第二天，这十来个人便到作坊开工了。税相臣怕有人跑去告密，让他们搬到作坊食住，若有人要离开作坊，便让吴顺义偷偷跟到起。一部分铁匠自制风箱化铁水造外壳，另一部分铁匠在税相臣绘图讲解下调配火药。先一批四十枚炸弹，由江安、叙府来的同志各自取走。九月初，供成都举事的六十枚炸弹以及火枪数支也造了出来，由成都下来的谢持、杨维等，使棺材运到金堂的党人屋头，税相臣也一并前往，留下吴顺义继续在铁山制炸弹。

经过商议，税相臣等一众会党带炸弹先行入城，入住会府附近。十月初九当晚，朱蘘等于四门放火，以此为号。城内义军包围会府，引爆炸弹，并堵住出路。黎靖瀛、余切、舒新之、张达三等率城内弁目队、巡防营、督署卫队，及武备学堂和北校场的新军易帜，往会府支援义军。城外凤凰山新军则由新军管带黄成璋、龙光、王述怀，及王资军等负责，见火讯即逼令军械库开库，夺武器入城。张培爵、黄金鳌、谢持、曾冠等联系学界，待夺下成都省，即成立军政府，并传檄至各府州县，密电江安、叙府起事响应。

九月底开始，义军便陆续入城，散布于会府周围，税相臣住的是东大街的长兴店，店主事先已联络勾兑过。同盟会四川分会满以为胜券在握，不久就将在成都率先挂起青天白日旗，鼓舞其余各地革命党，哪知就在他们打入新军绿营时，亦有清廷爪牙混入了他们的行列。

到十月初九这天，税相臣早早便提起皮箱子到会府街一带游逛。未时，街上兵勇增多，见人便搜查，税相臣只得同另几人躲到茶铺子头，仍无清吏现身，忽听闻议论，弁目队有人造反，已被捉拿，并搜出了一份革命党名册。护督赵尔丰已下令变更朝贺地点，并令巡防营按名册拿叛匪，税相臣遂丢下箱子，回长兴店躲藏。此时，他仍心存侥幸，在身上留了一把枪，心想，待火讯燃起，若凤凰山新军打起进来，他便上街加入他们的队伍。可到了戌时，仍不见火讯，不闻枪响，而且巡防营已在东大街戒严。少顷，店主来报，知府高增爵亲率堂勇正逐店搜查，税相臣犹豫一阵，正要出门，便听见楼下传来嘈杂声，赶忙退回房内，将枪支灌好火药，立于房门一侧。脚步声渐进，税相臣紧紧握住枪把，门外的堂勇喊："把门打开。"喊的是侧边一间，里头住的是另一革命党余切，房门拴到了，堂勇开始撞门。又听外头喊："翻窗跑了。"脚步声迅疾往楼下去。事后,税相臣才晓得,清吏拿到同盟会党人名册后,获知混入城内的义军有千人之多,恐操之过急,激起剧变,仅查捕了绿营新军负责接应的同志,并将罪责推到余切身上,皆因余曾于彭县组过天汉大同军,自封元帅。当晚高增爵率堂勇搜查东大街旅店,便是受护督之令点名缉捕余切。待堂勇离开,税相臣才收起枪,背抵到房门,就地而坐,歇起第二天天亮,道谢告别店主,上街混入人群,至江桥门下,已近巳时,城门仍紧闭着。税相臣同别的革命党一起大呼开城门,出城百姓亦跟到起哄。至午时,守城士卒方才得令开门放行。

此次起义,清吏毫发无伤,革命党则有数人被捕。数日后,护督将在逃首要名册上奏朝廷,请饬各省督抚将军一体查缉,税相臣名字亦在案。

2

袁东山本该在光绪三十一年以稍显体面的方式西去,不想却苟活下来,耳闻目睹一串荒唐事,最终还落得个荒唐死法。

庚子新政后,朝廷新设督办政务处,军机处大臣荣禄、王文韶、鹿传霖、瞿鸿礼兼任督办政务大臣。四人中,只瞿鸿礼一人主张废除科举,尽管立宪派在海内外鼓噪,举国生员亦忧心忡忡,两年间,只两江总督刘坤一与湖广总督张之洞上奏的改八股为策论,停罢武举获准奏,此变通先前就提过,对科举并无大碍。直至光绪二十九年,荣禄逝世,庆亲王奕劻接任其职务,又有荣庆、孙家鼐、张百熙等加入督办政务处。此等新员均力主科举改革,情势大变,唯王文韶仍坚持反对废除科举。张之洞与直隶总督袁世凯伺机奏请递减科举,上谕复,交政务处议奏,到王文韶处便被挡了下来，王放话说，老夫一日在朝，必以死争之。是年年中起，督办政务处张百熙、荣庆会同张之洞，以《京师大学堂章程》为蓝本，重定学堂章程，拟兴新式学制。新式学堂注重实用之学，科举考的是经史文法，两者相左，生员只可取其一。故科举在，新式学堂不兴。张之洞等再拟递减科举折，奏请自丙午科始，分三科九年，递减乡、会试中额，减尽之后，生员将尽入新式学堂。光绪二十九年末，张百熙、荣庆、张之洞等将《重定学堂章程折》及《奏请递减科举注重学堂折》一并上呈，因有督办政务大臣参与，两份折子均获准奏。《学堂章程折》以《奏定学堂章程》为名公布，《递减科举折》则做了些许改动，九年减尽科举中额改为了俟各省学堂一律办齐，确有成效，再将科举学额分别停止。

《奏定学堂章程》及《递减科举》以上谕公布后，嘉定各书院生员数骤减，一些赴成都等地入读新式学堂，一些筹备私费留学。东岩书院仅剩经史斋二十余人，教谕亦只剩三人。是年，四川中西学堂与尊经书院、锦江书院已合并为四川高等学堂。四川高等学堂北斋学监吴天成乃嘉定府威远县人，颇受学政赏识，不少在省城的嘉定人士向他建言，由他牵头，在成都筹备创办嘉定府公立中学堂，以供嘉定府七县一厅生员就读，待中学堂建成之后，必公推他为首任学堂监督。吴天成开始奔走谋资，网罗教谕，仍留守东岩书院的袁东山便收到了吴天成的亲手书信，望他出任嘉定府公立中学堂的经学讲授，袁东山以年老多病为由，婉言谢绝。在袁东山眼里，正统要比啥子都重要。当初与廖汝平之争，不肯让步，便是视古文为正统，今文为不正统。彼时之争，无非是公羊穀梁之争，而今世道比廖汝平偏得更远。新式学堂乃仿效欧美东洋学制而建，灌输生员以新学。所谓新学即为西学，西学视天为无物，天尊地卑不成，乾坤不成，阴阳不成，则贵贱无分，则无伦无理。据此为本，人无上下，家无上下，国无上下，妇不统于夫，子不制于父，族姓无别，六经皆为虚言，中学西学实乃水火不可共存。袁东山视西学为极不正统，在新式学堂讲授经学便是不伦不类，哪怕科举被废除，书院皆被取缔，他宁可饿死，也不愿去领这一份稻粱。

这一天很快就到来了，众多像袁东山一样的抱残守缺之士被推到了绝路。光绪三十年立春，为争夺中国辽东控制权，日本宣布同沙俄断交，日本天皇知会清廷后，令舰队突袭被沙俄侵占的旅顺港。由此，一场发生在中国却又没有清廷参与的战事爆发了。在持续一年有余的陆战海战中，日军以少胜多，连连击退沙俄，这令清廷上下颇为震动。论领土，日本只及中国一省大；论人口，日本亦只及中国之一成。朝廷内外的改良派再提明治维新，将日之胜俄归结于政体学制的改变，仿效东洋之声再起。光绪三十一年五月，号称一日在朝，必以死相争的王文韶被罢免，军机处及督办政务处职务由袁世凯昔日谋士徐世昌顶替，督办政务处大臣尽偏向废除科举。八月，张之洞、袁世凯、赵尔巽、岑春煊和端方趁势会奏《请废科举折》，谓："臣等默观大局，熟察时趋，觉现在危迫情形，更甚曩日，竭力振作，实同一刻千金。而科举一日不停，士人皆有侥幸得第之心，以分其砥砺实修之志。民间更相率观望，私立学堂者绝少，又断非公家财力所能普及，学堂绝无大兴之望。就目前而论，纵使科举立停，学堂遍设，亦必须十数年后，人材始盛。如再迟十年，甫停科举，学堂有迁延之势，人材非急切可成，又必须二十余年后，始得多士之用。强邻环伺，岂能我待……欲补救时艰，必自推广学校始，而欲推广学校，必自先停科举始。拟请宸衷独断，雷厉风行，立沛纶音，停罢科举。"上谕准奏，自丙午科为始，所有乡、会试一律停止，各省岁科考试亦即停止。

自光绪三十一年六月起，嘉定府治内各书院相继裁撤，生员均调配到东岩书院与九峰书院肄业。上谕准奏停罢科举是八月初四，当天即由各司道府州转饬各县，一些生员听闻消息即收拾行囊返乡，另一些生员则非得亲耳听到谕旨，方才相信。初五辰时，余下的生员便到讲堂等候学官，有未及弱冠的，有鬓髯染白的，均齐跪于圣人牌位之下。巳时，在堂勇护送下，学署诸吏赶到，山长携书院诸理事与众生员并跪。袁东山着一身黑衣裳，头戴孝巾，臂佩孝章，学官为避免生事，装作不见。学官宣读废除科举谕旨，再读县台裁撤东岩书院、九峰书院手令。读毕，书院诸理事随学官往听风楼商议裁撤事宜，生员些或相互议论，或哀哭，唯袁东山一人，伏地行凶拜。生员议论一阵，哀哭一阵，又纷纷离开，讲堂逐渐安静下来，只留下个老童生与袁东山。老童生似有疯相，念叨着："圣人未亡于秦，未亡于五胡，却亡于吾辈。"袁东山起身，老童生搀扶，于圣人牌位前上了最后三炷香，再解下孝巾孝章，置于供桌上，拄棍回听风楼。

学官与山长、书办、礼房在茶室座谈，门大敞着，见袁东山走过，山长忙出去喊他："袁齐长。"袁东山住步。山长说："嘉定府公立中学堂在玉龙街办起来了，县台说，把东岩和九峰的书送过去，你是齐长，这事情本该由你定夺。"又掩嘴细声说："可学官把船都喊好了，说是明天就走府河拉上去，既然书院不办了，书留到也不过是堆……"袁东山不言语，不等山长说完，便往楼上去，山长仍追上去说："明天怕还要由你交接督到下。"袁东山扶到挑廊栏杆往外看，生员或背着褡裢，或提着行箧，走过洗墨亭，走过静观亭，走出东岩书院大门。他们兴许再也不得回来了，从康熙癸卯年的冷善化开始，这里共走出了九位举人，却无一人

- 380 -

考中状元,今后更不会有了。袁东山走回寝室,拐棍挂在椅背上,把门拴好。他夫人去年生了一场病,倒了床,已讲不出话。他取帕子走到床侧,盖到她脸上,再推开后窗,摆好方凳,取腰带一条,立方凳之上,向到文庙方向,将腰带绕到梁上,系死结,深吸一口气,把脑壳挂到索结头,脚下一蹬,方凳倒地。他夫人高声叫喊起来,他夫人一喊,把他喊慌了,人在半空晃,可他却不想死了,也不晓得是腰带没有拴紧,还是他挤扯得太凶,重重地落到了地板上。在茶室的山长、书办等人闻声忙冲上来,撞开门,见到袁东山扑在地上,扶到腰杆,狼狈地呻唤着。袁东山这才晓得,他不是陆君实,他是怕死的。学官知晓袁东山的威望,将这事情报到了县台处,县台满以为他是担怕书院裁撤后,无处谋生,便允诺他,俸薪仍照教谕支发。到了岁末,学署改作劝学所,又为他谋了一份缮写员的职务,并给他安排了一间官舍。

改良派哪肯只满足于学制改革,早在日俄之战刚打响时,驻法公使便单衔上书,直陈庚子新政成效不彰,壅蔽未除,欲除壅蔽,唯有仿英、德、日之立宪政体。可惜此封奏书,督办政务处未有转奏。随后,海外康梁一派亦搅和进来,游说各开明督抚,婉言奏请朝廷变更政体。起初督办政务处尚有守旧派当政,多数奏折都没有呈到太后圣上处,随着奕劻、荣庆、孙家鼐、张百熙等人进入政务处,立宪派便直接同他们联络。到光绪三十一年年中,态势就成了下有总督巡抚奏请举行立宪,上有枢臣附和,再加上彼时日俄之战,日军获胜已成定局,更是给了改良派一个极大的借口。六月中,终于撬开了慈禧的金口,上谕颁发,派遣镇国公载泽、户部侍郎戴鸿慈、军机大臣徐世昌及湖南巡抚端方等,分赴东西洋各国,考求政治,后又加派商部右丞绍英。八月二十六日,此五人于京师正阳门车站坐上火车。正与送行者作别之时，载泽、徐世昌、绍英所乘坐的车厢忽然发生爆炸，众人仓皇下车，才晓得是有人引爆了炸弹，引爆者手足皆断，胸腹炸裂身亡，而三名挨近他的仆役亦被炸死。所幸，载泽、徐世昌只是皮外轻伤，而绍英虽伤势较重，亦非要害，当即被送医，另四人则返回府邸，商议改期缓行。事后方知，引爆者为光复会的吴樾，当日扮作载泽随从进入车站，企图炸死将要出洋的五大臣。在遗书中，他将立宪视为保皇派与清廷的一场阴谋，所谓考求政治、钦定宪法皆为幌子，实则是为使汉人死心塌地归附满人。

彼时，慈禧确有顺民意，借立宪之名，消灭在外革命党之意，吴樾此举非但没有震慑到清廷，反倒使清廷坚定了立宪之决心。是年年底，出洋考察团再度分两路启程，五大臣中，徐世昌已调任巡警部尚书，绍英伤势未愈，改由山东布政使尚其亨与顺天府府丞李盛铎顶替。历时半年，周游十四国后，五大臣于光绪三十二年五月陆续归国，并相继上奏汇报出洋考察报告，其中端方与戴鸿慈二人的报告，是由留日学生总会干事长杨度和逆党梁启超捉刀代拟。至此，立宪派的势力已渗透至清廷权力核心。七月初四，载泽单衔上奏，列举立宪的三大利处：一为皇位永固，二为外患渐轻，三为内乱可弭。此封奏折打动了慈禧。七月十三日，清廷终于发布仿行宪政上谕，着内外臣工，议定官制，厘定法律，广兴教育，清理财务，整饬武备，普设巡警。俟数年后规模粗具，查看情形，参用各国成法，妥议立宪实行期限，再行宣布天下，视进步之迟速，定期限之远近。

此谕一经颁布，改良派欣喜若狂，尤以海外保皇派为甚，康梁自戊戌年去国，流亡已八年余。康有为道，诚不意中国有立宪自存之日。而梁启超在渡尽劫波后，更是以一笑泯恩仇的姿态谓，知立宪明诏已颁，从此政治革命问题，可告一段落。海内外立宪团体纷纷成立，梁启超办宪政会，杨度办宪政讲习所，内地郑孝胥与张謇办预备立宪公会。这当中尤以预备立宪公会势力最大，入会者皆为各界智识之士，有说该会会长郑孝胥与慈禧亲信岑春煊和军机大臣瞿鸿禨关系匪浅，故而能笼络有名望者，更有说该会幕后操纵者就是岑春煊本人。在清廷发布仿行宪政上谕之后，众人皆知，立宪便意味着权力将重新分配，均想借到这个契机朝高头爬。百僚迅速站成两队：一队以袁世凯为首，依托北洋新军，妄图组建内阁取代军机处，从而统揽中枢。袁世凯又拉拢奕劻，许诺若内阁组成，必推举其为内阁总理。另一队以岑春煊、瞿鸿禨为首，自视为清流，屡屡参奏北洋一派腐败，誓要拔除袁世凯，为立宪扫清蔽障。两队人马互相攻讦戳短时，又都跟在野立宪派示好，以图争取民意。岑春煊自不必说，除操纵预备立宪公会外，更对江浙立宪党人大力提拔。袁世凯亦暗中资助康梁等人组建立宪团体，只可惜，立宪党人忆及袁世凯在维新变法时的告密之举，仍难释前嫌，在两队火并之时，选择站在岑春煊一方。袁世凯索性顺势揪到这一点，贿赂翰林院侍读学士恽毓鼎呈递密折，状告岑春煊于上海密会康梁，纳维新党人麦孟华于幕下，而岑又曾是戊戌年保国会领袖，谓其现今再勾结诸逆，不知有何居心。戊戌年，正是康梁等人险些酿成拥光绪、软禁慈禧的政变，慈禧永生都忘不到那块伤疤。而密折呈上之时，恰又逢日本迫韩皇内禅，攘其主权，康梁等人一贯逗留日本，难保不受东洋人煽惑，又起夺权之心。阅毕此折，当即决定将刚刚就任邮传部尚书的岑春煊调离京城，着其出任两广总督，此时两广革命党频频起事，岑春煊不愿蹚浑水，托病奏请开缺。光绪三十二年年末至光绪三十三年年中，朝野便是这样一番景象，明面上各方争立宪疾缓，争立宪政体，暗地里又都各怀鬼胎，借立宪之名，挞伐异己，结党营私。慈禧自咸丰末年垂帘听政始,见过一出又一出这样的戏码,她满以为,她母子二人仍可坐观虎斗,拖延立宪,然而这一次究竟又跟往次不一样,各方争的不只是官阶高低,更是已被放在砧板上的江山。

自缢不成后,袁东山再不想听这些,可官绅商学乃至街头庶民,哪个不谈国事,只一处可讨得片刻的清净,那便是继兴永。继兴永仍打的是扬州班的招牌,却早已换了好几拨人,当年的三张红牌,只绿衣熬了下来,但也成了残花败柳,不再像当初那般高贵,夜度资合缠头不足百文,这倒正好将就了手头打紧的袁东山。袁东山每回去,老鸨都要跟他吹嘘新来的某个女子,说她如何像当年的燕燕或扬之水,袁东山一问价钱,就缩了脑壳,只得照旧钻到绿衣的椒房头。绿衣那诱人的莽屁股已塌成了一堆胖胖肉,袁东山便把油灯吹熄,啥子都看不见,仍当她是年轻时一般揉搓,而绿衣到了无人问津的地步,自然也不会嫌弃袁东山的糟朽,更何况这么多年,二人多少也是有些感情的。绿衣认他做保保,袁东山满口答应下来,绿衣便开始打听他屋头的状况,有几房太太,几双儿女。照青楼规矩,若狎客不说,娼妓是不得打听狎客身份的,绿衣是起了个歪心思,当得知袁东山只一房太太,无儿无女后,绿衣便跟他说,待他寿终后,她给他送葬,而报酬便是,让袁东山立下遗嘱,将遗产赠予她。绿衣以为,袁东山再撇,至少也有栋宅子罢。某日,袁东山还真就带了个包袱来,说他那独房太太过世了,他把全部家当都带来了,绿衣赶忙拆开,让她哭笑不得的是,竟是一堆策论集。待袁东山一走,绿衣便通通送到灶房发火去了。袁东山是真真没的家财,他初到劝学所时,每日须去誊写公文,常俸每月是三两银子,外带二两养廉银,好在食住不愁,他才有闲钱往继兴永跑,后来,连那二两养廉银也没的了。他们搬到官舍不久，他太太便过世了，他太太一走，他便更加无所顾忌，每日到劝学所前，先走侧旁的酒肆吃三盅苞谷酒，将自己灌得二麻二麻，到劝学所便借酒撒疯，胡讲一通酒话，骂朝廷，骂县台，抄的公文也是歪耙劣爪。总董干脆让他干领三两常俸，不消再到劝学所点卯，这可不是恰合袁东山之意么？这么一来，袁东山就更活得不知年岁了，全然忘却了世事的颓败，老鸨晓得他曾做过东岩书院山长，跟他讨一幅联挂门口，他书的是钱牧斋的诗：秦淮卖酒唐时女，醉倒开元鹤发翁。袁东山的死是荒唐的，可兴许也是他设想好的，是他该有的死法。光绪三十三年清明这天晚上，鼓楼街有人烧袱包，将木楼引燃，风一吹，大火顺到延烧至府街，有四五口人在熟睡中被烧死。县衙官舍跟府街隔了一道街口，袁东山只知外头在吵闹，不晓得发生了啥子事情，第二天出门，过府街，只见到一排排被烧成麸炭的房子，街中央摆了几具尸体，听人议论才知，昨天晚上的大火险些就烧到官舍这头来了，幸好拆了一栋民房，才把火势挡住。几个披孝衣的人在那儿号哭，袁东山觉得心头发紧，又回屋歇了一阵，然后拿上碎银和一枚白锭，先往药房买了粒乌龙蜜丸，再到酒肆要了碗虎鞭酒，就到酒嚼下药丸子，待周身发烫，便起身去继兴永找绿衣。绿衣仍像往回一样，先将身子冲洗干净，再赤条条爬上床，袁东山用长着厚茧的食指，摩挲她的阴唇，再伸进去，搅得嗒嗒响，突然又抽出手指，牵绿衣的手，引向他的裆部。绿衣摸到了硬邦邦的白锭，脱下他的火帕儿，取出白锭，又见到了硬邦邦的阳具。绿衣笑，袁东山也笑，袁东山起身，跪在床上，绿衣也跪到，肥臀挨过去，袁东山掰开两片肉，却咋个都插不进去，懊恼地拍打她的屁股。绿衣扶他躺下，含到他那根略显畸形的阳具，舔舐着，令它重又竖起来，再握住它，渐渐往里头絮。袁东山浑身的力气都憋到了底下，绿衣的两扇屁股拍在他干瘦的大腿上，他贴着黏糊糊的洞壁，试图去探到绿衣的尽头，黑漆漆一片混沌。他咬紧牙关去撕扯，扯出一点芝麻大小的微光，再扯出两寸长的口子，光亮就顺着那道口子，溢过来，他泡在光亮里头，舒舒服服地等着身子一截截凉下去。

3

"巉巉青天鉴下民，尘间祸福岂无因，十言总是情缘报，三字无非仙鬼人……"

唱到此处，清倌人停了下来，将琵琶搁在了地上，打茶围的都到外头看闹热去了，李世景也放了茶碗，跟到走出去。

继兴永外头围了好几层人，李世景站在阶沿上，踮起脚望，像是在闹事。继兴永门口站了几个带刀捕快，老鸨正同他们交涉，李世景先以为，又是醉酒伤人之类的，一个回来的女子说，是出了命案。李世景好奇地问，啥子命案？女子觉得晦气，没有讲，跟在她后头的狎客笑起说，有个老朽朽，死在了继兴永的房间头。李世景正想凑过去瞄一眼，围观的人群唤着，哟喂，忙朝两边让。差役使木架子抬着尸体走过来，尸体上盖着白布，看不见面目，女子捂到鼻子躲到里头去，男子也都背转身。李世景又望向继兴永，捕快还没有离开，似乎是跟老鸨说毛了，揎开拦到的龟公，闯到了继兴永里头。一会儿，押起个娼妓出来，老鸨仍追到起求情，捕快不听，那娼妓双手被反扭着，一面走一面哭喊冤枉，直到他们走出桂花巷。围观者谈论了会儿，又各回各的店。

里头接到唱："环玉算清前世债，悦容来结此生姻，一朝天遣南华至，尽作庐郎遇洞宾。"

李世景转身回三鹤楼的当儿，忽见得人群中有张熟脸，他定睛再看，竟是刘基业，相较先前，又瘦了一大截，脸也松垮垮的了。刘基业似乎没有看到李世景，或者没有认出他来，同另几个烟客并排回秋霞阁。

　　李世景走下阶沿，跟过去，试到唤了声："三叔。"刘基业没有回头。李世景又唤："刘三叔。"刘基业住步，回身，皱眉打量李世景，像是认出他了，先是一笑，笑容又僵住了。李世景竟也手足无措的，他不晓得该从何问起。刘基业的笑容收起来了，道："你认拐了。"车转身，朝过街楼走。李世景一听声音，码准了就是刘基业，追上去，逮到刘基业的肩膀，叫道："刘三叔。"刘基业反手一记重拳，甩脱李世景，跑起来。李世景还未反应过来，脸上就吃了一拳，愣了片刻，刘基业已跑出十来步，又撵，刘基业越跑越快。李世景耳心子嗡嗡地响，脑壳阵阵晕眩，跑不动了，大喊："刘三儿，你个狗日的。"刘基业在远处回头看他一眼，拐到顺城街去了。李世景坐到街边上，喘着粗气，耳垂生疼，一摸，破皮出了血，拿帕子揩干净，站起来，往承宣桥走。他到染坊，叫来个染工，让染工带话给龚占奇，说刘三儿还在嘉定城，喊他安排点鹰爪到大小烟馆蹲到起。

　　自打见到刘基业过后，李世景就常常梦到，他们在一条空巷子头相遇，两人愈走愈近，刘基业把手背到身后，他假作认不到他，擦身而过时，刘基业突然停住，凶狠狠地瞪到他。李世景晓得，刘基业是极阴险歹毒的，兴许他在四处寻刘基业时，刘基业也正偷偷跟踪着他，这么一想，每天拢屋头一件事便是四处巡视一道，即便如此，上床闭到眼睛，仍觉得刘基业在暗处观察着他。惶恐不安过了些日子，龚占奇那边仍没有逮到刘基业，李世景只得买了把匕首，出门随身带，上床便放到枕边。

这天，一家匹头铺掌柜来染坊讨说法，因夜作司务皮浆没有看得准，酒糟加少了，好几匹布上靛后，深一坨浅一坨，染工本该将那几匹布回缸再补一道，可他们也一时大意，一律漂洗晾干，出布后才发觉，便将病布裹里头，好布包外头，照常给别个送去。人家卖到卖到自然就发现了，于是找来讨说法，将病布摆到李世景面前，喊他退染资，再赔病布布钱。李世景认为，匹头铺的那批布已经卖了大半出去，若要他们全部退返染资，就不赔布钱，若要赔布钱，就不退染资。两头扯来扯去，到了该打烊的时候，才各让一步，染坊将这趟染资全退给匹头铺，再认五成病布布钱，从二回染资头扣，立下字据，匹头铺掌柜才离开。李世景将染工和司务些喊拢一堆，先挨递训了一通，又打招呼，今后哪个出的差错，哪个认账。就这么耽搁到太阳落山，到饭铺吃了夜饭，再往回走时，街上已没的啥子人，走着走着，李世景心头有些虚，老觉得有人跟到他，手抄到怀里头，握住匕首，走到洙泗塘才松了心，拢屋门口，朝两头望了望，取钥匙，低头一瞄，锁被撬开了。李世景忙又掏出匕首，抽出刀刃，一脚头踩开门，连退几步，战栗着睃门里头的动静，只见得太师椅上坐了个人，那人也吓一跳，站起来，李世景把刀刃比到起，隔到门喊问："刘三儿么？"

"啥子刘三儿？"那人不慌不忙地使火柴点燃灯，"世景，认不到我了么？"

李世景再看，收起匕首，跨进门，走到他身前，细细端量，大笑着说："税相臣。"

税相臣坐回太师椅，继续剥茶几上的花生吃，缓缓地说："等你半天了。"

李世景坐到他旁边，问道："你咋个找来的？"

"问的舅母。"税相臣端起茶碗喝了一口。

李世景看到茶几上的挂锁，指到问："你拗开的？"

"这锁不得行，该换一把。"税相臣盯到李世景笑，又说："我坐门口等了会儿，逢人过就瞟我一眼，我想干脆进来等。"

"你才不客气嘞。"

"跟你还有啥子客气头。"

李世景也抓一把花生剥，问："好久回来的？"

"去年。"

"东洋好耍不嘛？"

"好耍就不回来了。"税相臣拍净手，拿起挂锁修理，"舅母说，你经营了间染坊？"

"我爹留下来的。"李世景起身去找糕点，一边找，一边说："念书念不起走，只得干这些劳力活路，哪赶得到你。"

"你莫挞噱我，我们这号人，是把脑壳别裤儿带高头耍。"

李世景端出一盘桃片糕，放到茶几上，笑说："脑壳别裤儿带？你莫不是上山当土匪了嘛？"

税相臣不答，手头的锁嗒地一响，又合上了，放回茶几，起身去拉拢门，上闩。

"你都当土匪了，那遍天下都是土匪。"李世景拿了片桃片糕放嘴里，"你们东洋回来的人，哪个不是坐衙门的料。"

税相臣再转回身时，指头上挂了把西洋枪，说："孙文先生的同盟会，听到过没有？"

李世景收起了脸上的笑，瞪大了眼睛说："革命党？"

税相臣手腕一抖，握到抢把，插到了腰间，说："革命党。"

李世景见到过城门口巴的缉捕令，也从茶馆头听闻过革命党暗杀清吏的事迹，可他咋个都不肯相信，书生税相臣也是个革命党，说："莫扯把子，你一不缺吃，二不少穿……"

"缺吃少穿的人才没的心思闹革命。"税相臣一脸严肃。

李世景从头到脚重又端量税相臣一道,歪起嘴巴笑说:"来,坐到慢慢摆。"

二人落座,税相臣说:"满人政权已至穷途末路,对外连战连败,只得任随别国宰割,战败赔款又都算到厘捐上头,各地皆是民不聊生,留洋归来的人,看过了别国的好,便想扭转这种局面。两条路子,一为借满人之力,先自上而下变官制,再立宪法限制君王权力,可君王在,满人特权便在,满人有特权,虚君便不可得。我辈要走的是第二条路子,暴力推翻皇权,参照别国政体,重新建立民主政权……"

李世景插嘴问:"啥子叫民主政权?"

"由民众挑选哪个来统领中国,哪个来当父母官。"税相臣接到说:"如今,举国虽有会党数万人,可跟清廷仍没法较量,孙先生的意思,是集中力量让川渝先独立,赶走满人,建立军政府,为他地垂范。"

"冒昧讲一句,光是听官府喊逮革命党,也不见革命党闹出啥子动静。"

税相臣说:"既为革命,就必有流血,可流血也当流到恰当处,否则就与土匪无异。"捡起地上的包袱,"自去年回来后,我们一众会友就开始筹备举事,一面招募会党,一面买通清吏,一面邀哥佬会协助。"翻找包袱,"我此行的目的,是想求你帮件事。"翻出两张纸页,"举事时间地点已经定下来了,想跟你借一百两银子。"

李世景这时才真真相信了税相臣的话,接过纸页,展开看:一张是筹饷券,落款为中华革命军;另一张是借据,落款为荣县税氏私立预备学校。

税相臣解释:"若革命成功,军政府建立,你拿筹饷券,可兑换双倍实银。若革命失败,你拿借据到荣县,找我弟弟税相民要钱。"

"何时何地举事?"

"就今年,其余的不便讲。"

"有几成把握?"

"七成。"

"银子好久要?"

"尽快。"

李世景将借据和筹饷券收起来,思量片刻,说:"你等我下。"到寝室,拉开抽屉,取了银票出来,"这是百又三十两的银票,明早你就可以到德顺银号兑。"

税相臣接过银票,说:"有纸笔么?我再给你补张三十两的借据。"

李世景笑说:"不消,待你二天做了宰相,也赏我个县官当当。"

税相臣将银票折好,放回包袱,说:"军政府成立之日,必给你邀一记大功。"挎起包袱,要出门。

"你今晚就歇这儿嘛。"

"有地方歇,"税相臣抱拳道,"感谢咯。"拉闩开门。

李世景劝他不得,只好拿了把钥匙给他,说:"下回莫再拗锁了,保重。"

税相臣再抱拳,消失在夜色中。

何为同盟会,何为革命,何为民主,何为军政府,李世景依旧是糊涂的。不过,在他印象中,灯花教也好,拳匪也好,都是些绝望且穷苦的人起来造反,是拿命换口饭吃,税相臣给了他极大的震动，税相臣的目光是透彻的，言语是坚定的，仿若所说的不是将来之打算，而是既成之事实。回到厅堂，李世景又拿出借据和筹饷券看，回想税相臣说的话，顺手借油灯灯火，将借据烧成了灰。

这百又三十两银票终究还是被李世景抛撒出去了，不过，对此时的李世景而言，百又三十两银子已算不得啥子。

如今的福记染坊已有两间工场，一间仍在承宣桥，另一间在盐关街。承宣桥这家仍是使土法染，一年毛利润在五百两上下；盐关街那家则是使狮马、恒信、天宇一类的洋靛油，一年毛利润也有三百来两。两间工场利润合计下来，与丝号那头不相上下，甚而嘉定城城头的人提起福记，头一个想到的是染坊而非丝号，这还得要归因于李世景经营得法。

染坊若要生意红火，一要靛料好，二要染工老练，三要价格适宜，四要染户固定。先说靛料，讨他姐夫许佩箬的方便，盐关街铺子用的洋靛油是洋行包装货，别家的洋靛油都是散装货，而承宣桥铺子使的土靛，也并不是通常用的本靛，本靛相因虽相因，靛质不均，调拌的时候走辗大，司务不好计量，浪费也就多，而且染出来的布易褪色。李世景接手染坊当年，就从靛贩子手头拿了九种靛料回来，有吴越一带的，有中原一带的，也有云贵一带的，每种笞一下，最终选定了云南靛料，并同靛贩子商议好，此类靛料专供福记。这样，别家若是想仿照福记，只能出高价自己喊船下叙府拉。再说染工，原先染坊只两拨人：一拨看铺子，有大先生一人，小先生两人；另一拨便是染工，有十人上下，轮班管缸水、派料、染漂和晾晒。生意稍有起色后，李世景先从别家挖来司务专管缸水及派料，工钱要比普通染工高两成，又招进十来个学徒，由老染工带到起，不开工钱，只管食住，待头批学徒出师后，再依各自所长，拉布的拉布，印花的印花，漂洗的漂洗，晾晒的晾晒，按出力多少开工钱。此后再进人或者招学徒，都是分工派活路，后头，盐关街的铺子也是此等方式。三说价格，染价分成两季，福记是嘉定城独一家，而福记的染价算法也跟别家不一样，别家的价目只标靛料，而福记则是布料、靛料及花样各列一目，三项合加，才是最终的价格。如此一来，穷人着的土布与富人着的锦缎在染价这一环有所差异，布行匹头铺也能各有各的赚头。最后说染户，靛料好、染工老练、价格适宜，自然就有新染户会上门。而要拴住他们，跟卖丝是一个道理，首先给他们些想头，譬如某月让他个零头，某月又让他几尺，至于何时让，让好多，便要靠大先生把握了。其次要有债务关系，先前染坊是分收布出布现银付款，这就使得好些染户这趟找福记，下一趟或许又去找别家，客源增多后，有几家大布行提出，能不能赊到账，待年关一并付清，那时，染坊已有不少周转银，便答应了。大布行有信誉，到年关时，不但付清了染资，还付了利息。翻过年，李世景便允许所有老染户赊账。年染量在百匹以上的，年关收款；不足百匹的，分端午、中秋、年关三节收款。每户造一本簿册，染户送布来，大先生只消在簿册上登记日期、布料、用料时价及段数等，交染户过目，签字画押便可。这样，哪怕福记染价时有波动，也不会有染户流失。当然，一开始也有别家染坊是仿照这种方式，不过，总有些资产薄弱的匹头铺关门倒账，只消一两回别家染坊便不敢再赊了。福记不怕，一是因为福记消息灵通，一有风吹草动，便提前去把应收的款项追回；二是因为福记在衙门有人，如若真有店铺无力偿还，一纸讼状，必迫其以屋契田契作抵。

虽然染坊扭亏为盈，继而盈利逐年递增，但李世景却得意不起来。

先一年，染坊与丝号的账是归拢到一起，再计算出福记总盈利是好多。第二年起，丝号的生意就开始衰败，三姨太怪说是李世景的过，染坊原本是为了给丝号拉客伙办的，如今丝号的主顾却在染坊讨不到半点实惠，丝号的生意自然就受到影响，便说，要么染坊按以前一样经营，要么染坊每年的盈利对半开，一半交还回丝号，另一半留在染坊账上。

正是三姨太的这番话令李世景觉出不对劲，如若按以前一样，染坊附属于丝号，他不过是个理事角色。如若将账簿划开，染坊、丝号就成了各是各的状态，而福记的大半财产是在丝号和田产上头，他作为李家独苗苗，就只分得个染坊，大头仍归三姨太。当然这还只是李世景的猜疑，他仍按三姨太所说，交了一半盈利回去，留下另一半放在染坊。

到第五年，李世景已是弱冠，就年纪而言也该继承家业了，可三姨太仍把到丝号不放手，且还将染坊与丝号越分越明。有时，染坊这头需要点银子做周转，三姨太便让李世景打借条，借好多，啥子时候还，都要落实到纸上，而到了年末扎帐的时候，又会叫丝号的账房先生过来核对，生怕他们作假。李世景终于明白，三姨太根本不想让出当家人的位子，既然如此，那他就安心当染坊掌柜，就该想咋个维护染坊的利益。

李世景挑明问他三姨娘，染坊凭啥子每年要交一半利润给丝号？三姨太说，因染坊打的仍是福记的名号。李世景说，那丝号打的也是福记的名号，染坊抽好多利润出来，丝号也该抽好多出来，单另立成一本账簿，哪个都不准碰。三姨太倒先软了下去，说，姨母子扯成这样，别个要看笑话，哪有啥子你的我的，财产

- 394 -

总归是李家的，过去丝号经营得好，就由丝号贴补染坊，现今染坊经营得好，就倒转过来，你满以为三姨娘想管么？无非是怕你不醒事，几下把家业挥霍完了。往来几回，李世景同意跟三姨太各让一步，染坊每年定额抽两百两银子出来，交给丝号，三姨太不再过问染坊的账。

　　这一番争执下来，李世景与三姨太的隔阂更深了。虽然逢年过节回去，仍旧是笑脸相对，但都止于客气话，像李世景这样二十郎当的男娃子，调成别的人家，早忙到帮说婚事了。可三姨太从没有问起过这档子事，不但不问，还有个多嘴的下人偷偷传话给李世景，说，先前长夫人在的时候，帮他相过一个女子，那户人一直都等到起在，有回主动来打听，三姨太一句话把别个打发起走了。三姨太说他得了花柳病，待病治好了，再说亲事。李世景觉得又好气又好笑，气是气三姨太的嘴巴子毒辣，笑是笑三姨太怕早晓得他进出妓院。不过，他并没有当面去质问三姨太，至少在当下，他还没的成家的心思，三姨太那样说，倒给他挡了一件麻烦事。

　　总而言之，税相臣来筹款的时机可谓恰恰好。试想下：设若染坊仍在亏损，那百又三十两银子恐怕早都贴进去了；设若李世景跟三姨太的矛盾没有扯到明面上，李世景就没的权力支配染坊的财产；设若税相臣开口时，李世景侧边坐了个善于持家的太太，莫说百又三十两银子，就是三十两银子怕都筹不到。

第四章

1

就在税相臣等人企图攻打成都时,江安、叙府两地党人亦在谋划举事。

江安地处泸州、叙府、自流井三地之交,如若攻下江安城,西可支援叙府革命,东可再攻泸州。众党人推举赵铁桥与程德藩为指挥,赵铁桥是江安邻旁的永宁县人,两地同处万山之中,盗匪啸聚,赵与绿林渠帅乃故交,游说过后,渠帅答应可率山中军千余人与革命军合攻江安城。赵与程商议决定,于九月三十日举事,子时,先东门举火为号,真武山巡防营的百余名革命军先佯装攻东门,引城内清军过去后,山中绿林军再攻西门,赵、程等人遂于城内各处引爆炸弹,扰乱清军阵脚,待攻下江安城,再以江安为据,通永宁,顺长江而下,攻泸州、重庆。九月二十七日,赵程二人携行箧入江安城,行箧内各装着炸弹十枚,及事成后取代清币的军用票和取代龙旗的青天白日旗,乔居旅店后,赵、程二人恐革命党内混有内鬼,当即招来眼线,令其传话,改为当夜即攻城。二人在旅店内等候,至夜半,东门一方先起大火,片霎,枪声訇然起郭外，城内四处喧嚣。赵程速草文告，料检炸弹，枪声渐弱，二人以为革命军与绿林军已攻入城门，欲戎装趋出，忽闻吏卒来巡查，赵铁桥贴门缝窥视，程德藩则取出炸弹，心想若吏卒闯进来，便掷弹俱毙。吏卒果然来叩门，问："里头住的哪个？"程德藩故作懵然答："程光耀，古蔺场过来的学生，这外头出了啥子事，咋个又起火，又有枪声？"吏卒道："有土匪劫城，不消怕，已经打跑了。"说完，吏卒查旁舍去了，赵、程二人方知事败，翌日逃出了江安城。

四川同盟会原本是计划以成都为中心，江安、叙府两地响应，三地同时并举，从而造成全省革命之势。不虞成都、江安起义皆以失败告终，各地府台县台闻讯，纷纷加紧巡防戒备，负责叙府革命的佘英、曾省斋、谢奉琦等人会议于隆昌。少数党人认为，成都、江安两地均有同志被捕，恐已将计划透露给清吏，当取消举事；多数党人则认为，成都、江安两地失败后，恰可集中革命军力量，展期攻打叙府一城。经多次商议后，仍定于光绪三十三年腊月十一，趁府台宋联奎出巡之时，发动叙府起义。先前参与过成都起义的熊克武等人，运送炸弹至冯家坝待机，曾省斋劝服叙府堂勇管带刘绍峰及县幕詹树棠，佘英与谢奉琦则策动巡防营哨官。届时，城内可调两百余堂勇先发难，城外反正的巡防营和熊克武等革命党再夺取武器，冲进城门，聚歼清吏，占领府县。腊月十一这天，府台宋联奎巡至庆符，突然打道回府，旋即令雷东垣团沿街按籍盘查外乡口音者，城门驻守兵丁亦突增，并将城门关拢，城内众革命党顿时措手不及，谢奉琦慌忙各处打听。方知，府台甫一回城，就逮了管带刘绍峰及县幕詹树棠，巡防营潜匿的同志亦逐一被捕，正如成都起义一样，又有人告了密。此时，巡防营统带已受命缉捕城外的革命党，而他们却不知情，仍在原处等候讯号，谢奉琦冒死缒城，往熊克武处，告知众人，事已败露，城内戒备森严，已有多人被捕，且巡防营统带正带部赶来。熊立令众人，分散躲避，伺机再举。未几，府台宋联奎将谢奉琦等人列为叙府叛匪魁首，悬重赏缉拿。因同党出卖，光绪三十四年二月，谢奉琦于泸州被擒。押解回叙府后，宋联奎诱其交代同党藏于何处，即可免其一死，谢奉琦不答，宋联奎遂挑断其脚手筋。同年三月，谢与之前被捕的两百余名反正堂勇兵勇先后就义。

  与税相臣分别后，李世景日日都在打探成都省的消息，却又迟迟没有听闻有啥子动静，有段时间，他甚至以为，税相臣是扯的革命的把子哄骗银两，把那筹饷券翻出来，越看越可疑。

  直到十月底，承宣桥福记染坊外落了一乘官轿，下来的人是许佩箦。这时的许佩箦正春风得意，因北洋派在朝廷得势，好些往昔的留洋生童被委以重任，许佩箦捐了些银两，又请袁氏幕僚蔡绍基举荐，刚被拔为嘉定府同知，且是主管粮务盐务的肥缺。李世景一年只见得着他三两面，这天，许佩箦却不避嫌，着一身便服找到了门市上。李世景先与店员一道，陪许佩箦在工场逛了一转，李世景仍在揣测他有啥子目的，回到门市上，许佩箦让李世景找个清净地方谈话，李世景引他到账房，许佩箦唤衙役在外等候，学徒端来茶水后，也退了出去，并将门带上。

  许佩箦问："你晓得我为啥子事来么？"

  李世景瞄他的眼神，这才想到，多半是为税相臣，但口头上说："不晓得。"

  许佩箦皮笑肉不笑，果然问起："税相臣来找过你？"

  "找我？"

  许佩箦确切地说："二三月间。"

李世景忆起，税相臣是从春妹处打听到他的住处的，因此立马作恍然大悟相，说："你不说，我都差点子忘了，他是来找过我。"

"找你干啥子？"

"筹款。"

"筹款？"

李世景假模回想说："他说他要办厂还是办学堂，喊我入一股。"

"你给他没有？"

"他开口就是一百两银子，我抽不出来，再说……"李世景顿了一下，"再说他来找我时，一身寒酸，我就算有，都不敢给他。"

"后头他还来过没有？"

"再没有。"

许佩箬半晌不开腔。

李世景试探地问："姐夫，你咋个问起这事情？"

"你果真不晓得？"

"晓得啥子？"李世景抠脑壳，"你真把我问诧了。"

"十月初九，成都省百官原本要在会府给太后祝嘏，督抚却收到密报，说革命党勾结绿营要在这天造反。好在密报及时，没有等叛贼出手，举城都已经戒备，知府亲率兵勇按籍拿捕叛贼，有人当天就遭逮了，也有人趁乱逃起跑了。"

李世景想起那天税相臣离开时的背影，问："跟税相臣有干系？"

"督抚昨天传电令，要各地查缉匪首，名册上头有税相臣。"

李世景不觉地吁气，见许佩箬盯着他，道："幸得好，若我把银子给了他，岂不也成了同党。"

许佩箬起身。

李世景随他往外走,说:"这税相臣咋个就上了这条船。"又说:"兴许他躲回荣县了。"

许佩箬笑说:"换成你,你会躲老家么?"走出门市,又说:"若是他再来找你,把他稳在屋头。"立在轿子前,小声跟李世景说:"莫报官,给我送信,我来会他一面。"

李世景点头应,作揖,掀帘子送许佩箬上轿。

许佩箬来讲过这番话后,李世景心头竟莫名地激动,税相臣没有骗他,他们真真组了支革命军造反,还惊动了督抚。他固然不晓得他们为啥子革命,但他相信,税相臣所做的事情总是得当的,继而也相信,那绝不会是最后一次起义,税相臣口中的军政府终有天会成立,到那天,还有他的一份子嘞。

自此,他竟也关心起国事来,时常上邮局买报纸读,偶尔在三鹤楼的茶围上,听到别个摆立宪,他也要去插两句嘴,但那些留过学的公子哥总瞧不起他,这时,他就恨不得起身拍胸脯道,老子是革命党。渐渐地,李世景在心头还真把自己当作了革命党,甚而做出过一件古怪的事。这天,他在一条窄巷子的墙上,见到了好几张反满的打油诗,趁没人的时候,他一张张地撕了下来,第二日大早,他拿起糨糊,将这些诗巴到了北城墙,覆住官府查缉革命党的告示。到晌午时,全城都闹高了,当染工把这稀奇事告诉他时,他差点子脱口说,那诗是他写的,也是他巴出去的。

天气渐凉,李世景身上的单衣裳换成了袄子。将近年关,各家染户先后来结账,李世景成天在承宣桥和盐关街铺子上守着,有几次,他正跟别个说着话,突然丢下话头,往家返,拢屋却又鬼花花都见不到。税相臣仍没有来找他,他经常在脑壳头假想,此时的税相臣藏匿在何处,过着啥子样的生活,浮现出来的,总是传奇演义中的刀光剑影,而非四处狼狈流窜。相比眼下,日复一日听着算珠子声,他更羡慕起税相臣来,他全然没有想过,如若税相臣遭官府逮住,会是啥子样的下场。

这年除夕,他没有回白庙,百味斋下人带话来,说喊他上许宅过年,他三姨娘也要进城来。他是不大愿去许宅的,他觉得那一家子都是刻薄人,但不去那儿,他又能去哪儿呢?下人说不消带礼,但他仍提了一坛子酒和一匹绸布去。一跨进许宅,跟他儿时的印象不一样,许家的先后些都笑脸相迎,管他叫李少爷,见着了春妹,他才全明白了,原来春妹的肚皮又大了,再有个把月就要生的样子。他对春妹说了一番喜庆话,又随她去拜见许家的长辈些,然后在厅堂坐下吃茶吃点心。许佩箬与他正对到坐,许家的近亲远亲都在说着讨好许佩箬的话,要么贺他升迁,要么祝他弄璋。有一刻,李世景与许佩箬目光相撞,许佩箬张口,像是要跟他说啥子,但旋即又被别的话招过去了。三姨太是挨到饭点才来的,提来了两口箱子以及大包小包的礼物,有个丫鬟随行,那丫鬟李世景没见过。李世景喊,三姨娘。三姨太只是浅浅一笑。到了饭桌子上,献酬过后,男人伙这桌在跟许佩箬打听清廷趋势,打听川汉铁路修拢哪儿,打听府衙县衙有没的缺位。女人伙那桌则时不时传来笑声,似乎是在打趣春妹。这一切都跟李世景无关,李世景先还接两句闲话,后头就光是笑,不言语,李世景处在这样喜庆的环境中,却又觉得这环境与他无关,许家上下是一拨的,三姨娘也跟他们是一拨的了,独他一人被排除在外。吃了饭,稍坐,不等放焰火,他就去同长辈些告辞,最后问三姨太,要不要跟他一路去洙泗塘,三姨太脸向到别处答:"我就住这边。"街上有不少人在守岁,在烧袱包,还有些娃娃在追逐玩耍,走到洙泗塘巷口,天上突然炸开一串串的焰火,巷子里如白昼一般,几条被惊醒的狗正乱吠。李世景打开门,进到屋内,点亮油灯,各处晃了一眼，再坐到椅子上发神。这时，他才突然意识到，这已经是光绪三十四年了。

光绪三十四年，距仿行宪政上谕颁布已有一年余。各立宪团体先还争君权与宪法当如何平衡，议会议院当如何区分，见朝廷雷声大雨点小，到光绪三十三年末时，便都朝向了一个靶子，要求朝廷即刻筹组国会。以杨度为首的宪政讲习所草拟请愿书，邀百余人签名，呈送都察院代奏，请愿书直指形势之急：革命排满之风潮流行于薄海，祸机已兆，后患难言。及今不图，恐三数年后，燎原莫救。即欲行今日之计，亦不可得。清廷复之以兹事体大，非可率尔举行。并阐释道：其一，宣布宪法，必须上有完备之法度，下知应尽之义务。其二，实行之迟速，当视国民程度之高下。其三，各省绅商士庶，颇有浮躁蒙昧，不晓事体者，遇有内外政事，辄借口立宪，相率干预，一唱百和，肆意簧鼓，以讹传讹。其四，民情固不可不达，而民气断不可使嚣，立宪国之臣民，皆须尊崇秩序，保守平和。此诏书一下，一些立宪派人士再呈请愿书至都察院，将上谕逐条驳斥；另一些立宪派人士，则看清清廷拖延敷衍面目，转向革命，私下同革命党勾连，寄望于利用革命倒逼清廷。此时，从各地武备学堂走出的学生逐渐在新军中担任起要务，而武备学堂的教员潜匿了众多同盟会会党，学生或潜移默化受到影响，或本身就加入了同盟会。再加起本就不满满人统治的汉留帮会以及占据山头的棒匪绿林亦被革命党拉拢，这一股股暗流交织在一起，若有一地趁头，必有百地响应。官府不得不将各地暴动的消息捂得严严实实。

即便如此，春节期间，走亲串友的人些仍带来了各种各样的玄龙门阵。有说何处炸死了个县太爷，有说某地某天又封了城逮人，可传言究竟是捕风捉影的，辨不出哪句真，哪句假。李世景很想去找许佩箬，探问革命党的动向，可他又不晓得该扯啥子幌子，咋个问法，才不会引起许佩箬的怀疑。

出了元宵，许家下人又来承宣桥找到李世景，这回是送喜帖和红蛋来，春妹生了个男娃子，李世景赶忙遣人备小儿衣裳和布料，他一面替春妹高兴，一面又想着或许可以趁这机会打听到些风声。

三朝酒是元月十九这天办，李世景叫了个铺子上的学徒帮他提鸡婆、补药，他自己也一手拿绗好的衣裳，一手抱布料，往许宅去。

许宅院坝头摆了有四五十张桌子，既有许家亲戚，也有许佩箬在府衙县衙头的同僚，娘舅家只李世景和三姨太两人，而且三姨太还不在宴席上，许是在月子房头帮到照料春妹。李世景携学徒去赶了礼签了单，便随意找了张空桌子坐下。一会儿，许佩箬的堂兄引起一拨人过来，跟李世景介绍，都是巡警所的巡官些，李世景起身作揖。一桌子人干坐了一会儿，下人些端上酒肴后，才两两敬起酒来，李世景自称吃不得酒，以茶代之。几轮过后，各人都吃高了，嘴巴子再管不住，议论起公务和别地的事情来。

先一人起头埋怨革命党闹事，逐一数每日干的啥子事情跟革命党有何关联，又说："这巡警所把绿营新军的活路都干了。"

另一人道："还指望绿营新军剿匪？成都、江安、叙府三地闹事，最后查出来都有这些人参与。"

独一个戴帽子的人驳斥他："不光光是绿营新军，通省总局不也查出好几个跟革命有染的么？我们乌鸦就莫嫌猪黑咯。"

起话的人敬他一杯，说："你龟儿是话里有话。"二人大笑。

李世景侧边一人夹了一筷子膀子肉，说："就服革命党那张嘴巴子。"

众人不开腔。

李世景侧边这人把嘴里的肉咽下去，说："凭三两句妖言诡语，就能把某些人哄得团团转。"

个眉州口音人，似乎为了撇清自己，忙道："返转去十来年，匪寇就是匪寇，如今只要留一趟洋，就不叫匪寇了，叫革命。"戴帽子的人跟他递了个下巴，他意识到讲错了话，许佩篯可不也是留过洋的么？想扳回来，支支吾吾两句，干脆自罚一杯酒。

起话的人接到他说："还是叙府宋屠户下手狠，逮了两百多个人，一律……"抹了下脖子。

眉州口音问："有我嘉定籍的么？"

起话的人说："十好几个，光荣县就占了七八个。"

戴帽子的人说："这回总该清净一阵了嘛。"

一直吃闷酒，没有开腔的一人说："清净？革命党的脑壳，砍了又长。"

另几人没有接他的话，低着脑壳剥炒花生吃。许佩篯端起杯子敬到了这排的头桌，也不晓得这几人突然静下来，是因了那一句话，还是因许佩篯走起过来了。

李世景伸手，想去夹一块酥肉，咋个都夹不起来，这才发觉手在打战。吃闷酒那人抓了一块想递给他，李世景摆手，笑了一下，然后起身作揖道："诸位慢吃，我先走一步。"李世景刚车转身，便听见有人小声嘀咕："这娘舅家只他一人么？"

他快步走开，朝到角落头观牌的学徒招手，学徒见到，跑起过来问："走了？"

"走了。"

"不跟主家打声招呼么？"

李世景回头，许佩篯正巧也看着他，许佩篯抬手挥了一下，他也抬手。

从许宅出来，门口停了乘滑竿，李世景让学徒回铺子，他坐上滑竿回洙泗塘。巡官些的谈话仍堵在他心头，叙府的事情他先前就听闻了，今日巡官也这么说，那必必就是真的了，两百多颗脑壳，那需要好多个刽子手，需要好多把鬼头刀，两百多颗脑壳，排成一绺，能从洙泗塘这头铺到那头。

"官爷，拢咯。"

李世景下滑竿，付了铜板。在他屋门对到，有两人坐着在吃叶子烟，这两人他往回从未见到过，两人正偷偷地睃着他，他打开门，回屋取了匕首，站到门口问："哥子，吃哪碗饭的？"

那两人愣了下神，对视了一眼，站起来，各往一头离开了。

直到他们从巷口拐出去，李世景才将房门关拢，别住门闩，从柜子头取出匣子，从匣子头取出筹饷券，划一支火柴，点燃筹饷券。

2

成都起义未果后，税相臣没有回荣县，也没有回嘉定城，他带起另几个查缉在案的党人，躲到了犍为铁山的鞭炮坊头。叙府举事时，他根本就没有去，而是在犍为忙到制炸药，以及在当地发展会党，即连叙府事败的消息，都是过完年，熊克武、佘英过来告诉他的。

过年期间，熊克武召集了先前三次起义的负责人在隆昌黄万里屋头会晤。各人均做出了检讨，三次起义都太过倚重新军，一旦官府察觉，只消扼住反正新军，革命党便不战而败。若要夺取政权，同盟会还该把重心放在本身，以及袍哥、绿林等外围武装上头,唯有先跟清军硬碰硬,反正新军绿营才能真真起到接应作用。税相臣在日本时,帮小室氏打过下手,这趟熊克武、佘英二人来找他,就是要喊他一路,到日本买一批枪支弹药,税相臣便又把工坊交给学生吴顺义,同熊、佘二人一道启程了。

他们先往叙永重庆,找杨沧白等党人筹了一笔钱,经上海,东渡日本。熊、佘二人去找总部的吴玉章,税相臣则通过小室氏,找到宫崎寅藏,合购买了枪支数十支,弹药两千余发,或装在柜匣头,或使绸布包裹,分批运送回沪,再假借运送奁礼,先走水路将武器运到重庆,再走陆路往广安石笋场去。

过邻水一条岔路时,一列巡逻的丁勇从另一条路过来,头子虎汹汹吼:"站到。"问:"这是哪家的嫁妆?"十余名党人均把手伸到怀里,紧握住枪把。佘英出去交涉,只见他把碎银递给丁勇头子,那头子言语了几句,便带起丁勇颠转了。佘英唤众人将红绸红纸扯了,众人问何故,佘英大笑道:"清室气数尽咯。"原来,他们从重庆赶往邻水这三日,光绪慈禧已相继崩薨。慈禧薨逝前,连传两道懿旨,一道授醇亲王载沣为摄政王,光绪殂逝后,又立载沣之子溥仪为嗣皇帝,着载沣监国。也就是说,当今的天下已落到了个三岁娃娃手头。

众人当日在邻水一户党人屋头歇夜,还买来酒菜偷偷庆贺。第二天,一行人将奁礼搁在了这户党人屋头,枪支弹药改成麻袋子装,板车拉,板车上覆了几条白布,路遇好几列丁勇,都没有再截问他们。赶到石笋场时,街上的人皆穿起了素服,好些铺子也拆了牌匾,挂起了白幄,场栅边还有士绅些设的香案,放上了光绪慈禧的神主。孝义会大爷秦炳接到他们,把枪支弹药拉到了石笋小学堂藏到起,又给他们在各处安排住所。那十几日,佘英引熊克武到广安周边联络袍哥去了,石笋场昼夜都有丁勇巡逻,

- 406 -

税相臣等人不敢轻举妄动，没有相互照面，像当地人一样，每日到光绪慈禧神主前举哀。直到十一月初九溥仪正式登基过后，丁勇些才有所松动，而这时，余英和熊克武也带起广安哥佬会的几位舵爷回来了。

先前在隆昌黄万里屋头，熊克武等人就决定在广安再掀一次暴动。当时他们便刺探清楚了，广安城自光绪三十年以降，连年干旱，知州吴鬯安抚不力，百姓有造反之心，无造反之力，可为革命军所用。另外，广安城州署汛署有枪支数百，巡防营兵勇跟衙门堂勇却只三百余名，就冲那数百杆枪，也值得革命军一搏。熊克武把哥佬会与孝义会的大爷些召集拢一堆，就是想喊他们一头出点人手。最终，熊克武许诺每日按人发饷半吊钱，各大爷方答应一边出八十余人，合革命党就有两百余人。

余英与税相臣遂到广安城踩水，税将城内各衙门布局绘制成图，二人回石笋场，再与熊克武定日子及人员部署。起先是想在元宵当日举事，可哥佬些不肯，只得改到二月初十，这天，州署休沐。在人员部署上，税相臣建议余英带起哥佬会的人在南门口的茶铺子候到，秦炳则带他孝义会的人，装成盐贩儿，从东门进城，他跟熊克武带革命党，抬棺材走北门进城，直奔州署喊冤，另两路人马，以他们这边的炸弹声响为号，齐涌州署，先劫州署的枪支，再杀到巡防营去。

到了二月初十，清国年号已改为宣统，广安城整天都在飞雨，雨不大。过了晌午，税相臣着一身道袍，以伪造的殃书，领着发丧队混进了北门，撒着黄钱，念着"天无忌，地无忌"一类的祭词，朝州署拐。快走拢时，突然跑来个余英那头的人，慌张地说："梭大爷遭缠到起了。"问故，答说："哥佬些要饷钱到位才肯办事。"熊克武怕余英那头已经跑风漏气，干脆就地启开棺材，取出枪支弹药，分发给众人，急偬偬往州署按。路人见到，丢了伞反向逃，只一个着号衣的差役在往州署跑，一面跑，还一面喊："大老爷，棒匪来咯。"税相臣抬手一枪，那差役应声倒地。怪的是，州署大门紧闭，门外无一名兵卒，税相臣使炸弹炸开大门，几人朝天放了几声空响，闯进去，里头仍旧阒无一人，半天没有找到枪弹库，熊克武问税相臣："坡底下是不是保安营？"税相臣说是。熊克武说："定是转到保安营去了。"便叫众党人杀到保安营。走出州署，秦炳的人马也赶到，两路义军齐往坡下去，保安营大门口只几个拿关刀、羊角叉的守卒，遭义军几下放翻，营房里并没有见到大批清兵，义军再分头往两厢搜寻，终在西厢发现了间别着的库房。撞开后，里头只三个老朽朽缩在角落，各抱一杆毛瑟枪，却咋个都抠不动扳机，只得丢了枪喊饶命。熊克武唤来众义军，取走枪支，忽闻州署那方在擂鼓，南门那方起枪声，税相臣反应过来，定是吴嚮耍的空城计，将他们逗到保安营，再两头夹击。税相臣喊："往小西门跑。"义军刚冲出保安营，果就见巡防营的人从坡上按下来，义军轮流掩护，撤至小西门。小西门兵力较弱，堵了几枪，两名兵丁试图关城门，遭义军打死，余下的守城兵丁便逃散了，义军遂从小西门出城，分散藏匿。税相臣与孝义会的何忠绪一道，朝观音庙去，走到半路，税相臣提了一句，也不晓得梭大爷那头是啥子情况。何忠绪便想回去睄一眼，税相臣没有阻拦，让他若是见到佘英，一并带到观音庙来。事实上，佘英那头扯皮没一会儿，便把巡警招来了，佘英趁乱离开，恰在此时，州署那头枪声就响了，巡警当场扣了几个袍哥下来。何忠绪回南门茶铺子，正开口问堂倌："白天是不是有一伙人在这儿吵闹？"几个着便衣蹲守的巡警便上前将他按到，扭送回巡警所后，使灼背坐烛等酷刑拷打，令他招出革命党人下落，何忠绪招架不住，道出税相臣躲藏在观音庙。所幸，税相臣只在观音庙坐歇片刻，他估摸定有袍哥被捕，而石笋场小学堂内还藏有同志名录和信件，若有人供出来，落到官府手头，必然是个祸患，便离开观音庙冒险往小学堂去，恰是这危险的举动，让他躲过一劫。他在小学堂将文件烧毁，又顺手取走一件不晓得哪个留下的狗皮大衣，当他再返回观音庙时，巡警已在那一团搜寻了，他远远地见着一片火光，忙掉头躲到一处墓地。翌日，再到石笋场将那件狗皮大衣当了两百文，此时，税相臣浑身的盘缠也只剩这两百文了，他操着广安话，自称是学塾先生，蒙混过码头上丁勇，走渠江下重庆，再改船返嘉定。

经江安、成都、叙府和广安四度举事失利，以及同盟会内部的一些纷争，好些革命党人灰了心，清廷看似风雨飘摇，实则仍牢不可破。就势力而言，自古形成的皇权思想，一朝一夕难根除，多数要员仍甘心为朝廷效力，即便被革命党策动过来，均是见风使舵。革命党利用反正新军、绿营攻城，事败后，缉捕他们的却也是这些人，而外围的袍哥绿林，一没的严谨纪律，二不知革命之目的。四次举事，义军人数均占下风，纪律又不严，如何同时常操练的清兵对抗？而目的不纯，更导致有人为财出卖革命，有人为权起内讧，哪怕军政府成立，恐也是乱世局面，还不及如当下这虽贫苦却安稳的日子。再及财力，组织人丁要钱，策反要钱，买武器造武器要钱。清廷那边，有厘捐支撑，打个十年二十年都不消愁；而革命党这边，全靠扯各种幌子四处募资，回数多了，时间久了，哪个还肯信你的话。革命如赌局，一回输，二回输，怪运气不好，再有三回四回，便要怀疑技不如人了，便宁可在一旁观摩，不肯再上赌桌。尽管四次举事，被捕杀的多数为袍哥绿林，为反正新军绿营，可一些党人四散后，也销声匿迹了，这令革命更为艰难。

　　税相臣与那些懦弱的党人不同，也与熊克武等坚信三民主义者不同，在返回嘉定的商船上，他再次笃定了自己的信念。他所追求的，终是以平等取代君权，以互助统系取代臣民统系，并非以汉人取代满人，以民国政府取代大清政府。强者绝不会将权力拱手相让，无论是身处当下的清廷抑或将来的民国，革命必将贯穿其终生，失败亦会贯穿其终生。

第五章

1

光绪三十四年六月底,法部主事亦是政闻社成员陈景仁单衔电奏,请定三年内开国会。上谕复:迅将君主宪法大纲暨议院、选举各法择要编辑,议院未开以前,逐年应行筹备各事。立宪派满以为先前的数次请愿已奏效,不想三日后,清廷再颁上谕:将来开设议院,自为必办之事,但各务头绪纷繁,朝廷自须详慎斟酌,权衡至当。该主事何得臆度率请?又指陈景仁身为职官,却附和比昵政闻社,倡率生事,殊属谬妄。原来,那政闻社是梁启超在东京牵头成立的立宪团体,在浙沪一带活动。陈景仁上奏后,就有人向慈禧密参,陈是政闻社成员,受梁启超指使上奏,慈禧大怒,先革了陈的职,再斥政闻社多为悖逆要犯,令严拿惩办。随即,立宪派海内外报刊或暗讽或抨击清廷假意立宪,惩一陈景仁,与其同宗旨者莫不惩,斥一政闻社,与其同宗旨者莫不斥。各立宪团体再联名上书,请求朝廷速定宗旨,分设上下议院,以符实行立宪之旨。七月底,从各大臣及宪政编查馆透出消息,开设国会年限事宜即将见于明文,有说十年,有说九年不定。八月初一,《钦定宪法大纲》和《逐年筹备事宜清单》终于一并公布,然而这两则诏告不但没能堵住立宪派的嘴,反倒让他们逐字逐句大做文章。在《钦定宪法大纲》中,分"君上大权"和"臣民权利义务":君上有钦定颁行法律及发交议案之权,有解散议院之权,有黜陟百司之权,有统率陆海军之权;宣战、讲和、订立条约由君上亲裁,不付议院议决;皇室经费,议院不得置议;皇室大典,议院不得干预。而臣民之权利,均受旧法约束,相较以往,并无改善,是为君上一人钦定,以梏天下人之法。又及,《逐年筹备事宜清单》提到,自本年起,在第九年将各项筹备事宜一律办齐,届时颁布召集议员之诏,且不说九年期限是否妥当,九年之后,就必定开设议院?隔日,《申报》便评,谕旨并不明言某某年开议院召议员,但曰届时颁布,实乃九年以后仍为筹备国会之期,并非实行国会之期。事实上,宪法由民众协定还是君上钦定,这问题已争执一年余。一年前,慈禧再派官员出洋考察,又召百官商酌,相较利弊,最终决定仿行日本宪政,那份《钦定宪法大纲》基本是照搬日本《帝国宪法》,如若再回头对照十年前康梁谋划之蓝图,慈禧几乎全盘接受。而筹组议院,定期九年,亦是仿行日本之举,先前的数则诏书已声明,开设议院不可一蹴而就,该则诏告虽词义浑涵,可毕竟白纸黑字写了个期限在上头。激进团体所谓的出尔反尔,推敲起来,并不在理,明眼人已看了出来,这伙人慌到筹组国会,正是想要以国会之名义制定正式宪法,从而将君主也纳入宪法约束之范畴。如此,皇帝便成了冷庙土偶,实权便移到了国会手头。当军机处与宪政编查馆将各地请求缩短国会年限甚至限制君权的折子呈予圣上太后时,光绪已病入膏肓,而慈禧亦自知大期将至,怒也罢,悔也罢,再无干涉之力。两个多月后,二人便在喧嚣中相继去世。立宪团体并未因此怜悯皇室,待国丧毕，待溥仪正式登基，便又一拨一拨地向将将主持朝政的摄政王请愿，仍是那套老话，国会不开，外患内忧难纾。

如若国会成立了，哪个还会理睬革命党？清廷与立宪派角力，清廷与革命党角力，到最后，却演变成了立宪派与革命党的角力。在那一阵，立宪派只欠最后一把力气，便能将革命党击败，将局势稳住。街头巷尾，茶铺酒肆，人们似乎也认定了未来中国必是君主与议院共存，他们谈论着朝中汉臣当如何同皇亲贵族争权，谈论着光绪慈禧先后驾崩薨逝是否是一个转折，也谈论着这二者的死是巧合还是阴谋，谈论着纸钞出来后，物价渐涨，铜币贬值，生活愈发艰难，独独少有再听到"革命"二字。那些往日带来暴动风言的人，似乎也因听者不感兴趣，而闭了嘴。真想打探革命党的消息，只有到城墙边去，去看那些查缉告示，告示巴了撕，撕了巴。偶有几人认出了某张脸，道一句，这娃娃可惜了，便可见得，在他们心目中，这些闹革命的人，如同烧杀掳掠的盗匪一样，触犯律法，活该如此。

先段时间，每每有新告示巴起出来，李世景总要去睃一眼，他再没见到过税相臣的名字，他满心以为税相臣已经死了，跟别的人所想一样，他也以为，随着国会的筹组，革命消匿也是迟早的事情。再听到起义暴动一类的字眼，便也只当成闲龙门阵听，不再旁敲侧击地去打听。正当李世景把心思放回到染坊上头，正当他筹划着要再租场地办绸厂，重振福记招牌时，发生了一件糟心的事情，这糟心的事情令他与三姨太的关系真真破裂。

光绪末年年底，嘉定城下了一场罕见的大雪，从头天晌午过后，便有雪花飞落，那飞雪先还轻飘飘的，一沾地便融化了，好些人家将盆子端到门外汲雪水，以备二年做咸鸭蛋。雪大概是在人们睡着后落大的，第二日醒来，门口的盆子要么被冰粘住，咋个都端不起来,要么一些浅盆子整个被大雪覆盖。街道、房顶、树木尽成了白茫茫一片,白得晃眼睛,待天放晴后,大人伙要么抬根凳儿坐外头,眽眽地盯到地面,要么四处逛走,一步一个咯吱响。而小娃娃更是欢喜,有毛手套的戴毛手套,没的毛手套的随便裹点布巾巾,或打雪仗,或垒雪人,还有好奇的娃娃,一把把地将雪水朝嘴巴头塞。嘉定城没有下过这样大的雪,也没有这样冷过,周身包裹得严严实实,说话时,仍一个劲地打牙关,衙役拉起板车到处巡,板车上头躺了好几个冻死的讨口子。

即使天寒地冻,安澜门仍围了好几层人,城门由十余个兵丁把守着,不准闲杂人等进出,城门外头的萧公嘴上,站着一众县官,他们穿着皮大衣,不知是因酷寒还是焦急,一个二个都在来来回回地踱步。直到近正午时,先听到嘿咋嘿咋的号子声,再见到上百名扯船汉或光着身子,或只一条褡儿遮到胯底下,踩在雪地上,一步步从岷江河转过来,纤藤的另一头是四艘连起的大船,等四艘船都转到了铜河,安澜门边的人才见到船队全貌。人们一面称奇,一面议论到底要好多劳力才能在枯水季把船扯拢这儿。扯船汉仍没有停下来,排头喊:"唦噜嗬。"后头应:"嗬。"排头喊:"唦噜唦。"后头应:"唦。"就这么嗬唦嗬唦地吼着,沿到杜家场的石滩继续往上游走,直走到斑竹湾对岸的茶山塥方才住脚,紧接着,四艘船便挨递抛河,头船靠萧公嘴,二船靠会江门,三船靠庙儿拐,尾船靠丽正门。

待四艘船都捆绑归一,萧公嘴这头才放炮杀鸡公。此时已过未时,头批下来的是洋人和买办,县官些上前,照西洋礼节问候,再将洋人送上备好的官轿头。轿子抬进城门,围观的人群自觉让出道,待船上的船员与随行也跟到下了船,官员些才各自散去,留下几个督工,招呼挑夫上船。当机器些抬下来时,人们又躁动起来，哪个都不肯相信，那一堆堆废铁可以组装出西洋缫车。

这些所谓的废铁是走苏州运过来的，要抬到演武街去。那里，嘉纶丝厂的牌匾已挂巴适，只等着缫车就位。这是英美会的启尔德介绍来的生意，英商马尔文与嘉定县县衙股资各半，一年前便已谈妥，划出演武街到竹公溪一带两百余亩地作为厂址，县衙工房又亲自出面招了各门工人五百余人，本说缫车六月间便会运来，马尔文耍了点手段，同县衙报的是新车，结果却到苏州收的旧车，这上头耽搁了半年。马尔文坐着轿子往演武街去，后头是一串串挑夫些挑着机器，街两旁站了些人，也不晓得到底是出来看雪，还是看机器。转到演武街，人头就密密麻麻了，工房胥吏点燃九响炮仗，马尔文在嘉纶丝厂大门前落轿，两侧的人群别扭地鼓起掌，马尔文挥手致意，或许已没的人记得，十余年前，他们满城追打洋人时的场景。另一个洋人从皮箱头取出相机，组装归一，马尔文走到牌匾前，脱帽同府台握手，二人遂面朝相机，一人拉一头红绸，亮出牌匾，相机闪一道亮光，众人嬉笑。

令李世景糟心的事情就是从这时开始的。

嘉纶丝厂这趟装了百又五十架缫车，宣统元年初，又装了两百架，这三百五十架缫车均是西洋的蒸汽车，只需三口锅炉便可带动，昼夜运作，日产两百余斤，预估年产也在八百担上下。出产的生丝七成转销欧美，余下的三成就卖予本地。嘉定城一干丝号中数福记丝质最好，而嘉纶出产的生丝与福记不相上下，售价却比福记每担相因五两银子。究其原因：一是西法缫丝比古法缫丝损耗小，成本低；二是嘉纶收购的一切蚕茧原料均免除厘捐；三是嘉纶售出的生丝是按洋务纳税。如此，即便相因五两银子，嘉纶的利润仍比福记多。

宣统元年头一季，福记硬起头皮把价格压下来，与嘉纶相匹配,可仍留不住买主,绸庄布号些肯到嘉纶拿丝,可不仅仅是图它的相因,更因嘉纶属官商合办,可跟县官搭上线。头一季下来,福记丢了买主又折本,到第二季,只得去找周边场镇的小绸庄,跟小绸庄谈买卖,对方拼命压价不说,费尽口舌,别个也只要得到十来担,见此情形,三姨太再下了一批长工,歇了几口灶。自打福记不再跟洋行合作,年售生丝本就只有两三百担,照账面推算,这年能售出百担都要烧高香了。

李世景当然晓得丝号的处境,可他没有去过问。他想,若亏损大了,三姨太经营不下去,自然就会把丝号交由他打理,这时的李世景哪猜得透三姨太的心思。

丝号的买主被挖走一大半,出丝量也跟到锐减,这样一来,就连自己养出的蚕茧都用不完,好在嘉纶丝厂那头正四处收干茧,三姨太便将余下的蚕茧一并卖给了他们。今后,福记如若光做蚕茧生意,真真没的赚头,那些桑农茧农均是自己出力,自己照料,一年下来,讨点口粮钱,而福记则是聘人种桑养蚕出茧,哪还有利润可言。于是,起码有百余担桑田成了累赘,该咋个处置这部分田土?按理,三姨太该把李世景喊回去一并商量一下,如三姨太先前所说,毕竟这福记的家业迟早是李世景的。照李世景的想法,一条路子可将这多余的田土租给佃农种,再以福记的招牌在城里头开一间米油店,二条路子福记干脆再置办一批织机,不卖生丝,改卖绸布。

中秋节那天,春妹喊李世景到御史巷吃饭,说三姨太也在那儿,李世景就以为她是来找他商量的。可那半天时间,三姨太都没同他讲话,只顾到逗娃娃,他也不好先开腔,毕竟丝号的事情仍是三姨太做主。到了饭桌子上,三姨太仍只谈春妹该忌哪些口,咋个养身子,到实在无话可说时,三姨太才问染坊的近况,李世景回答着，可她根本没有听进去。下了桌，李世景没有慌到走，而是在厅堂陪春妹坐了一会儿，三姨太经佑娃娃睡着后，也过来坐到起。李世景正开口问："这廻龙的百来担田土……"不巧，许佩箬回来了，李世景将话又吞了下去，同许佩箬问好，许佩箬坐下来，话题自然又被他牵起走了。李世景叹口气，起身告辞，正当他走出厅堂，三姨太喊住他，并走了出来，细声对他说："那百来担田土让给你宋明奎伯伯了。"李世景瞪大了眼睛望到她，三姨太拍他臂膀一下，说："黑灯瞎火的，早点回去。"说完便返身走回厅堂。

三百担田土是李氏祖上传下来的，先李普福为了还债抵了几十担出去，李世景想赎回来，三姨太不肯，这回三姨太又主动让了百余担出去。李世景担心，哪天他再回去时，就连刘河坝的田土都易主了，那留给他的就只剩一副空架子了。

他气愤归气愤，有啥子办法，地契都签了，哪还讨得回来？李世景也想过跟三姨太对簿公堂，把应得的家业讨回来，可这状告得赢告不赢另说，一旦闹开了，他哪还有脸出门，而且到时候，只怕连春妹与许佩箬也要一并开罪。家散了，得了家业又如何？李世景愈想愈苦闷，染坊再开分铺的计划也打消了，他在这头苦心经营，三姨太那头笔墨一挥，啥子都败完，他还没法插手，心一横，要糟蹋，大家一起糟蹋，便又过回了声色犬马的日子。

暑热未消，三鹤楼生意兴隆，入了夜，茶围仍是满堂，台子上坐了一把三弦一把琵琶，照到《缀白裘》一首挨一首地唱。

李世景坐在木台子前的头一排，脚跷在马凳上，侧旁有一双女子替他打着蒲扇，时不时喂他一盅酒。李世景吃得满脸通红，眯起眼睛，随拍子晃动着脑壳。唱声渐弱，乐声也停住了，底下有人问:"咋个不唱咯?"

李世景睁开眼,台上的两个清倌人抱到乐器,盯到某处。这时,龟公引起另一女子走上去,抱拳道:"爱丽唱了一天,下去喝口水,润下喉咙。"说完,跕到了抱三弦的爱丽身前,爱丽坐到了他肩膀上,台下顿时有几声响哨。爱丽看起只十来岁,身子都还没长开,坐在龟公肩膀上,木愣愣的。

换上去的那女子咳了几声,又唱起来了,李世景却无心再听,他直起腰背,顺到爱丽望过去。龟公将她扛到了张棋桌旁,个着西衣的人端起一壶酒,站起来,盯到爱丽,问了几句话,爱丽或点头或摆头,那人递上酒壶,爱丽身子往后仰,龟公半蹲下去,爱丽不情愿地咬着壶嘴吃了一口。服侍李世景的女子像自言自语,又像对他说:"开苞的。"李世景将衣裳扣拢,起身走过去。

李世景唤:"老龟头。"

龟公偏过脑壳,说:"哟,李少爷,有事情么?我这头正忙起在。"

李世景指到着西衣的人问:"这位是?"

那人放下酒壶,主动伸手说:"嘉纶买办杨方舟,阁下是?"

李世景打量他,拱手说:"对不住,这女娃子我赎了。"

龟公道:"李少爷,你莫逗起耍,人家杨买办把缠头都付了。"

李世景掏出银票,抬手唤来老鸨,问:"赵嬢,爱丽赎金好多?"

老鸨两头看,说:"这⋯⋯这杨买办已经付过夜度资了,你日子也没有挑,聘书也没有下,要么先等⋯⋯"

"等杨跑楼开了苞,我还赎她做啥子。"李世景假模收起银票。

老鸨忙拉到他,又朝到那人说:"杨买办,要么你单另再选一个。"

"我若偏要爱丽服侍喃？"

李世景拍龟公肩膀，让他将爱丽放下来，说："杨跑楼若也肯出一样的价钱，我就把她让给你。"李世景盯到他，渐渐板起了脸。

老鸨贴过去，在那人耳边言语了几句，那人脸上抽搐着，坐回棋桌。

李世景牵起爱丽，付了银票，老鸨拿到银票仍不敢相信，以为李世景是吃醉了，又问他一道，是真真要赎爱丽么？李世景没有理她，牵起爱丽往外头走，狎司在他身后高声喊了一句："喜绾同心，鸣锣升炮。"外头三声炮仗响，没再过多讲究。

显然，李世景只是赌那一口气，从三鹤楼出来，他便丢了爱丽的手，他在前头走，爱丽在后头追。拢了屋，他又静默默去收拾床铺，让爱丽单睡一间，他甚至没抬头看爱丽一眼，便回到自己的房间，将房门别住了。

第二日起来时，爱丽已梳妆归一，坐在太师椅上，一双脚悬着说："你才不肯娶我。"李世景没搭她的白，去舀水洗了把脸，回身时，猛然见到爱丽立在他身后。爱丽摊手说："给我点银子。"李世景问："你要银子干啥子？"爱丽脑壳一偏，说："吃烟去。"爱丽的腔调令李世景想到了九岁红，她们都是吴越一带的，只是爱丽的身板和模样都跟九岁红差太远。李世景去换了身衣裳，拿了枚银锭给爱丽，爱丽拿在手上，掂了掂，说："要不到。"李世景一努下巴，说："都拿去。"爱丽看看银锭，又看看李世景，走了出去，隔了一会儿，李世景也出门了，他顺手上了锁。到晚上，他再回家时，没再见到爱丽。

仅仅过了三天，李世景又上三鹤楼，也是歇了夜饭后去的。进去时，天还没有黑，老鸨见了他，问："爱丽咋个样了？"他说:"好得很,在屋头守门。"老鸨笑着,安排往常的两个女子作陪。李世景听了阵书,带起两女子朝楼上椒房去,走到楼梯口,被人叫住,那人是生面孔,问:"李少爷么?"李世景以为他是新来的狎司,点头应。那人说:"外头有人找。"李世景丢下两女子,随他出去,走出三鹤楼,又往过街楼去,愈走愈黑,李世景觉出不对头,问:"哪个找我?"迎面过来四个人,其中一人道:"李少爷,杨跑楼找你。"借到桂花巷的微光,李世景看清了他,他仍穿着当晚的那身衣裳,旁边三人抄着棍子。李世景往后退,被方才带他过来的人又断到起了。那人道:"你银子多到没的地方花么?"步步逼近李世景,凑拢李世景的脸问:"晓得爱丽这会儿在哪榻么?"李世景冷笑,蹲身猛一记勾拳,打中那人裆部,再转身揎开堵住他的人,拔腿开跑。耳旁的风呼呼地响,身后的人在疾呼:"站到。"转到洙泗塘,李世景一面跑,一面搜身上的钥匙,追撵的人落了有十来丈远。拢屋门口,忙拿钥匙往锁插,还没有摸到锁,棍子便打了上来,一人飞起一脚,将李世景踢翻在地,一通乱打,李世景抱头叫唤。

那房门突然开了,出来的竟是税相臣,税相臣拿枪顶到一人的脑壳,叱骂:"找死么?"众打手遂抱头鼠窜,税相臣俯身问李世景:"伤到起没有?"

李世景伸手,税相臣将他攥起来,他原地活扭了下手脚,觉着没有伤筋动骨,便扶到和尚头,眅起眼睛盯到税相臣,说:"你还活起在?"

税相臣扶他回屋内坐到起,又从包袱头拿了瓶跌打膏给他,问道:"那是些啥子人?"

李世景启开瓶盖,嗅了嗅,说:"青楼头结的梁子。"

税相臣笑,把枪放回包袱,说:"白天我见你门口有人蹲守。"

李世景脱了上衣，一边搽，一边说："他们没有看到你嘛？"

"没有。"

李世景挽起裤腿说："衙门头的走狗。"

"幸得好。"

搽完，李世景将瓶盖旋紧，瞄了眼瓶身上的字，是洋文，问："我听到说叙府死了两百多人？"将跌打膏还给税相臣。

税相臣轻描淡写地说："没的牺牲，咋个叫革命？"

税相臣像是在说着一个再平常不过的道理，李世景仍好奇，他是咋个跑脱的，为啥子查缉令上头没的他的名字？但李世景没有再问下去，税相臣似乎并不愿意谈这些，李世景转而半开玩笑地说："又来筹饷银了？"

税相臣说："我想喊你引我去见个人。"

"见哪个？需要我引荐？"

"听说许佩箬进府衙了？"

"是，拔成同知了。"李世景顿然反应过来，"见许佩箬？"

税相臣点头。

"嗨呀，你不晓得，许佩箬来问过好几回你的行踪，白天门口的走狗多半都是他指派的，你去见他，必必是送死。"

"你把他约出来。"

"你莫不是想……"李世景以为税相臣想除了许佩箬，"那更使不得。"

"我想拉他过来起事。"

"拉许佩箬革命？在嘉定城革命？"李世景满脸惊讶。

"嘉定巡防营走边地剿彝匪了，后防正空虚，这时机再合适不过，最好尽快能见到许佩箬。"

李世景神到起了，税相臣的神情仍是坚定的，绝不像是拍脑壳就想出来的。这时,嘉定城多少人都已入了梦,他们哪晓得,革命不但没有消失,而且就要革到嘉定城来了,前一阵的宁静倒像是为这一场举事做的铺陈。李世景渐渐激动起来,问:"只你一人见他?"

"你随我一道。"

"我?"

税相臣点头。

李世景哑了半晌,搽了跌打膏的瘀青处这会儿才有些滥得痛,他牵衫袖将手道拐的膏药揩干净,自顾自地笑起来。

多年后,李世景笑言,自己加入同盟会可算是不清不明,没有宣啥子誓,也没有盘查过底子,只凭税相臣一句话,他便被卷了进去。跨出这一步,意味着啥子,要担负的是啥子?他不晓得。他既没的仇满情绪,也没的远大抱负,是出于对税相臣的信任也罢,图事成后可捞得些好处也罢,甚而仅仅为了增加炫耀的资本也罢,这种种可笑的因素混在一起,使他稀里糊涂地就成了革命的一员。

2

在嘉定府同知的位子高头,许佩箸屁股都还没有坐得热,就被推选为刚刚成立的四川谘议局的常驻议员。

早在光绪三十三年,上谕令设办资政院后,清廷又连下谕旨,着各省督抚在省会速设谘议局。当时谕旨对谘议一词的解释是,凡地方应兴应革事宜,由谘议局议员公同集议,候本省大吏裁夺施行,议员即顾问,即长官之辅佐。不过,一因只有谕旨,没的章程,各省督抚均不晓得该咋个筹备法,二因这谘议局同抚衙是啥子关系尚没有扯得清，便一拖再拖。尤其后者，谕旨一发，便有人提出质疑，朝廷设办谘议局的目的，在于直陈利病，筹计治安，监督地方事务，若受督抚等大吏裁夺，如何尽监督之责，岂不自相矛盾？无论是站在立宪派的角度，还是清廷的角度，谘议局的设办都是尤为重要的一环。谕旨提出，将来资政院选举议员，由谘议局公推递升，而资政院即为国会之雏形。所以，谘议局与抚衙是何种关系，也就决定着将来国会与清廷是何种关系。立宪团体就谘议局之权限同官府争论了一整年，直到光绪三十四年六月底，正当国会请愿云涌之时，宪政编查馆综合各地草拟的谘议局章程，颁发统一的《各省谘议局章程》及《谘议局议员选举章程》，并着令各省一年内设办，此两份章程可谓兼顾了双方的诉求。一方面，章程规定，谘议局可议决本省庶政并监察财政事宜，在议定事件时，若与督抚有分歧，可往复复议，再无定论，则呈交资政院核决。另一方面，章程又规定，谘议局之筹办由督抚牵头，选举规章、选民调查和登记造册等具体事宜均由筹办处负责。另外，诸如选举人和被选举人，或举贡出身，或曾任文七品武五品以上官职等条款，又将选举划定在了士绅范围之内。这样，督抚虽不可直接操控议员，却可干涉议员产生的过程。待《钦定宪法大纲》和《逐年筹备事宜清单》公布后，虽奏请缩短国会年限声仍不止，但一些人已开始反思，一味空言要求，冒渎无济，弗如切实预备方法，先帮到各省办起谘议局，待秩序健全，再来请愿，便有事实可依。光绪三十四年底，时任川督赵尔巽于贡院清白堂成立四川谘议局筹办处，拨银一万五千四百余两，进行筹办事宜，经大半年时间，初复选两轮，合选出正式议员百又五名，候补议员二十二名。颇矛盾的是，《各省谘议局章程》提到，本省官吏幕友，当行政之任，与谘议局本属对立，若与选举议决之权，恐生旷职及干涉沟通等弊，故而本省官吏或幕友均无选举或被选举权。然而在最终呈送的名册中，如许佩箬这样有官衔者达二十七人。

宣统元年九月初一，许佩箬上成都省参加了开局典礼，并参与了议长选举，过后便因事返回了嘉定府，缺席了谘议局头一次常年会。可笑的是，在常年会上，他竟被推举为常驻议员及审查委员会理事。

收到调令后，许佩箬也犹豫了一阵。一来，新政初行，究竟是一股风，还是真真要朝民主的路子去，哪个都说不清。二来，谘议局下接人民陈请建议，上督本省官员纳贿事项，若要认真履职，必是两头得罪。三来，这谘议局同抚衙同督抚到底是啥子关系，仍未理得清。字面上头，议员可与督抚争议，并由资政院裁决，而督抚又可以轻蔑朝廷、妨害治安等由直接将议员除名，甚而停会解散。两者有冲突，朝廷会向到哪头？不过，回头一想，这谘议局头虽混杂有立宪派，可官绅亦有二十七人，经营起来，想必也同巡警总局、支应局、筹饷局一类衙门差不多，仍旧是官场上那一套，兴许比它们还要高一筹，待将来资政院成立后，还可往高头爬。另外，这谘议局咋个说也是在省城，议决的是通省要事，那交往的必也是通省大吏，即便将来风头改向，也可往别的通省衙门拱，何况赴职过后，仍保留冠带，可拿双份俸禄。许佩箬回去，同春妹商量了一番，最终决定，春妹带起娃娃，先到成都安顿归一。此时，凉山彝匪正起事，嘉定各县的巡防营被抽调去平叛了，城防正空虚，许佩箬想走，府台都不肯放，他只得等彝匪平息，再往谘议局报到。

若没的别的岔子，围剿彝匪只需三五月便可，可偏偏这关头，眼线来报，荣县井研一带有大量革命党聚集，这令府衙及各县衙都炸开了锅。府台忙令各县台亲率巡警，借收秤捐，逮些人起来，借此先吓唬到革命党，又电请四川新军协统派兵支援。许佩箸却觉得府衙大可不必草木皆兵，革命党先前几次起义，没的一次与清兵有正面交锋，那帮青尻子即便真闹起来了，只凭守城兵丁便可将其夯退。他没想到，他口头的青尻子竟会把他抒得团团转。

这天，许佩箸去福泉门送走漕官，返回府衙，刚落轿，便遇到了福记染坊的学徒。许佩箸问他有啥子事？那学徒说，户房胥吏来盐关街收门摊，报了许大人名号，那胥吏也不买账，少爷跟他吵起来了。许佩箸问，那胥吏叫啥子？学徒说，认不到。许佩箸问，还在铺子上？学徒说，在。许佩箸让一旁的随行先回府，只带了个衙役，坐起轿儿往盐关街去。

拢了铺子，许佩箸下轿，见到李世景独自在门口站着，并没有见到啥子胥吏，问道："人喃？"

"在里头。"李世景把他往工场引，走了几步，又回头将衙役拦到说："你莫进来。"

许佩箸冲衙役点了点头，到了工场，仍只有三个染工坐在染缸旁歇息。

李世景随手将隔门带上，说："他在账房等。"继续往里走。

许佩箸终于觉察出了异样，并没有跟过去，正想返身，突然有个染工立起来，握枪指到他，许佩箸不敢大声叫喊。

李世景推开一间房门，回头望他，说："姐夫，你过来跟他交涉两句。"

许佩箸只得缓步上前，走到门口，见到了税相臣。

房间头有张半桌，桌上置有茶具，配了三把交椅，税相臣站起来，喊了声："舅舅。"伸手作请，"坐。"

许佩箸怔了一下，旋即强笑说："相臣，你好久回来的？"

"回来好两年了。"

许佩箬镇静地坐到上方说："咋个没有来耍喃？"

李世景在旁边站着，税相臣招呼："世景也坐。"待李世景也坐到一侧，他才落座，道："怕给舅舅惹麻烦。"

许佩箬诧异地问："惹啥子麻烦？"

税相臣替他掺了一碗茶，说："舅舅在衙门头办事，不会不晓得哦？"

许佩箬继续卖傻，说："我真不晓得。"

税相臣说："我正被官府缉捕。"

"缉捕？"

税相臣直直地盯到他说："舅舅没有收到过查缉革命党的电令么？"

许佩箬见着税相臣的眼神，似乎也不好再装下去了，瞟一眼李世景，问："你两个都是同盟会的？"

"是我逼到世景喊你来的。"

许佩箬看向李世景，李世景木讷地点头，许佩箬双手靠到了桌上，倾向税相臣说："相臣，高头下的令，舅舅也没法。"

"我不是为这事找你。"

许佩箬眉头一皱，问："那是为了啥子事？"

"你可还记得美利坚独立檄文？"

许佩箬不开腔。

"无论何时，政府所为，有干犯人民权利之事，人民即可革命，推倒旧日之政府，而求遂其安全康乐之心。"税相臣吃一口茶，"迨其既得安全康乐之后，经承公议，整顿权利，更立新政府……"

许佩箬明白了他的意图，打断他说："相臣，舅舅是走弯路过来的，返回去二十年，我比你们还冒进，为了官才晓得，英吉利好，美利坚好，其政体之根基乃耶教，上帝不存，政体不立，而中国秦皇以降，君王无上，若无君王，则民心不凝。"

"既然君王无上，汉世何以取代秦世，清室又何以取代明室，革命并非英吉利之独有，并非美利坚之独有，《周易》讲，汤武革命，顺乎天而应乎人，王权之上有天意，与耶教之上帝相通，乃永世之恒理，天意可授之于明君，亦可授之于明法，若庶民晓天意，有善质且行善举，则二者皆可废。"抱手端坐，"舅舅空有一屋子圣贤书，咋个讲得出这样的糊涂话。"

许佩箬虽先前已晓得税相臣闹革命，但当这些话从税相臣嘴里吐出来时，仍令他有些意外，他对相臣说："相臣，我只当今天下午是真真来帮世景打发胥吏的，从这扇门出去，绝不讲半句关于你的话。"撑到桌子起身，"府衙已晓得你们的计划，奉劝你们，另择时机。"

"慢到。"税相臣一并起身。

"你啥子意思？"

"舅舅莫误会。"税相臣将他按回座椅，"我还有本书要还你。"

许佩箬见他摊出一本皮纸包裹的册子，封面写着：扬州十日记。待税相臣将书页翻开，落出一页笺纸，高头有五个字：严夷夏之别。许佩箬顿觉背心一凉，问："你从哪儿拿的？"

"本来我都忘记了，上次回荣县清理屋头的书籍，发现有几本书和笔记都有舅舅的铃印，才想起是过去在舅舅家借住时拿的，这本看完了，便拿来还舅舅，另几本还没读完，待下回一并拿来。"

许佩箬拿过书，字迹是他的，铃印也是他的，放下书说："相臣，我不比你，我还有妻儿父母。"

"这点我晓得,我在日本便笃定了,这颗脑壳迟早要落地,你不一样,世景也不一样,你们该过安稳日子,但舅舅不要忘了,中国还有千千万劳苦民众,吃了头顿忧心二顿,他们就活该过那样的日子?这局面是哪个造成的,你心头必是明白的。"

衙役在外头突然喊道:"许大人,走了不?"

税相臣盯到许佩箬。

李世景去拉开门,门外的染工均站了起来。

许佩箬高声答:"我还要摆谈几句,你随轿夫先回衙门去。"

衙役道:"不怕得,我就问一声。"

税相臣压低了声音,挨近许佩箬说:"舅舅只需告诉我,眼下驻守嘉定城的守备是哪个?住在何处?另外,我听说府衙请成都新军派兵协防,舅舅可否帮忙打听,新军何时来?由哪个带兵?"

许佩箬犹豫了一下,说:"守备叫蒋兢贵,住较场坝头一户,至于援军,是府台亲自过问的,我打听不到。"

"舅舅身为同知,打听城防之事,并无不妥。"

许佩箬不开腔。

税相臣又说:"你放心,今天我来找你,同盟会没的人晓得,如若事败,绝不会牵扯你进来,如若事成,你可留下来办事,也可照旧往谘议局就职,不瞒你说,谘议局里头也有党人身居要位,舅舅去了,必有作为。"

许佩箬震惊地看着税相臣,税相臣笑,许佩箬忙挪目光到茶碗上,片刻后,盯着李世景说:"你们莫再到衙门来找我,有啥子消息,我派人给你送信来。"

李世景睒眼税相臣,点头。

许佩箬站起来离开,李世景也随到站起来。

税相臣将桌上的书递给许佩箬,说:"舅舅,鞑子不除,吾辈不休。"

许佩箬将书揣到怀里，往外走，那三个染工不知去了哪儿，许佩箬深吸一口气，拉开隔门，李世景又将隔门带上。

衙役在铺面外，回过头来问："许大人，走了？"

许佩箬默不作声。

李世景唤店员将裹好的两匹布交给衙役，说："姐夫，这是给姐姐和外甥的。"

许佩箬想跟李世景说啥子，忽然瞥见起先拿枪比到他的那染工，正在铺子的暗处盯到他，便只拍了拍李世景的臂膀说："好生点。"

李世景拱手道："姐夫慢走。"

到了衙门，许佩箬给了轿夫和衙役一些赏钱，再进衙门换了便衣，并没有去办公处，而是匆匆回御史巷。百味斋铺子已关了门，春妹带起娃娃与三姨太一道已到省城去了，许佩箬开门，径直走到书房，里头尽是蜘蛛网和灰尘。许佩箬先将那两堆巾箱本和手抄本的书搬出来，又举着油灯，查看另几展多宝格上头的书，再理了十余本前朝古籍，一并垒放到案几上。从《扬州十日记》开始，逐一浏览，读完一本，便拿到院子头烧掉，书页上的旁批，一些仍能令他回想起初读时的场景，另一些则全然没印象，就连笔迹也像是另一个人的。就这样，他一次又一次沉浸在或清晰或模糊的回忆中，合上书籍，抽离出来，枯坐着，又不断地陷入当下的恐惧中，当青焰燃起时，方才获得一丝解脱。

3

与许佩箬见面后，税相臣从李世景屋头搬了出去，住到了兑阳湾的吉祥旅社头,仅过了三天,许佩箬便派了差役送来密信一封,里头提到,新军援兵合有百余人,顺带还要押送来一批步枪和子弹,带兵的是十七镇三十三协的队官王道尊,那头启程时间还未定。李世景即刻去转告税相臣,税相臣当日便离开了嘉定,去了哪里,李世景不晓得。

数日后,税相臣带起刘均斋、刘慎终和陈孔白等党人,假扮成匹头铺跑堂,送布到盐关街的福记染坊,并托大先生将李世景喊来。李世景一到,见是税相臣等人,便将染工些打发起走,关了铺子。这次,他们将革命党的安排全盘告诉了李世景。

嘉定县城呈锥状,一面靠山,两面临水,临铜河一侧,滩险水急,且安澜门与会江门均有大船停靠,临岷江一侧,水要缓一些,东岸沟儿口泊有清兵炮船四艘,此处亦有一水师营地,内有武器库一间,留守兵丁只三十余人。往北数里,依次有土主、白马、童家、板桥溪四处团练。其中童家团练团正王九皋乃党人刘均斋拜把子弟兄,已口头入会,只是童家团练势单力薄,只得先由一路党人在周坡佯装起义,将此三处练丁引过去,再由王九皋带练丁会同革命党人突袭沟儿口营地,夺取枪弹,并乘炮船攻城,此为革命军主力,由陈孔白负责。起义之日定在新军自成都启程之日,熊克武、佘英将集哥佬于新场组成另一路义军,新场离嘉定县城十余里地,为成都往嘉定必经之地,援兵队官王道尊是四川弁目学堂毕业的,革命党已跟他勾兑过了,他只肯在革命军攻下嘉定城后才易帜,并许诺会带兵在新场挨起晚上才入城。届时,若陈孔白这头久攻不下,熊克武、佘英则逼令王道尊背袭嘉定城。

刘均斋、刘慎终二人轮番说完部署安排,陈孔白开口:"仍有两处有走辗。"指头蘸了水,在桌上画开,"童家场在板桥溪、白马、土主三地之间，王九皋答应起义的前提是，此三处团练要么被引起走，要么一并起义，我们在周坡先举义旗，并不敢保证能把三地练丁都逗过来，所以，最好是能说服三地团正反正。"

税相臣问："世景认得到么？"

李世景答："认不到。"

税相臣问："强攻逼令其造反嗬？"

陈孔白道："我革命军这趟可有两百人参与，王九皋底下有百把人，到时候或许还有一半练丁要拉稀，而那三地团练合有三百余练丁，人数上头，我们不占上风。"

李世景问："若把这几支团练召集拢一堆嗬？"

税相臣问："啥子由头？"

李世景说："操演。"想了一下，又说："嘉定县城外拢共有五团，除岷江河东岸四团外，白庙乡还有一团，名义上，我是白庙团监正，团正也是我爹的至交，不出意外，我该把他劝得过来，到时候，革命军将操演场包围，童家白庙两团先带头归降，另三团哪还敢抵抗。"

四人拊掌附和，陈孔白道："早听相臣说，世景兄路子广。"

李世景连摆手说："不敢当，门路都是家父铺的。"

陈孔白道："另一事恐怕还要劳烦世景兄。"

李世景问："劝说守备？"

陈孔白点头，继续在桌上画，说："嘉定城易守难攻，西湖塘、德胜门、演武街三处仍有三支巡防营合两百余兵勇驻守。我们从沟儿口渡江，沿江城门必迅疾封城放火讯，演武街急行按下来，只需一刻钟，一旦巡防营兵勇赶至，攻城便难上加难。我们不强求蒋兢贵跟到造反，只需在起义当日，将演武街巡防营调到德胜门或西湖塘，见火讯，缓一刻钟再出营。若我们仍未攻进城，他们在城门口虚打几枪,我们便颠转回去,另做打算。若我们已攻陷城门,蒋兢贵可留下来,也可带起部下佯装逃去别处,不管咋个,我们必会重金犒劳。"

李世景问:"我独自去劝说他?"

税相臣说:"我与你一道。"又说:"恐怕还要备些银子。"

陈孔白补充道:"熊克武已同孙先生汇报过,待嘉定城独立,我大汉军政府必双倍奉还世景兄所出钱财,如若世景兄愿意,还想邀世景兄接管户房事宜。"

李世景问:"孙文先生?"

陈孔白点头。

李世景不自觉地笑起来,日后,李世景遇见了另一个也为革命捐过银子的人,他才晓得,同样的话,革命党人还同许多人讲过。

这番商讨过后,李世景让他们一人手头拿了些布绸做样子,往吉祥旅社安顿,他替他们付了一月的房钱,税相臣则给了他一把防身用的毛瑟枪。从这天开始,各人便按分工筹备开了。

隔天,李世景托人买了两挑大土,叫上染工随行,从虾蟆口坐船回白庙。到了白庙,先去团练,没有找着人,又问起往烟馆去。那场火灾后,烟馆搬到了吕宅,院坝改为了堂口茶棚,各厢房则改作了旅店,正房和后罩房均打通改成了烟馆,是日正逢赶场,光是院坝都坐了有四五十个茶客。跨进烟馆,跑堂高声问:"吃烟么?"李世景道:"找你们掌柜。"跑堂便去引来个双目无神的人,那人打量了李世景半天,李世景拱手道:"福记家的少爷。"那人木愣愣一笑,说:"回来要么?"李世景说:"我找龚团正,团练头不见人,我以为他在烟馆这边。"那人微微欠身,说:"李少爷稍坐,我去帮你喊来。"李世景扫了一眼烟馆,说:"我去茶棚等。"找位子坐下来，李世景才顿然忆起，方才那掌柜正是吕家大少爷，他又往周围看了一圈，认出了几个老者，他正想招呼一声，对方却认不得他。

约莫一刻钟后，龚占奇在李世景身后喊："世景。"

李世景赶紧起身作揖道："龚伯伯。"

龚占奇道："哪阵风把你吹来咯。"

李世景指到箩兜，说："别个送我的烟膏子，我用不着，就给你挑来了。"

龚占奇笑说："那挑到烟馆过道称，我照市价付给你。"

李世景忙说："不必了，权当给龚伯伯的一份薄礼。"

龚占奇客气了几句，便道谢收下了，说："这外头嘈杂得很，我们走里头吃茶。"

三人又往烟馆走，龚占奇不显老相，身板如当年一般壮硕，穿着甚至比当年更威风一些。到了烟馆，众人都在招呼龚占奇，龚占奇还礼，又问李世景的随从："这位哥子来两口不？"那随从憨笑着摸后脑瓢，龚占奇使唤跑堂腾张烟榻出来，又引李世景往隔间去。那隔间头摆的是过去吕府厅堂里的家具，龚占奇没有去坐上方位，而是跟李世景坐到了一侧，下人端了茶进来，出去时，把门带上了。

龚占奇将袖口挽起来，露出钏子，说："你怕有年打年没有回白庙了？"

李世景算了一下，说："硬有两年咯。"

"不回刘河坝看一下？"

"下回再去。"

龚占奇端起茶碗，说："城头染坊忙么？"

"忙是忙，没的赚头。"

龚占奇使碗盖刮茶，说："我倒听人说生意火红得很。"

"赶不到龚伯伯，这茶园子可比城里头的还气派。"

龚占奇呷口茶，说："哪算是龚伯伯个人的，这是白庙堂口哥弟一齐凑钱办的。"

李世景也端起茶碗，说："堂口现今有好多哥佬？"

龚占奇笑说："仁义礼三堂就有宝札几千片。"放下茶碗，"真真出了事，喊得动的只千把人。"

李世景也笑说："千把人足够把白庙场掀个底朝天了。"又问："团练去年开始发汉阳枪了？"

"说是发，实际是改派捐名头买的，蚂螂子咬屁股。"

"人手有一杆么？"

"只四十来杆，"龚占奇盯到李世景说，"平日哪用得着。"

李世景躲开眼神，盯到手里的茶碗说："有龚伯伯坐镇，哪个还敢造次。"

龚占奇取下手腕上的钏子把玩，说："这阵革命党像要闹事。"

"闹事？"

"高头说的，喊挨家挨户清查一道。"

"查得有出来么？"

龚占奇没有回答李世景的问题，倾身问他："你见过革命党么？"

李世景忙摆头。

"跟你我一样，一双眼睛一张嘴，看起兴许比你我还老实。"

"龚伯伯见过？"

龚占奇的目光始终注视着李世景，说："这外头就坐得有。"

"外头？"

"茶园子头，烟馆头。"龚占奇歪嘴一笑，"看把你吓得，你不会也是革命党嘛？"

"龚伯伯说笑，我革哪门命哟。"

"我看你也没的那匪气。"龚占奇这时才松弛下来，沉默了片刻，又问："这后头你还见到过刘三儿么？"

李世景托着腮帮子说："没再见过，多半又藏到别处去了。"叹口气，又说："龚伯伯，我回去还有点事情，你忙你的，莫送了。"起身作揖告辞，龚占奇还未回过神，李世景扭头便走。

龚占奇喊住他问："你这趟就专程给我送烟膏子来？"

李世景没回头，嗯了一声。

龚占奇也起身，说："世景，我八成猜到你为起啥子来，先前已有人问过我，我回绝了，只因我不肯听别个使唤，但你不一样。"顿了一下，又说："福爷待我恩重如山，没的他，我龚某人早就死在乱刀底下了，哪还有这风生水起的日子，福爷我是报答不到，你是他独子，今天我把话放在这儿，哪怕要我替你上断头台，我腾都不得打一下。"

4

李世景离开白庙时，也犹豫了一下，要不要回一趟刘河坝，可天色已晚，若回去，必是要歇一夜的，一想到三姨娘那副面孔，便打消了这个念头。李世景尚蒙在鼓里，这时，三姨太已随春妹搬到成都去了，而福记丝号连同李氏田土和宅邸都一并打给了宋明奎的几弟兄，三姨太留给他的，就只剩那两间他自己经营起来的染坊。

早在春妹坐月子那阵，三姨太便起意卖掉福记丝号，春妹生

- 435 -

了个男娃子，这男娃子虽说是外孙，可好歹还留着李氏的血，李世景姓李，但毕竟是刘三儿的种，别个不晓得，她晓得。不过，那时候，还只是有个想法而已，并没有急到找买家。

三月间，嘉纶丝厂正式营业，一发势便把福记挤到了悬崖边上，好几家先前付了定钱的布号都舍了定钱改到嘉纶拿货。仓库头的陈丝愈垒愈高，恰逢这年雨季提前到来，三姨太抓了慌，眼睁睁见着生丝受潮泛黄，她本想喊李世景回来帮到打理，可思量再三，还是决定先咬牙撑一阵。她定了七十三两每担的底价，喊理事些四处拉买主，再照百抽一给他们提成。理事些几乎每天都要领好几个掌柜来看丝，但那些掌柜杀价，都是朝七十两以下杀，甚而还有些更狠的还六十两，三姨太起先还不肯让，到了五月份，仓库头还余百多担陈丝，这生丝比不得别的东西，搁到二年再拿出来，行家一眼便能认出，更担心的是哪天发场洪涝，仓库一旦进水，莫说六十两，怕五十两都没的人要。三姨太只得松了口，七十两卖，六十九两也卖，这开了先例，后头来的买主更是愈杀愈低，这时，她才定心要把福记打出去。

六月间，三姨太先是拿蚕具抵了蚕房长工及桑农些的工钱，将余下的蚕茧卖给了嘉纶丝厂，随后，又喊白庙场的十几家大户来府上吃饭，隐晦地透露出转让丝号的打算。如若是在往年，别个或许只会当三姨太说的是一句玩笑话，可这年，都晓得福记丝号陷入了泥潭。不日，便有几人上门同三姨太接洽，他们都只想要福记的田土，不愿接手丝号，只宋明奎有意一并购买，却又一时出不起那么多钱，宋明奎让三姨太先让一半田土给他，待他凑齐钱，再将余下的田土及丝号一并购买过来。三姨太考虑了几日，答应先一半田土按每亩七两纹银高价卖，后一半田土按五两纹银贱价卖，宋明奎答应后，两边立马就请牙保立了契。前前后后，三姨太都格外小心，还让宋明奎暂且莫张扬，不想，仍传到了李世景那里。三姨太怕夜长梦多，待第二批丝缫出来后，便结清了缫工工钱，只说福记要停业一段时间，将他们打发了回家，又请道士择了个日子，将蚕房与茧坊一并关停，封了起来。此时，经营了二十七年之久的福记丝号便只余库房头的四十担生丝了，三姨太将价钱降到了六十五两每担，继续让理事些帮到兜售，就这样，余丝一日日见少，福记丝号只剩下一口游气了。

渐入深秋，满院子枯黄的草木已没的人打整，那三两个下人似乎听说了啥子，过一日算一日地熬着，三姨太不是泥巴塑的，见着这般境况，她也是百感交集，时常独自一人从一间空房走到另一间空房，那些家具仍照原来的样子摆放，住的人走了，它们也跟着慢慢朽烂。三姨太尽力地去回想，回想姊妹些的模样神态，回想过往那些闹热而又钩心斗角的日子，这一切都在逐渐褪色。李府上下，真真见着这宅子动工，又见着李普福一家搬进来，见着它门庭若市，又见着它萧条的，唯有看守大门的阍者。那阍者初来李府时不到半百，而今已是大限将近，他糊涂得不知年月了。

这天，三姨太从春妹那里回来，远远地便见着阍者坐在门外的一墩石头上，嘴巴头咬着叶子烟。走近了，三姨太细瞄了他一会儿，喊了声："刘叔。"那阍者眯起眼睛，有气无力地应了声："幺姨太，回来咯。"三姨太没有放在心上，可越往里头走，越觉得身后有人跟到她，一回头，只满地荒草。

自这天起，三姨太便留意着阍者的举动，有时门外三两路人说笑着经过，阍者便要探出脑壳去望一眼，欠身道："福爷，长夫人，回来咯。"阍者越来越频繁地对着空门作揖，在他眼里，这里似乎仍是人来客往。三姨太又被噩梦缠到起了，先还只是噩梦，后头她半夜惊醒过来，清楚地听到了不绝的咳嗽声，有福爷的，也有长夫人的,甚而在大白天,也恍恍惚惚地见到二房在逗弄她那只猫,见到四房和五房手挽着手在角落头摆悄悄话,见到幺房蹑手蹑脚地回来,正是在这骇人的幻景中,三姨太耗尽了对这栋宅子的最后一丝感情。

恰在此时,许佩箸收到了调令,要他上省城新衙门就职,春妹把这事情跟三姨太讲了下,只是随口提了一句,说若她没的要紧事,可否去帮到安顿,待来年许佩箸也到了成都,她再回嘉定继续经营生意。三姨太随到就到许佩箸那里核实,是不是有这码事?又倒转来讨好许佩箸,说购置住宅的钱由她出,她想今后随他们过。三姨太没有说透,但许佩箸也约莫猜到了三姨太的想法,虽说是卑劣的伎俩,可于他而言,可算得天上掉馅饼,他哪有不肯的。三姨太跟春妹说,待她把丝号的事务安排妥当便启程。

三姨太将库房头的最后十担生丝,以丝调绸的方式,卖给了蔡金场的万顺绸庄。这煞角一趟买卖,还险些出了岔子,那负责押运的理事回来讲起路上的遭遇,仍是惊魂未定的样子。

他们一队人刚走拢官帽山隘口,便遭山匪断到起了,那山匪起初是一副要夺命取财的架势,后头无意间说起是福记的货,匪头竟令喽啰将夺走的货,原复原样还回来。不但如此,还坐上了头车,出官斗山口时,再遇拦匪,他出面三两句便打发了,直到了蔡金场场口,那匪头才下车,问他们转来还拉货不?理事没有多想,老打老实说回来还有两车绸布。他们办完买卖,没有当天赶回来,在蔡金场歇了一宿,第二日本想走冠英、杨家背路回去,可到了场口,竟又见着了那匪头。匪头说,回去时,官斗山的游匪些还要讨一道财。理事心头是虚的,不晓得他耍的是哪一出。匪头不等他们开口,便又坐上了车。只得硬起头皮走,到官斗山口,果又见着了先前那拨拦匪,如同来时那样,言语了几句便放行了，那匪头路上并不多言，理事问他是哪里的人，过去是干啥子的？他都模模糊糊地敷衍过去。出了山，理事想拿些碎银给他，他说啥子都不肯收，还让他们下回再走这条路时，把福记的旗旛扯起。

理事问三姨太，这官帽山的山匪过去在府上讨过活路么？

三姨太当然晓得，那匪头是哪个，她嘴上只说，福记出去的人咋个会干这种勾当，兴许只是那山匪忌惮李家的威望罢了。私底下，吩咐个下人隔天送些粮食上官帽山，想了一阵，又改口，喊下人带话给少爷，让他去还这个人情。

库房腾空，三姨太心头踏实了一大截，这回便只消等着宋明奎。

三姨太让账房将余下的财产一并清算出来，同时派人去催宋明奎，说已有别的买主来打听了，问他几时才凑得齐款？宋明奎忙召集几弟兄碰头。冬月初，宋明奎与胞弟亲自登门，随三姨太和账房一道，逐一清点田土房产及丝号家什，核算下来折整是五千九百两纹银。这时，三姨太才让他们再添一百两，将宅子一同卖予他，尽管宋明奎有些疑虑，究竟李世景知不知情？不过，回过头想，他毕竟是捡了个大炮和，只要白纸黑字一写，要闹纠纷要扯皮，那也是李家人自己闹扯。回去后，宋明奎几弟兄又商议了一道，决定先借钱付两千两，余下的四千两，二天一面经营，一面偿还，宋明奎便跟三姨太说，已凑了两千两银子，她随时要，他们随时给，余款再分两年连利息一并结清。三姨太思量了一下，那两千两银子足够他们到成都安顿了，余下的银钱，她并不急到要，便拍板答应，并让宋明奎以官号银票付第一笔款。

立下字据后，三姨太这头先同春妹上省城租了处临时住所，再回来找船搬家当，而宋明奎那头则托牙保办契约，不到十天，诸事已办妥。三姨太拿到银票，便挑定冬至启程，头一天，她拿起香蜡纸钱，给李普福和长夫人上了一道坟，回去后，又给下人各封了五两赏银。宋明奎答应，待他们搬过来后，仍可留用福记的下人长工，三姨太婉转地转告了他们，这令他们松了一口气。各人都明白，福记丝号今后不再姓李了，唯那阍者不晓得，三姨太也没有告诉他。阍者满以为，这赏的是压岁钱，问，今年咋个封那么多？三姨太说，老爷喊封的。

在这宅子的最后一宿，竟是三姨太睡得最香甜的一宿，往昔的情仇悲欢，终于了结了。第二日天不亮，挑夫些便进门搬东西了，三姨太闻声起床，梳洗毕，着了身红绸衣裳出去。下人些也都起来了，各人都准备了一份薄礼，或是香囊，或是首饰，或是小儿衣裳，或是亲手绣的手帕，三姨太同他们一一道别。阍者立门口，木讷地望着挑夫进进出出，三姨太在他身前立了一会儿，那阍者仍没有回过神来。三姨太静默默跨出大门。那阍者才喊："五姨太，要出远门么？"三姨太答："走不远，出去转两圈。"阍者说："这天要落雨哦，带伞没有。"三姨太说："带了，带了。"

5

官帽山隘口是沐溪、马边等山地，往来嘉定城的必经之道，几乎每日都有商队通过。由北向南，拉的通常是银锭、铜板一类硬货，由南往北，拉的则是天麻、松脂一类山货，或使肩挑，或使板车拉。但凡挑夫有二十人以上，板车十乘以上，就必有人员押送，押送人员多是嘉定镖局的镖丁，按货物贵贱，有几名几十名镖丁不等，无论人数多寡，均要挂一面镖旗，排头均有一名师大爷，这师大爷并不一定要武艺高深，但必熟谙各式黑话，晓各门规矩。如遇拦劫，先讲情面，自称认得某舵爷或某匪头，跟哪个沾亲带故，不得行就递上买路钱，具体给好多，要察匪头口气，视货物贵贱。若山匪要价过高，干脆让他一两口箱子，这一两口箱子多是做过手脚的，面面上敷一层铜板或货物，底下以棉絮石头冒充，山匪开箱查验，便趁机拔刀。当然，更多时候都可以凭这障眼法，侥幸通过。

于寨匪而言，亦不愿杀得血泪淋漓，高处专有一到两人望风，见有镖队来，或打响哨，或亲自传报，匪头便带起人在路侧埋伏好，由喽啰将荆条儿先摆到路中央，镖队行至此处，师大爷便晓得要交涉一番了。先令趟子手喊镖，再或实或虚地报上拉的啥子货，请山上的弟兄伙下来亮个相。这时，匪头便领着弟兄下去打照面，架势要先摆好，刀尖朝下，只讨买路财，刀尖指到镖丁，便是要劫货。师大爷站出来，拱手或丢歪子行礼，懂水的匪头就要回礼并报山头旗号。再是言语往来讲价钱，谈拢了，道谢放行，若说咋个都谈不拢，才由刀子皮砣来定。由山匪出一人，镖丁出一人，持刀或赤手单挑，直打到对方喊饶命，山匪败了，空手而归，镖丁败了，照山匪喊价给。两边真真杀成一团的时候，少之又少，铁钎会只遇到过两回。

一回是头一趟劫财喜，商队是走南面来，十余乘板车拉起山货，前后各有六七个镖丁，将镖队挡下来后，刘太清只带了四人下山。对面镖师先还客气，一听是啥子铁钎会，又看刘太清年岁轻，以为不过是一帮小蟊匪，打发他们几串钱便可了事。可刘太清咬稳了要卸五袋山货，方肯放路。镖师说他走这条路几十年，就从没的人从他手头夺过货，不晓得他们是何时冒出来的。刘太清说，就是皇帝佬儿，不卸货都走不脱。听罢，镖师先亮刀，趟子手唤,挂桩咯,众镖丁也抽刀见刃。镖师问,让不让路?刘太清喊一声,嘎嘿,树林头按出来十余个弟兄。彼时,铁钎会拢共不足二十人。镖师正朝山坡上望,刘太清已举起刀杀了过去,镖师反应过来,刀身一挡,顺势弓身,砍向刘太清的腰。刘太清吃了一刀,但他瞄都不瞄一眼,两手握紧刀柄,再朝镖师颈项砍。镖师一撤步,躲闪开,比起刀,拦到要上前的镖丁,大呼,弟兄伙,价钱再商量。刘太清不理他,几步跨上去,众弟兄亦冲过去。一通乱战中,刘太清将刀身捅进了镖师的肚皮,镖师捂到肚皮,跪地乞活命,镖丁随到丢刀告饶。这时,刘太清才发觉自己也周身是刀口,两方都遭丢翻了好几个人。最终,铁钎会仍只取走了五袋山货,并将镖旗剪下,令镖丁将死伤者原路拉回去。这头一趟可算作立旗帜,过后,镖局再走这条路,便晓得要多备些银子,打点他们。

二回是遇到袍哥,哥佬会也做保镖生意,不过,一般都是走水路,那回许是为了躲厘绅,才借道走这头。他们由北往南,拉的是些不管钱的盐巴。刘太清晓得没的啥子捞头,又见来者脑壳上包着帕子,没有挂镖旗,便猜到是袍哥些,本不想下山的,但官帽山是往南的头一道隘口,若此处不把杠子抬起,后头的山头不好开口,便也把荆条摆起,心想喊他们多少表示下就了事。按理,袍哥、棒匪吃的是同一碗饭,当晓得彼此的规矩,可袍哥往往看不起棒匪,莫管见了山匪水匪,都像见了讨口子一般,心情好,打发点小钱,这可不是啥子买路财,叫赏钱,心情不好,卵都不卵。这天,带头的袍哥见了荆条,先唤:"我乃水上哥佬,你是绿林好汉,你在林中,我在林外,弟兄莫要为难哥弟。"刘太清回:"你有你的滩头,我有我的山口,各有各的讲究,这后头尽是山路,小弟等候多时,只为给哥佬倌指明方向。"袍哥道:"要么走东西，要么走南北，不劳烦弟兄。"刘太清回："方向好找，就怕路不好走。"袍哥毛了，道："路不好走使斧头开，有狗挡道使棍子撵。"说完便将荆条儿掀开，再朝山上喊："看哪个棒佬儿敢下山把启发打。"若说山匪行的也是一门生意，那荆条儿便是山匪的摊子，掀了荆条儿就是掀了摊子，就是躁生意。刘太清一声响哨，两边山坡齐把弓弩比起，再一声，一轮又一轮竹箭射出去，苦力些迅疾钻到板车底下，袍哥些亦乱了阵脚，抽刀四处张望，四处躲。对面山坡的弟兄先冲下山，将袍哥撵散，刘太清再带起这头的弟兄夹下去，挨递追打。此役，铁钎会并没有使黑心，均留了小命，扣下一车盐，又将他们放起走了。刘太清晓得，无论盐枭还是哥佬会，都要比镖局难应付，若真搁十几条人命在这儿摆起，往后的日子恐怕就没的那么清净，好在过后盐枭哥佬会都没有来讨说法。

即便拔刀相向，铁钎会也没有将货物全数劫走，不留活口，这便是寨匪与游匪的不同。江湖上山匪的狼藉声名，多是游匪造的，他们均是些亡命徒，吃一顿算一顿，劫一趟换一座山头；而寨匪要的是细水长流，如若一次就把别个啃痛了，哪个还敢走你山口过。

寨匪要想在一处跕得长久，就必求道义，必讲规矩。拿铁钎会来说，能在官帽山立寨数年，养活几百张嘴，缘由一是散财，二是三不断，散财便是求道义，三不断便是讲规矩。

每年年中和年关，以及捞了大财，铁钎会弟兄都会下山散财，往往是天黑尽以后去，使麻袋装起粮食或铜钱，放在人家屋门口，先还留张铁钎会的纸条条，后头啥子都不消留，人家也晓得是铁钎会送来的。由此，有好些白庙、蔡金、冠英三地的边民都甘愿当起了铁钎会的耳目，一旦有清兵过路，便会放烟火报信。

所谓三不断,即不断独行挑夫,不断翅子,不断熟人。不断独行挑夫,是因挑夫只是个卖劳力的,货落了,回去他没法跟东家交代,何况东家不随行,货也不值钱。不断翅子即不断官府,是怕惹来官府的清剿,铁钎会时下虽有弟兄几百号,可跟训练有素的兵丁较量起来,仍不是敌手。不断熟人,是因山匪亦有人情,若过路客是哪位弟兄的舅爷表娘,哪怕拉的背的是金山银山,也保他们顺当通过。还有几回,财物都到手了,没几天,有弟兄出来说,东西是他某亲戚的,便让他去把人喊上来,财物原本归还,只让那亲戚拿点看管费。

这几条,说起轻松,做起难。先说散财,散多散少,咋个散法,没的人强求你,也没的人督到你,全凭心中道义。铁钎会的弟兄是见到人家屋就散,但不是散一样多,房子愈破败,看起愈贫苦,装的东西愈多。再说不断独行挑夫,不断熟人,平日过路客多还好,若十几日甚而几月没有捞到油水,来一路挑夫,来一路熟人,还守得住这规矩么?

这年,沐溪万全营的把总兴起吃外水,派驻守的清兵帮到押送货物,每趟只四名清兵,打头殿尾各两人,一人举龙旗,一人挎刀,那龙旗便是镇煞符,见了龙旗,哪还敢造次。商户些知晓后,口口相传,都宁肯多出些银两贿赂把总,请清兵护行,镖局的生意淡了,铁钎会也近半年没有收过买路财。迫不得已,有几个弟兄下山拉了头肥猪来,这肥猪是冠英场米醋坊的老太爷,几弟兄踩过水,晓得他当天要去吃侄女的喜宴,便假说是主家喊来的轿夫,使滑竿一路将他抬上了山。老太爷有六十好几,刘太清怕出岔子,好酒好菜将他奉到起,哪晓得下山称价钱的人回来说,老太爷的儿女商议过后,不肯出赎金,说任随他们咋个处置。这盘子没有上得成,还倒贴黄瓜二两,刘太清只得放老太爷回去,让他改天派人送钱来。老太爷又不傻，人都拢屋了，哪还肯给你送赎金来。就这么，粮食一日日见底。某日，刘太清正打算将先前劫来的药材分挑到几个场口去卖，箩兜都装好了，望风的急匆匆来报说，北面过来一队骡车，没有挂龙旗。刘太清赶紧喊众人抄刀棍，问，衣裳厚不厚？望风的说，光胴胴。众人笑呼，圣母娘娘显灵咯，飞快朝山下跑，隘口两头各猫了十余人，这次连荆条儿都没有摆。

车队渐渐驶进隘口，果真如望风的所说，连镖丁都没的。刘太清瞅准时机，带起人冲起下去。头一乘车的车夫赶忙吁停骡子，见刘太清等人手拿马刀，正想要掉头。这时，另一头的弟兄也拿起刀按下来，将尾子截住，整列车队都被关在了狭窄的隘口头。

刘太清喊："通通下来牵住牲口，刀片子不长眼睛哈。"

车队中间慌慌张张走过来三个人，走前面的一个戴瓜皮帽着长衫子，像掌柜模样，冲刘太清作揖，说："敝号头回走这条路，不晓得咋个讲究法，还望这位大爷指点下。"

刘太清问："你是掌柜？"

长衫子仍拱着手说："小的只是打算珠子的。"

"拉的啥子货？"

长衫子顿了一下，说："都是些灯草。"

"灯草？"刘太清走向前，揭开覆布。

长衫子忙站到刘太清侧边，从袖子头掏出碎银，说："不成敬意。"又说："这些货要赶在中午前……"

刘太清瞟他手上的碎银一眼，没有理他，使刀刃划开麻袋，牵开看，里头是一捆捆生丝。

长衫子吓得连揩汗水，说："生丝是别家的，我们帮到带去蔡金场。"

刘太清再走到另一乘骡车,划开另一口麻袋,依然是生丝,说:"既然拉的是灯草,那我们就卸两包。"唤两弟兄,"搬两包走。"

那三人上前将丝包按到,长衫子说:"使不得。"遭两弟兄一把揎开。

刘太清说:"松天喊你们掌柜送五十两银子来,再将生丝还你们。"

长衫子仍想上前阻拦,可见着刘太清手头的札刀,又不敢动,说:"这生丝是对过数目的,订户紧到要,大爷要银子,我们返去给你送来便是。"

两弟兄抬了一包生丝下来,又去抬另一包,刘太清突然喊:"等到。"他并不是听信了长衫子的话,他上前细瞄,瞄见一些丝包上刺着"福"字,问:"白庙场来的?"

长衫子见状,忙说:"白庙场福记丝号的。"

"当家的是哪个?"

另一人抢道:"兴仁公李普福。"

"你家少爷是哪个?"

长衫子说:"少爷叫李世景。"

刘太清唤两弟兄把搬下来的那包丝还回车上,两弟兄不解,刘太清说:"李普福是我爹恩人。"那两弟兄摆着脑壳,只得照办。刘太清又问长衫子:"拉到蔡金场?"

长衫子毕恭毕敬答:"蔡金场万顺绸庄。"

刘太清将札刀递给侧边一弟兄,说:"把人带回去,我送他们一程。"说完就往头乘车去。

长衫子愣了一会儿,见山匪些果然收了兵,这才向他们连连拱手,自言自语一句:"这唱的是哪一出?"也上了车。

- 446 -

第六章

1

就在众党人一心筹备起义时,海外传来了一则消息,孙文将改同盟会为中华革命党,表面上只是改名,背后却是革命党的一次分裂内讧,缘由仍不脱权钱二字。事情要从光绪末年说起,彼时,孙文主张革命以华南为中心,以陶成章为首的光复会诸党人不以为然。华南屡次举事失败后,陶成章遂联江、浙、皖、赣、闽五省洪门会党,取明唐官制,另组革命协会,专事中部省份暗杀与暴动。甫一成立,便向孙文讨要革命款,以备回浙办事,孙文以南洋经济恐慌,自顾不暇为由拒绝。陶只得亲赴南洋群岛以革命协会名号筹募经费,孰知南洋华侨只认孙文,陶处处受冷遇,甚而发觉遭人跟踪,到槟港,方才从光复会党人处打听到,有人诬陷他为保皇党,欲召革命党人跟踪暗杀他。陶成章怀疑筹款不成皆因孙文播弄,而诬陷谣言亦是孙文一派散布,于是,在爪亚同几位友人借川、粤、湘、鄂、江、浙、闽七省同志之名起草《孙文罪状传单》,石版印刷后,匿名分寄各埠报刊。宣统元年九月二十四,新嘉坡《南洋总汇新报》全文刊载,文章列举孙文三大罪状及事实，直指其在革命经费高头作假，要求罢免其总理之职。就在五天之前，《南洋总汇新报》还刊登过另一篇题为《孙文罪状书》的文章，由同为光复会的章炳麟撰写。章以《民报》主编身份，斥孙文吞没巨款，在《民报》危急之时，非但没有施加援手，反倒指令汪兆铭等人办伪《民报》，借申明大义之名，掩从前之诈伪，鼓吹孙一人功绩，以便数子之私图，这在言辞上头更为激烈赤裸，道孙文本一少年无赖，乘时自利，聚敛万端，背本忘初，见危不振，豺虎所不食，呼吁华侨不再捐款予孙文一派。此两篇文章相继刊发后，在革命党内引起轩然大波，孙中山一派查清匿名文章为陶成章所写，当即予以还击，于《中国日报》及《中兴日报》接连刊发文章，对章炳麟文章及匿名文章逐条反驳，并指章炳麟暗通保皇党及叛徒刘师培，骂陶成章等人是狼狈为奸，鼠窃狗偷之辈。双方遂你来我往地互相攻讦，但逢有光复会倒孙之文字，孙文一派必作文辩答，并予以反击，或争公事，或辩私事，两派撕破脸，在海外各大华文报刊抖出一档档邋遢事，场面丝毫不亚于当初革命派与保皇派之争。随后，章、陶等人放言将重建光复会，退出同盟会，而孙文则于檀香山筹划另立中华革命党。这次内讧，使革命陷入空前的危机，无论对哪一派而言，都没有从中讨到半点好处，闹得革命党分裂不说，美洲及南洋华侨对哪个都不再信任了。

嘉定光复会人士本不多，然而先前几次举事失败，已有部分党人对革命有所动摇，内讧之事经多人之口，传到嘉定后，这部分党人忧心同盟会即将解散，即便拿下嘉定城，也无人支援响应，便不辞而别。仅党人这头，布置尚未完备，人员已削减一半，熊克武与陈孔白不得不召各路负责人于童家场会晤，商议当另择时机还是按原定执行。各负责人争论的焦点，一是夺下嘉定城后，做何打算？二是敌我双方势力不对等，强攻必有大量牺牲，最终没的定论，各负责人只得暂时停下手头的筹备工作。

这次会晤独税相臣没有参加，原来，就在他们打退堂鼓之时，税相臣这边已收到了许佩箬的密信，王道尊将带三百新军兵勇，携千杆步枪及大批子弹，于腊月十三自凤凰山动身，快当的话，当夜即可赶到。时限已迫在眉睫，税相臣决定先把事态推到不可退的地步。

税相臣与李世景同吴顺义一道，扯谎想借巡防营帮忙押送丝绸，登门拜访守备蒋兢贵。去之前，税相臣是做了两手准备，若蒋兢贵肯配合，便立马去找陈孔白，若蒋兢贵不肯配合，便杀蒋以定革命军心。不承想，当税相臣当面跟蒋兢贵坦白来意后，蒋竟全盘知晓革命党计划，更令税相臣意外的是，蒋兢贵回绝了军政府要位之许诺，他只要嘉定厘金局的库银，并周密地讲起了他的设想。当天，他把巡防营统一调至西湖塘，革命军渡江攻打最远端的嘉乐门，他将在城门被攻陷后才出营，分别在草堂寺与县街两处与革命军虚打一阵，再带兵退出嘉定城，在新场驻扎一夜，等着新军到来。革命党须在此时将库银送到，他可将新军一并劝退到眉州。若革命党失言，他将联合新军杀起回去。税相臣一面察言观色，一面在心头推演各种可能，蒋兢贵讲完，他当场便答应。

从蒋家出来，税相臣让李世景赶紧回白庙告知龚占奇举事时间，自己和吴顺义则在婆嫣街绕了一圈，再快步回吉祥旅社。陈孔白听了税相臣的描述后，先责备他擅自做主，又召熊克武、佘英、王九皋等密会于五圣祠外的哥佬会茶铺。税相臣添油加醋道，蒋兢贵不知从何处拿到了嘉定府革命党人名册，他扫了一眼，绝大多数流亡党人及隐匿绿营新军的党人都在上头，当下的情况再不容任何人退步，与其畏畏缩缩，不如放手一搏。况且革命军这头有白庙团练的加入，人数与嘉定驻兵相当，可先利用蒋之贪欲，攻入嘉定城，再施计除掉蒋。熊克武分析，蒋兢贵所言至少有八成真，他手头已有名册，要捉革命党，早已动手，不必冒到失城风险，设陷诱捕。王九皋附和，近几日，沟儿口营地并无异常，团练也未收到戒严命令。陈孔白采纳了税相臣建议，决定照原计划攻城，不过，在部署上做了一些改动，将岷江东岸的多数同志分调到新场与城内，只余他与另九名党人指挥团练渡江攻城，城内的二十余党人四散各处，负责放风与接应，而熊克武与佘英所率的义军重头在新场接王道尊，并堵住蒋部退路，待蒋退至新场时，取蒋首级，再威吓巡防营清兵反正。大汉军政府旗帜挂起，即刻招揽川内革命精干，一边守城，一边袭屏山、叙府，如此一来，兴许还能扭转举国革命颓势。

2

许佩箸传来密信后，李世景立即转送给了税相臣，税相臣当日便让他下拜帖，约在腊月初二去拜访蒋兢贵。李世景想了半天，都没想到找啥子借口，最后干脆冒险直接以福记掌柜的身份，向蒋兢贵借兵押送布绸。拜帖下好后，又从染坊账上挪了三百两银票出来，用作贿赂蒋兢贵。

腊月初二这天，李世景备了两挑烟膏，在承宣桥铺子等候。税相臣是与学生吴顺义一道来的，税相臣穿了一身新崭崭的锦缎衣裳。李世景本想喊两个门市上的学徒把烟膏挑过去，可税相臣却说，只他们三人去，并让李世景与吴顺义挑担子。李世景猜到了税相臣是啥子意图，便照办。

李世景少有干劳力活路，走到较场坝时，背心都泡透了。税相臣笑说，比女人伙还不如，又交代李世景："等下进了蒋公馆，顺义随我找蒋兢贵单独谈，你在厅堂头等到，若听到枪声，自己先朝外头跑。"李世景摸了把怀里的枪，心里头开始紧张起来。

到了蒋公馆门口，税相臣先递公片给家丁，因是约过的，家丁直接引起他们往里头走。这蒋公馆是使巡防营操练场改的，比别的院宅要大要空旷，四面围墙不到一丈，整座公馆头，只门口有两个家丁，院子里有几个老嬷子和丫鬟，李世景在心头预想着自己该从哪处翻出去。

入了厅堂，家丁招呼三人坐歇，然后走到太师壁后头叫蒋兢贵去了。三人坐定后，老嬷子送了茶水上来，李世景端起茶碗，碗盖砰砰响，这才发觉手在抖，税相臣盯了他一眼，他便把茶碗又放了回去。三人干等了半晌，蒋兢贵才慢悠悠引着个姨太太走起出来，三人忙起身作揖。

税相臣道："蒋守备，久仰。"

蒋兢贵回礼，问："三位贵姓？"

税相臣答："鄙姓李，草字子玉，福记布庄掌柜。"指到吴顺义，"这是敝号账房牟达才。"指到李世景，"这是总铺理事刘克礼。"

李世景不敢抬脑壳，只听见那姨太太轻声笑了一下。

蒋兢贵与姨太太分坐两张太师椅，又请三人落座，问道："这福记布庄开在哪处喃？"

税相臣道："一处在承宣桥，一处在盐关街。"

"城头的铺子咋个做起乡场的生意了？"

"近两年，这嘉定城一抹多湖广人来撬生意，人家用的都是过去官厂的师傅，我们哪赶得到，只得到乡坝头哄些乡下人。"

"你这拉一趟,抛开车马费,还赚得到几个钱?"

吴顺义说:"都计算过了,车马费好,镖钱好,都要合到成本头,平摊到布资,每尺也就贵个一两成。"

税相臣低声说:"乡下人不识货,还能在布料上吃他点期头。"

蒋兢贵笑说:"买卖人硬是精明。"

税相臣说:"世道维艰,不走偏门,哪活得下去,还是蒋守备好,吃皇粮,啥子都不消愁。"

蒋兢贵摆手道:"我们武职不比文职,平息了拳匪,革命党又来了。文官些就上上折子,提起脑壳卖命的尽是我们,到头来,拿的还不及那文官一半多。说得不好听点,光靠这点俸禄,只怕连姨太太的脂粉钱都养不起。"

税相臣说:"蒋守备劳累,都是为了这一方黎民安康,我们这不是道谢来了么?"

众笑。

那姨太太顺嘴问:"听说省城时兴东洋流过来的玄青缎子,我把这嘉定城跑高了都没有找到,不知,刘……刘理事铺子上有没的?"

李世景闻声周身一紧,忙抬眼看,先见着盘扣上坠着的玉佩,霎时神到起了,再看,这姨太太不是别个,正是三鹤楼的九岁红。

九岁红抿嘴笑着,瞄他。

税相臣抢道:"有的,有的,哪天我们给蒋太太送过来。"

九岁红说:"不必了,铺子是在?"

税相臣答:"承宣桥。"

九岁红道:"我改天叫个丫鬟一路,亲自过去挑选。"

回过神的李世景嗯了一声,又低下头,盯着靴子。

税相臣说:"蒋守备,那烟膏子是一点见面礼,还望你笑纳,头一趟镖钱我们也带来了，不过，这买卖有买卖的规矩。"

蒋兢贵抚弄扳指，说："契约都好办，我这头戳嘉定镖局的印。"

税相臣谄笑道："要得，要得，府上有书案可借用么？"

蒋兢贵看一眼九岁红，九岁红并不正眼看他，蒋兢贵起身说："来嘛。"家丁随行，往太师壁后头去，税相臣给李世景使个眼色，与吴顺义一道跟过去了。

厅堂里只留下李世景与九岁红，不知怎的，李世景觉得眼下发生的事，仿若经历过，仿若梦到过。这可不是梦呀，他能听到九岁红的呼吸，甚至能隐隐嗅到她身上的香气，他睃她一眼，她仍在笑，直勾勾地盯着他，没的半点往昔的忧愁貌。

九岁红轻声喊："李少爷。"

李世景没有答应，看向别处，令自己冷静下来，这时候，啥子事情都可能发生。

九岁红轻声问："你到三鹤楼找过我？"

李世景鼻子一酸，他忆起那时候想赎九岁红，手头拿不出一百两银子，而今却白白送了三百两银票给蒋兢贵。

九岁红仍在说着："你一点没变，姐姐老了。"

李世景看过去，他哪里还看得清楚，眼前已是朦朦胧一片，李世景摆头，忽听得脚步走起过来，赶忙揩干眼睛，一双手抱在胸前防备到，出来的是家丁，那家丁站到太师椅侧边，睨着李世景。

李世景起身拱手道："九……蒋太太，我到外头等他们。"转身走出厅堂，在檐廊下坐到起。

冬日的暖阳软绵绵地铺在院坝头，边上的晾绳挂了几件衣裳，有红的，有紫的，有青的，有袄子，有袍子，还有肚兜，该是九岁红的吧。李世景仿若真真见着了九岁红穿上它们时的样子，仿若她正挽着他的手，并排坐着。李世景想好了，一旦枪声响起，他便带起九岁红一路跑，他把手伸到了怀里，握住枪把。

当然不会有枪声。一刻钟后，蒋兢贵与税相臣、吴顺义有说有笑地走了出来，不知哪个还打趣了一句："这刘理事咋个到外头坐到起了。"

李世景站起来，回身道："我在外头晒下太阳。"

吴顺义对他微微点了下头，事情就这么办成了，李世景心头却有一丝失落，他的目光绕过三人，看着九岁红，终于冲她笑了一下。

税相臣道了一句："蒋守备，那就这么定咯。"三人拱手告辞。

九岁红说："三位慢走。"

家丁带着他们出去，走了几步，李世景再回头，厅堂里已无人了。

税相臣与吴顺义要急着赶回旅社，便让李世景独自去白庙告知龚占奇，说时间定在腊月十三。李世景坐着滑竿，往虾蟆口去，滑竿一颠一颠，他满脑壳都是九岁红赤身裸体的样子，一会儿她坐在他身上，一会儿她又坐在了高壮的蒋兢贵身上，都到县街了，李世景又让轿夫车转回承宣桥。到了染坊铺子，李世景提笔写了封手信，让一熟识的学徒带去给龚占奇，而自己则与大先生一道逛土桥街。

土桥街因有洋人居住，洋货铺也多，可走了好几家，都没见着东洋布。大先生熟门熟路，问过李世景后，带他去龙头山的一间专卖东洋货的匹头行，那匹头行开在私宅头，没有张出牌匾旗旛。大先生说，这家布贩子在洋行帮过，省城市面上有的，这里都有。果然，李世景一说玄青缎子，布贩子便从里间拿了一卷出来。李世景问他咋个卖？布贩子说，他不卖现布，只有过订，这一卷是某户某太太的。李世景说，他就看中了这一卷。布贩子让李世景还是去别处再问问。李世景说，那太太付好多价钱，他给翻一番。布贩子犹豫了一下，卖给了他。从龙头山出来，走着走着，大先生嬉了一句："这是哪个女子讨了少爷的欢心么？"李世景光是笑。

离举事还有十天整，税相臣等党人分头忙着做最后的准备，而李世景却每日在承宣桥铺子守着，从天亮守到天黑。税相臣在心头预演着革命，而李世景却在心头预演着见了九岁红该说些啥子，该做些啥子。一天过去，心想，九岁红明日该来了吧，又一天过去，仍没有来，就这么连在铺子上等了四天。

腊月初六，没等到九岁红，却在将打烊时，等来了许佩箸。

许佩箸是着便服走过来的，他跟李世景说，他将要去谘议局赴职了。李世景明白，姐夫必是想在腊月十三前离开嘉定。二人说了些寒暄话，待铺子上的人走光，许佩箸突然严肃起来，他说，腊月十二，万全营两百驻兵将押起课银回嘉定来，按理，课银每年是在腊月二十后押送，且只十余人便可，这年几乎将万全营抽调一空，实在有些蹊跷。他猜测已走漏了风声，衙门头有人想立功，引革命党悉数出笼，再一网打尽，他劝李世景莫再跟税相臣裹起，赶紧找地方躲起来。许佩箸说完，李世景便想到，定是那守备蒋兢贵泄的密，但他没有问许佩箸，他晓得，若许佩箸肯说，方才便点出名字来了。李世景问许佩箸何时走？许佩箸说后天。李世景问，姐姐在那头都安顿好了？许佩箸说，安顿好了，又叮嘱了一句，个人好生点。

李世景没有照许佩箸所说，独自藏匿起来，他关上铺子，夜饭都没有顾得上吃，径直去吉祥旅社。旅社头，只税相臣和吴顺义留守,许佩箬带来的这最后一通消息,完全打乱了此前的部署。其一,清吏是否真获知了举事的细节,若真出了叛徒,义军该咋个办?其二,万全营那边有两百兵勇回城,义军这边要么提前起义,要么安排人马半道拖延住万全营兵勇。

李世景码的确说,叛徒必定就是守备,他这样讲,还有别的企图在里头。税相臣也疑心是蒋兢贵,可若蒋兢贵出卖了他们,清吏为啥子不在沟儿口增派兵力提防到?李世景照着许佩箬的话说,官府是想引出更多的党人。税相臣拍案道,他蒋兢贵就算真是叛徒,我们也要假戏真做。李世景哪捉摸得透税相臣,税相臣更在意的是暴动本身,而非结果,暴动发生之时,庶民便已宣告胜利。在税相臣坚定的语气下,李世景只得将疑虑抛到一旁,与税相臣和吴顺义商议,咋个应付万全营过来的兵勇。若是提前起义,极有可能会惊动督抚,到时,新军那头还是不是王道尊带兵?即便是王道尊,他又向到哪个?显然,安排人马拖延是更好的方式,可抽调哪头的人喃?熊克武部作为后盾,一要防范到新军失言,二要在必要之时背袭嘉定城,不敢轻易调动。而陈孔白部兵力本就薄弱,哪还抽得到百余号人出来,离起义只剩五天,去别处搬救兵,也不可行。思来想去,李世景猛然想到了一个人。

3

好不容易来头肥猪,却让刘太清放起跑了,换作哪个心头都会有怨言,更何况是一帮小肚鸡肠的蟊匪。而此后一个月,再无商队走官帽山脚过,山上值价的东西都拿下山当光了,怨言便摆到了明面上。竟有个上山多年的老掌灯,趁着摆神坛时,装疯卖傻地骂刘太清是丧门星,瞎乱耙定规矩,把财路都断了。老掌灯一骂，他身旁几个小弟兄便起哄，喊换寨主。谭三姑倒了床，一护法站出来讲公道，讲说了半天，起哄的人仍不听，护法便顺到他们问，那你们说换作哪个？一干人等叽叽咕咕小声议论，一人高声喊出老掌灯的山号，二十几号人附和。护法问老掌灯，你愿不愿意？老掌灯这下倒正常了，嬉皮笑脸答，可以答一下。护法便让他到神坛中央打好盘腿，四周摆起灯，烧符请下圣母娘娘，再将一坛子酒泼到那老掌灯身上，老掌灯没来得赢跑，火把子便从他脑壳顶引燃，只见一火人儿遍地打滚，无人敢上前相救，终烧成了一堆麸炭。

此事虽把刘太清寨主的位子保住了，可别个不敢怨，还不敢跑么？当夜便有三十余弟兄溜下山，或投了别的山头，或回坝子去了，此后又陆续走了一些。入了腊月，天气一天比一天冷，山上的粮食却一天比一天少，再这样下去，这铁钎会就要解散了，刘太清下了个狠心，到除夕，若再无财喜，便带起余下的人，下山到蔡金、杨家扫荡一趟。

这般困境，在山洞头躺着的谭三姑是全然不知的。一年前的那场大雪，差点取走了她的性命，那天清早，外头是白茫茫一片，她小心翼翼地走到灌木林头屙尿，刚跐下去，便见着一只山狸子扑在雪野里，瑟瑟发抖，她站起来，拴好裤儿带，慢慢地靠近它。只几步远时，那山狸子忽警觉地趁了起来，谭三姑摊开手，噼嘶噼嘶地唤着，山狸子返身便跑，谭三姑跟到撵。刘太清起来后，去给老娘请安，没见着人，以为只是出去走动了，等起响午仍没有回来，便晓得出了事情，叫上一众弟兄遍山找，在灌木林头见到了一串脚印，顺到脚印，在一道坎底下找到了奄奄一息的谭三姑。谭三姑缩作一团，嘴巴头念念有词，刘太清急忙背她回去，又喂姜汤，又裹袄子，这才听清。她在说："娘又不害你，你跑啥子？"刘太清答："儿在这儿，没有跑。"养了几日，谭三姑虽捡回了一条命，却再也下不到床，许是脚杆跋断了。身体恢复后，谭三姑开始说着往昔的琐碎，譬如某日在哪里遇见了哪个，在某处落了几文钱。先一阵，凑近了还能听清她在说些啥子，有个她昔日的情郎，天天坐旁边听她摆，后头，她愈说愈快，跟爆炒豆一般，自然就没的人听下去了，没的人晓得她摆到了哪天，她又经历了些啥子。谭三姑只剩一具躯壳，自她卧床起，再没跟刘太清正经说过一句话，可刘太清仍旧每日早晚去跟她请一道安，纵使只剩一口粮，也先尽谭三姑吃。

这古怪的一天，正是从谭三姑道出的一句古怪话开始的。

这天早晨，刘太清如往日一样，先给谭三姑端稀饭去，进了洞子，他把油灯点燃，将稀饭搁到石床边，跪到磕了三记响头，然后上前扶谭三姑坐起来。谭三姑瞄他一眼，又自顾自地说着，一边说，一边吃。刘太清一勺勺地喂完，替她揩净嘴巴，又扶她躺巴适，牵归一铺盖。谭三姑忽然睁眼盯到他。刘太清试到喊了声："娘。"谭三姑微微点头，刘太清便笑了，说："娘哎，你这一觉困了年打年。"谭三姑也笑，两母子傻兮兮地愈笑愈大声。谭三姑冒出一句："娘给你们下了面，莫忘了吃。"这山旮旯头哪来的啥子面条，她讲的仍是糊涂话，刘太清却也一个劲地点头。谭三姑从头到脚打量了他一道，收起了笑容，两眼空空地盯着洞壁，叹一声，翻身向到里头，一会儿，又咕哝起来了。

刘太清端起空碗再出去时，锅头的稀饭只剩一点脚子了，刮净锅边也不及半碗。没的人再去拳棚操练，四散坐在山坪上，或烤着火，或眯着瞌睡，或枯坐着，你盯我我盯你，该跑的都跑了，留下来的都是无处谋生的。一老师叔过来挨到刘太清坐，将剩下的稀饭倾到在刘太清碗儿头，说："牛儿，要么我带几个人下山，化点口粮回来。"刘太清没有回答,吃完稀饭,起身往粮库去,喽啰正偷吃红苕,见刘太清过来,赶忙藏到衣裳头,慌张站起来。刘太清睃见了,并没有训斥,问:"还余好多粮食?"喽啰答:"只七八斗米,两挑杂粮了。"在铁钎会最夯实的时候,整一口洞窟堆满五谷,而今只剩一股股烂谷子的糟气,那七八斗米哪撑得起过年。

刘太清心一横,唤喽啰拿了六七把马刀和铁棍,走回山坪。众人一见刘太清取了兵器过来,都站了起来,刘太清高声喊:"出来五位弟兄,随我下山化缘。"众人先一愣,随即七八个人涌起过来,方才的愁态全无。刘太清点了五个还算健硕的,将刀棍插到柴禾头,将柴禾担在肩上,将将走拢山道,便听见山顶嘎嘿嘿叫唤两声。刘太清住步,又是两声。不等望风的下来报信,刘太清与另五人放倒柴禾,抽出刀棍,顺到山道飞跑,另一些人也速去取兵器。

窝在树林子头的刘太清,紧紧地盯着来路。他想,管毬他是送亲还是抬丧的,管毬他是挑夫还是清兵,这一趟拿定了。

刻把钟后,山上又下来十来号弟兄,望风的兴奋地道:"是条光胴胴,掌柜甩手走前头,后头跟了八双挑脚。"

一弟兄忍不住拊掌:"定要给狗日的拿个精精光。"

众笑。

伏排头的忽嘘了一声,众人或猫腰,或扑到地上,朝来路睃,没见着人,却先听到了个男子的呼唤声,隐隐约约的,像是在唤着某人的名字,愈走愈近,只见他们拐进了隘口,掌柜望起脑壳朝山上喊:"歪嘴——刘歪嘴——"刘太清心头一惊。

一旁的弟兄已握刀立了起来。

刘太清摆手呵:"莫忙嗒。"

- 459 -

哪还呵得住，一人带头按出去，众人也都按出去。

刘太清爬起来跟到撵。

掌柜和挑夫些见尽是提马刀的山匪，车转背就跑，白米撒了一地，独一个随行站住没有动，他一手提匣子，一手掏出枪，朝天鸣了一响。

众山匪也止了步，不敢再向前。

随行问："哪个是刘歪嘴？"

"老子就是刘歪嘴。"刘太清从后头走出来。

那随行仍握着枪，唤掌柜："少爷，刘歪嘴在这儿。"

掌柜一面睃，一面走过来。

刘太清试到喊："李少爷？"那掌柜把帽儿一揭，果然是李世景。

"歪嘴，"李世景脱了帽儿说，"你把我吓瞪咯。"

刘太清将刀尖朝地，往挑夫那方望，说道："又送货去蔡金场？"

李世景回身朝挑夫招手。

一山匪见此情形，将马刀一撂，说："端公不庆坛，却把卦儿占。"

李世景拱手笑道："诸位哥子莫怄气，在下这趟是专程来道谢的，敝号头回借道贵山头，承蒙关照，才能把货顺当运拢蔡金场，这六挑米、两挑肉，是敝号一点心意，不成敬意。"

方才谈顶顶话的山匪，这会儿又是头一个迎过去帮挑，笑说："来得正好，来得正好。"

刘太清拱手道谢，说："李少爷不嫌弃，上山歇口茶。"

李世景看随行，随行把枪别回去。李世景说："走嘛。"

挑夫些说："李少爷，我们就不上去咯，等下他们把空箩兜还

- 460 -

回来就了事。"

山匪接过了挑夫的担子，在前头开路，李世景盖起帽儿，撩着开衩，跟到刘太清，随行走最后，一面走，一面四处张望。

方才刘太清只是客气随口邀请，没想到李世景与那随行还真就跟到上来了。这山上不曾来过客伙，平日间，山匪晚上在山洞或山顶的棚子头困瞌睡，白天要么操练，要么在山坪上就地坐歇，用不着桌椅板凳之类的家具，只斋堂头有张石桌子，三墩石凳子。刘太清只得引他们到斋堂。所谓斋堂，不过是一口摆放佛像残身残器的洞子，刘太清将石桌上的香烛符纸挪到一边，又点燃挂在洞壁上的松脂灯，请二人坐。

李世景好奇地打望着外头说："歪嘴，你上来怕有将近十年咯。"

刘太清说："十好几年。"

李世景回转头说："你这日子硬过得逍遥。"

"逍遥，锅都揭不开了。"

李世景问："但凡陆路走下江，必过你这山口，咋个会揭不开锅？"

刘太清叹气说："现今押货，都兴起喊清兵押送，见了龙旗，哪还敢断。"

随行补问一句："万全营的清兵？"

刘太清道："有万全营的，也有城头的巡防营。"睃了眼随行搁在桌上的匣子。

李世景忽然想起说："那箩兜头还有六坛子酒，拿一坛过来，我们一面吃酒，一面摆。"

刘太清起身，又盯了眼那匣子。片刻后，一手抱着酒坛子，一手拿着三口土碗走回斋堂说："弟兄伙将就那腊肉正炊煮，晌午

- 461 -

就在这山上吃嘛。"依次倾满三碗酒,敬过头碗酒,指着随行问:"李少爷,这位是?"

李世景顿了一下,说:"染坊学徒,过去海过袍哥,我怕路上遇到别的蟊匪,就把他喊来了。"

随行抱拳道:"幸会,方才得罪了。"

刘太清问:"你那使的是洋枪么?"

随行摸出枪,说:"东洋枪。"递给刘太清。

刘太清托在手上,边翻看,边说:"贵得很哟?"

李世景笑说:"有钱也买不着,这是他从……"李世景的话只说了半截。

刘太清对洋枪的来由并不感兴趣,把枪还给了随行,说:"还是没的马刀来劲。"

随行问:"这过往的清兵使的是啥子?"

"有背枪的,也有提刀的。"

李世景笑说:"听人讲,那枪只是做做样子,没的子弹。"

刘太清这会儿才把细地看着李世景,突然冒出一句:"你那眉目还跟小时候一模样。"

刘太清的眼神令李世景有些发怵,他把目光挪到了外头,问:"这山上有好多人马?"

刘太清想了一下,说:"多的时候好几百号,去年今年走了一大半。"

随行问:"这伙人都听你的?"

刘太清说:"我们当山匪的,不比袍哥大爷,都是下九流,讲不来纲常排位,大家都是平起平坐。"

李世景说:"莫谦逊,他们不虚火你,头回肯白白放福记走?"端起碗,敬刘太清。

这口酒下肚，仿若有把钩子，将刘太清的心窝子勾起来了，他老觉得，有啥子话要讲，记不起来了，有啥子事要办，也记不起来了。

随行问："这山顶高有望风的么？"

刘太清笑说："没的望风的，咋个晓得你们来了。"

随行问："望得到几里地？"

"没的雾罩，朝白庙能望三五里，朝蔡金只望得到里把地。"

李世景问："里把地，按下去来得赢？"

"这里把地的山路也够走些时候了。"刘太清渐渐警惕起来，他疑心，李世景和那随行绝不仅仅是为了送点口粮来，他们句句都在打听着山上的状况。

寡酒仍一口口喝着，话仍有一句没一句地说着。不过，李世景或随行再问啥子时，刘太清打个哈哈便敷衍过去，他一面观察着他们，一面猜测他们的来意。

酒到六七碗，个老山匪才把晌午饭端过来，只一盘腊肉香肠和两盘炝拌蕨菜，刘太清已有些醉意，拱手道："李少爷，失陪一下，我要去经佑老娘的吃食。"

李世景问："你娘也在这山上？"

刘太清没有回答，晃晃悠悠走出斋堂，觉得天旋地转，跑到树林子头，吐了一摊清口水，才觉得舒坦了些，去锅头盛了满一碗饭，又夹了些菜，往谭三姑的住处去。

谭三姑只天亮清醒了一阵，这会儿，又咕哝个不停。刘太清一边喂她，一边说："娘，你晓得这香肠腊肉是哪个拿来的不？你咋个都猜不到，是福记的李少爷，他还跟当年长得一模一样，你若是见了，多半也能认出来。"过了一会儿，又说："他跟个官爷模样的人一路上山来了，说是来道谢，但我看起不像。"饭菜在谭三姑嘴巴头打转转。刘太清端起清水,说:"看起像是来踩水的。"谭三姑喉咙咕嘟嘟响。刘太清接到说:"小时候,你喊我再随咋个都要让到他,可若他硬是来取你儿性命的,还该不该让?"谭三姑嘴唇在动。刘太清贴耳朵去听,仍旧啥子都听不清。

谭三姑住的这口洞子,正是以前老尼姑和女娃子住的洞子,出来便是山坪,这山坪比十余年前更广。刘太清在洞口坐了半晌,见弟兄伙三三两两坐到吃肉吃酒,高声武气谈笑着,没的人再忧心将来的日子,没的人去想,那六挑米、两挑肉吃完了又该咋个办?刘太清起身走到老师叔面前,说了一句:"帮我睄到下我老娘。"那师叔点了点头,刘太清本还想说啥子,见师叔醉醺醺的模样也没再说,随后,他先去取了把短刀,别在身后,再穿灌木林回斋堂。

桌上的酒菜仍原复原样摆着,李世景和随行都没动筷子,在等着刘太清,刘太清回斋堂,先拱手道:"怠慢两位了。"

李世景问:"你娘咋个了?"

"跋伤了,下不到床。"刘太清坐下,伸手作请。

李世景拿起筷子,夹一截香肠放到嘴里,边嚼边问:"你爹没有来过?"

刘太清抿一口酒,说:"我都忘记他长啥子样了。"伸手夹蕨菜,顿住了,"你以为他躲在这山上?"

李世景有些慌乱,说:"看你说的,我们这趟来,才不是为了找你爹。"

刘太清放了筷子,气氛瞬息紧张起来。

李世景忙端碗敬酒,说:"歪嘴,吃起。"

刘太清不应,说:"李少爷,你们这趟来,也不光光是来道个谢吧。"

李世景看向随行，将酒碗放回桌上。

刘太清补充道："我一记粗人，讲话不过脑壳，若有冒犯，你莫怪罪。"

李世景刚张嘴，随行抢问："那你说还为了啥子？"

刘太清打量了他片刻，说："这位哥子的衣着打扮，可不像个学徒。"

随行不开腔，等他往下说。

刘太清转而对李世景说："李少爷，你若是为了我爹干的那些黄事，来拿梁子，我认；不过，这是我两家人的事情，跟山上的弟兄伙没的干系，你喊个官爷来，是啥子意思？"

随行道："兄台好眼力。"

刘太清一只手背到了身后。

随行迅疾摸出枪，拍到桌上，待刘太清的手缩回来，才说："兄台说对了一半，在下的确在万全营作过哨官，过去常走这山下过，不过那是以前的事情。兴许兄台不知，去年年中，万全营落了一趟官镖，还死了四个兵勇，把总咬定是戎匪勾结，碰巧在下当日不在营中，便被栽赃诬陷，幸有部下相告，才得以逃脱冤狱，到省城浪荡了一阵，阴差阳错入了革命党。"随行压低了声音，凑近刘太清，"所谓革命，即为造反，兄台干的不过是劫富济贫，在下干的是造皇帝老儿的反，罪名可比兄台要重得多。"端碗。

刘太清迟疑一下，也端了起来。

二人饮尽，李世景又替他们掺满。

随行接到说："因有绿营经历，在下被安排做了这嘉定城的联络人，负责笼络富贾乡绅，帮社绿林，世景兄曾与在下同窗，自然头一个想到的便是他，世景兄开明，不但为革命出财出力，还帮到引见各路豪杰。拜他相助，现今革命党在嘉定城也成了些气候，在下与世景兄正筹划，来年在嘉定城展义旗，可光有人手还不够，还想管清兵讨点枪支。"

刘太清听得懵里懵懂，只最后一句了然，问："你们找清兵讨枪支，跑我这儿来干啥子？"

随行说："既然话已经说开，我就不再拐弯抹角，这枪支，我想找万全营讨。腊月十二，万全营驻兵将押送枪弹课银返城，当晚歇蔡金场，腊月十三清早再继续赶路。"随行摆放两只酒碗作地图，"我们想，在蔡金到白庙之间袭击清兵，挑来选去，唯有官斗到官帽这一段险隘最为合适。眼下，已经有百余哥佬在蔡金场候命，腊月十三，清兵从蔡金场出发后，他们就假扮成商队尾随，我们想再安一路人马在官帽山口，到时候，两头夹击。另外，营中几位哨官与我仍有往来，届时，他们愿意率兵倒戈呼应，如此，夺下枪弹课银，可谓易如反掌。"随行吃了口酒，"不过，世景兄告诉我，官帽山乃兄台的地盘，若要布置人马在此埋伏，还得经兄台应允。"随行打开匣子，里头是码得齐齐整整的白锭。

刘太清仍狐疑，睒着白锭道："你莫不是官府派来的探子哟，到时候带起人，车转屁股打到我山上来，我连魂头都摸不到。"

李世景忙说："歪嘴，你若仍不肯信我，你看这样子如何。革命党这头想要的只是万全营的枪弹，而你这山上正缺银两，与其让义军埋伏过来，不如由你率弟兄，在官帽山口堵截，义军赶至，你们再合剿清兵，缴获的课银归你，枪支归革命党，这样，你不必担惊受怕，义军这头也可增添个帮手。"又指到桌上的匣子，"这八十两银子就拿来给弟兄伙开顿好伙食。"

随行说："坦白讲，义军军饷尽是世景兄个人掏，那缴获的银两原本是想回报给世景兄，他提出这法子，我们虽有异议，可也不好干涉过问。"见刘太清不开腔，又补充道："万全营此趟押送的课银，是过往半年，外八乡及边厅的粮、贾、铺、膏、酒各门厘捐，你这山上百来号人，摊到个人头上，也足够回去置办点田产了。"

"牛儿，容我闲话一句。"老师叔端了碗萝卜汤过来，看样子像是在外头偷听许久，"还记得当初我几个为起啥子跑到这山上来的么？"将萝卜汤放到桌子上，眼睛瞟到匣子，"不就是那清吏逼死你师傅张石汉，我几个杀了狗官报仇，才上了这条船，当初都是抱到必死的念头去讨公道，哪个都想不到，天老爷还能赏赐你我苟活十多年。你再想下这山上的弟兄伙，哪个生来就是当山匪的料，若有一亩三分地，哪个还肯来过这有上顿、没的下顿的日子？现今这两位义士造反，想改一改世道，他们要家财有家财，要地位有地位，他们都不怕，你我周身烂衣破裳的，还虚火么？"说完拂袖便朝外头走，边走边说："照眼下的日子挨下去，弟兄伙也是死路一条。"

刘太清沉默片刻，问："清兵好多人？"

随行答："不到两百人。"

再问："你们追撵过来要好久？"

答："不出一个时辰。"

刘太清端碗起身，说："这山上的都是苦命人，儿戏不得。"

随行与李世景端碗共起身，随行抢道："一言为定。"

刘太清将李世景与随行送下山时，已近日落，那几个挑夫在山下睡了一觉，怨了几句，又吵着喊李世景添挑脚钱。李世景不再多言语，同刘太清抱拳道保重，又说："今后必定还会再相见。"刘太清抱拳还礼。那一行人便急匆匆走了，目送着他们远去，刘太清仍觉得还有一番话没有讲，想来，大概是想同李世景讲的，待将来相见再说罢。

回到山上，刘太清把弟兄伙召集拢一堆，将那随行的话又复述了一遍，只三个伙夫不愿参加，刘太清仍各分与他们五两银子，作回乡盘缠，余下的人喝过歃血酒，便各自忙开，或淬炼兵器，或下山购办土炸药，或布置机关。刘太清在各处走动着，酒足饭饱后的山匪有使不完的力气，一面敲打，还一面两两交谈着，交谈的内容，无非是未来的日子将如何如何。走动几转后，刘太清也打消了疑虑，似乎到了那天，万全营将把银子放到山道上，他们只消挑上来便是。刘太清去到谭三姑的床侧，喂她吃了夜饭，也同她说起将来之打算。两母子各说各的，刘太清不明白谭三姑的话，谭三姑也不会明白刘太清的话，直到天黑尽，刘太清听到谭三姑的鼾声，他才停下来，起身去撕皇历，借着颤动的微火，他猛然发觉，这天是腊月初九，是他二十五岁的生期。

第七章

腊月十二，嘉定县城外五团正，分别收到了一份巡检司下的手令，令各团正翌日上午率练丁于童家场团练集合，演练快枪打靶，只要求童家团备好枪弹，另四团空手前往即可。这手令自然是革命党伪造的，不过那格式与大印均与往日所发的手令一模样，且自光绪末年始，常有弁目学堂教谕下来讲授枪支操作，板桥溪、白马、土主三团团正也都未起疑心。腊月十三天不亮，龚占奇便带着整百名练丁，使木箱子装着二十杆步枪及数百发子弹，从白庙中渡坎分坐四艘船，往岷江东岸的任家坝去。上了岸，歇坐吃过干粮，又继续徒步往童家场赶，在正午前，赶到了童家团练场，将装有枪弹的木箱子留在了场外，由内伙子卫丁看守。此时，另四团已集合成阵，龚占奇带着白庙练丁入了方阵，个巡检装扮的人拿着名册逐一点过卯，板桥溪、白马、土主三团各来了六七十人，合童家、白庙两团共有四百余练丁。点完卯，差役已将靶场布置归一，巡检令童家、白庙两团练丁留在场外，其余三团入营房听巡警教练讲解，那巡警教练及两名随从均是由党人冒充。上讲堂号刚吹过，板桥溪、白马、土主三团练丁还未走入营房，兴许是没有交涉妥善，场外蹲守的党人突然提前放了一枪，那三团练丁先是回头看靶场，见无人练靶，瞬息大乱。龚占奇见势，干脆不再演戏，拔枪高喊："造反咯，打死满人狗腿子。"部下练丁遂就近捡起枪支，胡打一通。有练丁朝枪弹库跑，想去夺取枪支反击，方才反应过来的王九皋立令童家练丁持枪守卫。整个团练场乱作一团，不知敌我，陈孔白与另两名党人随手逮住身旁三名团正，不等其自白，便将其枪毙，并大喝："通通跐到起。"场外的党人按起进来，朝天鸣枪，板桥溪、白马、土主三团练丁手无寸铁，见团正都被打死，不敢再反抗，除几人翻栅栏逃走外，其余人等均听令跐了下去。这枪声招引来了四周的百姓，龚占奇速率白庙练丁，持枪往童家场几道场口戒备，王九皋则带另一路人，分发大汉军政府文告予众百姓，并沿途巴贴，以安人心。约莫一刻钟后，刘均斋所率党人赶至，拉来了四乘板车，揭开覆布，两乘装着钱串子，两乘装着枪支弹带，那钱串子是先前就已备好的军饷，枪支弹带则是党人趁板桥溪、白马、土主三团防备空虚时，从三团枪弹库抢夺的。见着这场景，跐到的练丁些交头接耳。陈孔白脱了制服，揭了官帽，只一身单衣裳走了出来，先朝天放了一枪，震住细语的练丁，念檄文："今之满洲，本塞外东胡，昔在明朝，屡为边患，后乘中国多事，长驱入关，灭我中国，据我政府，迫我汉人为其奴隶，有不从者，杀戮亿万。我汉人为亡国之民者二百六十年于斯，满洲政府穷凶极恶，今已贯盈，义师所指，覆彼政府，还我主权。其满洲、汉军人等，如悔悟来降者，免其罪，敢有抵抗，杀无赦。汉人有为满奴以作汉奸者，亦如之。"又鸣一枪，"中国者，中国人之中国，中国之政治，中国人任之，吾川大汉革命军，今日告其成。"再鸣一枪，"庚子年以降，各国联兵瓜分我中国之国土，河山破碎，中原震荡，辱莫甚焉，人所共知。清廷视我四万万同胞如草芥，于国之将亡时，反将刀矛杀向抵御各国联兵之士，此为不保四海。连战连败，非我中国之败，乃满清之败。赔予列国之银款当由百官摊派，孰料清廷竟借厘捐赔付，将战败之罪责推至苍生百姓，此为不顾民生。我国已如垒卵，清室不思危亡之根由，事不求实，扯出立宪之虚名，欺我四万万同胞，此为不谋社稷。我大汉军政府取而代之，顺天应人，在场诸位均为汉留，迫于淫威，方才屈膝作满奴，时至今日，当晓何为大义天理，孰善孰恶，归复我大汉革命军方为正道。"念罢，一旁党人问："有哪个还想当走狗的，现在走还来得赢。"练丁些面面相觑，有十来人扭捏地站了起来，持枪党人拉枪栓，那十来人又赶紧跕了下去。见阵势稳住，陈孔白唤众人起身立定，说："军饷高头，诸位大可松心，刘均斋同志将逐一制办公片，自今日起，每人每日可凭公片，在王团正处领取军饷一贯。另外，革命军所到之地，清室一切官业充公，届时，亦将抽出部分钱粮财产，按军功论赏。"言毕，几名党人搬出桌椅，取纸笔，由刘均斋做登记。练丁些先还有些犹豫，见前头几人过去领了钱，便争相涌了过去。

　　在陈孔白那头正收编练丁时，熊克武与佘英纠集的哥佬会义军也已散布于新场各处。他们头一夜歇宿在夹江县城，等到杨世尊、廖云从从犍为运来武器，遂将枪支弹药装到木箱子头，使布絮遮掩，腊月十三这天一早分头拉到了新场革命党住处。因有先前广安事败教训，佘英这回也先照人头发一贯饷钱，并承诺，开了府库，再照章程贴补。一众哥佬遂往茶棚、酒肆、烟馆等处耗时候。按密报所说，新军将于是日侧黑点赶至新场。晌午过后，佘英顿感不适，请来太医，方知是疟疾发作，开了西药丸，太医便离开了。许是这太医在佘英房间头听闻到啥子，回去禀告了保长，下午，场保忽然在各处查问起过客的身份，不巧在茶棚问到熊克武时，竟认出了他，场保高喊："有叛匪，有叛匪。"边喊边朝街上跑。茶棚头的哥子些立时起身，追撵上去，将那二人捆绑起来。整个新场便都传开了，说革命党起义了。熊克武速与佘英、秦柄、曹笃、但维周等几位党人碰头，决意不等新军过来，先展义旗，遂令义军集合，分发枪弹刀棍，秦柄率人将新场团团包围，不准进出，曹笃率人遍贴汉军文告，并挂出青天白日旗，但维周则负责斫断沿途电杆，以阻清吏交通，熊克武与另几名党人挨门拜访绅商，照同盟会《军政府宣言》，借用现银。不到酉时，场上乡民便闭门墐户，先还有十余乡丁放了几枪，后头乡丁都躲藏了起来，街衢巷道只剩义军身影，从远处望去，新场与往日并无两样，事实上，这里已变成了革命军的一座营垒。

腊月十三，承宣桥福记染坊照例开着门，许是日子好，来清账的匹头铺尤其多。整个上午，算盘声都没有停过，大先生收了银两，又去划写账簿，样样都要亲手亲为。午时过后，客伙渐少，方才得空刨了两口饭，外账忙完，又要忙店内事务，有几个染工及学徒因家屋远，要提前离店，大先生逐个找来摆谈，问他本年干了些啥子或学到了啥子等等，以此决定长支是否抹除，红酬给多给少，抑或是去是留。这边正谈着话，外间店员推门进来，说来了个大户家的丫鬟，问有没的缎子卖？大先生斥责那店员一通，来了两年，还不晓得这是啥子铺子么？店员挨了日嚑，不敢辩解，欠身退出。少顷，大先生想起了李少爷的嘱咐，将正在说话的染工晾到起，快步走了出去，问，方才的丫鬟喃？店员答，已打发走了。大先生唤店员把人喊回来。店员悻悻然追出去，不一会儿，便将丫鬟引了回来。大先生问她，是哪家户的？丫鬟说，较场坝蒋公馆的。大先生遂取出那卷玄青缎子，递给丫鬟。丫鬟问价钱。大先生说，少爷交代过了，不收钱。丫鬟掏出一封信，问，刘理事在不在？大先生说，我就是理事，不过不姓刘。丫鬟瞥他一眼，道，管你姓啥子，这信是我家太太给你的。将信留在柜台上，转身便离开。大先生拿起信，信封上写着"刘克礼"，忽明白是咋个回事，嘱人看到铺子，坐起滑竿朝盐关街去。盐关街铺子三天前就关了门，跟客伙说的是，正补修染具，要翻年才开张，大先生当然晓得这是扯的拐，他也晓得，近来少爷同一帮留洋归来的弹神走得近，成日都吃住在盐关街，至于他们究竟在搞啥子名堂，他就不便过问了。到了铺子外，大先生连敲数声，里头方有回应，是李世景的声音，问，哪个？大先生答，少爷，是我。李世景拆开一块门板。大先生没有进去，将信封交到了李世景手上，并说，是蒋公馆的丫鬟送来的。李世景问，上头写了啥子？大先生低头答，不敢打开看，又拱手说，铺子上事情还多，我就先回去了。大先生走到盐关街尽头，又回头望，门板合上了，他转到东大街，到街边门柱下坐到起，心窝子咚咚地响，方才的一幕令他毛发倒竖，少爷开门时，身后立着个人，他忙低头装作没看到，却在低头的一瞬瞟见那人手头握着枪，待他告辞时，那人狠狠地瞪着他。大先生掏出叶子烟，火柴擦了好几根才点燃，嗒了两口，平缓下来，才起身，走河墕回去。先还一切如常，有叫卖的、耍猴戏的、讨口的，到福泉门，见一群人围着城门一侧，他挤不进去，问看客，巴的啥子告示？看客说，今日酉时便要封城。举目望城楼，守兵比往日多了几番，再往前走，临河的铺子纷纷提前关门，一队队兵丁背起枪在巡街，有捕快，有衙役，也有绿营兵。大先生向一正收摊的妇人打听，妇人说，要逮的是佩白袖标的革命党。这阵仗，只十多年前打洋教那会儿才见过，大先生加快了步伐，走着走着，自顾自哎呀一声。他想起头两天，少爷从铺子头扯了两尺白布去，原地愣了半晌，将这前后的事情一合，不敢

- 473 -

再返回去了,就近从仁和门出去,随意上了一艘走下水的船。大先生侥幸躲过了劫难,设若他走回承宣桥,见到的将是,捕快查封了福记染坊,并捆送一干店员往衙门去。

盐关街铺子头,藏了三十余个革命党人。三天前,他们陆续从别处赶到嘉定,并带来了枪支弹药,不便再住旅社。李世景便同盐关街铺子头的长工学徒提前结了红酬工钱,将他们打发走,他与那三十余个党人搬了过去。白天,他们或上街踩水,或闭门商议;到了晚上,一些人打地铺,一些人拼条凳,铺起板子,抵到铺门睡。腊月十三这天,他们没再出门,税相臣绘了一面嘉定城地图,做最后的部署,等陈孔白那头开始攻城,他们便分头往府衙、县衙、厘金局,及挨近嘉乐门的护国寺引爆炸弹,招引兵力。税相臣讲得憨扎劲,李世景却始终是一副惶惶然的模样,惶惶然倒不是因为对即将到来的革命的担忧,而是因为他自己家屋头的事情。腊月初九那天,他与税相臣从官帽山下来后,顺道回了一趟刘河坝,本想当晚在老屋歇一宿,敲开门,阍者已认不得他,问他恁晚来找哪个?他知阍者糊涂,带起税相臣便往里头走。那阍者大喊,福爷,来盗匪咯。还未走到厅堂,个下人迎出来,提起灯笼细瞄他二人,问,是李家少爷么?他反问,我三姨娘还没回来?那下人僵笑道,李少爷,李三姨太没跟你讲么?她把这丝号连并宅子都卖给宋大爷了。李世景惊问,卖给哪个?下人说,水义公宋明奎。李世景皱眉不开腔。下人又作请势,道,宋大爷招呼过,李少爷回来,管吃管住,不过,上房家具刚上了漆水……不等那下人说完,李世景气耸耸往外走,与税相臣在李落渡的河石坝将就歇了夜。李世景感到,自己仿若是个被遗弃的人,在这世上再无亲人,先是亲娘舍他而去,几个姨娘嫡母先后去世,后来父亲也不知下落,到如今,这独一个长辈不但不告而别，还贱卖了他爹留下的财产。这三日，革命党人均营心于起义筹备，毕竟是性命攸关的大事，谁都无暇过问李世景的愁绪，李世景一边承受着被遗弃的痛苦，一边还得替党人打听递送消息。不置死地，无以重生。设若别的党人参加革命是革满清的命，那李世景真真走上革命之路时的初衷，则是革旧我的命。大先生送来的这封信，有如一盆凉水将李世景浇醒，这封信是九岁红写的，上头只歪歪扭扭地写了一个"跑"字。税相臣当即推倒所有部署，立令众党人分拨由德胜门出城，奔熊克武部去。李世景和税相臣、吴顺义三人是最后走的，李世景翻找收捡银票银两，税相臣焚毁名册和纸稿，吴顺义则在行箧头装了几把手枪和几捆炸弹。走出铺子，三人均把毡帽戴起，朝德胜门那方走。走了不远，李世景忽然停住，他想，若蒋兢贵果真是叛徒，必会查到承宣桥去，染坊头的店员都要跟到无辜遭殃，便跟那二人说，你们先出城，我回趟承宣桥，再追过来。税相臣劝他几句，劝不来，只好与吴顺义一道，随着他过去。路上的行人仍在嬉笑，摆谈闲龙门阵，兵勇些来来回回，的确比平日多，却也不见多么紧张，并非见人就查，三人从他们眼皮底下走到了兴发街。李世景让税相臣和吴顺义在街口等他，他独身一人继续往前走，未到承宣桥，远远地望见了自家铺子外立着两队堂勇，再走几步，见着铺门关了，贴上了封条。头目蹲坐在门口吃烟，目光似乎扫了过来，李世景赶紧车转身离开。李世景的这一离开，便丢下了福记的最后一点家业，他晓得，盐关街铺子必也回不去了，洙泗塘的屋必也回不去了，此时的他，周身上下，只余三张二十两的银票和几枚碎银。李世景回去找到税相臣和吴顺义后，啥子话都没有讲，提起行箧就疾步走。哪还走得出去，到海棠山一带，典吏率各房差役，敲起梆锣遍街吼，通通回屋，匪寇打起来咯。当他们冒险走到德胜门时，城门已经关上了，不敢再提起行箧四处走，先将就藏到海棠山的丛丛头。不一会儿，就连海棠山上都来了巡逻的兵勇，他们不敢歇气，赶紧又下山，街上的行人愈来愈少。这晚，他们该躲到何处？屋是回不到了，旅社也去不得，李世景与税相臣几乎同时想到了一个地方。

在新场的熊克武与佘英终究是等不到新军的，那三百兵勇的确仍旧是王道尊领带，王道尊也的确是这天早晨从凤凰山出发的，可过了双流便把行军速度放缓了，到彭县已过午时，索性停了下来。王道尊想要个滑头，如若这天傍晚就赶至新场，革命党与嘉定城守军仍在酣战，他向到哪方都必有损耗。他想的是，挨一天再过去，届时，若嘉定城已易帜，他便带着这三百兵勇入城，要挟革命党给他个官儿当，若革命党被击溃，他亦可跟清吏讨个军功，扯把子说叛匪是遭他唬走的。安营扎寨后，王道尊叫来军中另一隐匿的同盟会同志，令他打马下新场送口信，只说因庶务耽搁，晌午才动身，要到半夜抑或翌日上午才能赶至。革命党原本筹划，打落更后，陈孔白部趁夜色率先攻城，先前王道尊许诺，亦是在戌时赶抵新场，熊克武部与其会合后，分路打德胜门与高西门。到了戌时，新场仍是死一般寂静，在外望风的同志归来，说走拢眉州都没见到新军身影。因不确切新军是否在赶来的路上，是否仍是王道尊带兵，也不确切陈孔白那头是否已经发难，熊克武与佘英等人顿时不知所措，到底该继续等，或是该转去与陈孔白会合，再或是该直接攻打德胜门？争执不休时，城里头撤出的党人带回了蒋兢贵放鸽儿的消息，嘉定城已举城戒备。难道要就此放弃起义么？此前投入的人力钱财尽都作废么？更为关键的是，这趟起义若又不战而败，今后再要举事，还咋个笼络人马，筹措资金？诸党人不甘心，最终决定，仍留守在新场，继续等新军,同时熊克武率一拨人出去搬救兵,另再派人告知陈孔白,令他那头原地待命,延迟攻城时间。事后来看,若一开头,革命党就真真吸取往回教训,不将命运寄托于新军与巡防营,而是直接与清兵硬碰硬,兴许还有成功的可能,毕竟陈孔白那头几团练合一起有四百余人,熊克武这头的哥佬亦有两百人上下,而城里头的巡防营合各房衙役丁勇也不过三四百人,攻守双方可谓势均力敌,即便在新军未到,知晓蒋竞贵叛变的当下,立时拍板,两头将就当下兵力合攻嘉定城,恐也有三四成把握,可他们偏偏选了个最不可靠的方式——等待。机遇稍闪即逝,熊克武前脚一走,隐匿于新军的同志便打马赶到,虽是与佘英、秦柄等人闭门会晤,但王道尊不来的流言仍在哥佬间传开了,士气骤衰,这新场处于嘉定、夹江、眉州、洪雅之间,四地一旦联起来围剿,必被困死,一些哥佬丢抢跑路。待探子来报,说巡防营先遣杀来时,佘英等人集整队伍,清点人数,只余百人上下,再不敢与巡防营对抗。只得设法找船,转赴岷江东岸与陈孔白会合。

陈孔白那头,因蒋竞贵未时秘密下令封锁城门,申时才巴出告示,增派兵力戒备城门,并出兵巡街。所以,陈孔白带起练丁往沟儿口行进时,并不知出了变故。陈孔白将队伍分成两拨,一拨由陈孔白与王九皋带队,走的是正道,约有四五十人,均把枪儿挎起,把团旗举起,随队还假巴意思捆了十来人,背后插起犯由牌,以迷人视线。余下的人马由程德藩与龚占奇带队,仍旧使板车拉起武器,佯装商队,走迂路,包到营地背后。假押犯人这一队走到大悲寺就停下来歇脚,一是要等程德藩、龚占奇那边过去埋伏归一,二是检查枪支,并将子弹上膛。按到时间,便又动身朝下游走,将到营地时,陈孔白退到后头,王九皋走到前头。哨岗只两名卫兵,王九皋高呼,兵爷开门,童家场团正王九皋有事禀告。卫兵问,啥子事,带恁多人来?王九皋答,捉了十三个乱匪。卫兵说,哨官不在,自行处置。王九皋道,不敢擅自处置,这十三人都是革命党,兵爷不收,我们就送到衙门去咯。那两卫兵喊,站到,遂争到抢到下来开栅门。栅门一开,原本正在操坝头赌钱的五六个兵勇也跟到出来。王九皋将两持枪的卫兵拉到一边,细声道,兵爷,这革命党到了你们营寨头,可就是你们逮的了,多少还是拿点辛劳钱哟。甫一说完,便听得一声枪响,再看,原来是个叛匪想跑,一练丁朝天抠了一枪,拉他回来,并斥道,再挤,老子打死你。卫兵答,先把人押进来嘛。王九皋脑壳一犟,人带进去,万一兵爷你不认账,我们不是成了竹篮子打……,水字未出口,营寨后方枪声四起。两持枪卫兵正打望,王九皋扭到一人脑壳,刀子一拉,另一人反应过来,枪口已被王九皋按来朝地,连捅几刀,也倒了地。栅门外别的兵勇均是两手空空,速往营房跑。练丁些举枪,如同答靶儿般,一通乱打。营房内的兵勇闻声,持枪出来反击。王九皋这边的练丁赶紧扑到地上,或躲到栅栏边,要不要朝里头放一枪。程德藩、龚占奇那边,人搭人翻进栅栏,相互掩护到往营房逼近,清兵愈发慌乱,不知该守哪头,一人掷枪告降,其余人也跟到告降。就这样,从清兵打开栅门,到义军攻破沟儿口水师营只刻把钟时间,清兵甚至没来得及往烟墩放火讯。义军在营地缴获了步枪、快枪百余支,分发下去,几乎每人都能分得一支枪和数条弹带。从板桥溪、白马、土主三团收编过来的练丁,本还是趄边边的姿态,这会儿也跟到扎劲起来,喊当即就杀到嘉定城去。陈孔白没有急于求成,率练丁入驻营地,将栅门关拢,留下十来个练丁,在外头放风,周边邑人若非见着了方才的场面,根本不知营地已被攻陷。义军一入营地,便四处翻找财物,只找到些散钱碎银,并无多大收获,倒是在粮仓头，找到了些酒肉米粮，练丁些将就营地的灶炉炊煮。陈孔白心想，待天黑还有些时候，众人饱食一顿，并不碍事，便没有阻拦。欢喜的练丁些哪晓得，这一顿竟是他们的衣禄饭。到天色昏黄时，陈孔白与龚占奇带起白庙团的十来个练丁，换上清兵衣裳，往炮船处去。这十来个练丁均做过船夫，不一会儿便将炮船摸熟，正要返回营地集整队伍时，下游方向跑上来三个包脑壳的哥佬，一面跑，还一面喊龚大爷。待这三人走近，方才看清，正是革命党安插在城头的眼线，三人上气不接下气道，过去不得了，遍城戒严，河石坝都架起了炮台。陈孔白速召集党人，背到练丁，于一独立营房内商议对策，与佘英那边不同，陈孔白这边，除却几个党人头头外，底下人均不晓得嘉定城的状况，天色渐晚，练丁些反倒催起革命党来，问说咋个还不登船？在筹备起义前期，熊克武曾提过一句，袭取嘉定谋败，则转赴屏山，与叙府党人会合，于屏山举事。陈孔白遂告知众人，叙府已光复，急需人马守备，义军将暂缓攻打嘉定城，先赴叙府支援。部下一听，仗不消打了，军饷照发，还能下叙府捡个炮和，不但没有像佘英那头的哥佬一样畏逃，还举杯相庆。稳住练丁，陈孔白密令党人，赴新场传话，又因往屏山要过岷江，只得白天才能渡河，陈孔白便令龚占奇与王九皋率白庙、童家两团练丁在沟儿口四周紧密戒备，心想等到熊克武、佘英部再动身。哪知夜半时，佘英部未到，一路巡防营清兵先偷偷渡河来袭。清兵虽只百余人，只在远处放枪，并未靠近，但陈孔白怕遭合围，不敢久待，立令部下连夜赶路。练丁些轮流殿后掩护，天晓时至青衣坝渡口，逼令船佬儿来回打渡。练丁起疑，若要往叙府，顺岷江东岸往下亦可到达。陈孔白答说，东岸有清兵设卡，走山路是为避免同清兵交锋，诓到诓到，义军悉数渡至对岸马桑坝，清点人数，只少了二十来人。

小歇片刻，陈孔白率众，绕开乡场，沿到杨家、白庙边界走，这一段未遇堵截，晌午时到了官斗隘口，见有横尸十余具，改道穿蔡金境内，到朱庙时，遇地保百余人，无论是人数还是火力，地保都不是义军的敌手，边打边退，到玉井一带，地保被打散。练丁些想要停下来歇息，陈孔白不准，并杖责几名起哄的练丁，众人只得忍着饥饿与疲劳继续行军。他们不晓得，自他们从马桑坝上岸后，行踪便被清吏鹰爪掌握，方才那百余地保的堵截不过是为了拖住他们的脚步，地保撤退时，由犍为赶来的清兵已埋伏在十里地外的程河沟。沫溪境内都是山路，宽五尺，一边临山河子，一边是巨石林立的矿山，义军只得排成纵队前行。入了山口，渐有散兵游勇扰袭。陈孔白再把队伍分成三股，龚占奇带白庙团殿后，王九皋带童家团开路，他与程德藩带其余团走中间。到一山弯处，王九皋先拐过去，没走多远，一岩石后冲出清兵，几乎杵拢打，童家团速往后退，山上再落土炮，数十人当场阵亡，王九皋随一众练丁跳入河水。陈孔白部立马摆出阵势防备，清兵只在山弯那头打，并没有杀过来，可片刻后，忽闻身后再起枪声，掉了有里把地的白庙团遇袭。清兵择在此处设伏，正是想将义军截断，再分开包围。陈孔白速令众人后撤，见着龚占奇时，白庙团只剩二三十人，均贴在山石后躲避子弹，毫无还手之力。整匹山只听枪声响，却不见清兵身影，练丁只得一面朝山上胡乱开枪，一面往山口撤，陆续有人中弹倒地，陆续有人投河而逃，退出山口，原本四百余人的队伍竟只剩一半。不但如此，经一天的行军及方才的突围，义军再无力与清兵对抗，只得原路返回，可究竟要回到何处，势态由不得他们去想，沫溪境内的清兵与地保步步将他们逼回蔡金。待枪声渐远时，圆月已挂了出来，见有一片樟树林，众人便躲了进去。入夜过后，天气骤寒，练丁衣裳单薄，又不敢生火，只得围拢坐到一堆，冬风刮过，枝丫咔咔作响，尽管疲劳至极，一个二个尽都强睁着眼，或睃到外头，或瞪着天上，忽有一人哭起来，那哭声是极粗犷的，两百余双眼睛都在黑黢黢的林子头找着，找这哭声来自何处。那人怨说了一句，头天早上出门时，还没同婆娘娃儿道过别。声音不大，可每人都听得真切，抽泣声愈来愈多。从白庙调转来的万全营先遣兵勇，正是循着那隐约的抽泣声，发觉了他们的位置。

当陈孔白部被困在蔡金场与沐溪间的樟树林时，佘英所率的百余哥佬已行至马边与沐川间的宋家村。头天晚上，他们往沟儿口的半道上遇见了陈孔白派来传话的党人，赶到沟儿口水师营时，陈孔白已转移。佘英部沿到岷江东岸，加紧步伐追赶，在青衣坝渡口才打听到陈孔白等人已过河，他并未追随他们的路线，而是继续沿东岸走，到金山码头找到熟识的船帮大爷，搭他们的煤船至孝姑，再上岸朝屏沐方向行进。到宋家村天还没有黑，陈孔白走白庙过来，必经此地，佘英遂下令就地歇息，等着陈孔白。哥佬些又谝又威吓，散布住到了宋家村的乡人屋头。巧的是，约莫亥时前后，一路马边来的镇边兵，护解地丁银，也驻扎在宋家村村口，那镇边兵只三十人上下，持刀棍者居多。有十几哥子在主家屋头吃得二麻二麻，偶听得来了护银队，竟借到酒劲，起意要顺带拿些财喜，背到佘英，伙起另一户屋头的哥子，提起枪就往镇边兵营房去。那镇边兵知晓近来匪患猖獗，本就战战兢兢，哥佬蹑手蹑脚走近，在营房外，举枪朝天一通乱打，三十余个镇边兵未有反抗，鱼贯而逃。哥佬些大笑着，跨进营房，将里头的财物洗劫一空。佘英在屋头听见枪声，一翻身就爬起来，跑出去一看，哥佬正搬着大箱小箱往回走，问说是啥子响动？答说放火炮儿。佘英启开箱子看。那几醉醺醺的哥子才承认，方才顺带劫了趟财喜，不过，没说是清兵护解，说的是镖丁。佘英将那二十来个哥子训斥一通，因他做过堂口大爷，晓得哥佬些的德行，并没有把此事放在心上，令他们将财物搬到党人曹笃住处去后，又回屋头去了。佘英瞌睡深，尽管安排有人守夜，可他仍不放心，生怕错过陈孔白，便坐在椅子上，偂到眯觉。将近天亮时，忽闻门外喧闹，佘英满以为是陈孔白部赶过来了，正要开门出去迎接，又听到村口的梆锣响，那梆锣是望风的哥佬敲的，这才晓得，赶来的不是陈孔白，是清兵。惊惶的主家夫妇和另几个党人也起来了，那一对老夫妇披起衣裳出去打探，佘英同另几个党人把枪抄在手头，老夫妇回来，说清兵正挨家盘查，问他们是不是冒犯了官府？佘英扯谎说，有哥子遭叙府狗官冤枉，他们闯监牢将蒙冤哥子救了出来。因佘英一进门，便给了这对老夫妇几贯铜钱，老夫妇瞅他们不像穷凶极恶的暴匪，便领他们走偏门出去，又给指了条田埂道。原来，头天晚上，那三十余镇边兵听闻枪声后，并未跑远，而是躲在暗处窥视着哥佬些的举动，见他们将银箱子搬到了乡民屋头，便一路跑到屏山，禀叙府驻屏山巡防营，说沐川宋家村民匪勾结。彼时，川内各地已收到谨防嘉定暴动电令，与嘉定相邻的叙府尤其提高了警惕。镇边兵描述说，劫匪人手一杆枪，管带便猜想到是革命党，遂令帮带率百余兵勇，连夜疾行至宋家村。原想先将各住家屋包围，再进门搜查，可未到村口，便有几名兵勇擅自朝天鸣枪，守夜的哥佬随即敲响梆锣，即便如此，仍只逃脱了二十来人。刻把钟时间，屏山巡防营兵勇便堵住了出村的几条道路，见逃不出去，哥佬些只得藏在主家屋头不出去，兵勇遂挨家挨户搜查，若遇反抗，则乱枪朝里头打，到最后几户，主家甚而向哥佬下跪，求他们自行出去投降。如此，巡防营几无死伤，便将藏匿在宋家村的一干人逮捕或枪毙，而逃脱的人中，诸如佘英、廖云从、刘慎终等十余党人首要，均在此后的三五月当中陆续被缉拿归案，并被解送至嘉定、叙府、犍为、马边等地杀害。

当屏山巡防营兵勇给活捉的叛匪戴枷上镣时，在百里开外的蔡金场石堡湾的樟树林中，万全营清兵正点起火把，逐一辨认被打得稀巴烂的尸体。辨认的依据是身上钱财多少，以及穿着打扮，他们在疑似匪要的脸上烙一道疤，待板车拉至，再将其抬到板车上，运回嘉定城邀功邀赏。而余下的丘二，则交由蔡金场乡绅就地焚烧掩埋。几个时辰前，这里的屠杀场面要比宋家村更为惨烈。因有一队先遣兵探路，万全营主力在三里地外的狗爬岩停了下来，待云层遮住月儿光，以十人为一队，分拨靠近樟树林。忧心忡忡的练丁些丝毫没有察觉到林子外的动静，丝毫没有察觉到他们已被死亡包围，兴许有一些人未能抵抗住困意，坠到了梦乡里，兴许另一些人仍鼓大着双眼，但他们注视着的不是当下黑黢黢的周遭，而是愈来愈缥缈的往昔的寻常日子。子弹是一片片打进来的，倏倏地击碎了梦境，倏倏地击碎了幻象，人是一排排倒下的，没来得赢呻唤一声，便软塌塌如泥土一般委地。反应过来的练丁赶紧拿起枪，或扑到已倒下的尸体后，或背靠树干，可子弹从四面八方穿进来，哪还有藏身之处。龚占奇与白庙练丁正坐在林子边缘，枪声一响，白庙练丁自觉将身旁的党人扑在身下，并开枪朝同一方还击，待打开一道缺口，速弓腰护到仍活着的陈孔白、程德藩、毛长馨突围。从林子头闯出去时，龚占奇目下练丁只余十来人，子弹无多，不敢再返回去营救别的党人，便带起三人闷起脑壳跑。不料，在黑灯瞎火中，这一行人又跑回了沫溪境内，行至大桥山石桥当头，对面茅草房忽吼出一声，站到。龚占奇正要举枪，才觉右手已麻木不能动弹。那头问，哪儿来的，要去何处？龚占奇答，你兵爷爷，遭叛匪打退了回来。此时的龚占奇已发觉又回到了沫溪，照白天的阵仗，对面必不止三两人，若要返身跑，只怕哪个都跑不脱，便细声支使三名党人下到山河子，顺到泥滩跑路，而自己与练丁些则拖住地保。那头说，兵爷得罪，烦请哪位，丢了枪过来，等我们验明正身。排头一练丁丢了枪便要过去，龚占奇上前按到他，脱了衣裳，细声令目下练丁稍候与党人反向跑，龚占奇的想法很简单，他只当救的是李少爷，而练丁些亦晓恩义，平日间龚团正待他们如手足，自离开白庙那天起，他们便已笃定与他共生死。龚占奇左手藏短刀，一步步走过桥去，茅草房亮了起来，正如他料想一样，两旁草丛头分别埋伏有十几杆步枪，一地保提着油灯出来，龚占奇埋到脑壳。那地保渐渐靠近问，兵爷咋个没着号衣？龚占奇答，有牙牌为凭，遂抬起左手。牙保举油灯。刹那间，龚占奇手头的刀子已插进了地保的颈项。地保倒地，乱枪打了过来。听闻枪声，陈孔白等三人赶紧贴到土埂窝到起，片刻后，枪声往反向去，三人又趁起来，爬上土埂疾行。三人中，只陈孔白最后经沫水逃了出去，程、毛二人因受伤与陈孔白走散，并被地保捕拿，解往犍为后就义。而先前投山河子的王九皋亦因足胫糜烂，匿于易氏祠堂，被赶来的巡防营兵勇侦获。

据各幸存者回忆录记载，此度举事，仅在册党人就有两百余人牺牲，这还未计入在石堡湾及宋家村被集体焚烧或葬入万人坑的无名练丁与哥佬。此役过后，川内革命党元气大伤。日后，熊克武召省总会头目，决定暂停武装暴动。陈孔白与熊克武再度碰头，二人咋个都想不通，原本防备孱弱的嘉定府咋个凭空冒出了恁多清兵？彼时，税相臣已同嘉定城守备蒋兢贵同归于尽，李世景亦化名刘克礼继续革命，再不提此段往事，究竟是哪个告的密，围剿陈孔白部的精兵从何处来,也就成了永久的秘密。当然更不会有人晓得,官帽山那百余具横尸同革命有何干系,无人替他们殓尸,亦无人再惦想他们。

腊月十三寅刻,官帽山铁钎会司务准点擂响皮鼓,众山匪从山顶或窑洞涌向山坪,待众人围坐成一圈,神坛已摆好,四护法着青袍正坐四角,各持一把神器,中央放有神物、符纸、香烛,及圣水。会首刘太清着黄袍持桓侯鞭缓步而至,侧旁有一双捧神灯的童男相伴。刘太清行至圣水前,双手合十,盘腿而坐,口念降神咒,童男化请神符一张,众人呼:"真空家乡,无生老母。"刘太清遂闭目舞鞭挥拳,众人跪地,护法忙摆上洋枪一杆,童男于刘太清印堂间点一竖朱砂,刘太清作女人声气速念:"天连天,地连地,何方来了多土地。奉请何人封枪口,无生老母封枪口。说不响,就不响,弟子金身来拜应。吾奉无生老母,急急如律令。"童男化封枪令符,将符灰撒于圣水之中。如上礼序,再请金刚咒。金刚不败符化毕,众人三顿首,护法遂诵归位咒,众人呼:"恭请无生老母归位。"童男再化归位符,众人再顿首。刘太清睁眼复苏,山匪依序入神坛跪拜,得刘太清圣水洒面,获封枪咒与金刚咒护体,直至最后一人跪拜毕,整出仪式才算煞角。已至卯刻,来不赢饱食一顿,只得由伙夫挨递发干粮,刘太清许诺,待这趟财喜拿下,必到外乡去,尽弟兄敞开肚皮吃顿散伙饭,再各落各屋,众人并无一丝恶战降临的凝重,欢笑着摆谈着往兵器库取了刀弓棍铳,再下山各司其位。万全营自蔡金场出发的时间,比预计要晚一些。先前,管带的确收到了府台亲手签署的密令,令他于腊月十三率兵回城,镇压民变,且有守备附信,回城之目的,仅许他一人知晓。腊月初十,管带方才告知哨官,两天后将押重金回城,并通令各哨,整集目下精兵,一律配备新发的汉阳枪。腊月十二这天,万全营几乎倾巢而出,仅留不足百人守营,因只知有民变,不知民变之范围和多寡。先一段,管带令兵勇谨慎行进,至福禄境内,见沿途百姓生活如常,才加快步伐。到蔡金场时,要比往回晚了近两个时辰,简便扎好营寨已是半夜,翌日吹过号角,兵勇集整时一副疲态,管带便容他们回营多歇了些时候,已时匆匆吃过干粮,又继续赶路。蔡金场往北十余里地,便是入白庙的官斗隘口与官帽隘口,铁钎会弟兄已埋伏多时。先几日,他们出银将官斗山头的游匪打发走,在这里设下了头一道机关,当万全营押送的银车进入隘口后,官斗山断坡上的弟兄将撬下数块松动的岩石,缓坡上弓弩齐发,截断尾兵。而此时,万全营排头兵当已拐至官帽山,官帽山山道铺满了枯枝败草,两面山坡亦挖沟隔出了几片荒林。届时,此地埋伏的弟兄将一面引燃那几处荒林,一面放火箭引燃山道上的枯枝败草,清兵必然会先乱阵脚。刘太清再下号令,官帽隘口外四头水牛将驮镇兵符冲入,弟兄伙遂持神物及刀棍下山杀敌。照刘太清的设想,兴许不等李世景的人马赶至,他们便可将清兵击溃。如旧时灯花匪、白莲匪和拳匪一样,铁钎会的这些花招只能迷惑愚众,岂能降服万全营实打实的精兵。万全营的建立,可上溯至宋季,宋室为避彝患,立刀兵于市。至道光年间,营寨即城,有兵勇四百,乡勇近千,兵民同食同住同操练,因常年镇压边地叛乱,个个骁勇善战。庚子年后,再习西式兵法,配西式火器,嘉定、叙府两地彝匪均忌惮其名号,一旦万全营出动,常常是兵未到,事已平。莫说单单一个铁钎会,就算嘉定城各地山匪联起手来,怕都不是万全营敌手。因铁钎会弟兄隐蔽于山林,万全营先锋行至官斗隘口时,并未察觉有何异样,待拐过山弯,入了官帽山山道,见满地荒草,便将步枪握在手头,防御兵速分作两翼护卫,此时,大阵也已押起四乘银车入了官斗隘口。铁钎会布置的岩石阵并未滚落，皆因负责撬石头的几人望见万全营密密麻麻的人头按起过来，均撒手而逃，埋伏于缓坡的弓弩手眼见着清兵愈来愈多，不敢再耽搁，率先发动攻势。弓弩袭来，万全营兵勇也慌乱张望了片响，但哨官一声令下，两翼防御兵迅速架起盾牌，再以步枪还击，并轮替着逼向两面缓坡。刘太清一听官斗山那边打响，立令摆出火阵，这全然是一场自掘坟墓的闹剧，因此处是平坝往山地的头道隘口，常年起风，又有多片崖腔，山风常在两山之间回旋，尽管山匪些事先挖有隔渠，可火势一起，山风便卷席着火星子漫天飞，腊月间天干物燥，枝头一燎就燃。当驮有镇兵符的水牛冲入山道时，哪还有人顾得着杀敌，都返身扑火去了。这火势的确吓住了清兵，快刀杀尽阻拦的山匪，拉起银车，分别往两道隘口逃，兴许也有几名兵勇死在了山道上，但那也绝不是被山匪所杀，被令符所困，而是跌倒在地，被别的兵勇踩死。逃出后，虚惊一场的兵勇转而嘲笑起山匪的愚笨，分别持枪守住两道隘口，一旦有头绑红布条的山匪出来，便嬉笑着，视作牲口般赶杀。刘太清没有仓皇下山逃命，反倒只身一人决骤向山上去，遥见山坪已烧成火海，山径被阻断，再走不通，才跪到磕了三记响头，车转朝石梯路跑，朝肉身菩萨的洞窟去，赤脚踩在滚烫的泥土上，浑身上下不知是被血水还是汗水浸透，跑着跑着像个男娃子一样哭了起来，像个男娃子一样涕泗横流。一株燃烧的枯树倾过来，将他砸倒在地，他撑起来走了几步，又绊倒，再起不来，只听见漫山噼啪噼啪响，只以为是李世景的人马赶到，正与清兵交战。一切都迷糊起来，周身像有刀子在剐，他咬紧牙关，只见着一团团火焰，这一团像娘亲，那一团像女娃子，那火光逐渐变得微暗。最后，周遭的声音也一点点虚弱，他听到了极细微的抽泣，听到了极细微的歌声，那声气仿若是师叔师兄的，又仿若是张石汉的，唱的仍是情歌，唱的仍是女子：太阳落土么四山荒，哪管幺妹已嫁郎，爬上龟儿的象牙床，仍盖这身寒衣裳。

当刘太清已葬身火海，当佘英与陈孔白等人正开始一场疲劳且无果的逃亡，李世景、税相臣和吴顺义三人正躺在一张只铺了木板子的床上，白天发生的种种事情仍在眼前闪烁。睡不着，税相臣起话头，三人摆起了龙门阵。先一阵，多数是税相臣与吴顺义在说着，摆的是同革命相关的事情，譬如熊克武、佘英、陈孔白等人当下在啥子地方，清兵有没有追撵到他们，譬如这次事败究竟是不是蒋兢贵那里出了漏子，譬如待风头过去，他们各人又做何打算？李世景先只嗯啊喏地应和着，偶尔插一句嘴，待这一切都摆尽了，便摆谈起闲话来，李世景的话也多起来。吴顺义说他几弟兄间的矛盾，税相臣说他在日本的日子，李世景说袁东山后来的遭遇，以及自己的生意经，最后，李世景与税相臣都回忆起了幼时的趣事，话也愈来愈少，似乎各人都沉浸到过往中去了。李世景正稀里糊涂地说着啥子，税相臣忽然没来由地问了一句，这女人的身子究竟是个啥子味道？李世景没听清，税相臣又问了一遍。李世景与吴顺义便都咯咯笑起来。此时，窗外仍是一片透亮，那亮光并非来自人家屋，而是来自兵丁手头的火把，那些往返巡逻的兵丁咋个都想不到，他们四处搜查的三人正平静地躺床上摆谈着闲话。三人从海棠山下来，没走多远，便遇见了一队巡警，巡警盘问他们的身份，税相臣扯谎说是中学堂的先生，问何故在街上闲逛？三人一会儿说出来看闹热，一会儿又说刚与学官商讨教款事宜。再问学官叫啥子？三人便结巴起来。巡警起疑，正将要扭他们回衙门，忽听得德胜门那方传来追喊声，原来有一党人延误了出城时机，这会儿，见塘儿堎一段城墙无人把守，便想缒城而逃。不巧，外头竟还有一队哨兵，翻出去便被逮个正着，趁押回城门交接时，党人挤脱逃跑。巡警循声过去堵截，只留一青尻子看到税相臣等三人，那青尻子一手提灯，一手拿铁棍，看上去只十三四岁，一副忧惧模样，还劝慰税相臣等人莫消担心，回去把事情道明便是。税相臣与吴顺义相视一眼，遂伸手进怀里。青尻子忙使铁棍指到他，唤他规矩点。税相臣掏出一方小锭，摊到青尻子眼前，道，弟娃，匪寇眼看到就要打来了，我几个都是读书人，哪见得这场面。那青尻子犹豫一下，车转头看身后是否有人。税相臣一步跨上去，捂到青尻子的口鼻，与吴顺义一道将他拖到了巷子头。李世景捡起地上的灯笼，也跟了过去，照见税相臣使尽力气，将青尻子脑壳一扭，青尻子呜呜呻唤一阵，挣了几下，再不动弹。李世景看得直打战，问，他不是答应放我们走了么？税相臣蹲到喘了几口气，没搭白，从青尻子腰间取下钱袋子，又借他衣裳揩净手上的唾液，起身夺过李世景手头的灯笼，在地上踩熄，拍了拍李世景的后背，似乎还笑了一声，遂往巷子深处走。李世景愣了一下，忙追上去，走了不多远，再回头望一眼，那青尻子已被黑暗吞没。他们避开巡逻兵丁，从一条条偏巷子穿到了九龙山脚，走上石梯步，总算松了口气。自打东岩书院裁撤后，教谕陆续返乡办私塾，抑或搬到了中学堂的教舍头，只留下一看司看守着院产。行至书院大门，门关着，李世景引两人到西墙一土垛处，越墙而入。看司住的那小屋仍亮着灯，三人弓起腰杆，沿学斋的廊道，走到听风楼。听风楼当然是空空荡荡的，三人轻手轻脚走上二楼，不约而同地朝着袁东山原先的寝室去。寝室门挂了锁，税相臣取出火柴，往锁芯钻了几下，挂锁便开了，里头的摆设仍如先前一般，只是少了日常用具，床上既没的铺盖也没的褥子草垫，只一张硬板板。李世景躺中间，吴顺义与税相臣各躺一边，虽说有些打挤，可总比在外头露宿强，税相臣同吴顺义摆谈起来，李世景起先话不多，因青尻子挣扎的模样仍时不时冒出来，每碰到税相臣硬邦邦的手臂，李世景便觉后背发凉，待摆谈起往事，那惊悸才一点点退却。税相臣问，女人的身子究竟是个啥子味道？吴顺义说，定是香甜的。李世景想了一会儿，说，苦涩涩的。不过，税相臣与吴顺义都没再回应，那二人许是睡着了。

尾声

1

　　当下川人之先辈,半数为康雍乾年间,因天灾或兵事,由湖广各地迁来之流民。大族买地落业,散户租地开荒,同乡贯者,相聚以保,居积成村,久之益众,渐迫土著。蜀地本辽阔,且土著不擅农事,以手工为业,地余于人,客籍初至,地价极贱,以手指脚踏为界,买地数里至数十里不等,并照大清律法,载立券契。彼时每亩田价只一二两,及至雍正间,人地承平,土著复想赎回田土,田价已涨至六七两,无力复买。又因丁口增而物价抬,仅靠手工难敷口食,或往荒山老林刀耕火种,或为流民佃耕,而流民聚族于低地,以楚粤之渠堰法兴修水利,田土渐沃,又益治产业,敛放钱谷,子孙日蕃,家亦日富。土著颇仇客民,而客民亦自成宗族,视土著若夷狄,鲜有往来,二者之矛盾渐现。再及嘉庆以降,国力衰微,灾害频繁,贫者几至朝夕不保,众心愤恨,于是有借神谕倡乱者,劫掠富者之恒产。官绅有心治理,无力平息,各大户只得借啯匪之力,另立秩序。啯匪自谓明裔汉留,同清室本两不相容,稍有事端,即一案牵一案,如此矛盾重矛盾,巴蜀历来汹汹。

川人见惯不怪，莫说有叛匪举事不成，即便真真将皇帝佬儿赶下了位，隔个三两天，怕还是茶儿照喝，烟儿照吃，娼妓照嫖。腊月十四，成都省的新军来逛一转，十五便走。腊月十七，屏沐的万全营来逛一转，当日便走。到腊月十八，巡防营兵勇不再整日巡逻，几道城门守城的兵丁也削减至日常。铺子又开了，贩子又走街串巷了，士农工商，各司其业，只剩安澜门外悬着的几颗脑壳，还提醒着人们前几日发生的事情。当然，茶馆头仍旧摆得闹热，可说到底，在党人口头决绝的革命，到了茶客嘴巴头无非一席龙门阵，某人三四刀法如何厉害，某人三四又是何等惨烈死法，摆个几日，终究会被别的新鲜事物替代。于绝多数人而言，这场乱子并无啥子特殊之处，只有极少数人将其视为一道难越的坎，抑或一步扎扎实实的台阶。比方那些练丁与哥佬的眷属，他们不但要三番五次往衙门接受盘问，还得想方设法替儿子或丈夫讨个全尸。比方守备蒋兢贵，经此一役，拔升是必然的，那边叛匪血迹未干，这边他便托人把银子往布政司送，计谋讨个从四品冠带。

不过，近些日子，蒋兢贵出门还需谨慎麻烦些。革命党毕竟尚未除尽，那伙人的做派他再熟悉不过，壬寅年慈禧寿诞，革命党人在成都省图谋暴动，他正是参与搜捕的弁目之一，彼时高增爵常给他们敲警钟，拿以往革命党的暗杀行径，言说其何等乖张暴戾。虽说他在这次角力中，只是一枚棋子，真真改变局势的另有其人，可毕竟只他浮在水面高，革命党余孽必会将怨仇发到他一人身上。腊月十八，巡防营兵勇归营操练，他从较场坝出门，特意唤了两乘官轿，一乘乃空轿儿，有八名卫丁护轿，他实际坐的这乘，只四名卫丁伴随，途中仍旧提心吊胆，每闻响动，便把到枪防范着,直至在操练场落轿,方才舒口气。可即便如此谨慎,他仍旧在腊月二十一出了意外。

嘉定各公署衙门定于这天午刻封印,蒋兢贵巳刻便须赶至演武街守备衙门,主持拜牌述职等诸多缛节。是日过后,衙门诸吏即可停办公务。蒋兢贵已将余事委托协同守备代办,封印这阵闲日子,他打算到成都省走动,一来是避避风头,二来要亲身去拜访恩公,打探拔升事宜。

吃过早饭,家丁来报,官轿已至,蒋兢贵并未急到出去,他在等着搽脂抹粉的蒋四姨太。两天后便是腊月二十三,依习俗,官宦人家要在这天祭灶,往年,蒋家不过贴张神像,草草拜几炷香烛罢了。这年,蒋兢贵变得格外恭敬,特地嘱蒋四姨太往护国寺外请神龛祀品,因护国寺在往演武街途中,蒋四姨太便想随蒋兢贵一路。梳妆打扮归一,蒋四姨太着了一身大红旗袍走出来,蒋兢贵放下茶碗,奚落了一句:"莉芭林的斑鸠。"蒋四姨太装作没听到,二人一前一后出门,同上了第二乘轿子。尽管登轿前,蒋兢贵如往次一样,环视周遭,可他仍未察觉到,对门的包子铺头正有双眼睛注视到他们。

蒋兢贵出门前,李世景已戴着毡帽在较场坝往复走了好几转,见官轿落至蒋公馆门口,便进到稻香居,随意点了一屉包子,一面吃,一面注视着对门的动静。过了一会儿,蒋兢贵携一着旗袍的女子走了出来,他定睛一看,倒吸一口凉气,那女子是九岁红。二人在轿前呆立一阵,蒋兢贵目光扫了过来,他赶紧埋到脑壳,瞟见九岁红在同蒋兢贵说着啥子。此时,他仍想着,兴许她只是送他出门,待蒋兢贵上轿,她便会返回屋头,嘴巴头细声念叨:"莫上轿,莫上轿。"可九岁红偏偏挽住了蒋兢贵的手,一卫丁引着他们往第二乘轿子走,卫丁掀开轿帘,二人一同坐了上去,头轿轿夫呼:"坐稳当咯。"一行人起轿离开。李世景耳蜗嗡一声,本直挺的身子忽瘫软下去,两眼直直地望着那一行人的背影。设若此时李世景拖延一阵,抑或不辞而别,是否还会有之后的惨剧发生?且莫说事态紧迫,容不得李世景去推断,即便李世景未赶到兑阳湾口子,已蹲守多时的税相臣与吴顺义恐怕也会凭运气赌一把。李世景冷静下来,丢下铜板,速穿到土桥街,沿路飞跑,脑壳头冒出各式各样的场景。一会儿忆起他与税相臣挤在听风楼的案子上,偷读许佩箬的那些淫书,阳光透进来,书页泛黄;一会儿浮现出九岁红在红彤彤的椒房头,一颗颗解开扣子;一会儿是税相臣被押上了断头台,鬼头刀将落又未落;一会儿又是九岁红丰满嫩皙的胴体,被炸得四分五裂。李世景脑壳皮发麻,眼前的街道变得弯弯曲曲起来。

　　此时,税相臣与吴顺义正坐在兑阳湾口子上的一间粤式早茶铺头,坐早衙或赶早市的人些进进出出,二人面前各摆了一碗白粥,那白粥已凉,却一点没动过。堂倌似若有些不悦,对吴顺义说:"把你那箱子朝里头挪,莫挡到别的客伙。"吴顺义欠了欠身,将箱子搁到了靠墙的一侧,又端起碗,浅抿了一口。税相臣问:"怕不怕?"吴顺义摆脑壳,深吁一口气,手靠到桌子,身体倾向税相臣,压低声音说:"若是我遭逮到了,你多少替我讨些恤银,连同那封信一并交给我爹。"税相臣点头说:"你松心。"先几天,二人已将这一带的街巷踩透,稍候若一切顺当,吴顺义一可往河堋跑,由嘉乐门出城,混上货船,二可逃进兑阳湾巷子,走背街进护国寺藏匿。当然,此两种设想与吴顺义被捕的几率五五开,依照他们往天的刺探,护轿卫丁少说都有十好几人,到时只能看吴顺义的造化了。先开始,税相臣本说由他亲自去投掷炸弹,可吴顺义同他争执,言说将来还有更要紧的事情需他去办。税相臣并非不顾及吴顺义生死,吴是他最亲近的学生,当初他在荣县办私立预备学校时,不仅教授东文及西学、理化一类知识,还捎带讲谈些从烟山专太郎处承袭来的一套学说,数吴顺义最开窍,当他筹谋往犍为试制炸药,尚需再携带一人时,头一个想到的便是吴顺义。他以为,他可杀身成仁,吴顺义亦当如是,况且吴顺义同他一样,一没有成家,二又不是屋头的顶梁柱,无牵无挂。蒋兢贵出卖革命,贵为一城之守备,刺杀蒋兢贵,哪怕一命抵一命,必可引发世人之轰动,必可鼓舞弱者反抗之胆量,必可雪牺牲党人之仇,必可挽革命于溃败之时。无论于他还是吴顺义而言,均当以此为荣,经一番思虑推演,二人最终商定,由吴顺义先行投掷炸弹,而税相臣则做二手准备。

那二手准备是啥子,李世景是不知情的。他跑至兑阳湾口子,回头望了一眼,蒋兢贵的轿队已拐到紫云街来了。李世景跨步进到早茶铺,税相臣见到他,立时站了起来,吴顺义也跟到起身,二人同问:"来了?"李世景点头,愣了片刻,说:"头一乘。"吴顺义盯着税相臣,笑了一下,抱拳道保重,税相臣还礼。吴顺义遂提起箱子往外走,同李世景擦身而过时,顿步微微一欠身。李世景呆立,仍喘着粗气。堂倌高声问:"客伙吃点啥子?"李世景答:"两屉刷把头。"李世景坐到了吴顺义方才的位子,那条凳还是热和的,定了定神,睃税相臣。税相臣的目光一动不动地向到外头,李世景遂循着的他的目光看出去,吴顺义坐到了对门子的街沿上,一手扶到侧边的箱子,另一手紧紧地攥到衣裳,一会儿盯着来路,一会儿又朝他们望过来,看上去有些紧张。早茶铺进来一士绅衣着的人,似若自言自语,又似若要在食客间挑起话头,道了一句:"都成惊弓之鸟咯,个守备出门,十多人开道。"李世景听到一声包包锣响,轿队愈来愈近了,不敢再看吴顺义了,李世景回身抵到桌沿，止住战栗。堂倌喊着："刷把头来咯。"将蒸屉端了上来。李世景掏钱袋子取铜板，递给堂倌，没抓稳，撒了一地。堂倌道："没的事，我来捡。"俯身下去。鸣锣喝道的衙役已行至门外，不断高喊："闲杂人等莫挡道。"李世景脑壳不住地摆动，税相臣忽立了起来，霎时间，外头惊声叫唤起来，卫丁高呼："有刺客。"只听得一声巨响，堂倌一个趔趄坐到了地上。李世景只见人些的嘴巴动，不闻声音，街上的人朝铺子头躲，税相臣戴起毡帽，逆着人流疾步朝外面去，李世景也跟到站起来，随他出去。头一乘轿子已被炸散了架，地上四处是摆下的箩兜，几个轿夫横躺着不动弹。一些卫丁摆出架势，护到二乘轿子，另几个卫丁抽刀追撵至兴发街街口，吴顺义已被一盘辫的路人按倒在地，当卫丁的马刀架上去时，李世景方才听见了吴顺义的号哭。再看蒋兢贵这头，卫丁几乎将轿子团团围住，九岁红掀开轿帘子，探出脑壳打望了一眼。李世景心头一揪。税相臣骂了句："狗日的。"睨了李世景一眼，像是要说啥子，却又来不赢说了，遂脱了衣裳，赤条条的上身绑着三根雷管，只见他一手牵到引线，往蒋兢贵的轿子冲跑过去。那伙牛高马大的卫丁，见着绑着炸药的税相臣，竟高呼着"老爷，快跑"，抱头四散。蒋兢贵立时窜出轿子，踉踉跌跌逃命，街上男男女女纷纷避让他，一边避让，却又不舍得错过这难逢的一幕，一边回头瞅。这当儿，九岁红竟也跨出了轿子，她不像别的人一样，背向蒋兢贵跑，而是追着他去。李世景双腿一软，跪到了地上。税相臣的步伐愈来愈快，九岁红昏着着攥到蒋兢贵，闯进了斜对门的皮货铺，皮货铺头的人些一拥而出，只留个老掌柜将那二人往外头推。税相臣撵上去，揪到蒋兢贵的领口朝外拉扯，九岁红吊到税相臣的手臂，似乎在苦苦哀求着，税相臣手一揎，九岁红退出几步远，已经吓瘫的蒋兢贵遭税相臣几下就拉出了铺子。税相臣正试图将蒋兢贵压在身下，九岁红爬起来，像个疯婆子一样再度按上去抓扯税相臣。李世景倏地站起来，拼了命地朝对门跑，边跑边喊九岁红，九岁红哪听得见，税相臣哪听得见，轰隆一响，血肉横飞。李世景茫茫然站在街中央，离他几丈远的是九岁红的一只断手，手指微微颤了一下，再无动静。

隔天打落更前，李世景提着行箧，由福泉门出城，因他是最后一个出城，兵丁拦下他盘问，他掏出一份四川高等学堂的公函，这公函是税相臣生前替他伪造的，因忙到轮班，那兵丁只草草扫一眼，便放他出去了。他随船佬儿往一艘盐船去，事先，他已让船主预留了三张舱房的铺位，现在只用得着一张了。

上了跳板，见一老先生凭栏吃烟，他欠身作礼。

老先生点头还礼，问："上眉州？"

李世景放下行箧，站他旁边说："去成都。"

老先生问："生意人？"

李世景答："教书先生。"

天尚未黑尽，满城都是炊烟，李世景忽而想起了许多年前，他头一次坐船的场景。

人生是久长的，似若江河，不可逆返，流过一地，便该往下一地去。可也总有个尽头，汇入湖海可算得善终，并非每人都有这等好运气，绝大数河流终是汇入另一条河流，绝大数人终是汇入另一人的生命里，借由另一条河流继续流淌，借由另一人的生命继续活着。李世景的故事到这里就该煞角了，倘若再往下讲，便该是刘克礼的故事了。兴许他会在将来的新政府里头担任要职，兴许他将来的革命理念与税相臣是截然相反的，兴许他会像李普福一样娶上六房太太，兴许他会子孙满堂。到时，不再有人管他喊福记少爷，不再有人晓得，他曾爱过一个娼妓，甚而还有些秘密，连他自己也终生蒙在鼓里，可他顶着李世景这个名字，所遭遇到的这些人，无不借由他的生命，继续活着。

2

宣统元年九月，除新疆外，各省谘议局均筹组完备，并于是年末，先后召开第一届常年会，以立宪派为首的一干议员均是抱着百废待兴的心态入局议事。谘询案既涉及教育、实业等民事，也涉及财政、兵务等官事，既为新政，就必有废革之处，一些不痛不痒的议案还好说好商量，可若触及官吏的利益，甚或威胁到官吏的地位，那议案恐就成了一堆废纸张。先前，宪政编查馆所颁布的《谘议局章程及选举章程解释》已明晰，督抚不但对谘议局议案有裁夺施行之权，倘若谘议局同地方官吏有冲突，仍属督抚主持，设若有一二议员近于桀骜，苟违法律，督抚可除名，甚而解散停会。就拿四川来说，川局第一届常年会合谘议议案四十余件，其中，税捐一项龃龉最多，亦最能体现谘议局同督抚之矛盾及地位高下。清季原本沿袭历代税法，地赋丁银属正税，即国税，由藩库统筹；而契底肉厘一类属耗羡，用作各厅、州、县公事费用及衙门吏役俸薪，由各地方自行征收支配，只需以节礼、规礼形式向朝廷进奉即可，无须尽数解缴户部藩库，诸项耗羡亦无定额，康熙年间三逆变乱后，军需浩繁，各省经费数度裁减，日益亏空。诸藩兴起挪移正税之风，始有大吏上折，请定耗羡数目，揭示州县，各州县量留养廉，其余公提藩库，一可借耗羡弥补各省以往之无着亏空，二可杜绝各州县滥取重耗累民。康熙并未批发，究其缘由，各州县派征耗羡，实因公费不敷，本是私事，量加些微，康熙也睁只眼闭只眼，倘若批发耗羡定额充公，即为奏准加派税捐，百姓及后世必骂其昏聩，康熙岂能受之。此事便搁置至雍正年间，各省亏空更甚，在各督抚奏请之下，雍正留下句模棱两可的话，各省能行者听其举行，不行者亦不必勉强。此后，藩库挪用州县之耗羡，以弥补通省之亏空，便成理所当然，可究竟这挪用当算作借用还是解缴，并无明文规定，日后是否拨还，亦全凭藩库自愿。川局提出，耗羡以州县之名征收，当用于州县兴办公益事务，如若藩库一味索取，地方经费劳拙，必另行筹措，必加重民众之负担，实乃竭泽而渔之举，当划清子税、正税界限，分别征收。川督批复，各属契底肉厘不全由兴办地方公益而起，附加各税多属地方行政税，即为国税，如免提补，当另筹提补之法始能取消。因章程有言在先，谘议局只得议地方事，倘若将耗羡归为国税，议员则无权干涉。如上所述，自雍正以降，这耗羡究竟是啥子名头，公说公有理，婆说婆有理，宪政编查馆以川局此项提议案牵涉国税为由，打回来要求复议，后经数度复议及反驳，终以川督否决而告终。由此牵扯出的地方自理财政，以及剔除肉厘、酒捐、油捐积弊等提议案，亦均遭督府批驳。

四川如是，各省皆如是，督抚由清室选派，倘与民选之议员冲突，清室偏袒哪个，不言自明。且现行之章程，词句含糊，权限不明，凡复议之提议案，无细法可依，均由宪政编查馆空口裁度，官僚沆瀣一气，谘议局被架空，难行其实，唯有立组国会，促进立宪，方可根治沉疴。宣统元年末，江苏谘议局议长张謇牵头，联合十六省谘议局，于上海组织请愿速开国会同志会，起草呈稿，并派代表，赴京上呈都察院，伏请速颁议院法及选举法，期一年内召集国会。监国摄政王代拟圣旨，告之筹备未完全，国民智识未划一,仍以九年为期。在京各代表仍未死心,将请愿速开国会同志会改为请愿即开国会同志会,动员更多谘议员参与,并联合预备立宪公会,继续请愿。直至宣统二年,三度上书,方才有了结果。彼时,请愿同志会于理于势双重倒逼清室。于理,三次请愿,合上折数十道,从内务到外交,从民心到皇权,层层剖析即开国会之必要,朝中附同者占多数。于势,预备立宪公会会员遍及各省,均为贤能宏达之士,再加起各省谘议员本就是士绅出身,在各地拿得起话头。二者共树风声,一呼百应,请愿同志会迅速壮大,于京畿设立总部,各省各埠设立支部,颇有政党雏形之势。宣统二年七月,牵头人通电各省支部,速征集百万请愿签名,由代表进京递交,近省进京代表至少百人以上,远省至少五十人。八九月间,各省请愿代表先后抵京,彼时资政院将将开院,开门即迎请愿书,因资政院民选议员亦为立宪派人士,第一届常年会便通过了速开国会议案,并具折上奏。与此同时,请愿同志会致电各省谘议局,立即发动民众集于各通省衙门,请督抚及各大吏代奏,催促迅即组织责任内阁。仅四川就有三千余人聚集于督署,时任川督赵尔巽亲自接见,并答应转奏。如此,请愿代表、资政院、各省谘议局、各省大吏造出重重声势。十月初三,为避民心逆反,摄政王终于松口,许诺缩改九年期限,并于是年岁末颁布《修正逐年筹备事宜清单》,决定立行纂拟宪法,厘定责任内阁及弼德院官制,宣统三年设办责任内阁,召开国会时限缩改至宣统五年。部分请愿者称心归籍,而另一部分妄图继续留京呈请立开国会者,亦被弹压拿办,请愿潮方平息下来。至此,请愿之目的可谓达成了七八成,各地张灯结彩相庆,枢臣亦着手加紧按期办理各项事务。宣统三年四月,摄政王代发上谕,裁撤军机处、政务处,并颁布《内阁官制》及《内阁办事暂行章程》,

任命庆亲王奕劻为内阁总理大臣，速筹组责任内阁。不日，奕劻内阁筹组完备，并将阁员名单公之于众，清室本以为，暂行内阁一组，民心可稍安。不想，舆论大哗，讥其为皇族内阁，缘因满人阁员占九席，其中皇亲就有七人，而汉人阁员仅四席。各省议员当即赴京联名上书，直陈奕劻内阁不合立宪公例，伏请另组。清室亦搬出先朝宪法上纲，驳道，黜陟百司，系君上大权，议员不得干预。清室此言埋下祸乱之索，立宪派大失所望，于海内外各报刊发文章，指斥清室假借立宪，变相专制，甚或有议员密谋独立革命，暗中联络各省谘议局激进议员，组革命同志会，若日后有一地发难，别地必鼓噪响应，哪个都没料想到，这一日很快就到来。

　　事情缘由要从光绪二十九年说起，是年岁末，商部颁行《重订铁路简明章程》，言明华洋官商均可依章禀请开办铁路，为辟利源，各地先后成立铁路公司。时任川督锡良奏请设办川汉铁路公司，获奏准后，官办川汉铁路公司当年即成立，但因款项不足，进展缓慢。彼时，部分海外华文报刊，为挑唆官民矛盾，刊载文章，指英法垂涎中国路权，清吏驱利暗通列国。川籍留日生员担怕川汉铁路落入他国之手，遂以同乡会名义，致书锡良，愿认股金，以促修筑，并谏言，路权事关全体川人，宜将官办改商办。为调和分歧，光绪三十一年，锡良依照民意，将川汉铁路公司改作官绅合办，又于光绪三十三年初，再改商办。此间，各项章程亦订立完备，并通饬全川，川汉铁路专集华股自办，不附洋股，除勒派富户外，余下部分，采取抽租方式募集股本。每收定租谷十石即抽谷三斗，照时下谷价折银，满五十两合一股，凭股票按年领息，路成后再分红利。因是勒派摊征，川汉铁路之股东，不仅有绅商地主，亦包括编氓农户。然而，即便将川汉铁路公司改为商办，进展仍旧濡滞，耗费却巨大。及至宣统元年，宜夔段方才动工，而其余路段仍旧停留于纸面。经理之人，植党营私，虚縻坐耗，甚而将筑路资金倒至上海钱庄，致使股本亏耗严重。始有大臣提出，收回商路，重归国有，尤以昔任铁路督办大臣盛宣怀为首，屡度上奏，陈商办铁路之诸项弊端。

事实上，自光绪二十九年铁路章程颁布以来，官办抑或商办、华股抑或洋股之争辩从未停歇。盛宣怀一派指，商办以逐利为首要，沿海平地，事易费少，利润丰厚，必线路多杂，而山谷盘纠穷僻之地，事难费重，利润寡薄，必无人问津。唯收归官办方可通体规划，统筹国计民生，又拿东洋人之南满铁路、德人之胶济铁路与别余在建华股铁路比较，指华股铁路何等拖沓，款项筹措何等艰窘。无奈，因盛宣怀被袁世凯排挤后，并无实权，只得苦言相劝。事情的转机正是宣统三年奕劻内阁的组建，盛宣怀献财献物，得邮传部大臣，重掌铁路督办大权，兴许是巧合，兴许正是盛宣怀撺掇，给事中石长信上奏《铁路国有折》，主张将铁路划分为干路与支路，干路收归官办，支路仍由绅商集股。摄政王将折子交由邮传部议决。不日，谕令即下，所有宣统元年以前，各省分设公司集股商办之干路，延误已久，应即由国家收回，赶紧兴筑，命候补侍郎端方督办粤汉、川汉铁路，前往接管路事，并以度支部、邮传部名义电令时任四川护理总督王人文，迅速查明川汉铁路公司账目，以备接收。自光绪三十一年川汉铁路公司集股以来，合募股银千又六百余万两，其中半数以上为租股，即按粮摊征来的，均是鸡脚杆上刮下的油，不敢草率。王人文速召川汉铁路公司各董事商议应对，各董事一面往商谘议局议长蒲殿俊、罗纶等人，一面电呈邮传部，请求维持商办。邮传部置之不理。各董事退而求其次，由王人文代奏，要求退返川民集股路款。奕劝、端方回电，令川督即日停收租股，刊刻誊黄，遍行晓谕，并查明川汉铁路已收款项，妥拟解决办法。

五月初一，川汉铁路公司召开临时股东预备会议。会上既有立宪派人士，亦有隐匿身份的革命党人，前者只主张退还股款，并不执拗于官办抑或商办，后者则全盘反对清廷之国有政策，双方争执不下，改由五月二十一日的股东大会决定。只求退还股款的立宪派人士并不知晓，就在四月底，邮传部大臣盛宣怀已同英、法、德、美四国银行借款六百万英镑，以两湖厘金盐税作抵，四国银行并享粤汉、川汉铁路修筑权，此事唯有王人文知情。他满心以为，朝廷将调拨所借款项，用以归还租股。孰料，五月十五日，盛宣怀与端方联衔电告，川汉铁路公司已用之款及现存之款，一律换发股票，附入国家路股，概不退还现款，且先前上海倒账之款概不承认。倘使川省坚持讨要路款，朝廷必再借外债，以川省税厘作抵，并令电报局拒发争路电报。王人文获电后，已料到照此方案，全川必将骚乱，速回电，望朝廷再三思量，收回成命。盛宣怀一意孤行，只是令王人文即刻敦促清理账目，别余事项不容商量。五月十八日，四国银行借款寄抵成都，消息不胫而走，盛宣怀电文亦不知被何人播散出去，股款还没有扯得清，路权倒先卖给了洋人。川民群情激奋，到了这地步，不争路则路款难保，即连温和的立宪派也被推上了革命之路。五月二十一日，川汉铁路公司股东大会于成都如期召开，各地赶来的股东多达两千余人，当场决定以股东会作大本营，以谘议局作后盾，成立保路同志会，设总务、文牍、讲演、交涉四部，分别由谘议局议员江三乘、《蜀报》主笔邓孝可、谘议局议员程莹度，及谘议局副议长罗纶任各部部长。会后，众同志照分工，或撰写口号及章程纲领，或于各报刊发文施压清廷，或往州县讲演，设办分会，或以谘议局之名奏请弹劾盛宣怀。数月内，各州县分会相继成立，全川入会者达数十万人。革命党自不必说，一面宣扬保路，一面宣扬反满，而立宪派亦在请愿及讲演过程中萌生出别的意图。立宪派人将《四国借款合同》逐款剖析，其中第三款提到，自合同画押后，六个月内，武昌、长沙、广水、宜昌四处将同时开工，即开工期限为十一月中。第十六款提到，倘于未发借款招帖以前，大清政府遇有政治上或财政上意外之事，准予展缓公道期限，甚或合同作废。综上两款，此合同并非铁案，若十一月中以前废除合同，清廷只需交还预支款及应有之息，毫无他项酬费，而掀起全川政局变动，即可达成废除合同之条件。立宪派人士速喊出"破约保路"之口号，并于七月初一股东大会上提出成都举城罢市罢课，两天后，全川各州县亦即响应。端方上奏，污蔑倡议者皆少年喜事，并非公正绅董，奏请责成川督弹压拿办。已成气候的保路同志会七月初九再决议，即日起，不纳正粮，不纳捐输，停缴契税，并以谘议局之名布告全国，川省以后不担任外债分厘。

至此，这场风潮已不单有保路保款之目的，于闾阎而言，更是抗捐抗粮的义举，甚或有些川人自主的味道。众人均立志毁家效命，以供破约保路之牺牲。于立宪派而言，亦在布告中直书：美洲立宪，纯原于烟税，日本立宪，半激于外患，果能同声俱起良果，不特路权问题可望收桑榆之功，即宪法问题亦可得协定之效。遂商议筹组国民军，设办民立炮兵工厂，并撰歌谣：钢刀砍不完七千万人头脑壳，有死心横竖都战得过。最为扎劲的还当属革命党人，煽惑另立政权，同清廷抗礼。清廷这边，见川人共愤，护督王人文再度上疏参盛宣怀丧路卖国，奏请治以欺君误国之罪，并附片自请同等之罪。清廷严饬王人文，并严旨立令尚在平边的四川总督赵尔丰火速赴成都履新，下达指令，从严干涉，力拒非理要求。赵尔丰甫一接印，即遇到举川各行各业相率罢工，赵尔丰与护督王人文一样，先还是偕同各司道致电内阁，奏请再议借款修路一事。端方获知，当即参劾赵尔丰庸懦无能。清廷申饬，倘或办理不善，别滋事端，唯该督是问，并再派端方查办保路风潮。听闻端方正带兵入川，七月十三日，保路同志会再召股东大会，于会场门口散发铅印传单《川人自保商榷书》，所提要求不再局限于铁路一项，包括实业、工厂、教育、军事、财政均要求川人自主，并威胁如有官绅阻挠，必以义侠赴之，誓不两立于天地。是份传单传至督署，已被严词申饬的赵尔丰速召武将部署弹压。七月十五日，赵尔丰借口邮传部来电，将谘议局正副议长蒲殿俊、罗纶及川汉铁路股东会数人诓骗至督署，以《川人自保商榷书》隐含独立，逆谋日炽为由，当场拿办保路同志会首要，并派兵查封保路同志会及川汉铁路公司。得闻消息的革命党速传告街坊铺家，召各户出一人，前往包围督署。赵尔丰立马巴出"只拿首要，不问平民""聚众入署，格杀勿论"的告示。即便如此，督署辕门外仍旧迅速聚集起人群，前排使方桌子叠成高台，摆放着先帝光绪牌位，辅以"庶政公诸舆论""铁路准归商办"两块木牌，众人振臂高呼放人。营务处督办田征葵率兵勇持枪戒备，人群步步往辕门逼。忽有人斥道，先帝牌位在此，看哪个敢开枪，遂率众冲破防备，拥入辕门，后头的人见势也跟到朝前头涌。见督署将陷，田征葵率先鸣枪，骤然间，枪声四起，见有人倒在血泊中，旁人赶紧四散。街上巡逻的卫丁竟开枪追打逃散庶民，枪毙三十余人，伤者不计其数。赵尔丰自知事态脱缰，立令封城，不准进出，并封锁邮电交通，阻隔血案外传。不想，翌日，城外乡邑仍首裹白布，冒雨赶至城下，守城兵丁问来意，只道进城吊香，兵民再起冲突，当场再枪毙数十人。见闻者速口头传报，道赵尔丰举枪杀平民。周边乡场藏匿的革命党获知，立裁木片数百，上书：赵尔丰先捕蒲、罗，后剿四川，各地同志，速起自保。并涂以桐油，投江顺流而下，秋潮正湍，不一日几传遍川西南。

彼时，革命党已借保路同志会之名，于川省各地，笼络袍哥团练，组建起了同志军，各地同志军获悉水电报，即举川人自保大旗，朝成都省按。隔日，华阳一带同志军千余人便抵东门牛市口，一面攻城，一面散发檄文。七月十七，新津义师抵省垣南关。七月十八，四方义士万余人赶至，且人流仍源源不断涌来，将成都团团围住。此时的同志军已不单单是革命党、袍哥、练丁等，沿途邑人见状，无不投戎，川民皆已愤而不畏死。赵尔丰恃重兵烈炮，困守成都，局势稍缓，又派巡防营出剿，然同志军散而复合，前去后来，两边相持数十日，城内金融混滞，银行存款均已借空，兑号亦不放账，各局所军营人员军饷不济，异常惶乱。赵尔丰电请朝廷增援，又调动外邑巡防军赴成都平乱。革命党见势，速率同志军四路分兵，转而夺外属州县。旬日间，连克眉州、资州、简州、嘉定、叙府等十余州县，所到之处，立令清吏缴印，由同盟会党人暂主民政。清廷那头，获悉赵尔丰警电后，几经阁议，先调滇黔援军入川镇压，并弹劾赵尔丰，改命端方署理川政。不几日，再密令端方查办赵尔丰，将其押解回京治罪，以申川民冤情之气。端方遂往湖北，借第八镇三十一标、三十二标新军，乘蜀通轮逆江而上，端方前脚刚把鄂军抽起走，湖北革命党后脚就策动武昌城新军反正，两天即光复汉阳、汉口二镇，并宣告成立武昌军政府。鄂、湘、渝各州县闻讯相继展义旗，义军每夺一地，即斫电线，阻断清吏通讯。困在成都省的赵尔丰全凭风言影语揣测局势，恰在此时，不知何人伪造监国通饬，谓京师失守。军中又有传言，九月初五朝贺时，保府军猝变，直入大内，屠戮王公

- 506 -

诸大老，监国率皇亲连夜逃亡奉天，宫内尽毁，旗人皆遭杀戮。赵尔丰听闻后，遂有易帜之意。得知赵尔丰已动摇，城内同志会忙请倾向立宪的提法使周善培前往劝说，周善培一见赵尔丰，便直截了当告知他，顶替他署理川政的端方已抵资州，且派出朱山、刘师培二人来同保路同志会密议，端方承诺接印即放人，倘使同志会肯拥他做都督，必布告四川独立。当初，拿办蒲、罗二人是端方喊的，弹压同志会亦是端方撺掇的。这下，见势头拐了向，他却要过来捡个炮和，赵尔丰似若棋子般被其玩弄；再虑及四川通省骚乱，即便别省援兵赶至，也未必有办法；且京城已失守，监国都逃到了奉天，他区区一封圻何苦死守，莫若识大体，顺势而为，既可保身家性命，还可反将那端方一军。隔天，赵尔丰便释放监禁多日的蒲、罗等人，并于十月初二率通省大吏同一众川绅于寰通银行签署《四川独立条约》，川中一切行政事宜将交由川人自办，赵尔丰仍遵朝命选带边军办理边务。

端方派人往成都，一是为与保路同志会说和，二是要跟银行借款发饷银。当初自宜昌登船时，端方本携带足够饷银，且蜀通轮往成都并不需几日，不承想到忠州时便搁浅，改由纤夫拉滩，抵资州已无饷银可发。鄂军中不乏革命党人，趁机挑唆起将士同端方讨饷。彼时，端方镖客已探得，已有军士反水，直言将杀端方，返武昌投奔军政府。端方速拟上中下三策，上策与保路同志会谈和，中策取道陕西归京，下策孤身离军保命。无论哪种方式，都必先要稳住军心，遂先取上策派幕僚往成都谈和借款，幕僚归来，款没有借到，且带回赵尔丰已放人，密谋更张的消息。端方进退维谷，只得取中策，军令尚未下达，镖客来报，三十二标军士已剪发辫，废肩章，劝端方赶紧逃命。端方仍抱侥幸，令三十一标标统曾广大放出话，已从成都借得军饷四万两，不日运抵资州即发放予众人,并自制一块刻有"陶方"之汉名的公片传递将士。十月初六,重庆独立消息传至资州,又有革命党传谣四万两军饷已运抵,端方妄想独吞潜逃,无论是端方亲信曾广大还是一众镖客护卫都再按不住哗变之势,均易装而逃,独留端方、端锦兄弟二人。十月初七,三十余哗变军士闯入端方账房,四处翻找饷银不得,遂挟二人至天上宫,刀起头落,军士将二人首级存于桐油匣,隔天便启程返鄂邀功。就在端方殒命刀下同一天,两百里地外的成都皇城坝,聚集着上万军民,或着军服,或着对襟马褂,左袖一律佩戴白色袖标,四方挂着白底朱字汉旗,须髯斑白的赵尔丰向着台下的官绅商学各界人士宣读《四川自治文》,自责愧对川人,将通省事务暂交四川咨议局自治,将新旧军权交予统制朱庆澜,并望百司庶人,蠲党派之见,齐志合力。随后,蒲殿俊宣读《大汉四川军政府独立书》,此两份布告当日便巴贴满成都街巷,并发送各州县,通令全省,改树汉旗。

相较别地的刀光剑影,宣统三年秋的嘉定城倒算是清净。说那新任知府李立元墙头草也罢,说他开明爱民也罢,即便在督署电令各地捕拿同志会首要时,他仍在布告头写,集会结社属法律之行为,保路争约亦原爱国之公理,嘉郡人民敦朴素好和平,即同志协会诸人,亦无借口保路图谋不轨者,只是劝慰诸邑,莫再罢市停课,废时失业,日久变生。再及后头同志军撤出成都,调转头打外属州县,嘉定城大门仍旧大敞起。那罗子舟率川南同志军攻城,不阻挡;那六十六标的叶荃率巡防军来平叛,也不阻挡;更蹊跷的是,这两支队伍竟无交火。罗子舟是九月十八日进的城,驻到了月儿塘奎阁内,秋毫不犯;叶荃是九月二十日抵嘉,入城后,罗子舟部已乘船撤走了。叶荃听闻先前王人文将藩库银两寄存在嘉定,便自称平叛有功,喊李立元拿出万两白银犒师。

李立元不承认，只道没的这码事，要犒赏管督宪要。叶荃搜寻了几日不得，只好率部返省城领饷备枪。叶荃是扎起龙旗去的，十月十五再回来时，树的却是汉旗，而六十六标亦改称汉军。叶荃一到，李立元便识趣地交出军政大权。当日，叶部便连起嘉定守军，举汉旗巡街。

这天，刘基业吃过早饭，又偏偏倒倒朝嘉纶丝厂去。这个把月，全城铺子都闭门谢客，莫说烟馆，即连米粮铺都没有开张，倘要买必需品，只得到乡场去，抑或在码头等着过往船家。刘基业仍旧每日要到烟馆去瞅一眼，他现今住在徐家塥的茅草棚头，最近的一家烟馆便是在嘉纶丝厂门口。头天他去看时，店家贴出的告示是近两日便会复业。走在路上，刘基业似乎都已嗅到了烟土的香气，他心头盘算着，若是今日开门，便吃顿洋土，再打赏堂倌几个小钱，若是明日开门，便只吃川土。演武街出来的兵丁扛着白帜过来，着的是满清号衣，呼的却是大汉军政府万岁，一个二个仍是有气无力的模样，与往昔并无两样。刘基业只是稍作驻足，并没有像别人一样追到去看。嘉纶丝厂已有买办与缫工进出，但刘基业远远地便见着，那间烟馆仍旧没有开门，刘基业继续走过去，见着昨日巴的告示旁又有张告示，盯了半天，却只认得文末的年份是"四千六百零九年"，便以为两份告示都是店家的捉弄玩笑，骂了声，撞了鬼哟，吐一口酽痰在上头。的确是撞了鬼，刘基业走回望江台，竟见着几个衙役打扮的人，拿起尺余大剪，鼓到路人截鞭儿，吓得刘基业车身便跑。的确是撞了鬼，回到徐家塥，竟见着河对门有艘鸦片船正往上水拉，兴许是走叙府拉到省城去的，偏偏不在嘉定城歇一脚。三十余个扯滩汉正要过牛中滩，吼的号子也渐渐变得急促起来："清风徐来，凉悠悠，年少推船，有苦衷。有钱人在，家中坐，哪晓得穷人的忧。推船人

- 509 -

本是,苦中苦,风里雨里,走码头。闲言几句,随风散。前头有道牛中滩,行水号子,要换一换,只一副橹板,一块桡片,只一根纤藤,一根篙杆。那纤藤盛得起,千斤重担;那篙杆盛得起,万水千山。凶险莫过牛中滩,偏要把这滩来过,使把劲哟,扯起走哟。"头纤遂高呼嘿儿哟,众纤四肢贴地低声应嘿咗,步步朝前去。刘基业似若回想起了啥子,可烟土已将他的脑壳捣成了一团糨糊,即便真真想起了啥子,也是朦朦胧,模模糊的。